LE SECRET DU ROYAUME - MINUTUS

Mika Waltari, né en 1908 à Helsinki et membre de l'Académie de Finlande, est mort en août 1979. Son roman Sinouhé l'Egyptien, *traduit en 25 langues et publié aux Editions Olivier Orban en 1978, avait consacré son étonnante personnalité littéraire.*

Minutus Lausus Manilianus est le fils de Marcus, héros de l'autre volet du *Secret du Royaume (Myrina).*
Minutus naît à Antioche, mais très jeune vient à Rome où il se lie avec Lucius Domitius, amoureux des arts qui ne tardera pas à s'illustrer sous le nom de Néron.
Cette rencontre va dominer toute son existence. Successivement tribun en Bretagne et père de l'enfant d'une princesse icène, otage en Arménie de brigands sanguinaires, espion à la solde de Sénèque, éternel médiateur entre les Juifs et Rome, il devient l'un des hommes les plus riches de son temps, intendant général des ménageries impériales, fournisseur de tous les spectacles du cirque. Il en arrive même à caresser l'espoir que son fils accède au trône impérial. C'était compter sans la secte des Nazaréens, que Minutus verra se dresser sans cesse sur son chemin : son épouse, la belle Claudia, est elle-même chrétienne.
Minutus mourra d'ailleurs dans la fosse aux lions avec sa femme et son fils, après s'être converti en ricanant. Et à l'instant de sa mort se produira un miracle. Mais les hommes sont plus cruels que les dieux quand le pouvoir d'un empereur est en jeu.

MIKA WALTARI

Le Secret du royaume

Minutus

ROMAN

TRADUCTION DE MONIQUE BAILE
ET JEAN-PIERRE CARASSO

OLIVIER ORBAN

Édition originale parue chez WSOY, Helsinki.

Mémoires de Minutus Lausus Manilianus, qui a reçu les insignes du triomphe et rempli la charge de consul, aujourd'hui grand maître du Collège des prêtres du dieu Vespasien, et membre du sénat romain.

PREMIÈRE PARTIE

MINUTUS

Comme les juifs se soulevaient continuellement, à l'instigation d'un certain Chrestos, il (Claude) les chassa de Rome.

Suétone,
Vie des douze Césars, Claude, 25

Malgré son jeune âge, Néron fit tant pour l'embellissement de Rome au cours des cinq premières années de son règne, que Trajan affirmait souvent, à juste titre, qu'aucun empereur n'approcha jamais l'œuvre de ces cinq années-là.

Aurelius Victor, *De Caesoribus*, 5

LIVRE PREMIER

ANTIOCHE

J'AVAIS sept ans quand le vétéran Barbus me sauva la vie. Je me souviens fort bien d'avoir obtenu par la ruse de ma vieille nourrice Sophronia l'autorisation de descendre jusqu'aux rives de l'Oronte. Fasciné par la course tumultueuse du fleuve, je me penchai au-dessus de la jetée pour contempler l'onde bouillonnante. Barbus s'avança vers moi et s'enquit avec bienveillance :

« Tu veux apprendre à nager, mon garçon? »

J'acquiesçai. Il jeta un regard circulaire, me saisit par le cou et l'entrejambe et m'envoya au beau milieu du fleuve. Puis il poussa un terrible hurlement et, en invoquant à grands cris Hercule et le Jupiter romain et conquérant, il laissa tomber sur la jetée son manteau loqueteux et plongea à ma suite.

A ses cris, on s'attroupa. Aux yeux de la foule, qui en témoigna par la suite unanimement, Barbus risqua sa vie pour me sauver de la noyade, me ramena sur la berge et me roula sur le sol pour me faire cracher l'eau que j'avais avalée. Quand Sophronia accourut en pleurant et en s'arrachant les cheveux, Barbus me souleva dans ses bras puissants et, quoique je me débattisse pour échapper à la puanteur de ses haillons et à son haleine avinée, il me porta tout le long du chemin jusqu'à la maison.

Mon père n'éprouvait pas pour moi d'attachement particulier, mais il remercia Barbus en lui offrant du vin et accepta ses explications : j'avais glissé et chu dans le fleuve. Accoutumé que j'étais à tenir ma langue en présence de mon père, je ne contredis pas Barbus. Au contraire, sous le charme, je l'écoutai raconter d'un air modeste que pendant son service dans la légion, il avait, équipé de pied en cap, traversé à la nage le Danube, le Rhin et même l'Euphrate. Pour se remettre des craintes que je lui avais inspirées, mon père but lui aussi et il condescendit à rapporter que, dans sa jeunesse, étudiant la philosophie à Rhodes, il avait fait le pari de nager de cette île jusqu'au continent. Barbus et lui convinrent qu'il était grand temps que j'apprisse à nager. Mon père donna à Barbus de nouveaux vêtements, de sorte que ce dernier, en s'habillant, eut l'occasion d'exhiber ses nombreuses cicatrices.

A partir de ce jour, Barbus vécut chez nous et appela mon père « maître ». Il m'escortait quand j'allais à l'école et, les cours finis, lorsqu'il n'était pas trop soûl, venait m'y reprendre. Il tenait par-dessus tout à m'élever en Romain, car il était bel et bien né à Rome et y avait grandi avant de servir pendant trente ans dans la XVe légion. Mon père avait pris soin de s'en assurer. S'il était distrait et réservé, il n'était pas stupide et n'aurait certainement pas employé un déserteur.

Barbus m'enseigna non seulement la nage mais encore l'équitation. Sur ses instances, mon père m'acheta un cheval pour que je pusse entrer dans la confrérie équestre des jeunes chevaliers d'Antioche, dès que j'aurais atteint ma quatorzième année. A la vérité, l'empereur Caius Caligula avait de sa propre main barré le nom de mon père sur la liste du noble ordre Equestre romain, mais à Antioche c'était là un honneur plus qu'une disgrâce, car nul n'avait oublié quel bon à rien Caligula avait été, même dans sa jeunesse. Plus tard, il avait été assassiné dans le grand cirque de Rome, alors qu'il s'apprêtait à nommer sénateur son cheval favori.

A cette époque, mon père avait, à son corps défendant, atteint une telle position à Antioche, qu'on lui avait demandé de figurer dans l'ambassade envoyée à Rome pour rendre hommage au nouvel empereur Claude. S'il avait fait le voyage, il aurait sans aucun doute retrouvé son titre de chevalier, mais mon père refusa obstinément d'aller à Rome. Par la suite, il s'avéra qu'il avait de bonnes raisons pour se conduire ainsi. Cependant, lui-même se contenta d'assurer qu'il préférait une vie obscure et paisible et ne tenait nullement au titre de chevalier.

Comme l'arrivée de Barbus dans notre demeure, la prospérité paternelle était l'effet du seul hasard. Sur le ton amer dont il était coutumier, mon père disait souvent qu'il n'avait jamais eu de chance dans la vie car, à ma naissance, il avait perdu la seule femme qu'il eût jamais aimée. Mais même à Damas, il avait déjà pris l'habitude, à chaque anniversaire de la mort de ma mère, d'aller au marché pour acheter un ou deux misérables esclaves. Après les avoir gardés et nourris pendant quelque temps, il les présentait aux autorités, payait le prix de leur affranchissement et leur accordait la liberté. Il autorisait ses affranchis à prendre le nom de Marcus – mais non point celui de Manilianus – et il leur offrait une mise de fonds pour mettre en route le commerce ou le métier qu'ils avaient appris. L'un de ces affranchis devint Marcus le marchand de soie, un autre Marcus le pêcheur, tandis que Marcus le barbier gagna une fortune en renouvelant la mode des perruques de femme. Mais celui qui s'enrichit le plus fut Marcus le maître de mines, qui plus tard incita mon père à acheter une mine de cuivre en Sicile. Mon père se plaignait souvent de ne pouvoir s'autoriser un geste charitable sans en recevoir aussitôt un bénéfice ou une récompense.

Après avoir vécu sept années à Damas, il s'était installé à Antioche. Sa science des langues et la modération de ses avis lui valaient de jouer le rôle de conseiller auprès du proconsul, en particulier dans les affaires juives dont il avait acquis une connaissance approfondie au cours de voyages de jeunesse en Judée et en Galilée. D'un naturel doux et accommodant, il conseillait toujours le compromis de préférence au recours à la force. Ainsi gagna-t-il l'estime des citoyens d'Antioche. Lorsqu'il fut rayé de l'ordre Equestre, on le nomma au conseil de la cité, non pas seulement en raison de sa puissance, de sa volonté ou de son énergie, mais parce que chaque parti pensait qu'il lui serait utile.

Quand Caligula ordonna qu'une statue à son effigie fût érigée dans le temple de Jérusalem et dans toutes les synagogues de province, mon père, comprenant qu'une telle mesure entraînerait un soulèvement armé, conseilla aux Juifs de gagner du temps par tous les moyens plutôt que d'élever des protestations superflues. Sur quoi les Juifs d'Antioche firent accroire au sénat romain qu'ils désiraient payer de leurs propres deniers les coûteuses statues de l'empereur. Mais de malencontreux défauts de fabrication ou des présages défavorables retardaient sans cesse leur érection. Quand l'empereur Caius fut assassiné, mon père fut loué pour son excellente prévision. Je ne crois pas néanmoins qu'il ait pu connaître par avance le sort qui attendait Caius. Il s'était contenté, comme à l'ordinaire, d'user de faux-fuyants pour éviter des soulèvements juifs qui auraient perturbé les affaires.

Mais mon père savait aussi prendre des positions tranchées et s'y tenir. Au conseil de la cité, il refusa catégoriquement de payer pour les représentations du cirque, les combats d'animaux sauvages et de gladiateurs. Mais tandis qu'il s'opposait même aux spectacles théâtraux, il fit bâtir, à l'instigation de ses affranchis, des galeries publiques qui portèrent son nom. Les boutiquiers qui s'y installèrent lui versèrent d'importants loyers, de sorte que l'entreprise lui rapporta des bénéfices en même temps qu'elle accrut son prestige.

Les affranchis de mon père ne comprenaient pas la dureté de son attitude à mon égard. Alors qu'il souhaitait que je me satisfasse de son mode de vie frugal, ils se disputaient pour m'offrir tout l'argent dont j'avais besoin, me donnaient de superbes vêtements, veillaient à ce que la selle et le harnais de mon cheval fussent décorés et faisaient de leur mieux pour me protéger et lui cacher mes actes inconsidérés. Avec la folie de ma jeunesse, j'étais à l'affût des occasions de me distinguer et, si possible, de me distinguer davantage que les autres jeunes nobles de la cité. Les affranchis de mon père, peu perspicaces sur leur véritable intérêt, m'encourageaient dans cette voie, car ils pensaient que mon père et eux-mêmes en tireraient avantage.

Grâce à Barbus, mon père admit la nécessité de m'apprendre la langue latine. Comme le latin militaire du vétéran était fort sommaire, mon père prit soin de me faire lire les œuvres de Virgile et de l'historien Tite-Live. Des soirées entières, Barbus me parla des collines, des monuments et des traditions de Rome, de ses dieux et de ses guerriers, si bien que je finis par brûler du désir de voir la Ville. Je n'étais pas syrien et, si ma mère n'était qu'une Grecque, je pouvais me considérer comme le rejeton d'une longue lignée de Manilianus et de Maecenaenus. Naturellement, je ne négligeais pas pour autant l'étude du grec : à quinze ans, je connaissais beaucoup de poètes hellènes. Pendant deux ans, j'eus pour tuteur Timaius de Rhodes. Mon père l'avait acheté après les troubles qui avaient ensanglanté son île. Il lui avait proposé de recouvrer la liberté mais s'était heurté à un refus obstiné, le Rhodien arguant qu'il n'y avait pas de différence réelle entre un esclave et un homme libre et que la liberté gîtait au cœur des hommes.

Ainsi donc, le sombre Timaius m'enseigna la philosophie

stoïcienne, car il méprisait les études latines. Les Romains à ses yeux n'étaient que des barbares qu'il haïssait pour avoir privé Rhodes de sa liberté.

Parmi ceux qui participaient aux jeux équestres, une dizaine de jeunes gens rivalisaient entre eux d'exploits insensés. Nous nous étions juré fidélité et offrions des sacrifices au pied d'un arbre élu par nous. Un jour que nous regagnions nos pénates après avoir beaucoup chevauché, nous décidâmes, dans notre témérité, de traverser la ville au galop en arrachant les guirlandes ornant le seuil des boutiques. Par erreur, je me saisis d'une de ces couronnes de chêne qu'on accrochait sur les façades des demeures dont un habitant était mort. Nous avions pourtant seulement l'intention de nous distraire aux dépens des marchands. J'aurais dû comprendre que cette méprise était un mauvais présage et au fond, j'étais effrayé, mais je n'en suspendis pas moins la couronne à notre arbre aux sacrifices.

Quiconque connaît Antioche devinera quelle émotion suscita notre exploit. Les autorités ne pouvaient identifier précisément les coupables mais, pour éviter à tous nos condisciples dans les jeux équestres d'être punis, nous nous dénonçâmes. Comme les magistrats étaient peu désireux de déplaire à nos pères, nous nous en tirâmes à peu de frais. Après cet épisode, nous cantonnâmes nos prouesses à l'extérieur des murs de la cité.

Un jour, nous aperçûmes sur le bord du fleuve un groupe de jeunes filles occupées à quelque activité mystérieuse. Nous les prîmes pour des paysannes et l'idée me vint de jouer avec elles à « l'enlèvement des Sabines ». Je contai ce chapitre de l'histoire romaine à mes amis qui s'en amusèrent beaucoup. Nous nous élançâmes vers les berges, et chacun d'entre nous s'empara d'une fille qu'il hissa sur sa selle devant lui. En fait, ce fut beaucoup plus difficile à faire qu'à dire, et il ne fut non plus guère facile de maintenir sur nos montures ces filles qui hurlaient et se débattaient farouchement. A la vérité, je ne savais que faire de ma prise et après l'avoir chatouillée pour la faire rire – ce qui, à mes yeux, démontrait de manière éclatante qu'elle était entièrement en mon pouvoir – je la ramenai au bord du fleuve et la laissai tomber à terre. Mes amis m'imitèrent. Nous nous éloignâmes sous une pluie de pierres qu'elles nous jetèrent, et le cœur étreint d'un sombre pressentiment car, dès que j'avais saisi ma proie, je m'étais rendu compte que nous n'avions pas affaire à des paysannes.

C'était en fait des filles nobles venues au bord du fleuve pour s'y purifier et accomplir certains sacrifices requis par leur accession à un nouveau degré de leur féminité. Nous aurions dû le comprendre à la seule vue des rubans colorés accrochés aux buissons pour éloigner les curieux. Mais lequel d'entre nous avait la moindre idée des rites mystérieux accomplis par les jeunes filles?

Pour s'éviter des tracas, les jouvencelles auraient peut-être gardé le secret sur cette affaire, mais une prêtresse les accompagnait et, dans son esprit rigide, il ne faisait aucun doute que nous eussions délibérément commis un sacrilège. Ainsi, mon idée aboutit-elle à un effroyable scandale. Il fut même avancé que nous devions épouser ces vierges que nous avions déshonorées. Par bonheur, aucun d'entre nous n'avait encore revêtu la toge virile.

Timaius éprouva une telle fureur contre moi, que ce simple esclave se permit de me battre à coups de baguette. Barbus la lui arracha des mains et me conseilla de fuir la ville. Superstitieux, le vétéran craignait la colère des dieux syriens. Timaius quant à lui n'avait pas peur des dieux, car il considérait que tous les dieux n'étaient que de vaines idoles. Mais il estimait que ma conduite jetait la honte sur mon tuteur. Le plus grave était l'impossibilité de tenir mon père dans l'ignorance de cette affaire.

Impressionnable et inexpérimenté, je commençai, en voyant les craintes des autres, à surestimer l'importance de notre faute. Timaius, qui était un vieil homme et un stoïcien, aurait dû montrer plus de mesure dans ses réactions et, devant pareille épreuve, affermir mon courage plutôt que le saper. Mais il révéla sa véritable nature et la profondeur de son amertume en m'admonestant ainsi :

« Pour qui te prends-tu, fainéant, répugnant fanfaron? Ce n'est pas sans raison que ton père t'a nommé Minutus, l'insignifiant. Ta mère n'était qu'une Grecque impudique, une danseuse, une putain, pire encore peut-être : une esclave. Voilà d'où tu viens. C'est tout à fait légalement, et non point sur une lubie de l'empereur Caius, que le nom de ton père a été rayé de la liste des chevaliers. Il a été chassé de Judée à l'époque du gouverneur Ponce Pilate pour s'être mêlé de superstitions juives. Ce n'est pas un vrai Manilianus, il ne l'est que par adoption et, s'il a fait fortune à Rome, ce fut à la suite d'une décision de justice inique. Comme il s'est scandaleusement compromis avec une femme mariée, il ne pourra jamais revenir dans la Ville. Voilà pourquoi tu n'es rien, Minutus. Et tu vas devenir encore plus insignifiant, ô toi, fils dissolu d'un père misérable. »

Je ne doute pas qu'il ne s'en serait pas tenu là, même si je ne l'avais pas frappé sur la bouche. Mon geste m'horrifia aussitôt, car il n'était pas convenable qu'un élève frappât son tuteur, ce dernier fût-il un esclave. Timaius essuya ses lèvres ensanglantées et eut un sourire mauvais :

« Merci, Minutus, mon fils, pour ce signe, dit-il. Ce qui est tordu ne poussera jamais droit et ce qui est bas ne sera jamais noble. Tu dois savoir aussi que ton père en secret boit du sang avec les Juifs et que, à l'abri des regards, dans sa chambre, il adore la coupe de la déesse de la Fortune. Comment pourrait-il en être autrement? Comment aurait-il pu autrement réussir ainsi tout ce qu'il entreprenait et devenir aussi riche, alors qu'il ne possède aucun mérite propre? Mais j'en ai déjà assez de lui et de toi, et de la totalité de ce monde malheureux dans lequel l'injustice commande à la justice. Quand l'impudence mène la fête, le sage se doit de demeurer sur le seuil. »

Je n'accordai qu'une attention distraite à ces derniers mots, préoccupé que j'étais par mes propres malheurs. Mais je brûlais du désir de démontrer que je n'étais pas aussi insignifiant qu'il le disait, en même temps que de réparer le mal que j'avais fait. Mes compagnons de frasques et moi avions entendu parler d'un lion qui avait attaqué un troupeau à une demi-journée de cheval de la cité. Comme il était rare qu'un lion s'aventurât si près de la ville, l'affaire avait fait grand bruit. Je songeai que si mes amis et moi parvenions à le capturer vivant et à l'offrir à l'amphithéâtre, nous gagnerions d'un seul coup le pardon et la gloire.

Cette pensée démentielle ne pouvait germer que dans le cœur ulcéré d'un enfant de quinze ans mais, en l'occurrence, le plus extravagant fut que Barbus, ivre cet après-midi-là comme tous les autres, jugea le plan excellent. A la vérité, il lui aurait été bien difficile de s'y opposer, après m'avoir si longtemps nourri du récit de ses hauts faits. Lui-même avait d'innombrables fois capturé des lions au filet pour arrondir sa maigre solde.

Il fallait quitter la ville sur-le-champ, car on avait peut-être déjà donné l'ordre de nous arrêter et, en tout cas, je ne doutais pas qu'à l'aube du lendemain au plus tard, on nous confisquerait nos chevaux. Je ne trouvai que six de mes amis, car trois d'entre eux avaient eu la sagesse de conter l'histoire à leur famille qui s'était empressée de les éloigner.

Mes compagnons, qui se mouraient d'inquiétude, furent ravis de mon plan. Il ne nous fallut pas longtemps pour retrouver notre superbe et nous répandre en rodomontades. Nous allâmes secrètement quérir nos chevaux aux écuries et sortîmes de la ville. Pendant ce temps, Barbus soutirait une bourse de pièces d'argent au marchand de soie Marcus et se précipitait au cirque pour acheter les services d'un entraîneur d'animaux, homme corrompu mais expérimenté. Tous deux louèrent une charrette qu'ils chargèrent de filets, de boucliers et de plastrons de cuir et nous rejoignirent au pied de l'arbre sacrificiel. Barbus s'était également muni de viande, de pain et de deux grands pots de vin. Le vin réveilla mon appétit. Jusque-là, j'avais été si rongé d'inquiétude que j'avais été incapable d'avaler la moindre bouchée.

La lune était levée quand nous nous mîmes en route. Barbus et l'entraîneur nous divertissaient avec le récit de différentes captures de lions dans divers pays. Ils présentaient l'opération comme si aisée que mes amis et moi, échauffés par le vin, nous leur demandâmes instamment de ne pas participer de trop près à l'aventure. Nous ne voulions pas en partager la gloire. Ils nous le promirent de bonne grâce, en nous assurant qu'ils désiraient seulement nous aider de leurs conseils et nous faire profiter de leur expérience et qu'ils se tiendraient à l'écart. Pour moi, j'avais observé dans les spectacles de l'amphithéâtre les ingénieuses manœuvres par lesquelles un groupe d'hommes expérimentés parvenait à capturer un lion au filet, et mes yeux avaient été témoins de la facilité avec laquelle un seul individu maniant deux javelots pouvait abattre la bête.

A l'aube, nous parvînmes au village dont on nous avait parlé. Ses habitants s'activaient à ranimer la cendre des foyers. La rumeur était fausse, car ils n'étaient nullement terrorisés. En vérité, ils étaient très fiers de leur lion. De mémoire d'homme, aucun autre n'avait jamais été aperçu dans la région. Le fauve vivait dans une grotte de la montagne voisine et suivait toujours la même piste pour gagner la rivière. La nuit précédente, il avait tué et dévoré une chèvre que les villageois avaient attachée sur sa piste, pour protéger leur bétail de valeur contre son appétit. Le lion n'avait jamais attaqué d'être humain. Tout au contraire, il avait l'habitude d'annoncer ses sorties en poussant deux rugissements profonds dès le seuil de sa grotte. Ce n'était pas un animal très exigeant : lorsqu'il n'avait rien de mieux à se mettre sous la dent, il se contentait de charognes que lui abandonnaient les chacals. En outre, les villageois avaient déjà construit une solide cage de bois dans laquelle ils avaient l'intention de le transporter à Antioche pour l'y vendre. Un fauve capturé au filet devait être étroitement lié, de sorte qu'on risquait de blesser ses membres si on ne l'enfermait pas promptement dans une cage pour dénouer ses liens.

Nos projets n'eurent pas l'heur de plaire aux villageois. Heureusement, ils n'avaient pas encore eu le temps de vendre l'animal à quelqu'un d'autre. Quand ils eurent compris notre situation, ils firent tant et si bien que Barbus dut se résigner à payer deux mille sesterces pour la cage et le lion. A peine le marché conclu et l'argent compté, Barbus fut pris de tremblements et suggéra que nous rentrions chez nous dormir. Nous aurions tout le temps de capturer le lion le lendemain, assura-t-il. Les esprits révoltés par notre faute avaient eu le temps de se calmer. Mais l'entraîneur d'animaux remarqua avec raison que c'était le bon moment pour tirer le lion de sa grotte : ayant mangé et bu son content, il serait engourdi de sommeil et maladroit dans ses mouvements.

Sur ces mots, Barbus et lui revêtirent les plastrons de cuir et, prenant avec nous plusieurs hommes du village, nous nous dirigeâmes vers la montagne. Les villageois nous montrèrent la piste du lion et le lieu où il s'abreuvait, des traces de larges pattes griffues et de récentes déjections. En humant l'odeur du fauve qui flottait encore dans les airs, nos coursiers bronchèrent. Comme nous approchions lentement de sa tanière, le fumet devint plus puissant, les chevaux tremblèrent, roulèrent des yeux et refusèrent d'aller plus avant. Nous dûmes mettre pied à terre et renvoyer nos montures. Nous progressâmes encore en direction de la grotte, jusqu'au moment où nous parvinrent les sourds ronflements du fauve. Il ronflait si fort que nous sentions le sol trembler sous nos pieds. A dire vrai, il n'est pas impossible que le tremblement ait été dans nos jambes, car nous approchions en cet instant de l'antre d'un fauve pour la première fois de notre vie.

Les villageois n'étaient pas les derniers à craindre leur lion, mais ils nous assurèrent que la bête dormirait jusqu'au soir. Très au fait de ses habitudes, ils nous jurèrent qu'ils l'avaient gavée au point que le principal souci que nous donnerait cette grasse et flasque créature serait de la réveiller pour la chasser hors de son trou.

Le lion avait dégagé un large sentier dans les broussailles entourant la grotte. Les parois abruptes de chaque côté de l'entrée étaient assez hautes pour que Barbus et l'entraîneur pussent s'y percher et, en toute sécurité, nous éclairer de leurs avis. Ils nous indiquèrent comment disposer le filet devant la caverne et comment trois d'entre nous, à chaque extrémité, devaient le tenir. Le septième devait se placer entre le filet et la grotte, sauter et appeler. Le lion ensommeillé, aveuglé par le soleil, bondirait sur cette proie offerte et viendrait donner la tête la première dans le piège. Alors, nous l'envelopperions dans le filet autant de fois qu'il nous serait possible, en prenant bien garde de demeurer hors de portée de ses griffes et de ses dents. A la considérer de plus près, l'affaire nous parut tout à coup moins simple qu'on avait voulu nous le faire croire.

Nous nous assîmes à même le sol pour décider lequel d'entre nous tirerait le fauve de son sommeil. Barbus avança que ce devait être le meilleur d'entre nous, car il s'agissait d'exciter le lion en le piquant avec une javeline, tout en évitant de le blesser. L'entraîneur nous déclara qu'il nous aurait volontiers rendu ce petit service mais que, malheureusement, ses genoux étaient raidis par les rhumatismes. De toute façon, il n'aurait pas voulu nous priver de cette gloire.

Un à un, les regards de mes amis convergèrent vers moi. Quant à eux, déclarèrent-ils d'une seule voix, ils m'abandonnaient cet honneur, par pure bonté d'âme. Après tout, c'était moi qui avais échafaudé l'affaire et c'était moi aussi qui les avais entraînés dans « l'enlèvement des Sabines », par où avaient commencé nos aventures. Tandis que le fumet âcre du lion me chatouillait les narines, je trouvai des accents éloquents pour rappeler à mes amis que j'étais le seul enfant de mon père. On discuta la question et cinq d'entre nous démontrèrent qu'ils étaient, eux aussi, fils uniques – particularité qui, d'ailleurs, pourrait éclairer nos actes. L'un d'entre nous n'avait que des sœurs et le plus jeune, Charisius, se hâta d'expliquer que son seul frère boitait et souffrait de quelques autres infirmités.

Quand Barbus vit que mes amis ne me laisseraient pas me dérober, il but une grande gorgée du pot de vin, invoqua Hercule d'une voix tremblante et m'assura qu'il m'aimait plus que son fils, bien qu'à la vérité il n'eût pas de fils. Ce n'était pas une besogne faite pour lui; néanmoins, il était prêt, lui, un vétéran de la légion, à descendre dans cette faille du rocher pour réveiller le lion. Si jamais, à cause de sa vue déficiente et de la faiblesse de ses jambes, il venait à perdre la vie, son seul désir était que je veillasse à ce qu'il eût un beau bûcher funéraire et que je fisse une noble harangue pour répandre le bruit de ses innombrables et glorieux exploits. Par sa mort, il me démontrerait que, de ces hauts faits qu'il m'avait racontés pendant des années, une partie au moins était vraie.

Quand, un javelot à la main, il se mit en route en chancelant, j'en fus moi-même ému. Je me précipitai dans ses bras et nous mêlâmes nos larmes. Il m'était impossible de laisser ce vieillard payer de sa vie mes errements. Je le priai de rapporter à mon père qu'au moins j'avais affronté virilement la mort. Ma fin peut-être rachèterait tout, car je n'avais apporté que des malheurs à l'auteur de mes jours, depuis l'instant où ma mère était morte en me donnant naissance, jusqu'au moment présent qui voyait notre nom couvert d'opprobre aux yeux de toute la ville d'Antioche, par ma faute, quoique j'eusse été dépourvu d'intentions mauvaises.

Barbus insista pour que je prisse quelques gorgées de vin car, affirma-t-il, si l'on avait assez de boisson dans l'estomac on ne pouvait être réellement blessé. Je bus et fis jurer à mes amis de tenir fermement le filet et de ne le lâcher à aucun prix. Puis j'étreignis mon javelot des deux mains, serrai les dents et descendis le long de la piste jusqu'à la faille dans le rocher. Tandis que les ronflements du fauve grondaient à mes oreilles, je distinguai dans la grotte sa forme étendue. Je lançai le javelot, entendis un rugissement et, poussant moi-même un cri, courus plus vite que je ne l'avais jamais fait dans aucune compétition athlétique, pour donner la tête la première dans le filet que mes amis s'étaient hâtés de relever, sans attendre que je l'eusse franchi d'un bond.

Comme je luttais pour ma vie en essayant de m'arracher

à l'étreinte du filet, le lion franchit le seuil de la grotte d'un pas hésitant, poussa un grognement et se figea de surprise en me découvrant. La bête était si énorme et effrayante que mes amis, incapables de supporter sa vue, lâchèrent le filet et s'enfuirent à toutes jambes. L'entraîneur braillait ses bons conseils : il fallait jeter le filet sur le lion, ne pas lui donner le temps de s'habituer à la lumière du soleil, sinon l'affaire risquait de mal tourner.

Barbus criait lui aussi, m'exhortant à faire preuve de présence d'esprit et à me rappeler que j'étais un Romain et un Manilianus. Si je me trouvais en difficulté, il descendrait aussitôt pour tuer le lion d'un coup d'épée mais, pour l'instant, je devais essayer de le capturer vivant. Je ne savais trop ce que je pouvais prendre au sérieux dans ces propos, mais comme mes amis avaient laissé tomber le filet, il me fut plus aisé de m'en dégager. Malgré tout, leur couardise m'avait mis dans une telle fureur que je saisis le filet avec détermination et regardai le lion droit dans les yeux. Le fauve me considéra en retour d'un air majestueux, avec une expression choquée et offensée, et gémit doucement en levant une patte arrière ensanglantée. Je tirai sur le filet à deux mains, rassemblai toutes mes forces pour le soulever, car pour un seul homme il était fort lourd, et le lançai. Au même instant, le lion bondit en avant, s'empêtra dans le filet et tomba sur le côté. Avec un terrible rugissement, il roula sur le sol en s'enveloppant si bien dans les mailles qu'il ne put m'atteindre qu'une fois d'un coup de patte. J'éprouvai sa force : je fus projeté les quatre fers en l'air à bonne distance, ce qui sans doute aucun me sauva la vie.

A grands cris, Barbus et l'entraîneur s'exhortèrent mutuellement à intervenir. L'homme du cirque se saisit de sa fourche de bois et maintint le lion au sol, tandis que Barbus réussissait à passer un nœud coulant autour des pattes arrière. Alors, les paysans syriens firent mouvement pour nous porter secours, mais avec force cris et jurons, je le leur interdis. Je voulais que mes lâches amis fussent associés à la capture du lion, car autrement la totalité de notre plan serait anéantie. Finalement, mes compagnons se joignirent à moi et reçurent même pendant l'opération quelques coups de griffes. L'entraîneur resserra nos nœuds et affermit nos cordes jusqu'à ce que le lion fût garrotté au point de ne pouvoir presque plus bouger. Pendant ce temps, je restai assis sur le sol, tremblant de fureur et si bouleversé que je vomis entre mes genoux.

Les paysans syriens passèrent une longue perche de bois entre les pattes du lion et, le chargeant sur leurs épaules, se mirent en route pour le village. Ainsi suspendu, l'animal parut moins grand et moins majestueux qu'au moment où il s'était avancé sur le seuil de la grotte, en pleine lumière. A la vérité, c'était un vieux lion affaibli et dévoré de vermine, dont la crinière présentait quelques lacunes et dont les dents étaient sérieusement abîmées. Ce que je redoutais par-dessus tout, c'était qu'il s'étranglât dans ses liens pendant son transport au village. La voix me fit défaut à plusieurs reprises, mais je parvins néanmoins à exposer à mes amis, avec toute la clarté nécessaire, ce que je pensais d'eux et de leur conduite. Si cette aventure m'avait appris quelque chose, c'était que je ne devais me fier à personne, dès lors que la vie ou la mort étaient en balance. Mes amis avaient honte de leur comportement et acceptaient mes critiques, mais ils me rappelèrent aussi que nous nous étions juré fidélité et que c'était ensemble que nous avions capturé le lion. Ils me laisseraient volontiers la plus grande part des honneurs, mais ils voulaient tirer gloire de leurs blessures. En réponse, je leur montrai mes bras, qui saignaient encore si abondamment que mes genoux se dérobaient sous moi. Pour finir, nous tombâmes d'accord sur l'idée que nous étions tous marqués à vie par notre aventure, dont nous célébrâmes l'heureux dénouement par un festin au village.

Nous offrîmes respectueusement des sacrifices au lion dès que nous eûmes réussi à l'enfermer dans la solide cage. Barbus et l'entraîneur s'enivrèrent pendant que les jeunes villageoises dansaient et nous couronnaient de fleurs. Le lendemain, nous louâmes un char à bœufs pour convoyer la cage. Nous chevauchâmes en procession derrière la carriole, le front ceint de couronnes, attentifs à ce que nos pansements ensanglantés fussent bien visibles.

Aux portes d'Antioche, le premier mouvement des gardes fut de nous arrêter et de nous confisquer nos chevaux, mais l'officier qui les commandait se montra plus avisé. Quand nous lui expliquâmes que nous allions volontairement à la curie pour nous rendre, il décida simplement de nous accompagner. Deux gardes armés de bâtons nous ouvraient la route. Comme toujours à Antioche, les badauds s'étaient assemblés au premier signe d'un événement inhabituel. D'abord, la foule nous accabla d'injures, nous jeta du crottin et des fruits pourris, car la rumeur avait grossi et l'on nous accusait d'avoir outragé toutes les filles et tous les dieux de la cité. Irrité par le tintamarre et les cris de la populace, notre lion gronda, puis, encouragé par le bruit de sa propre voix, rugit franchement. Nos montures se cabrèrent, bronchèrent, firent des écarts ou des ruades.

Il n'est pas impossible que l'entraîneur ait été pour quelque chose dans ce rugissement. Quoi qu'il en fût, la foule s'écarta sans se faire prier et quand on aperçut nos pansements ensanglantés, des cris et des sanglots de femmes émues s'élevèrent.

Quiconque a déjà vu la rue principale d'Antioche, quiconque connaît l'ampleur de ses dimensions et la forêt de colonnes qui la borde, comprendra que notre cortège eut de moins en moins l'allure d'une marche honteuse et de plus en plus les apparences d'un défilé triomphal. Il ne fallut pas longtemps pour que la foule versatile jetât des fleurs sur notre passage. Nous reprîmes confiance et quand nous fûmes parvenus devant la curie, nous nous regardions déjà plus comme des héros que comme des criminels.

Les pères de la cité nous autorisèrent d'abord à faire don du lion à la ville et à le dédier à Jupiter protecteur, plus couramment appelé Baal à Antioche. Ensuite, on nous conduisit devant les magistrats criminels. Mais un avocat célèbre, avec qui mon père s'était entretenu, se trouvait déjà auprès d'eux et notre comparution volontaire les impressionna favorablement. Comme il fallait s'y attendre, on nous confisqua nos chevaux et nous dûmes subir de sombres propos sur la dépravation de la jeunesse et sur l'avenir calamiteux que l'on pouvait prévoir quand on voyait les fils des meilleures familles offrir un si déplorable exemple au peuple. Ils conclurent en évoquant des temps bien différents, ceux de la jeunesse de nos parents et grands-parents.

Quand Barbus et moi revînmes à notre demeure, une couronne funéraire était accrochée au-dessus de la porte et personne ne voulut d'abord nous parler, pas même Sophronia. Enfin, elle éclata en sanglots et me raconta que Timaius, la veille au soir, s'était fait porter une vasque d'eau chaude dans sa chambre et s'était ouvert les veines. Son corps sans vie n'avait été découvert qu'au matin. Mon père s'était enfermé dans son appartement et n'avait même pas consenti à recevoir ses affranchis, accourus pour le consoler.

A la vérité, personne n'avait jamais aimé ce tuteur morose et éternellement mécontent, mais une mort est toujours une mort et je ne pouvais éviter d'éprouver un sentiment de culpabilité. Je l'avais frappé et la honte de mes actes avait rejailli sur lui. La terreur me submergea. J'oubliai que mon regard avait plongé dans celui d'un vrai lion et je songeai d'abord à m'enfuir pour toujours, à gagner la mer, à devenir gladiateur ou à m'enrôler dans une des plus lointaines légions, dans des pays de glace et de neige ou aux confins brûlants de la Parthie. Mais ne pouvant m'enfuir de la cité sans me retrouver en prison, je résolus hardiment de suivre l'exemple de Timaius pour débarrasser enfin mon père de cette source d'ennuis qu'était mon existence.

L'accueil de mon père fut tout différent de ce que j'avais imaginé, quoique j'eusse dû m'attendre à être surpris, car il ne se conduisait jamais comme les hommes ordinaires. Epuisé de veilles et de pleurs, il se précipita sur moi, me prit dans ses bras et me pressa contre sa poitrine, baisant mes cheveux et me berçant doucement. C'était bien la première fois qu'il m'étreignait ainsi, avec une telle douceur. Quand j'étais un bambin affamé de caresses, il n'avait jamais manifesté le moindre désir de me toucher ni même baissé les yeux sur moi.

« Minutus, ô mon fils, murmura-t-il, je croyais t'avoir perdu pour toujours. Quand j'ai vu que tu avais pris de l'argent, j'ai pensé que tu t'étais enfui au bout du monde avec ce soudard ivrogne. Ne te morfonds point pour Timaius. Il n'aspirait à rien d'autre qu'à se venger de son destin d'esclave et à nous infliger, à nous deux, sa philosophie fumeuse. Rien de ce qui advient en ce monde n'est assez mauvais pour interdire à jamais la réconciliation et l'oubli.

« O Minutus, je n'étais pas fait pour élever un enfant, n'ayant jamais su moi-même conduire ma propre vie. Mais tu as le front de ta mère et tu as ses yeux, et son petit nez droit et sa bouche adorable. Pourras-tu jamais pardonner la dureté de mon cœur et l'abandon où je t'ai laissé? »

L'incompréhensible douceur de mon père me fit fondre le cœur. J'éclatai en sanglots bruyants, en dépit de mes quinze ans presque révolus. Je me jetai à ses pieds et lui étreignis les genoux en le suppliant de pardonner l'opprobre que j'avais jetée sur son nom et en lui promettant de m'améliorer s'il consentait encore une fois à se montrer clément. Mais mon père à son tour tomba à genoux et m'embrassa. Agenouillés ainsi, nous nous suppliions mutuellement, chacun implorant le pardon de l'autre. En voyant mon père disposé à prendre sur lui aussi bien la mort de Timaius que ma propre culpabilité, mon soulagement fut si grand que mes pleurs se firent encore plus bruyants.

En entendant ce redoublement de chagrin, persuadé que mon père me battait, Barbus n'y tint plus. Dans un grand tintamarre métallique, il se rua dans la chambre, épée tirée et bouclier levé. Sur ses talons venait Sophronia, qui, éplorée et ululante, m'arracha à mon père pour me serrer contre son ample giron. Barbus et la nourrice adjurèrent le cruel auteur de mes jours de bien vouloir les battre à ma place. Je n'étais encore qu'un enfant et je n'avais certainement pas voulu faire du mal en me lançant dans ces innocentes fredaines.

En proie à la plus grande confusion, mon père se releva et se défendit ardemment contre l'accusation de cruauté. Il leur assura qu'il ne m'avait pas battu. Quand Barbus vit dans quelles dispositions d'esprit était son maître, il invoqua à grands cris tous les dieux de Rome et jura qu'il se jetterait sur son propre glaive, pour expier ses fautes, à l'instar de Timaius. Il s'échauffa au point qu'il se serait sans doute blessé si tous trois, mon père, Sophronia et moi, n'avions réussi à lui arracher l'épée et le bouclier. Ce qu'en réalité il pensait faire de son bouclier, c'était un mystère pour moi. Plus tard, il m'expliqua qu'il avait eu peur que mon père le frappât sur la tête et que son vieux crâne, blessé autrefois en Arménie, n'y résistât pas.

Mon père demanda à Sophronia d'envoyer chercher la meilleure viande et de faire préparer un festin, car nous devions être affamés après notre escapade et lui-même avait été dans l'incapacité d'avaler une seule bouchée de nourriture quand il avait découvert que je m'étais enfui et que son éducation avait totalement échoué. Il fit aussi envoyer des invitations à tous ses affranchis dans la cité, car ils s'étaient tous beaucoup inquiétés à mon sujet.

Mon père lava de ses propres mains mes blessures, les oignit d'onguents et les pansa de lin immaculé, quoique j'eusse, quant à moi, préféré garder encore un peu les pansements ensanglantés. Barbus fit le récit de la capture du lion et la peine de mon père s'accrut de l'idée que son fils avait préféré risquer la mort entre les crocs d'un lion plutôt que demander pardon à son père d'une sottise puérile.

Tant de paroles avaient assoiffé Barbus. Je me retrouvai seul avec mon père. Il me dit avoir compris qu'il était temps de discuter de mon avenir puisque je recevrais bientôt la toge virile. Mais, avoua-t-il, il avait du mal à trouver les mots. Jamais, auparavant, il ne m'avait parlé ainsi, de père à fils. Ses yeux inquiets me scrutaient et il cherchait désespérément les phrases qui trouveraient le chemin de mon cœur.

Le considérant à mon tour, je vis que sa chevelure s'était clairsemée et que des rides creusaient son visage. Mon père marchait sur ses cinquante ans et à mes yeux ce n'était qu'un vieillard solitaire qui ne savait profiter ni des joies de la vie ni de la richesse de ses affranchis. Mon regard se posa sur les rouleaux de parchemin entassés dans sa chambre et, pour la première fois, je remarquai qu'il n'y avait pas dans cette pièce une seule statue de dieu, pas même une image de génie. Je me souvins des accusations haineuses de Timaius.

« Marcus, ô mon père, peu avant de mourir, mon tuteur s'est répandu en propos ignobles sur ma mère et sur toi. C'est pour cela que je l'ai frappé sur la bouche. Je ne cherche en aucun cas des excuses à mes actes, mais si tu me caches quelque triste secret, livre-le-moi. Faute d'avoir été éclairé là-dessus, comment saurai-je me guider dans la vie adulte? »

Visiblement troublé, mon père se frotta les mains en évitant mon regard. Puis il parla lentement :

« Ta mère est morte en te donnant naissance, ce que je n'avais pardonné ni à toi ni à moi, jusqu'à ce jour, où je découvre en toi l'image de ta mère. J'ai d'abord cru t'avoir perdu, et puis tu m'es revenu et j'ai compris que je n'avais pas d'autre raison de vivre que toi, ô mon fils, Minutus.

– Ma mère était-elle danseuse? Etait-elle une femme perdue et une esclave, comme l'a prétendu Timaius? » demandai-je sans détour.

Ces questions bouleversèrent mon père :

« Tu n'as pas le droit de parler ainsi, se récria-t-il. Ta mère était la femme la plus noble que j'aie jamais connue. Ce n'était évidemment pas une esclave, même si, à la suite d'un vœu, elle avait fait allégeance à Apollon et l'a servi pendant un temps. Nous avons accompli elle et moi un voyage à Jérusalem et en Galilée, à la recherche du roi des Juifs et de son royaume. »

Ces paroles affermirent mon courage. Je repris d'une voix tremblante :

« Timaius m'a dit que tu t'étais compromis dans les complots des Juifs au point que le gouverneur avait été contraint de t'expulser de Judée et que c'est pour cette raison, et non point seulement à cause de l'inimitié de l'empereur, que tu as été radié de l'ordre Equestre. »

A son tour, la voix de mon père n'était plus très ferme lorsqu'il me répondit :

« Pour te parler de tout cela, j'ai voulu attendre que tu saches penser par toi-même. Il ne convenait pas que je t'oblige à réfléchir sur des questions que je n'avais pas pleinement comprises. Mais tu te trouves à la croisée des chemins et tu dois déterminer quelle direction tu prendras. Je ne puis qu'espérer que ton choix soit le bon. Je ne saurais te contraindre, car je n'ai à t'offrir que des choses invisibles que moi-même je ne comprends pas.

– Père, demandai-je, alarmé, j'espère qu'à force de les fréquenter, tu n'as pas finalement embrassé la foi des Juifs ?

– Voyons, Minutus, rétorqua mon père, surpris, tu m'as accompagné aux bains et au stade. Tu as bien vu que je ne portais pas sur mon corps leur signe d'allégeance. Si tel avait été le cas, j'aurais été chassé des bains par les rires et les quolibets des autres citoyens.

« Je ne nie pas, poursuivit-il, avoir beaucoup lu les écritures sacrées des Juifs. C'était pour mieux les comprendre. Mais à la vérité, j'éprouve un certain ressentiment contre eux de ce qu'ils ont crucifié leur roi. Je leur garde rancune de la mort douloureuse de ta mère, oui, pour cela j'en veux à leur roi qui a ressuscité d'entre les morts le troisième jour et a fondé un royaume invisible. Ses disciples juifs continuent à croire qu'il reviendra pour créer un royaume visible, mais tout cela est trop compliqué et trop peu raisonnable pour que je puisse t'en enseigner quoi que ce soit. Ta mère aurait su, elle, car en tant que femme elle comprenait mieux que moi les affaires du royaume et je ne comprends toujours pas pourquoi elle devait mourir pour mon salut. »

Je commençai à douter de la raison de mon père et me rappelai toutes les bizarreries de son comportement.

« Alors, dis-je brutalement, tu as bu du sang avec les Juifs? Tu as participé aux rites de leur superstition? »

Le trouble de mon père s'accrut encore.

« Tu ne peux pas comprendre, tu ne sais pas. »

Mais il prit une clef pour ouvrir un coffre, en tira une coupe de bois usé et, la tenant délicatement entre ses paumes, il me la présenta :

« Voici la coupe de Myrina, ta mère. Dans ce récipient, nous avons bu ensemble le vin de l'immortalité par une nuit sans lune sur une montagne de Galilée. Et le gobelet ne s'est pas vidé, alors que nous y avions bu tous deux à longs traits. Et le roi nous est apparu et, bien que nous fussions plus de cinq cents, il a parlé à chacun de nous en particulier. A ta mère, il a dit que plus jamais de son vivant elle n'aurait soif. Mais par la suite, j'ai promis à ses disciples que je n'essaierais pas d'enseigner à quiconque ces choses, car ils estimaient que le royaume appartenait aux Juifs et que moi, un Romain, je n'y avais pas ma place. »

Je compris que j'avais devant moi la coupe que Timaius croyait dédiée à la déesse de la Fortune. Je la pris dans mes mains, mais pour mes doigts comme pour mes yeux ce n'était qu'un vieux gobelet de bois usé, même si j'éprouvais un sentiment de tendresse à l'idée que ma mère l'avait tenu et y avait attaché un grand prix.

Je posai un regard compatissant sur mon père.

« Je ne puis te blâmer de ta superstition, car les artifices magiques des Juifs ont troublé des têtes plus sages que la tienne. Sans aucun doute, la coupe t'a apporté richesse et succès, mais je ne désire pas parler de l'immortalité, pour ne pas te blesser. En ce qui concerne ce nouveau dieu, il y a d'autres divinités anciennes qui, avant lui, sont mortes et ont ressuscité : Osiris, Tammuz, Attis, Adonis, Dionysos parmi beaucoup d'autres. Mais tout cela, ce sont des légendes et des paraboles que vénèrent ceux qui sont initiés dans les mystères de ces dieux. Les gens de bonne éducation ne boivent plus de sang et moi-même, je suis parfaitement dégoûté des mystères. J'en ai eu mon content avec ces stupides jeunes filles et leurs rubans accrochés aux buissons. »

Mon père secoua la tête et se tordit les mains :

« Oh! si seulement je pouvais te faire comprendre!

– Je ne comprends que trop, même si je ne suis pas tout à fait un homme. A Antioche aussi, on peut apprendre des choses! Tu as parlé du Christ, mais cette nouvelle superstition est bien plus pernicieuse et honteuse que les autres doctrines juives. A la vérité, il a bien été crucifié, mais il n'était en aucune façon roi et il n'a pas non plus ressuscité d'entre les morts. Ce sont ses disciples qui ont volé son corps dans son sépulcre, pour ne pas se couvrir de ridicule aux yeux du peuple. Il n'est pas bon de parler de lui. Les Juifs voient en toute chose prétexte à bavardages et à chamailleries.

– Il était vraiment roi. C'était même écrit en trois langues sur sa croix : Jésus de Nazareth, roi des Juifs. Je l'ai vu de mes propres yeux. Si tu ne crois pas les Juifs, accorde au moins crédit au gouvernement romain. Ses disciples n'ont pas volé le corps, même si les Juifs ont soudoyé les gardes pour qu'ils répandent ce bruit. Je le sais, parce que j'étais là et que j'ai tout vu de mes propres yeux. Et un jour, je l'ai moi-même aperçu sur la rive est d'un lac de Galilée, après qu'il eut ressuscité d'entre les morts. Ce que je tiens encore pour assuré, en tout cas, c'est que c'était bien lui. C'est lui-même qui m'a guidé jusqu'à ta mère, qui se trouvait en difficulté dans la ville de Tibériade. Certes, seize années sont passées depuis ces événements, mais je les vois encore comme si je les avais devant les yeux, en cet instant même où tu me désoles par ton incapacité à comprendre. »

Je ne pouvais me permettre de susciter la colère paternelle.

« Je n'avais pas l'intention de discuter de matières divines, me hâtai-je d'assurer. Je ne voulais savoir qu'une chose : peux-tu retourner à Rome quand tu le désires? Timaius a prétendu que tu ne pourrais jamais rentrer dans ta ville d'origine, à cause de ton passé. »

Mon père se redressa, fronça les sourcils et me regarda droit dans les yeux.

« Je m'appelle Marcus Mezentius Manilianus. Je peux retourner à Rome quand je veux, cela ne souffre aucun doute. Je ne suis pas en exil et Antioche n'est pas une ville de relégation. Tu devrais le savoir. Mais j'avais des raisons personnelles pour ne pas revenir dans la capitale de l'empire. Maintenant, je le pourrais très bien, s'il le fallait, car j'ai pris de l'âge et je ne suis plus aussi influençable que dans ma jeunesse. Tu n'as pas besoin d'en savoir davantage. Tu ne comprendrais pas mes raisons. »

La fermeté de sa réponse me rassura.

« Tu as parlé de la croisée des chemins, de l'avenir que je devrai choisir moi-même. A quoi pensais-tu? »

Mon père s'essuya le front, hésita, puis commença en pesant soigneusement chacun de ses mots :

« Les gens qui, ici, à Antioche, s'y entendent le mieux, ont commencé à comprendre que le royaume n'appartient pas seulement aux Juifs. Je soupçonne, ou pour être tout à fait honnête, je sais, que même des Grecs et des Syriens non circoncis ont été baptisés et ont été admis aux repas. Cela a provoqué maintes querelles, mais en ce moment se trouve en ville un Juif cypriote que j'avais déjà rencontré à Jérusalem. Un autre Juif l'accompagne pour le seconder. Il s'appelle Saul, il est originaire de Tarse. Je l'ai déjà rencontré à Damas, le jour où on l'a conduit dans cette ville. Il venait de perdre la vue à la suite d'une révélation divine mais, plus tard, il l'a recouvrée. Il mérite d'être connu. Mon plus cher désir serait que tu interroges ces hommes et que tu écoutes leur enseignement. S'ils parvenaient à te convaincre, ils te baptiseraient pour t'introduire dans le royaume du Christ et tu serais autorisé à participer à leurs repas secrets. Cela, sans circoncision. Tu n'aurais donc pas à redouter de passer sous la juridiction de la loi juive. »

Je n'en croyais pas mes oreilles.

« Est-ce bien vrai? me récriai-je, tu désires que je sois initié aux rites juifs? Que j'adore un roi crucifié et un royaume qui n'existe pas? Qu'est-ce qu'une chose invisible, sinon une chose qui n'existe pas?

– C'est ma faute, dit mon père avec impatience. Je suis sûr de ne pas avoir utilisé les mots qu'il fallait pour te convaincre. Quoi qu'il en soit, tu n'as rien à perdre à écouter ce que ces hommes ont à te dire. »

Cette simple idée me terrorisait.

« Je ne laisserai jamais les Juifs m'asperger de leur eau sacrée! criai-je. Et je n'accepterai jamais de boire le sang avec eux. J'y perdrais les derniers lambeaux de réputation qu'il me reste. »

Patiemment, mon père revint à la charge en m'expliquant qu'en tout cas Saul était un Juif érudit qui avait fréquenté l'école de rhétorique de Tarse et que ce n'étaient pas seulement des esclaves et des ouvriers, mais aussi nombre de nobles dames d'Antioche, qui venaient en secret l'écouter. Alors, je me bouchai les oreilles, tapai du pied et criai d'une voix stridente et surexcitée :

« Non, non, non! »

Mon père se raidit, et d'une voix plus froide laissa tomber :

« Tu feras ce que tu voudras. L'empereur Claude, qui est un érudit, a calculé de façon certaine qu'au printemps prochain nous atteindrons le huit centième anniversaire de la fondation de Rome. Certes, le divin Auguste avait déjà célébré cet anniversaire et beaucoup de gens vivent encore qui y ont assisté. Néanmoins, d'autres jeux séculaires seront donnés, qui nous fourniront une excellente raison pour aller à Rome. »

Sans lui laisser le temps d'achever, je me jetai à son cou, le baisai et me ruai hors de la pièce en poussant des cris de bonheur, car je n'étais encore qu'un gamin. Les affranchis affluaient pour le festin et il dut sortir de sa chambre pour les saluer et recevoir leurs cadeaux. Je me tins à côté de mon père, pour bien montrer qu'il avait l'intention de m'associer à tout ce qui le regardait.

Quand tous furent étendus devant les tables, quand moi-même qui n'étais qu'un mineur, je me fus assis sur une chaise aux pieds de mon père, ce dernier expliqua que la réunion avait pour objet de recueillir l'avis des membres de la famille sur mon avenir.

« Commençons par prendre des forces dans le vin. La boisson délie la langue et nous aurons besoin de tous les conseils qui pourront se présenter. »

Il ne répandit pas de vin sur le sol, mais Barbus ne s'inquiéta pas de cette manifestation d'athéisme. Le vétéran se chargea de l'offrande à la place de mon père et prononça à haute voix les paroles rituelles. Je suivis son exemple et les affranchis, à leur tour, aspergèrent le plancher du bout des doigts mais ils s'abstinrent de prononcer à haute voix les salutations. A considérer ces hommes, mon cœur se remplit d'amour : chacun d'entre eux avait fait de son mieux pour me gâter et tous désiraient me voir devenir un homme dont la réputation leur serait profitable. Ils avaient appris à connaître mon père et n'attendaient donc plus rien de lui.

« Quand je vous ai acheté la liberté, reprit mon père, je vous ai fait boire le vin de l'éternité dans le gobelet de bois de feu mon épouse. Mais les seules richesses que vous ayez jamais voulu amasser, ce sont les biens de ce monde, qui peut disparaître à tout instant. Quant à moi, je n'aspire à rien d'autre qu'à vivre dans la paix et l'humilité. »

Les affranchis rétorquèrent aussitôt qu'eux aussi

s'étaient efforcés de vivre aussi paisiblement et humblement qu'il était possible à des négociants prospères. Tous se vantaient d'une richesse qui n'aboutissait qu'à augmenter leurs impôts et les dons obligatoires à la cité, mais aucun d'entre eux ne désirait évoquer un passé de servitude.

« Pour votre bien et en raison de l'obstination de mon fils Minutus, dit mon père, je ne puis embrasser la nouvelle foi qui est maintenant accessible aux non-circoncis, grecs et romains. Si je reconnaissais être chrétien, comme s'appellent les tenants de cette nouvelle religion pour se distinguer du culte juif, alors vous tous et toute ma maison seriez contraints de m'imiter et je ne crois pas que rien de bon pourrait sortir de cette conversion. Je ne puis croire, par exemple, que Barbus participerait avec une ardeur sincère quel que soit celui qui lui poserait les mains sur la tête et lui communiquerait son souffle. Et ne parlons pas de Minutus, incapable de se maîtriser, au point de hurler à la seule idée d'adhérer à la nouvelle religion.

« C'est pourquoi, le moment est venu de parler de ma famille. Ce que je fais, je ne le fais pas à moitié. Minutus et moi allons gagner Rome où, à la faveur des jeux séculaires, je retrouverai mon rang de chevalier. Minutus recevra la toge virile à Rome, en présence de sa famille. Et il aura un cheval en remplacement de celui qu'il a perdu ici. »

Pour moi, la surprise était complète. Je n'aurais jamais imaginé pareil événement, même en rêve. Dans mes vaticinations les plus optimistes, je m'étais figuré qu'un jour, ma hardiesse et mes talents me permettraient de rendre à mon père l'honneur qu'il avait perdu par la volonté de l'empereur. Mais rien de ce qu'ils entendaient n'étonnait les affranchis. Leur réaction me donna à penser que depuis longtemps ils poussaient mon père dans ce sens, ayant eux-mêmes des honneurs à gagner et des bénéfices à tirer de l'affaire. Ils expliquèrent en hochant du chef qu'ils étaient déjà en relation avec les affranchis de l'empereur Claude, qui jouaient un rôle important dans l'Etat. Et, puisque mon père possédait une propriété sur l'Aventin et un domaine à Caere, il remplissait largement les conditions de richesse requises pour être chevalier.

Mon père réclama le silence.

« Tout cela est sans importance, expliqua-t-il. L'essentiel est que j'aie enfin réussi à acquérir les papiers qui établissent le lignage de Minutus. Pour cela, il a fallu mobiliser toutes les ressources du savoir juridique. J'ai cru d'abord que je pourrais tout simplement l'adopter dès qu'il aurait atteint l'âge, mais mon avocat m'a persuadé qu'une telle mesure ne serait pas judicieuse, car alors la légalité de ses origines romaines serait constamment sujette à contestation. »

Après avoir déroulé quantité de papyrus, mon père en lut des passages à haute voix avant de nous fournir de plus amples éclaircissements :

« La pièce la plus importante est ce contrat de mariage entre Myrina et moi, certifié par les autorités romaines de Damas. Il est indubitablement authentique et légal car, lors de notre séjour dans cette ville, quand ma femme s'est trouvée enceinte de mes œuvres, j'ai été très heureux et j'ai voulu assurer la position de mon futur héritier. »

Après une pause, les yeux au plafond, il reprit :

« L'enquête sur les ancêtres de la mère de Minutus s'est heurtée à des difficultés bien plus grandes. A l'époque, je n'accordais pas d'importance à la question et nous n'en avons jamais discuté. Après de longues recherches, il a été définitivement établi que la famille de mon épouse était originaire de Myrina, près de la ville de Cyme, dans la province d'Asie. C'est sur le conseil de mon avocat que j'ai commencé mes investigations par cette cité éponyme de ma femme. La suite de l'enquête a démontré que sa famille a quitté Myrina pour les îles à la suite de revers de fortune. Mais les origines de mon épouse sont de la plus haute noblesse et pour le confirmer, j'ai fait dresser une statue d'elle devant le tribunal de Myrina et j'ai aussi effectué plusieurs donations pour honorer sa mémoire. En fait, mon représentant a reconstruit le tribunal tout entier, il n'était pas très grand et les pères de la cité eux-mêmes ont proposé de reconstituer la lignée de Myrina jusqu'aux temps anciens et même, oui, jusqu'aux dieux du fleuve, mais j'ai estimé que ce n'était pas nécessaire. Sur l'île de Cos, mon envoyé a découvert un vénérable vieillard, prêtre du temple d'Esculape, qui se souvenait très bien des parents et pouvait confirmer par serment qu'il était bien le frère du père de Myrina. A la mort de ces parents honnêtes mais tombés dans la pauvreté, les enfants se sont consacrés à Apollon et ont quitté l'île.

– Oh! m'écriai-je, j'aimerais tant connaître l'oncle de ma mère! N'est-ce pas le seul parent qui me reste du côté maternel?

– Ce ne sera pas nécessaire, se hâta de dire mon père. C'est un très vieil homme, il a mauvaise mémoire et j'ai veillé à ce qu'il ait un toit, de quoi subsister et quelqu'un qui s'occupe de lui jusqu'à la fin de ses jours. La seule chose que tu dois garder à l'esprit, c'est que par ta mère, tu te rattaches à une lignée de nobles grecs. Quand tu seras adulte, tu pourras te rappeler de temps en temps au souvenir de la pauvre cité de Myrina par quelque don approprié, de façon à ce que tes origines ne sombrent pas dans l'oubli.

« Quant à moi, j'appartiens à la gens des Manilianus par adoption et c'est pourquoi je m'appelle Manilianus. Mon père adoptif – ton grand-père légal, Minutus – était le célèbre astronome Manilius, dont un ouvrage est encore étudié dans toutes les bibliothèques du monde. Tu t'es certainement demandé pourquoi je portais cet autre nom : Mezentius. Cela m'amène à te parler de tes vrais ancêtres. Le célèbre Mécène, ami du divin Auguste, était un lointain parent de mon grand-père qui le protégea, même s'il l'oublia dans son testament. Mécène descendait des rois de Caere, qui régnèrent bien avant la fuite d'Enée hors de Troie en flammes. Le sang des anciens Etrusques coule aussi dans les veines des Romains. Mais pour parler le langage de la loi, nous sommes seulement des membres de la famille des Manilianus. A Rome, il vaut mieux ne pas trop faire allusion aux Etrusques, car les Romains n'aiment pas qu'on leur rappelle que ce peuple les a autrefois dominés. »

Mon père discourait avec un ton si digne que tous l'écoutaient en silence et que seul Barbus songeait à reprendre quelquefois des forces dans le vin.

« Mon père adoptif, Manilius, était un homme pauvre. Il dissipa sa fortune dans les ouvrages astronomiques et dans ses recherches sur les astres, alors qu'il aurait pu gagner beaucoup d'argent dans la pratique de la divination. Il dut bien plus à l'inattention du divin Tibère qu'à lui-même d'avoir conservé son titre de chevalier. Il serait trop long de vous expliquer comment j'ai passé les impatientes années de ma jeunesse comme clerc à Antioche. La principale raison de ma présence ici était que ma famille était trop pauvre pour m'offrir un cheval. Mais quand je rentrai à Rome, j'eus le grand bonheur de gagner les faveurs d'une femme très influente dont je tairai le nom. Cette femme d'expérience me présenta à une veuve, vieille et malade, douée d'un esprit d'une grande noblesse. Dans son testament, cette dame me légua toute sa fortune, de sorte que je pouvais confirmer mon droit à porter l'anneau d'or des chevaliers; mais alors j'avais déjà près de trente ans et je ne tenais plus à remplir des charges officielles. En outre, la famille de la veuve contesta l'accusation, et même, oui, alla jusqu'à émettre la répugnante idée que la vieille dame avait été empoisonnée tout de suite après avoir signé son testament. La justice penchait en ma faveur mais, à cause de cette affreuse affaire et pour certaines autres raisons, j'ai quitté Rome et j'ai gagné Alexandrie pour m'y consacrer à l'étude. Même si, à l'époque, on répandit à Rome maints ragots sur mon compte, je ne crois pas que quiconque se souvienne encore de cette querelle suscitée par des malveillants. Je vous raconte tout cela pour bien faire sentir à Minutus qu'il n'y a là rien de honteux et que rien ne s'oppose à ce que je rentre à Rome. Et je pense que, après les derniers événements, le mieux serait que nous partions le plus vite possible, avant la fin de la saison de la navigation. Je disposerai alors de tout l'hiver pour régler mes affaires avant la célébration du centenaire. »

Nous avions mangé et bu. Sur la façade de notre demeure, les torches faiblissaient et se mouraient une à une. Dans les lampes, le niveau de l'huile était à son minimum. Je m'étais efforcé de rester le plus silencieux possible, en essayant de ne pas me gratter les bras, là où mes blessures commençaient à me démanger. Sur le seuil de notre maison, quelques mendiants d'Antioche s'étaient rassemblés et, suivant l'excellente coutume syrienne, mon père leur avait fait distribuer les reliefs du festin.

Les affranchis étaient sur le point de prendre congé, lorsque deux Juifs se frayèrent un chemin jusqu'à nous. D'abord, on les prit pour des mendiants et on leur montra la porte. Mais mon père se précipita vers eux pour les saluer avec respect.

« Non, non, dit-il. Je connais ces hommes. Ce sont les messagers du plus grand des dieux. Revenez, vous tous, et écoutez ce qu'ils ont à dire. »

Le plus imposant des deux hommes se tenait très droit et portait une grande barbe. C'était un marchand juif de Chypre, nommé Barnabé. Sa famille et lui possédaient une maison à Jérusalem et mon père l'avait rencontré bien avant ma naissance. Son compagnon était beaucoup plus jeune. Vêtu d'un épais manteau de peau de chèvre noire, presque chauve, il avait de grandes oreilles et un regard si perçant que les affranchis détournèrent les yeux et levèrent la main dans un geste de protection. C'était ce Saul dont mon père m'avait entretenu, mais on ne le connaissait plus sous ce nom, car il avait adopté celui de Paul, autant par humilité que parce que son ancien nom éveillait de mauvais souvenirs chez les adeptes du Christ. Paul signifie l'insignifiant, comme mon propre nom, Minutus. Ce n'était pas un bel homme, mais dans ses yeux et sur son visage brûlait un tel feu que nul ne désirait l'affronter. Je pressentis que rien de ce qu'on dirait à cet homme ne l'influencerait jamais. Lui, en revanche, voulait influencer les autres. Comparé à lui, le vieux Barnabé paraissait presque raisonnable.

L'apparition de ces deux Juifs indisposa fort les affranchis. Mais ils n'auraient pu se retirer sans offenser mon père. Dans un premier temps, Barnabé et Paul se conduisirent correctement, prenant la parole chacun à leur tour pour raconter que les doyens de leur assemblée avaient eu une vision qui les avait incités à prendre la route pour prêcher la bonne nouvelle, aux Juifs d'abord et ensuite aux païens. Ils s'étaient également rendus à Jérusalem pour remettre de l'argent aux saints hommes qui y demeuraient. Dans cette ville, leurs disciples avaient définitivement reconnu leur autorité. Ensuite, ils avaient prêché la parole divine avec tant de force, que même les malades avaient été guéris. Dans l'une des cités de l'intérieur, on avait pris Barnabé pour Jupiter se manifestant sous une forme humaine et Paul pour Mercure. Le prêtre de cette ville avait voulu leur sacrifier un bœuf orné de guirlandes, et ils avaient eu le plus grand mal à empêcher ce sacrilège. Après cela, les Juifs de la cité avaient entraîné Paul à l'écart et l'avaient lapidé. Le croyant mort, ils avaient quitté la région, dans la crainte d'une réaction des autorités. Mais Paul était revenu à la vie.

« De quel esprit êtes-vous donc habités, demandèrent les affranchis étonnés, pour que vous ne vous contentiez pas de vivre en simples mortels et choisissiez de vous exposer au danger dans le seul but de témoigner pour le fils de Dieu et le pardon des péchés? »

A l'idée que quelqu'un avait pu prendre ces deux Juifs pour des dieux, Barbus éclata de rire. Mon père le réprimanda puis, se prenant la tête à deux mains, il dit à Barnabé et Paul :

« Je me suis familiarisé avec vos doctrines et j'ai tenté de réconcilier le Juif avec le Juif pour préserver ma propre position parmi les pères de la cité. J'aimerais croire que vous dites la vérité, mais l'esprit ne semble pas vous pousser vers la concorde. Au contraire, vous vous chamaillez et l'un dit une chose et l'autre une autre. Les saints hommes de Jérusalem ont vendu tous leurs biens et attendent le retour de votre roi. Voilà plus de seize ans qu'ils attendent et ils vivent d'aumônes. Que dites-vous de cela? »

Paul assura que, pour sa part, il n'avait jamais invité personne à quitter un travail honnête pour distribuer ses biens aux pauvres. Barnabé ajouta que chacun devait faire ce que l'Esprit lui inspirait. Quand les saints de Jérusalem ont subi les premières persécutions, ils se sont enfuis à l'étranger, et aussi à Antioche où ils se sont lancés dans le négoce avec plus ou moins de succès.

Barnabé et Paul parlèrent tant qu'à la fin l'agacement gagna les affranchis.

« En voilà assez avec votre dieu, s'exclamèrent-ils. Nous ne vous voulons aucun mal, mais qu'attendez-vous donc de notre maître, pour vous introduire ainsi en pleine nuit dans sa demeure et jeter le trouble en lui? Il a déjà son content de tracas. »

Les deux Juifs expliquèrent que leurs activités avaient provoqué tant de ressentiments parmi leurs semblables d'Antioche, que même les saducéens et les pharisiens complotaient contre eux et les autres chrétiens. Les Juifs menaient une ardente campagne de conversion en faveur du temple de Jérusalem et avaient déjà collecté de riches présents auprès des hommes pieux. Mais la secte chrétienne tentait de faire passer les nouveaux convertis de leur côté en leur promettant le pardon de leurs péchés et en leur assurant qu'ils n'auraient plus à obéir aux lois juives. Voilà pourquoi les Juifs avaient intenté une action judiciaire contre les chrétiens devant le tribunal de la cité. Barnabé et Paul projetaient de quitter Antioche avant l'audience, mais ils craignaient que le conseil ne les fît poursuivre et ne les traînât devant le tribunal.

Mon père annonça avec une évidente satisfaction qu'il était en mesure de dissiper leurs craintes.

« Par divers moyens, j'ai réussi à obtenir que le conseil n'interfère pas dans les affaires internes de la religion juive. C'est aux Juifs eux-mêmes de régler les disputes de leurs sectes. Au regard de la loi, la secte chrétienne est une secte juive comme les autres, bien qu'elle n'exige ni la circoncision ni une complète soumission à la loi de Moïse. Donc, il est du devoir des gardes de la cité de protéger les chrétiens si d'autres Juifs tentent de leur faire violence. De la même façon, il nous appartient de protéger les autres Juifs si les chrétiens s'attaquent à eux. »

Barnabé parut profondément troublé par la réponse de mon père.

« Nous sommes juifs, Paul et moi, mais la circoncision est la marque du véritable judaïsme. Et pourtant les Juifs d'Antioche ont prétendu que même si les chrétiens non circoncis ne sont pas légalement juifs, on peut les poursuivre pour atteinte aux croyance juives. »

Mais mon père savait se montrer têtu, dès qu'il avait une idée bien arrêtée :

« Pour autant que je sache, la seule différence entre les chrétiens et les Juifs, c'est que les chrétiens, circoncis ou non, croient que le messie juif, ou Christ, a déjà pris forme humaine en la personne de Jésus de Nazareth, qu'il est ressuscité d'entre les morts et que tôt ou tard il reviendra sur terre pour fonder le royaume millénaire. Les Juifs ne le croient pas et attendent toujours le Messie. Mais au regard de la loi, il est indifférent qu'ils croient ou non qu'il soit déjà venu. Le point important est qu'ils croient au Messie. La cité d'Antioche ne désire pas trancher, et n'est pas compétente pour le faire, sur la question de la venue du Messie. C'est pourquoi Juifs et chrétiens doivent régler cette affaire pacifiquement entre eux, sans persécution d'un côté ni de l'autre.

– Ainsi faisaient-ils et ainsi feraient-ils encore, dit Paul d'une voix ardente, si les chrétiens circoncis n'étaient pas si couards. Céphas, par exemple, a d'abord pris place au repas avec les non-circoncis et puis il s'est séparé d'eux. Il a plus peur des saints hommes de Jérusalem que de Dieu. Je lui ai dit très précisément ce que je pensais de sa lâcheté, mais le mal était fait et, maintenant, circoncis et non-circoncis mangent de plus en plus souvent séparément. Voilà pourquoi ces derniers ne peuvent plus, même légalement, être appelés Juifs. Non, parmi nous il n'y a ni Juifs ni Grecs, ni affranchis ni esclaves. Nous sommes tous des chrétiens. »

Mon père fit remarquer qu'il serait malavisé de présenter cette thèse devant la cour, car si elle était admise, les chrétiens perdraient d'irremplaçables avantages et la protection de la loi. Il serait plus rationnel qu'ils se reconnussent pour Juifs. Ils bénéficieraient de tous les avantages politiques du judaïsme, même s'ils ne respectaient guère la circoncision et les lois juives.

Mais il ne parvint pas à entamer l'inébranlable conviction de ces deux fanatiques : pour eux, un Juif était un Juif et tous les autres des païens, mais Juifs ou païens pouvaient devenir chrétiens de la même façon et, dès lors, il n'y avait plus de différence entre eux, ils étaient un dans le Christ. Néanmoins, un Juif chrétien continuait d'être juif, mais un païen baptisé ne pouvait devenir juif que par la circoncision, et désormais cela n'était ni nécessaire ni même souhaitable car le monde entier devait savoir qu'un chrétien n'avait pas besoin d'être juif.

Mon père déclara d'un ton acerbe que cette philosophie échappait à sa compréhension. Autrefois, il avait lui-même humblement désiré devenir sujet du royaume de Jésus de Nazareth, mais on l'avait rebuté parce qu'il n'était pas juif. Les chefs de la secte nazaréenne lui avaient même interdit de raconter ce dont il avait été témoin. A ce qu'il voyait, le plus sage serait de continuer à attendre que les affaires du royaume fussent éclaircies et accessibles aux esprits simples. A l'évidence, c'était la providence qui l'envoyait à présent à Rome, car on pouvait s'attendre à tant de tracas de la part des chrétiens et des Juifs d'Antioche que même les plus habiles médiateurs y gaspillaient en vain leurs forces.

Mais il promit de suggérer au conseil de la cité de ne pas poursuivre les chrétiens pour violation de la loi juive, en arguant du fait qu'en recevant ce baptême inventé par les Juifs, et en reconnaissant pour roi un messie juif, ils étaient devenus juifs en fait, si ce n'était en droit. Si le conseil adoptait ce point de vue, alors l'action des Juifs serait entravée pour quelque temps.

La promesse de mon père satisfit Barnabé et Paul. De fait, ils ne pouvaient espérer mieux. Mon père leur affirma qu'en tous les cas, ses sympathies allaient plus aux chrétiens qu'aux Juifs. Sur quoi les affranchis firent entendre leur voix. Ils implorèrent mon père de demander à être libéré sans délai de sa charge de membre du conseil, parce qu'il avait suffisamment de soucis avec ses affaires privées. Mais mon père rétorqua avec raison qu'il lui était impossible d'agir ainsi pour l'instant, car une telle démarche publique donnerait à penser qu'il se considérait comme coupable de sacrilège.

Les affranchis émirent la crainte que les sympathies ouvertes de mon père pour les chrétiens ne le fissent suspecter de m'avoir encouragé, moi son fils, à violer les rites innocents des jeunes filles. Car chrétiens et Juifs manifestaient une implacable aversion pour les idoles, les sacrifices et les rites anciens. Sur ce sujet, les affranchis étaient intarissables.

« Dès qu'ils ont été baptisés et ont bu du sang avec leurs coreligionnaires, les nouveaux chrétiens abattent et brûlent leurs dieux lares. Ils détruisent des livres de divination très coûteux au lieu de les vendre pour un prix raisonnable à ceux qui en ont encore l'utilité. Cette tolérance impétueuse est dangereuse. Maître, ô vous, notre maître plein de patience et de clémence, il ne faut plus vous compromettre avec eux si vous ne voulez pas attirer le malheur sur votre fils. »

Je dois dire, et ce fut tout à l'honneur de mon père, qu'après la visite des deux Juifs, il ne me poussa plus à aller écouter leur enseignement. Après s'être opposés aux autres Juifs, Paul et Barnabé se querellèrent entre eux et quittèrent Antioche pour des destinations différentes. Avant leur départ, les Juifs pieux se calmèrent, car ils savaient modérer leurs passions et éviter les conflits publics. Ils se renfermèrent dans leur société secrète.

Suivant la suggestion de mon père, le conseil rejeta la plainte déposée contre Paul et Barnabé, et proclama que les Juifs devaient régler entre eux leurs désaccords. Avec un peu de détermination, il fut également aisé d'apaiser les esprits dans l'affaire qui nous concernait, mes amis et moi. On eut recours pour cela à l'oracle de Daphné. Nos parents payèrent de lourdes amendes et nous-mêmes, durant trois jours et trois nuits, nous nous pliâmes aux cérémonies de purification nécessaires, dans le bois de Daphné. Les parents des filles que nous avions bousculées n'osèrent plus nous harceler pour les épouser. Mais, durant les cérémonies de purification, nous dûmes faire certaine promesse à la déesse de la Lune. Je ne pouvais en parler à mon père et il ne m'interrogea pas.

Contrairement à son habitude, mon père m'accompagna à l'amphithéâtre où mes six amis et moi fûmes autorisés à prendre place dans la tribune d'honneur, derrière les autorités de la ville. Notre lion s'était aminci et il avait été habilement dressé, de sorte qu'il se conduisit dans l'arène mieux que nous n'aurions osé l'espérer. Il déchiqueta sans grand mal un condamné à mort, blessa le premier gladiateur au genou et tomba en combattant sans peur jusqu'à la fin. La foule rugit de plaisir et, pour nous honorer, notre lion et nous, le public se leva et applaudit. Mon père ne dit mot, mais je crois qu'il était fier de moi.

Quelques jours plus tard, après avoir dit adieu aux servantes éplorées, nous nous mîmes en route pour le port de Séleucie. Là nous embarquâmes, mon père, moi et Barbus, et fîmes voile vers Naples d'où nous gagnerions Rome.

LIVRE II

ROME

COMMENT décrire ce que ressent un adolescent de quinze ans qui découvre Rome quand, depuis la plus tendre enfance, il sait que tous les liens de son sang aboutissent à ces vallées et à ces collines sacrées? En vérité, mes pieds crurent que la terre tremblait pour saluer le retour de son fils et mes oreilles s'imaginèrent percevoir la rumeur de huit cents années d'histoire qui montait de ces pavés usés par le passage des chars. Même le Tibre boueux était à mes yeux si sacré que je faillis m'évanouir à sa vue.

La fatigue et l'énervement dus au manque de sommeil et à la longueur du voyage y étaient peut-être pour quelque chose, mais j'éprouvais une ivresse plus délicieuse et plus douce que celle du vin. C'était la cité des mes aïeux, ma cité, et elle régnait sur toute l'étendue du monde civilisé, des confins de la Parthie jusqu'au limes germain.

Tandis que nous nous frayions un chemin dans la foule des rues pour rejoindre la demeure de Manilia Laelia, la tante de mon père, Barbus humait l'air avec allégresse.

« Voilà plus de quarante ans que l'odeur de Rome me manquait. Une odeur inoubliable, particulièrement prenante dans le quartier de Subure, à cette heure du soir où les parfums des ragoûts et des saucisses fumées se mêlent aux odeurs habituelles des ruelles. C'est un mélange d'ail, de friture, d'épices, de sueur et aussi d'encens des temples.

Mais sous toutes ces odeurs, il y en a une autre, qui est l'odeur de Rome, il n'y a pas d'autre nom, je ne l'ai jamais sentie ailleurs. Pourtant, en quarante ans, le mélange a changé, apparemment, à moins que mon nez n'ait vieilli. Je dois faire un effort pour retrouver le parfum inoubliable de mon enfance et de ma jeunesse. »

Nous étions entrés à pied dans la ville, car nul véhicule n'est autorisé à y pénétrer dans la journée, afin de ne pas rendre tout à fait impraticables des rues déjà presque bloquées par la foule. Pour mon plaisir, et peut-être aussi pour le sien, mon père prit une route détournée pour monter au Palatin; nous traversâmes d'abord le Forum en direction du Capitole puis, pour contourner la colline du Palatin, nous empruntâmes la vieille route étrusque qui longe le grand cirque. Je ne cessais de porter mes regards à droite, à gauche, en face, partout où mon père me désignait un temple ou un bâtiment public. Barbus béait d'étonnement en découvrant sur notre chemin de nouvelles *insulae*, immeubles de rapport bâtis pendant son absence. Mon père transpirait et soufflait bruyamment en marchant. Je songeai avec compassion que, quoiqu'il n'eût pas cinquante ans, c'était un vieil homme.

Mais mon père ne se décida à reprendre haleine qu'à la hauteur du temple rond de Vesta. Par l'ouverture du toit s'échappait, en minces spirales, la fumée du feu sacré de Rome. Mon père me promit de m'autoriser à venir avec Barbus visiter la grotte où la louve avait allaité Romulus et Remus et que le divin Auguste avait fait aménager de façon à ce qu'elle fût offerte à l'admiration du monde entier. L'arbre sacré des frères du loup poussait toujours sur le seuil de la grotte.

« Pour moi, dit mon père, Rome a l'inoubliable senteur des roses et des onguents, du drap propre et du carrelage récuré. C'est une odeur qu'on ne trouve nulle part ailleurs, car le sol lui-même y a sa part. Mais la seule idée de cette odeur me rend si mélancolique que je puis à peine supporter de parcourir de nouveau ces rues mémorables. Ne nous arrêtons point, car je me laisserais gagner par l'émotion au point de perdre cette impassibilité que j'ai su conserver pendant plus de quinze années. »

Mais Barbus protesta d'un air pitoyable :

« L'expérience de toute une vie m'a appris que quelques gorgées de vin suffisaient à apaiser mon esprit et mon être tout entier. Le vin m'affine l'ouïe et l'odorat et me permet de goûter les bruits et les senteurs de Rome. Quant à mon palais, il ne s'est jamais autant délecté qu'avec ces petites saucisses épicées qu'on peut acheter ici, encore toutes grésillantes. Arrêtons-nous au moins quelques instants pour en goûter une. »

Mon père ne put s'empêcher de rire et comme nous étions arrivés au marché, nous entrâmes dans une petite auberge si vieille que le sol était plus bas que le niveau de la rue. Barbus et moi humâmes l'air.

« Béni soit Hercule! s'exclama joyeusement le vétéran. Il reste donc quelque chose du bon vieux temps! Je me rappelle cet endroit, même si dans mes souvenirs il était beaucoup plus vaste et spacieux. Aspire fort l'air de ces lieux, Minutus, toi qui es plus jeune. Peut-être pourras-tu sentir le parfum du poisson et de la boue, des roseaux et du fumier, des corps en sueur et des boutiques d'encens du cirque. »

Il se rinça la bouche, cracha son offrande sur le sol et engloutit une saucisse en mâchant bruyamment et en balançant la tête. Puis il fit claquer ses lèvres et dit :

« Il y a bien un souvenir vieux et oublié qui me revient. Mais ma bouche aussi a sans doute vieilli, car j'ai beau manger une saucisse, un verre de vin en main, je n'éprouve plus comme autrefois un parfait bonheur des sens. »

Il poussa un soupir à fendre l'âme et des larmes roulèrent sur ses joues ridées :

« En vérité, reprit-il, je ne suis plus qu'un fantôme du passé, en ces jours où l'on s'apprête à célébrer les fêtes centennales. Je ne connais plus personne ici, je n'ai plus ni relation ni protecteur. Une nouvelle génération a remplacé la mienne et elle ignore tout du passé, c'est pourquoi les saucisses épicées ont perdu leur saveur et le vin est dilué. J'avais espéré retrouver quelque vieux compagnon d'armes parmi la garde prétorienne ou au moins chez les vigiles, mais maintenant je me demande si nous nous reconnaîtrions. Malheur au vaincu! Je suis comme Priam dans les ruines de Troie. »

L'aubergiste, un homme au visage luisant de graisse, s'enquit avec empressement de la cause du chagrin de Barbus. Il nous assura que l'on pouvait trouver dans sa maison des palefreniers du cirque, des scribes des archives de l'Etat, des acteurs, aussi bien que des architectes chargés de restaurer les monuments de Rome dans la perspective des jeux séculaires. On pouvait même, sous son toit, se lier avec quelques jolies petites louves. Mais Barbus, inconsolable, répliqua d'une voix lugubre qu'il n'avait que faire d'une louve, car il était certain que même ce plaisir-là n'aurait pas le goût d'autrefois.

Après cette halte, nous montâmes sur la colline de l'Aventin et mon père dit avec un soupir que nous n'aurions jamais dû nous arrêter dans cette auberge, car la saucisse à l'ail lui avait donné des brûlures d'estomac que même le vin n'aurait pu adoucir. Il était oppressé et hanté de sombres pressentiments qui ne firent que croître lorsqu'une bande d'oiseaux vola à gauche de notre route.

Parmi les *insulae* anciennes et nouvelles, nous aperçûmes, au cours de notre marche, des temples d'autrefois qui paraissaient s'enfoncer dans le sol, entre les énormes immeubles. Sur l'autre versant de l'Aventin, mon père nous montra enfin la demeure des Manilianus. Comparé à notre maison d'Antioche, c'était un bâtiment de petite taille et d'aspect négligé. Pour augmenter l'espace disponible, on avait autrefois rajouté un étage à cette demeure entourée d'un haut mur et d'un jardin à l'abandon. Quand mon père vit mon expression dédaigneuse, il m'expliqua d'un ton sans réplique que ce jardin témoignait de la noble ancienneté de la maison.

Les porteurs qui s'étaient chargés de nos bagages à la porte de Capoue étaient arrivés depuis déjà longtemps et tante Laelia nous attendait. Elle resta sur le seuil pour laisser à mon père le temps de régler les hommes, puis descendit le perron et traversa le jardin à travers les buissons de laurier. Grande femme mince aux pommettes soigneusement carminées et aux yeux noircis de fard, elle portait un anneau au doigt et une chaîne de cuivre au cou. Les mains tremblantes, elle vint à notre rencontre, en poussant consciencieusement de petits cris de joie.

Comme mon père, avec sa simplicité habituelle, était resté en arrière pour payer lui-même les porteurs, elle se méprit d'abord et, s'arrêtant devant Barbus, s'inclina légèrement, se couvrit la tête comme pour la prière et s'exclama :

« Ah! Marcus, quel bonheur! Tu as beaucoup changé depuis le temps de ta jeunesse. Mais tu as plus de prestance à présent, et tes traits sont bien plus énergiques. »

Mon père partit d'un grand rire :

« Ah! tante Laelia, tu as toujours aussi mauvaise vue.

Marcus, c'est moi. Le brave homme que tu as salué est un ancien légionnaire de ma clientèle. »

Contrariée par son erreur, tante Laelia s'approcha de mon père, l'examina d'un œil étincelant de fureur, et lui tapa sur les épaules et sur le ventre de ses mains tremblantes.

« Il n'est pas étonnant, remarqua-t-elle, que je ne te reconnaisse plus. Ton visage est bouffi, ta bedaine pend, j'ai du mal à en croire mes yeux, car tu fus un bel homme. »

Ces mots ne blessèrent nullement mon père, bien au contraire.

« Je te remercie pour ces paroles, tante Laelia. Tu m'ôtes un poids des épaules, car mon aspect d'autrefois ne m'a valu que des ennuis. Si toi, tu ne m'as pas reconnu, alors mes anciennes relations auront encore plus de mal à me reconnaître. Mais toi tu n'as pas changé le moins du monde. Tu es toujours aussi mince et tes traits ont conservé leur noblesse. Les années sont passées sur toi sans te modifier en rien. Embrasse donc mon fils Minutus, et sois aussi bonne et prévenante avec lui que tu le fus avec moi dans les folles années de ma jeunesse. »

Tante Laelia m'étreignit avec plaisir, m'embrassa sur le front et les yeux et me tapota la joue.

« Oh! mais, se récria-t-elle, tu as déjà du duvet et tu n'es plus du tout un petit garçon qu'on peut impunément embrasser. »

Tenant ma tête entre ses mains et scrutant mon visage, elle poursuivit :

« Tu ressembles plus à un Grec qu'à un Romain, mais ces yeux verts et cette superbe chevelure sont assurément peu ordinaires. Si tu étais une fille, tu pourrais te prévaloir de ta beauté. En tout cas, avec pareil minois, tu es sûr de faire un bon mariage. Au fait, ta mère était grecque, si je me souviens bien. »

Ce ne fut qu'après plusieurs minutes de ce bavardage incohérent que je compris qu'elle ne savait pas très bien elle-même ce qu'elle disait, parce qu'elle était plongée dans une terreur extrême. Sur le seuil de la demeure, nous fûmes salués par un esclave chauve et édenté à côté duquel se tenait une femme bancale et borgne. Tous deux s'agenouillèrent devant mon père pour lui débiter un compliment de bienvenue qui leur avait été manifestement appris par ma tante. Visiblement gêné, mon père se tourna vers cette dernière et lui déclara que c'était elle l'hôtesse de ces lieux. Aussitôt entrés, nous fûmes pris d'une quinte de toux car la pièce était emplie de fumée, tante Laelia ayant en notre honneur fait allumer un feu sur l'autel domestique. A travers la fumée, je distinguai à peine les statues de terre cuite de nos dieux lares et de nos pénates.

En balbutiant et gesticulant d'énervement, tante Laelia se lança, entre deux quintes, dans de filandreuses explications : selon les traditions de la gens des Manilianus, nous aurions vraiment dû sacrifier un cochon. Mais comme elle n'était pas sûre du jour de notre arrivée, elle n'avait pas acheté de porc et ne pouvait nous offrir que des olives, du fromage et de la soupe de racines. Elle-même ne mangeait plus de viande depuis longtemps.

Notre regard parcourut les salles de la maison et nous vîmes les toiles d'araignée dans les coins, le piètre état des lits et de quelques autres pauvres pièces de mobilier et je compris tout à coup que notre noble et très respectée tante Laelia vivait dans la plus noire misère. Il ne restait plus de la bibliothèque de Manilius l'astronome que quelques rouleaux rongés par les rats. La tante dut même avouer qu'elle avait vendu le buste du grand homme à la bibliothèque publique sise au pied du Palatin. A la fin, n'y tenant plus, elle se répandit en larmes amères :

« Blâme-moi, Marcus, tu en as le droit. Je suis une piètre maîtresse de maison, car j'ai connu des jours meilleurs dans ma jeunesse. Je n'aurais même pas réussi à garder cette demeure dans les biens de la gens si tu ne m'avais envoyé de l'argent d'Antioche. Je ne sais où s'est englouti cet argent, mais au moins, il n'a pas été dissipé en frivolités, en vins et en onguents parfumés. J'espère toujours que mon destin va bientôt changer, selon ce qui m'a été prédit. Alors, tu ne devrais pas te courroucer contre moi ni me demander des comptes détaillés de l'argent que tu m'as envoyé. »

Mais mon père lui assura qu'il n'était pas venu à Rome en expert-comptable. Au contraire, il regrettait vivement de ne pas lui avoir envoyé davantage d'argent pour l'entretien et les réparations de la maison. Mais à présent tout allait changer, comme on l'avait prédit à tante Laelia. Mon père pria Barbus de défaire les ballots et d'étaler sur le sol les riches tissus orientaux. Il offrit à la tante une robe et un voile de soie, lui suspendit au cou un collier de joyaux et l'invita à essayer une paire de chaussures en cuir rouge. Il lui remit aussi une superbe perruque et elle pleura encore plus fort.

« Oh! Marcus, sanglota-t-elle, tu es donc bien riche? Tous ces précieux objets, tu les as honnêtement acquis, n'est-ce pas? Je craignais que tu n'eusses sombré dans les vices de l'Orient comme tant de Romains qui y ont trop longtemps séjourné. Voilà pourquoi la vue de ton visage bouffi m'a remplie d'inquiétude. Mais sans doute ma vision était-elle brouillée par les larmes. A te considérer plus sereinement, il me semble que je m'habituerai à ta vue et que peut-être tu ne vas plus me paraître aussi laid qu'au premier abord. »

La vérité était que la tante croyait dur comme fer que mon père n'était revenu que pour reprendre la maison et l'envoyer croupir dans la misère, au fin fond de quelque campagne. Cette conviction était si profondément enracinée en elle, qu'elle ne cessait de répéter qu'elle ne pourrait jamais vivre ailleurs qu'à Rome. Peu à peu, son courage s'affermit : n'était-elle pas veuve de sénateur? Elle nous assura qu'on continuait de la recevoir dans bon nombre des plus anciennes maisons de Rome, bien que son époux, Cnaius Laelius, fût mort depuis très longtemps, à l'époque de l'empereur Tibère.

Je la priai de me parler du sénateur, mais la tante eut une moue en écoutant ma requête :

« Marcus, dit-elle à mon père, comment est-ce possible? Comment se fait-il que ton fils parle latin avec un accent syrien aussi effroyable? Nous devons corriger cela si nous ne voulons pas qu'il se couvre de ridicule. »

Mon père répliqua avec son impassibilité habituelle que lui-même avait si longtemps parlé le grec et l'araméen que sa prononciation devait aussi paraître étrange.

« Peut-être bien, rétorqua la tante sur un ton caustique, toi, tu es vieux et tout le monde pensera que tu as pris cet accent étranger dans une garnison ou quelque autre poste lointain. Mais il faut que tu embauches un bon tuteur ou un acteur pour améliorer la diction de Minutus. Il devra fréquenter les théâtres et les lectures publiques. Claude est particulièrement soucieux de pureté du langage, même s'il laisse ses affranchis s'entretenir en grec des affaires de l'Etat, et même si sa femme se conduit d'une manière que la pudeur m'interdit de préciser. »

Puis elle se tourna vers moi :

« Mon pauvre époux, le sénateur Cnaius, n'était pas plus

stupide ni plus simple que Claude. Oui, Claude, à une certaine époque, est même allé jusqu'à fiancer son fils encore mineur à la fille de Séjan, et lui-même a épousé la sœur adoptive de celui-ci. Le garçon était aussi étourdi que son père et plus tard, il se tua en heurtant un poirier. Je veux dire que mon défunt époux lui aussi a recherché les faveurs du préfet Séjan et a cru servir l'Etat en agissant ainsi. Et toi, Marcus, ne t'es-tu pas en quelque façon mêlé aux intrigues de Séjan? Tu as disparu si brusquement de Rome, peu avant que la conspiration ne soit révélée! Pendant des années, plus personne n'a entendu parler de toi. En fait, c'est parce qu'on ne savait plus rien de toi que le cher empereur Caius a retiré ton nom de la liste des chevaliers. « Moi non plus, je ne sais rien de lui », a dit Caius en riant et il a barré ton nom. C'est tout ce que je sais là-dessus. Mais peut-être s'est-on refusé à m'en dire davantage, par égard pour moi. »

D'un ton sec, mon père répondit que, dès le lendemain, il se rendrait aux archives de l'Etat pour demander la raison de cette radiation. Cette réponse ne parut guère réjouir tante Laelia.

« Ne serait-il pas plus prudent, objecta-t-elle, de renoncer à déterrer une affaire oubliée? Quoiqu'il ait réparé beaucoup d'erreurs politiques de Caligula, Claude se montre parfois irritable et capricieux, surtout quand il a bu.

« Mais enfin, concéda-t-elle, je comprends que, pour le bien de Minutus, il nous faut faire tout notre possible pour restaurer l'honneur de la famille. Le moyen le plus rapide d'y parvenir, serait de donner la toge virile à ton fils en s'arrangeant pour qu'il se trouve le plus vite possible sous les yeux de Valeria Messaline. La jeune impératrice apprécie les jeunes gens qui viennent à peine de recevoir la toge virile, et elle aime à les inviter dans sa chambre pour les questionner en tête-à-tête sur leurs ancêtres et sur leurs espoirs. Si je n'étais pas si fière, je demanderais audience à cette putain pour qu'elle s'occupe de l'avenir de Minutus. Mais j'ai bien peur qu'elle ne refuse de me recevoir. Elle ne sait que trop bien que j'ai été la meilleure amie de l'empereur Caius dans sa jeunesse. En fait, j'ai été parmi les quelques Romaines qui ont aidé Agrippine et la jeune Julia à leur retour d'exil à donner aux restes de leur pauvre frère une sépulture correcte. Le pauvre Caius a été assassiné de si brutale manière! Et ensuite, les Juifs ont financé la prise du pouvoir par Claude. Agrippine a mis la main sur un riche parti, mais Julia a été de nouveau bannie de Rome : Messaline trouvait que la jeune fille tournait beaucoup trop autour de son oncle Claude. Ces deux ardentes jeunes filles sont à l'origine de beaucoup d'exils. Je me souviens d'un certain Tigellinus, qui, pour être dépourvu d'éducation, comptait assurément parmi les plus beaux jeunes gens de Rome. Son bannissement ne l'a guère ému, car il s'est lancé aussitôt dans une affaire de pêcherie et on dit maintenant qu'il élève des chevaux de course. Puis il y a eu un philosophe espagnol, Sénèque, qui avait déjà publié plusieurs livres et qui, en dépit de sa consomption, avait certaines relations avec Julia. On l'a relégué en Corse pendant plusieurs années. Messaline estimait qu'il n'était pas convenable qu'une nièce de Claude ne fût pas chaste, même si sa liaison demeurait secrète. Peu importe, puisque aujourd'hui seule Agrippine vit encore. »

Mon père profita de ce qu'elle reprenait haleine pour dire avec précaution qu'il vaudrait mieux pour l'instant que tante Laelia ne se mêlât pas de m'aider. Mon père désirait régler la question par lui-même, sans intervention féminine. D'une voix amère, il ajouta qu'il avait eu son content d'interventions féminines. Les femmes ne l'avaient que trop tracassé, depuis les jours lointains de sa jeunesse.

Tante Laelia ouvrit la bouche pour répliquer, mais son regard se posa sur moi et elle garda le silence. Enfin nous pûmes commencer notre frugal repas d'olives, de fromage et de soupe de racines. Mon père eut soin de nous faire laisser quelques bribes de ces mets y compris du maigre bout de fromage, car ces reliefs seraient le seul repas des vieux esclaves de la maison. Je ne le compris pas tout de suite, car à Antioche, j'avais toujours reçu les meilleurs morceaux, et il restait toujours de quoi nourrir très largement le reste de la maisonnée et les pauvres qui assaillaient mon père chaque jour.

Le lendemain, mon père chargea un architecte de réparer la demeure familiale et engagea un couple de jardiniers pour nettoyer et refaire le jardin. Un sycomore y avait été planté par un Manilianus qui devait plus tard mourir en pleine rue sous les coups des hommes de Marius. Un couple d'arbres chenus poussait aussi tout près de la maison, et mon père vérifia avec beaucoup de soin qu'ils n'avaient pas subi de dommage. Il veilla aussi à ce que le petit bâtiment écrasé demeurât aussi inchangé que possible.

« Tu verras une grande débauche de marbres et d'ornements luxueux à travers Rome, m'expliqua-t-il, mais quand tu auras grandi, tu comprendras que ce que je suis en train de m'offrir est le plus haut degré du luxe. Même le plus riche parvenu ne peut avoir près de sa maison des arbres aussi vénérables. Et la décoration extérieure, à l'ancienne mode, de cette demeure vaut plus que toutes les colonnes du monde. »

Le visage de mon père s'assombrit, car ses pensées se tournaient à présent vers le passé.

« Autrefois, à Damas, j'avais l'intention de me construire une maison simple au milieu des arbres, pour y vivre en paix avec ta mère, Myrina. Mais après sa mort, j'ai sombré dans un tel désespoir que pendant plusieurs années, plus rien pour moi n'a eu d'importance. Je me serais peut-être tué si mes obligations envers toi ne m'avaient contraint à vivre. Et puis, il y avait aussi cette promesse que me fit un jour un pêcheur sur une rive de Galilée, promesse que je suis toujours curieux de voir réalisée, quoique ce souvenir ait pris pour moi la couleur d'un rêve. »

Mon père ne m'en dit pas davantage sur ce sujet et revint à celui des arbres, pour répéter qu'il lui fallait bien se contenter de ces vénérables végétaux puisque son destin ne lui avait pas permis d'en planter lui-même et de les regarder pousser.

Tandis que l'architecte et les maçons s'affairaient autour de la maison et que mon père courait les bureaux pour arranger ses affaires, Barbus et moi parcourions inlassablement Rome, pour admirer les vieilles pierres et regarder vivre les gens. Claude avait fait restaurer les temples et les monuments commémoratifs anciens. Prêtres et lettrés rassemblaient mythes et légendes qui leur étaient associés et les adaptaient aux besoins du moment. Les palais impériaux du Palatin, le temple du Capitole, les bains et les théâtres de Rome en eux-mêmes ne m'impressionnaient guère. En fait, avec ses étroites ruelles et ses rampes abruptes, Rome paraissait une ville étriquée quand on était accoutumé aux larges allées d'Antioche.

Cependant, un bâtiment au moins, par ses formes et ses dimensions, me transportait d'admiration. C'était le titanesque mausolée du divin Auguste. Il était circulaire, comme tous les temples les plus sacrés de Rome, en souvenir des premiers Romains qui vivaient dans des huttes rondes. La grandiose simplicité du mausolée me parut digne d'un dieu qui avait été aussi le plus grand autocrate de tous les temps. Je ne me lassais pas de relire l'inscription qui rappelait les hauts faits d'Auguste. Barbus montrait moins d'enthousiasme. Il déclara que son temps de service dans la légion lui avait appris à considérer ces inscriptions avec scepticisme, car ce qui ne s'y trouvait pas consigné était généralement plus important que ce qui l'était. L'art de l'omission permettait de transformer une défaite en victoire et des erreurs politiques en une sage conduite des affaires. Il m'assura qu'entre les lignes du mémorial d'Auguste, il pouvait lire l'anéantissement de légions entières, la destruction de centaines de vaisseaux de guerre et les incommensurables pertes en vies humaines de la guerre civile.

Certes, quand Barbus naquit, Auguste avait déjà rétabli la paix et l'ordre dans l'Etat et avait affermi son pouvoir sur Rome. Mais le père du futur légionnaire lui parlait moins d'Auguste, qui était considéré comme un médiocre, que de Marc Antoine, qui parfois montait sur le rostre pour haranguer la foule du Forum, dans un tel état d'ébriété que, enflammé par ses propres paroles, il vomissait de temps en temps dans un seau placé à côté de lui. A cette époque, on s'adressait encore directement au peuple. Pendant son trop long règne, Auguste avait gagné le respect du sénat et de la plèbe mais, à en croire le père de Barbus, la vie à Rome avait perdu beaucoup de sa saveur. Auguste n'avait jamais vraiment séduit personne, alors que le bouillant Antoine était aimé pour ses fautes mêmes et pour sa brillante étourderie.

Mais ces histoires que me contait Barbus et que mon père n'aurait guère jugées convenables, m'étaient déjà familières. Avec la merveilleuse simplicité de ses richesses, le mausolée d'Auguste me ravissait et presque chaque jour nous traversions la ville pour le retrouver. On peut se douter aussi que le Champ de Mars, et surtout les exercices qui s'y déroulaient, ne me laissaient pas indifférent. C'était là, en effet, que les fils de sénateurs et de chevaliers s'entraînaient fiévreusement dans l'art équestre, en vue des jeux séculaires. Je suivais d'un regard envieux leurs évolutions, quand ils se séparaient et se regroupaient et se séparaient de nouveau, au signal d'un cor. Tout cela n'avait guère de secret pour moi et j'étais sûr de savoir maîtriser un cheval aussi bien, sinon mieux qu'eux.

Au nombre des spectateurs de ces exercices figuraient toujours quelques mères anxieuses, car les jeunes nobles avaient entre sept et quinze ans. Naturellement, les garçons feignaient de ne pas reconnaître leurs génitrices et quand l'un des plus jeunes était désarçonné et qu'une mère se précipitait, manteau au vent et tremblante de terreur, pour sauver sa progéniture des sabots des coursiers, les autres cavaliers grognaient de fureur. On avait naturellement attribué aux cadets les chevaux les plus calmes. Ces montures, qui s'immobilisaient promptement pour protéger celui qui était tombé, étaient loin d'être des farouches chevaux de guerre. A Antioche, nos bêtes étaient beaucoup plus sauvages que celles de ces Romains.

On me montra un jour, dans la foule des spectateurs, Valeria Messaline et sa suite brillante. Je l'examinai avec curiosité. Certes, je ne m'étais pas approché, mais de loin elle ne paraissait pas aussi belle qu'on le disait. Son fils de sept ans, que Claude avait nommé Britannicus en souvenir d'une victoire sur les Bretons, était un pâle gringalet visiblement terrorisé par sa monture. La noblesse de ses origines le désignait pour chevaucher en tête des cavaliers et conduire leurs manœuvres, mais c'était impossible : dès qu'il était en selle, son visage se gonflait de larmes et ses yeux ruisselaient. Après chaque séance, son visage se couvrait d'une éruption rouge et il avait beaucoup de peine à voir à travers ses paupières bouffies.

Arguant du jeune âge de Britannicus, Claude avait nommé Lucius Domitius, fils de sa nièce Domitia Agrippine, chef de cette cavalerie puérile. Lucius n'avait pas encore dix ans, mais il était bien différent du timide Britannicus. C'était un solide gaillard, hardi cavalier. Après l'exercice, il restait souvent seul en piste pour exécuter quelque folle prouesse aux applaudissements de la foule. Comme il avait hérité la chevelure rousse de la gens domitienne, il retirait volontiers son casque pendant la séance pour montrer au peuple ce signe d'appartenance à une vénérable gens réputée pour son courage. Mais on l'estimait davantage d'être le neveu de l'empereur que d'appartenir à la lignée des Domitius. Neveu de Claude, il avait en effet dans les veines à la fois le sang de Julia, la sœur de Jules César et celui de Marc Antoine. Sa vue suscitait même l'enthousiasme de Barbus qui lui lançait de sa voix éraillée des plaisanteries indécentes et amicales qui faisaient hurler de rire l'assistance.

A ce qu'on disait, sa mère, Agrippine, n'osait assister aux exercices équestres. Elle craignait de susciter l'envie de Valeria Messaline. Instruite par le sort de sa sœur, elle évitait le plus possible de paraître en public. Mais Lucius Domitius n'avait nul besoin de la protection de sa mère. Il avait gagné le cœur de la foule par sa seule témérité gracieuse et juvénile. Il maîtrisait parfaitement son corps, chacun de ses gestes était harmonieux et il posait un regard fier sur le monde. Parmi ses compagnons, ses aînés mêmes ne paraissaient pas l'envier et se soumettaient volontiers à son commandement.

Penché par-dessus la barrière de bois poli par l'usage, je suivais d'un regard mélancolique les évolutions des cavaliers. Mais mon existence oisive prit fin. Mon père avait déniché un lugubre professeur de rhétorique qui corrigeait d'une voix sarcastique chaque mot que je prononçais, et apparemment tenait par-dessus tout à me faire lire à haute voix de mornes ouvrages traitant de la maîtrise de soi, de l'humilité et du comportement viril. Mon père était décidément doué pour me trouver des précepteurs exaspérants.

Pendant qu'on réparait la maison, Barbus et moi dormions dans une chambre à l'étage. La pièce était imprégnée de l'odeur de l'encens et les murs s'ornaient de symboles magiques auxquels je n'accordai d'abord guère d'attention, car je m'étais persuadé qu'ils dataient de l'époque de l'astronome. Mais leur présence troublait mes nuits. Quand Barbus n'avait pas été contraint de me secouer pour me tirer d'un rêve gémissant, c'étaient mes propres cris qui m'arrachaient au sommeil. Bientôt, mon précepteur se lassa à son tour du fracas des marteaux et poursuivit ses cours dans les salles de lecture des thermes.

La vue de ses membres grêles et de son gros estomac m'emplit d'un dégoût qui ne fit que s'accentuer lorsqu'il se laissa aller, entre deux sarcasmes, à me tapoter le bras en me parlant d'Antioche où, suggérait-il, j'avais certainement goûté à l'amour grec. Il manifesta le désir qu'en attendant la fin des travaux dans la demeure des Manilianus, nous allions dans sa chambre, une soupente où l'on accédait par une échelle, dans une sordide masure de Subure. Là, il pourrait me dispenser son enseignement sans être dérangé et me familiariser avec une vie de sagesse.

Barbus, qui devinait les intentions du professeur, lui donna un solennel avertissement. Quand il apparut que celui-ci n'en avait pas tenu compte, le vétéran le rossa de si belle façon que, terrorisé, le précepteur n'osa reparaître devant mon père pour réclamer ses émoluments. Comme ni Barbus ni moi nous n'osions révéler à mon géniteur les véritables raisons de cette soudaine disparition, ce dernier fut convaincu que ma stupidité avait lassé un éminent lettré. Nous eûmes une conversation animée au cours de laquelle je lui lançai :

« Offre-moi donc un cheval plutôt qu'un précepteur! Je pourrai ainsi faire la connaissance des jeunes Romains de mon âge et apprendre leurs us et coutumes.

– C'est un cheval qui a fait ta perte à Antioche, objecta mon père. Claude a rendu récemment un édit fort sensé qui autorise les sénateurs et les chevaliers vieux ou impotents à conduire leurs chevaux par la bride sans les monter. Il convient que toi aussi tu ne te soumettes que pour la forme aux obligations militaires.

– S'il en est ainsi, répliquai-je, donne-moi au moins assez d'argent pour que je puisse me mêler aux acteurs, aux musiciens et aux gens du cirque. En pareille société, je ne pourrai manquer de me lier à ces garçons efféminés qui échappent au service de la nation. »

Mais cette idée non plus ne souriait guère à mon père.

« Tante Laelia m'avait déjà averti qu'il n'était pas bon qu'un jeune homme comme toi demeurât trop longtemps sans amis de son âge. En vaquant à mes affaires, j'ai rencontré un armateur et commerçant en grains. A la suite de la récente disette, Claude a décidé de faire construire un nouveau port et d'indemniser les propriétaires de transports de grains qui sombreront en mer. Sur le conseil de Marcus, le pêcheur, j'ai acheté des parts dans ces bateaux, car plus personne ne veut courir un tel risque et certains se sont déjà bâti des fortunes en se contentant de rééquiper de vieux navires. Mais les manières de ces nouveaux riches sont telles que je ne tiens pas à ce que tu les fréquentes. »

J'avais l'impression qu'il ne savait pas ce qu'il voulait.

« Tu es donc venu à Rome pour t'enrichir? » lui demandai-je.

La question ne fut pas du goût de mon père.

« Tu sais parfaitement, rétorqua-t-il, virulent, que je ne désire rien tant que vivre une vie de simplicité, de silence et de paix. Mais mes affranchis m'ont fait remarquer que ce serait un crime contre l'Etat et le bien commun que d'épargner des pièces d'or et de les conserver dans des sacs, au fond d'un coffre. Et puis, je veux augmenter mes propriétés terriennes à Caere, le pays de ma vraie famille. Tu ne dois jamais oublier que nous ne sommes des Manilianus que par adoption. »

Il me considéra avec un regard troublé :

« Tout comme moi, tu as un pli au coin des yeux : la marque de notre véritable origine... Mais pour en revenir à notre gens d'adoption et à ses titres, sache que j'ai trouvé dans les archives de l'Etat les listes de chevalerie de l'époque de Caius Caligula et que j'ai constaté de mes propres yeux que mon nom n'était nullement biffé. Tout au plus, une ligne tremblotante le barre-t-elle... la maladie faisait trembler la main de Caius.

« En tout cas, il n'y a aucun jugement signifié à mon encontre. Je ne saurais dire si c'était ou non en raison de mon absence. Il y a dix ans, le procurateur Ponce Pilate est lui aussi tombé en disgrâce et a été exilé. Mais Claude possède un rapport secret qui pourrait contenir certains éléments de nature à me nuire. J'ai rencontré Félix, un affranchi de l'empereur qui s'occupe des affaires de Judée. Il m'a promis d'en toucher un mot à Narcisse, le secrétaire privé de Claude, dès que l'occasion s'en présentera. J'aurais préféré faire moi-même la connaissance de ce personnage influent, mais on dit qu'il a tant de poids dans l'Etat que, pour une simpe entrevue, il en coûte déjà mille sesterces. Pour préserver mon honneur, et non point évidemment par ladrerie, je préfère ne pas le corrompre directement. »

Mon père poursuivit en m'expliquant qu'il avait prêté une oreille attentive à tout ce qui se disait sur l'empereur Claude, en bien comme en mal. En dernier ressort, notre réinscription sur les listes de la chevalerie dépendait de l'empereur lui-même. Avec l'âge, Claude devenait capricieux et si la fantaisie lui en prenait, ou si le moindre présage se présentait, il revenait sur les décisions les plus fermes. Il arrivait aussi qu'il s'endormît pendant une séance du sénat ou l'audience d'un tribunal et qu'au réveil il eût oublié l'objet du débat. Pendant cette période d'attente, mon père en avait profité pour lire tous les ouvrages de l'empereur, et jusqu'à son manuel de jeu de dés.

« Claude est un des rares Romains à savoir encore parler la langue des Etrusques et déchiffrer leur écriture. Si tu veux me faire plaisir, va à la bibliothèque publique du Palatin lire le livre qu'il a écrit sur l'histoire des Etrusques. Il comprend plusieurs rouleaux, mais il n'est pas trop ennuyeux. L'ouvrage explique aussi les paroles de nombreux sacrifices rituels, paroles que les prêtres doivent désormais apprendre par cœur. Puis nous irons à Caere inspecter notre domaine, car je ne l'ai pas encore visité en personne. Tu sauras chevaucher jusque-là. »

Les déclarations de mon père m'attristèrent encore davantage. La seule envie qu'elles éveillèrent en moi fut de me mordre les lèvres et d'éclater en sanglots. Quand son maître fut parti, Barbus me jeta un regard rusé.

« Etrange comme tant d'hommes d'âge mûr oublient ce que c'est d'être jeune, dit-il. Moi, pourtant, je me souviens très bien que lorsque j'avais ton âge, je pleurais sans raison et j'avais des cauchemars. Je sais parfaitement comment tu pourrais retrouver la paix de l'esprit et un bon sommeil mais à cause de ton père, je n'oserais arranger quoi que ce soit pour toi. »

A son tour, Tante Laelia se mit à me jeter des regards troublés. Elle me demanda de venir dans sa chambre où, après s'être assurée que nulle oreille indiscrète ne pouvait nous entendre, elle me parla ainsi :

« Si tu me jures ne pas en parler à ton père, je vais te révéler un secret. »

Par déférence, je contins le rire qui montait en moi à la seule idée que tante Laelia détînt un secret, et je promis. Mais j'avais tort de me moquer.

« Dans la chambre où tu dors, dit-elle, j'ai souvent hébergé un magicien juif du nom de Simon. Lui-même se présente comme un Samaritain, mais ces gens-là sont aussi des Juifs, n'est-ce pas? Ce sont sans doute les fumées de son encens et ses symboles magiques qui ont troublé ton sommeil. Voilà quelques années qu'il a débarqué à Rome et qu'il s'est bâti une réputation de médecin, de devin et de faiseur de miracles. Le sénateur Marcellus l'a invité à vivre dans sa demeure et lui a même élevé une statue, car il croit que Simon possède des pouvoirs divins. Ces pouvoirs ont été vérifiés. Il a plongé un jeune esclave dans le dernier sommeil, et puis l'a arraché à la mort quoique le garçon fût déjà froid et ne montrât plus le moindre signe de vie. Je l'ai vu de mes propres yeux.

– Je le crois volontiers. Mais j'ai eu mon content de Juifs à Antioche.

– Sans conteste, se hâta d'approuver ma tante. Mais laisse-moi continuer. Simon le magicien a suscité l'envie de ses congénères, ceux qui vivent sur l'autre berge du fleuve et ceux qui demeurent ici sur l'Aventin. Il pouvait se rendre invisible et voler. Alors les Juifs ont invité un autre magicien, nommé lui aussi Simon, à se confronter avec lui. Les deux hommes devaient faire la démonstration de leurs pouvoirs. Simon, je veux dire le mien, a demandé aux spectateurs d'observer attentivement un petit nuage et puis il a disparu. Quand il est réapparu, il volait près du petit nuage au-dessus du Forum; mais les autres Juifs ont invoqué son idole, Christ, et Simon s'est abattu à terre et s'est cassé une jambe. Sa fureur était grande. On l'a emmené à la campagne, où il s'est caché jusqu'au départ de Rome de l'autre Simon. Alors, sa jambe guérie, lui et sa fille sont revenus et je l'ai installé ici puisqu'il n'avait pas de meilleur hôte. Il est resté sous mon toit aussi longtemps que j'ai eu les moyens, puis il a pris ses quartiers dans une maison proche du temple de la Lune, où il reçoit aujourd'hui sa clientèle. Il ne vole plus et ne tire plus personne de la mort, mais sa fille gagne sa vie comme prêtresse de la Lune. Beaucoup de gens du meilleur monde viennent le consulter et Simon leur vend sa marchandise impalpable.

– Pourquoi me raconter tout cela? » demandai-je, soupçonneux.

Tante Laelia se tordit les mains.

« Tout est si triste depuis que le magicien est parti. Mais comme je n'ai plus d'argent, il ne voudra plus me recevoir. De toute façon, à cause de ton père, je n'oserais plus aller chez lui. Mais je suis sûre qu'il te guérirait de tes mauvais rêves et apaiserait tes terreurs. En tout cas, avec l'aide de sa fille, il saurait te prédire l'avenir, te conseiller sur ce que tu dois manger, t'indiquer ce qui t'est favorable, tes jours fastes et néfastes. Moi, par exemple, il m'a interdit les pois et depuis ce jour, je ne puis seulement en voir sans en être malade, à moins qu'il ne s'agisse de pois séchés. »

Mon père m'avait offert quelques pièces d'or pour me consoler et m'inciter à lire l'histoire des Etrusques. Je considérais la tante Laelia comme une vieille dame un peu folle qui consacrait son temps à des superstitions et à des pratiques magiques parce qu'elle n'avait pas eu beaucoup de plaisir dans sa vie. Mais je ne désirais pas lui marchander son passe-temps. Rendre visite au magicien samaritain et à sa fille semblait une activité beaucoup moins ennuyeuse que de s'enfermer dans une bibliothèque poussiéreuse avec des vieillards qui farfouillaient interminablement dans les rouleaux de parchemins desséchés. En outre, le moment pour moi était venu de me présenter au temple de la Lune, en accord avec la promesse faite au temple de Daphné.

A la grande joie de ma tante, je déclarai que je l'accompagnerais chez le magicien. Elle se vêtit de soie, peinturlura et bichonna son visage ridé, orna son chef de la perruque rouge que mon père lui avait donnée et suspendit à son cou décharné le collier de joyaux. Barbus la supplia, au nom de tous les dieux, de se couvrir au moins la tête afin qu'on ne la prît pas pour quelque pensionnaire de bordel. Sans se fâcher de ce conseil, la tante agita son index à l'intention de Barbus et lui interdit de nous accompagner. Mais Barbus avait solennellement juré de ne jamais me perdre de vue dans les rues de Rome. Il finit par accepter de nous attendre sur le seuil du temple.

Le temple de la Lune sur l'Aventin est si ancien qu'il n'existe aucune légende sur ses origines, comme c'est le cas pour le temple de Diane, plus récent. Bâti avec du bois magnifique sur un plan rond par le roi Servius Tullius, il a par la suite été entouré d'un second bâtiment en pierre. La partie intérieure du temple est si sainte qu'on n'a pas osé la toucher et que le sol est demeuré en terre battue. Hormis les offrandes votives, le seul objet sacré est un énorme œuf de pierre dont la surface usée et noircie est polie par les huiles et les onguents. Quand on se glisse dans la pénombre de ces lieux vénérables, on éprouve ce frisson divin que seuls les plus anciens temples communiquent à leurs visiteurs. Ce frisson, je l'avais déjà ressenti en pénétrant dans le temple de Saturne, le plus vieux, le plus terrifiant et le plus saint de tous les temples de Rome. C'est le temple du Temps dans l'enceinte duquel, un jour par an, le plus haut prêtre - c'est-à-dire, d'ordinaire, l'empereur lui-même – enfonce un clou de cuivre dans le pilier de chêne qui se trouve en son centre.

Au temple de la Lune, point de pilier sacré. A côté de l'œuf de pierre, sur un trépied, une femme d'une pâleur mortelle était assise, dans une immobilité si complète que, au sein de la pénombre, je la pris d'abord pour une statue. D'une voix qui miaulait d'humilité, tante Laelia s'adressa à elle en l'appelant Helena et lui acheta des huiles saintes pour oindre l'œuf. En versant l'huile goutte après goutte, elle marmonna une formule magique que seules les femmes ont le droit de connaître. Il est inhabituel que les hommes fassent des offrandes à cet œuf. Tandis que ma tante présentait les siennes, j'examinai les autres offrandes et constatai avec plaisir que plusieurs petites boîtes d'argent rondes figuraient parmi elles. J'étais honteux à l'idée de ce que j'avais promis d'offrir à la déesse de la Lune, et je préférais l'apporter, quand le moment serait venu, dans une boîte fermée.

Alors, la femme au teint blafard se tourna vers moi, me scruta de ses effrayants yeux noirs, sourit et dit :

« N'aie pas honte de tes pensées, oh! toi, beau jeune homme. La déesse de la Lune est plus puissante que tu ne crois. Si tu gagnes ses faveurs, alors tu posséderas un pouvoir incomparablement plus grand que la force brute de Mars ou l'aride sagesse de Minerve. »

Elle parlait latin avec un accent qui donnait l'impression que ses lèvres étaient accoutumées aux mots d'une langue ancienne et oubliée. A mes yeux, son visage s'agrandit, comme éclairé d'une secrète lumière lunaire et, quand elle sourit, je vis qu'en dépit de son teint livide, elle était belle. Tante Laelia lui parla encore plus humblement et la pensée soudain me frappa qu'elle ressemblait à une chatte famélique qui se frottait et se tortillait insidieusement contre l'œuf de pierre.

« Non, non, pas une chatte, dit la prêtresse toujours souriante. Une lionne. Tu ne vois donc pas? Qu'as-tu de commun avec les lions, mon enfant? »

Ces paroles me remplirent de frayeur et pendant un très bref instant, je vis une lionne efflanquée et inquiète là où se trouvait tante Laelia. L'animal posa sur moi le même regard de reproche que le lion de la campagne d'Antioche lorsque je lui avais blessé une patte avec mon javelot. Mais la vision s'évanouit quand je me frottai le front.

« Ton père est-il chez lui? demanda la tante à Helena. Crois-tu qu'il nous recevrait?

– Simon, mon père, a jeûné et voyagé dans de nombreux pays où il est apparu à ceux qui croient en ses pouvoirs divins. Mais, en cet instant, je sais qu'il est réveillé et qu'il vous attend. »

Nous ayant entraînés à l'arrière du temple, la prêtresse nous fit franchir quelques marches et nous conduisit à un petit bâtiment dont le rez-de-chaussée était occupé par une boutique d'objets sacrés de tous les prix : étoiles et lunes de cuivre, petits œufs de pierre. Là, la prêtresse Helena paraissait fort ordinaire, avec son visage au teint brouillé, son manteau blanc souillé et son odeur d'encens et de renfermé. Elle n'était plus jeune.

Dans l'arrière-boutique sombre où elle nous entraîna, un homme à barbe noire et à gros nez était assis sur une natte à même le sol. Il leva les yeux sur nous comme s'il se trouvait encore dans un autre monde, puis se releva, très droit, pour saluer tante Laelia.

« Je m'entretenais avec un magicien éthiopien, dit-il d'une voix étonnamment profonde. Mais j'ai senti en moi que vous veniez. Pourquoi me déranger, Laelia Manilia? A voir ta tunique de soie et tes bijoux, je devine que tu as déjà reçu tous les bienfaits que je t'avais prédits. Que veux-tu de plus? »

La tante expliqua sur le mode plaisant que je dormais dans la pièce que Simon le magicien avait habitée si longtemps. Des cauchemars hantaient mes nuits, me faisaient grincer des dents et crier dans mon sommeil. Elle voulait en connaître la raison et savoir s'il existait un remède.

« En outre, cher Simon, j'avais quelques dettes envers toi quand, dans ta rancœur, tu as quitté ma demeure. Daigne accepter ces trois pièces d'or. »

Simon ne prit pas lui-même l'argent. Il adressa un signe de tête à sa fille – pour autant qu'Helena fût vraiment sa fille – et celle-ci reçut les pièces avec indifférence. Son attitude me déplut : trois aurei romains ne représentent-ils pas trois cents sesterces ou soixante-quinze pièces d'argent?

Le magicien se rassit sur la natte en m'invitant à prendre place face à lui. La prêtresse jeta trois pincées d'encens dans un vase. Simon me contempla sans mot dire.

« On m'a raconté que tu as fait une chute un jour où tu volais, dis-je poliment, pour rompre le silence.

– Je suis tombé sur l'autre rive de la mer de Samarie », dit-il d'une voix monocorde.

Mais tante Laelia s'agita, impatiente.

« Oh! Simon, pourquoi ne nous commandes-tu pas, comme avant? » supplia-t-elle.

Le Juif leva l'index. La tante se raidit et fixa le doigt. Sans même lui jeter un coup d'œil, le magicien dit :

« Tu ne peux plus tourner la tête, Laelia Manilia. Et ne nous dérange plus. Va te baigner dans la fontaine. Quand tu entreras dans l'eau, tu seras satisfaite et rajeuniras. »

Elle resta clouée sur place. Le regard stupidement fixe, elle faisait les gestes d'une femme qui se déshabille. Simon ramena ses regards sur moi et reprit :

« Je possède une tour de pierre. La Lune et les cinq planètes me servent. Mon pouvoir est divin. La déesse de la Lune a pris forme humaine sous l'apparence d'Helena et s'est voulue ma fille. Avec son aide, je pouvais voir dans l'avenir comme dans le passé. Mais ensuite sont venus de Galilée des magiciens aux pouvoirs plus grands que les miens. Il leur suffisait de poser les mains sur la tête d'un homme pour qu'il commence à parler et que l'esprit entre en lui. J'étais encore jeune alors. Je désirais étudier toutes les sortes de pouvoir. Aussi les priai-je de m'imposer les mains à moi aussi, en leur proposant une forte somme pour qu'ils fassent parler leur pouvoir en moi et que je puisse accomplir les mêmes miracles qu'eux. Mais, avares de leur pouvoir, ils me répondirent par des injures et m'interdirent d'user du nom de leur dieu dans mes activités. Regarde-moi dans les yeux, mon enfant. Quel est ton nom?

– Minutus, dis-je à contrecœur, car sa voix monotone, plus encore que son récit, me donnait le vertige. Tu as donc besoin de me le demander pour le savoir, toi, un si grand magicien? ajoutai-je, sarcastique.

– Minutus, Minutus, répéta-t-il. En moi le pouvoir me dit que tu recevras un autre nom avant que la lune croisse pour la troisième fois. Mais je n'ai pas obéi à l'injonction des magiciens galiléens. Au contraire, j'ai soigné les malades en invoquant leur dieu, jusqu'au moment où ils m'ont banni de Jérusalem à cause d'un petit Eros d'or qu'une femme riche m'avait donné de son plein gré. Regarde-moi dans les yeux, Minutus. Mais ils l'ont ensorcelée au point qu'elle a oublié me l'avoir offert. Elle a prétendu que je m'étais fait invisible pour le lui voler. Tu sais que je peux me rendre invisible, n'est-ce pas? Je compte jusqu'à trois, Minutus. Un, deux, trois... Maintenant, tu ne me vois plus. »

Et en vérité, il disparut à ma vue. Je ne fixai plus qu'une boule luisante qui était peut-être une lune. Mais je secouai violemment la tête, fermai et ouvris les yeux. Il était là, en face de moi.

« Je te vois, Simon le magicien, dis-je avec un ricanement incrédule. Et je ne veux pas te regarder dans les yeux. »

Il émit un petit rire amical et avec un geste de renoncement, répondit :

« Tu es un garçon obstiné et je ne veux pas te contraindre, il n'en résulterait rien de bon. Mais regarde Laelia Manilia. »

Je me tournai vers ma tante. Les paumes levées, elle se penchait en arrière, le visage extatique. Les rides aux coins de sa bouche et de ses yeux s'étaient effacées et son corps avait repris la fermeté de la jeunesse.

« Où es-tu en cet instant, Laelia Manilia? interrogea le magicien de sa voix impérieuse.

– Je me baigne dans ta fontaine, répondit-elle d'une voix puérile. L'eau merveilleuse me recouvre entièrement. J'en suis toute frissonnante.

– Très bien, acquiesça Simon, reste plongée dans ton bain divin. »

Puis, à mon intention, il ajouta :

« Les charmes de cette espèce sont sans importance et ne font de mal à personne. Je pourrais t'ensorceler de telle manière que tu ne marches plus qu'en chancelant et que tu te blesses sans cesse aux mains et aux pieds. Mais pourquoi gaspiller mes pouvoirs sur toi? Puisque tu es là, nous allons du moins te prédire l'avenir. Dors, Helena.

– Je dors, se hâta de répondre la prêtresse, d'un ton soumis mais les yeux ouverts.

– Que vois-tu au sujet du jeune Minutus? demanda le magicien.

– Son animal est le lion. Mais le lion s'avance vers moi et me barre la route. Derrière le lion, un homme le perce de flèches mortelles, mais je ne puis voir ses traits, il est trop loin dans l'avenir. En revanche, je vois clairement Minutus dans une vaste pièce dont les rayonnages supportent des piles de parchemins. Une femme lui en tend un, déroulé entre ses mains noircies. Son père n'est pas son père. Méfie-toi d'elle, Minutus. A présent, je vois Minutus qui chevauche un étalon noir. Il porte un plastron brillant.

J'entends rugir la foule. Mais le lion se jette sur moi. Je dois fuir. Simon, Simon, sauve-moi! »

Elle poussa un cri et se cacha le visage dans les mains. Simon s'empressa de lui ordonner de se réveiller et, avec un regard pénétrant, me lança :

« Tu ne pratiques pas la sorcellerie, n'est-ce pas? Avec ton lion qui te protège si jalousement? Ne t'inquiète pas, tu ne feras jamais plus de cauchemars si tu penses à appeler ton lion dans tes rêves. As-tu entendu ce que tu désirais entendre?

– C'était fort plaisant à entendre, que ce soit la vérité ou non. Mais je me souviendrai certainement de toi et de ta fille si un jour je chevauche un coursier noir au milieu d'une foule hurlante. »

Simon se tourna vers tante Laelia en l'appelant par son nom.

« Il est temps pour toi de sortir de la fontaine, ordonna-t-il. Que ton ami te pince le bras, pour nous laisser un signe. Cela ne fera pas mal, une simple piqûre. A présent, réveille-toi. »

Peu à peu, elle émergea de sa transe, et se caressa le bras gauche, la même expression de ravissement s'attardant sur ses traits. Je l'examinai curieusement et découvris effectivement une marque rouge sur son bras décharné. Tante Laelia la frotta en frémissant si voluptueusement que je détournai les yeux. La prêtresse me contemplait en souriant, les lèvres entrouvertes et offertes. Mais elle non plus, je ne voulais pas la regarder en face. Mon esprit était confus et tout mon corps parcouru de picotements. Je leur dis adieu, mais je dus prendre la tante, hébétée, par le bras pour l'entraîner hors de la pièce.

Dans la boutique, la prêtresse prit un petit œuf de pierre noire et me le tendit.

« Prends-le, je te l'offre. Qu'il protège tes rêves quand la lune est pleine. »

J'éprouvais la plus grande répugnance à accepter un présent d'elle.

« Je te l'achète, rétorquai-je. Combien en veux-tu?

– Je me contenterai d'une mèche de tes cheveux. »

Helena tendit la main vers mon front mais tante Laelia, s'interposant, murmura que je ferais mieux de donner de l'argent à cette femme.

Je n'avais pas de menue monnaie sur moi. Aussi lui

offris-je une pièce d'or. Après tout, c'était peut-être le prix mérité de ses prédictions. Elle accepta avec indifférence.

« Tu attribues une bien grande valeur à tes cheveux, ironisa-t-elle. Mais tu as peut-être raison. La déesse seule le sait. »

Je retrouvai Barbus devant le temple. Il faisait de son mieux pour dissimuler qu'il avait profité de l'occasion pour boire un ou deux pots de vin, mais ne pouvait s'empêcher de trébucher à chaque pas en se traînant à notre suite. De fort bonne humeur, tante Laelia ne cessait de caresser la marque rouge sur son bras.

« Voilà longtemps que Simon n'avait été aussi gracieux avec moi, m'expliqua-t-elle. Je me sens revigorée et rafraîchie, à tous points de vue. Il n'y a plus trace de douleur dans mon corps. Tout de même, tu as bien fait en refusant une mèche de cheveux à cette dévergondée. Elle aurait pu l'utiliser pour venir en rêve dans ton lit. »

Portant la main à la bouche, elle me jeta un regard effrayé :

« Tu es déjà presque un homme. Ton père a dû t'expliquer ces choses. Je suis certaine que ce magicien pousse parfois des hommes, grâce à la sorcellerie, à coucher avec sa fille. Dans ce cas, l'homme tombe entièrement en leur pouvoir, même si lui, en échange, a obtenu d'autres bienfaits. J'aurais dû te prévenir. Mais je n'y ai pas songé parce que tu es encore mineur. Je ne m'en suis avisée qu'à l'instant où elle a voulu te prendre une mèche de cheveux. »

Après l'entrevue avec le magicien, les mauvais rêves ne revinrent plus hanter mon sommeil. Quand un cauchemar tentait de s'imposer à moi, le souvenir du conseil de Simon surgissait au milieu de mes songes. J'appelais mon lion à la rescousse et il venait étendre à mes côtés sa grande ombre protectrice. Sa présence était si vivante et réelle que je pouvais lui caresser la crinière. Au sortir de l'étreinte légère de Morphée, cette crinière n'était plus qu'un repli de couverture.

Mon lion me plaisait tant qu'il m'arrivait de l'appeler à l'instant même où je m'endormais et même, quand je me promenais en ville, j'imaginais qu'il marchait dans mes pas pour me protéger.

Quelques jours après notre visite à Simon le magicien, la requête de mon père me revint en mémoire et je me rendis à la bibliothèque sise au pied du Palatin. Là, je demandai à un vieil employé décrépit l'histoire des Etrusques par l'empereur Claude. Ma tenue d'adolescent m'attira d'abord un refus dédaigneux, mais j'étais déjà las de la prétention des Romains. Je rétorquai sèchement que j'écrirais à l'empereur pour lui signaler que dans cette bibliothèque, on m'avait interdit de lire ses œuvres. Aussitôt, l'employé de changer d'attitude et de presser un esclave en tunique bleue de me conduire dans la salle où Claude était représenté en Apollon. Le sculpteur n'avait nullement cherché à dissimuler ses membres grêles et son visage d'ivrogne, de sorte que la statue m'apparut plus absurde qu'imposante. Du moins, l'empereur se montrait-il dépourvu de vanité, puisqu'il avait autorisé l'érection de pareille effigie de lui dans un lieu public.

Je me crus d'abord seul dans la pièce et me fis la réflexion que les Romains ne devaient pas placer bien haut les talents littéraires de Claude, puisqu'ils laissaient la poussière recouvrir les parchemins de ses œuvres. Mais je finis par remarquer, sous une étroite fenêtre par où passait le jour, une jeune femme qui me tournait le dos et qui lisait. Je fouillai parmi les rouleaux pendant un moment, en quête de l'histoire étrusque. Je découvris une histoire de Carthage également écrite par Claude, mais les tubes qui normalement contenaient l'histoire des Etrusques étaient vides. En tournant mes regards de nouveau vers la femme qui lisait, je m'aperçus qu'une pile de rouleaux s'élevait à ses côtés.

J'avais réservé toutes les heures du jour aux mornes travaux d'érudition, car, en raison des risques d'incendie, il était interdit de lire à la lueur des lampes et je ne voulais pas partir sans avoir achevé ma tâche. C'est pourquoi je rassemblai mon courage, car j'étais timide lorsqu'il s'agissait de parler aux inconnues, et m'approchai de celle qui lisait pour lui demander si elle avait en main l'histoire des Etrusques et si elle avait besoin de tous les rouleaux à la fois. Mon ton était moqueur car, si je n'ignorais pas que beaucoup de jeunes filles de bonne famille étaient des dévoreuses de livres, je savais qu'elles préféraient le merveilleux, l'aventure et les intrigues amoureuses des récits d'Ovide.

La femme sursauta violemment, comme si elle venait à peine de remarquer ma présence. Elle leva sur moi des yeux brillants et je vis qu'elle était jeune et, à en juger par sa coiffure, non mariée. Avant qu'elle me répondît, j'eus le temps de détailler les traits irréguliers et grossiers, la peau brûlée par le soleil comme chez les esclaves, la grande bouche et les lèvres pleines.

« J'apprends les paroles sacrées des rituels et je les compare entre elles dans différentes œuvres, m'expliqua-t-elle d'un ton sec. Il n'y a là rien qui autorise à se moquer. »

En dépit de sa mine revêche, je la devinai aussi intimidée que moi. Je remarquai ses mains tachées d'encre : la plume avec laquelle elle prenait des notes était hors d'usage. A sa façon de la tenir, on devinait qu'elle se livrait à une activité familière et que seule la mauvaise qualité de son matériel était responsable de sa vilaine écriture.

« Je ne me moquais pas, je vous assure, m'empressai-je de dire avec un sourire. Bien au contraire, je suis pénétré de respect pour vos occupations érudites. Je ne voudrais en rien les perturber, mais j'ai promis à mon père de lire cet ouvrage. Certes, je n'aurai pas la prétention de le comprendre aussi bien que vous, mais enfin, j'ai promis. »

J'avais espéré qu'elle m'interrogerait sur mon père et qu'en retour je pourrais m'enquérir de son nom. Mais elle était moins curieuse que moi. En me gratifiant du regard qu'on lance à une mouche importune, elle se baissa vers la pile de rouleaux à ses pieds et me tendit ceux qui constituaient la première partie du livre.

« Voilà. Prenez cela et cessez de m'importuner de vos avances. »

Je rougis si violemment que le visage me brûla. Assurément, elle se trompait si elle croyait que j'avais usé d'un prétexte pour faire sa connaissance. Je pris les rouleaux, allai me placer sous une fenêtre de l'autre côté de la pièce et, lui tournant le dos, me plongeai dans la lecture.

Je lisais aussi vite que possible, sans faire le moindre effort pour garder en mémoire la longue liste de noms qui encombrait le livre. Claude jugeait évidemment nécessaire d'exposer auprès de qui et comment chaque information avait été collectée, quels auteurs avaient traité du même sujet et comment lui-même comptait l'aborder. Il me semblait n'avoir jamais lu plus ennuyeux et plus vétilleux ouvrage. Mais à l'époque où Timaius m'avait contraint de lire ses livres préférés, j'avais appris à les survoler en ne cueillant au passage que ce qui m'intéressait. Quand Timaius me questionnait ensuite sur le contenu des ouvrages, je m'agrippais fermement à ce qui en surnageait dans mon esprit. C'était ainsi que j'avais l'impression de lire l'œuvre de Claude.

Mais la jeune fille ne voulait pas me laisser lire en paix. Elle riait toute seule et parfois jurait à haute voix tout en fouillant dans ses rouleaux. Pour finir, fatiguée d'aiguiser constamment sa plume usée, elle la cassa en deux et, trépignant de fureur, me lança :

« Serais-tu sourd et aveugle, horrible gamin? Va donc me chercher une bonne plume. Tu as dû être bien mal élevé pour ne pas y avoir songé de toi-même. »

Le visage me brûla de nouveau. La colère était pour une bonne part à l'origine de ma rougeur, car je voyais bien qu'elle ne se conduisait pas précisément comme une jeune fille bien élevée. Mais comme j'approchais de la fin du premier rouleau, il valait mieux éviter une dispute. Je me maîtrisai donc et m'en fus demander une plume de rechange au bibliothécaire. Il marmonna que selon le règlement, plume et papier étaient fournis gracieusement aux lecteurs, mais que nul citoyen n'était assez misérable pour oser en prendre sans payer. Furieux, je lui donnai une pièce d'argent et il me tendit en échange une poignée de plumes et un rouleau de fort mauvais papier. Je retournai à la salle de Claude où la fille m'arracha le matériel des mains sans même me remercier.

Quand j'eus terminé le premier livre, je revins lui demander le deuxième.

« Est-ce possible? Comment peux-tu lire si vite? s'étonna-t-elle. Est-ce que tu as retenu quoi que ce soit de ce que tu as lu?

– J'ai retenu au moins que les prêtres étrusques avaient la déplorable habitude d'utiliser des serpents venimeux comme armes de jet. Je ne suis pas surpris que tu étudies leurs us et coutumes. »

Il me sembla qu'elle regrettait déjà sa conduite car, en dépit de ma méchante pique, elle me tendit humblement une plume et d'une voix de petite fille me demanda :

« Peux-tu l'aiguiser? Je crois bien que je n'y arriverai jamais. Elles se mettent à baver presque tout de suite.

– C'est à cause du mauvais papier », expliquai-je.

Je lui pris son couteau et sa plume, aiguisai et fendis celle-ci.

« N'appuie pas autant sur le papier, lui conseillai-je. Sinon, tu feras une tache du premier coup. Avec un peu plus de délicatesse, il n'est pas difficile d'écrire même sur du mauvais papier. »

Elle me répondit par un sourire brusque comme l'éclair dans un ciel assombri de nuages. Ses traits énergiques, sa grande bouche et ses yeux obliques me parurent tout à coup adorables à un point que je n'aurais pu imaginer un instant auparavant.

Comme je restais planté là, à la contempler, elle me tira la langue :

« Prends ton livre et retourne à ta place pour le lire, puisque tu aimes tant cela. »

J'obtempérai. Mais elle, ensuite, ne cessa de me harceler en me priant sans cesse de lui tailler une autre plume et bientôt mes doigts furent aussi noirs que les siens. L'encre était pleine de grumeaux et la jeune fille en était si furieuse qu'elle insulta son encrier à plusieurs reprises.

A midi, elle prit un paquet, l'ouvrit et se mit en devoir de dévorer avidement, en déchirant de longs morceaux de pain et en engloutissant d'énormes bouchées d'un fromage rustique.

Comme je la considérais avec désapprobation, elle expliqua en manière d'excuse :

« Je sais parfaitement qu'il est interdit de manger ici. Mais je n'y peux rien. Si je sortais seule, on m'importunerait. Des inconnus me harcèleraient de propos inconvenants. »

Elle se tut un instant puis, écarquillant les yeux, ajouta :

« Mon esclave doit venir me chercher ce soir à la fermeture. »

Il n'était pas difficile de comprendre qu'elle ne possédait pas même un esclave. Son repas était frugal et si elle m'avait envoyé lui chercher des plumes et du papier avec tant de hauteur, c'était probablement parce qu'elle ne disposait pas de l'argent nécessaire. J'étais déconcerté. Je ne désirais l'offenser en aucune façon. Et de la voir manger me donnait faim.

J'ai dû déglutir, car sa voix se radoucit tout à coup :

« Pauvre garçon, dit-elle, tu dois avoir faim, toi aussi. »

Elle brisa généreusement son pain en deux, me tendit aussi le fromage rond pour que j'y pus se mordre à mon tour et le repas fut achevé en moins de temps qu'il n'en faut pour le dire. Tout est savoureux au palais de la jeunesse. Je lui fis donc compliment de son pain :

« C'est du vrai pain de campagne, comme ton fromage frais est un vrai fromage de campagne. On n'en trouve pas d'aussi bon à Rome. »

Mes louanges lui furent agréables :

« Je vis hors les murs, m'apprit-elle. Peut-être connais-tu, près du cirque de Caius, le champ des morts et l'oracle. C'est dans cette direction que j'habite, au-delà du Vatican. »

Mais elle s'obstina à me taire son nom et nous reprîmes nos lectures. Elle écrivait et, en les répétant à voix basse, apprenait par cœur les anciens textes sacrés des Etrusques que Claude avait consignés dans son œuvre. D'un livre à l'autre, je grappillai et gravai dans ma mémoire tout ce qui concernait les guerres terrestres et navales de la cité de Caere. Vers le soir, la salle s'assombrit de l'ombre du Palatin glissant par la fenêtre. Le ciel se couvrait de nuages.

« Inutile de s'abîmer les yeux, dis-je. A chaque jour suffit sa peine. Mais je suis déjà fatigué de cette vieille histoire moisie. Toi qui es une érudite, tu pourrais m'aider en me résumant ce que contiennent les livres que je n'ai pas lus ou au moins ce qu'ils contiennent de plus important. Mon père possède un domaine près de Caere, aussi m'interrogera-t-il – du moins je le suppose – sur ce que Claude écrit du passé de cette cité. Je te prie de ne point t'offenser de ma proposition mais je me délecterais volontiers d'une saucisse piquante. Je connais un endroit où je t'inviterai avec plaisir, si tu consens à m'aider. »

Elle fronça le soucil, se leva et me scruta, son visage si près du mien que je pouvais sentir son souffle tiède.

« Tu ignores vraiment qui je suis? » demanda-t-elle d'un ton soupçonneux.

Puis elle trancha :

« Non, tu ne me connais pas. Et tu n'as pas de mauvaises intentions. Tu n'es qu'un enfant.

– Je vais bientôt recevoir la toge virile, me récriai-je, vexé. Ce serait déjà fait, n'étaient certaines circonstances familiales. Tu n'es pas beaucoup plus vieille que moi. Et je suis bien plus grand que toi.

– Mon cher enfant, plaisanta-t-elle, j'ai déjà vingt ans, je suis une vieille femme comparée à toi. Et je suis assurément plus forte que toi. Tu n'as pas peur de sortir avec une inconnue? »

Mais elle se hâtait d'enfoncer les rouleaux dans leurs

tubes, de gré ou de force. Elle rassembla ses affaires, lissa sa tunique, pressée de partir comme si elle craignait que je ne revinsse sur ma proposition. A mon grand étonnement, elle s'immobilisa à la hauteur de la statue de Claude et lui cracha au visage avant que j'eusse pu l'en empêcher. Voyant mon expression horrifiée, elle rit et cracha une nouvelle fois. Elle était décidément fort mal élevée.

Sans hésiter, elle passa un bras sous le mien et m'entraîna avec une vigueur qui me fit éprouver sa force : elle ne s'était nullement vantée. Elle lança un hautain au revoir au bibliothécaire accouru vérifier que nous n'emportions pas de parchemins sous nos tuniques. Il n'osa point pousser trop loin son examen, comme c'était le cas parfois avec des bibliothécaires plus soupçonneux.

La jeune fille ne fit aucune autre allusion à son esclave. Il y avait foule sur le Forum. Suivant son désir, nous déambulâmes un long moment entre le temple et la curie, et durant tout ce temps-là, elle me tint le bras, comme si elle avait voulu montrer à tous en quelle estime je la tenais. Une ou deux personnes l'interpellèrent comme si elles la connaissaient et elle répondit par un rire dépourvu de timidité. Un sénateur, deux chevaliers et leur suite nous croisèrent. Ils détournèrent les yeux en nous apercevant, mais elle n'y prit garde.

« Comme tu vois, je ne suis pas considérée comme une fille vertueuse, dit-elle avec un petit rire. Mais je ne suis pas tout à fait dépravée, inutile de t'effrayer. »

Elle finit par accepter de m'accompagner dans une auberge proche du marché aux bestiaux, où je commandai fièrement de la saucisse piquante, du porc dans une écuelle de terre cuite et du vin. Elle engloutit ces mets avec une voracité de loup et essuya ses doigts graisseux au coin de son manteau. Elle ne coupa pas son vin, et je l'imitai mais la tête me tourna bientôt, car je n'étais pas accoutumé à boire ainsi. Tout en mangeant, elle chantonnait, me tapotait les joues, plaisantait avec l'aubergiste dans le langage direct des gens du marché et brusquement, écrasa ma main d'un coup de poing parce que j'avais frôlé son genou par inadvertance. En frottant mes doigts engourdis par la douleur, je ne pus m'empêcher de songer qu'elle n'avait pas toute sa tête.

Tout à coup, les clients affluèrent dans l'auberge, et à la suite, musiciens, baladins et bouffons venus proposer leurs services et collecter quelques-unes de ces pièces de cuivre qu'ils faisaient sonner dans leur sébile. Un chanteur loqueteux se planta devant nous, gratta sa cithare et chanta en regardant la jeune fille :

Viens, ô sœur,
De la louve aux mâchoires béantes,
Toi qui es née
Sur un froid perron de pierre,
Ton père buvait,
Ta mère était pute
Et un cousin a pris
Ta virginité.

Mais il ne poursuivit pas. La jeune fille bondit et le gifla à tour de bras.

« Mieux vaut du sang de louve que la pisse que tu as dans les veines! » hurla-t-elle.

L'aubergiste se précipita, entraîna le chanteur et nous reversa du vin de ses propres mains.

« O toi, la très pure, ta présence honore mon établissement mais ce garçon est un mineur. Je te prie de boire et de t'en aller. Je ne veux pas d'ennuis avec le préteur. »

J'étais déjà en retard et ne savais que penser de la hardiesse de ma compagne. En fait, c'était peut-être réellement une petite louve dépravée que l'aubergiste ne traitait avec respect que par plaisanterie. A mon grand soulagement, elle consentit à partir sans scandale mais, dès que nous eûmes franchi le seuil, elle me reprit le bras avec autorité :

« Accompagne-moi jusqu'au pont sur le Tibre », me pria-t-elle fermement.

Tandis que nous descendions sur les rives du fleuve, des nuages inquiétants, bas sur le ciel, rougissaient des lueurs de la ville. Au-dessous de nous, invisibles, les eaux limoneuses de l'automne soupiraient et de l'onde montait une odeur de boue et de roseaux pourrissants. La jeune fille m'emmena jusqu'au pont qui passe par l'île du Tibre, où se dresse le temple d'Esculape dans lequel des maîtres au cœur de pierre abandonnent leurs esclaves mourants ou atteints d'affections mortelles. Au bout du pont, de l'autre côté du fleuve, commençait la quatorzième région de la cité de Rome, la *regio transtiberina*, le quartier juif. La nuit, le pont n'était pas un endroit très plaisant. Par une trouée de nuages luisaient quelques étoiles automnales, l'eau noire brillait et de l'île, le vent nous apportait comme un chant d'outre-tombe, les gémissements des malades et des mourants.

La jeune fille se pencha par-dessus le parapet et cracha dédaigneusement dans le Tibre.

« Crache, toi aussi, dit-elle. A moins que tu n'aies peur du dieu du fleuve? »

Je ne désirais nullement offenser le Tibre mais après qu'elle m'eut tarabusté un moment, je finis moi aussi, comme un enfant que j'étais, par cracher dans le fleuve. Au même instant, une étoile filante décrivit une courbe au-dessus de lui. Je crois que jusqu'à mon dernier jour, je me souviendrai des tourbillons de l'onde, des nuages rouges et menaçants, des vapeurs du vin qui brouillaient ma tête et de l'étoile cristalline décrivant un arc de cercle au-dessus du Tibre de verre noir.

La jeune fille se serra si fort contre moi que je sentis la souplesse de son corps, quoiqu'elle eût une tête de moins que moi.

« Ton étoile allait d'ouest en est, murmura-t-elle. Je suis superstitieuse. J'ai remarqué la ligne du bonheur dans ta main. Peut-être me communiqueras-tu ton bonheur.

– A la fin, me diras-tu ton nom? m'écriai-je avec irritation. Je t'ai appris le mien et je t'ai parlé de mon père. Je vais m'attirer une réprimande pour être resté si longtemps dehors.

– Oui, c'est vrai, tu n'es qu'un enfant, dit la jeune fille en se déchaussant. Je vais poursuivre ma route pieds nus. Mes chaussures m'ont tant fatigué les pieds que j'ai dû m'appuyer sur toi. Mais maintenant je n'ai plus besoin de ton bras. Rentre chez toi, je ne voudrais pas que tu aies des ennuis à cause de moi. »

Mais je m'opiniâtrai, la pressant de me dire son nom. A la fin, elle poussa un profond soupir.

« Me promets-tu un baiser de tes lèvres candides et de ne pas t'effrayer quand je t'aurai dit mon nom? »

Je répondis que je ne pourrais toucher une jeune fille tant que je n'aurais pas rempli la promesse faite à l'oracle de Daphné, ce qui eut pour effet d'exciter sa curiosité :

« Nous pourrions au moins essayer », insista-t-elle.

Et comme je m'obstinais :

« Je m'appelle Claudia Plauta Urgulanilla.

– Claudia, répétai-je. Appartiendrais-tu à la gens claudienne? »

Elle parut surprise de ce que son nom n'évoquât rien pour moi :

« Vraiment, tu ignores qui je suis? Je crois sans peine que tu es né en Syrie. Mon père s'est séparé de ma mère et je suis née cinq mois après le divorce. Mon père a refusé de me prendre dans ses bras et m'a fait déposer nue sur le seuil de ma mère. Il aurait mieux fait de me jeter à l'égout... J'ai également le droit de m'appeler Claudia, mais aucun homme honnête ne pourra ni ne voudra m'épouser car mon père, par une procédure illégale, a obtenu que je sois déclarée née hors des liens du mariage. Comprends-tu maintenant pourquoi j'ai lu ses livres? C'était pour vérifier à quel point il est fou. Comprends-tu aussi pourquoi j'ai craché sur son effigie?

– Par tous les dieux connus et inconnus! m'écriai-je ébahi, essaierais-tu de me faire croire que tu es la fille de l'empereur Claude, toi, pauvre folle?

– Nul ne l'ignore à Rome. C'est pour cela que sénateurs et chevaliers n'osent pas me saluer en public. C'est pour cela qu'on me cache dans la campagne au-delà du Vatican. Mais respecte ta promesse, à présent; je t'ai dit mon nom, alors que cela m'est bien sûr interdit. »

Lâchant ses chaussures, elle se suspendit à mon cou, en dépit de ma résistance. Je l'étreignis et baisai ses lèvres tièdes dans les ténèbres. Et rien ne se passa, bien que j'eusse rompu ma promesse. Peut-être la déesse ne fut-elle pas offensée parce que je n'eus pas même un frisson en embrassant la jeune fille. Ou peut-être fut-ce à cause de ma promesse que je n'éprouvai rien. Je ne sais.

Claudia garda les mains sur mes épaules et caressa mon visage de son haleine brûlante.

« Minutus, promets-moi de venir me voir quand tu recevras la toge virile. »

Je marmonnai que même à ce moment-là, il me faudrait encore obéir à mon père. Mais elle insista :

« Maintenant que tu m'as donné un baiser, nous sommes d'une certaine manière liés l'un à l'autre. »

Elle se baissa, fouillant l'obscurité à la recherche de ses chaussures. Quand elle les eut trouvées, elle tapota ma joue froide et s'enfuit. Je lançai à son adresse que je ne me sentais en aucune façon lié à elle puisqu'elle m'avait arraché un baiser, mais elle avait disparu dans la nuit. Le vent m'apportait les gémissements des malades de l'île, le fleuve s'agitait en remous menaçants. Je courus à toutes jambes jusqu'à notre demeure. Barbus m'avait cherché à la bibliothèque et sur le Forum. Il était furieux contre moi, mais n'avait pas osé avouer ma disparition à la tante Laelia. Heureusement, mon père rentra tard comme à l'accoutumée.

Le lendemain, j'obtins par des voies détournées que tante Laelia me renseignât sur Claudia. Je lui racontai que j'avais rencontré à la bibliothèque une certaine Claudia Plauta et que je lui avais donné une plume. Cette nouvelle alarma ma tante :

« Abstiens-toi de jamais fréquenter cette dévergondée. Mieux vaudrait prendre tes jambes à ton cou si tu la revois. Claude a maintes fois regretté de ne pas l'avoir noyée mais à l'époque, il n'osait pas encore agir aussi énergiquement. La mère de cette fille était une grande dame, ardente et féroce. Claude a eu peur de ses réactions et n'a pas pu se résoudre à se débarrasser de la fille. Pour le seul plaisir de faire enrager Claude, Caius donnait sans cesse du « cousine » à Claudia et je crois bien qu'il l'a aussi entraînée dans une vie de débauche. Ce pauvre Caligula dormait même avec sa sœur parce qu'il se prenait pour un Dieu. Claudia n'est reçue dans aucune maison respectable. Sa mère a été tuée par un célèbre gladiateur, qui n'a pas même été poursuivi parce qu'il a pu prouver qu'il défendait sa vertu. Au fil des ans, Urgulanilla avait de plus en plus souvent recours à la crainte dans ses intrigues amoureuses. »

J'oubliai bientôt Claudia, car mon père m'emmena avec lui à Caere où nous demeurâmes le mois qui lui fut nécessaire pour inspecter son domaine. En découvrant la voie sacrée bordée des innombrables tertres funéraires des rois et des nobles étrusques d'autrefois, je fus pénétré de respect pour mes ancêtres. Il y a de cela plusieurs centaines d'années, quand les Romains ont pris Caere, ils ont pillé les anciennes tombes mais certaines d'entre elles, parmi les plus récentes, demeurèrent intactes au bord de la route. En dépit de tout ce que m'avait raconté mon père, je n'avais pas imaginé que les Etrusques eussent été un si grand peuple. Le livre de Claude ne laissait nullement pressentir l'exaltation mélancolique produite par le spectacle de ces tombes royales. Il fallait l'avoir contemplé de ses propres yeux.

Les habitants de cette cité ruinée évitaient de traverser de nuit la nécropole et la prétendaient hantée. Mais dans la journée les voyageurs venaient visiter les anciens tertres et les bas-reliefs des tombes pillées. Mon père mit à profit son séjour pour se constituer une collection de ces vieilles statuettes de bronze et de ces écuelles sacrées d'argile noire que les autochtones découvraient en labourant ou en creusant des puits. Bien sûr, les collectionneurs avaient déjà emporté les meilleurs bronzes. A l'époque d'Auguste, les objets étrusques avaent été très à la mode. La plupart des statuettes avaient été arrachées aux couvercles des urnes.

Les travaux des champs ne me passionnaient guère. Assommé d'ennui, j'accompagnais mon père dans ses inspections à travers champs, oliveraies et vignobles. Les poètes font volontiers l'éloge de la vie simple de la campagne, mais je n'étais quant à moi nullement tenté de m'y établir. Dans les environs de Caere, on ne chassait que les renards, les lièvres et les oiseaux, et je n'éprouvais qu'un enthousiasme modéré pour cette sorte de chasse qui ne requérait point du courage, mais des pièges, des lacets et des rets.

A voir comment mon père se comportait avec les esclaves et les affranchis chargés du soin de ses terres, je compris que l'agriculture n'était pour un homme de la ville qu'un plaisir coûteux. Seuls d'immenses domaines exploités grâce au travail servile pouvaient être rentables, mais mon père répugnait à procéder ainsi.

« Je préfère que mes employés vivent heureux et aient des enfants en bonne santé, m'expliqua-t-il. Il me plaît qu'ils profitent un peu de ma richesse et il m'est doux de savoir qu'il existe un endroit où je pourrais me retirer si la roue de la fortune tournait en ma défaveur. »

Les fermiers n'étaient jamais satisfaits et ne cessaient de se plaindre. Tantôt, il avait trop plu et tantôt pas assez. Quand ce n'était pas les insectes qui ravageaient le vignoble, c'était la récolte d'olives qui était si abondante que le cours de l'huile s'effondrait. Les employés de mon père ne lui manifestaient nul respect. Bien au contraire, lorsqu'ils eurent pris la mesure de ses bonnes dispositions, ils abandonnèrent tout scrupule. Ils se lamentaient sans cesse sur leurs misérables demeures, leurs outils hors d'usage et leurs bœufs malades.

Parfois, mon père se mettait en colère et, rompant avec son comportement habituel, éclatait en imprécations; mais aussitôt les paysans s'empressaient de lui présenter un plat savoureux ou un pot de vin blanc frais, les enfants lui posaient une couronne sur la tête et faisaient la ronde autour de lui. A la fin, rasséréné, il accordait de nouvelles concessions à ses métayers et à ses affranchis. En fait, à Caere, mon père ne connut pas un seul jour sobre.

Dans la cité, nous fîmes connaissance de prêtres et de marchands bedonnants dont l'œil bridé attestait l'authenticité d'arbres généalogiques remontant mille années en arrière. Ils aidèrent mon père à reconstituer le sien, jusqu'à l'époque où Lycurgue détruisit la flotte et le port de Caere. Mon père fit également l'acquisition d'une sépulture sur la voie sacrée.

Enfin un message nous parvint de Rome : le censeur avait jugé recevable la requête de mon père. Sa demande de réintégration dans la chevalerie pouvant désormais être examinée à tout instant par l'empereur, il lui fallait donc regagner Rome. Là, il nous faudrait patienter quelques jours à la maison, dans l'attente d'une convocation au Palatin. Le secrétaire de Claude, Narcisse, avait promis de choisir le moment favorable pour présenter la requête.

L'hiver était rigoureux. Les sols de marbre de Rome étaient glacials et chaque jour dans les appartements des *insulae* des gens mouraient à cause de braseros mal réglés. Dans la journée, le soleil brillait, prédisant la venue du printemps, mais même les sénateurs plaçaient encore sans honte des braseros sous leurs sièges d'ivoire pour assister aux séances de la curie. Tante Laelia se lamentait sur la disparition des antiques vertus de Rome. A l'époque d'Auguste, maints vieux sénateurs avaient contracté une pneumonie ou des rhumatismes en refusant pareille mollesse si peu virile.

Tante Laelia tenait naturellement à assister aux lupercales et à la procession des *luperci*, les prêtres de ce Lupercus qu'on connaît aussi sous le nom de Pan. Elle nous assura que le grand prêtre n'était autre que l'empereur lui-même, et qu'il n'y avait donc aucune chance pour que nous fussions convoqués ce jour-là au Palatin. A l'aube du jour des ides de février, nous nous employâmes, elle et moi, à nous rapprocher autant que faire se pouvait du figuier sacré. A l'intérieur de la grotte, les *luperci* sacrifièrent une chèvre en l'honneur de leur dieu. Avec le couteau ensanglanté, le grand prêtre traça sur le front des officiants un signe qu'ils essuyèrent les uns les autres à l'aide d'un tissu préalablement trempé dans du lait. Puis tous ensemble, ils éclatèrent du rire rituel. Le rire sacré montait de la grotte, éclatant, effrayant. La foule se raidit, pénétrée de terreur sacrée et des femmes égarées d'inquiétude se mirent à courir vers la route que maintenaient libre les licteurs, faisceaux de verges en main. Dans la cave, les prêtres, à grands coups de couteau sacrificiel, découpaient de longues lanières dans la dépouille de leur victime. Ils s'élancèrent bientôt au-dehors et en dansant se dirigèrent vers la route. Complètement nus, riant du rire sacré, ils fouettaient de leurs lanières les femmes qu'ils chassaient devant eux sur la route, souillant leurs robes du sang de la chèvre égorgée. Tout en exécutant cette danse, ils firent le tour complet de la colline du Palatin.

Tante Laelia était contente. A l'en croire, il y avait plusieurs années que le rire sacré n'avait résonné avec tant de solennité. Elle m'expliqua qu'une femme touchée par les lanières ensanglantées des *luperci* serait enceinte dans l'année : c'était un remède infaillible contre la stérilité. Elle regretta que le désir d'enfanter fût si peu répandu parmi les dames de la noblesse, car les femmes venues se faire flageller par les *luperci* étaient pour la plupart de modeste extraction et pas une seule épouse de sénateur n'avait daigné se montrer. Dans la presse effroyable tout au long du parcours, il se trouva certaines personnes pour affirmer avoir aperçu l'empereur en personne, qui bondissait et hurlait, encourageant les *luperci* à fouetter de bon cœur. Mais ni ma tante ni moi ne l'avions vu. Quand la procession eut achevé le tour de la colline et regagné la grotte où l'on allait sacrifier une chienne à la veille de mettre bas, nous retournâmes à la maison pour y prendre le repas traditionnel de chèvre bouillie et de pain de froment en forme d'organes sexuels. La tante but et exprima sa joie de ce que le merveilleux printemps romain fût sur le point de chasser le misérable hiver. A l'instant où, pour interrompre un flot de propos peu convenables pour mes jeunes oreilles, mon père l'incitait à se retirer pour sa méridienne, un esclave de Narcisse survint, hors d'haleine. Le secrétaire de l'empereur nous invitait à nous présenter sans tarder au Palatin. Nous nous y rendîmes à pied, accompagnés du seul Barbus, ce qui étonna grandement l'esclave. Par chance, en raison des solennités, notre mise était fort correcte.

L'esclave, lui, était vêtu d'or et de blanc. Il nous raconta que tous les signes se montraient favorables et que les cérémonies du jour s'étant déroulées sans la moindre anicroche, Claude était d'excellente humeur. En ce moment même, il était encore en train de célébrer les lupercales dans ses appartements, revêtu de la robe du grand prêtre. A l'entrée du palais, nous fûmes minutieusement fouillés et Barbus qui portait une épée dut rester sur le seuil. Mon père s'étonna de ce qu'on me fouillât moi aussi, un mineur.

Narcisse, affranchi et secrétaire privé de l'empereur, était un Grec émacié, usé par les soucis et une prodigieuse charge de travaux. Il nous reçut avec une cordialité inattendue, mon père ne lui ayant pas envoyé d'offrande. Sans aucun détour, il lui dit que dans une période où s'annonçaient tant de changements, il entrait dans les intérêts de l'Etat d'honorer des hommes de confiance qui sauraient, le moment venu, se souvenir des services rendus. A l'appui de ses dires, Narcisse fouilla les papiers dont il extraya un billet qu'il tendit à mon père.

« Tu ferais bien de garder cela par-devers toi, lui dit-il. C'est une note secrète du temps de Tibère sur ta personnalité et tes habitudes. »

Mon père lut le papier, rougit et se hâta de le faire disparaître dans les plis de ses vêtements. Narcisse poursuivit comme s'il n'avait rien remarqué :

« L'empereur est fier de ses connaissances et de sa sagesse, mais sa pente le conduit à se perdre dans le détail et, parfois, à s'attarder sur une vieille affaire pendant toute une journée pour le seul plaisir de montrer l'excellence de sa mémoire. Et ce, au détriment des questions importantes.

– Qui n'a pas eu l'occasion dans sa jeunesse de passer quelques nuits dans les bosquets de Baiae? observa mon père avec un certain embarras. En ce qui me concerne, tout cela est du passé. Mais je ne sais comment te remercier. On m'a raconté que Claude et surtout Messaline sont extrêmement sourcilleux sur le chapitre de la moralité des chevaliers.

– Un jour, peut-être, je te ferai savoir comment me remercier, rétorqua Narcisse avec un mince sourire. On me dit cupide, mais ne fais pas l'erreur de m'offrir de l'argent, Marcus Manilianus. Je suis l'affranchi de l'empereur. C'est pourquoi mon bien est le bien de l'empereur et tout ce que je fais, au mieux de mes possibilités, est fait pour le bien de l'Etat. Mais hâtons-nous, car le moment le plus favorable approche : après le festin sacrificiel, l'empereur se prépare pour sa sieste. »

Il nous conduisit dans une pièce aux murs décorés de fresques évoquant la guerre de Troie : la salle de réception du sud. De ses propres mains, Narcisse baissa les stores pour faire la pénombre. Claude entra, soutenu par deux de ses esclaves personnels qui, sur un geste de l'affranchi, l'assirent sur le trône impérial. Fredonnant l'hymne des lupercales, Claude ne nous accorda qu'un bref regard avant de s'installer sur le siège. Bien que sa tête ballottât, il m'apparut plus imposant assis que debout. Il s'était couvert de taches de sauce et de vin pendant le banquet, mais il ressemblait tout à fait à l'image que donnaient de lui la statuaire et les pièces de monnaie. Pour l'instant, il était manifestement égayé par la boisson et disposé à traiter des affaires de l'Etat avant de céder à la somnolence qui suit les festins.

Narcisse nous présenta et donna très rapidement son avis :

« L'affaire est parfaitement claire. Voici l'arbre généalogique, le certificat de revenus et la recommandation du censeur. Marcus Mezentius Manilianus, ancien membre éminent du conseil de la cité d'Antioche, mérite réparation pleine et entière de l'injustice qu'il a subie. Il n'a pas d'ambition pour lui-même, mais son fils en grandissant pourra servir l'Etat. »

En marmonnant des souvenirs de jeunesse sur l'astronome Manilius, l'empereur déroula les parchemins et les parcourut du regard. La lignée de ma mère captiva son attention et il rumina un moment sur sa découverte.

« Myrina, la reine des Amazones, celle qui a combattu les Gorgones et qui a été tuée par Mopsus, un Trachien exilé par Lycurgue. En fait, Myrina était son nom divin, Batieia son nom terrestre. Il eût été plus convenable que ton épouse utilisât ce nom terrestre. Narcisse, rédige donc une note là-dessus et joins-la au dossier. »

Mon père remercia respectueusement l'empereur pour cette correction et promit de veiller à ce que la statue que la ville de Myrina avait érigée à la mémoire de ma mère portât sur le socle le nom de Batieia. Ainsi Claude put-il présumer que ma mère avait été un important personnage puisque sa ville natale lui avait dressé une statue.

Il posa sur moi le regard bienveillant de ses yeux injectés de sang :

« Tes ancêtres grecs sont de haute origine, mon garçon. Notre civilisation vient de la Grèce, mais l'art de bâtir des villes n'appartient qu'à Rome. Tu es pur et beau comme mes pièces d'or qui portent une inscription latine sur une face et une inscription grecque sur l'autre. Pourquoi appeler Minutus un jeune homme si bien fait? C'est trop de modestie. »

Mon père se hâta d'expliquer qu'il avait voulu attendre le jour où mon nom serait inscrit sur les listes de la chevalerie dans le temple de Castor et Pollux, pour me faire revêtir la toge virile. Ce serait pour lui le plus grand des honneurs si l'empereur consentait à me choisir un deuxième nom approprié.

« Je possède des terres à Caere, poursuivit mon père. Ma lignée remonte jusqu'à l'époque où Syracuse a anéanti la puissance maritime de Caere. Mais c'est là, ô mon empereur, un sujet que tu connais mieux que moi.

– C'est donc cela! s'exclama Claude. Tes traits avaient à mes yeux quelque chose de familier. Bien qu'elles aient été à l'abandon et rongées par l'humidité, les fresques qui décoraient les vieilles tombes étrusques que j'ai étudiées dans ma jeunesse étaient encore assez nettes pour que j'aie pu y distinguer des visages qui avaient un air de parenté avec le tien. Si tu t'appelles Mezentius, alors ton fils doit s'appeler Lausus. Sais-tu qui était Lausus, mon garçon? »

Je lui dis que Lausus était un des fils du roi Mezentius et qu'il avait combattu aux côtés de Turnus contre Enée.

« C'est ce qui est dit dans ton histoire des Etrusques, ajoutai-je innocemment. C'est là que je l'ai appris.

– Tu as vraiment lu mon petit livre, en dépit de ta jeunesse? » demanda Claude qui se mit à hoqueter d'émotion.

Narcisse lui administra de légères tapes dans le dos et ordonna aux esclaves de lui apporter encore un peu de vin. Claude nous invita à boire avec lui, mais me conseilla paternellement d'éviter de goûter du vin non dilué tant que je n'aurais pas atteint son âge. Narcisse profita de ces excellentes dispositions pour demander à l'empereur de signer la confirmation de mon père au rang de chevalier. Claude s'exécuta de bonne grâce quoique, à mon avis, il eût oublié de quoi il était question.

« Désires-tu vraiment que mon fils porte le nom de Lausus? s'enquit mon père. Si tel est le cas, je ne saurais imaginer plus grand honneur que celui que ferait l'empereur Claude en consentant à être le parrain de mon fils. »

Claude vida sa coupe, la tête branlante.

« Narcisse, dit-il ensuite d'une voix ferme, consigne également cela par écrit. Toi, Mezentius, il te suffira de m'envoyer un message au moment de la cérémonie de la taille des cheveux de ton garçon. Et si des affaires d'Etat importantes ne me retiennent pas, je serai ton hôte. »

Il se leva avec autorité et vacilla. Les esclaves se précipitèrent pour le soutenir et il rota bruyamment avant d'ajouter :

« Mes nombreux travaux d'érudition m'ont rendu distrait. Je me souviens mieux du passé lointain que des faits proches. Aussi, le mieux serait de consigner par écrit tout ce que je viens de promettre et d'interdire. Maintenant, il est temps que je me retire pour prendre du repos et vomir comme il convient, afin d'épargner à mon estomac la douloureuse obligation de digérer ce grossier repas de viande de chèvre. »

Quand il eut quitté la salle, toujours soutenu par ses esclaves, Narcisse se tourna vers mon père :

« Fais en sorte que ton fils revête la toge virile dès que possible, lui conseilla-t-il, et avise-m'en, le moment venu. L'empereur se souviendra peut-être de sa promesse de parrainage. En tout cas, je la lui rappellerai et il prétendra s'en souvenir. »

Tante Laelia dut se démener beaucoup pour trouver ne fût-ce que quelques nobles liés avec la gens Manilianus. L'un des invités était un ancien consul qui me guida gentiment la main pendant que j'égorgeais le cochon. Mais la plupart de nos hôtes étaient des contemporaines de la tante qui avaient été surtout attirées par la perspective d'un repas gratuit. Elles caquetaient comme un troupeau d'oies pendant que le barbier me coupait les cheveux et rasait le duvet de mon menton. Après quoi, il m'en coûta beaucoup de garder mon calme pendant qu'elles me revêtaient de la toge et me caressaient les membres et me tapotaient la joue. Elles eurent le plus grand mal à contenir leur curiosité quand, pour être fidèle à la promesse faite à l'oracle de Daphné, je dus entraîner le barbier dans une autre pièce et lui demander de me raser également la pilosité intime qui attestait ma virilité. Je la réunis au duvet de mon menton et plaçai le tout dans une boîte d'argent au couvercle décoré d'une lune et d'un lion. En accomplissant sa tâche, le barbier bavardait et plaisantait. Il me raconta qu'il n'était pas rare que les jeunes nobles qui recevaient la toge virile offrissent leurs premiers poils à Vénus pour se concilier ses faveurs.

Claude ne vint pas assister au banquet, mais me fit envoyer par Narcisse l'anneau d'or des chevaliers et la permission de mentionner dans mes parchemins qu'il m'avait personnellement donné le nom de Lausus. Nos hôtes nous accompagnèrent, mon père et moi, au temple de Castor et Pollux. Mon père paya la somme requise aux archives et puis ce fut au pouce que je dus glisser l'anneau d'or. Ma toge de cérémonie, bordée d'une étroite bande rouge, était prête. La suite ne revêtit pas de solennité bien particulière. Des archives, nous gagnâmes la salle de réunion du noble ordre de la chevalerie, où nous payâmes pour avoir l'autorisation de choisir librement nos chevaux aux écuries du Champ de Mars.

De retour à la maison, mon père m'offrit l'équipement complet du chevalier romain : bouclier d'argent ouvragé, casque plaqué d'argent et orné d'un plumet rouge, longue épée et javelot. Les vieilles dames me pressèrent de revêtir ma tenue guerrière et comme on s'en doute, je ne pus résister à la tentation. Barbus m'aida à enfiler la tunique de cuir souple et bientôt j'arpentais la pièce dans mes bottines rouges, fier comme un coq, casque en tête et épée brandie.

Le soir tombait. Notre demeure était illuminée de torches et au-dehors la foule observait les allées et venues des connaissances venues porter leurs bons vœux. Une acclamation s'éleva. Deux esclaves, noirs comme le charbon, venaient de déposer devant notre seuil une litière finement décorée. Rassemblant à grands gestes les plis de ses vêtements, tante Laelia se précipita à la rencontre de l'arrivante, une petite femme bien en chair dont la tunique de soie révélait plus qu'elle ne dissimulait les formes voluptueuses. Un voile pourpre cachait son visage mais elle l'écarta, permettant à la tante de la baiser sur les deux joues. Les traits délicats de son beau visage étaient fort bien mis en valeur par le maquillage.

La tante m'appela d'une voix vibrante d'émotion :

« Minutus, mon chéri, je te présente la noble Tullia Valeria qui vient te présenter ses meilleurs vœux. Tullia est veuve, mais son dernier mari était vraiment un Valérius. »

Tullia Valeria était d'une beauté surprenante pour une

dame d'âge mûr. Elle tendit les bras et, tout encombré de mes armes que j'étais, me serra contre son sein.

« Oh! Minutus Lausus, s'écria-t-elle. On m'a dit que l'empereur lui-même t'a donné ton deuxième nom et je ne m'en étonne plus, maintenant que j'ai vu ton visage. Si la fortune et les désirs de ton père l'avaient permis, tu aurais pu être mon fils. Ton père et moi avons été bons amis autrefois, mais il doit avoir encore honte de son comportement à mon égard car, depuis qu'il est à Rome, il n'est pas encore venu me voir. »

Elle m'étreignait toujours tendrement dans ses bras et pendant qu'elle fouillait la maison du regard, je connus la douceur de sa poitrine et respirai la fragrance étourdissante de ses onguents parfumés. Mon père croisa le regard de la nouvelle venue. Il se raidit, son visage perdit toute couleur et il esquissa un mouvement de fuite. Me prenant par la main, la délicieuse Tullia s'approcha de mon père, un sourire charmeur sur les lèvres.

« Ne crains rien, Marcus. En un jour pareil, tout est pardonné. Le passé est le passé, ne nous lamentons pas sur ce qui n'est plus. Laisse-moi cependant te dire que j'ai versé bien des larmes, de quoi remplir mille fioles, à cause de toi, ô homme sans cœur. »

Elle me relâcha et, jetant les bras autour du cou de mon père, l'embrassa tendrement sur les lèvres. A grand-peine, il s'arracha à son étreinte et, tremblant de la tête au pied, lui dit sur un ton de reproche :

« Tullia, Tullia, tu devrais pourtant savoir que ce soir, dans ma demeure, j'eusse préféré voir une tête de Gorgone plutôt que ton visage. »

Posant une main sur la bouche paternelle, Tullia se tourna vers la tante :

« Marcus est bien toujours le même. On devrait le surveiller. Quand je vois la confusion de son esprit, quand j'entends ses propos déraisonnables, je regrette d'avoir fait taire mon orgueil pour rendre visite à quelqu'un qui avait honte de venir me voir. »

En dépit de son âge, cette belle femme me plongeait dans un état voisin de la transe, et j'éprouvais un malin plaisir à constater la déconfiture de mon père : Tullia lui ôtait tous ses moyens. Se tournant vers les autres invités, elle leur distribua ses salutations, débordante d'amabilité avec les uns, simplement polie avec les autres. Le cercle des vieilles dames se resserra et un murmure fébrile s'éleva de leur aréopage, mais Tullia ne prit pas garde à leurs regards malveillants.

Elle grignota quelques friandises et but à peine. Mais elle m'avait fait asseoir au bord de son lit :

« Ce n'est pas convenable, minauda-t-elle, même si je pouvais être ta mère... »

Sa douce main me caressa la nuque, elle poussa un soupir et son regard plongeant en moi me donna des picotements dans tout le corps. Mon père bondit sur ses pieds, les poings serrés.

« Laisse mon fils tranquille, aboya-t-il. Tu m'as donné mon content de tracas. »

Tullia secoua tristement la tête et soupira :

« Lorsque tu étais dans la force de ton âge, ô Marcus, je t'ai servi, plus que quiconque. J'ai même fait le voyage d'Alexandrie pour te retrouver. Mais je ne crois pas que je recommencerais. A vrai dire, c'est seulement le bien de ton fils que j'avais en tête en venant t'avertir : Messaline a été offensée d'apprendre que Claude avait sans la consulter donné un nom à ton fils, et qu'il lui avait envoyé l'anneau de chevalier. Pour cette raison, d'autres personnes brûlent de vous connaître, ton fils et toi. Ce sont celles qui dispensent volontiers leurs faveurs à qui s'est attiré le courroux de cette dévergondée. Un choix difficile se présente à toi, Marcus.

– Tout cela ne me concerne nullement, je ne veux même pas le savoir, se récria mon père, au désespoir. Je n'arrive pas à croire qu'après toutes ces années, tu n'aies encore rien de plus pressé que de me mêler à une de ces intrigues dont tu as le secret et où je perdrai ma réputation à l'instant où je parviens à la rétablir. Honte à toi, Tullia! »

Mais elle, avec un grand rire taquin, tapota la main de mon père.

« A présent, je vois bien pourquoi j'étais si folle de toi autrefois, Marcus. Aucun autre homme n'a jamais prononcé mon nom de si délicieuse façon. »

Et à dire vrai, mon père avait mis dans le mot « Tullia » une pointe de mélancolie. Il m'était évidemment impossible d'imaginer ce qu'une dame de si haute noblesse pouvait bien trouver en lui. La tante s'approcha de nous avec un gloussement complice et donna une petite tape sur la joue de mon père.

« Vous revoilà donc à badiner comme deux vieux amoureux? les gronda-t-elle. Il serait grand temps que tu modères tes appétits, Tullia. Quatre époux se sont succédés dans ta couche et le dernier est à peine froid dans sa tombe.

– Tu as parfaitement raison, chère Lealia. Il est temps que je me modère. Voilà pourquoi la joie m'a submergée quand j'ai retrouvé Marcus. Sa présence me modère à merveille. »

Elle se tourna vers moi :

« Mais toi, jeune Achille, ton épée toute neuve jette le trouble dans mon esprit. Si j'avais dix ans de moins, je te demanderais de sortir avec moi sous la lune. Mais non, je suis trop vieille. Va donc te divertir. Ton père et moi avons beaucoup à nous dire. »

L'allusion à la lune me plongea dans l'inquiétude. Je montai à l'étage pour ôter mon armure, passai la main dans mes cheveux courts et sur mes joues rasées, et brusquement me sentis écrasé de déception et de tristesse. Il était enfin arrivé, ce jour que j'avais si longtemps attendu, dont j'avais tant rêvé, et rien ne se passait comme je l'avais espéré. Mais je devais remplir ma promesse à l'oracle de Daphné.

Je descendis par l'arrière de la maison. Dans les cuisines, les esclaves me présentèrent leurs vœux et je les invitai à boire et à manger tout leur saoul, puisque aucun hôte n'arriverait plus à présent. Sur le seuil, je redressai soigneusement les torches mourantes et songeai tristement que ce jour était peut-être le plus grand et le plus important de ma vie. La vie est comme un flambeau qui brûle d'abord dans tout son éclat avant de charbonner et de se résoudre en fumée.

Une jeune fille enveloppée d'un manteau marron sortit de l'ombre noire du mur de ma demeure.

« Minutus, Minutus, murmura-t-elle. Je voulais te présenter mes vœux de bonheur. Je t'ai apporté ces gâteaux que j'ai cuits moi-même pour toi, j'allais les confier à tes esclaves, mais le destin clément a voulu que je te revoie en chair et en os. »

Horrifié, je reconnus cette Claudia contre laquelle tante Laelia m'avait mis en garde. Mais je ne pouvais que me sentir flatté de constater que cette jeune fille s'était renseignée sur la date de ma majorité. A ma grande surprise, en retrouvant les sourcils charbonneux, la grande bouche et la peau brûlée de soleil, un bonheur immense me submergea. Comme elle était différente de ces vieilles gens aigries que nous recevions dans notre demeure! Claudia. Vivante, réelle, sans artifice. Claudia, mon amie.

Elle tendit timidement la main vers ma joue. L'arrogance avec laquelle elle m'avait parlé la première fois s'était envolée.

« Minutus, soupira-t-elle, on t'a sans doute dit bien des horreurs à mon sujet. Mais je ne suis pas si mauvaise qu'on a voulu te le faire accroire. En fait, à présent que je te connais, je ne veux plus avoir que de belles pensées. Ainsi, tu m'auras apporté le bonheur. »

Je l'entraînai dans la direction du temple de la Lune. Tandis que nous cheminions côte à côte, Claudia ajusta les pans de ma toge autour de mon cou et nous mangeâmes l'un de ses gâteaux en le mordant chacun à notre tour, comme le fromage dévoré dans la bibliothèque. Claudia me dit qu'elle avait récolté elle-même le miel et le cumin qui donnaient sa saveur au gâteau et qu'elle avait moulu la farine dans une vieille meule à main.

Comme elle ne se pendait pas à mon bras, évitant même craintivement tout contact, ce fut moi, tout pénétré de ma neuve virilité, qui lui pris l'avant-bras pour la guider à travers les fondrières de la chaussée. Ce geste lui arracha un soupir de bonheur. Sous le sceau du secret, je lui confiai alors quelle promesse j'avais faite à l'oracle de Daphné et lui révélai que j'allais de ce pas au temple de la Lune pour y déposer mon offrande votive dans une boîte d'argent.

« Oh! mais ce temple a mauvaise réputation, se récria-t-elle. Derrière ses portes de fer on célèbre des mystères immoraux. Il est heureux que je t'aie attendu devant ta demeure. Si tu étais allé seul dans ce temple, tu y aurais peut-être laissé bien autre chose que ton offrande.

« Je n'assiste plus aux cérémonies officielles, poursuivit-elle. Les dieux ne sont que pierre et bois. Le vieillard grabataire qui loge au Palatin a ressuscité les anciens sacrifices dans le seul dessein de renforcer les vieilles chaînes qui entravent le peuple. Je vénère mon propre arbre sacré et un puits sacrificiel à l'onde cristalline. Et si je suis triste, je monte sur la colline du Vatican pour observer le vol des oiseaux.

– Tu parles comme mon père. Il ne veut même pas demander à un devin d'interroger un foie sur mon avenir. Mais les pouvoirs et les sorts existent bel et bien. Même les gens sensés l'admettent. C'est pourquoi je préfère remplir ma promesse. »

Parvenus au seuil du temple à moitié enfoui dans le sol, nous distinguâmes par la porte entrouverte des lampes qui brûlaient. Mais personne ne se montra quand j'accrochai ma boîte d'argent parmi les autres offrandes. En fait, j'aurais dû sonner la cloche pour alerter la prêtresse, mais pour être franc elle m'effrayait, et en ce moment tout particulièrement je ne tenais pas à ce qu'apparût le visage blafard. En toute hâte, je trempai le bout des doigts dans l'huile sainte et en oignit l'œuf de pierre. Avec un sourire amusé, Claudia posa un gâteau en offrande sur le siège de la prêtresse et nous nous élançâmes vers la sortie, comme deux garnements après une farce.

Dans la rue, nos lèvres se joignirent.

« Est-ce que ton père t'a déjà fiancé? dit Claudia d'une voix vibrante de jalousie, en me prenant la tête entre ses mains. Ou bien est-ce qu'on t'a seulement montré quelques jeunes Romaines pour que tu fasses ton choix? Cela se fait, d'ordinaire, quand on revêt la toge virile. »

Je ne m'étais guère préoccupé de la présence de deux petites filles amenées par les vieilles amies de la tante. Elles m'avaient contemplé sans mot dire, dans une attitude puérile et j'avais cru qu'on les avait fait venir pour les friandises et les gâteaux.

« Non, non, rétorquai-je, effrayé. En aucune façon mon père m'a projeté de me marier à quiconque.

– Oh! si seulement je parvenais à me maîtriser pour t'exposer froidement mes pensées, dit tristement Claudia. Je t'en prie, ne te lie pas trop tôt. Tu n'y gagnerais que du malheur. Rome ne manque pas de briseuses de mariage. Tu considères sans doute que la différence d'âge entre nous est immense, puisque j'ai cinq ans de plus que toi. Mais quand tu auras fait ton temps de service dans l'armée, la différence paraîtra moindre. Tu as partagé un gâteau avec moi et baisé mes lèvres de ton plein gré. Cela ne te lie aucunement à moi, mais j'y vois le signe que je ne te répugne pas trop. C'est pourquoi, je te demanderai seulement, parce que je ne puis exiger davantage, de penser à moi parfois et de ne pas te lier trop tôt. »

Je n'avais pas le moins du monde l'intention de me marier. Sa requête me parut donc parfaitement raisonnable. Je la baisai à nouveau sur la bouche et m'échauffai de la sentir dans mes bras.

« Je te le promets, à condition que tu ne me suives pas partout. En fait, je n'ai jamais aimé les filles de mon âge et leurs petits rires bêtes. Tu me plais parce que tu es plus mûre et parce que tu t'intéresses aux livres. Je ne me souviens pas avoir jamais lu un poète exaltant les cérémonies du mariage. Au contraire, dans leurs œuvres, l'amour est toujours libre et sans arrière-pensée prosaïque. Les poètes ne chantent pas le foyer, mais le parfum des roses et la lumière de la lune. »

Mécontente, Claudia s'écarta un peu de moi.

« Tu ne sais pas de quoi tu parles, me reprocha-t-elle. Pourquoi ne songerai-je pas, moi aussi, au voile écarlate, au manteau safran et à la ceinture à deux nœuds? C'est au fond l'arrière-pensée de toute femme qui caresse les joues d'un homme et lui baise les lèvres. »

Ses protestations m'incitèrent à la serrer encore plus fort, à poser mes lèvres sur ses lèvres réticentes et sur sa gorge tiède. Mais Claudia se débattit, me donna une petite gifle sèche sur l'oreille et éclata en sanglots en se cachant le visage dans les mains.

« Je croyais tes pensées bien différentes, gémit-elle. Voilà donc comment tu me remercies à la fois de ma pudeur et de la confiance que j'avais placée en toi. La seule chose qui t'intéresse, c'est de me jeter à terre, de me coucher sur le dos au pied de cette muraille et de m'obliger à écarter les genoux pour satisfaire ta lubricité. Je ne suis pas une fille facile! »

Ses larmes étouffèrent mon ardeur.

« Tu es bien assez forte pour te défendre toute seule, dis-je, morose. Et je ne suis pas sûr de savoir agir comme tu le dis. Je n'ai jamais joué à ces jeux avec des femmes serviles et ma nourrice m'a toujours respecté. Je ne vois pas ce qui pourrait te faire pleurer. Tu as certainement beaucoup plus d'expérience que moi dans ce domaine. »

Mes paroles éberluèrent Claudia. Elle me dévisageait, oubliant de pleurer.

« Est-ce bien vrai? J'ai toujours cru que les garçons se conduisaient comme des singes et que, plus ils étaient nobles, plus ils se rapprochaient du singe par leur comportement. Mais si tu dis vrai, j'ai eu d'autant plus raison de maîtriser mon corps frémissant. Tu me mépriserais si je me pliais à ton désir. Notre plaisir serait bref et bientôt oublié. »

La joue qui me brûlait et le désarroi de mon corps expliquent sans doute mon geste. Je la giflai.

« Manifestement, tu sais de quoi tu parles. »

Sur ces mots, sans lui accorder un regard, je repris le chemin de notre demeure. Après un instant d'hésitation, à contrecœur, elle m'emboîta le pas et nous marchâmes un moment en silence. Mais à la fin, je ne pus contenir mon rire. Elle me suivait si humblement! C'était trop ridicule!

Elle en profita pour poser la main sur mon épaule.

« Promets-moi encore une chose, ô mon cher Minutus. Ne te précipite pas dans un bordel, ne cours pas non plus faire une offrande à Vénus, comme la plupart des jeunes gens qui viennent de recevoir la toge virile. Si tu éprouves un désir irrésistible de cette espèce – je sais que les hommes ne savent pas se maîtriser – alors promets-moi de m'en parler d'abord, même si cela doit me chagriner. »

Son ton était si persuasif que je lui jurai tout ce qu'elle voulut. A vrai dire, j'étais préoccupé d'un objet bien différent : le cheval que j'allais recevoir. Dans mon esprit, Cléopâtre elle-même n'aurait pu se mettre en balance avec un bon coursier. Je donnai la promesse réclamée en riant et déclarai en outre à Claudia que je la trouvais charmante quoique bizarre. Nous nous quittâmes bons amis et le sourire aux lèvres.

En fin de compte, j'étais d'excellente humeur en rentrant chez moi. J'arrivai à l'instant où mon père montait dans la litière de Tullia pour la raccompagner. Elle habitait dans le Viminal, à l'autre bout de la cité, à la limite de deux régions, l'Alta Semita et l'Esquilin. Le regard fixe et vitreux, mon père s'abstint de me demander compte de ma soirée et se contenta de m'inviter à ne point trop tarder à me coucher. Je le soupçonnai d'avoir beaucoup bu, mais sa démarche ne le trahit point.

Je dormis longtemps, d'un profond sommeil, mais à mon grand désappointement, à mon réveil, mon père n'était pas encore là. J'avais espéré que nous irions aussitôt aux écuries pour choisir mon cheval. On nettoyait la maison des traces de la fête et tante Laelia souffrait de migraine. Je l'interrogeai pour savoir où mon père s'en était allé et elle me répliqua avec colère :

« Ton père est assez grand pour savoir ce qu'il fait, il avait des affaires de première importance à discuter avec son amie d'autrefois. Peut-être a-t-il passé la nuit chez Tullia. Il y a de la place pour plus d'un homme en sa demeure. »

Tandis que les esclaves maniaient seaux et balais dans la maison, Barbus et moi tuâmes le temps en jouant aux dés dans les bosquets du jardin. Le printemps était dans l'air. Mon père rentra enfin vers midi, le menton mangé de barbe, l'œil farouche et injecté de sang. Un pli de sa toge couvrait sa tête et un avocat marchait dans ses pas, les bras chargés de rouleaux et du matériel nécessaire pour écrire. D'un coup de coude, Barbus me fit comprendre que mieux valait s'abstenir de commentaire.

Rompant avec son comportement habituel, mon père, à grands coups de pied dans les seaux, chassa de sa vue les esclaves qui s'affairaient alentour. Après avoir brièvement consulté l'avocat, il me manda près de lui. Tante Laelia versait des torrents de larmes et j'osai à peine balbutier la question qui me brûlait les lèvres : quand irions-nous choisir mon cheval?

« Tu me rendras fou avec ton cheval! » s'écria-t-il, le visage convulsé de fureur.

En le voyant ainsi, on n'avait pas de peine à imaginer que dans sa jeunesse il avait pendant des années été la proie d'une grande confusion mentale. Mais, en cet instant, il ne fut pas long à regretter son explosion de colère.

« Non, non, tout est ma faute, dit-il. C'est ma propre faiblesse qui m'a mis en cet état. Un mauvais tour du destin a bouleversé tous mes plans. Il me faut retourner à Antioche dans les plus brefs délais. C'est pourquoi je t'ai alloué la rente de mes domaines de Caere et de mes propriétés dans la cité. Tu en tireras plus que les mille sesterces de revenu annuel requis pour le titre de chevalier. Tante Laelia veillera sur la bonne marche de la maison, dans laquelle tu pourras demeurer. J'ai également attribué une annuité à tante Laelia, une somme qui devrait sécher ses larmes. Je te confie à mon avocat. Il est issu d'une famille d'ancienne noblesse. Si tu le désires, il t'accompagnera à l'instant aux écuries pour choisir avec toi un cheval. Quant à moi, je pars immédiatement pour Antioche. »

Mon père était dans un tel état, qu'il se serait précipité sur-le-champ dans la rue pour entreprendre son voyage si l'avocat et la tante ne l'avaient retenu. Bien qu'il protestât avec impatience de sa volonté de louer un chariot aux portes de la cité et de gagner Puteoli en achetant le nécessaire en chemin, tante Laelia et l'homme de loi lui préparèrent bagages, vêtements et nourriture. Tout soudain, après les joyeuses festivités de la veille, le chaos s'installa dans notre demeure. Nous ne pouvions laisser partir mon père ainsi, le visage dissimulé par un coin de manteau, comme un exilé. Aussi l'accompagnâmes-nous en cortège, la tante, l'avocat, Barbus et moi. En dernier marchaient les esclaves qui transportaient ses affaires hâtivement empaquetées.

Aux abords de la porte Capena, au pied du Coelius, il laissa échapper un profond soupir de soulagement et nous fit ses adieux en assurant qu'il apercevait de l'autre côté de la porte la liberté dorée. Il conclut en déclarant qu'il n'aurait jamais dû quitter Antioche. Mais à l'instant de franchir la porte, un des préteurs de la cité, suivi de deux gardes à la puissante stature, s'avança vers nous, bâton officiel en main.

« Es-tu Marcus Mezentius Manilianus, chevalier romain? demanda-t-il à mon père. Si tel est le cas, une dame de haute condition te réclame pour une affaire de la dernière importance. »

Le visage de mon père s'empourpra soudain avant de prendre tout aussi brusquement la couleur de la cendre. Les yeux baissés, il répliqua qu'il n'avait rien à dire à aucune dame et fit mine de franchir la porte.

« Si tu tentes de passer au-delà des murs de la cité, l'avertit le préteur, je devrai t'emmener pour te remettre entre les mains du préfet de la ville, mon devoir me contraignant à t'arrêter pour t'empêcher de fuir. »

L'avocat vola au secours de mon père. Il demanda au préteur de faire disperser l'attroupement qui se formait autour de nous et s'enquit des accusations qui pesaient contre son client.

« C'est une affaire simple et fort délicate pour l'honneur des personnes concernées, expliqua le magistrat. Je préférerais qu'elles la règlent elles-mêmes. La noble veuve de sénateur Valeria Tullia affirme que, la nuit dernière, en présence de témoins, Manilianus lui a promis *de jure* le mariage avant de passer *de facto* la nuit dans sa couche. Comme elle avait peut-être raison de douter des intentions honorables de Manilianus, lorsqu'il s'est précipité hors de chez elle sans même dire au revoir, elle l'a fait suivre par un esclave. Quand elle s'est convaincue de ce que Manilianus avait l'intention de fuir, elle a porté l'affaire devant le préfet. Si Manilianus franchit les murailles de la ville, il sera poursuivi pour rupture de promesse de mariage et viol. Et également pour le vol d'un collier précieux appartenant à la veuve Tullia, ce qui pour un chevalier est sans doute une accusation bien plus ignominieuse qu'une simple rupture de promesse. »

Portant à son cou ses mains crispées, mon père arracha fébrilement un collier d'or orné de pierres de différentes couleurs et dit d'une voix brisée d'émotion :

« La veuve Tullia m'a suspendu au cou ce maudit collier de ses propres mains. Dans ma hâte, j'ai oublié de le lui renvoyer. Des affaires de la plus haute importance m'appellent à Antioche. Bien sûr, je vais lui faire retourner son collier. Je t'abandonnerai une caution à ta convenance. Mais il me faut partir sans plus tarder. »

Le préteur avait honte pour mon père.

« N'auriez-vous pas plutôt échangé des colliers pour sceller vos fiançailles et la promesse de mariage?

– J'étais ivre et ne savais pas ce que je faisais », protesta mon père.

Mais le magistrat ne le crut pas.

« Bien au contraire, tu as longuement discouru pour prouver, de nombreux exemples à l'appui, que maints philosophes ont contracté un mariage légal et authentique en donnant simplement une promesse en présence de témoins. C'est ce qu'on m'a rapporté. Dois-je comprendre qu'en état d'ivresse, tu t'es moqué d'une femme honorable et que tu l'as attirée dans un lit par des promesse fallacieuses? Dans ce cas, ce que tu as fait est encore pire. Je t'offre la possibilité de parvenir à un accord avec elle mais si tu franchis cette porte, je te jetterai en prison et ton cas sera examiné par un tribunal. »

L'avocat s'employa à persuader mon père de tenir sa langue et lui jura de l'accompagner chez Valeria Tullia pour régler l'affaire. A bout de nerfs, mon père éclata en sanglots.

« Laissez-moi boire la coupe jusqu'à la lie, supplia-t-il. Je préfère aller en prison, perdre mon titre et payer les amendes plutôt que de revoir le visage de cet être perfide. Elle a dû m'enivrer et mêler quelque honteuse drogue à mon vin pour que j'aie à ce point perdu l'esprit. Je ne me rappelle presque rien de ce qui s'est passé. »

Tout pouvait encore s'arranger, lui assura l'avocat en lui promettant de le défendre devant le tribunal. Puis tante Laelia entra en lice, à grand renfort de trépignements et de larmes, des taches d'un rouge brûlant apparaissant sur ses joues.

« Tu ne vas pas compromettre le nom des Manilianus

dans une autre affaire judiciaire! Pour une fois, conduis-toi en homme et affronte les conséquences de ce que tu as fait. »

En sanglotant, j'abondai dans son sens. Je gémis qu'un tel scandale me couvrirait de ridicule aux yeux de Rome tout entière et pèserait lourdement sur mon avenir. « Allons tous sur-le-champ chez Tullia », suppliai-je. Je promis de tomber à genoux aux côtés de mon père et aux pieds de cette belle et noble dame pour implorer son pardon.

Mon père se rendit à nos instances. Suivis du préteur et des gardes, nous gagnâmes la colline du Viminal, avec, fermant la marche, les esclaves qui portaient toujours les bagages de mon père, nul n'ayant songé à leur ordonner de rentrer à la maison. La demeure et le jardin de Tullia étaient immenses et magnifiques. Dans l'atrium à colonnade, nous fûmes reçus par un portier géant vêtu de vert et d'argent, qui salua respectueusement mon père :

« O mon maître, béni soit ton retour en ta demeure. Ma maîtresse t'attend avec impatience. »

Avec un dernier regard désespéré, mon père nous invita d'une voix faible à l'attendre là et entra seul dans les appartements.

Une nuée d'esclaves s'empressa autour de nous, nous offrant du vin et des fruits dans des vaisseaux d'argent. Tante Laelia les considéra avec satisfaction :

« Certains hommes ne savent pas ce qui est bon pour eux, observa-t-elle. Je ne parviens pas à croire que Marcus ait à se plaindre de quoi que ce soit dans une maison pareille. »

Bientôt, Tullia accourut pour nous saluer, à peine vêtue d'un léger voile de soie transparente, la chevelure soigneusement apprêtée et le visage peint.

« Je suis heureuse, s'exclama-t-elle joyeusement, que Marcus soit revenu si vite en apportant toutes ses affaires. Désormais, nous n'aurons plus jamais besoin de sortir d'ici et nous pourrons y vivre ensemble dans la félicité le reste de notre âge. »

Sur son ordre, on remit une bourse de cuir souple et rouge au magistrat pour le dédommager de sa peine, puis elle poursuivit, sur un ton lourd de mélancolie :

« Certes, au fond de mon cœur, je n'ai pas un instant douté de Marcus, mais une veuve solitaire doit être prudente et dans sa jeunesse Marcus était tout à fait volage. Je me réjouis fort de constater qu'il a emmené son avocat pour que nous puissions rédiger sans plus tarder le contrat de mariage. O mon cher Marcus, je n'aurais jamais imaginé que tu puisses montrer tant de fermeté dans tes résolutions, après en avoir si peu manifesté cette nuit sur ma couche. »

Mon père s'éclaircit la gorge et déglutit, mais pas un mot ne franchit ses lèvres. Tullia nous entraîna dans ses appartements, nous faisant admirer le sol de mosaïque, les fresques murales et les panneaux aux belles proportions. Elle nous laissa jeter un coup d'œil dans sa chambre, puis se couvrant le visage et jouant la timidité :

« Non, non, se récria-t-elle. N'entrez pas. Après ce qui s'est passé la nuit dernière, tout est en désordre. »

Mon père avait enfin retrouvé sa voix :

« Tu as gagné, Tullia, admit-il sèchement, et j'accepte mon sort mais au moins renvoie le préteur, qu'il ne soit pas plus longtemps témoin de mon avilissement. »

Des esclaves élégamment vêtus s'empressaient autour de nous, attentifs à nous servir selon nos désirs. Deux enfants jouaient les cupidons en courant à travers la maison. Je craignis un instant qu'ils prissent froid, puis je découvris que le sol de cette somptueuse demeure était chauffé par une tuyauterie d'eau chaude. Le préteur et l'avocat de mon père s'entretinrent un moment avant de conclure qu'une promesse de mariage faite en présence de témoins avait légalement valeur de mariage. Quand il fut convaincu que mon père signerait sans protester un contrat en bonne et due forme, le magistrat se retira avec ses gardes. L'avocat lui avait fait promettre de garder le silence sur toute l'affaire mais même moi, dans mon innocence, je me rendis bien compte qu'un homme dans sa position ne saurait résister au plaisir délicieux de divulguer ce savoureux scandale.

Mais était-ce si scandaleux? N'était-il pas flatteur pour mon père qu'une femme noble et si manifestement riche n'eût reculé devant rien pour l'épouser? En dépit de ses habitudes modestes et de son humilité de façade, mon père devait posséder des qualités cachées dont j'ignorais tout et qui certainement déclencheraient une vague de curiosité dans toute la cité, pour lui d'abord, et par contrecoup pour moi. En fait, de quelque côté qu'on l'envisageât, ce mariage ne présentait pour moi que des avantages. Au moins, il contraindrait mon père à demeurer un moment à Rome, de sorte que je ne serais pas abandonné dans une ville où je ne me sentais pas encore chez moi.

Mais qu'est-ce que l'affriolante Tullia pouvait bien trouver à mon père? Pendant un court moment, je nourris le soupçon qu'après une vie perdue en frivolités, couverte de dettes, elle eût jeté son dévolu sur l'argent de mon père. Mais en réalité, suivant les critères de Rome, il n'était pas particulièrement riche, même si ses affranchis d'Antioche et d'ailleurs étaient prospères. Mes soupçons s'évanouirent tout à fait lorsque mon père et Tullia, d'un commun accord, décidèrent de rédiger le contrat de mariage de manière à ce qu'à l'avenir chacun des conjoints administrât ses biens en toute indépendance.

« Mais chaque fois que tu en auras le temps et le désir, ô cher Marcus, ajouta aimablement Tullia, j'espère que tu t'entretiendras avec mon trésorier, que tu examineras mes comptes et que tu me donneras ton avis sur la conduite de mes affaires. Qu'est-ce qu'une malheureuse veuve peut comprendre à ces questions? Je me suis laissé dire que tu étais devenu un entrepreneur doué, ce que nul dans ta jeunesse n'aurait jamais imaginé. »

D'une voix ennuyée, mon père répondit qu'à présent que la loi et l'ordre, grâce à Claude et à ses affranchis, régnaient dans le pays, l'argent bien placé prospérait de lui-même.

« J'ai la tête vide, je n'ai plus la moindre pensée sensée, conclut-il en se grattant le menton. Il me faut aller chez le barbier et aux bains pour prendre du repos et rassembler ce qui me reste d'intelligence. »

Mais Tullia nous conduisit à travers les puits et les statues de marbre de l'atrium dans une partie de la maison où étaient installés ses thermes privés, avec leurs piscines froides et chaudes, leur salle de vapeur et leur salle froide. Un barbier, un masseur et un esclave de bains attendaient, prêts à satisfaire nos moindres désirs. Tullia expliqua :

« Vous n'aurez plus jamais à payer un denier au gardien de vêtements des thermes publics, vous n'aurez plus à supporter la bousculade et l'odeur qui y règnent. Si vous avez envie de lecture, de poésie ou de musique après le bain, vous disposerez d'une salle spécialement aménagée à cet effet. Allez maintenant, Marcus et Minutus, baignez-vous et délassez-vous pendant que ma chère amie Laelia et moi délibérons sur la manière d'arranger vos vies à partir de ce jour. Nous autres femmes comprenons mieux ces questions que vous, hommes dépourvus de sens pratique. »

Mon père dormit jusqu'au coucher du soleil. Quand nous eûmes revêtu les vêtements que l'esclave de la garde-robe avait disposés pour nous, la maison se remplit tout à coup d'invités. La plupart d'entre eux étaient des jeunes gens tout à fait heureux et charmants, mais il y avait aussi deux gras et vieux personnages pour lesquels je n'éprouvais nul respect, quoique l'un d'eux fût sénateur. J'eus du moins l'occasion de parler chevaux avec un vieux centurion de la garde prétorienne, mais à ma grande surprise, il manifesta beaucoup plus d'intérêt pour les femmes qui, après avoir bu du vin sans retenue, desserrèrent leurs vêtements pour respirer plus aisément.

Quand je vis quelle tournure prenait ce banquet de mariage, je partis en quête de Barbus que les servantes étaient en train d'abreuver généreusement.

Il se prit la tête entre les mains et me dit :

« Je suis reçu et honoré ici comme jamais auparavant et je me serais retrouvé marié en un éclair si, en vétéran blanchi sous le harnais, je ne savais faire halte. Cette demeure n'est pas pour toi, Minutus, ni pour un vieux soldat. »

Tandis que la musique se répandait à flots dans la demeure et que des danseurs nus et des acrobates se tortillaient dans toutes les pièces, je partis à la recherche de mon père et le retrouvai, étendu sur une couche aux côtés de Tullia, plongé dans un silence morose.

« C'est peut-être un fait coutumier à Rome que des patriciennes vomissent partout et que des hommes aient des gestes indécents avec des jeunes gens comme moi, mais il m'est tout simplement impossible de tolérer que n'importe qui se croie en droit de me tripoter, que n'importe qui s'imagine que toutes les parties de mon corps sont à sa disposition. Je ne suis ni un esclave ni un eunuque. Je veux rentrer à la maison.

– Je suis bien trop amolli par les commodités de la richesse pour m'arracher à ces plaisirs dépravés, mais tu dois te montrer plus fort que moi. Je suis heureux d'apprendre ce que tu as décidé et me réjouis que tu aies pris seul cette décision. Tu me vois contraint de demeurer ici, car nul ne peut échapper à son destin. Mais il vaudrait mieux que tu vives avec tante Laelia. N'as-tu pas une fortune personnelle désormais? Tu n'as rien à gagner à vivre dans la demeure de ta marâtre. »

Le regard que Tullia posait sur moi était beaucoup moins amène que la veille au soir. Je demandai si je pourrais le lendemain matin venir chercher mon père. Je désirais qu'il m'accompagnât aux écuries pour choisir un cheval avec moi. Mais Tullia, sans ménagements, coupa court à mes explications :

« Ton père est trop vieux pour monter. Il risquerait de faire une chute qui blesserait sa précieuse tête. Il pourra toujours conduire un cheval par la bride au défilé des jeux séculaires. »

Je compris que je perdais mon père et un sentiment de désolation me submergea. Cela ne faisait que trop peu de temps que j'étais rentré dans ses grâces. Mais je comprenais aussi qu'il me fallait serrer les dents et construire seul ma vie. Je me mis en quête de tante Laelia et, comme une femme nue se suspendait à mon cou, les yeux brillants, je lui administrai une tape retentissante pour lui faire lâcher prise. Mais, appliquée sur le postérieur, ma gifle n'aboutit qu'à échauffer davantage cette personne et Barbus dut recourir à la force pour l'arracher à moi.

Tullia fut si heureuse d'être aussi promptement débarrassée de nous, qu'elle nous offrit sa propre litière. Dans le véhicule, tante Laelia rajusta ses voiles et se mit à jacasser :

« Il se colportait beaucoup de ragots sur ce qui se passait dans les nouvelles maisons de Rome, mais je n'en croyais pas un mot. Valeria Tullia est considérée comme une femme de bonne moralité. Peut-être son manque de retenue s'explique-t-il par ce mariage survenant après une période de veuvage, quoique beaucoup de beaux jeunes gens semblent se conduire comme s'ils étaient chez eux en sa demeure. Ton père aura fort à faire pour la mater. »

Tôt, le lendemain matin, comme nous déjeunions de pain et de miel, je m'entretins avec Barbus :

« Je vais aller choisir mon cheval et le ferai seul, lui dis-je. Je suis un homme à présent, je n'ai plus besoin de mentor. Pour toi, le moment est venu de réaliser ton rêve en devenant aubergiste.

– J'ai visité plusieurs auberges de bonne apparence en divers quartiers de Rome, répondit gravement Barbus, et grâce à la générosité de ton père je dispose des fonds nécessaires pour en acheter une. Mais à présent que mon rêve est à portée de la main, il ne me séduit plus autant que lorsque je couchais à la dure et buvais le vin aigre des légionnaires. Pour tenir une auberge, il faut une femme aux côtés du patron. Mais leur fréquentation m'a appris que les bonnes tenancières d'auberge sont des femmes au cœur sec. En fait, pour l'instant, je préférerais demeurer à ton service. Certes, tu n'as plus besoin de mentor, mais j'ai remarqué que tous les chevaliers un tant soit peu soucieux de leur dignité avaient toujours un ou plusieurs compagnons, et que certains même étaient suivis par dix ou cent personnes quand ils sortaient de la ville. C'est pourquoi il serait fort avisé que tu gardes auprès de toi un vétéran au cuir tanné par les batailles.

« Je ne suis pas très fort en chevaux, mais je puis t'assurer que les semaines à venir seront pénibles pour toi. Aux yeux de tes compagnons, tu ne seras qu'un vulgaire novice. Je t'ai raconté comment on entraînait les jeunes recrues à la légion, mais tu ne m'as sans doute pas cru, tu auras pensé que j'exagérais pour t'amuser. Par-dessus tout, ne perds jamais la maîtrise de toi-même, sache serrer les dents et ne jamais te révolter contre tes supérieurs. Je t'accompagne aux écuries. Peut-être aurai-je l'occasion d'être de bon conseil. »

Nous nous mîmes en route pour le Champ de Mars et au bout d'un moment Barbus observa tristement :

« En vérité, j'aurais pu gagner la couronne de murailles, l'insigne d'*opitione*. Oui, j'aurais pu être lieutenant de centurion, si je n'avais pas été si querelleur après boire. Et même la chaîne que m'avait donnée le tribun Lucius en souvenir du jour où je lui ai fait traverser sur mon dos le Danube – il perdait tout son sang et j'ai dû nager au milieu des blocs de glace que charriait le fleuve – même cette chaîne, je l'ai laissée en gage dans une misérable taverne de la Mésie barbare, et je n'ai pas pu la récupérer avant que nous levions le camp. Nous pourrions aller chez un armurier pour y acheter une chaîne, souvenir de seconde main. Tu seras peut-être mieux traité si ton compagnon porte au cou un collier d'honneur. »

Je répliquai que pour signaler à tous ses mérites, sa langue était bien suffisante, mais il insista pour acquérir une plaque de cuivre commémorant un triomphe. L'inscription en était assez usée pour qu'on ne pût distinguer quel chef l'avait autrefois offerte à ses vétérans. Quand

Barbus l'eut accrochée à son épaule, il se déclara plus tranquille à l'idée de se retrouver au milieu de cavaliers.

Sur la vaste esplanade une centaine de jeunes chevaliers s'exerçaient à l'art équestre. L'intendant des écuries, grand et grossier personnage, rit bruyamment en lisant le certificat que m'avait délivré le questeur du noble ordre des chevaliers.

« Nous allons te trouver sans tarder un bon cheval, jeune homme, brailla-t-il. Désires-tu un grand ou un petit coursier? Un animal fougueux ou docile? A robe blanche ou noire? »

Il nous conduisit dans les stalles où l'on gardait les chevaux disponibles. J'en montrai un du doigt et en vis aussi un autre qui me plaisait, mais l'homme fouilla dans ses papiers et dit d'une voix glaciale que ces deux montures étaient déjà prises.

« Mieux vaudrait, ajouta-t-il, que tu choisisses un cheval docile, qui a l'habitude des exercices et du bruit du cirque, et qui connaît les différentes sonneries et leur signification, si tu as l'intention de participer à la parade des jeux séculaires. As-tu déjà monté? »

Comme Barbus m'avait conseillé d'éviter tout ce qui pourrait passer pour des fanfaronnades, j'admis avec modestie avoir quelque peu pratiqué l'équitation à Antioche.

« Je croyais que tous les chevaux de la cavalerie étaient dressés à obéir aux sonneries des cors. Mais, osai-je suggérer, je serais heureux de prendre un cheval encore indompté et de le dresser moi-même. Cependant, je suppose que je n'aurai pas le temps d'y parvenir avant les jeux.

– Parfait, parfait, s'exclama l'intendant, en manquant s'étrangler de rire. Des jeunes gens qui savent dompter un cheval, ce n'est pas si courant. Alors, qu'Hercule m'aide à dominer mon envie de rire. C'est ici que les écuyers pratiquent le dressage. »

L'un des dresseurs professionnels surgit à cet instant devant moi et m'examina des pieds à la tête.

« Il y a Arminia, suggéra-t-il. Elle a l'habitude du vacarme du cirque et elle resterait tranquille même si on lui mettait en selle un sac de pierre. »

Il me montrait une puissante jument noire qui se tourna dans sa stalle pour me jeter un coup d'œil méfiant.

« Non, non, pas Arminia, se récria l'intendant, elle est

beaucoup trop paisible pour ce jeune homme. C'est une belle monture, mais elle est douce comme un agnelet. Autant la réserver à l'un ou l'autre de ces vieux sénateurs qui voudront figurer dans la parade.

– Naturellement, assurai-je, je ne m'attendais pas à avoir un cheval pour rien, sur la simple présentation de mon certificat. Si vous permettez, j'aimerais bien essayer ce cheval.

– Il veut l'essayer, et il est prêt à payer pour cela », s'exclama l'écuyer, la mine réjouie.

Après quelques protestations de pure forme, l'intendant consentit :

« C'est un cheval beaucoup trop doux pour un garçon comme toi, mais enfin... Va chercher tes bottes et ton équipement. On va te préparer le cheval pendant ce temps. »

Je lui répondis que je n'avais rien apporté, mais il me regarda comme s'il avait affaire à un débile mental.

« Tu ne va pas monter en costume d'apparat, non? L'Etat te fournit des vêtements d'équitation. »

Il me conduisit au magasin d'équipement où des esclaves empressés me lacèrent si durement la poitrine que j'avais du mal à respirer. On me donna également un casque cabossé et une paire de vieilles bottines. Je n'eus droit ni au bouclier, ni au glaive, ni au javelot et l'on me déclara que pour la première fois, je devais bien me contenter de mesurer mes capacités de cavalier.

La jument sortit de sa stalle d'un trot allègre et poussa un magnifique hennissement mais sur un ordre de l'intendant, elle se tint absolument immobile et silencieuse. Je montai en selle les rênes à la main et demandai à ce qu'on ajustât les étrivières à la bonne longueur.

« Je voix que tu as déjà fait du cheval », approuva l'intendant.

Puis, d'une voix tonitruante, il lança :

« Le chevalier Minutus Lausus Manilianus a choisi Arminia et il croit pouvoir la monter! »

Les cavaliers, interrompant leurs exercices, se dispersèrent aux quatre coins du manège, une trompette sonna la charge et aussitôt la danse commença, une danse dont la chance plus que mon habileté devait me permettre de sortir sans dommage. J'eus à peine le temps d'entendre l'intendant qui me demandait d'épargner la bouche tendre de la bête en ne tirant pas trop fort sur les rênes – mais

Arminia semblait avoir une bouche d'acier. La bride et le mors lui étaient parfaitement inconnus. Pour commencer, d'une brusque secousse de l'arrière-train, elle tenta de me faire passer par-dessus sa tête. N'y parvenant pas, elle fit le saut de mouton, se cabra et partit au triple galop en utilisant toutes les ruses qu'un cheval de cirque expérimenté peut utiliser pour vider de ses étriers un cavalier novice. Je ne compris que trop bien pourquoi les autres cavaliers s'étaient réfugiés sur le pourtour du manège quand Arminia avait été lâchée.

Je n'avais plus qu'à m'agripper de toutes mes forces, en lui maintenant tant bien que mal la tête tournée vers la gauche car elle se ruait droit sur les barrières et s'arrêtait brusquement pour que j'aille me fracasser la tête sur les poteaux. Comme je restais sur son dos en dépit de ses efforts, la fureur s'empara d'elle et elle franchit avec des bonds prodigieux tous les obstacles disposés sur la piste. En vérité, ce cheval était aussi extraordinairement vigoureux que rusé, de sorte que, remis de ma première frayeur, je commençais d'éprouver du plaisir à le monter. Avec des cris farouches, je lui cinglai les flancs de grands coups de rênes pour porter sa fureur à son comble et l'épuiser.

Surprise, Arminia tenta de tourner la tête vers moi et obéit suffisamment à l'injonction des rênes pour me mener droit sur l'intendant et le dresseur. Leur rire s'éteignit brusquement et ils se réfugièrent derrière le portillon de l'écurie. Le visage empourpré de rage, l'intendant brailla un ordre. Une trompe sonna, une troupe de cavaliers se mit en ligne et s'avança au trot vers moi.

Mais quoique je tirasse sur la bride de toutes mes forces, Arminia ne se détourna pas. Secouant ses naseaux écumants, elle fonça droit sur la ligne serrée des cavaliers. J'étais sûr d'être jeté à terre mais, soit que les jeunes gens de tête eussent perdu leur courage, soit qu'ils eussent agi délibérément, leurs rangs s'ouvrirent au dernier instant et je fus au milieu d'eux. Alors chacun tenta de me vider des étriers en me frappant de son javelot de bois ou en me tirant par derrière tandis que la furieuse Arminia m'entraînait, mordant, sautant et ruant. Mais j'émergeai de cette troupe sans autre mal que quelques égratignures.

Cette tentative pour m'effrayer, aussi perfide que délibérée, me mit dans une telle fureur que je mobilisai toute mon énergie pour faire faire volte-face à ma monture et me lançai à mon tour contre les cavaliers dans le dessein d'en désarçonner quelques-uns. Mais au dernier moment, me remémorant le conseil de Barbus, je maîtrisai ma colère et me contentai de passer devant eux en criant, riant et les saluant du geste.

Quand Arminia eut épuisé sa fureur, elle s'apaisa enfin et m'obéit parfaitement. Je la ramenai à l'étable et, comme je sautais à terre, elle essaya de me mordre le cou mais il me sembla que c'était surtout par jeu et je ne lui administrai qu'un amical coup de coude sous la bouche.

L'intendant et l'écuyer me considéraient comme s'ils avaient un monstre devant eux. Mais le chef des écuries affecta la colère :

« Tu as fourbu ce cheval de grande valeur et tu as tant tiré sur le mors qu'il saigne de la bouche, me reprocha-t-il. Tu n'aurais pas dû.

– C'est mon cheval et je le conduis comme je veux.

– Tu es complètement dans l'erreur. Tu ne pourras utiliser cette jument pour les exercices. Elle ne restera pas dans le rang et n'obéira pas aux ordres. Elle a l'habitude d'être en avant des autres. »

Plusieurs jeunes gens descendus de leurs montures avaient formé un cercle autour de nous. Ils vinrent à ma rescousse en criant que j'étais un excellent cavalier. D'une seule voix, ils assurèrent que l'intendant m'avait bel et bien attribué la jument en le clamant haut et fort.

« Tu ne comprends donc pas que c'était une plaisanterie? dut finalement admettre l'intendant. Tout novice point trop débile doit passer la première fois sur le dos d'Arminia. C'est un vrai cheval de guerre et non pas un de ces ridicules bidets de parade. Elle a même combattu contre des fauves dans l'amphithéâtre. Pour qui te prends-tu, jeune insolent?

– Que tu aies ou non voulu plaisanter, protestai-je, je suis resté en selle, tu es tombé dans ton propre piège. C'est une honte que de donner ce superbe cheval à des novices terrorisés. Coupons la poire en deux. Je la monterai tous les jours, mais pour l'exercice je prendrai un autre cheval si Arminia ne veut pas rester dans le rang. »

L'intendant prit à témoin tous les dieux de Rome de mon extraordinaire prétention à utiliser deux chevaux au lieu d'un, mais les autres étaient de mon côté. Ils s'écrièrent que la plaisanterie avec Arminia n'avait que trop duré. Quoiqu'ils eussent été habitués à monter dès l'enfance, chacun d'eux conservait un bleu, une cicatrice ou une fracture plus ou moins ressoudée en souvenir du jour où il avait tenté de chevaucher Arminia. Si j'étais assez fou pour vouloir me rompre le cou avec cette jument, alors j'avais le droit de la prendre. N'était-elle pas la propriété du noble ordre équestre?

Cependant, peu désireux de me mettre en mauvais termes avec l'intendant, je lui promis mille sesterces de pourboire et ajoutai que je serais heureux d'offrir à boire à tout le monde pour arroser mes bottes de cavalier. Ce fut ainsi que je fus admis dans la cavalerie romaine et me fis des amis parmi ceux de mon âge et ceux des plus vieux à porter la toge prétexte. Au bout de quelques jours, je fus choisi pour remplacer un cavalier qui s'était brisé une jambe et intégrer le groupe d'élite. Nous nous lançâmes avec sérieux dans la préparation des jeux séculaires. Les exercices où nous nous dépensions étaient assez dangereux pour qu'on ne pût y participer simplement en raison de sa naissance. Seuls, le talent et l'habileté permettaient d'accéder à ce groupe et j'étais fier d'y figurer.

Il n'est pas nécessaire que je pousse la complaisance jusqu'à m'étendre encore sur mes succès dans l'art équestre. Nous étions divisés en deux sections qui mimèrent une bataille de cavalerie dans le grand cirque pour les fêtes centennales. Bien qu'il fût entendu qu'il ne devait y avoir ni vainqueurs ni vaincus, le jeu fut fort brutal. Jusqu'à la fin, je réussis à demeurer en selle sur Arminia mais après cela on dut me ramener chez moi et je ne vis presque rien des spectacles de l'amphithéâtre et d'ailleurs, lesquels, à ce qu'on dit, surpassèrent par leur beauté et l'excellence de leur organisation tout ce qui s'était fait jusque-là à Rome. Pendant les festivités, bon nombre de mes amis trouvèrent le temps de venir au pied de mon lit de souffrance pour m'assurer que, sans moi, ils n'auraient pas gagné tant d'honneurs et de gloire. Je me tins pour satisfait en songeant que j'avais chevauché ma jument noire au milieu des hurlements d'enthousiasme et d'admiration de deux mille personnes, avant de me casser plusieurs côtes et l'os de la cuisse gauche. Mais j'avais monté Arminia jusqu'au bout.

Le résultat politique le plus important de ces jeux séculaires fut que le peuple adopta avec enthousiasme le neveu de l'empereur Caius, ce Lucius Domitius âgé d'une dizaine d'années, qui avait conduit avec beaucoup de talent et d'intrépidité les exercices moins dangereux réservés aux cadets. Le propre fils de Claude, Britannicus, resta complètement dans l'ombre. L'empereur l'appela auprès de lui dans sa loge et fit de son mieux pour le faire acclamer par le peuple, mais la foule réserva ses vivats pour Lucius Domitius. Ce dernier les reçut avec tant de modestie et de bonne grâce qu'il gagna davantage encore les cœurs.

Quant à moi, n'était l'extrême habileté du médecin des cavaliers du temple de Castor et Pollux, je serais demeuré boiteux le restant de mes jours. Il me manipula sans douceur et je souffris mille morts. Je dus garder le lit deux mois entiers, immobilisé par des attelles. Après quoi, je me réhabituai à la marche en m'appuyant sur des béquilles et dus attendre encore longtemps avant de pouvoir quitter notre demeure.

La douleur, la peur de rester boiteux et la découverte du caractère évanescent du succès et de la gloire n'eurent pas pour moi que des effets néfastes. Du moins, en ces jours de surexcitation universelle, ne fus-je point mêlé aux innombrables batailles de rue auxquelles les plus ardents de mes amis prenaient part à la nuit tombée. Mais aussi, dès le premier moment, je songeai que la douleur effroyable qui m'était infligée participait des efforts du destin pour affermir mon caractère. J'étais seul, abandonné de nouveau par mon père pour cause de mariage. C'était à moi seul de décider ce que je demanderais à la vie.

Etendu sur ma couche jusqu'au milieu de l'été brûlant, je fus envahi d'un tel sentiment de mélancolie que tout ce qui jusqu'alors m'était advenu m'apparut dépourvu de signification. La chère savoureuse et roborative de tante Laelia n'avait plus de goût à mon palais. La nuit, je ne pouvais dormir, songeant à Timaius qui s'était suicidé à cause de moi. Pour la première fois, je me dis qu'un bon cheval n'était peut-être pas le but le plus élevé d'une vie. C'était à moi seul de choisir entre la voie de la vertu et du devoir et celle de l'aisance et du plaisir. Les écrits des philosophes qui jusqu'alors m'avaient tant ennuyé m'apparurent tout à coup lourds de sens. Je n'eus à réfléchir ni très profondément ni très longuement pour comprendre que la maîtrise de soi offrait plus de satisfaction que l'inconséquence puérile.

Parmi tous mes amis, celui qui s'imposait comme le plus fidèle était un fils de sénateur, Lucius Pollio. C'était un jeune homme mince et fragile, à peine plus âgé que moi de quelques années, qui n'avait réussi que tout récemment à exécuter les exercices de cavalerie. Son attirance pour moi tenait à mes façons brutales pleines d'assurance et irresponsables, à l'exact opposé des siennes, et au fait qu'en dépit de cette différence je ne lui avais jamais adressé une parole déplaisante. Cela, je l'avais probablement appris de mon père : j'étais plus amical avec les faibles qu'avec mes semblables. Je répugnais, par exemple, à frapper un esclave, fût-il insolent.

La famille Pollio avait toujours manifesté de l'intérêt pour les livres et les sciences. Lucius lui-même était plus à l'aise dans les bibliothèques qu'au manège, considérait les exercices équestres comme une obligation fastidieuse à laquelle il lui fallait se soumettre avant de suivre la course des honneurs et ne trouvait aucun plaisir à endurcir son corps. A chacune de ses visites, il m'apportait quelque volume soustrait à la bibliothèque de son père. Il enviait la perfection de mon grec. Quoique son père, le sénateur Mummius Pollio, tînt pour assuré qu'il servirait l'Etat, son rêve secret était de s'illustrer comme écrivain.

« A quoi bon perdre des années à faire de l'équitation et à suivre des audiences de justice? se rebellait-il. Quand le moment sera venu, on me donnera le commandement d'un manipule et j'aurai un ceinturion expérimenté sous mes ordres, et après cela je serai placé à la tête d'une division de cavalerie quelque part en province. Au terme de ma carrière militaire, je serai tribun au quartier général d'une légion qui construit des routes à l'autre bout du monde. Ce n'est pas avant l'âge de trente ans que je pourrai remplir les fonctions de questeur – et à condition d'obtenir une dispense d'âge en raison de mes mérites ou de ceux de ma famille. Je sais parfaitement que je ferai un piètre officier et un pitoyable magistrat, car je n'éprouve aucun intérêt réel pour de telles activités.

– Après des heures d'immobilité forcée, j'en suis venu à penser qu'il n'est peut-être pas très intelligent de se casser les côtes pour un bref instant de gloire, admis-je. Mais qu'aimerais-tu donc faire, en réalité?

– Rome a étendu sa domination au monde entier, dit Lucius, et n'aspire plus à de nouvelles conquêtes. Le divin Auguste a, dans sa sagesse, limité le nombre des légions à vingt-cinq. Désormais, la tâche la plus importante sera de transformer les mœurs grossières des Romains à l'image de celles de la civilisation grecque. Les livres, la poésie, le drame, la musique et la danse comptent bien davantage que les spectacles sanglants de l'amphithéâtre.

– Epargne au moins les courses qui nous permettent de voir de superbes chevaux.

– Jeux, débauche et honteuses orgies, dit sombrement Lucius. Si j'essaie d'organiser des séances de discussion comme en tenaient les philosophes de l'ancienne Grèce, elles se terminent immanquablement par des histoires salaces et des excès de boisson. A Rome, impossible de réunir une société qui goûte la bonne musique et les chants ou qui apprécie le drame classique davantage que les plaisanteries grossières. Mon plus cher désir serait d'aller étudier à Athènes ou à Rhodes, mais mon père n'y consentira jamais. Il considère que la culture grecque sape les viriles vertus romaines et produit une jeunesse efféminée. Comme si tout ce qui devait demeurer des anciens Romains était une creuse prétention à la pompe des cérémonies. »

Mais je tirai bien davantage encore de Lucius : il me parla volontiers de l'administration de l'Etat et de ses postes clefs. Il croyait, en toute candeur, que le sénat pouvait rejeter un édit impérial de la même façon que l'empereur, qui était aussi tribun de la plèbe à vie, pouvait opposer son veto aux décisions du sénat. La plupart des provinces étaient gouvernées par le sénat par l'intermédiaire de proconsuls, mais certaines étaient plus ou moins domaine privé de l'empereur qui les administrait directement. L'Egypte était la plus importante des provinces impériales. D'autres nations et royaumes avaient noué des liens avec Rome, leurs chefs avaient été élevés depuis l'enfance à l'école du Palatin où ils s'étaient imprégnés des mœurs romaines. Jamais jusque-là je ne m'étais rendu compte combien cette forme de gouvernement, en apparence fort compliquée, était au fond simple et rationnelle.

Je confiai à Lucius que je désirais plus que tout au monde devenir officier de cavalerie. Ensemble, nous examinâmes les voies qui s'offraient à moi pour y parvenir. Je n'avais aucune chance d'accéder à la garde prétorienne, car toutes les places de tribun disponibles dans ce corps étaient réservées aux fils de sénateurs. Aux confins de la Mauritanie, on pouvait chasser le lion. En Bretagne, il y avait aux frontières d'incessantes escarmouches. Les Germains disputaient à Rome des zones de pâturage.

« Mais tu n'as guère de chance de gagner les honneurs de la guerre en participant ici ou là à de brèves batailles. Les combats aux frontières ne sont bien souvent même pas signalés, car la tâche la plus importante de la légion est de maintenir la paix dans ces régions. Un chef de guerre trop entreprenant et trop avide de combats aurait tôt fait de perdre son poste. En fait, c'est dans la marine qu'un homme ambitieux a le plus de chances de promotion. On n'a pas même besoin d'être chevalier pour commander un navire ou une flotte. Il n'y a même pas de temple de Poséidon à Rome. On touche une solde confortable et on mène une vie bien agréable. On peut espérer commander une nef dès le début, avec un bon pilote pour s'occuper de la faire naviguer. D'ordinaire, nul noble n'entre dans la marine.

– J'étais trop Romain, répliquai-je, pour trouver à mon goût une vie de pérégrinations maritimes, surtout à une époque où, de mémoire de vivant, nul pirate n'avait jamais été signalé. C'est en Orient, décidai-je, que je serais le plus dans mon élément. Car, comme toute personne élevée à Antioche, je connaissais l'araméen. Mais je n'éprouvais guère d'attrait pour la construction de routes et la vie dans ces villes de garnison où les légionnaires étaient autorisés à s'établir et se marier, et où les centurions se transformaient en prospères marchands. Je ne voulais pas aller en Orient.

– Pourquoi courir t'enterrer à l'autre bout du monde? demanda Lucius. Sans conteste, il vaudrait mieux que tu restes ici à Rome où l'on est tôt ou tard immanquablement remarqué. Grâce à tes talents de cavalier, ta plaisante figure et tes beaux yeux, tu peux aller plus loin en un an qu'en vingt comme commandant d'une cohorte chez les Barbares. »

Rendu irritable par mon long séjour au lit en même temps que poussé par le pur esprit de contradiction, je laissai tomber :

« Au cœur de la canicule, Rome est une ville puante, grouillante de mouches répugnantes. Même à Antioche l'air est plus frais qu'ici. »

Croyant que mes paroles avaient plus de sens que je n'avais voulu leur en donner, Lucius scruta attentivement mes traits.

« Sans doute, admit-il, Rome est pleine de mouches. Et aussi de vraies mouches à charogne. Mieux vaudrait que je garde bouche close car je n'ignore pas que ton père n'a retrouvé son rang de chevalier que grâce à l'entremise de Narcisse. Je suppose que tu sais que les ambassadeurs des cités et des rois multiplient les courbettes devant cet affranchi vaniteux qui a amassé une fortune de deux cents millions de sesterces rien qu'en vendant des privilèges et des places. Valeria Messaline est encore plus cupide. En faisant assassiner l'un des plus vénérables habitants de Rome, elle s'est appropriée les jardins de Lucullus sur la colline du Pincius. Elle a transformé ses appartements du Palatin en bordel, ce qui ne la satisfait encore pas, puisqu'elle se rend fréquemment dans les maisons closes de Subure. Là, la nuit, sous le couvert d'un déguisement et d'un faux nom, elle se donne à n'importe qui pour quelques pièces de cuivre, dans le dessein d'assouvir sa lubricité. »

Je me bouchai les oreilles et répliquai que Narcisse était un Grec aux manières exquises et que je ne saurais prêter foi à des rumeurs sur l'épouse de l'empereur, cette dame si belle et au rire si clair.

« Messaline n'a que sept ans de plus que nous, ajoutai-je. Elle a aussi deux enfants adorables et elle a assisté aux festivités centennales sur les bancs des vierges vestales.

– La honte ignominieuse qui souille la couche conjugale de Claude est connue juque dans les nations ennemies, en Parthie comme en Germanie. Certes, ce sont là de simples rumeurs mais je connais personnellement de jeunes chevaliers qui se vantent d'avoir couché avec elle sur l'ordre de l'empereur. Claude ordonne que tous obéissent à Messaline, quoi qu'elle demande.

– Tes soirées philosophiques t'auront certainement renseigné sur le sujet de hâblerie préféré des jeunes gens. Après quelques coupes de vin, on se vante volontiers de succès féminins et on s'invente des conquêtes avec d'autant plus de facilité qu'on est intimidé en présence des femmes. Cette rumeur à propos de Messaline est si répandue que je ne puis m'empêcher de penser que quelqu'un la fait courir intentionnellement. Plus le mensonge est gros, plus il a de chances d'être cru. C'est une pente naturelle des humains que de croire tout ce qu'on leur raconte, et c'est précisément cette espèce de mensonge qui titille les palais dépravés que les gens croient le plus aisément. »

Lucius rougit.

« J'ai une autre explication, murmura-t-il d'une voix qui

tremblait un peu. Valeria Messaline était peut-être réellement vierge quand on l'a mariée à ce vieillard vicieux, à cet ivrogne de Claude que sa propre famille méprisait. C'est Claude qui a débauché Messaline en lui faisant boire de la myrrhe pour la transformer en nymphomane. A présent, il est fini et il n'est pas impossible qu'il ferme les yeux délibérément. En tout cas, il est certain qu'il demande constamment à Messaline d'alimenter sa couche en jeunes esclaves, et que plus elles sont jeunes, plus il les apprécie. Ce qu'il parvient à en faire, est une autre question. Tout cela, Messaline en personne l'a confié à une personne que je ne désire pas nommer mais en qui je place une absolue confiance.

– Nous sommes amis, ô Lucius, mais tu es patricien et fils de sénateur, tu n'es donc pas compétent pour traiter ce sujet. Je sais que le sénat a proclamé la république quand l'empereur Caius a été assassiné. Mais les prétoriens qui pillaient le Palatin ont découvert par hasard Claude, l'oncle du défunt, qui se cachait derrière une tenture et l'ont proclamé empereur parce qu'il était le seul de par sa naissance à pouvoir prétendre à ce titre. L'histoire est si vieille qu'elle ne fait plus rire personne. Mais je ne m'étonne pas de voir que Claude a davantage confiance dans ses affranchis et dans la mère de ses enfants que dans le sénat.

– Placerais-tu un tyran dément plus haut que la liberté? me demanda Lucius d'une voix pleine de ressentiment.

– Une république gouvernée par le sénat et les consuls ne signifierait nullement la liberté pour le plus grand nombre, mais sa domination par les patriciens. De tout ce que j'ai lu dans l'histoire, je conclus que nous n'aboutirions qu'au pillage des provinces et à de nouvelles guerres civiles. Contente-toi de réformer Rome de l'intérieur en y introduisant la culture grecque et cesse de tenir ces propos insensés. »

Lucius ne put s'empêcher de rire.

« Je constate avec surprise qu'on s'imprègne de l'idéal républicain en tétant le lait maternel. Il y a de quoi être un peu exalté. Mais après tout, peut-être la république n'est-elle qu'une réplique du passé. Je retourne à mes livres. Auprès d'eux, je ne ferai de mal à personne, pas même à moi.

– Et les mouches à charogne continueront de pulluler

dans Rome. Ni toi ni moi ne sommes en mesure de les chasser. »

En ces jours exaspérants d'oisiveté, le cours de mes pensées moroses fut interrompu par le surprenant honneur qui m'échut avec la visite du chef des jeunes patriciens, Lucius Domitius, alors âgé d'une dizaine d'années, qui vint à mon chevet en compagnie de sa mère, Agrippine. Ils survinrent à l'improviste et sans pompe aucune. Barbus qui, pendant ma maladie, faisait office de portier, était comme à l'accoutumée plongé dans le sommeil de l'ivresse. Par jeu, Domitius lui administra une petite tape sur le front et lança un ordre. Barbus, à demi endormi, bondit au garde-à-vous, leva le bras pour saluer et aboya : *Ave, Caesar Imperator!*

Agrippine demanda au vétéran pourquoi il saluait son fils comme un empereur. Barbus expliqua qu'il avait rêvé qu'un centurion l'avait frappé sur la tête de son bâton et qu'en ouvrant les yeux il avait découvert, dans la grande lumière du midi, une immense Junon céleste et un empereur en armure étincelante qui inspectait ses troupes. C'est seulement en entendant parler les visiteurs qu'il avait recouvré la vue, reconnu Domitius et deviné, à sa beauté et à sa stature divine, que celle qui accompagnait l'enfant n'était autre que sa mère, Agrippine.

« Mon rêve ne me trompait guère, ajouta Barbus, flagorneur. N'es-tu pas fille de l'empereur Caius et nièce de Claude? Par Jules César, tu descends de Vénus et par Marc Antoine d'Hercule. Il est donc à peine surprenant que j'aie adressé à ton fils la salutation suprême. »

La venue de ces illustres personnages fit perdre tout sang-froid à la tante. Elle se mit à courir en tous sens, la perruque de travers, en essayant de mettre de l'ordre dans sa tunique d'intérieur et en reprochant verbeusement à Agrippine de ne pas nous avoir informés à l'avance pour que la demeure fût dignement préparée.

« Tu n'ignores pas, chère Laelia, répondit tristement Agrippine, que depuis la mort de ma sœur, la prudence m'interdit les déplacements officiels. Mais mon fils tenait à venir voir Minutus, son héros. C'est pourquoi nous sommes accourus lui souhaiter une prompte guérison. »

L'enfant, vif, charmant, et beau en dépit de ses cheveux roux, se jeta sur moi avec la brusquerie des timides, me donna un baiser et se recula pour contempler mon visage avec admiration.

« Oh! Minutus, s'écria-t-il, en vérité, plus que quiconque, tu as mérité le surnom de Magnus, le grand. Si tu savais à quel point j'admire ton extraordinaire courage. Nul parmi les spectateurs ne s'est douté que tu venais de te casser une jambe quand tu es remonté en selle. »

Domitius prit un rouleau des mains de sa mère et me le tendit. Se tournant vers ma tante, Agrippine dit comme pour s'excuser :

« C'est un ouvrage sur la tranquillité de l'âme, que mon ami Sénèque m'a envoyé de Corse. Une excellente lecture pour un jeune homme qui souffre des conséquences de sa témérité. Si, à cette occasion, Minutus se demande pourquoi un noble esprit a dû s'enterrer vivant dans l'exil, qu'il sache que c'est à cause de la situation présente à Rome et non point par ma faute. »

Mais tante Laelia n'avait pas la patience d'écouter, occupée qu'elle était à offrir des rafraîchissements. Le déshonneur s'abattrait sur cette demeure si des hôtes aussi distingués la quittaient sans avoir rien pris.

Après avoir quelque peu protesté, Agrippine finit par accepter :

« Dans votre maison, nous goûterons volontiers de la boisson au citron que je vois dans cette cruche au pied du lit de votre brave blessé. Mon fils partagera avec lui un de ses pains. »

Tante Laelia la considéra, les yeux écarquillés d'horreur :

« O très chère Agrippine, les choses vont donc si mal pour vous? Vous en êtes vraiment là? »

La mère de Domitius était une femme de trente-quatre ans, d'une beauté de statue, aux traits aristocratiques quoique dépourvus d'expression et aux grands yeux brillants. Bouleversé, je vis des larmes lui monter aux paupières. Elle baissa la tête et laissa couler ses pleurs sans bruit.

« Tu as deviné, Laelia, dit-elle à la fin. Pour être sûre de l'eau que mon fils boit, je dois aller la chercher moi-même à la fontaine et je choisis en personne sur le marché ses aliments et les miens. La plèbe l'a trop bruyamment acclamé pendant les fêtes. Il y a trois jours, quelqu'un a essayé de le tuer pendant sa sieste. Je n'ai même plus confiance dans mes serviteurs. Il est bien étrange qu'aucun d'eux n'ait été près de lui à ce moment-là et qu'un inconnu animé de mauvaises intentions ait pu parvenir jusqu'à mon fils sans que nul ne l'ait remarqué. Alors, j'ai pensé... mais peut-être vaut-il mieux ne pas en dire davantage. »

Comme on pouvait s'y attendre – et peut-être était-ce précisément ce qu'Agrippine attendait – la curiosité de la tante fut piquée au vif et elle n'eut de cesse que notre visiteuse eût livré sa pensée :

« J'ai pensé, dit finalement Agrippine, que Lucius a besoin de compagnons qui ne le quittent jamais, de quelques jeunes gens de noble origine sur la loyauté desquels je puisse compter et qui, en même temps, lui mettraient constamment sous les yeux le bon exemple de leur conduite. Mais non, non, cela ne leur apporterait que des malheurs. Ils compromettraient gravement leur avenir. »

Cette suggestion n'eut pas l'heur de plaire à la tante et je n'étais pas assez sûr de moi pour oser penser qu'Agrippine songeait à ma modeste personne. Mais, posant timidement sa main sur la mienne, Lucius s'écria :

« O Minutus, si tu étais à mes côtés, je ne craindrais plus rien ni personne ! »

Tante Laelia balbutia que ce serait peut-être une erreur de constituer une suite autour de Lucius Domitius.

« Je parviens déjà à me déplacer un peu sur mes béquilles, me hâtai-je de dire. Ma cuisse sera bientôt guérie. Je serai peut-être boiteux pour le restant de mes jours, mais si cela ne me donne pas l'air trop ridicule, je serais heureux d'accompagner Lucius et de le protéger jusqu'à ce qu'il soit assez grand pour se défendre seul. Ce ne sera pas long. Tu es déjà fort pour ton âge et tu sais monter et manier les armes. »

Pour être tout à fait honnête, la grâce de ses mouvements et le style raffiné de sa coiffure lui conféraient une allure plus efféminée que virile, et cette impression était encore renforcée par ce teint laiteux très fréquent chez les roux. Mais je n'oubliais pas qu'il n'avait que dix ans et qu'il savait monter à cheval et conduire un char dans les spectacles du cirque. Un tel enfant ne pouvait se conduire tout à fait comme un gamin.

Nous nous entretînmes encore un moment de chevaux ainsi que des poètes et des chanteurs grecs qu'il admirait, mais nous ne prîmes en fin de compte aucune décision particulière. Je compris que je serais le bienvenu à tout moment dans la demeure d'Agrippine. Nos visiteurs nous quittèrent, non sans que la mère de Lucius eût demandé à l'esclave qui portait sa bourse de donner une pièce d'or à Barbus.

« C'est une femme très solitaire, m'expliqua la tante après leur départ. Ses nobles origines la tiennent à l'écart du peuple et ses égaux n'osent se montrer en sa compagnie par crainte d'encourir les foudres de l'empereur. Comme il est triste de voir cette femme de si haute condition quémander l'amitié d'un jeune homme infirme! »

Ces paroles ne me blessèrent pas, car je m'étais posé la même question.

« Craint-elle vraiment d'être empoisonnée? » demandai-je avec précaution.

Tante Laelia grogna.

« Elle exagère. On ne tue pas en plein jour, dans une demeure habitée, au centre de Rome. Son histoire me paraît inventée de toutes pièces. Tu ferais mieux de ne pas te mêler de ces affaires. Il est exact que Caius, le cher garçon, possédait un coffre rempli de poisons qu'il expérimentait au gré de sa fantaisie. Mais Claude a fait détruire ces réserves et les empoisonneurs sont sévèrement punis. Tu n'es pas sans savoir que le mari d'Agrippine, Domitius, le père de Lucius, était frère de Lepida Domitia, mère de Messaline? Quand Lucius eut trois ans, il hérita tous ses biens mais Caius les garda pour lui. Agrippine fut exilée et pour survivre dans une île lointaine, elle dut apprendre à pêcher les éponges. Lucius fut confié à sa tante, Domitia et il eut son coiffeur Anicetus pour tuteur, comme tu peux le voir encore à l'apprêt de sa chevelure. Mais Lepida Domitia s'est brouillée avec sa fille Messaline et compte au nombre des rares personnes qui osent se montrer en compagnie d'Agrippine et cajoler Lucius. Messaline se sert du nom de son grand-père, Valerius Messala, pour montrer qu'elle descend directement du divin Auguste. Sa mère est furieuse contre elle parce qu'elle affiche son affection pour Caius Silius, se montre partout avec lui, se conduit chez lui comme si elle était chez elle, traite les esclaves et les affranchis de cet homme comme les siens et a même fait transporter quelques précieuses pièces de mobilier du Palatin à la demeure de Caius. Par ailleurs, il faut bien reconnaître qu'il n'y a là rien que de très naturel, car Silius est le plus bel homme de Rome. Tout cela pourrait aussi bien être parfaitement innocent, car ni elle ni lui ne se dissimulent le moins du monde. Une jeune femme ne peut pas se satisfaire toujours d'un vieil ivrogne grincheux pour toute compagnie. Claude est forcément accaparé par ses devoirs et durant ses moments de loisir, il préfère jouer aux dés plutôt qu'aller au théâtre. Il affectionne aussi les spectacles de l'amphithéâtre. Rien ne lui plaît comme de voir un criminel dépecé vivant par des fauves. Mais ce n'est pas un spectacle convenable pour une femme.

– Assez parlé de Messaline! m'écriai-je en me bouchant les oreilles. Mon esprit s'embrouille à essayer de démêler les liens de parenté de tous ces gens. »

Mais la visite de personnages si distingués avait trop stimulé ma tante pour qu'elle s'en tînt là :

« C'est pourtant simple. Le divin Auguste était petit-fils de la sœur du divin Jules César. Par le premier mariage d'Octavie, sœur d'Auguste, Messaline est la fille du petit-fils d'Octavie, tandis que Claude est petit-fils d'Octavie et de son second époux, Marc Antoine. Agrippine est nièce de Claude mais aussi veuve du deuxième petit-fils d'Octavie, Cnaius Domitius, de sorte que Lucius Domitius est – écoute bien – en même temps petit-fils de la première fille d'Octavie et petit-fils de sa deuxième fille!

– Alors, si je comprends bien, en troisièmes noces, Claude a épousé la petite-fille de la demi-sœur de sa mère, c'est-à-dire Valeria Messaline? Dès lors, Messaline est d'aussi noble naissance qu'Agrippine?

– Plus ou moins, admit tante Laelia. Mais elle n'a pas dans les veines le sang corrompu de Marc Antoine, qui a tant fait souffrir les autres. Certes, son fils Britannicus en a, par l'intermédiaire de Claude, pour autant que...

– Pour autant que quoi?

– Hum, Claude a déjà un enfant illégitime, dit tante Laelia à contrecœur. Il n'est pas absolument certain que Britannicus soit réellement son fils, quand on sait tout ce qu'on raconte sur Messaline. A l'époque, on a dit que ce mariage avait été arrangé par l'empereur Caius pour sauver l'honneur de la jeune femme.

– Tante Laelia, dis-je d'une voix solennelle, par loyauté envers l'empereur, je devrais te dénoncer pour avoir prononcé de telles insultes.

– Comme si Claude pouvait croire quoi que ce fût de désobligeant touchant son adorable tendron, sa délicieuse femme-enfant », grogna la tante.

Mais ce disant, elle jetait des regards alentour pour s'assurer que nul ne nous écoutait.

Un peu plus tard, je demandai à Barbus s'il avait vraiment eu un rêve aussi prometteur pour l'avenir de Lucius Domitius. Il maintint avec entêtement qu'il avait bel et bien vu ce qu'il avait décrit, même si cette vision pouvait être attribuée à l'effet du vin et à la surprise.

« La boisson, ajouta-t-il, au plus fort de la canicule donne parfois des songes effrayants à force d'être étranges. »

Quand j'eus marché quelque temps en m'appuyant sur des béquilles, le médecin de la cavalerie me dépêcha un masseur qui sut si bien stimuler mes jambes et exercer mes muscles relâchés que je ne fus plus long à me déplacer sans aide aucune. Je porte depuis cette époque une chaussure à semelle épaisse au pied blessé, de sorte que ma claudication est à peine perceptible.

Je recommençai à monter à cheval mais remarquai bientôt que le nombre des jeunes nobles pratiquant encore les exercices avait considérablement diminué. La plupart d'entre eux ne songeaient pas au métier des armes. Il leur suffisait de savoir tenir sur une selle pendant la parade annuelle.

Dans la chaleur brûlante de l'été, un constant besoin d'agitation s'empara de moi. Je fis quelques visites à Lucius Domitius, mais en dépit de tout, c'était un compagnon trop enfantin pour moi. Il passait son temps à écrire des poèmes et me lut des vers consignés sur ses tablettes de cire en me demandant de les corriger. Avec une étonnante habileté, il modelait dans l'argile des figurines humaines ou animales. Il était friand d'éloges et, bien qu'il s'efforçât de le dissimuler, était facilement blessé par les critiques. Avec le plus grand sérieux, il me suggéra de prendre des leçons d'un maître de danse pour acquérir des gestes gracieux et plaisants à voir.

« L'art du danseur n'a guère d'utilité pour quelqu'un qui veut apprendre à se servir d'un glaive, d'un javelot et d'un bouclier », répliquai-je.

Lucius déclara qu'il haïssait ces combats de l'amphithéâtre, où de grossiers gladiateurs se blessaient et se tuaient à coups d'épée.

« Je n'ai pas l'intention de devenir gladiateur, rétorquai-je, offensé. Un chevalier romain doit apprendre l'art de la guerre.

– La guerre est une sanglante et inutile occupation. Rome a apporté la paix au monde. Mais on m'a dit qu'une relation de feu mon père, Cnaius Domitius Corbulon, livre une guerre d'escarmouches sur la rive germaine du Rhin pour gagner le droit au triomphe. Si tu y tiens vraiment, je peux lui écrire et te recommander comme tribun. Mais il fait durement travailler ses subordonnés et il te donnera du fil à retordre... si on ne l'écarte pas de son poste : je crois que mon oncle Claude ne tient guère à ce que des amis de mon père prennent trop d'importance. »

Je promis de réfléchir à la question mais, après enquête, Barbus put m'assurer que Corbulon s'était davantage illustré comme bâtisseur de routes en Gaule que comme guerrier dans les forêts germaines.

Comme il se devait, je lus le petit ouvrage qu'on m'avait donné. Sénèque, dans un beau style moderne, affirmait que le sage se devait de garder la tranquillité de l'âme face à tous les aléas du destin. Mais je trouvai sa prose filandreuse, car il n'illustrait d'aucun exemple son propos philosophique. Aussi oubliai-je vite la plus grande partie de ce que j'en avais lu.

Mon ami Lucius Pollio me transmit également une lettre de condoléances que Sénèque avait écrite à Polybius, un affranchi de l'empereur. Sénèque y consolait Polybius de la mort de son frère en l'exhortant à ne pas se chagriner, puisqu'il avait la chance que l'empereur lui permît de le servir.

Ce qui avait amusé tous ses lecteurs romains, c'était que Polybius venait d'être exécuté après avoir été reconnu coupable de trafic d'influence. D'après Pollio, il s'était querellé avec Messaline au sujet du partage des pots-de-vin et la jeune femme l'avait alors dénoncé, au grand dam des autres affranchis de l'empereur. Une fois de plus, le philosophe avait manqué sa manœuvre.

J'étais surpris que Claudia n'eût pas tenté de me joindre, en dépit de ma maladie. Mon amour-propre en souffrait, mais le bon sens m'incitait à penser que la revoir m'apporterait plus de tracas que d'agrément. Pourtant, je ne parvenais pas à oublier ses noirs sourcils, son regard fier et ses lèvres pleines. Quand je fus rétabli, j'effectuai de longues promenades pour affermir ma jambe et apaiser mon énervement. Le tiède automne romain était de retour. Il faisait trop chaud pour porter une toge et comme je ne revêtais plus la tunique bordée de rouge, je n'attirais pas trop l'attention dans les faubourgs de la ville.

Fuyant la puanteur du centre de la ville, je traversai le fleuve, longeai l'amphithéâtre construit par Caius et pour lequel il avait fait venir à grands frais un obélisque d'Egypte. Enfin, je gravis la colline du Vatican, où se dressait un ancien oracle, sanctuaire étrusque aux murailles de bois, que Claude avait fait protéger par un toit de tuiles. Le vieux devin du lieu leva son bâton pour attirer mon attention, mais ne se fatigua pas à m'interpeller. J'entamai ma descente de l'autre flanc de la colline, m'éloignant de la ville en direction des jardins maraîchers. Plusieurs fermes d'aspect prospère étaient en vue. De ces lieux et de plus loin encore, chaque nuit un flot continu de carrioles bringuelabantes et bruyantes apportait à la ville des légumes que les marchands achetaient avant le point du jour, moment où tous les véhicules devaient avoir repassé les murailles.

Des esclaves à la peau hâlée travaillaient aux champs mais, peu désireux de m'enquérir de Claudia auprès d'eux, j'allai où mes pas me portaient, sans oublier cependant qu'elle m'avait parlé d'une source et de vieux arbres. Fouillant donc les alentours du regard, je suivis le lit d'un ruisseau asséché et touchai au but. Sous des frondaisons vénérables, non loin d'une grande ferme, se dressait une petite cahute. Un jardin potager la jouxtait où j'aperçus Claudia, courbée vers le sol, les mains noires de terre. Elle était vêtue d'une grossière chemise et se protégeait du soleil grâce à un large chapeau pointu. Au premier coup d'œil, je n'osai décider que c'était bien elle. Mais, quoique je ne l'eusse pas vue depuis plusieurs mois, elle m'était déjà si proche que je la reconnus au mouvement de ses mains et à sa façon de se pencher en avant.

« Salut à toi, ô Claudia. »

L'allégresse fit bondir mon cœur à l'instant où, m'accroupissant devant elle, je scrutai son visage dans l'ombre du chapeau de paille.

Claudia sursauta et posa sur moi des yeux qui s'écarquillèrent de terreur. Son visage s'empourpra. Sans crier gare, elle me jeta au visage une poignée de plants de pois boueux, se relevant et faisant volte-face, s'enfuit vers la hutte. Abasourdi d'un tel accueil, je frottai mes yeux souillés de terre en jurant.

Après un instant d'hésitation, je me lançai à sa suite. Elle se débarbouillait le visage avec force éclaboussures. D'une voix furieuse, elle me cria de l'attendre de l'autre côté de la cabane. Elle ne reparut qu'après s'être coiffée et avoir revêtu des vêtements propres.

« Un homme de bonne éducation avertit toujours de sa

venue, me lança-t-elle avec colère. Mais on ne saurait exiger d'un fils d'usurier syrien qu'il observe les bons usages. Que me veux-tu? »

Rougissant sous l'insulte, je me détournai sans mot dire. Mais j'avais à peine fait quelques pas pour m'éloigner, qu'elle m'avait rattrapé par le bras.

« Allons, ne sois pas si susceptible, Minutus. Ne t'en va pas. Pardonne ma langue trop vive. J'étais furieuse que tu m'aies surprise ainsi, enlaidie et salie par le labeur. »

Elle m'entraîna dans sa modeste demeure qui sentait la fumée, les simples et la toile de lin propre.

« Comme tu vois, je sais aussi tisser et filer comme les dames romaines des temps jadis. N'oublie pas qu'autrefois même le plus fier des Claudiens conduisait lui-même la charrue. »

Ainsi essayait-elle d'excuser sa pauvreté. Mais je répliquai poliment :

« Je te préfère comme tu es, Claudia. Ton visage rafraîchi par l'eau de source me plaît davantage que toutes les faces peintes des femmes de la ville.

– Certes, admit honnêtement Claudia, je préférerais que ma peau soit blanche comme le lait, mon visage embelli par le fard, ma chevelure disposée en boucles délicates autour de mon front. Je souhaiterais porter des voiles de soie qui révéleraient plus qu'ils ne dissimuleraient un corps parfumé aux senteurs balsamiques de l'Orient. Mais la femme de mon oncle, Pauline, qui m'a fait vivre ici depuis la mort de ma mère n'approuverait pas. Elle porte constamment le deuil, préfère le silence à la parole, et se tient à l'écart de ses semblables. Sa fortune est plus que suffisante, mais elle préfère donner son argent aux pauvres ou le dépenser dans d'autres desseins beaucoup plus douteux que de m'acheter quelques cosmétiques. »

Je ne pus m'empêcher de rire, car le visage de Claudia était si frais, sain et propre qu'il n'avait nul besoin de fard à paupières et de rouge à joue. Je voulus lui prendre la main, mais elle la retira en arguant sèchement que pendant l'été, ses doigts étaient devenus plus rugueux que ceux d'une esclave. Je lui demandai si elle avait entendu parler de mon accident, mais elle répondit évasivement :

« Ta tante Laelia ne m'aurait jamais permis de te revoir. Quoi qu'il en soit, j'ai repris conscience de mon humble condition et j'ai compris que tu n'aurais rien à gagner à me fréquenter. »

Je répliquai avec brusquerie que j'étais capable de décider seul ce que je faisais de ma vie et que je choisissais mes amis comme je l'entendais.

« De toute façon, annonçai-je, tu seras bientôt débarrassée de moi. On m'a promis une lettre de recommandation pour le fameux Corbulon. J'irai guerroyer contre les Germains sous son commandement. Ma jambe va mieux. Elle est à peine plus courte que l'autre. »

Claudia se hâta de dire qu'elle n'avait pas remarqué chez moi la moindre claudication.

« Finalement, dit-elle après un instant de réflexion, tu es plus en sûreté sur un champ de bataille qu'à Rome où quelque inconnue risque de t'éloigner de moi à tout instant. Si, par la faute de ta stupide ambition, tu perdais la vie au combat, je serais moins malheureuse que si tu tombais amoureux d'une autre. Mais pourquoi aller te battre contre les Germains? Ils sont horriblement grands et puissants guerriers. Si je le demande bien poliment à ma tante, elle te donnera certainement une lettre de recommandation pour mon oncle, Aulius Plautus, qui commande quatre légions en Bretagne et y a remporté de grands succès. Apparemment, les Bretons sont des combattants moins énergiques que les Germains, car mon oncle n'est pas vraiment un génie militaire. Même Claude a pu prétendre à un triomphe après une campagne en Bretagne. Les Bretons ne doivent donc pas être des ennemis bien féroces. »

J'ignorais tout cela et m'empressai de lui demander des détails. Claudia m'expliqua que sa mère appartenait à la gens plautienne. Quand Pauline, femme d'Aulius Plautus, prit sous sa protection la nièce orpheline de son époux, Aulius montra son bon naturel en considérant Claudia comme quelqu'un de la famille, chose d'autant plus aisée que Pauline et lui n'avaient pas d'enfant.

« Oncle Aulius n'aimait pas du tout ma mère, Urgulanilla. Néanmoins, mère était aussi une Plauta et mon oncle a été très offensé par le comportement de Claude à son endroit : pour des raisons tout à fait irrecevables, il a divorcé de ma mère et m'a fait déposer nue sur le seuil de sa demeure à elle. En fait, oncle Aulius était disposé à m'adopter mais je suis trop fière pour cela. Légalement, je suis et resterai fille de Claude, si répugnantes que soient ses mœurs. »

Ses origines n'étaient pas pour moi un sujet de conversation bien intéressant, au contraire de la guerre en Bretagne.

« En dépit du triomphe qu'il a célébré, ton père légal n'a nullement maté les Bretons, dis-je. La guerre continue. On dit qu'après à peine quelques années de combat, ton oncle peut déjà avancer le chiffre de cinq mille morts chez les ennemis, ce qui vaut bien aussi un triomphe. Les Bretons sont un peuple opiniâtre et perfide. Aussitôt la paix établie en un point du territoire, la guerre se rallume en un autre point. Allons tout de suite rendre visite à ta tante Pauline.

– Tu es bien pressé de remporter des honneurs militaires, me dit Claudia, taquine. Tante Pauline m'a interdit d'aller seule en ville pour cracher sur les statues de l'empereur. Alors, je serais heureuse de m'y rendre avec toi car je ne l'ai pas vue depuis plusieurs semaines. »

Nous reprîmes ensemble le chemin de la ville et je me précipitai chez moi pour me changer. Par crainte de tante Laelia, Claudia resta sur le seuil à bavarder avec Barbus. Quand nous repartîmes pour la colline du Coelius, où se trouvait la demeure de Plauta, les yeux de Claudia lançaient des éclairs de fureur.

« Ainsi donc, s'écria-t-elle, tu t'es lié d'amitié avec Agrippine et son maudit rejeton? Cette vieille carne est dangereuse. De toute manière, vu son âge, elle pourrait être ta mère! »

Surpris, je protestai que si Agrippine était assurément fort belle, ses manières restaient réservées et son fils était bien trop jeune et puéril pour moi.

« Je les connais trop bien, ces Claudius dépravés, s'emporta Claudia. Agrippine couche avec quiconque lui semble utile. Pallas, le trésorier de l'empereur, a longtemps été son amant. Elle a essayé en vain de trouver un nouvel époux. Les hommes dont les origines sont assez hautes pour elle sont bien trop prudents pour se laisser entraîner dans ses intrigues. Mais quelqu'un d'inexpérimenté comme toi peut facilement céder aux entreprises de séduction de n'importe quelle matrone romaine. »

Nous traversâmes la cité en nous chamaillant de la sorte mais en fait Claudia était heureuse, car je ne lui cachai pas que nulle femme encore ne m'avait séduit. Je lui dis que je n'avais pas oublié la promesse que je lui avais faite le jour où j'avais reçu la toge virile.

Dans l'atrium des Plautus s'alignaient de longues théories de bustes d'ancêtres, de masques funéraires et de trophées de guerre. Paulina Plauta était une vieille femme dont les grands yeux posèrent sur moi un regard qui plongea au plus profond de moi. On voyait qu'elle avait pleuré. En apprenant mon nom et le but de ma visite, elle parut surprise et me caressa la joue d'une main frêle.

« Voilà qui est étrange, dit-elle. C'est comme un signe incroyable du seul dieu. Peut-être ignores-tu, Minutus Manilianus, que ton père et moi nous sommes liés d'amitié et avons échangé un saint baiser en brisant le pain et buvant le vin au cours du repas d'amour. Mais les choses ont pris ensuite très mauvaise tournure. Tullia avait mis des espions aux trousses de ton père. Quand elle a disposé de suffisamment de preuves, elle m'a dénoncé, tout récemment, pour avoir pris part à de honteux mystères orientaux. »

Je compris tout à coup d'où Claudia tenait sa connaissance des hérésies juives.

« Par tous les dieux de Rome, me récriai-je, horrifié, mon père s'est-il vraiment trouvé mêlé aux conspirations des chrétiens? Je croyais qu'il avait laissé à Antioche cette marotte. »

La vieille femme me considéra avec des yeux où brillait une étrange lueur.

« O Minutus, dit-elle. Ce n'est pas là une marotte, mais la seule voie conduisant à la vérité et à la vie éternelle. Je ne crains pas de croire que le Juif et Nazaréen était et est fils de dieu. Il est apparu à ton père en Galilée et ton père a plus à dire sur lui que n'importe quel habitant de cette ville. Il considère son mariage avec la tyrannique Tullia comme un châtiment divin pour ses péchés. Alors, il a dit adieu à son ancienne fierté et a reçu le baptême sacré des chrétiens, comme moi. Ni lui ni moi n'en avons honte, même s'il n'y a guère de riches ni de patriciens parmi les chrétiens. »

Cette effrayante nouvelle me laissa sans voix. Remarquant mon expression, Claudia intervint :

« Je ne suis pas baptisée selon leur foi, mais je suis allée souvent de l'autre côté du Tibre, dans le quartier juif, écouter leurs enseignements. Leurs mystères et leur banquet sacré les absolvent de tous leurs péchés.

– Des braillards, dis-je avec fureur, éternels chicaneurs, semeurs de zizanie et agitateurs de populace. Je les ai vus à l'œuvre à Antioche. Les vrais Juifs les craignent plus que la peste.

– Nul besoin d'être juif pour croire que Jésus de Nazareth est le fils de Dieu », dit Pauline.

Mais je n'étais pas d'humeur à me lancer dans une discussion théologique. En fait, je voyais rouge à la seule idée que mon père s'était rabaissé au point de devenir disciple de ces méprisables chrétiens.

« Mon père, dis-je durement, se sera une fois de plus enivré et aura pleuré sur son sort. Il n'a pas à chercher d'excuse pour échapper au règne de terreur de Tullia. Mais il aurait mieux fait de parler de ses ennuis à son propre fils. »

En m'entendant parler avec si peu de respect pour mon père, la femme aux grands yeux secoua la tête :

« Peu avant ton arrivée, on m'a fait savoir que l'empereur, pour préserver l'honneur de mon époux, s'est opposé à ce que la dénonciation dont j'ai été victime se traduise par un procès public. Aulius Plautus et moi sommes mariés suivant l'ancienne forme. L'empereur me fera donc comparaître devant le tribunal de la famille, présidé par mon époux dès que celui-ci sera revenu de Bretagne. Avant ton arrivée, je me demandais comment lui faire parvenir un message avant que lui soient transmises par quelque autre canal les accusations exagérées qu'on pourrait formuler contre moi et qui ne manqueraient pas de le prévenir en ma défaveur. J'ai la conscience claire, car je n'ai rien fait de mal ni de honteux. Veux-tu, Minutus, partir immédiatement pour la Bretagne porter une lettre à mon mari? »

Je n'avais pas la moindre envie de présenter cette déplaisante nouvelle à un célèbre soldat. Je ne pouvais manquer de penser que c'était là le plus déplorable des moyens pour gagner ses faveurs. Mais la douceur des yeux de la vieille femme m'ensorcelait. Je songeai que peut-être, d'une certaine manière, j'avais une dette envers elle, puisque c'était à cause de mon père qu'elle se trouvait dans cette mauvaise passe. Si je ne faisais pas ce qu'elle me demandait, elle risquait fort d'être mise à mort par son époux, suivant les anciennes lois familiales et les règles de la première forme de mariage.

« Apparemment, tel est mon destin, conclus-je. Je suis prêt à partir dès demain à condition que dans ta lettre tu ne me mêles en rien à tes superstitions. »

Elle m'en fit le serment et bientôt se mit en devoir de

rédiger la lettre. Puis je songeai que si je prenais la route sur ma propre monture, Arminia, le voyage serait fort long, car il me faudrait bien la laisser se reposer de temps en temps. Pauline me promit d'obtenir pour moi une plaque de courrier de première classe qui me donnerait le droit d'utiliser les chevaux de poste et les chars de l'empereur au même titre qu'un sénateur. Pauline n'était-elle pas l'épouse du général en chef de l'armée de Bretagne? Mais en échange de cette facilité, elle me demanda encore autre chose :

« Sur une des pentes de l'Aventin vit un fabricant de tentes du nom d'Aquila. A la nuit tombée, va le voir et dis-lui, ou dis à sa femme Prisca que j'ai été dénoncée. Ils sauront alors qu'ils doivent se tenir sur leurs gardes. Mais si quelqu'un d'autre te questionne, tu lui diras que je t'ai envoyé là pour commander des tentes pour mon mari en Bretagne. Je n'ose y envoyer mes propres serviteurs, car après cette dénonciation, ma maison est sous surveillance. »

Je maugréai mentalement contre l'idée d'être ainsi entraîné dans les dégoûtantes machinations des chrétiens, mais Pauline me bénit au nom de Jésus de Nazareth en me touchant doucement du bout des doigts le front et la poitrine, de sorte que je ne pus rien dire. Je lui promis de faire ce qu'elle me demandait et de revenir le lendemain, prêt à partir.

Quand nous quittâmes sa tante, Claudia soupirait à fendre l'âme mais moi, j'étais surexcité par la soudaineté des événements et la perspective du long voyage qui comblerait mes attentes et mettrait fin à mes incertitudes. En dépit de la résistance de Claudia, je tins à la faire entrer chez nous pour la présenter à tante Laelia.

« Maintenant que mon père s'est couvert de honte en devenant chrétien, tu n'as plu à avoir honte de quoi que ce soit dans notre demeure. *De jure*, tu es une patricienne fille d'empereur. »

Tante Laelia fit bonne figure. Quand elle fut remise de sa surprise, elle embrassa Claudia et l'examina attentivement.

« Tu es maintenant une jeune femme pleine de vie et de santé. Je voyais pour toi un grand avenir quand tu étais enfant et je me souviens bien que le cher empereur Caius t'appelait toujours cousine. Ton père s'est conduit d'une manière honteuse envers toi, mais comment va Pauline?

Est-il vrai que, comme on me l'a rapporté, tu tonds les moutons de tes propres mains dans la ferme qu'elle possède hors les murs?

– Je vous laisse bavarder un moment, dis-je. Je sais que les femmes ne sont jamais en peine de sujets de bavardages. Je dois aller voir mon avocat et mon père, car demain à l'aube je pars pour la Bretagne. »

Tante Laelia éclata en sanglots et gémit que la Bretagne était une île humide et brumeuse. Son climat effrayant avait raison de la santé des soldats survivant aux coups de ces Bretons qui se peignaient en bleu. A l'époque de l'empereur Caius, elle avait assisté à l'amphithéâtre aux combats dans lesquels on opposait les cruels Barbares entre eux. Sur le Champ de Mars, on avait construit, pillé et détruit une ville bretonne tout entière, mais en Bretagne même il y avait sans doute peu d'occasions de pillage, si la ville présentée aux spectacles de la victoire ressemblait bien au modèle original.

Laissant Claudia consoler ma tante, j'allai chercher de l'argent auprès de mon avocat et pris ensuite le chemin de la demeure de Tullia. Celle-ci me reçut à contrecœur.

« Ton père s'est enfermé dans sa chambre, dans son habituel état de déchéance et ne veut voir personne. Il ne me parle plus depuis plusieurs jours. Il donne ses ordres aux serviteurs par gestes. Vois si tu peux lui arracher quelques mots avant qu'il devienne tout à fait muet. »

Je consolai Tullia, lui assurant que mon père avait des accès semblables à Antioche. En apprenant que j'allais combattre en Bretagne, elle hocha approbativement la tête.

« C'est une bonne idée. J'espère que tu honoreras ton père là-bas. J'ai vainement tenté de l'intéresser aux affaires de la cité. Dans sa jeunesse, il a étudié la loi. Bien sûr, il a tout oublié à présent. Ton père est trop indolent pour accéder à une position digne de lui. »

Dans sa chambre, mon père, assis la tête entre les mains, buvait du vin dans sa chère coupe de bois. Il leva sur moi des yeux injectés de sang. Je refermai soigneusement la porte avant de parler :

« Ton amie Pauline Plauta te salue. Elle a des ennuis à cause de ton baiser sacré et a été dénoncée pour superstitions. Je dois gagner au plus vite la Bretagne pour porter à son époux un message sur cette affaire. Je suis venu te demander ta bénédiction pour le cas où je ne reviendrais pas de ce voyage. En Bretagne, j'entrerai sans doute dans l'armée pour achever d'y remplir mes devoirs militaires.

– Je n'ai jamais voulu que tu sois soldat, balbutia mon père. Mais peut-être cela même est-il préférable à vivre dans cette Babylone, dans cette cité putain. Je sais que mon épouse Tullia, par jalousie, a apporté le malheur à Pauline, mais c'est moi qui aurais dû être dénoncé. J'ai reçu le baptême dans leur bassin baptismal et ils ont posé leurs mains sur ma tête, mais l'Esprit n'est pas entré en moi. Je n'adresserai plus jamais la parole à Tullia.

– Père, qu'est-ce que Tullia attend exactement de toi?

– Que je devienne sénateur. Voilà ce que cette femme monstrueuse s'est mis en tête. Je possède assez de terres en Italie et mes origines sont suffisamment nobles pour me permettre d'entrer au sénat. Et Tullia, par dispense spéciale, a obtenu les droits d'une mère de trois enfants, quoiqu'elle ne se soit jamais donné la peine de procréer. Je l'ai aimée, dans ma jeunesse. Elle est venue me chercher à Alexandrie et ne m'a jamais pardonné de lui avoir préféré ta mère, Myrina. Maintenant, elle s'adresse à moi comme à un bœuf qu'on houspille, me reproche de façon injurieuse mon manque d'ambition et elle ne va pas tarder à me transformer en ivrogne invétéré si je ne me plie pas à ses désirs en devenant sénateur. Mais, ô Minutus, mon fils, il n'y a pas de sang de loup dans mes veines, même si, à la vérité, bien des hommes pires que moi ont chaussé les bottines rouges et pris place sur le siège d'ivoire. Pardonne-moi, ô mon fils. Tu comprends maintenant que dans de telles circonstances, il ne me restait plus qu'à me déclarer chrétien. »

En observant le visage bouffi de mon père et les regards inquiets qu'il jetait de tous côtés, je fus saisi d'une grande compassion. Je compris qu'il lui fallait trouver quelque but de valeur à sa vie qui lui permît de contrebalancer la tristesse de son existence en la demeure de Tullia. Cependant, un siège au sénat serait meilleur pour sa santé mentale qu'une place aux banquets secrets des chrétiens.

Comme s'il avait lu mes pensées, mon père leva les yeux sur moi, tandis que ses doigts continuaient à jouer avec la coupe de bois :

« Il me faut cesser de prendre part aux réunions des chrétiens car ma présence ne leur apportera que des tracas, comme elle en a valu à Pauline. Tullia était si mortifiée en apprenant que je participais aux rites, qu'elle a juré de faire chasser tous les chrétiens de Rome si je continuais à les fréquenter. Tout cela à cause d'un chaste baiser qui est de tradition après le repas sacré.

« Va en Bretagne, poursuivit-il en me tendant sa chère coupe de bois. Le moment est venu pour toi de prendre le seul bien que ta mère te laisse en héritage, avant que Tullia dans sa colère ne le brûle. Jésus de Nazareth, roi des Juifs, a bu dans ce récipient, il y a près de dix-huit ans, après avoir quitté son tombeau et avoir gagné la Galilée. Il gardait aux pieds et aux mains les marques des clous qui les avaient transpercés et sur le dos les traces du fouet qui l'avait flagellé. Ne le perds pas. Ta mère sera peut-être plus près de toi quand tu boiras dans cette coupe. Je n'ai jamais été le père que j'aurais voulu être pour toi. »

Je pris la coupe qui, selon les affranchis de mon père à Antioche, était vouée à la déesse de la Fortune. Je songeai qu'elle n'avait pas protégé mon père de Tullia, même si on pouvait considérer que cette somptueuse demeure, toutes les commodités de la vie et peut-être l'honneur d'accéder au rang de sénateur constituaient le sommet de la fortune terrestre. Mais en serrant l'objet dans mes mains, j'éprouvai un secret sentiment de respect.

« Rends-moi encore un service, dit doucement mon père. Sur les pentes de l'Aventin vit un fabricant de tentes...

– ... qui s'appelle Aquila, complétai-je, sarcastique. J'ai compris. Pauline m'a chargé de lui transmettre un message. Je lui dirai par la même occasion que toi aussi tu les quittes. »

Mais en considérant le gobelet que mon père me laissait en souvenir, mon amertume s'évanouit. Nous nous étreignîmes et je pressai mon visage contre sa tunique pour dissimuler mes larmes. Il me serra très fort contre lui, et puis nous nous séparâmes sans nous quitter du regard.

Tullia m'attendait, trônant sur le siège à haut dossier de la maîtresse de maison.

« Prends bien garde à toi en Bretagne, ô Minutus. Cela comptera beaucoup pour ton père, d'avoir un fils qui sert l'Etat et le bien public. Je ne sais pas grand-chose de la vie militaire, mais on m'a donné à entendre qu'un jeune officier monte bien plus vite en grade en abreuvant généreusement ses hommes et en jouant aux dés avec eux, qu'en se lançant dans des expéditions inutiles et dangereuses. Ne regarde pas à la dépense et ne crains pas de te couvrir de dettes : ton père peut t'offrir ce luxe. Alors, tu seras considéré comme parfaitement conforme. »

Sur le chemin du retour, je fis une halte au temple de Castor et Pollux pour aviser le curateur de la cavalerie de mon voyage en Bretagne. A la maison, tante Laelia et Claudia, devenues les meilleures amies du monde, avaient choisi pour moi des sous-vêtements de laine pour me protéger des rigueurs du climat breton. Elles avaient aussi préparé une telle quantité d'affaires qu'il m'eût fallu au moins un chariot pour les emporter toutes. Mis à part mon glaive, je n'avais pas même l'intention d'emporter mon équipement militaire, car je comptais bien me procurer le nécessaire sur place, en accord avec les circonstances et les conditions du pays. Barbus m'avait dit quel objet de risée étaient les fils de famille romains qui débarquaient dans les camps de la légion avec tout un attirail inutile.

Dans la touffeur du soir d'automne, sous un ciel inquiet et rougeoyant, je m'en fus rendre visite à Aquila, le fabricant de tentes. C'est manifestement un homme tout à fait prospère, car il possède de vastes ateliers de tissage. Il me reçut sur le seuil de sa demeure, d'un air méfiant et en jetant des coups d'œil de tous côtés, comme s'il craignait les espions. Il devait marcher sur la quarantaine et ne ressemblait pas du tout à un Juif. Comme il ne portait ni barbe, ni franges à son manteau, je le pris d'abord pour un des affranchis d'Aquila. Claudia qui m'avait accompagné le salua comme un vieil ami. En entendant mon nom et le salut que lui transmettait mon père, sa peur s'évanouit, quoique l'inquiétude dans ses yeux demeurât identique à celle que j'avais vue dans ceux de mon père. Des rides verticales barraient son front, comme chez un devin.

Il nous invita fort aimablement à entrer chez lui et Prisca, son épouse, une femme aux manières et à la tenue trop apprêtées, s'empressa de nous offrir du vin dilué et des fruits. A en juger par son nez, Prisca était d'origine juive. Energique et bavarde, elle avait dû dans sa jeunesse jouir d'une grande beauté. Les deux époux manifestèrent la plus grande émotion en apprenant que Pauline avait été dénoncée et que mon père estimait qu'il valait mieux qu'il se retirât de leur société secrète pour ne pas leur attirer de malheurs.

« Nous sommes en butte aux envieux, nous avons beaucoup d'ennemis, se plaignirent-ils. Les Juifs nous persécutent, nous chassent de leurs synagogues et nous molestent en pleine rue. Un magicien influent, Simon de Samarie, nous poursuit d'une haine particulièrement féroce. Mais nous sommes protégés par l'Esprit qui met les mots dans nos bouches et ne devons craindre nulle puissance terrestre.

– Mais tu n'es pas juif », fis-je à Aquila.

Il rit.

« Je suis juif et circoncis, né à Trapèze du Pont, sur la côte sud-est de la mer Noire, mais ma mère était grecque et mon père a été baptisé le jour de la Pentecôte à Jérusalem. Quand des dissensions innombrables ont éclaté parce que des gens voulaient faire des sacrifices à l'empereur hors des synagogues, j'ai gagné Rome pour y vivre dans la partie pauvre de l'Aventin, comme beaucoup de Juifs qui ne croient pas qu'il suffit de suivre la loi de Moïse pour être absous de tous ses péchés.

– Les Juifs de l'autre côté du fleuve nous haïssent par-dessus tout, m'expliqua Prisca, parce que les païens préfèrent notre voie à la leur, elle leur paraît plus aisée. Je ne sais pas si elle l'est. Mais nous avons la charité et le savoir secret. »

Ces gens n'étaient pas déplaisants et montraient plus de profondeur que les Juifs ordinaires. Claudia reconnut qu'elle et sa tante Pauline avaient suivi leurs enseignements. Selon elle, ils n'avaient rien à cacher. Quiconque pouvait venir les écouter et parmi les auditeurs, certains étaient plongés dans un état extatique. Seuls les banquets d'amour étaient interdits aux étrangers, mais il en était de même pour les mystères égyptiens et syriens qu'on célébrait à Rome.

Ils ne cessaient de répéter que tous les humains, esclaves ou hommes libres, riches ou pauvres, sages ou stupides, étaient égaux devant leur dieu, et qu'ils regardaient chacun comme leurs frères et leurs sœurs. Sur ce point, je ne les crus pas tout à fait : ils étaient particulièrement chagrinés en apprenant que Pauline et mon père les quittaient. Claudia leur avait naturellement assuré que Pauline ne se séparait pas d'eux dans son cœur mais seulement pour le public, afin de protéger la réputation de son époux.

Le lendemain matin, on me confia un cheval et une plaque de courrier que j'accrochai sur ma poitrine. Pauline me remit la lettre pour Aulius Plautus et Claudia pleura. Je suivis les routes militaires qui filaient vers le nord-ouest à travers l'Italie et la Gaule.

LIVRE III

DE LA BRETAGNE

A MON arrivée, l'hiver, ses tempêtes et ses brouillards s'installaient sur la Bretagne. Tous les visiteurs de ce pays savent combien il opprime le cœur. On n'y trouve pas même de ville comparable à celles de la Gaule du Nord. Quand on n'y meurt pas de pneumonie, on y contracte des rhumatismes pour le restant de ses jours, à moins que, capturé par les Bretons, on ne finisse la gorge tranchée dans leurs bois de frênes, ou entre les mains de leurs druides qui lisent l'avenir de leur tribu dans les intestins des Romains.

Au relais de Londinium, au bord d'un fleuve au cours rapide, avaient été bâties quelques maisons romaines. Aulius Plautus y avait établi son quartier général et ce fut là que je le rencontrai pour la première fois.

Quand il eut fini de lire la missive de son épouse, au lieu d'exhaler sa fureur, comme je l'avais craint, il éclata de rire en se tapant sur les cuisses. Une ou deux semaines plus tôt, il avait reçu une lettre secrète de l'empereur confirmant son droit au triomphe. Il s'employait à régler ses affaires de façon à pouvoir abandonner le commandement de son armée et prendre la route au printemps.

« Ainsi donc, je suis censé convoquer toute ma famille pour juger ma chère épouse? Je me tiendrai déjà pour fort heureux si Pauline ne m'arrache pas les quelques cheveux qui me restent lorsqu'elle m'interrogera sur le genre de vie que j'ai mené ici. Pour ce qui est des affaires religieuses, j'en ai eu mon content, avec ces histoires de bosquets sacrés abattus, et ces cargaisons d'idoles qu'il fallait importer pour tenter de mettre fin à leurs dégoûtants sacrifices humains. J'en ai assez de les voir abattre les statues d'argile à peine dressées et recommencer à se révolter.

« Non, non, poursuivit-il, la superstition chez nous est infiniment plus inoffensive qu'ici. Cette accusation contre mon épouse n'est qu'une intrigue de mes chers collègues du sénat qui craignent que je ne me sois trop enrichi en commandant quatre légions pendant quatre ans. Comme si quiconque pouvait s'enrichir dans ce pays! En réalité, l'argent de Rome y disparaît comme dans un trou sans fond, et c'est seulement pour qu'on croie chez nous que la paix règne ici, que Claude s'est vu forcé de m'accorder un triomphe. Personne ne pacifiera ce pays, car il est dans un perpétuel état d'agitation. Si l'on vainc l'un de leurs rois au cours d'un combat honorable, il en apparaît bientôt un nouveau qui ne se soucie ni des otages ni des traités. A moins qu'une tribu voisine ne s'empare de la région que nous venons de conquérir en massacrant toutes nos garnisons. On ne peut les désarmer tout à fait, parce qu'ils ont besoin de leurs armes pour se défendre les uns contre les autres. Même sans triomphe, je serais encore heureux de quitter ces contrées maudites. »

Reprenant son sérieux, il posa sur moi un regard perçant :

« La rumeur de mon triomphe s'est-elle déjà répandue à Rome, qu'un jeune chevalier comme toi se porte volontaire pour venir ici? Sans doute espères-tu partager les honneurs du triomphe à peu de frais. »

J'expliquai avec indignation que je n'avais entendu nul bruit semblable mais que, bien au contraire, on disait à Rome que Claude, par pure jalousie, ne permettrait jamais que quiconque reçût un tel honneur pour son rôle en Bretagne, lui-même en ayant déjà bénéficié pour semblable raison.

« Je suis venu ici pour étudier l'art de la guerre sous les ordres d'un commandant réputé, assurai-je. Je suis las des exercices d'équitation à Rome.

– Tu ne trouveras ici, répliqua abruptement Aulius, ni coursier superbe, ni bouclier d'argent, ni bains chauds, ni masseurs émérites. Il n'y a en ces contrées que les cris de guerre des Barbares des forêts peints en bleu, la peur quotidienne de l'embuscade, le froid éternel, la toux incurable, et le lancinant mal du pays. »

Et comme deux années passées en Bretagne devaient me l'apprendre, il n'exagérait nullement. Il me garda quelques jours dans son quartier général, le temps nécessaire pour vérifier la noblesse de mon lignage, me faire raconter les derniers ragots de Rome et m'enseigner à l'aide d'une carte en relief la forme du pays et l'emplacement des camps de la légion. Il me donna également des vêtements de cuir, un cheval, des armes et quelques conseils amicaux.

« Surveille bien ta monture si tu ne veux pas que les

Bretons te la volent. Ils combattent dans des chars et leurs chevaux sont trop petits pour être montés. Comme nos entreprises politiques et militaires s'appuient sur nos traités avec les tribus, nous avons plusieurs unités de chars bretons. Mais ne fais jamais confiance à un homme du pays et ne lui tourne jamais le dos. Les Bretons aimeraient s'emparer de nos grands chevaux de combat pour créer leur propre cavalerie. Claude a remporté la victoire ici grâce aux éléphants dont les Bretons n'avaient jamais vu un seul représentant jusqu'alors. Les pachydermes ont démoli leurs murailles de bois et effrayé leurs chevaux. Mais les Bretons ont promptement appris à viser les yeux des éléphants avec leurs lances et à les blesser avec des torches enflammées. Et puis ces bêtes n'ont pas supporté le climat. La dernière est morte de pneumonie il y a un an.

« Je vais t'envoyer dans la légion de Flavius Vespasien. C'est le plus expérimenté de mes soldats et le plus digne de confiance de mes lieutenants. Il est stupide, mais ne perd jamais son sang-froid. Ses origines sont humbles et ses manières grossières, mais c'est un honnête homme qui ne dépassera sans doute jamais le grade de général de légion. Mais auprès de lui tu apprendras l'art de la guerre, si tel est vraiment ton désir. »

Je trouvai Flavius Vespasien sur les bords d'un fleuve en crue, l'Anton. Il avait dispersé sa légion sur une vaste zone et y avait fait bâtir des fortifications de bois indépendantes les unes des autres. Agé d'une quarantaine d'années, puissamment bâti, le front large, des rides bienveillantes aux coins de sa bouche ferme, il n'avait nullement l'air aussi insignifiant que le donnait à penser la description méprisante d'Aulius Plautus. Il aimait rire bruyamment et aussi plaisanter sur ses propres revers, qui auraient désespéré un homme plus faible. Sa seule présence me donnait un sentiment de sécurité. Il me jeta un regard rusé.

« La fortune nous sourirait-elle enfin, qu'un jeune chevalier quitte volontairement Rome pour nous rejoindre dans les forêts sombres et humides de Bretagne? Non, non, ce n'est pas possible. Avoue ce que tu as fait et quelles frasques de jeunesses tu as fuies pour te placer sous la protection de l'aigle de ma légion. Confesse-toi et nous nous sentirons mieux ensemble. »

Quand il m'eut minutieusement questionné sur ma famille et mes amis à Rome, il déclara qu'il n'avait rien à gagner et pas davantage à perdre à ce que je serve sous ses ordres. Sa bienveillance lui dictant de m'habituer progressivement à la saleté, à la grossièreté et aux épreuves de la vie militaire, il m'emmena d'abord dans ses tournées d'inspection pour me faire connaître la région et me dicta des rapports à Aulius Plautus qu'il était lui-même trop paresseux pour écrire. Puis il me confia au chef du génie pour que j'apprenne à construire les fortifications.

Notre garnison isolée ne comptait pas même assez d'hommes pour former un manipule complet. Une partie d'entre eux chassait pour les cuisines, une autre abattait dans les forêts les arbres qu'un troisième groupe utilisait pour bâtir des fortifications. Avant de repartir, Vespasien me recommanda de veiller à ce que les hommes maintinssent toujours leurs armes propres et que les gardes fussent toujours éveillés et en alerte, car l'insouciance sur ces deux chapitres était mère de tous les vices et affaiblissait la discipline.

Après quelques jours, quand je fus las d'arpenter le camp, exposé aux railleries effrontées des vieux légionnaires, je pris une hache et m'en fus abattre des arbres dans la forêt. Tandis que nous empilions les troncs, moi aussi, les yeux souillés de terre, j'ai posé la main sur la corde et j'ai chanté. Le soir, j'offrais au centurion et au chef du génie de ce vin qu'on pouvait acheter un prix exorbitant au marchand du camp, mais souvent aussi j'allais rejoindre auprès de leurs feux de camp les vieux décurions couturés de cicatrices et je partageais leur brouet et leur viande salée. Mes muscles s'endurcirent et s'épaissirent, mon langage aussi se culotta, j'appris à jurer sans plus me soucier des questions impertinentes sur la date de mon sevrage.

Une vingtaine de cavaliers gaulois étaient attachés à notre garnison. Quand leur chef se fut assuré que je n'ambitionnais pas de le remplacer, il décida que le moment était venu pour moi de tuer mon premier Breton et m'emmena dans un raid de ravitaillement. Après avoir traversé le fleuve, nous chevauchâmes longtemps jusqu'à un village dont les habitants réclamaient notre protection contre une tribu voisine qui les menaçait. Ils avaient dissimulé leurs armes, mais les vétérans qui nous avaient suivis à pied savaient dénicher les épées enterrées dans le sol de terre battue des huttes rondes ou dans les tas de fumier près du seuil. Quand ils eurent trouvé ce qu'ils cherchaient, ils pillèrent le village, s'emparant de tout le blé et d'une partie du bétail et massacrant sans pitié ceux qui tentaient de défendre leur bien, sous prétexte que les Bretons n'étaient pas même bons à faire des esclaves. Quant aux femmes qui n'avaient pas eu le temps de s'enfuir dans la forêt, ils les violèrent comme si la chose allait de soi, avec de grands rires amicaux.

Ces destructions aveugles me révoltèrent, mais le chef des cavaliers se contenta d'en rire et me dit de me calmer et d'être prêt. Cette demande de protection était simplement un des pièges habituels des Bretons, comme le prouvaient les armes découvertes. Il ne mentait pas, car à la nuit tombée une meute hurlante d'hommes peints en bleu attaquèrent le village de tous les côtés à la fois, espérant nous surprendre.

Mais nous étions sur nos gardes et contînmes sans peine l'assaut de ces Barbares légèrement armés et démunis de ces boucliers qui permettent aux légionnaires de se protéger. Les vétérans qui venaient de détruire le village et auxquels je croyais ne jamais pouvoir pardonner les méfaits sanglants dont j'avais été témoin, m'entourèrent et me protégèrent dans la lutte au corps à corps. Les Bretons battirent en retraite, abandonnant derrière eux un de leurs guerriers blessé au genou. Il mugissait farouchement, appuyé contre son bouclier de cuir et brandissant son épée. Ouvrant leurs rangs, les vétérans me poussèrent en avant, hurlant avec de grands rires :

« Celui-là est pour toi. Tue ton Breton, petit frère. »

Je n'eus aucun mal à me protéger des coups de cet homme blessé et, en dépit de sa force et de son épée, le tuai facilement. Mais quand je lui ouvris la gorge et qu'il fut à mes pieds, le sang jaillissant de son corps, je dus me détourner pour vomir. Honteux de ma faiblesse, je sautai en selle pour me joindre aux Gaulois qui pourchassèrent les Bretons dans le sous-bois jusqu'à ce que la trompette rappelât les cavaliers. Nous quittâmes le village sans cesser de nous tenir sur nos gardes, car notre centurion était persuadé que le combat n'était nullement terminé. Nous avions un difficile voyage de retour en perspective, car nous devions pousser devant nous le bétail et convoyer les paniers de froment tout en nous protégeant des incessantes attaques des Bretons. En défendant ma vie et en portant secours aux autres, je retrouvai la tranquillité de mon âme. Mais cette manière de guerroyer ne me parut pas particulièrement honorable.

Quand nous eûmes repassé le fleuve et placé notre butin sous la protection du fort, nous avions perdu deux hommes et un cheval et récolté bon nombre de blessures. Epuisé, je regagnai ma hutte de bois au sol de terre battue et m'étendis. Mais je restai éveillé, immobile, écoutant les stridents cris de guerre des Bretons, qui peuplaient la nuit au-delà du fleuve.

Le lendemain, je n'éprouvai pas le moindre désir de participer au partage du butin mais le chef de la cavalerie, par plaisanterie, proclama haut et fort que je m'étais bellement distingué en faisant tournoyer mon épée et en criant de terreur presque aussi fort que les Bretons. Aussi avais-je un droit égal au partage. Sans doute pour se moquer, les vétérans poussèrent vers moi une adolescente bretonne aux mains entravées.

« Voilà ta part du butin, elle te permettra de trouver la vie moins ennuyeuse et de ne pas nous quitter, ô Minutus, brave petit chevalier. »

Je me récriai avec fureur que je ne voulais pas nourrir une esclave, mais les vétérans protestèrent de leur bonne foi.

« Si l'un d'entre nous la prenait, assuraient-ils, elle lui ouvrirait certainement la gorge dès l'instant où ses mains seraient libres. Mais tu es un jeune noble qui connais le grec et les bonnes manières. Peut-être lui plairas-tu mieux que nous. »

Ils me promirent de bon cœur de me conseiller sur la manière de dresser une telle esclave. D'abord, je devais la battre matin et soir, par principe, simplement pour l'adoucir. Ils me donnèrent également quelques conseils dictés par l'expérience mais ceux-là, je ne saurais les coucher sur le papier. Comme je persistais à refuser grossièrement, ils secouèrent la tête en affectant la tristesse.

« Alors, il ne reste plus qu'à la vendre au marchand du camp. Tu imagines sans peine ce qui l'attend. »

Je compris que je ne me pardonnerais jamais si par ma faute cette enfant terrorisée était, à coups de garcette, transformée en putain à soldats. A contrecœur, j'acceptai de prendre la jeune fille comme ma part du butin. Je chassai les vétérans de ma hutte et m'accroupis devant elle, les mains posées sur les genoux. Je l'examinai. Son visage enfantin était sale et marqué de coups. Ses cheveux roux pendaient, dénoués, sur son front. Elle me regardait, à travers sa frange de cheveux roux, comme une farouche pouliche bretonne.

Je ris, coupai la corde qui entravait ses poignets et l'invitai à se laver le visage et à refaire ses tresses. Elle se contenta, en frottant ses poignets enflés, de me dévisager avec méfiance. Je finis par aller chercher le chef du génie qui parlait quelques mots de la langue icène. Il rit de mon embarras, mais observa que la jeune fille du moins paraissait en bonne santé et point contrefaite. Quand elle entendit parler sa langue, elle sembla reprendre courage et parla un moment avec animation.

« Elle ne veut pas se laver ni se peigner, m'expliqua mon interprète. Elle redoute tes desseins. Si tu la touches, elle te tuera. Elle le jure par le nom de la déesse Hase. »

Je lui assurai que je n'avais pas la moindre intention de toucher la jeune fille. Le chef du génie répondit que le moyen le plus raisonnable de m'y prendre serait de lui donner à boire. Ces Bretons ignorants de la civilisation n'ayant pas l'habitude du vin, elle serait promptement ivre. Je pourrais alors faire ce que je voudrais d'elle à condition de ne pas trop m'enivrer moi-même. Sinon, elle risquait de m'égorger dès qu'elle aurait repris ses esprits. C'était ce qu'il était advenu à l'un des tanneurs de la légion, qui avait commis l'erreur de boire avec une Bretonne non dressée.

Je répétai impatiemment que je ne voulais pas la toucher. Mais le chef du génie insista : il valait mieux la garder attachée. Sinon, elle s'enfuirait à la première occasion.

« Rien ne pourrait me plaire davantage, répliquai-je. Dis-lui que ce soir, je l'emmènerai hors de l'enceinte et la libérerai. »

Mon interlocuteur secoua la tête et déclara qu'il avait déjà pensé que pour travailler volontairement avec les hommes, il fallait que je sois fou, mais qu'il n'aurait jamais imaginé que je le fusse à ce point. Il échangea quelques mots avec la jeune fille puis se tourna vers moi.

« Elle n'a pas confiance en toi. Elle pense que tu veux l'emmener dans la forêt pour parvenir à tes fins. Même si elle t'échappait , comme elle n'appartient pas aux tribus de la région, elle serait capturée par l'une ou l'autre et gardée en otage. Elle s'appelle Lugunda. »

Puis une lueur s'alluma dans les yeux du chef du génie et il considéra la jeune fille en se passant la langue sur les lèvres.

« Ecoute, dit-il. Je te donne deux pièces d'argent pour t'en débarrasser. »

En voyant le regard qu'il posait sur elle, Lugunda se précipita sur moi, s'agrippant à mes bras comme si j'étais sa seule protection au monde. Mais ce faisant, un flot de paroles dans son langage sifflant s'échappait de ses lèvres.

« Elle dit que si tu la touches sans sa permission, tu renaîtras sous la forme d'une grenouille. Avant cela, les gens de sa tribu viendront t'ouvrir le ventre pour en extirper les intestins et t'enfonceront un javelot rougi au feu dans le fondement. Il me semble qu'il serait plus sage que tu la vendes un prix raisonnable à un homme plus expérimenté. »

Un instant, j'inclinai à la lui laisser pour rien. Puis de nouveau, je m'efforçai de la rassurer sur la pureté de mes intentions en lui assurant que je la considérais comme une de ces pouliches que les vétérans pour lutter contre l'ennui traitaient comme des animaux d'ornement, peignant leur crinière et leur mettant la nuit des couvertures sur le dos. Elle pourrait m'être une compagnie encore plus enrichissante que celle d'un chien, puisqu'elle pourrait m'apprendre la langue des Bretons.

Je ne sais comment mon interprète comprit mes paroles, ou si en fait il ne maîtrisait pas assez la langue des Icènes pour transmettre ce que je venais de dire. Je le soupçonne de lui avoir dit que je n'ambitionnais pas plus de la toucher que je ne désirais m'accoupler à un chien ou à un cheval. Toujours est-il qu'elle s'écarta brusquement de moi et se précipita pour se débarbouiller dans ma cuvette de bois comme pour me montrer qu'elle n'était ni une chienne ni une jument.

Ayant prié le chef du génie de se retirer, je donnai à la jeune fille un morceau de savon. Elle n'avait jamais vu pareil objet et à la vérité, moi non plus, jusqu'à cette nuit où, en route pour la Bretagne, je fis halte à Lutèce et entrai dans ses thermes décrépis. C'était l'anniversaire de la mort de ma mère et par conséquent le mien aussi. J'avais dix-sept ans à Lutèce et personne ne m'en félicitait.

Le frêle esclave des thermes me surprit en utilisant cette substance qui récurait avec tant de douceur. C'était une sensation bien différente de celle procurée par la râpeuse pierre ponce. Je me souvins de l'argent que Tullia m'avait donné et achetai à l'esclave pour trois pièces d'or sa liberté et son savon. En quittant Lutèce le lendemain matin, je lui donnai la permission de s'appeler Minutus. Quant aux quelques morceaux de savon que j'emportais, je me suis bien gardé par la suite de les exhiber, car je m'étais rendu compte qu'ils ne m'attireraient que le mépris des légionnaires.

Quand j'eus montré à la jeune fille comment on se servait du savon, elle oublia ses craintes, se lava et entreprit de dénouer ses cheveux. Je frictionnai avec de bons onguents ses poignets enflés et, découvrant que ses vêtements avaient été gravement mis à mal par les épines, je m'en fus acheter au marchand du camp des sous-vêtements et un manteau de laine pour elle. Après cela, elle me suivit partout comme un chien fidèle.

Je compris bientôt qu'il me serait plus aisé de lui enseigner le latin que d'apprendre son langage barbare. Durant les longues et noires soirées au coin du feu, je m'employai aussi à lui inculquer les premiers rudiments de la lecture. Mais c'était seulement pour me distraire, en traçant des lettres sur le sable et en les lui faisant copier. Les seuls livres qu'on trouvait dans la garnison étaient l'almanach du centurion et le livre des rêves égypto-chaldéen du marchand. Aussi regrettais-je beaucoup de n'avoir rien emporté à lire. Enseigner Lugunda compensait quelque peu cette privation.

Je supportais en riant le déluge d'obscénités dont les vétérans m'accablaient au sujet de cette jeune fille qui partageait ma hutte. Leurs propos étaient sans malice et à la vérité, ils se demandaient avec admiration par quel artifice magique j'avais pu si rapidement mater la Barbare. Ils étaient évidemment persuadés que je couchais avec elle mais je ne la touchai pas, quoiqu'elle eût plus de treize ans.

Tandis que la pluie glacée s'abattait sur le pays, que les chemins déjà défoncés à l'ordinaire se transformaient en bourbiers sans fond et qu'une couche craquante de glace recouvrait chaque matin les mares, la vie de la garnison se figeait dans un cercle de plus en plus étroit et monotone. Deux jeunes Gaulois, attirés dans la légion par l'octroi du droit de cité au bout de trente ans de service, prirent l'habitude de venir dormir dans ma hutte de bois quand j'enseignais Lugunda. Ils me regardaient faire, la bouche ouverte, répétant à haute voix les mots latins. Insensiblement, j'en vins à leur apprendre le latin parlé et écrit. Il faut savoir déchiffrer et gribouiller pour monter en grade dans la légion, car la conduite des guerres requiert toujours un échange de tablettes de cire.

J'étais donc en train de jouer les précepteurs dans ma hutte au toit de chaume lorsque Vespasien, en tournée d'inspection, surgit sur le seuil. Suivant son habitude, il était venu à l'improviste et avait interdit aux gardes d'appeler au rassemblement, car il préférait se promener dans le camp et l'observer dans sa vie quotidienne, estimant qu'ainsi, beaucoup mieux que dans une visite préparée, un général se faisait une idée du moral de ses hommes.

Lisant à haute voix, sur le papyrus égypto-chaldéen en lambeaux, l'explication d'un rêve comportant des hippopotames j'épelais chaque mot et Lugunda et les deux Gaulois, rapprochant leurs têtes, les yeux fixés sur le livre des rêves, répétaient après moi. A cette vue, Vespasien eut un accès d'hilarité qui le plia en deux, riant aux larmes et se tapant sur les cuisses. En l'entendant s'esclaffer derrière nous, nous faillîmes tous quatre défaillir de frayeur. Les deux Gaulois et moi bondîmes au garde-à-vous et Lugunda se cacha derrière mon dos. Mais je compris que Vespasien n'était nullement courroucé.

Quand il eut enfin recouvré son sérieux, il nous examina d'un regard perçant, avec un froncement prodigieux du sourcil. La position impeccable et le visage net des jeunes soldats lui prouva qu'ils n'avaient rien à se reprocher. Vespasien se déclara satisfait de voir qu'ils employaient leurs loisirs à apprendre le latin plutôt qu'à s'enivrer. Il poussa même la bienveillance jusqu'à leur raconter qu'il avait vu de ses propres yeux un hippopotame dans les jeux du cirque au temps de l'empereur Caius. Quand il décrivit les énormes dimensions de l'animal, les Gaulois crurent qu'il plaisantait et rirent timidement, mais il n'en fut pas offensé et leur ordonna simplement d'aller préparer leur équipement pour une inspection.

Je l'invitai respectueusement à franchir le seuil de ma hutte en sollicitant la permission de lui offrir un peu de vin. Il m'assura qu'il avait fort envie de prendre un peu de repos, car il avait fait le tour du camp et mis tout le monde au travail. Je lui tendis la coupe de bois que je considérais comme ma plus belle pièce de vaisselle et Vespasien la tourna et retourna entre ses mains avec curiosité.

« Tu as pourtant le droit de porter l'anneau d'or », observa-t-il.

J'expliquai que je possédais en fait un gobelet d'argent mais que cette coupe de bois avait ma préférence parce que je l'avais héritée de ma mère. Vespasien hocha du chef avec approbation.

« Tu as raison d'honorer la mémoire de ta mère. J'ai moi-même hérité de ma grand-mère un vieux gobelet d'argent cabossé et je l'utilise à tous les banquets en me moquant du qu'en-dira-t-on. »

Il but avidement et je le resservis volontiers, quoique je fusse accoutumé à l'indigente vie de la légion au point de calculer spontanément ce qu'il économisait en buvant mon vin. Ce n'était pas mesquinerie de ma part, mais j'avais appris que le légionnaire, avec dix pièces de cuivre ou deux sesterces et demi par jour, devait payer sa nourriture, son entretien et alimenter le fonds de secours des malades et blessés de la légion.

Vespasien secoua pensivement sa tête massive.

« Bientôt le soleil printanier sera de retour et dissoudra les brumes de Bretagne. Alors, nous pourrions bien connaître un moment difficile. Aulius Plautus s'apprête à partir célébrer son triomphe à Rome en emmenant avec lui ses soldats les plus expérimentés et qui ont servi le plus longtemps sous ses ordres. Les sages vétérans préféreraient recevoir quelques gratifications, plutôt que de devoir effectuer le long voyage jusqu'à Rome pour quelques jours seulement de fêtes et de beuveries. De tous les généraux de la légion, par la durée de mon service et aussi parce que j'ai conquis l'île de Wight, j'ai le plus de titres à l'accompagner. Mais il faut bien que quelqu'un soit responsable de la Bretagne jusqu'à ce que l'empereur ait nommé le remplaçant d'Aulius Plautus. Aulius m'a promis un insigne de triomphe, si j'accepte de rester ici. »

Il se frotta longuement le front.

« Tant que je commanderai en Bretagne, poursuivit-il, il n'y aura plus de pillage et nous poursuivrons une politique de paix. Mais cela signifie nécessairement extorquer des impôts plus élevés à nos alliés et à nos sujets, pour l'entretien des légions. L'esprit de la révolte se rallumera. Il y faudra sans doute un peu de temps, car Aulius Plautus emmènera avec lui des rois, des généraux et d'autres otages d'importance. A Rome, ils prendront l'habitude des commodités de la vie civilisée et leurs enfants seront éduqués dans les écoles du Palatin, mais le seul résultat de tout cela sera que leurs tribus leur feront défection. De notre côté, nous aurons un peu de temps pour nous retourner, parce que les tribus qui luttent pour affirmer leur pouvoir devront d'abord aplanir leurs différends. Mais si les Bretons s'en occupent activement, ils pourront entrer en rébellion vers le solstice d'été. C'est le jour de leur grande fête religieuse, pendant laquelle ils sacrifient leurs prisonniers sur l'autel de pierre commun à tous les Bretons. Coutume étrange. Ils adorent aussi les dieux du monde souterrain et la déesse des ténèbres au visage de chouette. La chouette, l'oiseau de Minerve. »

Il médita un moment.

« En fait, reprit-il, nous savons trop peu de chose sur les Bretons, leurs différentes tribus, leurs langues, leurs coutumes et leurs dieux. Nous avons quelques connaissances sur leurs routes, leurs fleuves, leurs gués, leurs montagnes, leurs forêts, leurs pâturages et leurs points d'eau, toutes choses qu'un bon soldat doit repérer au plus vite, par n'importe quel moyen. Des marchands ont eu la chance de voyager librement parmi ces peuplades hostiles; d'autres se sont fait voler dès qu'ils ont mis le pied hors du territoire de la légion. Certains Bretons civilisés ont traversé la Gaule et sont allés jusqu'à Rome. Ils parlaient tant bien que mal le latin, mais nous n'avons pas su les accueillir comme leur rang l'exigeait. En ce moment, si quelqu'un réussissait à rassembler les informations les plus importantes sur les Bretons, leurs coutumes et leurs dieux et écrivait un livre sérieux sur ce sujet, il serait bien plus utile à Rome qu'en subjuguant tout un peuple. Le divin Jules César ne savait rien des Bretons. Il a rapporté tout ce qu'on racontait à leur sujet. Avec la même légèreté, il a exagéré ses victoires et oublié ses erreurs en composant son ouvrage de propagande sur la guerre des Gaules. »

Après une nouvelle gorgée, il s'anima encore davantage :

« Certes, les Bretons devront tôt ou tard adopter les coutumes et la civilisation romaines. Mais je commence à me demander si nous ne les civiliserions pas mieux en nous intéressant à leurs coutumes et à leurs préjugés, plutôt qu'en les tuant. Ce serait précisément le moment, quand nos meilleures troupes quittent la Bretagne et quand nous devons attendre un autre général en chef aguerri. Mais comme tu as tué toi-même un Breton, je suppose que tu voudras prendre part au triomphe d'Aulius Plautus comme tes hautes origines t'en donnent le droit.

Naturellement, je te donnerai ma recommandation, si tu veux partir. Alors je saurai que j'ai au moins un ami à Rome. »

Le vin le poussait à la mélancolie.

« Bien sûr, j'ai mon fils Titus, compagnon d'études et de jeu de Britannicus au Palatin. Je lui ai assuré un avenir meilleur que tout ce que je puis espérer pour moi. Peut-être sera-ce lui qui apportera la paix à la Bretagne. »

Je lui appris que j'avais probablement vu son fils aux côtés de Britannicus pendant les jeux séculaires. Il me confia qu'il n'avait plus vu son fils depuis quatre ans et qu'il ne le verrait probablement pas cette fois encore. Et quant à son autre fils, Domitien, il ne l'avait pas même tenu sur ses genoux, car il avait été conçu pendant le triomphe de Claude, et Vespasien avait dû regagner la Bretagne sitôt après les fêtes.

« Beaucoup de bruit pour rien ce triomphe, dit-il amèrement. Rien qu'un immense gaspillage d'argent pour plaire à la populace romaine. Je ne nie pas que, moi aussi, j'aimerais monter les marches du Capitole une couronne de laurier sur la tête. Il n'y a pas un général qui n'en ait rêvé. Mais pour s'enivrer, cela peut se faire en Bretagne, et à meilleur marché. »

Je lui affirmai que si je pouvais lui être de quelque utilité, je serais heureux de demeurer en Bretagne sous ses ordres. Je ne tenais guère à prendre ma part d'un triomphe que je n'avais pas mérité. Vespasien prit cette déclaration comme un signe de grande confiance et s'en montra ému.

« Plus je bois dans ta coupe de bois et plus je t'aime, s'exclama-t-il, les larmes aux yeux. J'espère que mon fils Titus en grandissant te ressemblera. Je vais te confier un secret. »

Il m'avoua que, s'étant emparé d'un prêtre sacrificateur prisonnier, il l'avait caché à Aulius Plautus, qui rassemblait des prisonniers pour le défilé du triomphe et les combats de l'amphithéâtre qui suivraient. Aulius désirait offrir au peuple un spectacle très spécial sous la forme d'un sacrifice de prisonniers par un authentique prêtre breton.

« Mais un vrai druide, poursuivit Vespasien, ne consentira jamais à se donner en spectacle aux Romains. Il vaut beaucoup mieux qu'Aulius habille en prêtre quelque Breton à la tournure adéquate. Les Romains n'y verront que du feu. Après le départ de Plautus, je renverrai le prêtre dans sa tribu comme preuve de mes bonnes intentions. Si tu es assez brave pour cela, Minutus, tu pourras l'accompagner pour te familiariser avec les coutumes des Bretons. Par son entremise, tu te lieras d'amitié avec les jeunes nobles de ce peuple. Quoique je n'en aie jamais rien dit, je soupçonne fort nos heureux marchands de se protéger en achetant aux druides des sauf-conduits, même si aucun d'entre eux n'ose le reconnaître. »

La proposition de Vespasien me déplaisait fort. Quelle malédiction s'acharnait donc sur moi pour qu'ayant quitté Rome après avoir été mêlé malgré moi aux affaires chrétiennes, on me proposât d'entrer en contact avec une effrayante religion étrangère? Jugeant que sa confiance devait être payée de retour, je lui contai les circonstances exactes de mon départ pour la Bretagne. Le général s'amusa beaucoup à l'idée que la femme d'un supérieur promis à un triomphe serait jugée par son époux pour avoir sombré dans une superstition honteuse.

Mais pour me montrer qu'il n'ignorait rien des ragots de Rome, il ajouta :

« Je connais personnellement Paulina Plauta. D'après ce que je sais, elle a perdu la tête après un rendez-vous galant qu'elle avait organisé dans sa demeure, entre un jeune philosophe – il s'appelait Sénèque, je crois bien – et Julie, parente de l'empereur Auguste. Julie et Sénèque furent exilés pour cette faute et la jeune femme finit par perdre la vie. Pauline, incapable de supporter la réputation d'entremetteuse qu'on lui avait faite, sombra un moment dans la folie puis, rongée de chagrin, se retira dans la solitude. Une femme pareille nourrit évidemment d'étranges idées. »

Pendant tout ce temps, Lugunda était demeurée accroupie dans un coin de la hutte, nous observant intensément, souriant quand je souriais, s'inquiétant quand j'étais sérieux. A plusieurs reprises, Vespasien avait posé sur elle un regard indifférent et voilà qu'en cet instant, il laissait tomber :

« Les femmes se mettent de drôles d'idées en tête. L'homme ne peut jamais savoir ce qu'elles pensent vraiment. Le divin César nourrissait une piètre opinion des Bretonnes, mais il ne respectait pas particulièrement les femmes. Je crois qu'il existe de bonnes et de mauvaises femmes, chez les Barbares comme chez les civilisés. Il n'est pas de plus grand bonheur pour un homme que l'amitié d'une excellente femme. Ta sauvageonne semble n'être qu'une enfant, mais elle pourrait bien se révéler beaucoup plus utile que tu ne le pensais. Tu ignores sans doute que les tribus icènes se sont adressées à moi à son sujet. Elles m'ont offert de la racheter. D'ordinaire, les Bretons n'agissent pas ainsi. Ils considèrent habituellement que les membres de leurs tribus tombés aux mains des Romains sont perdus à jamais. »

Se tournant vers la jeune fille, Vespasien prononça, non sans mal, quelques mots en langue icène dont le sens pour l'essentiel m'échappa. Une expression d'étonnement inquiet se peignit sur le visage de Lugunda qui rampa plus près de moi pour rechercher ma protection. Elle répondit timidement d'abord, puis son débit s'accéléra jusqu'au moment où le général secoua la tête :

« Voilà, dit-il à mon intention, encore un aspect désespérant de la question bretonne. Les habitants de la côte sud parlent une langue différente de ceux de l'intérieur et les tribus du nord ne comprennent pas le dialecte de celles du sud... Ta Lugunda a été choisie par les prêtres depuis l'enfance pour devenir prêtresse du lièvre. D'après ce que j'ai compris, les druides croient pouvoir élire, dès le plus jeune âge, ceux qui conviendront à leurs desseins et seront élevés pour la prêtrise. Il faut bien commencer tôt, puisqu'il existe différents degrés dans la carrière d'un druide et que, pour les gravir jusqu'en haut, il faut étudier toute sa vie. Chez nous, la fonction sacerdotale est purement honorifique, mais chez eux, les prêtres sont médecins, juges et même poètes, pour autant qu'on croie les Barbares capables de poésie. »

Il m'apparut que Vespasien n'était nullement aussi grossier et ignorant que lui-même se plaisait à le faire croire. Selon toute évidence, il avait adopté ce rôle pour inciter ses interlocuteurs à s'exprimer sans méfiance.

J'ignorais que Lugunda eût été désignée par les druides pour la prêtrise. J'avais remarqué qu'elle ne pouvait manger du lièvre sans être prise de nausées et qu'elle détestait me voir prendre ces animaux au collet; mais j'y avais vu quelque lubie barbare, chaque tribu et chaque famille bretonne possédant un animal sacré particulier. Lugunda était donc comme ces prêtres de la Diane de Nemi qui ne supportaient pas le contact ni même la vue d'un cheval.

Vespasien échangea quelques paroles avec la jeune fille puis soudain, éclata bruyamment de rire.

« Elle ne veut pas retourner dans sa tribu, s'esclaffa-t-il.

Elle veut rester avec toi. Elle dit que tu lui enseignes une magie que même les prêtres bretons ignorent. Par Hercule, elle croit, parce que tu ne l'as pas touchée, que tu es un saint homme!... »

Je répliquai d'un ton bougon que je n'étais certes pas un saint, mais que j'étais tout simplement lié par une certaine promesse et que, de toute façon, Lugunda n'était qu'une enfant. Vespasien me jeta un regard par en dessous et en frottant ses joues aux larges pommettes, remarqua qu'aucune femme n'était tout à fait une enfant.

« Je ne puis l'obliger à retourner dans sa tribu, décida-t-il après un instant de réflexion. Je pense que nous devons la laisser interroger ses lièvres pour savoir ce qu'ils en pensent. »

Le lendemain, Vespasien passa officiellement ses hommes en revue et, s'adressant à eux avec sa coutumière brutalité, leur expliqua que désormais, il devrait leur suffire de se fracasser le crâne entre eux et qu'il n'était plus question de s'en prendre aux Bretons.

« Me comprenez-vous bien, butors? Chaque Breton est pour vous un père et un frère, chacune de ces harpies bretonnes est une mère et la plus appétissante de leurs fillettes est votre sœur. Mêlez-vous à eux. Allez à leur rencontre en brandissant des branchages verdoyants. Offrez-leur des présents et qu'ils s'empiffrent et s'enivrent à votre santé! Pas besoin de vous rappeler que les lois de la guerre punissent de mort les pillages individuels! Alors, tâchez de ne pas m'obliger à vous écorcher vifs!

« Mais, ajouta-t-il avec un sourire menaçant, je vous écorcherai encore plus volontiers si vous laissez les Bretons vous voler ne serait-ce qu'un seul cheval ou même une seule épée! N'oubliez jamais que ce sont des Barbares. Vous devez leur apprendre par la douceur l'excellence de nos coutumes. Enseignez-leur à jouer aux dés et à jurer par les dieux romains. C'est le premier pas vers un art et un savoir plus élevés. Si un Breton vous frappe sur la joue, tendez l'autre joue. Que vous me croyiez ou non, sachez qu'on m'a parlé récemment d'une nouvelle superstition qui demande qu'on se conduise ainsi. Cependant, ne tendez pas trop souvent l'autre joue, réglez plutôt vos différends à la mode bretonne, dans les combats de lutte, les courses de chevaux ou les jeux de balle. »

J'ai rarement entendu des légionnaires rire d'aussi bon cœur que durant le discours de Vespasien. Les rangs étaient parcourus d'une houle d'allégresse. Un homme en laissa tomber son bouclier dans la boue et Vespasien le punit en le frappant lui-même avec le bâton de commandement qu'il avait arraché au centurion, ce qui porta l'hilarité à son comble. Pour conclure, Vespasien fit sur l'autel de la légion les offrandes rituelles. Son attitude était si pénétrée de dignité et de piété que plus personne ne songeait à rire. Il égorgea tant de veaux, de moutons et de porcs que chacun comprit qu'il aurait pour une fois son content de viande grillée gratuite, et tous nous nous émerveillâmes de l'excellence des augures.

Après la revue, Vespasien m'envoya acheter un lièvre à un vétéran qui en faisait l'élevage, suivant la coutume bretonne. Le général mit le lièvre sous son bras et tous trois, lui, Lugunda et moi sortîmes du camp pour entrer dans la forêt. Il n'avait pas emmené de gardes avec lui, car il était sans peur et comme nous venions directement de la revue, nous étions toujours en armes. Dans la forêt, il saisit le lièvre par les oreilles et le tendit à Lugunda qui, d'une main experte, le glissa sous son manteau avant de se mettre en quête d'un endroit propice. Sans raison apparente, elle nous conduisit si loin dans la forêt que je commençai à soupçonner un guet-apens. Une bande d'oiseaux s'essora devant nous mais par bonheur, vira à droite.

Enfin, elle fit halte devant un gigantesque chêne, considéra les alentours, tendit successivement le bras vers chacun des points cardinaux, jeta en l'air une poignée de glands pourris, examina de quelle manière ils étaient retombés et puis entonna un chant incantatoire qui dura si longtemps que je sentis l'assoupissement me gagner. Soudain, elle tira le lièvre de sous son manteau, le lança au-dessus de sa tête et se pencha en avant, les yeux brillants d'excitation, pour observer sa course. L'animal s'éloigna avec de grands bonds vers le nord-ouest et disparut dans la forêt. Lugunda fondit en pleurs, se suspendit à mon cou et se pressa contre moi, secouée de sanglots.

« Tu l'as choisi toi-même, ce lièvre, ô Minutus, dit Vespasien sur un ton d'excuse. Je n'y suis strictement pour rien. Si j'ai bien compris, le lièvre lui a dit qu'elle doit immédiatement regagner sa tribu. S'il s'était contenté de se cacher dans un buisson, le présage aurait été mauvais et lui aurait interdit de s'en aller. C'est ce que je crois comprendre au moins de l'art breton de la divination d'après la course des lièvres. »

Il dit à Lugunda quelques mots d'icène en lui tapotant paternellement l'épaule. Elle, séchant ses larmes, lui sourit puis s'empara de ma main pour la couvrir de baisers.

« Je lui ai simplement promis que tu veillerais sur elle dans le pays icène, m'expliqua froidement Vespasien. Nous consulterons encore quelques autres augures. Tu n'as nul besoin de partir immédiatement, avant d'avoir eu le temps de faire la connaissance de mon druide prisonnier. J'ai le sentiment que tu es un garçon assez fou pour passer pour un sophiste errant en quête de la sagesse des nations lointaines. Je suggère que tu t'habilles de peaux de chèvre. La fille attestera que tu es un saint homme et le druide te protégera. Ils tiennent leurs promesses, pourvu qu'ils les aient formulées d'une certaine manière et en invoquant leurs dieux souterrains. Au cas où ils ne les tiendraient pas, nous devrons trouver un autre moyen d'affermir nos liens pacifiques. »

C'est ainsi que Lugunda et moi accompagnâmes Vespasien quand il retourna au camp principal de la légion. En partant, je découvris à ma grande surprise que beaucoup de soldats de la garnison s'étaient vraiment attachés à moi durant cet hiver. Ils me firent quelques menus présents d'adieu en m'invitant à ne jamais mordre la main de la légion qui m'avait nourri et en m'assurant que l'authentique sang de la louve coulait dans mes veines, même si je parlais grec. J'étais désolé de les quitter.

En arrivant au camp principal, j'oubliai de saluer l'aigle de la légion. Grondant de fureur, Vespasien ordonna qu'on m'infligeât le déshonneur de me retirer mes armes et qu'on me jetât dans un cul-de-basse-fosse. Je crus tout à fait à cette sévérité jusqu'à l'instant où je m'aperçus qu'en me mettant au cachot, il me donnait l'occasion de rencontrer le druide captif. Quoiqu'il n'eût pas encore trente ans, c'était un homme remarquable à tous égards. Vêtu à la mode romaine, il parlait un fort bon latin et ne me fit aucun mystère des circonstances de sa capture : il rentrait d'un voyage en Gaule orientale lorsque son bateau avait été échoué par la tempête sur une côte gardée par les Romains.

« Ton général Vespasien est un homme perspicace, observa-t-il avec le sourire. Nul autre sans doute n'aurait deviné que je suis druide, ni même que je suis breton, puisque je ne me peins pas le visage en bleu. Il m'a promis de me sauver d'un trépas douloureux dans l'amphithéâtre de Rome, mais cela seul n'aurait pas suffi à me convaincre d'agir comme il me le demandait. Je ne fais que ce qu'ordonnent mes rêves et mes présages. En me sauvant la vie, Vespasien s'est conformé sans le savoir à un dessein bien plus vaste que le sien. Autrement, je ne crains ni la mort ni la souffrance, car je suis un initié. »

Dans la saleté du cachot, une écharde à mon pouce dégénéra en un gonflement menaçant de la main. D'une simple pression au poignet, le druide la fit sortir sans m'occasionner la moindre douleur. Quand il eut achevé de retirer l'épine à l'aide d'une épingle, il tint longtemps dans les siennes ma main brûlante et douloureuse. Le lendemain matin, tout le pus était parti et ma main ne montrait plus trace d'inflammation.

« Ton général, expliqua-t-il, comprend probablement mieux que la plupart des Romains que la guerre est désormais une guerre entre les dieux de Rome et ceux de Bretagne. C'est pourquoi il s'efforce d'instaurer une trêve entre les dieux. En agissant ainsi, il se conduit beaucoup plus sagement que s'il tentait d'unir politiquement toutes nos tribus par un traité avec les Romains. Nos dieux peuvent bien accorder une trêve, car ils ne mourront jamais. Et la Bretagne ne sera jamais vraiment soumise à Rome, aussi avisé que croit être Vespasien. Mais, bien sûr, chacun croit en ses propres dieux. »

Il voulut aussi défendre ces horribles sacrifices humains prescrits par son culte.

« Une vie s'échange contre une vie. Si un homme de haute condition tombe malade, pour se soigner, il sacrifiera un criminel ou un esclave. Pour nous, la mort n'a pas la même signification que pour vous, Romains, car nous savons que nous renaîtrons sur terre tôt ou tard. Aussi n'est-elle qu'un banal changement de temps et d'espace. Je n'affirmerais pas que chacun renaîtra, mais un initié sait qu'il reviendra certainement sous une forme digne de lui. La mort n'est donc pour lui qu'un profond sommeil dont il sait qu'il s'éveillera. »

Quelques jours plus tard, Vespasien affranchit officiellement le druide qu'il avait pris comme esclave, paya la taxe obligatoire au fonds de la légion et donna au Breton l'autorisation d'utiliser son autre nom de famille, Petro, non sans lui avoir solennellement énuméré ses devoirs envers son ancien maître, selon la loi romaine. Puis, nous ayant donné trois mules, il nous envoya au-delà du fleuve en pays icène. En prison, je m'étais laissé pousser les cheveux et la barbe et quoique Petro raillât ces précautions, en quittant le camp j'étais vêtu de peaux de chèvres.

Dès que nous eûmes atteint le couvert des forêts, il jeta son bâton d'affranchi dans les broussailles et poussa un cri de guerre breton à glacer les sangs. A l'instant, nous fûmes environnés d'Icènes peints en bleu. Mais ils ne nous firent aucun mal, à Lugunda ou à moi.

Des premiers jours du printemps jusqu'au cœur de l'hiver, en compagnie de Lugunda et de Petro, j'ai voyagé à dos de mule parmi les différentes tribus de Bretagne, jusqu'au lointain pays des Brigantes. Pour m'enseigner les coutumes et les croyances des Bretons, je disposais en Petro du plus zélé des professeurs. Mais ce n'est point ici le lieu de décrire ce voyage que j'ai raconté dans mon livre sur la Bretagne.

Je dois admettre que plusieurs années se passèrent avant que je fusse conscient d'avoir vécu tout ce temps-là dans une sorte de brume enchantée. Etait-ce le fait de quelque secrète influence que Petro ou Lugunda exerçaient sur moi ou bien simplement l'allégresse de la jeunesse, c'est ce que je ne saurais trancher. Je pense à tout le moins que ce que je vis me parut plus merveilleux que cela ne devait l'être en réalité, et que je découvris le peuple breton et ses mœurs avec un plaisir que je n'aurais certes pas retrouvé par la suite. Quoi qu'il en soit, durant ce voyage, je mûris si vite et j'appris tant de choses que six mois plus tard, j'étais beaucoup plus vieux que mon âge.

Quand la saison des ténèbres fut venue, Lugunda demeura dans sa tribu en pays icène pour élever des lièvres, tandis que je retournais à Londinium, en territoire romain, pour rédiger un compte rendu de mon voyage. Lugunda aurait voulu m'y suivre mais Petro, qui espérait me revoir en pays icène, parvint à la convaincre que j'y retournerais d'autant plus certainement qu'elle demeurerait dans sa famille – une noble famille, selon les critères bretons.

Quand, vêtu de fourrures précieuses, le visage rayé de bleu et des anneaux d'or aux oreilles, je me présentai devant Vespasien, il ne me reconnut pas. Je m'adressai cérémonieusement à lui en langue icène, tandis que ma main faisait un signe druidique de reconnaissance, l'un des plus simples, que Petro avait consenti à m'apprendre pour assurer la sécurité de mon voyage de retour.

« Je m'appelle Ituna, dis-je. Je viens du pays des Brigantes et je suis frère de sang du Romain Minutus Lausus Manilianus. J'ai un message pour toi, de sa part. Il a consenti à être renvoyé dans la mort pour y trouver un présage qui te soit favorable. Il ne peut plus retourner sur terre sous sa forme première, mais je lui ai promis de faire ériger à mes frais une stèle à sa mémoire. Peux-tu me recommander un bon tailleur de pierre?

– Par tous les dieux souterrains et par Hécate aussi, jura Vespasien frappé de stupeur. Minutus Manilianus est mort? Qu'est-ce que je vais pouvoir raconter à son père?

– Quand mon sage et éminent frère de sang est mort pour toi, poursuivis-je, il a vu un hippopotame au bord d'un fleuve. Cela signifie un royaume éternel qu'aucune puissance terrestre ne pourra subjuguer. Flavius Vespasien, les dieux de la Bretagne attestent qu'avant ta mort, tu guériras par l'apposition des mains et tu seras adoré comme un dieu dans le pays d'Egypte. »

A cet instant seulement, Vespasien, se souvenant du livre des rêves égypto-chaldéen, éclata de rire et me reconnut.

« J'ai failli tomber à la renverse, s'exclama-t-il. Mais qu'est-ce que ces billevesées que tu me débitais? »

Je lui expliquai que c'était un rêve que j'avais fait à son sujet, après avoir été plongé dans une transe semblable à la mort par un grand prêtre du pays des Brigantes. Mais quant à la signification de ce songe, je n'aurais su la deviner.

« Peut-être, supputai-je, m'as-tu tant effrayé le jour où tu m'as surpris en train de lire le livre des rêves que l'hippopotame dont je parlais alors est revenu dans mes songes au moment où ils portaient sur l'Egypte. C'était une vision si claire que je pourrais décrire le temple devant lequel tout cela se passait. Tu siégeais, gras et chauve, sur un trône de juge. Il y avait beaucoup de monde autour de toi. Un aveugle et un boiteux te supplièrent de les guérir. Tu refusas d'abord mais comme ils insistaient, tu finis par cracher dans les yeux de l'aveugle et par toucher du talon la jambe de l'infirme. L'aveugle recouvra bientôt la vue et le boiteux l'usage complet de sa jambe. Quand la foule vit cela, elle t'apporta des gâteaux sacrificiels et te déifia. »

Le rire de Vespasien fut tout aussi bruyant quoique un peu forcé.

« Quoi qu'il arrive, ne raconte à personne d'autre cette sorte de rêve, même pour plaisanter, m'avertit-il. Je te promets de me souvenir des remèdes que tu viens de me décrire, si un jour je me trouve placé dans une telle situation. Mais il me paraît bien plus vraisemblable que, même lorsque je serai devenu un vieillard édenté, je ne serai encore qu'un modeste général de légion servant les intérêts de Rome en Bretagne. »

Il n'était pas tout à fait sérieux en disant ces derniers mots, car je voyais sur sa tunique un ornement de triomphe. Je le félicitai, mais il me répondit sombrement en me rapportant les dernières nouvelles de Rome : Claude avait fait assassiner sa jeune épouse Messaline et, en versant des pleurs amers, il avait juré devant la garde prétorienne qu'il ne se remarierait plus.

« Je tiens de source sûre que Messaline s'était séparée de Claude pour épouser le consul Silius, avec lequel elle vivait depuis déjà longtemps, poursuivit Vespasien. Ils se seraient mariés sitôt Claude sorti de la cité. Ils comptaient soit rétablir la république, soit faire monter Silius sur le trône de l'empire avec le soutien du sénat. Il est difficile de savoir ce qui s'est réellement passé. On sait seulement que les affranchis de Claude, Narcisse, Pallas et d'autres parasites, ont trahi Messaline et persuadé Claude que sa vie était en danger. Les conspirateurs ont commis l'erreur de s'enivrer pendant le banquet de mariage. Claude est revenu à Rome et a ramené à lui la garde prétorienne. Alors, un grand nombre de sénateurs et de chevaliers ont été exécutés, et seul un petit nombre d'entre eux a été autorisé à se suicider. La conspiration était manifestement fort étendue et soigneusement préparée.

– Quelle épouvantable affaire! m'exclamai-je. Avant mon départ de Rome j'avais déjà entendu dire que les affranchis de l'empereur avaient été terrifiés par l'exécution de leur collègue Polybius à l'instigation de Messaline. Mais je ne parviendrai jamais à croire tout à fait les rumeurs effrayantes qui couraient sur le compte de Messaline. J'avais même l'impression que les ragots étaient volontairement répandus pour ternir sa réputation. »

Vespasien gratta son crâne massif en me lançant un regard rusé.

« Je ne suis vraiment pas compétent pour en parler. Je

ne suis qu'un simple général de légion et je vis ici comme enfermé dans un sac de cuir, sans savoir ce qui se passe réellement. On dit que cinquante sénateurs et près de deux cents chevaliers ont été exécutés pour conspiration. Mais si je m'inquiète, c'est pour mon fils Titus, que j'avais confié à Messaline pour qu'elle l'élève avec Britannicus. Si Claude a fait de si sombres conjonctures à propos des enfants de sa mère, un vieillard aussi capricieux pourrait aussi bien se retourner contre d'autres enfants. »

Après cela, nous ne parlâmes plus que des tribus et des rois bretons et de ce que j'en avais appris grâce à Petro. Vespasien m'ordonna d'écrire un compte rendu détaillé de mes pérégrinations, mais ne me donna pas un sou pour les papyrus égyptiens, l'encre et les plumes, sans parler de mon entretien à Londinium. En fait, je ne reçus aucune espèce de solde car je n'étais plus inscrit sur les rôles de ma légion. C'est ainsi qu'en cet hiver brumeux et glacial, j'éprouvai la solitude de l'exil.

J'avais loué une chambre chez un marchand de blé gaulois. Je me mis à écrire mais ce fut pour presque aussitôt découvrir que ce n'était pas aussi aisé que je l'avais imaginé. Il ne s'agissait plus de commenter ou de récrire des œuvres anciennes, mais bien de décrire mes propres expériences. Je gaspillai de grandes quantités de papyrus et arpentai anxieusement les berges de la puissante Tamise, protégé par des fourrures et des vêtements de laine contre la morsure du vent. De retour d'une tournée d'inspection, Vespasien me convoqua et se plongea dans la lecture de ce que j'avais écrit. Quand il eut terminé, il arborait une mine ennuyée.

« Je ne suis pas capable de juger de la chose littéraire, déclara-t-il et en fait, je respecte trop les gens instruits pour seulement tenter d'avancer un jugement. Mais cet ouvrage me donne l'impression que tu as visé trop haut. Ton style est plein de beauté, mais je crois que tu aurais dû d'abord décider si tu voulais écrire un poème ou bien un rapport précis sur la configuration de la Bretagne, les religions et les tribus. Je ne nie pas qu'il soit agréable de te lire et d'apprendre combien étaient verdoyantes les prairies que tu as vues en Bretagne, combien étaient beaux les bois de frênes bourgeonnants et les chants des petits oiseaux dans les premiers jours de l'été; mais ce sont là des renseignements fort peu utiles au soldat et au marchand. En outre, tu fais trop confiance aux récits des druides et des nobles pour ce qui est de l'origine de leurs tribus et de la prétendue divinité des ancêtres de leurs rois. Tu décris si bien leurs mérites et leurs nobles vertus que l'on pourrait croire que tu as oublié que tu es romain. Si j'étais toi, je m'abstiendrais de critiquer le divin César et de dire qu'il n'avait pas réussi à conquérir la Bretagne et fut contraint d'en fuir les côtes sans avoir accompli sa tâche. Certes, ce que tu dis là, qui n'est pas sans fondement, rehausse le mérite de Claude puisque lui, grâce aux guerres tribales des Bretons, a réussi à pacifier une grande partie du pays. Mais il n'est pas bon d'insulter publiquement le divin César. Tu devrais le savoir. »

Tandis qu'il m'adressait cette admonestation paternelle, mon cœur battit plus fort et je m'aperçus qu'en écrivant ce compte rendu, je m'étais échappé de ma solitude et de l'hiver ténébreux pour me réfugier dans un été de rêve en oubliant les épreuves subies et en ne retenant que les moments de bonheur. Pendant que je rédigeais mon ouvrage, Lugunda m'avait manqué et à cause de la fraternité qui m'avait uni aux Brigantes, je m'étais senti plus proche des Bretons que des Romains. Et comme tous les auteurs, je n'aimais guère ouïr de critiques sur mon œuvre. Pour tout dire, j'étais vexé.

« Je regrette de ne pas avoir rempli tes espoirs, dis-je. Je crois qu'il vaudrait mieux que je rassemble mes affaires pour retourner à Rome, si les tempêtes de l'hiver me permettent de passer en Gaule. »

Posant son énorme poing sur mon épaule, Vespasien me dit doucement :

« Tu es encore jeune. C'est pourquoi je te pardonne ta susceptibilité. Il vaudrait mieux, peut-être, que tu m'accompagnes dans ma tournée d'inspection à Colchester, la ville des vétérans. Ensuite, je te donnerai une cohorte pour quelques mois, et avec le grade de préfet, tu acquerras cette connaissance du formalisme militaire qui te fait défaut. Tes frères de sang breton t'en respecteront d'autant plus quand tu les retrouveras au printemps. Puis, quand l'automne reviendra, tu pourras récrire ton livre. »

C'est ainsi que cette année-là, j'accédai au rang de tribun quoique j'eusse à peine dix-huit ans. Flatté dans ma vanité, je fis de mon mieux pour me montrer à la hauteur de mes responsabilités, bien que mes activités fussent cantonnées à l'inspection de la garnison, à la construction d'ouvrages et à des marches d'entraînement. Un peu plus tard, je reçus de mon père une importante somme d'argent et la lettre suivante :

Marcus Mezentius Manilianus te salue, ô Minutus Lausus, mon fils!

Tu n'ignores plus sans doute les changements survenus à Rome. Pour récompenser avec tout l'éclat possible le service qu'a rendu mon épouse Tullia en dénonçant la conspiration, plus que pour mes propres services, l'empereur Claude m'a accordé le privilège de la toge prétexte. J'ai désormais le droit de siéger à la curie. Conduis-toi en conséquence. Je t'envoie une lettre de change sur Londinium. On dit ici que les Bretons ont déifié Claude et lui ont élevé un temple au toit de chaume. Tu serais avisé en portant une offrande votive à ce sanctuaire. D'après ce que je sais, tante Laelia se porte bien. Ton affranchi, Minutus, vit chez elle pour l'instant. Il fabrique et vend un savon gaulois. Tullia, mon épouse, t'envoie son salut. Bois en souvenir de moi dans le gobelet de ta mère.

Ainsi donc mon père était devenu sénateur. Jamais je n'aurais imaginé pareil événement. Je ne m'étonnais plus de la hâte avec laquelle Vespasien m'avait nommé tribun. Ce qui s'était passé à Rome lui était parvenu plus vite qu'à moi. J'éprouvai une grande amertume et mon respect pour le sénat s'amoindrit considérablement.

Suivant le conseil de mon père, je me rendis au temple bâti par les Bretons à Colchester en l'honneur de Claude et y déposai en offrande votive une sculpture de bois aux vives couleurs. Je n'osais offrir un objet plus précieux car les offrandes des Bretons – boucliers, armes, vêtements et pots d'argile – étaient dépourvues de valeur. Vespasien n'avait offert qu'une épée brisée, afin de ne pas offenser les rois bretons par des dons trop fastueux. Du moins était-ce ce qu'il me déclara.

Quand l'été fut là, j'ôtai avec plaisir l'insigne de mon rang, me débarrassai de mon équipement de soldat romain, me peignis des bandes bleues sur les joues et jetai sur mes épaules le manteau d'honneur bariolé des Brigantes. Vespasien protesta qu'il lui serait impossible de laisser le fils d'un sénateur romain s'exposer à être assassiné par les sauvages des forêts mais il savait parfaitement que, sous la protection des druides, j'étais plus en sûreté dans le pays des Bretons que dans les rues de Rome.

J'acceptai avec insouciance d'assumer toute la responsabilité de ce voyage et de ne compter que sur mes propres ressources pour mon entretien. Par pure vanité, j'aurais bien voulu emmener mon cheval pour me pavaner devant les jeunes nobles bretons, mais Vespasien refusa absolument et me fit, comme d'habitude, l'éloge de la mule dont le pied sûr était parfaitement adapté au terrain. Il avait fait crucifier un maquignon qui avait tenté de faire débarquer en fraude des chevaux gaulois pour les vendre à prix fort aux Bretons. Mon étalon, affirma-t-il, serait une trop grande tentation pour eux. Ils avaient vainement tenté d'élever pour la monte leurs propres petits chevaux, après avoir éprouvé la supériorité de la cavalerie romaine contre leurs chars de guerre.

Il me fallut donc me contenter d'acheter des cadeaux appropriés à mes hôtes. Je chargeai surtout mes mules d'amphores de vin, car les nobles bretons, si c'était possible, aimeraient encore plus que les légionnaires la boisson de Bacchus. Je passai la plus longue journée de l'année dans le sanctuaire rond de roches géantes où l'on célébra le culte du dieu Soleil, découvris dans un ancien tombeau des ornements d'ambre et d'or, visitai les mines d'étain et le port où, il y a cent ans, les Carthaginois venaient acheter ce métal. Mais la plus grande surprise de mon voyage, ce fut Lugunda qui durant l'hiver avait cessé d'être une enfant pour devenir une jeune femme. Je la retrouvai devant sa ferme d'élevage. Elle portait son manteau blanc de prêtresse du lièvre et un bandeau d'argent dans les cheveux. Ses yeux brillaient comme ceux d'une déesse. Tout à la joie de nous revoir, nous nous étreignîmes puis nous nous écartâmes l'un de l'autre, étonnés. Après cela nous n'osâmes plus nous toucher. Cet été-là, sa tribu ne l'autorisa pas à m'accompagner dans mes voyages. En fait, ce fut pour la fuir que je quittai le pays icène. Mais son image vivace me suivait partout dans mes pérégrinations. Que je le voulusse ou non, le soir, ma dernière pensée était pour elle et le matin, c'était sur elle que se portait mon esprit à peine éveillé.

Je revins la voir plus rapidement que je n'avais prévu, mais n'en éprouvai nul bonheur. Tout au contraire, passé les joies des retrouvailles, nous recommençâmes à nous chamailler, souvent sans raison, et nous nous blessions si cruellement qu'il ne se passait pas un soir sans qu'au moment de me coucher, je fusse rempli de haine à son endroit. Dans ces instants, j'étais fermement décidé à ne plus jamais la revoir. Mais quand elle me souriait le lendemain, qu'elle m'apportait son lièvre favori et me laissait le prendre dans mes bras, j'oubliais tous mes griefs et je me sentais plus faible qu'un petit enfant. Qui aurait cru alors que j'étais un chevalier romain, fils de sénateur, et que j'avais le droit de porter le manteau rouge des préteurs? J'étais assis dans l'herbe, en ce tiède été breton, un lièvre gigotant dans mes bras, et Rome semblait s'éloigner dans les brumes du rêve.

Mais soudain, elle pressait sa joue contre la mienne, m'arrachait le lièvre et, les yeux brillants, m'accusait de la tourmenter délibérément. Le lièvre dans les bras, rougissante, elle me lançait des regards si provocants que je regrettais de ne pas lui avoir administré une bonne fessée quand elle était encore en mon pouvoir au camp.

Dans ses bons jours, elle me faisait visiter les vastes domaines de ses parents, les pâtures, les troupeaux, les champs et les villages. Elle m'entraîna aussi dans la réserve de la demeure familiale où elle me montra les vêtements, les ornements et les objets sacrés qu'on se passait de mère en fille.

« On dirait que tu aimes le pays icène, me plaisantait-elle. Est-ce qu'on ne respire pas amplement ici? Notre pain de froment et notre bière épaisse ne te déplaisent point, il me semble? Mon père pourrait t'offrir plusieurs équipages de petits chevaux et des chariots ornés d'argent. Tu pourrais avoir autant de terre que tu parcourrais en un jour. »

Mais d'autres jours, elle disait :

« Parle-moi de Rome. J'aimerais marcher sur le pavé des rues, voir les grands temples à colonnades et les trophées de guerre de toutes les contrées, et connaître des femmes différentes de moi, pour apprendre leurs coutumes, car à leurs yeux je ne serais évidemment qu'une rustique fille icène. »

Dans ses moments d'abandon, elle parlait ainsi :

« Te souviens-tu de cette nuit d'hiver glaciale dans ta hutte de bois, où j'avais le mal du pays et où tu m'as prise dans tes bras pour me réchauffer avec ton corps? Et voilà, je suis rentrée chez moi et les druides ont fait de moi une prêtresse du lièvre. Tu n'imagines pas quel extraordinaire honneur cela représente, mais en cet instant je préférerais être revenue dans ta hutte, à l'époque où tu m'apprenais à lire et à écrire en guidant ma main. »

J'avais beau porter la toge virile, j'étais encore si naïf que je ne comprenais même pas mes propres sentiments ou ce qui se passait entre nous. Le druide Petro me dessilla les yeux. A l'automne, il revint d'une île secrète où il avait été initié à un nouveau degré de sacerdoce. A mon insu, il avait observé nos jeux puis s'était assis à même le sol, avait caché son visage dans ses mains et s'était plongé dans une transe sacrée. Nous n'osâmes pas l'en tirer, car nous savions qu'ainsi il voyageait dans le monde souterrain. Oubliant nos chamailleries, nous nous installâmes sur un talus devant lui, en attendant qu'il reprît conscience.

Au bout d'un moment, il posa sur nous un regard d'un autre monde.

« O Minutus, proféra-t-il, à côté de toi se tiennent un grand animal semblable à un chien et un homme. Lugunda n'a que son lièvre pour la protéger.

– Ce n'est pas un chien, me récriai-je avec indignation. C'est un vrai lion. Mais, bien sûr, tu n'as jamais vu de tes yeux ce noble animal. C'est pourquoi je te pardonne ton erreur.

– Ton chien, reprit Petro sans s'émouvoir, pourchassera à mort le lièvre. Alors le cœur de Lugunda se brisera et elle mourra si tu ne l'as pas quittée à temps.

– Mais je ne veux aucun mal à Lugunda! m'exclamai-je, surpris. Nous jouons simplement comme un frère et une sœur.

– Comme si ce Romain était capable de me briser le cœur! grogna Lugunda. Son chien peut bien courir jusqu'à perdre le souffle. Je n'aime pas ces rêves dégoûtants, Petro. Et Ituna n'est pas mon frère.

– Je ferais mieux de discuter de cette question avec chacun de vous en particulier, dit Petro. D'abord avec toi, Minutus, et ensuite avec Lugunda. Je suggère qu'elle aille soigner ses lièvres pendant ce temps. »

Lugunda nous considéra sans mot dire avec des yeux que la colère rendait jaunes, mais elle n'osait s'opposer à l'ordre du druide. Quand elle fut partie, Petro, toujours assis en tailleur, ramassa une brindille et dessina distraitement sur le sable.

« Un jour, les Romains seront rejetés à la mer, annonça-t-il. La Bretagne est la terre des dieux souterrains et tant que la terre existera, les divinités d'en haut ne parviendront pas à dominer celles d'en bas. Les Romains peuvent bien abattre nos bosquets sacrés, renverser nos pierres sacrées, construire leurs routes et enseigner aux tribus qu'ils ont subjuguées ces méthodes de culture qui les transforment en esclaves. Ils seront un jour, quand le moment sera venu, rejetés à la mer. Il suffira pour cela d'un homme, un seul homme qui persuadera les tribus d'abdiquer leur farouche indépendance et de s'unir dans le combat. Quelqu'un qui connaîtra l'art de la guerre romain.

– Voilà pourquoi nous avons établi quatre légions dans ce pays. Dans une ou deux générations, la Bretagne aura assimilé la civilisation et connaîtra la paix romaine. »

Après pareil échange, il n'y avait plus rien à ajouter sur le sujet.

« Qu'attends-tu de Lugunda, Ituna Minutus? » demanda Petro.

Je baissai les yeux, rempli de honte sous son regard scrutateur.

« As-tu jamais songé à te lier à elle par un mariage breton et à lui donner un enfant? Ne crains rien. Une telle union ne serait guère légale au regard de la loi romaine et ne t'empêcherait nullement de quitter la Bretagne au moment où tu le désirerais. Lugunda conserverait l'enfant; elle aurait constamment sous les yeux un souvenir de toi. Mais si tu continues à jouer avec son cœur, il se brisera quand finalement tu la quitteras. »

La seule idée d'engendrer me remplit de frayeur, bien que dans le secret de mon cœur, j'eusse reconnu que ce désir m'était déjà venu à propos de Lugunda.

« A Rome, objectai-je, on dit : « Où tu seras, je serai « aussi. » Je ne suis ni un aventureux marin ni un marchand itinérant qui se marie ici et là et passe son chemin. Je ne veux pas agir ainsi avec Lugunda.

– Lugunda ne se couvrira pas de honte aux yeux de sa famille ou de sa tribu. Tu n'as qu'un défaut, c'est que tu es romain. Chez nous, les femmes disposent d'une grande liberté et choisissent elles-mêmes leur époux. Elles peuvent même le renvoyer s'il ne leur convient pas. La prêtresse du lièvre n'a rien en commun avec ces vestales de Rome qui, à ce qu'on dit, n'ont pas le droit de se marier. »

Je me raidis :

« Je vais bientôt retourner parmi mon peuple. Je vais commencer à me sentir à l'étroit en Bretagne. »

Mais Petro eut aussi un entretien avec Lugunda et ce

soir-là, elle vint à moi, se jeta à mon cou, plongeant son regard d'ambre dans mes yeux et tremblant dans mes bras.

« Minutus Ituna, dit-elle doucement. Tu sais que je suis à toi, à toi seulement. Petro dit que tu vas partir pour ne jamais revenir. Cette seule idée me déchire le cœur. Serait-ce vraiment chose honteuse si tu m'épousais suivant notre rite avant de t'en aller? »

Un grand froid s'abattit sur moi.

« Ce ne serait pas honteux, répondis-je d'une voix tremblante. Ce serait déloyal envers toi.

– Loyal ou pas, quelle importance quand je sens ton cœur qui bat dans ta poitrine, aussi fort que le mien? »

Posant les mains sur ses épaules, je l'éloignai de moi.

« On m'a appris qu'il était plus vertueux de se maîtriser que de s'abandonner à ses désirs et d'en devenir l'esclave, dis-je.

– Je suis ton butin, conformément aux lois de la guerre, s'obstina Lugunda. Tu as le droit de faire ce que tu veux de moi. Tu n'as même pas accepté que mon père, l'été dernier, te verse le prix de mon rachat. »

Je secouai la tête, incapable de proférer un son.

« Emmène-moi avec toi quand tu t'en iras, supplia Lugunda. Je te suivrai partout où tu voudras. J'abandonnerai ma tribu et même mes lièvres. Je suis ta servante, ton esclave, que tu le veuilles ou non. »

Elle tomba à genoux à mes pieds.

« Si tu savais ce que ces paroles ont coûté à mon orgueil, dit-elle, ô Minutus le Romain, tu serais épouvanté. »

Mais j'étais possédé de la virile certitude que, la force étant de mon côté, je devais la protéger contre sa propre faiblesse. Je m'efforçai de le lui expliquer du mieux que je pus, mais mes paroles étaient de bien piètres armes contre sa tête obstinément baissée. Finalement, elle se releva et me fixa comme si j'étais devenu à ses yeux totalement étranger.

« Tu m'as profondément offensée, dit-elle, glaciale. Tu ne sauras jamais à quel point. Désormais, je te hais et il ne se passera plus un instant que je ne désire ta mort. »

Ces mots me firent l'effet d'une pointe s'enfonçant dans mon estomac et je fus incapable de manger. J'aurais voulu partir immédiatement, mais la moisson venait de prendre fin et la maison s'apprêtait à célébrer cet événement. Je voulais prendre note des détails de la fête et voir comment les Icènes engrangeaient leur blé.

Le lendemain soir, la pleine lune éclairait le ciel. La bière icène me faisait déjà tourner la tête, quand de jeunes nobles de la région se rassemblèrent dans les champs encore couverts de chaume pour allumer un énorme feu de camp. Sans demander la permission à personne, ils s'emparèrent d'un veau du troupeau de la ferme et le sacrifièrent au milieu d'une gaieté bruyante. Je me joignis à eux, car j'en connaissais certains. Mais ils se montrèrent beaucoup moins amicaux qu'à l'ordinaire. Ils commencèrent même à m'insulter.

« Va donc te laver le visage, maudit Romain. Efface ces traits bleus. Nous préférerions bien plutôt voir ton bouclier immonde et ton épée souillés du sang breton.

– Est-ce vrai, s'enquit l'un d'eux, que les Romains perdent leur virilité en se baignant dans l'eau brûlante?

– C'est vrai, répondit un autre. C'est pour cela que les Romaines couchent avec leurs esclaves. Leur empereur a dû tuer sa femme parce qu'elle se prostituait. »

Il y avait assez de vérité dans leurs insultes pour éveiller ma fureur.

« J'accepte les plaisanteries de mes amis, dis-je, quand ils sont pleins de bière et de viande volée, mais je ne saurais admettre que vous parliez avec irrespect de l'empereur. »

Ils échangèrent des regards mauvais.

« Luttons avec lui, suggérèrent-ils. On va bien voir s'il a perdu ses testicules dans l'eau chaude, comme les autres Romains. »

Je voyais bien qu'ils me cherchaient délibérément une querelle mais il était difficile pour moi de battre en retraite après qu'ils eurent insulté l'empereur. Quand ils se furent mutuellement échauffé la bile, le plus robuste d'entre eux se jeta sur moi, comme pour m'affronter à la lutte. En fait, il me frappa aussitôt, de toutes ses forces, à coups de poing. La lutte fait partie de l'entraînement des légionnaires. J'eus d'autant moins de mal à faire front qu'il était beaucoup plus ivre que moi. Je le jetai à terre et comme il se débattait sans admettre sa défaite, appuyai le pied sur son cou. Alors tous à la fois se jetèrent sur moi et me plaquèrent au sol en me tenant fermement bras et jambes.

« Qu'allons-nous faire du Romain? se demandaient-ils

entre eux. Nous pourrions peut-être lui ouvrir l'estomac pour voir ce qu'annoncent ses entrailles?

– Châtrons-le, pour qu'il cesse de courir après nos filles comme un vieux lièvre lubrique, proposa une voix.

– Le mieux, suggéra un autre, serait encore de le jeter au feu pour voir quelle chaleur peut supporter un Romain. »

Je ne savais s'ils étaient sérieux ou s'il s'agissait seulement de plaisanteries d'ivrognes. En tout cas, quand ils se mirent à me frapper, ce ne fut nullement pour plaisanter. Mais la fierté m'interdit d'appeler au secours. S'excitant mutuellement, ils mirent une telle rage dans leurs coups que je finis par craindre pour ma vie.

Brusquement, ils firent silence et s'écartèrent. Lugunda venait vers moi. Elle pencha la tête sur le côté et, d'une voix moqueuse, s'exclama :

« Quel plaisir de voir un Romain vautré dans cette position humiliante et misérable! S'il ne m'était pas interdit de me souiller de sang humain, je le chatouillerais volontiers avec la pointe d'un couteau. »

Elle me tira la langue puis, se tournant vers les jeunes gens, elle les appela par leurs noms et leur dit :

« Ne le tuez pas, cependant. Ce serait s'exposer à une vengeance. Coupez-moi une poignée de verges de bouleau, mettez-le sur le ventre et tenez-le fermement. Je vais vous montrer comment traiter les Romains. »

Ravis de ne pas avoir à décider ce qu'ils feraient de moi, les jeunes gens coupèrent des verges et déchirèrent mes vêtements. Lugunda se rapprocha et me cingla le bas du dos, doucement d'abord, comme pour essayer les verges, puis sans plus aucune retenue, elle me flagella de toutes ses forces. Je serrai les dents et ne laissai échapper aucune plainte. Mon silence décupla sa fureur et mon corps se tordit et trembla sous ses coups. Malgré moi, des larmes me montèrent aux yeux.

Quand son bras fut fatigué, elle jeta les verges.

« A présent, cria-t-elle, nous sommes quittes, Minutus le Romain. »

Les jeunes gens qui me tenaient me lâchèrent et s'écartèrent, poings brandis pour prévenir une attaque de ma part. Un vrombissement habitait ma tête, mon nez saignait et le dos me brûlait, mais je me levai sans un mot en léchant le sang sur mes lèvres. Quelque chose en moi dut les effrayer, car leurs quolibets s'éteignirent et ils me laissèrent passer. Je ramassai mes vêtements déchirés et m'éloignai, mais non point en direction de la maison. Je m'enfonçai au hasard dans la forêt éclairée par la lune, tandis que dans mon esprit embrumé se formait péniblement l'idée qu'il était heureux que personne n'eût été témoin de cette ignominie. Mes jambes ne me portèrent pas bien loin. Peu après, les jeunes Bretons dispersèrent le feu à coups de pied, sifflèrent leurs attelages et bientôt le sol grondait sous les roues de leurs chars qui s'éloignaient.

La lumière de la lune était d'une blancheur effrayante; les ombres de la forêt me parurent horriblement noires. J'essuyai mon visage ensanglanté avec une poignée de mousse et appelai mon lion.

« O lion, es-tu là? Si oui, rugis et lance-toi à leur poursuite. Sinon, je ne croirai plus jamais en toi. »

Mais je ne vis pas même l'ombre de mon lion. J'étais absolument seul.

Et puis Lugunda s'avança en écartant précautionneusement les broussailles, comme si elle me cherchait. Son visage était blanc sous la lune. Elle me vit et se pencha sur moi, les mains dans le dos.

« Comment te sens-tu? s'enquit-elle. Tu as mal? Tu l'as bien mérité. »

Je fus saisi d'une violente envie d'agripper son cou gracile, de la jeter à terre et de déchirer sa chair comme elle avait déchiré la mienne. Mais je me maîtrisai, car je savais que rien de bon ne sortirait d'une telle vengeance. Je ne pus m'empêcher cependant de lui demander si c'était elle qui avait tout manigancé.

« Naturellement, rétorqua-t-elle. Crois-tu qu'autrement ils auraient osé toucher un Romain? »

Elle s'agenouilla à mes côtés et avant que j'aie eu le temps de réagir, ses mains, sans la moindre gêne, avaient tâté tout mon corps, jusque dans ses parties les plus intimes.

« Ils n'ont pas arraché tes bourses, comme ils t'en menaçaient, n'est-ce pas? disait-elle, anxieuse. Il ne faudrait pas que tu ne puisses plus faire d'enfants à quelque noble fille romaine. »

Alors, je perdis toute maîtrise de moi-même. Je la giflai sur les deux joues, la jetai sous moi et elle eut beau me donner des coups de pied, me bourrer les épaules de coups de poing et me mordre la poitrine, je la maintins couchée sur le sol en pesant sur elle de tout mon poids. Mais elle n'appela pas à l'aide. Avant que j'aie su ce qui m'arrivait, elle s'était détendue et me laissait faire. Ma force vitale fit irruption en elle et j'éprouvai un plaisir si violent que je criai à pleins poumons. Puis je ne sentis plus que ses mains qui me caressaient les joues et ses lèvres qui me baisaient à perdre haleine. Horrifié, je me rejetai en arrière et m'assis. Alors elle aussi se mit sur son séant, et éclata de rire.

« Est-ce que tu te rends compte de ce qui vient de se passer entre nous? » demanda-t-elle d'une voix railleuse.

J'étais si terrifié que je ne sus que répondre.

« Tu saignes! m'exclamai-je tout à coup.

– Je suis contente que cela, au moins, tu l'aies remarqué, idiot », dit-elle d'une voix timide.

Comme je replongeais dans mon mutisme, elle rit encore.

« C'est Petro qui m'a conseillé d'agir ainsi, expliqua-t-elle. Je n'y aurais jamais songé de moi-même. Cela ne me plaisait guère de te battre si cruellement. Mais Petro m'a dit que rien d'autre ne viendrait à bout d'un jeune Romain timide et dur. »

Elle se leva et me prit la main.

« Nous n'avons plus qu'à aller voir Petro. Il a certainement préparé à notre intention le vin et la coupe de farine.

– Que veux-tu dire? demandai-je, méfiant.

– J'ai eu beau me débattre aussi longtemps que ma fierté l'exigeait, tu m'as prise par la force. Tu ne veux tout de même pas que mon père décroche son épée du mur et cherche à retrouver son honneur en fouillant dans tes intestins? Il en a légalement le droit. Même les Romains respectent ce droit-là. A tous les points de vue, il serait plus raisonnable de laisser Petro frotter nos cheveux d'huile et de farine. Il pourra aussi me mettre un anneau au doigt, à la mode romaine, si tu y tiens.

– Mais, Lugunda, me récriai-je, tu ne peux pas venir avec moi à Rome! Même pas à Londinium! C'est impossible.

– Je ne m'accrocherai pas aux pans de ta toge, répliqua-t-elle avec brusquerie. Ne crains rien, tu pourras repartir quand tu voudras mais si je suis lasse de t'attendre, je pourrai briser la coupe de mariage et réduire en cendres ton nom. Alors, je serai de nouveau libre. N'as-tu pas assez de bon sens pour comprendre qu'il vaut mieux que tu suives nos coutumes plutôt que d'être cause d'un scandale qui retentirait jusqu'à Rome? Violer une prêtresse du lièvre, ce n'est certes pas un jeu. A moins que tu ne le nies? Tu t'es jeté sur moi comme une bête en rut et tu as brisé ma résistance par la force brute.

– Tu aurais pu appeler au secours, rétorquai-je, amer. Et tu aurais pu t'abstenir de me caresser ainsi sans vergogne quand j'étais déjà fort affaibli.

– Je m'inquiétais seulement de tes capacités de reproduction, mentit-elle paisiblement. Je ne pouvais certes pas deviner que le léger attouchement prescrit par l'art médical t'aveuglerait de fureur animale. »

Mes regrets n'y pouvaient rien changer. Nous descendîmes au bord d'un torrent pour nous laver méticuleusement. Puis, main dans la main, nous retournâmes à la grande maison de bois. Là, dans une vaste salle, les parents de Lugunda nous attendaient impatiemment. Petro mêla de la farine et de l'huile, en frotta nos têtes et nous fit boire du vin dans le même vaisseau d'argile. Le père de Lugunda rangea ensuite soigneusement l'objet dans un coffre, puis nous conduisit jusqu'au lit d'épousailles qui avait été préparé. D'une poussée, il me coucha sur Lugunda et nous couvrit de son grand bouclier de cuivre.

Quand la famille se fut discrètement retirée de la hutte des épousailles, Lugunda jeta le bouclier sur le sol et m'implora humblement de lui faire, avec amitié et douceur, ce que je lui avais fait avec fureur dans la forêt. Désormais, le sceau était brisé et aucun obstacle ne s'opposait à mes désirs.

Alors, je lui donnai un baiser à la mode romaine et nous nous étreignîmes tendrement. Après quoi seulement, Lugunda se releva et s'en fut chercher des onguents médicaux dont elle me frotta doucement le dos. Mon cœur se serre à ce souvenir.

A l'instant où je sombrais dans le plus profond sommeil de ma vie, je me souvins de la promesse faite à Claudia. Je l'avais rompue. Mais j'en attribuai la faute à la pleine lune et aux tours de magie des druides. Apparemment, nul ne pouvait échapper au destin qui lui était tracé. C'est ce que je pensai, pour autant que j'avais encore assez de force pour penser.

Le lendemain, je voulus commencer immédiatement mes préparatifs de départ, mais le père de Lugunda tint absolument à me montrer les champs, les troupeaux, les pâturages et les forêts qu'il réservait à Lugunda et à ses descendants. Nous voyageâmes ainsi trois jours et quand je revins, pour ne pas être en reste, je donnai à Lugunda ma chaîne d'or de tribun.

Le père de Lugunda trouva manifestement mesquin ce présent de mariage car Lugunda ayant disposé sa chevelure en dégageant la nuque, il lui mit autour du cou un collier d'or épais comme un poignet d'enfant. De tels colliers étaient réservés aux reines et aux plus nobles des femmes de Bretagne. Si peu clairvoyant que je fusse, je compris que Lugunda était d'un lignage bien plus noble que je ne l'avais imaginé, si noble que même à son père il était interdit de se vanter à ce sujet. Petro m'avoua que si je n'avais pas été un chevalier romain et un fils de sénateur, je me serais exposé à recevoir un coup d'épée à travers le corps plutôt que le bouclier de bataille de la famille sur mon dos endolori.

Grâce au poids de mon beau-père et à celui de Petro qui était tout à la fois prêtre, médecin et juge, j'échappai à une accusation de sorcellerie. En effet, le jeune noble breton qui, poussé par la jalousie, m'avait attaqué à coups de poing, s'était brisé le cou durant cette nuit de pleine lune où j'avais été maltraité. Son cheval lancé au grand galop avait fait un écart en voyant se dresser tout à coup sur son chemin un animal inconnu. Le jeune homme avait été projeté la tête la première sur un rocher.

Certes, de temps à autre, j'étais tourmenté par le souvenir de la promesse donnée à Claudia et que j'avais brisée avec tant de répugnance, et aussi par le douloureux sentiment que je n'étais pas légalement uni à Lugunda car dans mon esprit le mariage breton n'avait aucun valeur au regard de la loi. Mais j'étais jeune et mon corps, si longtemps brimé par la discipline, s'affolait sous les tendres caresses de Lugunda. Jour après jour, je repoussais l'inévitable instant de mon retour à Colchester.

Mais on se lasse plus vite de l'excès de satisfaction physique que de la maîtrise de soi. Bientôt la discorde se mit entre Lugunda et moi et nous échangions d'aigres propos, ne nous réconciliant que sur la couche. Quand enfin je pris le chemin du retour, ce fut comme si des fers se détachaient de mes pieds, comme si un sort qui m'emprisonnait se dissipait. Oui, j'étais comme un oiseau échappé à sa cage et pas un instant je ne me reprochai d'avoir abandonné Lugunda. Elle avait eu ce qu'elle avait recherché. Elle n'aurait qu'à s'en satisfaire, décidai-je.

Vespasien me dispensa des exercices militaires et des réunions d'état-major et j'eus tout loisir de récrire de bout en bout mon ouvrage sur la Bretagne. Je m'étais libéré de l'enchantement du premier été et décrivais à présent toute chose avec la lucidité et le détachement nécessaires. Je ne voyais plus les Bretons avec la même bienveillance et tournai même en dérision certaines de leurs coutumes. Je reconnus la contribution de Jules César à l'œuvre de civilisation de ce pays mais assurai, par exemple, avoir vérifié que le traité d'Auguste avec les Brigantes n'était, aux yeux de ces derniers, qu'un échange courtois de cadeaux.

Par ailleurs, je rendis grâce à l'empereur Claude d'avoir placé le sud de la Bretagne sous la domination de Rome et à Aulius Plautus d'avoir fait régner la paix. Vespasien lui-même me demanda de ne pas trop insister sur ses mérites. Il attendait encore une nouvelle procurature de général en chef et ne désirait pas susciter de mécontentement à Rome avec un éloge de sa personne.

« Je ne suis ni assez rusé ni assez menteur pour m'adapter aux changements survenus là-bas. C'est pourquoi je préfère demeurer en Bretagne, sans trop insister sur mes mérites, plutôt que de retrouver la pauvreté à Rome », expliqua-t-il.

Je savais déjà que Claude n'avait pas respecté la promesse faite à la déesse Fides, la main droite recouverte d'un linge blanc, sous les yeux de la garde prétorienne. Quelques mois après la mort de Messaline, il avait expliqué qu'il ne pouvait vivre sans femme et avait choisi pour épouse la plus noble des femmes de Rome, cette Agrippine dont le fils Lucius Domitius avait cherché mon amitié.

Une nouvelle loi autorisant l'inceste devait être édictée pour permettre ce mariage, mais le sénat s'empressa de la voter. Les plus perspicaces des sénateurs avaient supplié Claude de renoncer à sa promesse sacrée et de jouir de nouveau des joies du mariage. A Rome, tout avait été bouleversé en un court laps de temps. Vespasien était peu soucieux de s'engager dans les sables mouvants des intrigues qui s'y nouaient.

« Agrippine est une femme sage et belle, observa-t-il. Les dures épreuves de sa jeunesse et de ses deux premiers mariages lui ont certainement beaucoup appris. J'espère seulement qu'elle sera une bonne belle-mère pour Britannicus. Alors, elle n'abandonnera pas mon fils Titus, quoique j'aie commis l'erreur de le confier à Messaline avant mon départ pour la guerre. »

Vespasien suggéra que, ayant achevé mon ouvrage, je devais être las de la Bretagne et rêver de retourner à Rome. Il fallait faire copier le livre. En vérité, j'étais incertain et inquiet. Tandis que le printemps s'épanouissait, des souvenirs de Lugunda, chaque jour plus nombreux, me revenaient.

Après les fêtes de Flora, je reçus à Londinium un message écrit en mauvais latin sur une écorce. Il exprimait l'espoir que je retournerais bientôt en pays icène pour prendre dans mes bras mon fils nouveau-né. Cette nouvelle m'abasourdit, supprima radicalement en moi toute nostalgie de Lugunda, et alluma dans mon cœur l'ardent désir de revoir Rome. J'étais encore assez jeune pour croire qu'on laisse son sentiment de culpabilité sur le sol que l'on quitte.

Vespasien me fournit aimablement une plaque de courrier et me donna plusieurs lettres à porter à Rome. Sans prendre garde aux vents violents, je m'embarquai et, durant la traversée, vomis toute la Bretagne dans l'écume salée de la mer. Je débarquai en Gaule plus mort que vif et pour tout ce qui touche à la Bretagne, mon récit s'arrêtera là. Je me suis juré de n'y pas retourner avant qu'on puisse le faire à pied. Parmi les résolutions que j'ai prises dans ma vie, c'est l'une de celles que j'ai réussi à tenir.

LIVRE IV

CLAUDIA

TRIBUN à l'âge de dix-huit ans, j'avais l'impression que le monde était à mes pieds. Mais quand j'eus la chance de pouvoir donner lecture de mon premier ouvrage dans une diction irréprochable et devant un public avisé, mon bonheur fut à son comble. C'était comme si Rome, pareille à moi-même, n'avait jamais connu plus merveilleux printemps; comme si, en succédant à la jeune Messaline aux côtés de Claude, Agrippine avait purifié l'air empoisonné qui corrompait la ville.

Les mœurs n'étaient plus aux plaisirs ni aux débordements. La moralité reprenait ses droits. Le bruit ne courait-il pas qu'Agrippine, dans les moments où Claude était en état de s'en occuper, lui demandait de se faire apporter les listes des chevaliers et des sénateurs et rayait impitoyablement les noms de ceux qui se livraient à la débauche ou dont les méfaits lui étaient revenus aux oreilles. S'il renâclait, comme toujours, pour s'acquitter de ses devoirs, Claude n'en exerçait donc pas moins sa fonction de censeur et il accueillait avec gratitude les suggestions d'une femme avisée et d'excellent conseil.

Sous son influence, Claude s'efforçait d'ailleurs de se ressaisir. Ses affranchis, et en particulier son secrétaire, Narcisse, et son trésorier, le procurateur Pallas, étaient rentrés dans ses bonnes grâces. Pallas, déjà épuisé par la lourdeur de ses tâches, se voyait contraint de passer des nuits entières à débattre des problèmes de l'Etat avec l'infatigable Agrippine.

Quand j'eus l'occasion de revoir Agrippine, elle avait encore gagné à mes yeux en douceur et en beauté. Elle me fit l'honneur de m'offrir de l'accompagner à l'école du Palatin où elle conduisait Titus, le fils de Vespasien, qu'elle avait fait mander auprès d'elle, et Britannicus, son beau-fils, dont elle caressait parfois la tête d'un geste affectueux. Britannicus était un jeune garçon maussade et excessivement renfermé pour ses neuf ans. Mais comment aurait-il pu en aller autrement? Sa ravissante mère lui manquait énormément et toute la tendresse dont l'entourait sa marâtre n'y changeait rien. Comme nous quittions l'école, Agrippine me confia que Britannicus, au grand désespoir de son père, souffrait d'épilepsie, ce qui lui interdisait tout exercice physique. Les crises étaient particulièrement fréquentes à la pleine lune et son état nécessitait une attention de tous les instants.

Puis, avec un enthousiasme non dissimulé, elle m'entraîna vers les allées ensoleillées des jardins du Palatin où elle tenait à ce que je revoie son fils, le beau et pétulant Lucius Domitius, et à me présenter à son précepteur. L'une des premières décisions d'Agrippine, après son mariage, avait été de faire revenir d'exil Annaeus Sénèque, afin de lui confier l'éducation de son fils. En dépit de ce qu'il en avait relaté dans ses lettres, son séjour en Corse lui avait fait du bien et avait guéri sa consomption. C'était un homme plutôt replet de quarante-cinq ans environ, qui se montra fort amène à mon endroit. En remarquant ses brodequins rouges, je compris qu'il avait été promu sénateur. Domitius me surprit en s'élançant à ma rencontre pour m'embrasser comme s'il retrouvait un ami très cher après une longue séparation. Il me prit la main et s'assit à mes côtés pour me presser de questions sur la Bretagne, s'émerveillant d'apprendre que le noble ordre Equestre du temple de Castor et Pollux avait si rapidement confirmé mon appartenance.

Conquis par tant de gentillesse, je pris la liberté d'évoquer mon petit ouvrage et sollicitai humblement Sénèque d'avoir l'obligeance de le lire, afin d'y apporter des corrections et des améliorations avant la séance de lecture publique. Sénèque accepta de bonne grâce et, dès lors, je me rendis fréquemment au palais pour le rencontrer. Mon style, me signala-t-il en toute franchise, manquait un peu d'aisance et de souplesse. Mais il ajouta que la sévérité du ton ne convenait pas si mal aux descriptions géographiques et historiques de la Bretagne qui constituaient l'essentiel de l'ouvrage, où je rapportais en détail les us et coutumes des tribus bretonnes, leurs croyances religieuses et leurs mœurs guerrières.

Lucius se plaisait à lire à voix haute des passages de mon livre pour m'enseigner la diction. Il avait une voix exceptionnellement bien timbrée et s'absorbait tant dans sa lecture que j'écoutais, captivé, ma propre prose, comme s'il s'agissait d'un texte remarquable.

« Si c'était toi qui en faisais la lecture, constatai-je, mon avenir serait assuré! »

Dans l'atmosphère raffinée du palais du Palatin, je me rendis compte que j'en avais assez de la vie monotone des camps militaires et des habitations grossières de la légion. Et je me fis un plaisir de devenir l'élève de Lucius quand ce dernier décida de m'apprendre les poses et les attitudes qu'un auteur se doit d'adopter lors de la lecture publique de ses ouvrages s'il désire séduire son assistance. Je me rendis donc au théâtre à plusieurs reprises sur son conseil et l'accompagnai fréquemment dans les jardins de Lucullus, sur la colline du Pincius, que sa mère avait hérités de Messaline. Lucius allait et venait en courant, sans interrompre ses bavardages. Toujours attentif à ses attitudes, il s'arrêtait parfois brusquement, comme plongé dans ses pensées, et énonçait des réflexions si profondes qu'on avait du mal à croire que c'était un enfant dont la voix n'avait pas encore mué. S'il avait décidé de se faire aimer, nul ne savait résister à son charme. Et, après une enfance sans joie, il semblait désirer se faire aimer de tous ceux qu'il rencontrait, y compris de ses esclaves. Tout comme mon père me l'avait inculqué à Antioche, Sénèque lui avait enseigné que les esclaves sont avant tout des êtres humains.

L'atmosphère du Palatin semblait s'être propagée à travers la cité tout entière. Jusqu'à Tullia qui m'accueillit aimablement et ne fit rien pour m'empêcher de voir mon père chaque fois que je le souhaitais. Elle portait moins de bijoux, affectant une sobriété plus conforme à sa position d'épouse de sénateur jouissant des prérogatives des mères de trois enfants.

Mon père aussi me surprit. Il était beaucoup plus mince et moins essoufflé qu'avant mon départ pour la Bretagne. Tullia lui avait fait cadeau d'un médecin grec qu'il s'était naturellement empressé d'affranchir. Ce dernier, qui avait longtemps exercé à Alexandrie, lui avait prescrit des bains et des massages et l'avait persuadé de boire plus raisonnablement et de consacrer un petit moment chaque jour à des jeux de balle, si bien qu'il arborait désormais la toge bordée de pourpre avec une dignité nouvelle. Sa réputation d'opulence et de générosité n'était plus à faire et chaque matin, clients et solliciteurs se pressaient dans l'atrium. Il leur accordait son aide sans compter mais refusait de recommander au sénat, comme il aurait pu le faire, tous ceux qui souhaitaient obtenir le droit de cité.

Mais il faut que je me décide à aborder le sujet qui me tient tant à cœur. Car, malgré mes réticences et la culpabilité que j'éprouvais à son égard, je retournai néanmoins voir Claudia. Elle n'avait pas du tout changé, et pourtant, j'eus d'abord l'impression de me trouver en face d'une inconnue. La joie se peignit sur son visage quand elle m'aperçut, puis sa bouche se rétrécit et son regard s'assombrit.

« J'ai fait de mauvais rêves à ton propos, dit-elle. Et je vois qu'ils ne m'ont pas trompée. Tu n'es plus le même, Minutus.

– Et comment serais-je resté le même? me récriai-je. J'ai passé deux années en Bretagne, j'ai écrit un livre, tué des Barbares et reçu le plumet rouge et tu voudrais que je sois resté le même? Toi, bien sûr, dans ce petit coin de campagne avec tes moutons, tu ne risques pas d'avoir changé! »

Mais Claudia me regarda dans les yeux et, levant la main vers mon visage, elle m'effleura la joue du bout des doigts.

« Tu sais parfaitement ce que je veux dire, Minutus, dit-elle, mais fallait-il que je sois sotte pour espérer que tu tiendrais une promesse que nul homme au monde n'a jamais tenue. »

L'attitude la plus sensée, à ce moment-là, aurait été de la quitter sur-le-champ, en manifestant un juste courroux. Mais il est plus facile de se mettre en colère lorsqu'on n'est pas dans son tort. Aussi, la voyant si dépitée, je la pris dans mes bras et la couvris de caresses et de baisers. Alors, j'éprouvai soudain le besoin d'ouvrir mon cœur et de raconter mes aventures à une personne au moins au monde.

Nous allâmes nous asseoir à l'ombre sur un banc de pierre, au bord du ruisseau et je lui racontai comment Lugunda avait surgi dans ma vie, évoquant les leçons de lecture sous la tente et tous les services qu'elle m'avait rendus au cours de mes pérégrinations en pays breton. Puis je commençai à bredouiller et baissai les yeux. Claudia me saisit le bras à deux mains et le secoua en m'exhortant à poursuivre. Aussi lui contai-je tout ce qui conservait intacte ma dignité. Je n'eus pas le courage de lui avouer que Lugunda m'avait donné un fils. En revanche, avec la fatuité propre à la jeunesse, je me glorifiai sans vergogne de ma virilité et de la virginité de Lugunda.

A ma grande surprise, ce qui blessa le plus Claudia fut que Lugunda était une prêtresse du lièvre.

« J'en ai assez de tous ces oiseaux qui s'envolent du Vatican. Je ne crois plus aux augures et les dieux de Rome ne sont plus à mes yeux que des statues de pierre. Mais je ne suis pas tellement étonnée qu'avec ta naïveté et ton manque d'expérience, tu te sois laissé ensorceler dans ces contrées lointaines. Si tu regrettes sincèrement tes péchés, pourtant, je te montrerai une nouvelle voie. Les gens ne se contentent plus de s'en remettre à la magie, aux augures et aux images. En ton absence, j'ai vu les choses que je n'aurais jamais crues possibles. »

Je lui demandai candidement de m'en dire plus mais je crus bien défaillir en apprenant que Paulina, l'épouse de son oncle, lui faisait jouer le rôle d'intermédiaire entre ses amis et elle, impliquant dangereusement Claudia dans les sombres machinations des chrétiens.

« Ils ont le pouvoir de guérir les malades et d'absoudre nos péchés, expliqua Claudia avec ferveur. L'esclave, le plus pauvre des marchands et le personnage le plus riche et le plus haut placé sont égaux autour de la sainte table. Un baiser scelle notre union dans l'amour de notre prochain. Quand l'Esprit saint descend sur l'assemblée, tous sont saisis d'extase. Les gens les plus simples se mettent soudain à parler une langue étrangère. Une lueur sacrée illumine leurs visages dans la pénombre. »

Je la regardai, horrifié, comme si elle avait l'esprit dérangé, mais elle prit mes deux mains dans les siennes.

« Ne les condamne pas avant de les connaître, m'implora-t-elle. Hier, c'était le jour des saturnales et le sabbat des Juifs. Aujourd'hui, c'est un jour sacré pour les chrétiens, car c'est le lendemain du sabbat que leur roi a ressuscité d'entre les morts pour monter aux cieux. Mais à tout moment, les cieux peuvent s'ouvrir et il redescendra sur terre pour fonder le royaume de mille ans où les derniers seront les premiers et les premiers les derniers. »

Claudia était d'une beauté effrayante, telle une prophétesse. Je ne puis m'empêcher de penser qu'une force irrésistible parlait à travers elle, paralysant ma volonté et m'engourdissant l'esprit, car lorsqu'elle annonça : « Viens, allons les voir immédiatement », je me levai sans protester pour l'accompagner. Pour me rassurer, me croyant effrayé, elle m'assura que personne ne m'obligerait à agir contre mon gré. Je n'aurais qu'à regarder et écouter. Je me justifiai donc vis-à-vis de moi-même en me persuadant que la même curiosité qui m'avait fait chercher à connaître les druides bretons me poussait vers les chrétiens. Quand nous atteignîmes le quartier juif, ayant franchi le Tibre, nous nous retrouvâmes au milieu d'une extraordinaire agitation. Des femmes couraient vers nous en hurlant et, à tous les coins de rue, des hommes se battaient à coups de poing, de bâton ou de pierres. Des Juifs chenus, fort respectables dans leurs manteaux à franges, participaient aux bagarres et la garde était manifestement impuissante. A peine les soldats dispersaient-ils un petit groupe de combattants qu'une nouvelle rixe éclatait un peu plus loin.

« Par tous les dieux de Rome, qu'est-ce qui se passe ici? demandai-je à un soldat hors d'haleine, qui épongeait le sang de son front.

– Un dénommé Christ a soulevé les Juifs les uns contre

les autres, m'expliqua-t-il. Comme tu vois, ils arrivent de tous les coins de la ville. Tu ferais mieux d'emmener ton amie loin d'ici. On a envoyé chercher les prétoriens. Je ne serai pas seul à saigner du nez, tout à l'heure, tu peux être sûr! »

Claudia regardait autour d'elle avec animation.

« Hier, s'écria-t-elle joyeusement, les Juifs chassaient des synagogues à coups de bâton tous ceux qui rendaient hommage au Christ. Mais aujourd'hui les chrétiens prennent leur revanche. Et les chrétiens non juifs arrivent à la rescousse! »

Dans les ruelles étroites, on croisait en fait des groupes à la mine patibulaire, esclaves, forgerons et portefaix des rives du Tibre qui pénétraient à l'intérieur des boutiques en forçant les volets clos. Des cris suppliants s'en échappaient, mais les Juifs sont courageux quand ils se battent pour leur dieu invisible. Rassemblés en petits groupes devant les synagogues, ils repoussaient tous les assauts. Je ne vis pas d'armes entre les mains des combattants, mais il est vrai que ni les Juifs ni ceux qui s'étaient précipités des autres quartiers romains jusqu'ici n'avaient le droit d'en posséder.

Ici et là, des hommes d'un certain âge, les bras levés, exhortaient la foule :

« Paix! Paix! Au nom de Notre Seigneur Jésus-Christ, faisons la paix! »

Ils parvenaient effectivement à calmer quelques personnes, qui abaissaient leurs bâtons ou laissaient tomber la pierre qu'elles s'apprêtaient à lancer, mais pour aller se jeter aussitôt dans une autre bagarre.

Devant la splendide synagogue de Jules César, en revanche, des vieillards vénérables s'arrachaient la barbe et lacéraient leurs vêtements en hurlant et en criant au blasphème.

Avec une détermination têtue, Claudia jouait des coudes en direction de la maison où ses amis devaient célébrer leurs mystères le soir même, et je ne pouvais que faire de mon mieux pour la protéger et l'empêcher de se jeter dans la bagarre. Quand nous parvînmes enfin au but, des Juifs déchaînés sortaient de la maison en traînant derrière eux et en frappant sauvagement ceux qui s'y étaient réfugiés. Ils éventraient les balluchons, vidaient les paniers de vivres et piétinaient leur contenu dans la poussière et chassaient leurs victimes à coups de bâton comme du bétail. Tous ceux qui tentaient de fuir étaient jetés à terre et criblés de coups de pied.

J'ignore si le goût de tout bon Romain pour la loi et l'ordre s'éveilla soudain en moi, si je ne pus m'empêcher de prendre la défense des plus faibles contre la violence brutale de leurs assaillants ou si ce fut Claudia qui me poussa à intervenir. Mais je tirai sur la longue barbe d'un Juif et, le ceinturant, lui arrachai son bâton des mains alors qu'il s'apprêtait à frapper la jeune fille qu'il avait jetée à terre. Puis je poursuivis sur ma lancée et me déchaînai, obéissant à Claudia qui me pressait, au nom de Jésus de Nazareth, d'attraper tous les Juifs qui ne reconnaissaient pas en lui le Sauveur.

Je ne retrouvai mes esprits que lorsque Claudia me poussa dans la maison et me débarrassai promptement du bâton rougi qui se trouvait je ne sais comment entre mes mains, me rendant soudain compte de ce qui m'arriverait si on m'arrêtait au cours des affrontements entre les Juifs. Je ne risquais pas seulement mon rang de tribun, mais encore l'étroite bande pourpre de ma tunique.

Claudia m'entraîna jusqu'à une vaste cave où des Juifs chrétiens hurlaient tous à la fois, se rejetant les uns sur les autres la responsabilité des émeutes, tandis que des femmes éplorées pansaient les plaies et frottaient d'onguent les ecchymoses. Tremblant de terreur, plusieurs vieillards apparurent dans l'escalier. Parmi eux deux hommes, dont la mise indiquait qu'ils n'étaient pas juifs, semblaient dans la même situation que moi et se demandaient comment faire pour se tirer de ce mauvais pas.

Derrière eux, venait un homme que je ne reconnus que lorsqu'il eut nettoyé le sang et la poussière qui maculaient son visage : c'était Aquila, le fabricant de tentes. En piteux état, car les Juifs l'avaient roué de coups et traîné dans la fange et lui avaient cassé le nez, il se mit à réclamer l'ordre avec une énergie surprenante :

« Traîtres! Tous, tant que vous êtes! hurla-t-il. Plus jamais je ne pourrai vous appeler mes frères! La liberté du Christ vous sert-elle donc seulement à donner libre cours à votre colère? Vous payez le prix de vos péchés! Qu'avez-vous fait de l'esprit de tolérance? Soumettons-nous. Et que nos bonnes actions confondent ceux qui nous crachent au visage! »

Des protestations s'élevèrent.

« Ce ne sont pas des païens qu'on pourrait convertir par

l'exemple! Mais des Juifs qui s'en sont pris à nous et ont insulté Notre Seigneur Jésus! C'est en son nom et pour sa gloire que nous résistons à l'infamie. Pas seulement pour défendre nos misérables existences. »

Me frayant un chemin jusqu'à Aquila, je lui secouai le bras pour attirer son attention et lui glissai à l'oreille qu'il me fallait à tout prix m'en aller au plus vite. Mais, quand il me reconnut, son visage s'éclaira :

« Minutus! Fils de Marcus Manilianus! s'écria-t-il. As-tu donc toi aussi choisi la seule voie? »

Il me prit dans ses bras, me baisa les lèvres et, d'un ton plein de ferveur, poursuivit son prêche :

« Le Christ a souffert pour vous, lança-t-il. Pourquoi ne suivez-vous pas son exemple aujourd'hui? Il ne rendait pas leurs insultes à ceux qui l'insultaient. Jamais il ne proférait de menaces à l'égard de quiconque. Ne cherchez pas à vous venger en rendant le mal par le mal. Si vous souffrez pour le Christ, songez seulement à louer Dieu de vous l'avoir permis! »

Je ne saurais répéter fidèlement toutes les paroles qui s'échappaient en un flot continu des lèvres d'Aquila indifférent à mes protestations. Mais sa ferveur produisait manifestement de l'effet sur l'assistance. Presque tous ceux qui, quelques instants auparavant, ne songeaient qu'à manifester leur fureur, priaient à présent pour la rémission de leurs péchés, les plus vindicatifs murmurant encore entre leurs dents que l'avènement du royaume du Christ n'était pas pour demain si on laissait les Juifs calomnier, opprimer et maltraiter ses sujets en toute impunité.

Et pendant ce temps-là, les soldats de la garde arrêtaient à qui mieux mieux les agitateurs, qu'ils fussent juifs, juifs chrétiens ou quoi que ce fût d'autre. Comme les prétoriens gardaient l'accès des ponts, les fuyards prenaient d'assaut les barques à l'amarre, coupant celle des autres pour éviter qu'on se lançât à leur poursuite. Toutes les troupes ayant été concentrées dans le quartier, le reste de la ville se trouva soudain sans protection et la populace commença à déferler dans les rues, proclamant le nom du Christ comme signe de reconnaissance, ainsi qu'on lui avait appris à le faire sur l'autre rive du fleuve.

Les émeutiers pillèrent des échoppes et mirent le feu à plusieurs maisons, si bien qu'une fois le calme rétabli dans le quartier juif, le préfet de la cité dut envoyer ses hommes vers le centre de Rome, où l'ordre était sérieusement menacé. Ce fut à cette décision que je dus mon salut, car au moment où le préfet fit transmettre sa décision, les soldats avaient commencé une recherche systématique en fouillant une par une chaque maison du quartier de fond en comble.

Le soir venu, assis par terre, la tête entre les mains, je m'aperçus brusquement que j'avais très faim. Les chrétiens rassemblèrent les provisions qui avaient été épargnées pour les répartir entre les différents membres de l'assemblée. Il y avait du pain, de l'huile, des oignons, des fèves et du vin. Aquila bénit le pain et le vin à la manière des chrétiens, comme s'il se fût agi de la chair et du sang du Christ. J'acceptai la nourriture que l'on me remit et rompis mon pain avec Claudia. On me donna aussi un petit morceau de fromage et une tranche de viande séchée. Je bus du vin au même gobelet que les autres quand vint mon tour. Quand chacun eut mangé sa part, ils se donnèrent le baiser d'amour.

« Oh! Minutus, dit Claudia après avoir baisé mes lèvres. Quel bonheur d'avoir mangé sa chair et bu son sang, d'être purifié de ses péchés et d'avoir accès à la vie éternelle! Ne sens-tu pas l'Esprit qui brille en toi, au fond de ton cœur, comme si tu t'étais dépouillé des vêtements usés de ta vie passée pour en revêtir de neufs? »

Je répondis avec amertume que le goût aigre du vin médiocre était la seule chose que je sentais en moi. Je venais seulement de me rendre compte qu'elle avait tout fait pour que je prenne part au repas secret des chrétiens. J'étais si horrifié que j'aurais voulu vomir sur-le-champ, bien que sachant parfaitement que le gobelet dans lequel j'avais bu ne contenait que du vin.

« Ce sont des balivernes! lançai-je avec fureur. Quand on a faim, le pain est du pain et le vin du vin. Si c'est tout ce qui se passe entre vous, je ne vois pas pourquoi on fait tant d'histoires à propos de vos superstitions! Et je comprends encore moins comment des activités aussi innocentes peuvent être la cause de tant de violence! »

Mais j'étais trop fatigué pour me quereller avec elle bien longtemps, eu égard à l'état de surexcitation dans lequel elle se trouvait et, pour finir, elle m'arracha la promesse que j'étudierais de plus près leur enseignement. Je ne voyais pas quel mal il y avait à ce qu'ils se défendissent de leur mieux contre les attaques des Juifs, mais j'étais certain qu'ils seraient châtiés si les désordres continuaient, quels que soient les responsables des troubles.

Aquila convint que les affrontements ne dataient pas de ce jour mais que jamais ils n'avaient atteint une telle ampleur. Il m'assura que les chrétiens se rencontraient d'ordinaire discrètement et répondaient aux provocations par la douceur et la bonhomie, au mal par le bien. Mais les Juifs chrétiens avaient légalement le droit d'entrer dans les synagogues, d'y écouter la lecture des Saintes Ecritures et d'y prendre la parole. Nombre d'entre eux avaient d'ailleurs participé à la construction des nouvelles synagogues.

Je raccompagnai Claudia dans la tiédeur du soir d'été, au-delà du Vatican, jusqu'à l'extérieur de la ville. De l'autre côté du fleuve, on apercevait la lueur vacillante des incendies et la rumeur de la foule parvenait jusqu'à nous.

La route était encombrée de chariots et de voitures à bras chargés de légumes et de fruits que les paysans portaient au marché. Ceux-ci, auxquels on avait donné l'ordre d'attendre à l'extérieur des murs, se demandaient avec inquiétude ce qui pouvait bien se passer à l'intérieur. Le bruit courait qu'un certain Christ entraînait les Juifs à tuer et à allumer des incendies en ville, et parmi les gens que nous croisions, nul ne semblait enclin à prononcer une parole indulgente en faveur des Juifs.

A mi-chemin, je sentis soudain mes jambes se dérober sous moi et fus pris d'un violent mal de tête. J'étais d'ailleurs surpris de n'avoir pas encore éprouvé l'effet des coups que j'avais reçus. Quand nous atteignîmes la maisonnette de Claudia, j'étais si mal en point qu'elle ne voulut pas me laisser repartir et me supplia de passer la nuit sous son toit. Sourde à mes protestations, elle me coucha dans son lit et, à la lueur d'une lampe à huile, se mit à pousser de si profonds soupirs, tout en s'affairant dans la pièce, que je finis par lui demander ce qui n'allait pas.

« Je ne suis pas moi-même parfaite et sans péchés, dit-elle. Mais chacune des paroles que tu as prononcées à propos de la fille que tu as connue en Bretagne m'a percé le cœur comme un tison ardent, bien que je n'aie même pas retenu son nom.

– Tâche de me pardonner de n'avoir pas tenu ma promesse, répondis-je.

– Comme s'il s'agissait de ça, gémit Claudia. Mais non, c'est à moi que j'en veux d'être la fille de ma mère et de

Claude le débauché. Ce n'est pas ma faute si je suis plus troublée que je ne devrais l'être de te voir ainsi couché dans mon lit! »

Mais ses doigts étaient froids comme la glace quand elle prit mes mains dans les siennes et ses lèvres étaient froides aussi, quand elle se pencha pour les poser sur les miennes.

« Oh! Minutus! murmura-t-elle, jamais je n'ai osé t'avouer que mon cousin Caius m'avait violée alors que je n'étais encore qu'une enfant. Il avait l'habitude de coucher avec ses sœurs de temps en temps, pour se divertir. Mais depuis, j'ai toujours détesté tous les hommes. Tu es le seul que je n'ai pas haï parce que tu as bien voulu devenir mon ami sans même savoir qui j'étais. »

Que pouvais-je ajouter à cela? Je tentai de la consoler et l'attirai à mes côtés dans son lit. Elle tremblait de froid et de honte. Je ne me justifierais pas non plus en arguant qu'elle était mon aînée, car il faut bien que je convienne que mon ardeur ne cessa de croître jusqu'à cet instant où elle vint à moi, riant et pleurant à la fois, et où je me rendis compte que je l'aimais.

En nous réveillant, le lendemain matin, nous étions si heureux qu'il ne fut pas question de nous préoccuper d'autre chose que de nous-mêmes. Radieuse, Claudia était merveilleusement belle à mes yeux malgré ses traits rudes et ses sourcils épais. Le souvenir de Lugunda s'effaçait déjà. Claudia était une femme mûre et adulte comparée à cette péronnelle capricieuse.

Nous échangeâmes des serments enflammés, nous refusant à songer à l'avenir. Si un vague sentiment de culpabilité m'oppressait, je me rassurai bientôt en me persuadant que Claudia savait certainement ce qu'elle faisait. Du moins aurait-elle quelque diversion par rapport à ces superstitions chrétiennes et c'était une bonne chose.

Quand je regagnai ma demeure, tante Laelia m'accueillit avec des reproches amers sur l'inconséquence qu'il y avait à rester dehors toute la nuit sans prendre la peine de la prévenir. Elle n'avait pas fermé l'œil et s'était rongé les sangs! Elle m'examina de la tête aux pieds en clignant ses yeux rougis et me dit d'un ton acerbe :

« Ton visage est radieux comme si tu cachais quelque honteux secret. Enfin, tant que tu n'es pas allé traîner dans un bordel syrien! »

Elle renifla mes vêtements avec suspicion.

« Non, conclut-elle. Tu ne sens pas le bordel. Mais tu as bien passé la nuit quelque part! J'espère que tu n'es pas allé te fourrer dans une sordide aventure amoureuse. Cela ne t'apporterait rien de bon, ni à vous deux, ni à personne. »

Mon ami Lucius Pollio, dont le père était devenu consul cette année-là, vint me rendre visite au cours de l'après-midi. Les événements de la veille l'avaient beaucoup troublé.

« Les Juifs sont de plus en plus insolents depuis qu'on leur a accordé des privilèges, dit-il. Le préfet de la cité a interrogé toute la matinée ceux qui ont été arrêtés et il a acquis la preuve formelle que c'est un Juif du nom de Christ qui soulève les esclaves et la plèbe. Ce n'est pas un ancien gladiateur comme Spartacus, mais un traître qui a été condamné à mort à Jérusalem et qui, aussi étrange que cela puisse paraître, a survécu à la crucifixion. Le préfet a lancé un ordre d'arrestation et mis sa tête à prix. Mais j'ai bien peur qu'il se soit enfui après l'échec de la rébellion. »

J'étais très tenté d'expliquer à Lucius que les Juifs désignaient sous le nom de Christ le messie qui leur apporterait le salut, mais je ne tenais pas à révéler que j'en savais plus que je n'aurais dû sur leurs enseignements clandestins. Nous nous penchâmes une fois encore sur le manuscrit de mon livre afin d'en rendre le style le plus clair possible. Lucius Pollio me promit de trouver un éditeur si je remportais avec succès la difficile épreuve de la lecture publique. Selon lui, mon ouvrage avait des chances de plaire. Claude serait certainement ravi de se remémorer ses victoires sur les Bretons et serait sûrement flatté que quelqu'un se fût intéressé aux affaires bretonnes. De ce point de vue, mon livre était sans nul doute excellent.

Le préfet de la cité trancha la question de la propriété des synagogues en faisant proclamer que tous ceux qui avaient pris part à leur édification avaient le droit d'y célébrer leur culte. Les Juifs les plus attachés à la tradition et les Juifs modérés avaient leurs propres synagogues, mais quand ceux qui croyaient au Christ s'avisaient de les considérer comme leurs, les autres en retiraient aussitôt les manuscrits précieux et préféraient y mettre le feu plutôt que de voir les chrétiens abhorrés s'y réunir. De nouveaux troubles ne tardèrent donc pas à éclater et, pour finir, les Juifs chrétiens firent la terrible erreur politique d'en appeler à l'arbitrage de l'empereur.

Déjà fort contrarié par ces révoltes qui venaient déranger son bonheur si peu de temps après son mariage, Claude entra dans une grande fureur quand les Juifs osèrent lui faire remarquer que sans eux, il ne serait sans doute jamais devenu empereur. Il était absolument vrai qu'Hérode Agrippa, le compagnon de beuveries de Claude, avait emprunté aux grandes familles juives de Rome les sommes nécessaires pour soudoyer les prétoriens après le meurtre de Caligula. Mais Claude avait dû rembourser des intérêts exorbitants et, pour un certain nombre d'autres raisons, d'ailleurs, il ne souhaitait pas qu'on lui rappelât cet incident qui avait mis son orgueil à rude épreuve.

Il secoua rageusement sa tête d'ivrogne et, en bégayant plus encore que de coutume, donna l'ordre aux Juifs de déguerpir et menaça de les bannir de Rome s'il entendait parler de nouveaux désordres.

Les Juifs chrétiens et leurs adeptes parmi la populace avaient eux aussi leurs chefs. Quelle ne fut pas ma surprise le jour où je rencontrai dans la demeure de Tullia et de mon père le bavard Aquila et son épouse Prisca, entourés d'un certain nombre de citoyens respectables dont l'unique faute était d'éprouver de la sympathie pour les mystères chrétiens. J'étais allé rendre visite à mon père pour lui parler de Claudia. J'allais maintenant la voir deux fois par semaine et passais la nuit avec elle. Et, bien que Claudia n'eût pas directement abordé le sujet, je me rendais compte que les choses ne pouvaient demeurer en l'état.

J'arrivai à l'improviste au beau milieu d'une réunion et mon père, surpris, s'interrompit pour me demander d'attendre la fin de son discours.

« Je sais beaucoup de choses sur le roi des Juifs, disait-il. Je me trouvais en Galilée à l'époque, quelque temps après la crucifixion, et j'étais convaincu moi-même qu'il avait ressuscité. Ses disciples me repoussèrent, mais je puis confirmer qu'il ne cherchait pas à soulever le peuple. »

J'avais déjà entendu tout cela et ne comprenais vraiment pas pourquoi mon père s'obstinait à répéter toujours la même histoire. Aquila prit la parole :

« Quoi que nous fassions, dit-il, nous sommes devenus la cible de toutes les haines. On nous déteste plus que les adorateurs d'idoles. Même entre nous, nous ne parvenons plus à maintenir des sentiments d'amour mutuel et d'humilité car chacun se croit plus avisé que son voisin. Ceux qui montrent encore de l'enthousiasme à répandre la bonne parole sont ceux qui viennent seulement de trouver le chemin et de reconnaître le Christ.

– Et puis, ils racontent maintenant que lui-même envoya le feu sur la terre, sépara l'homme de son épouse et dressa les enfants contre leurs parents, intervint Prisca. Et c'est justement ce qui est en train de se passer à Rome. Mais comment l'amour et l'humilité peuvent apporter les dissensions, les querelles, la haine et l'envie, voilà ce que j'aimerais bien qu'on m'explique. »

Je sentais la colère bouillonner en moi.

« Que voulez-vous de mon père? m'écriai-je. Pourquoi venez-vous le tourmenter pour le contraindre à discuter avec vous? Mon père est un homme dévoué et généreux et je ne vous permettrai pas de l'entraîner dans vos stupides querelles. »

Mon père redressa la tête.

« Tais-toi, Minutus. »

Puis il parut replonger très loin dans son passé. Enfin, s'arrachant à sa méditation, il reprit :

« On parvient le plus souvent à éclaircir ce genre d'affaires par la discussion. Mais dans le cas présent, plus on discute, plus l'affaire semble inextricable. Puisque vous êtes venus solliciter mon avis, je vous suggérerai la chose suivante : demandez un sursis à l'empereur. Employez-vous à gagner du temps : les Juifs d'Antioche se sont toujours trouvés bien de cette politique, durant le principat de Caius.

Les visiteurs regardèrent mon père sans comprendre.

« Eloignez-vous des Juifs, dit-il en souriant pensivement, abandonnez les synagogues, cessez de payer les impôts des temples et construisez vos propres édifices pour vos réunions. Nombre de gens fortunés seront certainement disposés à vous aider dans cette entreprise. Vous en trouverez sûrement parmi vos partisans et tous ceux qui souhaitent gagner la paix de l'âme en flattant le plus grand nombre de dieux possible. Ne heurtez pas les Juifs de front. Ne répliquez pas aux insultes. Gardez vos distances, comme je le fais moi-même, et tâchez de ne nuire à personne.

– Tes paroles sont dures! s'exclamèrent-ils tous ensemble. Nous ne serions pas dignes de notre roi si nous n'attestions de son existence et ne proclamions son royaume! »

Mon père étendit les mains et un profond soupir s'échappa de ses lèvres.

« L'avènement de son royaume n'est pas pour demain, dit-il. Mais il est vrai que c'est vous qui participez de son esprit et pas moi. Faites comme il vous semblera juste et bon. Si l'affaire vient devant le sénat, j'essaierai de dire un mot en votre faveur. Mais si vous le permettez, je ne parlerai pas du royaume. Cela ne servirait qu'à vous rendre politiquement suspects. »

Satisfaits de cette assurance, ils s'en furent juste à temps pour éviter Tullia qui les croisa sous le portique en rentrant de ses visites et s'en montra fort contrariée.

« O Marcus, dit-elle. Combien de fois t'ai-je mis en garde contre ces Juifs on ne peut plus louches? Je n'ai rien contre le fait que tu ailles écouter des philosophes si cela te chante, que tu distribues ton argent aux pauvres et aux jeunes orphelines dépourvues de dot et que tu envoies ton propre médecin visiter des malades. Mais au nom de tous les dieux, cesse de fréquenter ces Juifs! Cela finira par te jouer des tours, je t'assure. »

Puis, reportant son attention sur moi, elle déplora les souliers éculés, les plis négligés de mon manteau et le manque d'apprêt de ma chevelure.

« Tu n'es plus à l'armée au milieu de soldats grossiers et vulgaires, me déclara-t-elle d'un ton revêche. Tu pourrais prendre un peu plus de soin de ton apparence, ne serait-ce que pour ton père. Je suppose qu'il va falloir que je t'envoie un valet et un barbier. Tante Laelia est trop vieille et bornée pour remarquer ce genre de choses, on dirait. »

Je répliquai d'un ton maussade que j'avais déjà un barbier, car je ne tenais pas à me retrouver avec des esclaves à elle attachés à mes pas. A vrai dire, pour mon anniversaire, j'avais acheté un esclave qui m'avait fait pitié et l'avais affranchi avant de l'aider à s'installer à son compte dans le quartier de Subure. Il s'en tirait déjà fort bien en vendant des perruques de femmes, des peignes et des brosses. J'expliquai aussi que ma tante serait fort offensée qu'un esclave inconnu vînt s'occuper de ma garde-robe.

« Et de toute façon, les esclaves apportent plus d'ennuis que de satisfactions », ajoutai-je.

Tullia me fit remarquer que cela n'était qu'une question de discipline.

« Mais, dit-elle pour finir, qu'as-tu l'intention de faire de ta vie, Minutus? J'ai entendu dire que tu passes tes nuits au bordel et que tu négliges les leçons de rhétorique de ton précepteur. Si tu as vraiment l'intention de donner lecture de ton livre cet hiver, tu as tout intérêt à garder ton corps en forme et à travailler dur. Il est grand temps d'ailleurs que tu songes à trouver un parti convenable et à te marier. »

Je lui expliquai alors que je comptais d'abord profiter de ma jeunesse, dans certaines limites naturellement, et qu'elle aurait dû déjà s'estimer heureuse que je n'eusse jamais, contrairement à la plupart des jeunes chevaliers de mon âge, commis des forfaits qui m'auraient attiré des ennuis avec les autorités.

« Je regarde ce qui se passe autour de moi, dis-je. Et je prends part aux exercices équestres. Je me mêle au public du prétoire chaque fois qu'il s'y plaide quelque chose d'intéressant. Je lis. Le philosophe Sénèque me manifeste un intérêt amical. J'ai naturellement le projet de prendre une charge un jour ou l'autre mais je me trouve trop jeune et, même si je pouvais obtenir une autorisation spéciale, je manque d'expérience. »

Tullia me regardait avec pitié.

« Il faut pourtant que tu comprennes que ton avenir dépend des relations que tu te feras, expliqua-t-elle. Je t'ai ménagé une série d'invitations chez des familles influentes, mais tout ce que l'on me rapporte, c'est que tu t'y montres silencieux et renfrogné et que tu ne réponds que par l'indifférence aux démonstrations d'amitié.

– Ma chère marâtre, rétorquai-je, je respecte en tout point ton opinion. Mais ce que j'ai vu et entendu depuis mon arrivée à Rome m'inciterait plutôt à éviter ce que tu appelles les « relations utiles ». Deux cents chevaliers et un certain nombre de sénateurs ont été exécutés ou se sont suicidés à cause de leurs relations, il y a un an ou deux, si je me souviens bien.

– Agrippine a changé tout cela », protesta un peu trop vivement Tullia.

Mais mes paroles lui donnèrent pourtant à réfléchir.

« Si tu veux un conseil, conclut-elle pour finir, consacre-toi aux chevaux et aux courses de chars. Voilà des activités qui n'ont rien de politique et grâce auxquelles tu te ferais malgré tout des relations. Je croyais que tu aimais les chevaux.

– On peut aussi s'en lasser.

– Ils sont pourtant moins dangereux que les femmes », remarqua Tullia, non sans malice.

Mon père l'observa pensivement et convint que, pour une fois, elle avait raison.

« J'espère que tu ne songes pas à monter ton propre quadrige en comptant sur la fortune de ton père, car cela ne servirait qu'à attirer l'attention sur toi, annonça-t-elle d'un ton vindicatif. Je sais que la culture du blé ne sera plus profitable en Italie dès que le port d'Ostie sera terminé et que tous les champs seront transformés en pâturages. Mais tu ne ferais pas un bon éleveur de chevaux, crois-moi. Contente-toi donc de parier sur les courses de chevaux. »

Mais mes journées étaient beaucoup trop remplies déjà sans que j'aille assister aux jeux du cirque. J'avais ma propre maison à tenir, sur l'Aventin. Il fallait m'occuper de Barbus et apaiser les craintes de tante Laelia et, à cette époque, je dus assurer la défense de mon affranchi gaulois que son voisin accusait d'empester tout le quartier avec sa fabrique de savon. Je n'eus pas grand mal à trouver des arguments dans la mesure où les effluves provenant des tanneries et des teintureries étaient beaucoup plus désagréables encore. En revanche, j'eus plus de difficultés à répondre à l'argumentation selon laquelle l'usage du savon amollissait le corps et insultait aux vertus de nos ancêtres. L'avocat du voisin souhaitait faire bannir de Rome l'usage du savon en en appelant à tous nos ancêtres et jusqu'à Romulus, lesquels s'étaient toujours frotté le corps à l'aide de la tonifiante pierre ponce. Mais ma plaidoirie faisait l'éloge de l'Empire romain, qui s'était rendu maître du monde.

« Romulus ne brûlait pas non plus d'encens orientaux devant les idoles! lançai-je avec fierté. Nos sévères ancêtres ne connaissaient certes pas le caviar qui nous arrive de la mer Noire ni les oiseaux exotiques, les langues de flamants ni les poissons des Indes. Rome est au confluent de coutumes et de peuples d'une grande diversité. Mais elle choisit en tout ce qu'il y a de mieux et anoblit les coutumes étrangères en les faisant siennes. »

Le savon ne fut donc pas banni de Rome et mon affranchi améliora encore son produit en y mêlant des arômes subtils et en lui donnant des noms d'une exquise recherche. Nous gagnâmes une petite fortune grâce au

« véritable savon de Cléopâtre » fabriqué dans la petite venelle de Subure. Mais je suis tout prêt à convenir que mon affranchi trouvait ses meilleurs clients parmi les Grecs et les Orientaux installés à Rome. Dans les thermes romains, l'usage du savon était toujours considéré comme immoral.

Mes multiples activités quotidiennes ne m'empêchaient pas la nuit venue, avant de m'endormir, de m'interroger sur le sens de la vie. Tantôt mes médiocres victoires suffisaient à me satisfaire et tantôt ma vie me semblait si dérisoire que je sombrais dans le plus profond abattement. Le hasard et la fortune déterminent chaque existence avant que celle-ci s'achève, plus ou moins vite, dans la mort qui, elle, est le lot de tous. Bien sûr, la fortune était de mon côté et je pouvais m'estimer heureux, mais chaque fois que j'accomplissais quelque chose, mon plaisir était de courte durée et je me retrouvais en proie à mon habituelle insatisfaction.

Enfin, le jour pour lequel je m'étais préparé avec tant d'application arriva. Je devais lire mon œuvre littéraire dans la salle de lecture de la bibliothèque impériale, au Palatin. Par le truchement de mon jeune ami Lucius Domitius, l'empereur Claude lui-même fit annoncer qu'il viendrait m'écouter après le déjeuner et tous ceux qui désiraient obtenir une faveur de l'empereur se battirent donc pour obtenir une place.

Parmi l'assistance, on comptait des officiers qui avaient servi en Bretagne, des membres de la commission du sénat chargée des affaires bretonnes et Aulius Plautus en personne. Mais nombreux furent ceux qui restèrent derrière les portes, menaçant de se plaindre à l'empereur qu'on leur eût refusé l'entrée malgré leur profond intérêt pour le sujet.

Je commençai ma lecture aux premières heures de la matinée et, malgré l'émotion qui m'étreignait, je lus sans trébucher sur un seul mot et m'enflammai peu à peu en déclamant mes propres phrases, comme tout auteur qui s'est donné beaucoup de mal pour peaufiner son travail. Rien ne vint non plus me déranger, en dehors des gestes et des chuchotements de Lucius Domitius qui tentait de me souffler des conseils. Un repas beaucoup trop somptueux, offert par mon père et organisé par Tullia, fut apporté sur place et quand, après le déjeuner, je repris ma lecture par la description des coutumes religieuses des Bretons, un grand nombre de spectateurs se mirent à dodeliner du chef et à somnoler, alors qu'il s'agissait, à mon avis, du passage le plus intéressant de l'ouvrage.

Puis je dus m'interrompre lorsque Claude arriva comme il l'avait promis. Agrippine l'accompagnait et ils prirent place sur le banc d'honneur et invitèrent Lucius Domitius à s'asseoir entre eux. La salle de lecture fut soudain envahie mais à ceux qui venaient se plaindre à lui, Claude rétorqua fermement :

« Si le livre vaut la peine d'être entendu, vous aurez d'autres occasions de l'entendre car il y aura d'autres lectures. Mais maintenant, sortez, sinon nous allons tous mourir étouffés. »

A vrai dire, l'empereur était légèrement ivre et il lâchait fréquemment des rots bruyants. Je n'avais lu que deux ou trois phrases depuis son entrée quand il m'interrompit :

« Je n'ai pas très bonne mémoire, annonça-t-il. Aussi tu me permettras, eu égard à mon rang et à mon âge, de t'interrompre de temps à autre pour confirmer tes dires quand tu auras raison, ou pour te corriger si j'estime que tu te trompes sur un point ou sur un autre. »

Il se lança alors dans un interminable exposé de son interprétation personnelle des sacrifices humains pratiqués par les druides et raconta que, lors de son séjour en Bretagne, il avait cherché en vain les cages d'osier tressé dans lesquelles on enfermait les prisonniers avant de les brûler vifs.

« Bien sûr, dit-il, j'inclinerai à croire ce qu'un témoin digne de foi m'affirmera avoir vu de ses propres yeux. Cependant, je crois plus volontiers encore le témoignage de mes yeux et ne puis donc gober tout rond ton récit. Mais je t'en prie, poursuis ta lecture, jeune Lausus. »

J'avais à peine repris qu'il m'interrompit de nouveau. Il avait vu quelque chose en Bretagne qui lui semblait valoir la peine d'être exposé et discuté. Les éclats de rire qui fusaient dans l'assistance me troublèrent un peu et ma façon de m'exprimer s'en ressentit, mais Claude fit des remarques tout à fait pertinentes à propos de mon livre.

Pour finir, au milieu de toute cette agitation, Claude et Aulius Plautus se lancèrent dans un dialogue fort animé, se rappelant mutuellement des souvenirs de l'expédition bretonne de l'empereur. Le public les encourageait en criant : « Ecoutez! Ecoutez! » et je fus contraint de m'interrompre une fois encore. Seule, l'influence apaisante de Sénèque me permit de surmonter mon exaspération.

Le sénateur Ostorius, qui semblait avoir autorité pour ce qui regardait les affaires bretonnes, se joignit à la discussion. Il affirma tout de go que l'empereur avait fait une terrible erreur politique en mettant un terme aux expéditions destinées à supprimer les Bretons.

« Supprimer les Bretons! C'est plus facile à dire qu'à faire! »

Offensé à juste titre, il avait répondu d'un ton fort sec.

« Montre-lui donc tes cicatrices, Aulius, reprit-il. Et voilà qui vient à point pour me rappeler que si les affaires bretonnes ont pris tellement de retard, c'est que je n'ai toujours pas trouvé de procurateur pour remplacer Aulius. Pourquoi pas toi, Ostorius? Je ne crois pas être le seul ici à en avoir assez d'entendre à tout propos que tu sais mieux que tout le monde ce qu'il faut faire. Rentre donc chez toi et prépare ton voyage. Narcisse te rédigera tes lettres de créance aujourd'hui même. »

J'imagine que l'audition de mon livre avait déjà convaincu l'assistance qu'il n'était point aisé de civiliser les Bretons. Les paroles de Claude furent accueillies par un éclat de rire général et quand Ostorius eut quitté la salle, la tête basse, je pus reprendre ma lecture qui ne fut plus interrompue jusqu'au soir.

Claude m'autorisa avec bienveillance à poursuivre à la lueur des lampes à huile, le retard lui étant imputable. Quand il commença d'applaudir, la salle tout entière l'imita. Mais il n'y eut pas d'autres remarques, car il était déjà tard et tout le monde avait faim.

Un certain nombre de spectateurs nous accompagnèrent à la demeure de mon père où Tullia, dont le cuisinier était réputé dans tout Rome, avait organisé un banquet. On ne parla plus guère de mon livre au cours de la soirée. Sénèque me présenta à son propre éditeur, un charmant vieillard au teint pâle, aux épaules voûtées et aux yeux myopes à force de lecture, et ce dernier proposa de publier mon livre à cinq cents exemplaires pour commencer.

« Je suis certain que votre fortune vous permettrait de le publier vous-même, dit-il d'un ton affable, mais un éditeur connu améliore naturellement les ventes d'un livre. Mes affranchis ont une centaine de scribes expérimentés capables de reproduire n'importe quel livre sous la dictée, très rapidement et presque sans fautes. »

Sénèque m'avait fait l'éloge de cet homme qui ne l'avait pas abandonné pendant son exil, et qui avait supplié les libraires d'accepter les écrits qu'il envoyait de Corse.

« Naturellement, je gagne mieux ma vie avec les traductions des histoires d'amour et de récits de voyage grecs, mais jusqu'à présent aucun ouvrage de Sénèque ne m'a fait perdre de l'argent. »

Je saisis l'allusion et lui affirmai que je serais heureux de participer aux frais de publication du livre. C'était un grand honneur pour moi que son nom figurât sur mon livre, comme témoignage de qualité. Je le quittai sur cet accord et me mêlai aux autres convives. Leur multitude était si serrée, que je me sentis perdu. J'avais beaucoup trop bu. Le désespoir finit par me gagner, car je me rendais compte que nul dans l'assemblée ne se souciait de moi ni de mon avenir. Mon livre n'était pour eux que prétexte à se goberger de mets fins arrosés du meilleur vin de Campanie, à s'épier et à médire les uns des autres, et à s'étonner en secret de la réussite de mon père, à leurs yeux dépourvu de toute qualité personnelle.

Claudia me manquait. Elle était la seule personne au monde qui me comprenait et pour qui je comptais. Elle n'avait pas osé venir m'écouter, mais je savais avec quelle impatience elle devait attendre que je vinsse lui rendre compte. J'imaginais que pendant tout ce temps, elle avait dû veiller. Depuis le seuil de sa cahute, elle avait dû contempler les étoiles émaillant le ciel d'hiver, puis porter ses regards dans la direction de Rome tandis que les charrettes de légumes bringuebalaient sur la route, que du bétail meuglait au loin dans le silence nocturne. Ces bruits m'étaient devenus si familiers au cours des nuits passées auprès d'elle que j'en étais arrivé à les aimer. Le simple grincement des roues des charrettes m'évoquait Claudia avec une telle précision que je me mis à trembler.

Je ne connais rien de plus accablant que la fin d'un banquet, quand les flambeaux éteints fument et empestent les portiques, tandis que les esclaves aident les derniers convives à monter dans leurs litières, que l'on éponge le vin sur les mosaïques et qu'on essuie le vomi sur le marbre des latrines. Bien entendu, Tullia était ravie du succès de sa fête et parlait avec animation à mon père de tel ou tel invité et de ce que celui-ci ou celui-là avait dit ou fait. Mais je me sentais en dehors de tout cela.

J'étais trop jeune encore pour reconnaître là l'effet du

vin, et ne fus nullement tenté par la compagnie de mon père et de Tullia quand ils s'attablèrent pour se rafraîchir la gorge avec des fruits de mer et quelques coupes de vin léger, pendant qu'esclaves et serviteurs mettaient de l'ordre dans les vastes salles. Je les remerciai et m'en fus seul, sans prendre garde au danger qui, à Rome, menace le promeneur solitaire en pleine nuit.

Claudia occupait toutes mes pensées.

Il faisait bon dans sa cabane et son lit fleurait la laine. Elle ranima le brasero pour que je n'aie pas froid. Ses premières paroles furent qu'elle ne s'attendait pas à me voir après un si glorieux événement et ses yeux s'emplirent de larmes quand elle murmura dans un souffle :

« O Minutus, maintenant, je sais que tu m'aimes vraiment. »

Nous dormîmes fort peu cette nuit-là.

Le matin d'hiver s'insinua dans la cabane, un matin gris et sans soleil dont la tristesse nous navra le cœur quand, pâles et fatigués, nous nous regardâmes.

« Claudia, dis-je, qu'allons-nous devenir toi et moi? Avec toi, j'ai l'impression de vivre dans un monde irréel, de l'autre côté des étoiles. Je ne suis heureux qu'en ta compagnie. Mais nous ne pouvons pas continuer ainsi. »

J'espérais sans doute qu'elle s'empresserait de répondre qu'il valait mieux se contenter de ce qui était, car nous n'avions guère le choix. Mais un soupir de soulagement s'échappa de ses lèvres.

« Comme je t'aime, ô Minutus, d'avoir abordé toi-même ce sujet délicat. Nous ne pouvons plus vivre ainsi. Tu es un homme et tu ne peux pas comprendre avec quelle anxiété j'attends chaque mois certaines manifestations féminines. Et ce n'est pas digne d'une vraie femme de dépendre de ton bon plaisir pour te voir. Ma vie n'est faite que de craintes et d'attente anxieuse. »

Ses paroles me blessèrent profondément.

« Tu m'as bien caché tes sentiments, lui dis-je durement. Jusqu'à aujourd'hui tu m'as fait croire que tu te contentais du bonheur de me voir quand j'étais là. Si tu as des suggestions, je suis tout prêt à les entendre.

– Je ne vois qu'un seul moyen, Minutus. Abandonne la carrière des honneurs. Partons dans les provinces, de l'autre côté de la mer, je ne sais où. En un lieu où nous pourrons vivre en paix jusqu'à la mort de Claude. »

Je détournai le regard, dégageai mes mains. Claudia frissonna et baissa les yeux.

« Tu disais que tu serais heureux de tenir les moutons pendant que je les tondrais, murmura-t-elle. Et d'aller chercher du bois pour allumer le feu. Tu aimais l'eau de source et prétendais que mes repas frugaux étaient plus exquis que l'ambroisie. Nous trouverons les mêmes joies dans n'importe quel pays du monde suffisamment éloigné de Rome. »

Après quelques instants de réflexion, je répondis d'une voix grave :

« Je pensais ce que je disais et ne récuse rien. Mais c'est une décision trop grave pour être prise sur un coup de tête. Nous ne pouvons pas nous condamner nous-mêmes à l'exil sans avoir longuement pesé notre décision. »

Par pure malice, j'ajoutai :

« Que fais-tu de ce royaume que tu attends et des agapes secrètes auxquelles tu prends part? »

La déception assombrit son visage.

« Je vis déjà dans le péché avec toi et je n'éprouve plus la même exaltation qu'auparavant en présence des chrétiens. C'est comme s'ils voyaient en moi et pleuraient ma faute. Depuis un certain temps, je les évite. Ma culpabilité s'alourdit un peu plus chaque fois que je les rencontre. J'aurai bientôt perdu la foi et l'espérance si nous continuons à vivre ainsi. »

En retournant à l'Aventin, je me sentais comme si j'avais reçu un baquet d'eau froide. Je savais que j'avais mal agi en me servant de Claudia pour mon plaisir sans même songer à lui donner de l'argent en contrepartie. Mais je jugeais que le mariage était trop cher payer la seule satisfaction de la chair. Avant même d'être venu à Rome, lorsque je vivais encore à Antioche, je ne cessais de rêver à la Ville. Et quand j'avais dû la quitter pour séjourner en Bretagne, elle m'avait tant manqué! Je ne pouvais imaginer de m'en éloigner de nouveau.

Le résultat de cette conversation fut que mes visites à Claudia s'espacèrent et que je me trouvai sans cesse d'autres occupations plus pressantes. Mais toujours l'appel de la chair me remenait à elle. Cependant, à partir de ce jour, nous ne fûmes plus jamais heureux ensemble, en dehors de la couche. Nous nous chamaillions sans arrêt et régulièrement je la quittais furieux.

Au printemps suivant, Claude bannit les Juifs de Rome,

car il ne se passait pas une journée sans nouvelle rixe et les dissensions de ce peuple avaient fini par se répercuter dans la ville entière. A Alexandrie, Juifs et Grecs s'entre-tuaient et à Jérusalem, les agitateurs juifs causaient tant de désordres que Claude résolut d'en finir.

Ses affranchis influents l'encouragèrent à la fermeté, car ils vendaient des dérogations à prix fort aux Juifs les plus riches qui souhaitaient échapper à l'exil. Claude ne prit même pas la peine de soumettre cette décision au sénat où se trouvaient de nombreux Juifs qui, issus de familles installées à Rome depuis plusieurs générations, avaient obtenu le droit de cité. L'empereur estimait qu'un édit était tout à fait suffisant pour une mesure qui ne retirait à personne le droit de cité. Le bruit courait aussi que les Juifs avaient acheté trop de sénateurs.

Le quartier de l'autre côté du Tibre se vida et les synagogues furent fermées. Nombre de Juifs pauvres se cachèrent dans divers quartiers de Rome d'où l'on eut le plus grand mal à les déloger. Le préfet de la cité alla même jusqu'à faire arrêter des gens en pleine rue pour les obliger à exhiber leur organe et vérifier qu'ils n'étaient pas circoncis.

Comme la plupart des citoyens et les esclaves même leur étaient hostiles, on les traqua et on les dénonça jusque dans les latrines publiques. Ceux que l'on arrêtait étaient condamnés aux travaux forcés dans le port d'Ostie ou dans les mines de Sardaigne, ce qui constituait une perte considérable pour la ville car c'étaient souvent d'habiles négociants. Mais Claude fut inflexible.

Aux anciennes haines qui déchiraient les Juifs, s'en ajoutèrent de nouvelles, chaque faction accusant sa rivale d'être responsable de la mesure de bannissement. Au long des routes qui partaient de Rome, on rencontrait des cadavres de Juifs, chrétiens ou non, nul n'aurait su le dire. Tous les Juifs morts se ressemblaient et les vigiles ne s'intéressaient pas à leurs disputes, du moment qu'ils ne venaient pas s'entre-tuer sous leur nez.

« Le seul bon Juif est le Juif mort! » plaisantaient-ils entre eux, quand dans l'intérêt de l'ordre public, ils vérifiaient si le corps était ou non circoncis.

Les chrétiens non circoncis étaient bouleversés par la dispersion de leurs chefs et ils les accompagnaient fort loin pour les protéger contre d'éventuelles agressions. C'étaient de pauvres gens, simples et ignorants, et les déceptions dont leur vie était jalonnée les avaient rendus amers. Dans la confusion qui suivit le bannissement des Juifs chrétiens, ils se retrouvaient comme un troupeau sans berger.

Dans la désolation, ils se soutenaient les uns les autres et se réunissaient pour partager leurs maigres agapes. Mais comme parmi eux, l'un prêchait une chose, et l'autre une autre, ils eurent tôt fait de se séparer en groupes rivaux. Les plus vieux s'entêtaient à soutenir ce qu'ils avaient entendu de leurs propres oreilles à propos de la vie de Jésus de Nazareth. Mais d'autres proposaient de nouvelles interprétations des anciens récits.

Les plus audacieux essayaient leurs pouvoirs en se plongeant dans l'extase et en imposant les mains, mais ils ne réussissaient pas toujours. Simon le magicien ne fut pas banni, mais fut-ce parce qu'il avait acheté sa liberté ou parce que en sa qualité de Samaritain on ne le considérait pas comme un Juif – je ne saurais le dire.

Tante Laelia m'apprit qu'il soignait toujours les malades grâce à ses pouvoirs divins. Je n'avais nul désir de le revoir; mais il se trouvait des fidèles parmi les femmes chrétiennes, riches et curieuses, qui avaient foi en lui plutôt qu'en ceux qui prêchaient une vie d'humilité et de simplicité, l'amour du prochain et le retour imminent du fils de Dieu sur un nuage du paradis. Renforcé dans son pouvoir par l'état des choses, Simon exerça de nouveau le don qui lui permettait de voler et de disparaître brusquement de la vue de ses disciples pour réapparaître ailleurs.

J'avais aussi quelques motifs de préoccupations du côté de Barbus qui négligeait sa tâche de portier pour disparaître sans crier gare. Tante Laelia, qui vivait dans la hantise des voleurs, me demanda de le réprimander.

« Je suis un citoyen et j'ai les mêmes droits que les autres, se rebiffa-t-il. Je donne mon panier de blé à la maison à chaque distribution publique. Tu sais que je ne me soucie guère des questions divines. J'ai sacrifié de temps à autre à Hercule, quand j'en avais vraiment besoin mais, l'âge venant, chacun doit mettre de l'ordre en sa demeure. Quelques vigiles et vétérans de ma connaissance m'ont persuadé de m'affilier à une société secrète, grâce à laquelle je ne mourrai jamais.

– Le monde souterrain est un lieu peu plaisant, lui dis-je. Les ombres devront éponger le sang autour des autels sacrificiels. Ne serait-il pas plus sage de te soumettre à ton destin et de te contenter des ombres et des cendres quand viendra la fin de ta vie sur la terre? »

Mais Barbus secoua la tête.

« Je n'ai pas le droit de dévoiler les secrets des initiés. Mais je peux te dire que le nom du nouveau dieu est Mithra. Il est né d'une montagne et fut découvert par des bergers qui se sont prosternés devant lui. Il immola alors le taureau primordial et apporta sur terre tout ce qui est beau. Il a promis l'immortalité à tous les initiés qui ont reçu le baptême du sang. Si j'ai bien compris, j'aurai des membres neufs après ma mort et je séjournerai dans un camp de soldats où les corvées sont légères et où coulent à flots le vin et le miel.

– Barbus, je croyais que tu avais suffisamment d'expérience pour ne pas te laisser berner par ces contes de bonnes femmes. Tu devrais faire une cure dans quelque ville thermale. Je me demande si les excès de boisson ne te donnent pas des hallucinations. »

Mais Barbus leva avec dignité ses mains tremblantes.

« Non, non, quand les paroles sont prononcées, que la lumière de sa couronne brille dans l'obscurité et que la cloche sacrée sonne, chacun éprouve un tressaillement au creux de l'estomac, les cheveux se dressent sur les têtes et même le plus sceptique est obligé d'admettre sa divinité. Après, nous partageons un repas sacré, de la viande de bœuf en général, quand un vieux centurion a reçu le baptême du sang. Quand nous avons bu le vin, nous chantons à l'unisson.

– Nous vivons une bien curieuse époque. Tante Laelia obtient son salut d'un magicien samaritain, mon propre père est tracassé par les tenants de la foi chrétienne et voilà que toi, un vieux guerrier, tu te mêles de mystères orientaux.

– Le soleil se lève à l'orient. En un sens, le tueur de taureaux est aussi le dieu Soleil et le dieu des chevaux. Et ces divinités ne méprisent pas un vieux fantassin comme moi. Rien ne s'oppose à ce que tu viennes avec moi pour en apprendre davantage sur notre dieu, du moment que tu tiens ta langue. Dans notre assemblée, il y a des chevaliers romains, jeunes et vieux, qui ne se satisfont plus des sacrifices et des dieux courants. »

A cette époque, j'étais las des courses et des paris, de la vie de plaisirs, de la compagnie des acteurs vaniteux, du théâtre, des interminables discours de Pollio et de ses amis sur des sujets philosophiques ou sur la nouvelle poésie. Je promis à Barbus de l'accompagner à l'une de ses réunions secrètes. Barbus en fut très heureux et très fier. Le jour dit, à ma grande surprise, il accomplit ses tâches avec rapidité, se lava et se prépara avec soin, revêtit des habits propres et s'abstint de boire une seule goutte de vin.

A la brune, il me conduisit à travers un dédale de venelles puantes jusqu'à un temple souterrain dans la vallée qui sépare l'Esquilin du Coelius. Au bas d'un escalier donnant sur une salle obscure aux murailles de pierre, nous fûmes accueillis par un prêtre mithraïque qui portait une tête de lion en guise de capuchon. L'homme nous laissa entrer sans poser de questions.

« Il ne se passe rien ici dont nous pourrions avoir honte, dit-il. La propreté, l'honnêteté et la vertu virile sont les trois seules choses que nous demandons à ceux qui adorent notre dieu pour connaître la paix de l'âme et accéder à la vie après la mort. Ton visage est franc et ton port altier; je pense que tu aimerais notre dieu. Mais je te demanderai seulement de ne pas trop en parler autour de toi. »

Dans la pièce se pressait une foule d'hommes, jeunes et vieux. Parmi eux, je reconnus, à mon grand étonnement, plusieurs tribuns et centurions de la garde prétorienne et plusieurs vétérans et invalides de guerre. Tous étaient vêtus fort proprement et arboraient les insignes mithraïques sacrés correspondant à leur degré d'initiation, qui ne dépendait ni de leur grade ni de leur fortune. Barbus m'expliqua que si un vétéran irréprochable était initié par le baptême du sang, alors l'initié le plus riche payait en viande de bœuf.

Il se satisfaisait fort bien lui-même du rang de corbeau, car sa vie n'avait pas été sans tache, et il ne s'était pas toujours gardé de quitter le chemin de la vérité.

La pièce était si peu éclairée qu'on distinguait mal les traits des assistants. Mais j'aperçus un autel surmonté de l'effigie d'un dieu couronné qui immolait un taureau. Puis le silence se fit. Le doyen de l'assemblée se mit à psalmodier les textes sacrés, qu'il connaissait par cœur. Comme ils étaient en latin, je les compris presque tous. Selon leur doctrine, le monde était le siège d'un antagonisme fondamental entre la lumière et les ténèbres, le bien et le mal. Pour finir, on éteignit les derniers feux et j'entendis un mystérieux bruit d'éclaboussure, une cloche tinta et Barbus m'étreignit le bras. Dans des niches ménagées dans la muraille, des lampes s'allumèrent, illuminant progressivement la couronne et l'image de Mithra. La discrétion m'interdit d'en dire davantage, mais la profonde piété des adorateurs de Mithra et leur foi en la vie à venir m'apparurent indiscutables. Après la victoire de la lumière et des forces du bien, on ralluma les torches et un repas frugal fut servi. Les participants semblaient apaisés, leur visage était radieux et ils devisaient amicalement entre eux, sans prendre garde au rang ou au degré d'initiation de chacun. Le repas consistait en une coriace viande de bœuf arrosée du vin aigre de la légion.

De leurs chants pieux et de leurs propos, je retirai l'impression de gens honnêtes qui s'efforçaient avec une naïve sincérité de mener une vie exemplaire. La plupart d'entre eux étaient des veufs ou des célibataires qui trouvaient un consolant refuge dans le culte de ce dieu solaire victorieux et dans la compagnie de leurs pairs. Du moins étaient-ils dépourvus d'autres superstitions.

Je songeai que ce culte ne pouvait qu'être bénéfique à Barbus. Mais il ne m'attirait pas. Je me sentais peut-être trop jeune et trop enclin au raffinement, au milieu de ces hommes faits, pleins de componction. A l'issue du repas, ils commencèrent à raconter des histoires, mais c'étaient celles-là même que l'on peut entendre autour d'un feu de camp à travers tout l'Empire romain.

Mon esprit ne trouvait toujours pas le repos. Dans ces moments-là, je tirais de mon coffre la coupe de bois, la caressais et songeais à cette mère grecque que je n'avais pas connue. Puis je buvais quelques gorgées de vin à sa mémoire, non sans éprouver une légère honte de ma superstition, car je sentais bel et bien la présence douce et apaisante de ma mère. Je n'avais jamais osé parler à quiconque de ce rite privé personnel.

Ce fut à cette époque que je me jetai à corps perdu dans la pratique de l'équitation. Quand j'avais maté un cheval rétif et épuisé mon corps, j'éprouvais une satisfaction sans mélange, tandis qu'au sortir de mes nuits avec Claudia je me sentais amèrement insatisfait. En brisant ainsi mes muscles, j'échappais pour un temps aux reproches que je m'adressais sans cesse.

Le jeune Lucius Domitius excellait toujours dans les exercices équestres. Parmi les jeunes membres de l'ordre, on le désigna comme le meilleur et pour complaire à

Agrippine, nous, membres du noble ordre Equestre, résolûmes de faire frapper une nouvelle pièce d'or à son effigie. Un an seulement s'était écoulé depuis que l'empereur Claude l'avait adopté.

Ce fut en fait Agrippine qui paya la frappe de la pièce qui fut distribuée comme cadeau dans les provinces mais qui avait aussi cours légalement, comme toutes les pièces d'or gravées dans le temple de Junon Moneta. Agrippine possédait naturellement les fonds nécessaires à cette petite démonstration politique en faveur de son fils. Elle avait hérité deux cents millions de sesterces de son deuxième époux et s'entendait à les faire fructifier, grâce à sa position d'épouse de l'empereur et à son amitié avec le procurateur surintendant du Trésor.

Le nom de Germanicus, grand-père de Lucius Domitius, était plus ancien et plus glorieux que celui de Britannicus, que nous n'aimions guère à cause de ses crises d'épilepsie et de sa répugnance pour les chevaux. Des rumeurs couraient sur la naissance de Britannicus; c'était fort précipitamment que Caius avait marié Messaline, âgée d'à peine quinze ans, à Claude qui était déjà à l'époque fort décrépit.

Comme Lucius Domitius me comptait au nombre de ses amis, je fus invité aux fêtes de l'adoption et aux cérémonies sacrificielles qui y étaient associées. Dans Rome tout entière, on considérait que Lucius Domitius avait gagné sa nouvelle position de fils de l'empereur aussi bien grâce à ses hautes origines qu'à ses brillantes et plaisantes qualités personnelles. A dater de ce jour, nous ne l'appelâmes plus que Néron. Claude avait choisi ce nom d'adoption en souvenir de son propre père, le plus jeune frère de l'empereur Tibère.

Lucius Domitius Néron était le jeune homme le plus talentueux que je connusse, et il était physiquement et intellectuellement plus précoce que la plupart de ses contemporains. Il aimait la lutte et battait tous les adversaires de son âge, quoiqu'on l'admirât tant que nul n'osait encore sérieusement tenter de le battre afin de ne pas heurter sa sensibilité. Il pouvait encore éclater en sanglots sur une remontrance de sa mère ou de Sénèque. Il recevait l'enseignement des meilleurs maîtres de Rome et Sénèque était son professeur d'éloquence particulier. Je n'avais que des éloges à lui adresser, bien que j'eusse remarqué qu'il savait mentir avec beaucoup d'aplomb et un grand talent de conviction lorsqu'il désirait dissimuler quelque fredaine à Sénèque. Mais tous les gamins agissent ainsi et il était impossible d'en vouloir bien longtemps à Néron.

Agrippine veillait à ce que Néron prît part aux banquets officiels, assis près de la couche de Claude, à la même hauteur que Britannicus, afin que les nobles romains et les représentants des provinces s'accoutumassent à sa présence et eussent ainsi l'occasion de comparer le pétulant Néron au morose Britannicus. Au cours de festins auxquels Agrippine invitait les fils des plus nobles familles romaines, Néron se conduisait en hôte et Sénèque dirigeait la conversation en demandant à chacun des convives de discourir sur un sujet qu'il leur donnait. Je suppose qu'il donnait à l'avance ses sujets à Néron et l'aidait à préparer son discours, car chaque fois que l'enfant prenait la parole, il nous donnait un magnifique exemple d'art oratoire.

J'étais souvent convié à ces banquets où la moitié au moins des convives avaient déjà reçu la toge virile car Néron semblait avoir une sincère affection pour moi. Comme je commençais de me lasser des harangues émaillées de vers tronqués de Virgile ou d'Horace ou de citations de poètes grecs, je décidai de me préparer à ces réunions. J'appris par cœur les passages des ouvrages de Sénèque que son auteur préférait, sur la maîtrise de soi, le caractère éphémère de la vie et le calme imperturbable de l'homme sage face à sa destinée.

Depuis que je connaissais Sénèque, j'avais peu à peu conçu pour lui une immense estime, car il était capable d'exprimer à propos de tout et dans une diction parfaite des opinions avisées et pleines de sagesse. Mais je désirais voir si sa sérénité résisterait aux assauts de la vanité qui gît en tout homme. Sénèque n'était pas assez sot pour ne pas deviner le piège, mais il fut sûrement ravi d'entendre ses propres réflexions citées parmi celles des grands auteurs du passé; j'étais assez rusé pour ne pas citer son nom, ce qui aurait relevé de la flagornerie, mais me contentais de dire : « J'ai lu récemment... » ou bien : « J'ai été très frappé par telle réflexion... »

A quatorze ans, Néron reçut la toge virile. Au cours de la cérémonie, le foie de la victime ne montra que de bons augures. A l'unanimité, sans la moindre contestation, le sénat décida qu'il accéderait à vingt ans au rang de consul et aurait le droit de siéger dans la curie qui y est associé. Il me revient qu'à cette époque de la vie de Néron – je n'étais pas à Rome alors – un émissaire arriva de Rhodes, île que ses philosophes ont rendue célèbre, pour demander le rétablissement de la liberté et d'un gouvernement particulier. J'ignore quelles étaient les dispositions de Claude envers les Rhodiens, mais Sénèque jugea le moment venu pour Néron de faire son premier discours à la curie, et le précepteur et l'élève s'y préparèrent donc en grand secret.

Mon père m'a fait part de l'étonnement qu'il éprouva lorsque, l'intervention de l'émissaire rhodien n'ayant soulevé parmi les sénateurs que deux ou trois remarques sarcastiques, Néron se leva timidement pour demander la parole par la formule consacrée : « Mes honorés pères. » Claude la lui accorda d'un signe de tête. Néron gagna l'estrade des orateurs où il entama le récit enthousiaste de l'histoire de Rhodes, évoqua les célèbres philosophes qui y vécurent et les grands Romains qui ont achevé leur éducation sur son sol.

« L'île au teint de rose, l'île des sages, des savants, des poètes et des rhétoriciens, n'a-t-elle pas déjà suffisamment payé pour ses erreurs? N'a-t-elle pas regagné le droit aux louanges? »

Quand il se tut, tous les sénateurs tournèrent vers Claude des regards réprobateurs, car c'était lui qui avait arraché à cette île noble sa liberté. Claude se sentait coupable. L'éloquence de Néron l'avait touché.

« Cessez de me regarder comme des vaches à leurs barrières, ô pères! dit-il d'un ton aigre. Prenez plutôt une décision. Vous êtes bien le sénat romain, il me semble? »

On vota et la proposition de Néron remporta près de cinq cents voix. Ce que mon père avait préféré dans le panégyrique de Rhodes par Néron, c'était la modestie de l'orateur. Aux compliments qu'on lui adressa, il répondit simplement :

« C'est mon précepteur qu'il faut louer », et se dirigeant vers Sénèque, il l'embrassa aux yeux de toute l'assemblée.

Sénèque sourit et dit suffisamment haut pour que tout le monde l'entendît :

« Même le meilleur précepteur ne ferait un bon orateur d'un mauvais élève. »

Néanmoins, les doyens des sénateurs n'appréciaient pas en Sénèque son goût des mondanités. Selon eux, il avait affaibli le strict stoïcisme antique dans ses écrits. Ils ajoutaient qu'il avait un certain penchant à choisir de jeunes et jolis garçons pour élèves. Mais ce n'était pas entièrement la faute de Sénèque. Néron haïssait la laideur au point qu'un visage difforme ou une tache de naissance lui coupait l'appétit. Quoi qu'il en fût, Sénèque ne me fit jamais d'avances et interdisait au trop tendre Néron d'embrasser ses professeurs.

Quand il occupa la charge de préteur, Sénèque se consacra surtout aux affaires civiles, beaucoup plus ardues que les affaires criminelles, puisqu'elles concernaient le droit de propriété, les affaires immobilières, les divorces et les successions. Il se disait incapable de condamner quelqu'un à la flagellation ou à la peine de mort. Remarquant que je l'écoutais passionnément, il me suggéra un jour :

« Tu es un jeune homme de talent, Minutus Lausus. Tu parles couramment le grec et le latin et tu sembles éprouver un intérêt sincère pour les affaires juridiques, ainsi qu'il sied à un jeune citoyen romain. Envisagerais-tu de devenir l'assistant d'un préteur ? Tu pourrais par exemple faire des recherches de jurisprudence dans les archives du tabularium, sous ma direction. »

Rougissant de plaisir, je lui assurai que cette tâche serait pour moi un grand honneur.

Le visage de Sénèque se rembrunit.

« Tu te rends bien compte que la plupart des jeunes gens de ton âge vont t'envier de passer ainsi devant tes rivaux dans la carrière des honneurs ? »

J'en étais parfaitement conscient et l'assurai encore de mon éternelle reconnaissance pour m'avoir accordé une telle faveur.

Sénèque secoua la tête.

« Tu sais, dit-il, selon les critères romains, je ne suis pas un homme riche. Pour le moment, je fais construire ma propre maison. Dès qu'elle sera terminée, j'espère pouvoir me marier et mettre un terme à tous ces bavardages. Tu administres tes biens toi-même, et peut-être pourrais-tu me payer une rétribution en échange de mes conseils juridiques. »

Je pris ma respiration, et le priai de bien vouloir pardonner ma légèreté, quand je lui demandai quelle somme lui conviendrait : il sourit et me donna une tape amicale sur l'épaule.

« Peut-être pourrais-tu consulter ton riche père Marcus Mezentius sur la question. »

Je m'en fus aussitôt consulter mon père et lui demandai si par hasard dix pièces d'or représentaient une somme trop importante pour un philosophe aux goûts modestes et à la vie simple.

« Je les connais, les goûts modestes de Sénèque! dit-il. Remets-t'en à moi et ne t'occupe de rien. »

Par la suite, j'entendis dire qu'il avait adressé à Sénèque un millier de pièces d'or, soit cent mille sesterces, ce qui pour moi représentait une somme proprement gigantesque. Mais, loin d'en être offensé, Sénèque me traita, si tant est que ce fût possible, plus aimablement encore qu'auparavant, montrant par là qu'il avait pardonné à mon père les extravagances de sa jeunesse.

Ainsi travaillai-je plusieurs mois durant au prétoire sous la direction de Sénèque. Ses décisions étaient toujours parfaitement équitables et nul homme de loi ne pouvait lui en remontrer sur le chapitre de la rhétorique, car il était bien le plus grand orateur de son temps.

Cependant, ceux qui avaient perdu leurs procès faisaient courir le bruit qu'il acceptait les pots-de-vin. Ce genre de rumeurs ne lui était nullement réservé et tous les préteurs en étaient victimes. Mais Sénèque affirma toujours qu'il n'avait jamais reçu de cadeau avant que les jugements n'eussent été rendus.

« D'ailleurs, ajoutait-il, si l'affaire porte sur la propriété d'un terrain immobilier d'une valeur d'un million de sesterces, il est parfaitement naturel que celui qui gagne son procès manifeste sa reconnaissance au juge par quelque présent. La préture ne fait pas vivre son homme. Notre rémunération est insuffisante, et nous devons donner à nos frais des représentations théâtrales pendant la durée de notre charge. »

Le printemps était revenu. Avec l'explosion des jeunes pousses, la tiédeur du soleil et les notes de la cithare, les vers légers d'Ovide et de Properce remplaçaient dans nos pensées les formules juridiques ampoulées. J'attendais toujours l'occasion de résoudre le problème que me posait Claudia et je m'avisai qu'Agrippine était la seule personne susceptible de trouver une solution magnanime et équitable à notre situation. Il n'était pas question de parler de Claudia à tante Laelia ou à Tullia – à cette dernière moins qu'à toute autre. Par un charmant après-midi, alors que les nuages qui couraient dans le ciel de Rome resplendissaient d'éclats dorés, Néron m'emmena dans les jardins du Pincius. Nous trouvâmes sa mère occupée à donner des instructions aux jardiniers. Le soleil lui rosissait les joues et son visage s'éclairait comme toujours lorsqu'elle voyait arriver son fils.

« Qu'est-ce qui ne va pas, Minutus Manilianus? s'enquit-elle. Ne couverais-tu pas une peine secrète? Tu sembles fébrile et tu évites mon regard. »

Je m'obligeai à planter mon regard dans le sien. Ses yeux étaient clairs et sereins comme ceux d'une déesse.

« Me permets-tu vraiment de te confier ce qui me tracasse? » balbutiai-je.

Elle m'entraîna à l'écart, loin des oreilles des jardiniers et des esclaves occupés à retourner la terre, et m'autorisa à lui ouvrir mon cœur sans crainte. Je commençai à lui raconter mon aventure avec Claudia mais à peine eus-je prononcé son nom qu'elle sursauta, bien que son visage demeurât impassible.

« Plauta Urgulanilla a toujours eu une réputation douteuse, dit-elle pensivement. Je l'ai connue dans ma jeunesse, ce que je regrette d'ailleurs aujourd'hui. Comment as-tu pu rencontrer une fille pareille? Je croyais qu'elle n'avait pas le droit de pénétrer à l'intérieur des murs de la ville? N'est-elle pas bergère quelque part sur les terres d'Aulius Plautus? »

Je lui narrai donc notre rencontre et elle ne cessait de m'interrompre pour me poser des questions afin, disait-elle, de comprendre mieux le fond de toute l'affaire.

« Nous nous aimons, parvins-je à articuler, et j'aimerais l'épouser, s'il existe un moyen...

– Minutus! coupa sèchement Agrippine, on n'épouse pas des filles de cette espèce. »

Je défendis de mon mieux les qualités de Claudia, mais Agrippine ne m'écoutait plus. Les larmes aux yeux, elle contemplait le coucher du soleil qui rougissait le ciel de Rome, comme si mes paroles l'avaient bouleversée. Puis m'interrompant, elle dit :

« Réponds-moi franchement. Tu as couché avec elle? »

Incapable de lui mentir, je commis l'erreur de lui dire que nous étions heureux ensemble, bien que ce ne fût plus vrai en raison de nos perpétuelles querelles. Je lui demandai si une famille de bonne réputation ne pourrait pas adopter Claudia.

« O mon pauvre Minutus, dit-elle d'un ton rempli de pitié, qu'est-ce qui t'a donc pris? Je ne connais pas dans Rome tout entière une seule famille respectable qui s'y résoudrait pour tout l'or du monde. Et si l'une d'entre elles acceptait de la voir porter son nom, ce serait seulement la preuve de son manque de respectabilité. »

J'insistai pourtant, en choisissant prudemment mes mots, mais Agrippine se montra inflexible.

« Dans cette affaire, il est de mon devoir de protectrice du noble ordre Equestre de faire passer ton sort personnel avant celui d'une pauvre dévergondée. Tu ne te rends sans doute pas compte de la réputation qu'elle s'est forgée. Je ne tiens pas à t'en dire davantage, car dans ton aveuglement tu refuserais de me croire. Mais je te promets que je vais méditer tout à loisir sur la question. »

Je balbutiai qu'il devait y avoir un malentendu, Claudia n'était ni une dévergondée ni une dépravée. Sinon, je n'aurais jamais songé à l'épouser. Et je dois convenir qu'Agrippine se montra d'une grande patience à mon égard. En me questionnant sur ce que nous avions fait ensemble, Claudia et moi, elle m'enseigna la différence entre un comportement vertueux et un comportement dépravé et je me rendis compte que Claudia avait beaucoup plus d'expérience que moi dans les pratiques de la chambre à coucher.

« Le divin Auguste lui-même a exilé Ovide pour son ouvrage immoral qui tentait de démontrer que l'amour est un art, expliqua Agrippine, et tu ne mets pas son jugement en doute, n'est-ce pas? Les bordels sont faits pour ce genre de divertissements. Et d'ailleurs comment expliques-tu que tu es incapable de me regarder en face sans rougir? »

D'avoir tout raconté à Agrippine m'avait néanmoins soulagé d'un grand poids. Je courais presque en franchissant les murailles de la cité ce jour-là pour aller annoncer à Claudia que nos affaires étaient en de bonnes mains. Je ne lui avais rien dit à l'avance de mes intentions, afin de ne pas lui donner de fausses espérances.

En apprenant la conversation que j'avais eue avec Agrippine, Claudia pâlit, horrifiée, et sur les ailes de son nez, les taches de rousseur semblèrent foncer sur sa peau livide.

« Minutus, ô Minutus, qu'as-tu fait? As-tu complètement perdu la raison? »

Je fus blessé de voir qu'elle manifestait si peu de compréhension alors que j'avais cru agir dans son intérêt.

Il m'avait fallu du courage pour aborder un sujet aussi délicat avec la première dame de l'empire. Je voulus demander à Claudia ce qu'elle reprochait à la noble Agrippine, mais elle ne me donna aucune explication. Les mains posées sur les genoux, elle demeurait prostrée, sans même lever les yeux sur moi.

Même mes caresses ne parvinrent pas à l'arracher à sa stupeur. Claudia me repoussa brusquement et je la soupçonnai de me cacher quelque chose. Tout ce que je réussis à lui arracher fut qu'il fallait que je fusse bien naïf pour faire confiance à une femme comme Agrippine. Je la quittai en proie à la fureur. C'était elle qui avait tout gâché en évoquant le mariage et l'avenir. J'étais déjà loin quand elle apparut sur le seuil de la porte et lança à mon adresse :

« Tu vas partir ainsi, Minutus? Sans un seul mot tendre? Nous ne nous reverrons peut-être jamais. »

Dépité qu'elle ne se fût pas soumise à mes caresses comme lors de nos précédentes réconciliations, je me contentai de lui lancer :

« Par Hercule, j'y compte bien! »

Je n'étais pas encore arrivé au pont qui franchit le Tibre que je regrettais déjà mes paroles. Et si mon amour-propre masculin ne m'avait pas retenu, je serais revenu sur mes pas.

Un mois s'écoula sans nouvelle d'elle. Puis un jour Sénèque me prit à part :

« Minutus Lausus, dit-il, tu as vingt ans et il est temps que tu apprennes l'administration des provinces pour songer à ta carrière. Comme tu dois le savoir, mon frère est depuis plusieurs années gouverneur de la province d'Achaïe. Dans sa dernière lettre, il m'écrivait qu'il avait besoin d'un assistant ayant une certaine connaissance des lois et possédant une expérience militaire. Tu es bien jeune, il est vrai, mais je crois te connaître assez bien et ton père s'est montré si généreux à mon endroit que j'estime de mon devoir de t'offrir cette occasion de progresser dans la carrière. Le mieux serait que tu partes aussitôt que possible. Tu peux te rendre à Brindisi et de là, gagner Corinthe par le premier navire en partance. »

Je compris que ce n'était pas seulement une faveur mais un ordre. Un jeune homme dans ma situation n'aurait pu souhaiter une meilleure affectation. Corinthe est une ville animée et joyeuse et l'antique Athènes n'en est pas éloignée. Je pourrais profiter de mes tournées d'inspection pour visiter tous les hauts lieux de la culture hellénique. Et lorsque je regagnerais Rome, mes propres mérites et mes relations me permettraient de demander une dérogation pour obtenir une charge malgré ma jeunesse. Je remerciai respectueusement Sénèque et me préparai sans plus tarder à ce long voyage.

A vrai dire, le moment n'aurait pu être mieux choisi. Le bruit courait à Rome que les tribus bretonnes s'étaient soulevées afin de mettre Ostorius à l'épreuve, car si elles connaissaient bien Vespasien, le nouveau venu n'était pas au fait des us et coutumes du pays. Je craignais bien d'être renvoyé là-bas et je n'en avais nul désir. Même les Icènes, qui jusque-là avaient été les plus pacifiques des alliés et sur lesquels les Romains pouvaient compter, avaient commencé à faire des incursions sur l'autre rive de leur fleuve frontière et j'aurais eu la plus grande répugnance à me battre contre eux, à cause de Lugunda.

Malgré la manière dont elle m'avait traité, j'étais incapable de quitter Rome sans avoir dit adieu à Claudia. Je me rendis donc un jour de l'autre côté du Tibre, mais trouvai sa maisonnette vide et nue. Personne ne répondit à mes appels et je ne vis nulle part son troupeau de moutons. Je me précipitai jusqu'à la ferme de Plauta pour demander de ses nouvelles, mais on m'y reçut froidement et nul ne parut avoir la moindre idée de ce qu'elle était devenue. On eût dit que plus personne n'osait prononcer son nom.

Follement inquiet, je regagnai Rome à la hâte et me rendis tout droit chez Plautus pour aller interroger la tante Paulina. Toujours en deuil, la vieille dame me reçut en larmoyant mais ne fut pas en mesure de me donner le moindre renseignement à propos de Claudia.

« Moins tu en parleras, mieux ce sera pour toi, dit-elle en me regardant avec hostilité, tu n'as réussi qu'à gâcher sa vie et cela serait peut-être arrivé tôt ou tard. Tu es bien jeune encore et j'ai du mal à croire que tu te rends compte de ce que tu as fait. Mais je ne te le pardonnerai jamais. Il ne me reste plus qu'à prier Dieu que lui veuille bien t'absoudre. »

Tant de mystères me plongèrent dans le plus grand désarroi et mon cœur s'emplit de sombres pressentiments. Je ne savais plus que croire. Je ne me sentais pas très coupable, car Claudia avait agi librement mais le temps me manquait pour continuer mes recherches.

Je passai chez moi pour me changer à la hâte avant

d'aller au Palatin faire mes adieux à Néron, qui m'assura m'envier la chance qui m'était donnée de me baigner de culture grecque. Il me prit par la main en signe d'amitié pour m'emmener voir sa mère occupée à étudier les comptes du Trésor en compagnie de Pallas. Cet affranchi était considéré comme l'homme le plus riche de Rome. Il était si hautain qu'il n'adressait jamais la parole à ses esclaves, leur manifestant ses désirs et leur donnant ses ordres par des gestes qu'ils devaient comprendre instantanément.

Manifestement contrariée d'être dérangée, Agrippine retrouva son sourire en apercevant Néron. Elle me souhaita bonne chance et me mit en garde contre la frivolité des Corinthiens, en espérant que je puiserais chez eux tout ce que la culture grecque pouvait m'apporter d'enrichissant.

Je bredouillai quelques mots incompréhensibles en la regardant droit dans les yeux et lui adressai un geste implorant. Elle comprit ce que je voulais sans qu'il fût besoin de mots. Pallas ne daigna pas poser les yeux sur moi; il consultait fébrilement ses rouleaux et inscrivait des chiffres sur ses tablettes. Agrippine conseilla à Néron d'observer comment Pallas additionnait d'énormes sommes et m'entraîna dans une pièce voisine.

« Je préfère que notre conversation se déroule hors de portée des oreilles de Néron, dit-elle. Ce n'est encore qu'un enfant innocent, bien qu'il porte la toge virile. »

Je n'en étais pas si sûr. Néron s'était vanté d'avoir couché avec une jeune esclave et voulu goûter, par jeu, des relations charnelles avec un garçon, ce que je ne pouvais certes pas révéler à sa mère.

Agrippine posa sur moi son regard clair de déesse et poussa un soupir.

« Je sais que tu veux des nouvelles de Claudia, dit-elle. Et je ne peux pas te décevoir. La jeunesse est vulnérable à ce genre de choses. Mais mieux vaut pour toi que tu regardes la vérité en face, dût-elle te faire souffrir. J'ai dû mettre Claudia dans un établissement où l'on refera son éducation. Pour toi, j'ai cherché à en savoir plus long sur sa vie et sur ses habitudes. Peu m'importe qu'elle me désobéisse et se montre à l'intérieur des murailles de la ville malgré mes ordres. Je ne me formaliserais pas non plus de savoir qu'elle participe au repas secret de certains esclaves, au cours desquels il ne se passe certainement pas que des choses avouables. Mais ce qui est impardonnable c'est qu'en dehors de l'enceinte de la ville et en l'absence de la surveillance médicale nécessaire, elle se livre à la prostitution avec des hommes de peine, des bergers et quiconque veut d'elle. »

Cette accusation, aussi épouvantable qu'incroyable, me laissa sans voix. Agrippine me regarda avec pitié.

« L'affaire a été jugée le plus discrètement possible, expliqua-t-elle, mais les témoins étaient nombreux. Je ne te dirai pas leur nom pour ne pas te faire rougir. Par pure indulgence, Claudia n'a pas été punie conformément aux lois, elle n'a pas été flagellée et n'a pas eu la tête rasée. Elle a seulement été enfermée pour une durée indéterminée dans une maison où l'on refera son éducation. Je ne te dirai pas où, car tu serais capable d'y aller et de faire quelque bêtise. Si tu souhaites toujours la voir quand tu rentreras de Grèce, je tâcherai de faire quelque chose pour toi, si elle s'est tant soit peu amendée. Mais il faut que tu me promettes de ne pas tenter d'entrer en contact avec elle d'ici là. Tu me le dois bien. »

Tout ce qu'elle m'avait dit était si inconcevable que je sentis mes genoux se dérober sous moi et faillis m'évanouir. Je pouvais seulement me souvenir de ce qui m'avait intrigué chez Claudia : son savoir-faire et son tempérament extraordinairement ardent. Agrippine posa sa main charmante sur mon bras et secoua lentement la tête.

« Plonge profondément en toi, ô Minutus. Seul ton orgueil juvénile te retient de voir que tu t'es fait cruellement berner. Que ceci te serve de leçon et te persuade de ne plus faire confiance aux femmes dépravées, quoi qu'elles puissent te raconter. Estime-toi heureux de t'être tiré de ce mauvais pas à temps, en t'en remettant à moi, ce qui fut fort sage. »

Je l'observais dans l'espoir de découvrir le plus petit signe d'incertitude dans son visage plein et dans ses yeux clairs. Elle m'effleura la joue du bout des doigts.

« Regarde-moi dans les yeux, Minutus Lausus, dit-elle. En qui places-tu ta confiance? En moi ou en cette fille simple qui t'a si cruellement trahi? »

Un reste de bon sens, malgré la confusion de mes sentiments, me poussa à me fier plutôt à la première dame de l'empire qu'à Claudia. Je baissai la tête, car des larmes de dépit me brûlaient les yeux. Agrippine attira mon visage contre son giron moelleux. Un trouble soudain monta en moi, qui ne fit qu'ajouter à ma honte.

« Ne me remercie pas tout de suite, je t'en prie, malgré la violence que j'ai dû me faire pour arranger ta situation, me chuchota-t-elle à l'oreille, et mes tremblements redoublèrent sous son souffle tiède. Mais je sais que tu viendras me remercier un jour, quand tu auras pris le temps de réfléchir. Je t'ai sauvé du pire danger qui menace un jeune homme au seuil de l'âge adulte. »

Elle me repoussa prudemment, comme par crainte des regards indiscrets et me gratifia d'un sourire adorable. Les joues cramoisies et humides de larmes, je ne voulais pas prendre le risque de rencontrer qui que ce fût. Agrippine me fit sortir par une porte dérobée. Tête basse, je descendis la ruelle pentue de la déesse de la Victoire, en trébuchant sur les pierres blanches.

LIVRE V

CORINTHE

CORINTHE est une métropole, la plus vivante et la plus gaie des métropoles du monde, à en croire ses habitants. Quoique Mummius, il y a de cela deux cents ans, n'en ait pas laissé pierre sur pierre, la cité renaissant de ses cendres a grandi, en grande partie grâce à la clairvoyance de Jules César, jusqu'à rassembler aujourd'hui un million d'habitants venus de tous les pays du monde. De l'Acropole, on découvre toutes les rues de la cité, qui s'illuminent joyeusement dans la nuit. Pour un jeune homme qui remâche amèrement les conséquences de sa crédulité, Corinthe et sa vie colorée offrent véritablement l'occasion d'une guérison.

Mais Hierex, mon esclave, regretta bien des fois d'avoir tant versé de larmes en me suppliant de l'enlever à la plate-forme d'un marchand d'esclaves de Rome. Il savait lire, écrire, masser, cuisiner, marchander avec les boutiquiers et parlait le grec et un mauvais latin. Il m'assura encore qu'il avait voyagé dans de nombreux pays avec ses maîtres précédents et avait appris à leur rendre la vie plus douce.

Le prix auquel il était vendu était si élevé, qu'il fallait bien qu'il fût un esclave de grande qualité, même s'il me semblait apercevoir des raisons d'obtenir une réduction. Hierex me demanda de ne pas trop marchander, car son maître ne s'en séparait qu'à contrecœur, à la suite de déboires financiers, conséquences d'un procès qui avait mal tourné. Je soupçonnais Hierex d'avoir reçu la promesse d'un pourcentage sur son propre prix s'il parvenait, à force de bagou, à se vendre cher. Mais dans l'état d'esprit qui était alors le mien, je n'avais pas la force de marchander.

Hierex espérait évidemment être tombé au pouvoir d'un jeune maître amical. Quand il vit qu'il avait échoué dans une demeure soigneusement tenue par de vieilles personnes bilieuses, il fut effrayé. Mon silence et mon humeur mélancolique l'incitèrent à tenir sa langue, si difficile que ce fût pour ce Grec authentique, né avec le bavardage dans le sang. Même le voyage ne m'arracha pas à ma morosité et je m'abstins de parler à quiconque. J'adressais mes ordres à la manière de Pallas, par gestes. Hierex me servait de son mieux, craignant probablement que sous mes mines lugubres se dissimulât un maître cruel qui trouverait du plaisir à châtier son esclave.

Hierex était né et avait été élevé dans la servitude. Il n'était pas très vigoureux mais, comme il n'avait aucun défaut visible et qu'en dépit de ses trente ans, il avait encore toutes ses dents, je l'avais acheté sans vouloir chercher plus loin. Pour qu'il fût à vendre, il fallait bien qu'il eût quelque secret défaut mais dans ma position, j'avais besoin d'un esclave pour voyager. D'abord, il ne fut pour moi qu'une source d'embarras, mais lorsque je lui eus appris à se taire et à arborer une expression aussi morne que la mienne, il sut prendre soin de mes bagages, de mes vêtements et de ma nourriture fort correctement. Il parvenait même à raser ma barbe toujours juvénile sans m'entailler trop profondément la peau.

Ayant déjà séjourné à Corinthe, il choisit d'établir nos quartiers dans l'hôtellerie du Navire et de la Lanterne, près du temple de Neptune. Il fut étonné en constatant que je ne me précipitais pas pour faire des offrandes en remerciement d'un voyage sans histoire mais qu'au lieu de quoi, je me lavai et me changeai pour aller sans tarder au forum me présenter au proconsul.

Le palais du gouverneur de la province d'Achaïe était

une élégante demeure précédée d'un propylée, avec une cour extérieure flanquée d'une muraille et d'un poste de garde. Les deux légionnaires de l'entrée se curaient les dents en bavardant avec les passants, leurs lances et leurs boucliers posés contre le mur. Ils jetèrent des regards ironiques à ma toge à large bande pourpre mais me laissèrent entrer sans mot dire.

Le proconsul Junius Annaeus Gallio me reçut vêtu à la mode grecque, embaumant de parfums, et la tête couronnée de fleurs, comme s'il se rendait à un banquet. C'était un homme affable qui m'offrit du vin de Samos pendant qu'il lisait la lettre de son jeune frère Sénèque et les autres missives que j'avais apportées de la part du sénat. Je laissai mon vaisseau à moitié plein et ne pris pas la peine de boire davantage de vin, car ce monde où, par un si malheureux hasard, j'étais né, je le méprisais profondément, dans sa totalité. Et surtout, je n'attendais plus le moindre bien de mes semblables.

En terminant la lecture de mes lettres, Gallio avait pris une mine sérieuse. Il posa sur moi un regard attentif.

« Je crois qu'il vaudrait mieux que tu ne portes la toge qu'aux séances du tribunal, suggéra-t-il. Il ne faut pas oublier que nous sommes en Achaïe. La civilisation de ce pays est plus ancienne et bien plus raffinée que celle de Rome. Les Grecs obéissent à leurs propres lois et se gouvernent eux-mêmes. La politique de Rome en Achaïe consiste à interférer le moins possible dans les affaires du pays et, à moins qu'on ne nous demande expressément d'intervenir, à laisser les choses suivre leur cours. Ici, les combats violents sont rares. Dans ce port, la principale source de trouble vient des voleurs et des escrocs. Nous n'avons pas encore d'amphithéâtre à Corinthe, mais il existe un excellent cirque pour les courses de chevaux. Les théâtres jouent tous les soirs. Un jeune et honnête chevalier a le choix entre une grande variété de divertissements.

– Je ne suis pas venu à Corinthe pour me divertir, rétorquai-je, irrité, mais pour me préparer aux devoirs de ma charge.

– Certes, certes. C'est ce que m'apprend la lettre de mon frère. Tu ferais peut-être mieux d'aller te présenter dans les meilleurs délais à ton général de cohorte. C'est un Rubrius, alors tu devrais essayer d'être courtois. Cela dit, il ne serait pas mauvais que tu fasses faire l'exercice aux soldats, car ils se sont quelque peu amollis sous son commandement. Ensuite, tu pourrais aller visiter les autres garnisons de la province. Il n'en existe pas en grand nombre. A Athènes et dans d'autres villes sacrées, il n'est pas très avisé de se montrer en tenue de soldat. Mieux vaut revêtir les guenilles du philosophe. Une fois par semaine, mon tribunal siège devant le palais. Tu devras évidemment assister aux audiences. Il faut se conformer aux coutumes existantes. Mais à présent, nous allons visiter le palais. Je vais te présenter à mes subordonnés. »

En bavardant, toujours aimablement, de choses et d'autres, il me présenta son trésorier, son avocat, le républicain qui avait à ferme les impôts de l'Achaïe et le légat chargé des questions commerciales.

« Je t'inviterais volontiers à habiter chez moi, dit Gallio, mais les intérêts de Rome commandent que tu demeures en ville, dans une bonne auberge ou dans ta propre maison. Tu seras plus proche du peuple, tu connaîtras mieux ses mœurs, ses désirs et ses doléances. N'oublie jamais que l'Achaïe doit être manipulée avec doigté et délicatesse, comme une boule de plumes.

« A cette heure, poursuivit-il, j'attends à dîner quelques hommes de grand savoir et quelques philosophes. J'aurais aimé que tu prennes place à notre banquet, mais je vois que tu es épuisé par ton voyage et que tu ne trouveras pas plus la nourriture à ton goût que mon vin n'a été agréable à ton palais. Va donc te remettre des épreuves du voyage, visiter la ville et présente-toi à Rubrius au moment qui te semblera convenable. Rien ne presse. »

Il prit tout de même le temps de me faire connaître sa femme. Elle portait un manteau grec brodé d'or, des sandales de cuir décorées d'or et un bandeau d'or dans sa chevelure soigneusement apprêtée. Elle nous jeta d'abord à l'un et à l'autre un regard malicieux puis, redevenant brusquement sérieuse, me salua d'une voix chagrine, comme si tous les soucis du monde pesaient sur ses épaules. Puis, tout à coup, elle porta la main à sa bouche, gloussa, fit volte-face et s'enfuit.

Je me dis que cette Helvia née en Espagne était une fort belle femme mais dépourvue de maturité. Réprimant un sourire, Gallio observa d'un air solennel le départ de sa femme et confirma mes pensées :

« Oui, Lausus, elle est beaucoup trop jeune et ne prend

pas assez au sérieux les devoirs de son rang. Heureusement, à Corinthe, cela n'importe aucunement. »

Le lendemain, je balançai longtemps si je dépêcherais ou non un message à la garnison demandant qu'on m'envoie un cheval et une garde d'honneur pour m'accompagner quand j'irais me présenter au général. Et certes, j'en avais le droit. Mais je ne connaissais pas Rubrius et je décidai qu'il vaudrait mieux éviter de trop me mettre en avant. Je me vêtis donc conformément aux règlements, avec la cuirasse ornée d'aigles d'argent, les brodequins ferrés, les jambières et le casque à plumet rouge. Hierex couvrit mes épaules du manteau rouge de tribun et en fixa les agrafes.

Mon départ produisit une telle sensation dans l'auberge que même les cuisiniers et les esclaves de la buanderie se bousculèrent à la porte pour me regarder quitter la maison. J'avais à peine fait quelques pas dans mon armure cliquetante qu'une foule de badauds éberlués commençait à se former. Les hommes montraient mon plumet en hurlant quelque chose, les femmes s'approchaient de moi pour donner des tapes sur ma cuirasse et une bande de galopins m'accompagnait en poussant des cris aigus. Il ne me fallut pas longtemps pour comprendre qu'ils se moquaient de ma splendeur militaire.

La situation devenait pour moi si inconfortable, qu'un violent désir me prit de tirer ma longue épée et d'en donner du plat sur les dos qui se présenteraient. Je compris néanmoins que cela ne ferait qu'attirer davantage l'attention sur moi. Le visage écarlate, j'appelai à l'aide un vigile qui passait. Avec de grands moulinets de sa petite badine, il m'ouvrit un chemin dans la foule puérile. En dépit de son intervention, une centaine de personnes au moins me suivaient quand je fis mon entrée dans le camp.

Les gardes se précipitèrent pour ramasser lances et boucliers appuyés contre la muraille. Voyant la populace qui s'avançait vers le camp en poussant des cris, un soldat sonna l'alarme. La foule n'avait pas le moins du monde l'intention de pénétrer dans l'enceinte pour s'exposer aux coups des légionnaires. Le premier rang s'immobilisa en demi-cercle devant les pointes des lances des soldats et, de la cohue, montèrent des cris à mon intention : on me remerciait pour ce merveilleux spectacle, cela faisait des années qu'on ne s'était autant amusé!

Le centurion en chef se précipita à ma rencontre, vêtu d'une simple chemise. Alertés par le cor, une poignée de légionnaires traînant lances et boucliers forma hâtivement dans la cour quelque chose qui ressemblait à un rassemblement. Peut-être me pardonnera-t-on, eu égard à ma jeunesse, le fait que j'aboyai des ordres que je n'avais aucun droit de donner, ne m'étant pas encore présenté à Rubrius. Je les fis avancer au pas de course jusqu'à la muraille, revenir vers moi et se disposer sur une seule ligne, dans une position impeccable, avant de demander au centurion de prendre ma suite. Il me considéra un moment avec étonnement, jambes écartées et mains aux hanches, en frottant son menton mal rasé.

« Le général Rubrius dort encore. Il a dirigé un exercice de nuit exténuant, dit-il enfin. Les hommes sont fatigués pour les mêmes raisons. Que dirais-tu de venir boire quelques coupes de vin avec moi et de m'expliquer qui tu es, d'où tu viens et pourquoi tu surgis ici comme le dieu de la Guerre en personne, le sourcil froncé et les dents grinçantes? »

A son visage et à ses cuisses couverts de cicatrices, je vis que j'avais affaire à un vétéran et que le plus sage était de déférer à sa requête. Un centurion comme lui pouvait aisément mortifier un jeune chevalier comme moi et, devant les soldats qui s'attroupaient de plus en plus nombreux, je ne voulais pas me couvrir davantage de ridicule.

Le centurion m'emmena dans sa chambre, qui sentait le cuir et le métal poli, et tira du vin d'une amphore à mon intention. Je lui dis que pour respecter une promesse, je ne prenais que des légumes et de l'eau et il me lança un regard surpris.

« Corinthe n'est pas considérée comme un lieu d'exil, remarqua-t-il. En vérité, tu dois être d'une bien noble famille si ta présence ici est une sorte de punition pour ce que tu as fait à Rome. »

Sans se gêner le moins du monde, il se gratta le menton, sa barbe émettant un bruit de rabot, bâilla à se décrocher la mâchoire et but une gorgée de vin. Il ne se fit pas prier, néanmoins, pour aller me chercher le scribe du général Rubrius et les rôles de la cohorte.

« Dans la cité proprement dite, m'expliqua-t-il, nous ne maintenons une garde que dans la cour du palais du proconsul et aux portes principales. A Cenchreae et à

Lycaea – ce sont les ports – nous avons des garnisons permanentes. Elles ont là-bas leurs propres quartiers, de sorte que les hommes n'ont pas besoin d'aller et venir entre le camp et le port. Selon les rôles, nous formons une cohorte complète, à l'exclusion des unités spécialisées, comme celles du génie ou de la fabrique de vêtements. Nous pouvons donc constituer un corps de bataille autonome. »

Je m'enquis de l'état de la cavalerie.

« En fait, ici, nous n'avons pas un seul cavalier, pour l'instant. Nous gardons naturellement quelques chevaux à la disposition du général et du gouverneur, mais l'un comme l'autre préfèrent se déplacer en litière. Si tu as absolument besoin d'une monture, nous t'en fournirons une. La cavalerie de la cité est bien entendu tenue de nous prêter main-forte si nous le lui demandons. »

Je voulus examiner les armes et l'équipement, vérifier l'ordre du jour et la liste des exercices prévus, mais il me jeta un regard curieux.

« Tu ferais peut-être mieux d'interroger Rubrius là-dessus. Je ne suis que son subordonné. »

Pour tuer le temps, je visitai les dortoirs déserts, pleins de poussière et de toiles d'araignée, l'armurerie, les cuisines et l'autel. La garnison ne possédait pas d'aigle, mais seulement les enseignes ordinaires avec leurs franges et leurs plaques commémoratives. Après ce tour d'inspection, j'étais à la fois abasourdi et horrifié.

« Au nom d'Hercule, m'écriai-je, où sont les hommes? Qu'arriverait-il si nous étions brusquement appelés au combat? »

Le centurion était las de moi.

« Adresse-toi plutôt au général Rubrius », me rétorqua-t-il d'une voix colère.

Enfin, vers midi, Rubrius me manda près de lui. Sa chambre était superbement décorée à la manière grecque et j'aperçus au moins trois jeunes femmes différentes qui le servaient. Chauve, le visage gras et couperosé, les lèvres bleues, il traînait le pied gauche en se déplaçant. Son accueil fut chaleureux. Il me souffla au nez son haleine avinée en me serrant dans ses bras et m'invita aussitôt à m'asseoir et à faire comme chez moi.

« Venant de Rome, tu as dû être surpris de découvrir combien nous sommes paresseux à Corinthe, ajouta-t-il. Bien sûr, c'est une très bonne chose de nous envoyer un ardent jeune chevalier pour nous bousculer un peu. Bien, bien... Alors, tu as rang de tribun, me dis-tu? Tu l'es devenu en Bretagne, d'après ce que je vois. C'est une distinction, pas un grade. »

Je lui demandai ses consignes de service. Il ne me répondit qu'après un moment de silence :

« A Corinthe, il est inutile de se tenir constamment en alerte. Au contraire, le conseil de la cité et les habitants se sentiraient insultés si nous le faisions. Ici, la plupart des légionnaires sont mariés. Je leur ai donné la permission de vivre avec leur famille et de pratiquer un commerce ou un métier. Pour les fêtes de Rome, nous les rassemblons, bien sûr, mais seulement à l'intérieur de l'enceinte, afin de ne pas trop attirer l'attention. »

Je m'aventurai à observer que les soldats étaient indolents et indisciplinés, que l'armurerie était envahie de poussière et les dortoirs d'une grande saleté.

« C'est bien possible, admit Rubrius. Voilà longtemps que je n'ai songé à jeter un coup d'œil sur les dortoirs. La société de Corinthe accapare beaucoup un homme plus très jeune comme moi. Heureusement, j'ai un centurion en chef sur lequel je peux compter. Du strict point de vue des règlements, tu devrais être mon bras droit, mais il serait très offensé, si je passais par-dessus sa tête. Vous pourriez peut-être œuvrer ensemble sur un pied d'égalité, pour autant que vous ne m'accablerez pas de récriminations l'un sur l'autre. J'ai eu mon content de chamailleries dans ma vie et je désire terminer mon service en paix. Je n'ai plus beaucoup d'années devant moi. »

Posant sur moi un regard d'une surprenante acuité, il ajouta, avec une feinte désinvolture :

« Tu ignores sans doute que Rubria, ma sœur, est doyenne du collège des vestales romaines? »

Puis, poursuivant sur le ton du bon conseil :

« N'oublie jamais que Corinthe est une ville grecque, même si ses habitants sont originaires de beaucoup d'autres contrées. Les honneurs militaires ne sont pas très haut placés dans cette cité. L'art de se conduire en société y est infiniment plus estimé. Pour commencer, regarde autour de toi. Ensuite, tu mettras toi-même au point un programme d'exercices, mais n'épuise pas trop mes soldats. »

J'avais reçu mes instructions, je n'avais plus qu'à me

retirer. Le centurion, qui attendait au-dehors, me jeta un regard glacial.

« As-tu obtenu les informations que tu désirais? » me demanda-t-il.

Je suivis des yeux la sortie fort désinvolte de deux légionnaires, bouclier sur le dos et lance sur l'épaule. Le centurion m'expliqua paisiblement que c'était le changement de la garde.

« Mais, m'étonnai-je, ces hommes n'ont même pas été passés en revue! On les laisse aller ainsi, les jambes sales, le cheveu long et sans décurion pour les escorter?

– Il n'y a pas de parade au moment du changement de la garde. C'est ainsi, à Corinthe. Mieux vaudrait que tu ranges ton casque à plumet et que tu te familiarises avec les coutumes du pays. »

Le centurion s'abstint d'intervenir quand je donnai mes ordres aux décurions. Les dortoirs devaient être nettoyés et les armes polies, les soldats devaient se faire raser le menton et couper les cheveux, et d'une manière générale, retrouver l'aspect de vrais Romains. Je promis de revenir le lendemain à l'aube pour une inspection, en prévision de laquelle je fis également récurer la prison et couper des verges fraîches. Les vétérans me contemplaient, ébahis. Puis leurs regards glissèrent vers le centurion qui arborait une grimace furieuse, avant de revenir à moi. Ils jugèrent préférable de s'abstenir de tout commentaire. Me remémorant le conseil qu'on venait de me donner, je confiai mon uniforme de parade au magasin, revêtis une simple tunique de cuir et me coiffai d'un casque rond d'exercice, avant de rentrer à l'auberge.

Hierex m'avait préparé une collation de légumes verts et de haricots que j'accompagnai d'eau claire. Je regagnai ma chambre dans un tel état d'abattement que je n'avais nul désir de visiter Corinthe.

Le lendemain, à l'aube, quand je me présentai de nouveau à la porte du camp, je constatai immédiatement qu'un changement s'était produit en mon absence. Les gardes de l'entrée se mirent au garde-à-vous, lance levée et m'adressèrent un salut tonitruant. Le centurion en chef avait revêtu la tenue d'exercice. Il houspillait énergiquement les hommes qui se débarbouillaient à l'abreuvoir; le barbier maniait activement son rasoir; sur l'autel fuligineux un grand feu grésillait. La cour sentait le soldat propre et non plus la porcherie.

« Je regrette, dit d'une voix sarcastique le centurion, je n'ai pas pu faire sonner le cor pour saluer ton arrivée, le général Rubrius tient beaucoup à son sommeil du matin. Maintenant, tu devrais peut-être prendre la suite des opérations. Je te seconderai. Les hommes attendent impatiemment un sacrifice. Un ou deux cochons feront l'affaire, si un bœuf est trop cher pour toi. »

Mon entraînement et mon éducation m'avaient donné une petite expérience des sacrifices et je n'étais pas le moins du monde disposé à me ridiculiser en égorgeant deux cochons hurlants.

« Nous n'en sommes pas encore à faire des sacrifices, répliquai-je sèchement. Il me faut d'abord décider si je reste ici ou si je renonce à mon affectation. »

En me promenant sur le terrain d'exercice, je notai que le petit nombre d'hommes présents connaissait la manœuvre et qu'ils savaient marcher correctement quand ils y consentaient. Ceux qui allaient au pas de course s'essoufflaient vite mais dans le groupe d'entraînement au combat, on jetait les lances point trop loin des sacs de sable qui servaient de cible. Quand on mania le glaive émoussé, je remarquai plusieurs hommes doués. A la fin, quand les soldats furent couverts de sueur et hors d'haleine, le centurion me suggéra :

« Ils pourraient peut-être reprendre leur souffle pendant que nous leur montrons comment nous savons nous défendre? Certes, je suis gras et vieux, mais j'aimerais te montrer comment nous avons manié l'épée en Pannonie. Ce fut là, à Carnuntum, que j'ai gagné le bâton de centurion. »

A ma grande surprise, il me donna du fil à retordre. S'il ne s'était essoufflé si vite, il m'aurait immobilisé contre la muraille avec son bouclier, en dépit de la longueur de mon glaive. La vivacité de nos mouvements et la limpidité du jour corinthien eurent peu à peu raison de ma mauvaise humeur. La honte me gagna quand je songeai que ces hommes bien plus vieux que moi avaient plus de vingt ans de service, comme me le montrait la variété des grades, presque aussi nombreux que les hommes. En effet, dans une légion normale, pour stimuler le zèle des soldats, il peut exister jusqu'à soixante-dix grades différents, correspondant chacun à une solde particulière.

Je décidai de tenter de me réconcilier avec le centurion.

« A présent, je suis disposé à sacrifier un jeune taureau,

dis-je. Je paierai aussi un bélier que tu égorgeras. Le doyen des vétérans pourra sacrifier un porc. Ainsi, nous aurons quelques excellents morceaux de viande. Il serait inutile de nourrir des griefs contre moi, simplement parce que, pour faire connaissance, je vous ai donné un peu d'exercice, ne penses-tu pas? »

Le centurion me considéra des pieds à la tête et son visage s'éclaira :

« Je vais envoyer des hommes de confiance au marché aux bestiaux où ils sauront choisir les plus beaux animaux. Je suppose que tu fourniras le vin également? »

Je ne pus évidemment refuser de participer au banquet sacrificiel. Les hommes se disputaient pour tirer des marmites les meilleurs morceaux et me les offrir. Il me fallut aussi boire du vin. Après les efforts fournis toute la journée, la viande seule m'étourdissait déjà et, comme je sortais d'une longue période de sobriété, le vin me coupa les jambes. A la brune, des femmes sur la profession desquelles on ne pouvait se méprendre, en dépit de la jeunesse et du joli minois de certaines, commencèrent de se glisser discrètement dans le camp. Je crois me souvenir qu'alors je versai des larmes amères en déclarant au centurion qu'on ne pouvait jamais faire confiance aux femmes parce qu'elles étaient toutes la perfidie incarnée. Je me rappelle aussi que les soldats me transportèrent sur leurs épaules à travers la cour, en braillant en mon honneur les obscènes chansons de la légion pannonienne, et me déposèrent sur la couche du dieu de la Guerre. Je ne me souviens de rien d'autre.

Vers le moment du dernier tour de garde de la nuit, je m'éveillai sur une dure couchette de bois du dortoir. Tout mon corps me faisait mal. J'étais affreusement malade. Les jambes se dérobant sous moi, la tête entre les mains, je sortis en chancelant et découvris les hommes éparpillés dans la cour, couchés là où ils s'étaient effondrés. J'étais si effroyablemant malade que les étoiles dansèrent dans le ciel quand j'essayai de les fixer. Je me débarbouillai comme je pus. Ma conduite me rendait si honteux que je me serais jeté sur mon épée si toutes les armes coupantes n'avaient été judicieusement mises sous clef la veille au soir.

En titubant à travers les rues de Corinthe jonchées de torches fumantes et de chaudrons noircis, je finis par retrouver mon auberge. Hierex m'attendait dans l'anxiété.

Voyant le piètre état dans lequel je me trouvais, il me déshabilla, me frictionna les membres avec un linge humide, me fit ingurgiter une boisson amère et me mit au lit, sous une couverture de laine. Quand je m'éveillai de nouveau, en maudissant le jour de ma naissance, il me fit précautionneusement avaler quelques cuillerées de jaune d'œuf fouetté additionné de vin. Avant même que j'eusse le temps de me remémorer ma promesse, j'avais englouti une large portion d'un ragoût de viande épicé.

Hierex poussa un soupir de soulagement et retrouva sa volubilité :

« Bénis soient tous les dieux connus et inconnus, et par-dessus tout la déesse de la Fortune. Je me tracassais beaucoup à ton sujet, car je craignais que tu ne sois en train de perdre la raison. Il n'est ni naturel ni normal qu'un jeune homme de ton âge et de ton rang considère si tristement le monde et ne mange que du chou et ne boive que de l'eau. Alors, quand tu es revenu, l'haleine empuantie de vin, que tu as vomi et que j'ai compris que tu avais consenti à partager le sort des hommes ordinaires, j'ai eu l'impression qu'un poids tombait de mes épaules.

– Je crains fort, dis-je, d'une voix morose, de m'être couvert de honte aux yeux de tout Corinthe. Je me souviens vaguement d'avoir dansé la danse grecque de la chèvre avec les légionnaires. Quand cela viendra aux oreilles du proconsul, il me renverra certainement à Rome pour y faire une carrière d'écrivain ou d'avocat. »

Sur l'insistance de Hierex, qui m'affirma que l'exercice aurait sur moi un effet bénéfique, nous sortîmes dans les vastes avenues de Corinthe et visitâmes de conserve la cité. Nous vîmes dans le temple de Neptune l'étambot de la nef des argonautes et près de la fontaine de Pégase, la marque qu'a laissée dans le roc le sabot du cheval ailé. Hierex tenta de m'entraîner au temple de Vénus sur la colline, mais j'avais encore assez de bon sens pour refuser.

Nous nous contentâmes donc d'admirer la merveille de Corinthe, un chemin de bois ciré sur lequel les plus grands bateaux pouvaient être halés par les esclaves de Cenchreae à Lycaea ou vice versa. On pourrait croire qu'il faut pour cela mettre en mouvement des hordes d'esclaves sous une pluie ininterrompue de coups de fouet, mais les ingénieurs grecs ont si bien conçu le dispositif que, grâce à un système de treuil et de roues dentées, les bateaux avancent presque seuls. Un marin qui avait remarqué notre intérêt pour la chose nous jura sur les Néréides qu'avec un vent favorable, il suffisait de hisser les voiles pour faire mouvoir les navires. Après cette promenade, mon malaise se dissipant, je me sentis de meilleure humeur et Hierex parvint même à me faire rire à plusieurs reprises en me contant sa vie.

Mais l'inquiétude me revint le jour suivant, au fur et à mesure que je me rapprochais du camp. Heureusement, toute trace de l'orgie avait disparu, les hommes de garde se tenaient dans une posture correcte et la vie de la garnison suivait son cours ordinaire. Rubrius me manda auprès de lui et m'adressa des reproches pleins de tact.

« Tu es encore jeune et dépourvu d'expérience. Rien ne t'autorisait à inciter de vieux guerriers à se battre entre eux et à pousser des braillements d'ivrogne toute la nuit. J'espère que cela ne se renouvellera pas. Efforce-toi de mater la brutalité romaine qui est en toi et adapte-toi du mieux que tu peux aux coutumes plus raffinées des Corinthiens. »

Comme promis, le centurion en chef m'emmena inspecter les hommes inscrits sur les rôles de la légion qui exerçaient un commerce dans la cité. Certains étaient forgerons, tanneurs, tisserands ou potiers mais beaucoup d'entre eux avaient tout simplement utilisé la citoyenneté romaine pour s'introduire par le mariage dans quelque famille de riches marchands qui leur assurait une vie d'aisance. Les tuniques de leurs uniformes étaient mises à mal par les rats, les pointes de leurs lances émoussées de rouille et nul n'aurait pu se souvenir du jour où il avait pour la dernière fois poli son bouclier. Certains d'entre eux furent même incapables de retrouver leur équipement.

Partout, on nous offrait des victuailles et du vin, et parfois même on nous proposait des pièces d'argent. Un légionnaire transformé en marchand de parfums, ne pouvant remettre la main sur son bouclier, voulut me pousser dans une chambre où m'attendait une jeune femme. A mon admonestation, il répondit avec fureur :

« Très bien, alors, punis-moi. Mais je te préviens que nous achetons déjà assez cher à Rubrius le droit de pratiquer un commerce. Il ne me reste plus beaucoup de drachmes à mettre dans ta bourse. »

Quand j'eus saisi toutes les implications de ces paroles, je me hâtai de lui assurer que l'objet de mes visites n'était assurément pas d'extorquer des pots-de-vin mais simplement de vérifier, comme c'était mon devoir, que tous les hommes inscrits au rôle de la légion étaient équipés et entretenaient leurs armes. Retrouvant aussitôt son calme, le parfumeur me promit d'acheter un bouclier d'occasion dès qu'il en aurait le temps. Il alla même jusqu'à m'assurer que, si je le désirais, il viendrait s'entraîner. Par la faute d'un métier qui le contraignait à demeurer assis toute la journée, il grossissait trop. Un peu d'exercice lui ferait le plus grand bien.

Je compris qu'il serait beaucoup plus sage de ne pas me mêler davantage des affaires du général Rubrius, dont la sœur était la plus éminente prêtresse de Rome. Le centurion en chef et moi mîmes au point un programme d'entraînement qui avait au moins le mérite de donner de l'occupation aux hommes. Après avoir inspecté les postes de garde traditionnels, nous tombâmes d'accord sur la nécessité de relever la garde suivant les indications du soleil et de la clepsydre. On ne permettrait plus aux soldats de faction de se coucher ou de s'asseoir et on les obligerait à rester armés de pied en cap. Ce que les deux soldats placés à chaque porte de la cité pouvaient bien garder, je n'aurais su le dire mais le centurion m'expliqua qu'il en était ainsi depuis des centaines d'années, que la garde avait toujours été placée là et ne pouvait donc être supprimée sans offenser les Corinthiens, dont les impôts payaient l'entretien de la garnison.

Au bout de quelques jours, j'eus le sentiment d'avoir rempli mes devoirs de tribun du mieux possible. Les légionnaires avaient surmonté leur antipathie première et me saluaient maintenant avec amitié. Revêtu de la toge, j'assistai au jour dit à la séance du tribunal du proconsul. Avant l'audience, un greffier grec vint exposer à Gallio les affaires inscrites, puis le proconsul ordonna en bâillant de faire transporter son trône devant le palais.

Gallio se montra un juge clément et juste. Il prenait notre avis, plaisantait à l'occasion, questionnait lui-même avec soin les témoins et remettait à plus tard le jugement des affaires qui n'avaient pas été à son goût assez éclairées par les discours des avocats et les dépositions des témoins. Il refusa de se prononcer dans ce qui lui parut des questions trop triviales, en invitant les deux parties à s'entendre directement sous peine de se voir infliger une amende pour offense à magistrat. Après la séance, il m'invita à partager un excellent repas et me donna quelques bons conseils pour l'achat de bronzes qu'il était alors de bon ton à Rome de collectionner.

Je rentrai à l'auberge, déprimé malgré tout par la sagesse bien tempérée de Gallio et par la médiocrité des affaires traitées. Hierex m'attendait; il avait une suggestion à me faire :

« Sans conteste, tu disposes d'une fortune suffisante pour vivre comme tu l'entends. Mais loger une année entière à l'auberge est proprement ruineux. Corinthe est une cité prospère. Il serait plus sage que tu investisses de l'argent dans une demeure que tu me laisserais t'aménager au mieux. Si tu ne disposes pas ici de fonds suffisants, ta position de magistrat romain te permettra d'obtenir tout le crédit que tu oseras demander.

– Une maison, il faut l'entretenir. Et puis il y a les querelles des serviteurs, les impôts à payer à la cité... Pourquoi me donnerais-je tant de tracas? Si je m'aperçois qu'ici on me vole, le plus simple sera de trouver une auberge meilleur marché.

– Mais c'est justement pour t'éviter tout tracas que tu m'as acheté. Donne-moi simplement ton autorisation et j'arrangerai tout au mieux. Il suffira pour cela que tu mettes ton nom sur un papyrus du temple de Mercure. Tôt ou tard, il faudra bien que tu rendes leurs invitations à ceux qui t'ont accueilli à leur table. Songe, par exemple, à ce que tu devras débourser si tu reçois à l'auberge six personnes pour un festin avec du vin. Quand tu seras chez toi, je ferai le marché moi-même, je trouverai du vin aux meilleurs prix et surveillerai ton cuisinier. Et c'en sera fini de cette vie où tes voisins peuvent savoir si tu soulages ta vessie ou si tu te mouches. »

Il y avait beaucoup de bon sens dans cette suggestion et quelques jours plus tard, je me trouvai propriétaire d'une fort vaste demeure à deux étages, entourée d'un jardin. Le sol du triclinium était orné d'une délicieuse mosaïque et la maison comptait bien plus de pièces qu'il ne m'en fallait. Je découvris aussi que je possédais un cuisinier et un portier grec. Avec son mobilier grec ancien, mon intérieur avait acquis une patine douillette et de bon goût. On y voyait même, dans les niches, de part et d'autre de l'autel, des dieux domestiques grecs polis par l'âge. Hierex m'avait aussi acheté dans une vente aux enchères quelques masques d'ancêtres en cire, mais je refusai de m'attribuer des aïeux qui ne m'appartenaient pas.

Rubrius, le centurion en chef et le greffier grec de Gallio jouirent les premiers de mon hospitalité. Hierex avait engagé un sage grec pour s'entretenir avec les invités ainsi qu'une excellente danseuse et un joueur de flûte pour fournir un divertissement plus léger. La chère fut parfaite. Mes hôtes me quittèrent à minuit dans un état d'ébriété civilisée. Au sortir de chez moi, ils se rendirent au bordel le plus proche, ce que je découvris dans un mot qu'ils m'envoyèrent ensuite pour m'expliquer les coutumes corinthiennes : un célibataire comme moi aurait dû embaucher au temple de Vénus une femme pour chacun de ses hôtes. Mais je ne consentis pas à me conformer à cette tradition.

Cependant, je ne sais ce qui serait advenu, si les choses avaient continué dans cette voie, car Hierex s'employait de son mieux, avec tact et sans précipitation, à m'enseigner quelle sorte de maître je devais être pour le satisfaire. Mais le jour de l'audience revint. Gallio, souffrant encore des excès de boisson de la nuit précédente, venait à peine de prendre place et d'ajuster convenablement les plis de sa toge, qu'une foule de Juifs se rua vers lui, en traînant avec eux deux autres hommes de même origine et en criant tous à la fois, suivant l'habitude juive. Gallio se contenta d'abord d'en sourire puis, après un moment, déclara sèchement que l'un d'eux devait parler pour tous. Ils se consultèrent sur les termes de l'accusation, puis le plus éminent fit un pas en avant.

« Cet homme, dit-il, abuse de la crédulité du peuple en lui enseignant à adorer Dieu d'une manière non conforme à la loi. »

Avec un mélange d'abattement et de frayeur je découvrais que même à Corinthe, en siégeant dans un tribunal, j'étais encore mêlé aux querelles des Juifs. Je scrutai le visage de l'accusé. Presque chauve, le regard brûlant, de grandes oreilles, vêtu d'un manteau de peau de chèvre, il se tenait très droit, dans une posture pleine de fierté.

Comme dans un rêve, je me souvins de l'avoir vu de nombreuses années auparavant, dans la demeure de mon père à Antioche. J'étais alors beaucoup plus effrayé, car il avait causé tant de trouble dans la cité syrienne que les Juifs qui adorent le Christ l'avaient envoyé semer ailleurs la discorde parmi les Juifs.

L'homme ouvrit la bouche pour se défendre mais Gallio,

pressentant le danger, lui fit signe de se taire et se tourna vers les accusateurs :

« S'il s'agit d'une affaire criminelle ou délictueuse, je vous écouterai avec patience. Mais s'il s'agit d'un différend sur votre doctrine et sur vos lois, cela ne concerne que vous. Je ne désire pas rendre un jugement sur ces questions. »

Puis, leur ayant ordonné de se retirer, il se tourna vers nous :

« Si j'avais consenti à m'aventurer sur ce terrain avec ces gens-là, je m'y serais embourbé à ne plus pouvoir jamais en ressortir. »

Cependant, il n'en fut pas quitte pour si peu. Après l'audience, il nous invita de nouveau à sa table, mais il était distrait et perdu dans ses pensées. Quand le banquet s'acheva, il me prit à part.

« Je connais cet homme que les Juifs veulent accuser, me confia-t-il. Il vit à Corinthe depuis un an et gagne honnêtement sa vie en fabriquant des tentes. Il s'appelle Paul. On dit que pour échapper à son passé, il a changé de nom en empruntant celui de l'ancien gouverneur de Chypre, Sergius Paulus. Le prêche du Juif a fait une profonde impression sur Paulus qui n'avait rien d'un esprit simple, quoiqu'il se mêlât de prédictions astrales et entretînt un magicien chez lui. Ainsi donc, Paul n'est pas un homme insignifiant. Quand il s'est campé face à moi, dans cette attitude si intrépide, j'ai cru que son regard aigu me transperçait de part en part.

– C'est le plus dangereux des agitateurs juifs, rétorquai-je sans trop réfléchir. A Antioche, au temps de mon enfance, il a essayé d'entraîner mon père dans les intrigues des Juifs.

– Tu étais sans doute bien trop jeune à l'époque pour comprendre son enseignement, répondit Gallio sur un ton qui laissait transparaître le respect. On dit qu'il a prêché sur le marché d'Athènes avant de venir à Corinthe. Les Athéniens ont pris la peine de l'écouter et même de l'inviter à revenir. Tu ne peux prétendre à plus de sagesse que les Athéniens.

« En fait, poursuivit-il, je suis très tenté de lui demander de venir ici secrètement pour avoir une connaissance directe de son enseignement. Mais cela donnerait prise aux ragots et indisposerait fort les riches Juifs de la ville. Je dois garder la plus stricte impartialité. D'après ce que j'ai compris, il a fondé une espèce de synagogue selon son goût tout à côté de celle des autres Juifs. Sa doctrine présente sur celle de ces derniers une sympathique différence : il enseigne quiconque le désire et préfère même les Grecs aux Juifs. »

Manifestement, Gallio avait beaucoup réfléchi à cette affaire. Il poursuivit :

« A Rome, je n'accordais nul crédit aux histoires courant sur cet esclave fugitif qui porte le nom de Christ. Nous vivons en un temps où le sol se dérobe sous nos idées. Je ne dirai rien des dieux. Sous leur forme traditionnelle, ce ne sont que des images pour amuser les esprits simples. Mais même les sages ne peuvent rendre l'homme bon ou lui donner la paix de l'âme. Nous l'avons vérifié, aussi bien avec les stoïciens qu'avec les épicuriens. Peut-être ce Juif misérable a-t-il découvert quelque secret divin. Pourquoi donc, si ce n'était le cas, son prêche susciterait-il tant de querelles, de haine et d'envie parmi les Juifs? »

Il n'est pas utile que je m'étende davantage sur les ratiocinations de Gallio. Il suffira qu'on sache qu'à la fin, il m'a donné un ordre :

« Essaie d'en savoir davantage sur la doctrine de cet homme. Tu es le mieux qualifié pour cela, puisque tu le connais depuis ton enfance à Antioche. D'une manière générale, le Jehovah des Juifs, leurs lois et leurs coutumes te sont familiers. On dit que ton père à Antioche s'est heureusement entremis entre les Juifs et le municipe de la cité. »

Apparemment, j'étais pris au piège. Gallio fit la sourde oreille à toutes mes protestations.

« Il faut que tu surmontes tes préjugés, insista-t-il. Tu chercheras la vérité aussi loin que ton devoir te le permettra. Sois honnête dans cette recherche. Tu as beaucoup de loisirs, étudier la sagesse de ce Juif n'est pas la plus mauvaise façon d'employer ton temps.

– Mais si cet homme me jette un sort et que je tombe en son pouvoir? »

Gallio jugea que la question ne méritait pas de réponse.

Les ordres sont les ordres. Je n'avais plus qu'à accomplir ma mission au mieux de mes capacités. Il pouvait fort bien se révéler de première importance de savoir en quoi consistait exactement le prêche d'un agitateur de populace aussi dangereux et influent. Le lendemain, jour de Saturne, vêtu comme un Grec de condition modeste, je passai le seuil d'une maison jouxtant la synagogue juive. Le bâtiment où j'entrai n'était pas une véritable synagogue, mais la demeure d'un inoffensif marchand de tissus. Il l'avait offerte à l'assemblée que présidait Paul.

Dans le triclinium de l'étage, une foule de petites gens se pressait. Tous les regards étaient pleins d'une attente joyeuse. On se saluait chaleureusement et je fus moi-même accueilli par des souhaits de bienvenue sans que quiconque m'eût demandé mon nom. Parmi les artisans, les petits boutiquiers, et les esclaves de rang supérieur, je distinguai quelques vieilles femmes portant des bijoux d'argent. A en juger par leurs vêtements, un petit nombre des présents seulement étaient juifs.

Accompagné de quelques disciples, Paul entra, salué par des cris d'hommage au messager du vrai Dieu. Quelques femmes versèrent des pleurs de joie en le voyant. Il parla, d'une voix tonnante et perçante à la fois, et en chacun de ses mots vibrait une conviction exaltée qui passait comme un souffle brûlant sur la masse des auditeurs en sueur.

Sa voix seule me vrillait les os jusqu'à la moelle. Je m'efforçai d'écouter attentivement pour prendre des notes sur une tablette de cire. Dans son exorde, il s'appliqua à démontrer, en s'appuyant sur les saintes écritures juives, que Jésus de Nazareth, qui avait été crucifié à Jérusalem, était en réalité le Messie ou Christ que les prophètes avaient annoncé.

Chose remarquable, il ne celait rien de son passé. Indubitablement, c'était un homme éminent : il avait fréquenté la célèbre école de philosophie de Tarse, sa ville natale, et avait étudié ensuite à Jérusalem, sous la direction de maîtres réputés. Il avait été élevé tout jeune au grand conseil juif. Il avoua avoir été un fanatique de la loi et un persécuteur des disciples de Jésus. Il avait même pris part à la première exécution illégale, par lapidation, d'un membre de l'assemblée des pauvres. Il avait pourchassé de nombreux adeptes de la nouvelle foi et les avait livrés pieds et poings liés au tribunal juif. Enfin, à sa demande, on lui avait donné pouvoir de poursuivre de sa vindicte les disciples du Nazaréen qui avaient fui à Damas.

Mais sur le chemin de Damas, une lumière surnaturelle l'avait frappé de cécité. Jésus lui-même lui était apparu et dès cet instant, il avait changé. A Damas, un homme qui avait connu Jésus, un certain Ananias, l'avait guéri par imposition des mains, car Jésus de Nazareth voulait lui montrer combien il devrait souffrir pour proclamer le nom du Christ.

Et certes, il avait eu son content de souffrance. Il avait été flagellé à maintes reprises. Il avait subi la peine de la lapidation et failli en mourir. Il affirmait porter sur son corps les stigmates du Christ. Tous ses auditeurs l'avaient déjà entendu souvent, mais ils écoutaient toujours avec autant d'attention et parfois criaient de joie.

Paul les invita à regarder autour d'eux et à invoquer le témoignage de leurs propres yeux pour vérifier qu'il y avait peu de sages parmi eux, et de puissants. Cela, assurait-il, montrait bien que Dieu avait élu sur terre les simples et les misérables pour faire honte aux sages. Dieu préférait les niais et les faibles aux hommes sages, car il transformait la sagesse du monde en niaiserie.

Il parla aussi de la quête de l'Esprit et de ceux qui disputent des courses. Et il parla d'amour, avec plus de sentiment, me sembla-t-il, que quiconque n'en avait parlé auparavant. Il fallait aimer son prochain comme soi-même, à tel point que celui-là qui faisait le bien sans amour n'en tirerait nul bénéfice. Il expliqua clairement que même celui qui distribuerait tous ses biens aux pauvres et jetterait son propre corps au feu pour eux, sans éprouver d'amour véritable, celui-là ne serait rien.

Ces propos s'enfoncèrent jusqu'au plus profond de mon esprit. Gallio aussi avait dit que la seule sagesse ne rendait pas l'homme bon. Je commençai de méditer là-dessus et ne prêtai plus qu'une attention distraite aux paroles qui passaient comme un vent de tempête au-dessus de moi. Il était sans aucun doute en extase pendant qu'il parlait ainsi, passant d'un sujet à l'autre au gré de l'esprit qui mettait les mots sur ses lèvres. Pourtant, il semblait savoir ce qu'il disait. En cela, il était bien différent de ces chrétiens que j'avais rencontrés à Rome et qui se contredisaient sans cesse les uns les autres. Tout ce que j'avais entendu jusque-là n'était que babil enfantin au regard de l'éloquence torrentielle de Paul.

Je m'employai à noter les points principaux de son enseignement et notai diverses questions pour en débattre avec lui par la suite, à la manière grecque. Mais ce n'était pas facile, car il virevoltait d'un sujet à l'autre, comme porté par le vent de l'esprit. Même si, dans mon for intérieur, je ne partageais pas ses vues, il me fallait bien admettre que ce n'était pas là un homme insignifiant.

Enfin, tous ceux qui n'étaient pas baptisés furent invités à s'éloigner pour le laisser avec ses initiés. Quelques personnes prièrent Paul de les baptiser, de leur imposer les mains; mais il refusa fermement en les invitant à se faire donner le baptême par les premiers qui les avaient enseignés. La première fois qu'il était venu à Corinthe, il avait commis l'erreur de baptiser quelques personnes mais ensuite, il les avait entendues se vanter de l'avoir été au nom de Paul et d'avoir reçu en même temps son esprit. Il ne voulait pas répandre pareille perversion de la doctrine, car il savait que lui-même n'était rien.

Plongé dans mes pensées, je rentrai chez moi et m'enfermai dans ma chambre. Bien évidemment, je ne croyais rien de ce qu'avait prêché Paul. Mes seules réflexions en fait portaient sur les arguments que je pourrais lui opposer. C'était l'individu, l'être humain, qui en lui excitait au plus haut point mon intérêt. Il me fallait admettre qu'il avait certainement connu quelque inexplicable expérience pour que sa vie eût été si totalement bouleversée.

On devait porter à son crédit qu'il ne quêtait pas les faveurs ni les dons des riches, à la différence des prêtres d'Isis itinérants et des autres visionnaires. A ses yeux, le dernier des esclaves et l'esprit le plus simple comptaient autant, sinon davantage, qu'un homme sage et noble. Sénèque aussi enseignait que les esclaves étaient des êtres humains, mais il ne désirait pas pour autant se commettre avec des esclaves. Il préférait une compagnie plus choisie.

Je m'aperçus pour finir que, de quelque façon que je m'y prisse, j'étais plus en quête d'arguments pour contredire Paul que pour lui donner raison. Un esprit puissant parlait en lui, car il m'était impossible d'assigner une direction à mes pensées, de réfléchir froidement à sa folle superstition pour pouvoir l'exposer en riant à Gallio. La raison me disait qu'il était impossible que l'assurance de Paul éveillât tant d'hostilité en moi, si ses idées n'avaient pas produit sur mon esprit une impression profonde.

Lassé de ces ruminations, j'éprouvai le désir de boire dans la coupe de bois ayant appartenu à ma mère et tant chérie de mon père. Je ne l'avais pas touchée depuis longtemps. Je la tirai de mon coffre, y versai un peu de vin que je bus. Ma chambre était plongée dans la pénombre, mais je n'allumai pas de lampe. Brusquement, ce fut comme si mes pensées perdaient leurs assises, leurs racines.

La philosophie rationnelle de ce temps refuse tout espoir à l'homme. On peut choisir entre une vie de plaisirs raisonnables ou une vie uniquement vouée au service de l'Etat et du bien public. Une épidémie, une tuile qui tombe d'un toit ou un trou dans le sol peuvent se faire les instruments du hasard qui mettra fin à la vie de l'homme. Le sage se suicide quand la vie lui devient intolérable. Plantes, pierres, animaux et humains ne sont qu'une obtuse combinaison d'atomes. Il est aussi raisonnable d'être mauvais que bon. Les dieux, les sacrifices, les prédictions, ne sont que des superstitions d'Etat, tout justes bonnes à satisfaire des femmes et des gens simples.

Certes, il existe aussi des hommes comme Simon le magicien et les druides qui, en cultivant certaines capacités mentales, savent se rendre maîtres des volontés plus faibles ou parviennent à plonger quiconque dans un sommeil proche de la mort. Mais ce pouvoir est en eux et ne vient pas d'un au-delà. Pour moi, cela ne fait pas de doute, quoique les druides prétendent trouver leurs visions dans le séjour souterrain.

Le sage, par ses propos, l'exemple de sa vie et le choix de l'heure de sa mort, prouvera à ses semblables que la vie et la mort ne sont que des leurres. Mais je ne crois pas qu'une telle sagesse mérite toute une vie d'efforts.

Mes pensées chancelaient tandis que les ténèbres s'installaient dans ma chambre. D'une étrange façon, j'éprouvai la présence miséricordieuse de ma mère dans cette coupe de bois que je serrais dans ma main. Je songeais aussi à mon père qui croyait sérieusement que le roi des Juifs était ressuscité d'entre les morts après avoir été crucifié et qui assurait l'avoir vu lors d'un voyage accompli avec ma mère en Galilée. Depuis ma plus tendre enfance, j'avais toujours craint qu'il se couvrît de honte en affichant ses lubies aux yeux des gens convenables.

Mais que m'importait le point de vue des gens convenables ou même celui des êtres supérieurs, si la vie n'avait toujours pas de sens pour moi? Certes, en servant un empire qui voulait imposer au monde entier la paix, la loi et l'ordre romains, il me semblait accomplir un grandiose dessein. Cependant la sûreté des routes, la beauté des aqueducs, l'élan hardi des ponts et la pérennité solide des demeures de pierre suffisent-ils à donner un sens à la vie? Pourquoi suis-je vivant, moi, Minutus Lausus Manilianus, et pourquoi existé-je? me demandai-je alors, et je me le demande encore, dans cette ville thermale où l'on soigne la maladie de mon sang, et pour remplir mes loisirs j'écris cela pour ton édification, ô mon fils, toi qui viens de recevoir la toge virile.

Le lendemain, je m'abaissai jusqu'à m'enquérir de Paul dans la ruelle des fabricants de tentes. Je voulais m'entretenir seul à seul avec lui. N'était-il pas plus qu'un simple Juif, n'était-il pas citoyen romain? Le doyen de la guilde comprit instantanément de quel individu je lui parlais. Il éclata d'un rire bruyant :

« C'est ce Juif savant que tu veux voir? Celui qui a apostasié sa loi et prêche une foi nouvelle en menaçant les Juifs de voir le sang retomber sur leurs têtes, et leur souhaite non seulement de se circoncire mais encore de se châtrer? Un brave homme et un excellent artisan. Il n'a pas besoin d'être stimulé pour prêcher, il pourrait même prêcher à un métier à tisser, s'il le désirait. Il me fait beaucoup rire et puis sa renommée nous attire de nouveaux clients. Désires-tu acheter une nouvelle tente ou bien un manteau de pluie? »

Dès que j'eus réussi à me débarrasser de lui, je ressortis dans la ruelle où flottait une épaisse brume de poils de chèvre et, m'approchant d'un atelier en plein air, j'eus la surprise d'y apercevoir Paul en compagnie de cet Aquila au nez camus que j'avais connu à Rome. Prisca, l'épouse de ce dernier, me reconnut aussitôt et poussa un cri de plaisir, dit mon nom à Paul et lui expliqua comment autrefois j'avais porté secours aux chrétiens dans leur lutte contre les Juifs orthodoxes de Rome.

« Mais tout cela est bien fini, se hâta d'ajouter Prisca. Nous regrettons beaucoup la suffisance aveugle qui nous a poussés à trop nous mettre en avant. Désormais, nous avons appris à présenter l'autre joue et à prier pour ceux qui nous insultent. »

Elle était toujours aussi bavarde et son époux toujours aussi taciturne. Il n'avait pas même interrompu son labeur monotone pour me saluer. Je m'enquis de leur fuite et de la manière dont il avait réussi à atteindre Corinthe. Le sort n'avait pas été trop inclément avec eux mais Prisca éclata en sanglots à la seule idée des morts qu'ils avaient laissés derrière eux dans les fossés au bord des routes, en fuyant Rome.

« Mais ils ont reçu l'immortalité. Ils ne sont pas morts le blasphème aux lèvres mais en invoquant Jésus qui les a délivrés de leurs péchés. »

Je ne répondis rien à cette femme sotte qui avait causé tant de mal aux siens et aux Juifs orthodoxes.

« J'ai écouté ton prêche hier, dis-je avec respect à Paul. Je dois écrire un rapport précis sur toi et ta foi. J'ai donc quelques objections à te présenter et à discuter avec toi. Nous ne pouvons le faire ici. Consentirais-tu à venir chez moi ce soir à ma table? Pour autant que je sache, tu n'as rien à cacher de ton enseignement et rien ne t'interdit de partager le repas d'un Romain. »

A ma grande surprise, Paul ne fut nullement impressionné par mon invitation. Tournant vers moi son visage fatigué et son regard perçant, il me répondit abruptement que la sagesse de Dieu balayait toutes les objections et les ridiculisait. Il n'avait pas été appelé par une révélation à polémiquer mais à témoigner pour Jésus-Christ.

« Mais, protestai-je, on m'a dit que tu avais parlé sur la place du marché d'Athènes. Il n'est pas possible que les Athéniens aient écouté ton prêche sans disputer avec toi. »

Paul n'éprouvait aparemment aucun plaisir à évoquer son séjour à Athènes. Sans doute avait-il été tourné en ridicule dans cette ville. Mais, à ses dires, il avait trouvé quelques personnes pour le croire, parmi lesquelles figurait un des juges du tribunal de la cité. Je ne cherchai pas à savoir s'ils avaient vraiment été convaincus par cet orateur étranger ou s'ils avaient préféré ne pas l'offenser.

« Tu pourrais au moins répondre à quelques questions, insistai-je. Et je pense que tu dois manger comme tout le monde. Je te promets de ne pas interrompre le cours de tes pensées par des objections rhétoriques. Je n'ergoterai pas, je me contenterai d'écouter. »

Aquila et Prisca le pressèrent d'accepter mon invitation en lui assurant qu'à leur connaissance, il n'avait rien à craindre de moi. Durant les troubles de Rome, j'avais par une suite de hasards été amené à participer au repas d'amour. Mon père secourait les pauvres et se comportait en homme bon. Paul non plus, apparemment, ne nourrissait pas de soupçons à mon égard, du moins pour ce qui touchait le domaine politique.

Rentré chez moi, je pris toutes les dispositions nécessaires et, le soir même, Paul dînait sous mon toit.

Je dois reconnaître qu'il ne tenta nullement de me gagner à sa cause et proclama hautement sa foi. Ses paroles m'émurent car elles exprimaient la ferveur la plus pure. Sans que j'eusse à l'interroger, il me parla des anges et des puissances du mal, de ses voyages dans différents pays et de l'autorité dont il avait été investi par les disciples de Jérusalem. Par-dessus tout, je fus surpris de découvrir qu'il ne montrait nul désir de me convertir. A la fin, je l'écoutais moins que je ne me soumettais à la puissance sereine qui parlait à travers lui.

Sa présence se faisait sentir avec une clarté parfaite. Je respirais l'agréable odeur des bougies, des mets choisis, de l'encens et des peaux de chèvres propres. Comme il était bon d'être en sa compagnie! Néanmoins, dans une espèce de rêve, je m'efforçai de me détacher de cette sensation. M'arrachant à la somnolence qui me gagnait, je m'écriai :

« Comment peux-tu t'imaginer connaître toute chose mieux que d'autres? »

Ouvrant les bras, il répondit en toute simplicité :

« Je suis le coopérateur de Dieu. »

Et il ne blasphémait pas en parlant ainsi. Il était paisiblement mais absolument convaincu de la vérité de ses paroles. Portant vivement la main à mon front, j'arpentai la pièce, comme possédé. S'il disait vrai, alors c'était pour moi l'occasion ou jamais de trouver le sens de la vie.

« Je ne comprends pas ce que tu dis, admis-je d'une voix tremblante, mais pose tes mains puissantes sur ma tête, comme c'est la coutume parmi les vôtres, afin que ton esprit descende en moi et que je comprenne. »

Mais il ne me toucha pas et me promit seulement de prier pour moi afin que Jésus me fût proclamé et devînt mon Christ, car le temps se faisait court et ce monde avait déjà commencé de périr. Dès qu'il fut parti, tous ses discours me parurent pures balivernes. Je criai à pleins poumons, me reprochai ma crédulité, donnai des coups de pied dans les meubles et fracassai sur le sol les vaisseaux d'argile.

Hierex accourut et constatant mon état, appela le portier à la rescousse. Tous les deux me traînèrent de force jusqu'à ma couche. Je pleurais bruyamment et d'entre mes lèvres jaillit un cri dément qui n'était pas de moi. C'était comme si quelque étrange puissance s'était emparée de mon corps tout entier et s'était arrachée à moi avec ce terrible hurlement.

Enfin, je m'effondrai, épuisé, et m'endormis. Au matin, ma tête et tout mon corps me faisaient mal. Je gardai le lit. Lorsque j'eus péniblement ingurgité la potion amère que m'avait préparée Hierex, il me demanda :

« Pourquoi avoir reçu ce magicien juif? Rien de bon ne peut venir des Juifs. Ils s'y entendent, pour faire perdre le sens aux gens raisonnables!

– Ce n'est pas un magicien. Ou bien il est fou, ou bien c'est l'individu doué des plus puissants pouvoirs spirituels que j'aie jamais vus à l'œuvre. Je crains fort qu'il jouisse de l'intimité de quelque inexplicable divinité. »

Hierex me jeta un regard inquiet.

« Je suis né et j'ai été élevé dans la servitude, dit-il, c'est pourquoi j'ai appris à juger la vie du point de vue d'un vermisseau. Mais par ailleurs, je suis plus vieux que toi, j'ai beaucoup voyagé, j'ai connu le bien et le mal, et appris à connaître les hommes. Si tu le désires, j'irai écouter ton Juif pour te dire ensuite honnêtement ce que j'en pense. »

Sa loyauté me toucha. Je réfléchis qu'il serait utile d'avoir l'opinion de Hierex sur Paul.

« Oui, va te mêler à eux. Efforce-toi de les comprendre et prête l'oreille aux discours de Paul. »

Pour ma part, je rédigeai un court rapport sur Paul à l'intention de Gallio, en m'efforçant à la sécheresse administrative.

De Paul, par Minutus Lausus Manilianus

J'ai écouté son prêche à la synagogue de ses disciples. Je l'ai questionné en tête-à-tête. Il parlait sans retenue. Il n'a pas essayé de me gagner à sa cause. Il n'a rien fait.

Juif né de parents juifs, il a étudié à Tarse, puis à Jérusalem. Il a d'abord persécuté les disciples de Jésus de Nazareth, puis a eu une révélation, et à Damas a reconnu en Jésus le messie juif. Après une retraite au désert, il s'est rendu à Antioche où une querelle l'a opposé à Simon le pêcheur, chef des disciples de Jésus. Plus tard les deux hommes se sont réconciliés. Paul a reçu le droit de proclamer Jésus-Christ aux non-circoncis. Il a voyagé dans les provinces orientales, a souvent été puni. Sa tactique consiste à visiter d'abord les synagogues juives, à y proclamer le messie Jésus. A la suite de quoi on le moleste souvent. Il convertit ceux de ses auditeurs qui s'intéressent au dieu juif. Il ne leur demande pas de se circoncire, ni de se conformer aux lois juives, car celui qui croit en Jésus-Christ est pardonné et reçoit la vie éternelle.

Ce n'est pas un agitateur de populace. Il n'encourage pas les esclaves à la rébellion. Il conseille de mener une vie paisible et réserve ses invectives à ses disciples. Il jouit d'une grande autorité et d'une grande puissance. La plupart de ceux qu'il touche ont déjà été contaminés par le judaïsme.

Nota bene : Il est convaincu que Jésus de Nazareth reviendra un jour pour juger le monde entier et que la colère de Dieu punira tous ceux qui ne sont pas chrétiens. Pour cela, il peut être considéré comme un ennemi de l'humanité.

Mais du point de vue de Rome, il ne présente aucun danger politique. Il provoque scissions et dissensions chez les Juifs, ce qui est tout à l'avantage de Rome.

Je n'ai rien trouvé à reprocher à cet homme.

Je portai mon rapport à Gallio. Après l'avoir lu, il me jeta un regard à la dérobée. Son menton tremblait légèrement.

« Tu es très laconique.

– Ce n'est qu'un simple mémorandum, répondis-je, agacé. Si tu le désires, je pourrais t'en dire plus.

– Quel est son secret divin ? demanda Gallio d'une voix lasse.

– Je ne sais », répliquai-je abruptement.

Puis, baissant la tête, j'ajoutai en tremblant :

« Si je n'étais pas romain, j'ôterais peut-être mon insigne de tribun, je quitterais mes fonctions et je le suivrais. »

Gallio me scruta intensément puis, se raidissant et relevant le menton, il laissa tomber, cassant :

« J'ai commis une erreur en te demandant de te renseigner. Tu es encore trop jeune. »

Puis, secouant la tête, il ajouta avec abattement :

« Oui, c'est bien cela. La sagesse du monde et les plaisirs de la vie ne t'ont pas encore entamé. Es-tu malade pour trembler ainsi ? Nous avons d'excellentes tuyauteries à Corinthe, il arrive néanmoins quelquefois qu'on boive de l'eau polluée. Alors, on contracte ce qu'on appelle la fièvre de Corinthe. Je l'ai eue moi-même. Mais ne crains rien. Je ne pense pas que ce Jésus de Nazareth viendra en notre époque juger l'humanité. »

J'eus cependant l'impression que le surnaturel intéressait Gallio. Quel Romain est tout à fait libéré de la superstition? Mais pour changer de sujet, il m'invita à vider quelques coupes de vin en sa compagnie et en celle de son épouse. Il nous fit la lecture d'une pièce qu'il avait composée en latin à partir d'un original grec, et nous récita quelques vers grecs pour nous montrer, par comparaison avec leur traduction latine, que notre langage, quand on mettait correctement les inflexions, s'adaptait parfaitement aux rythmes grecs.

Le thème de la pièce, la guerre de Troie, aurait dû m'intéresser, puisque les Troyens, par Enée, sont les aïeux des Romains. Mais après avoir un peu bu, je ne pus m'empêcher d'interrompre la lecture :

« Le grec écrit est une belle langue mais ses mots rendent un son étrange et mort à mes oreilles. Paul parle la langue vivante du peuple. »

Gallio me jeta un regard de commisération.

« Dans la langue du peuple on ne peut écrire que les plus grossières satires et alors le langage lui-même sert à produire un effet comique, à l'instar des acteurs d'Ostie qui à Rome usent de la langue des marchands de poisson. Mais employer le langage parlé pour traiter de philosophie? Tu as perdu l'esprit, ô Minutus. »

Brusquement écarlate, il enroula le manuscrit d'un geste énergique.

« Il est temps, ajouta-t-il, de chasser ces fumées juives de ta tête. Tu n'es pas encore allé à Athènes. Un différend de frontière requiert la présence de quelqu'un à Ostie. Et à Olympie, la mise au point du programme des jeux se heurte à certaines difficultés. Tu vas partir sur-le-champ. Mon secrétaire te fournira toutes les informations nécessaires et te remettra une lettre de créance. »

L'adorable Helvia caressa du bout des doigts les joues grasses et le front de Gallio.

« Pourquoi, se récria-t-elle, infliger à un si talentueux jeune homme un voyage éreintant? Les Grecs viendront tôt ou tard te consulter sur leurs différends. Nous sommes à Corinthe. L'amitié d'une femme mûre sera plus enrichissante pour cet enfant que d'inutiles pérégrinations. »

Par-dessus la tête de Gallio, elle m'adressa un regard charmant en remontant les plis de sa tunique qui avait glissé, découvrant l'épaule blanche. Comment décrire le drapé artistique de son vêtement, l'apprêt de sa chevelure et ses rares bijoux indiens? J'étais trop naïf alors pour pouvoir analyser froidement de tels détails. Sans la quitter des yeux, je me mis au garde-à-vous :

« A tes ordres, proconsul. »

Ce fut ainsi que Paul sema aussi la dissension entre Gallio et moi. Laissant ma demeure à la garde de Hierex, je quittai Corinthe à cheval, accompagné de quelques soldats de la cohorte et d'un guide grec.

Comme il existe déjà pléthore d'excellentes descriptions de Delphes, d'Olympie et d'Athènes, il est inutile que je m'étende sur les prodigieuses merveilles que recèlent ces cités. Même Rome n'est pas parvenue à les dépouiller de l'essentiel de leurs trésors. Et pourtant, depuis Sylla, nous avons fait de notre mieux pour enrichir notre ville aux dépens de la Grèce.

Mais j'avais beau contraindre mon corps à visiter tous les monuments, la beauté que je découvrais n'avait plus de sens à mes yeux. Ni les marbres peints, ni l'or et l'ivoire des plus délicieuses sculptures du monde ne touchèrent mon cœur.

A Delphes, collectant les arguments des partis en présence dans le litige de frontière, je dus accepter des invitations des deux côtés. J'ai contemplé de mes propres yeux le délire de la Pythie et ses prêtres ont tiré de ses paroles incompréhensibles quelques prédictions personnelles flatteuses. Je ne peux pas même les répéter ici.

Près d'Olympie s'étendent des terres sacrées et se dresse le temple que Xénophon dédia il y a plus de quatre cents ans à Artémis. Un dixième de la moisson de ces terres était autrefois réservé aux fêtes des moissons que célébraient les habitants. Quiconque le désirait pouvait récolter des fruits dans les antiques vergers.

Mais avec les années, maintes bornes avaient disparu et le temple était dans un triste état de décrépitude. Au temps des Pompéiens, même la statue de la déesse avait été emportée à Rome. Les gens qui vivaient là se plaignaient de ce que l'homme qui avait acquis les terres sacrées eût cessé de tenir ses engagements. Ils conservaient précieusement une stèle sur laquelle on pouvait encore lire ces lettres gravées dans la pierre :

Ce lieu est dédié à Artémis. Celui qui en prend possession doit chaque année offrir le dixième. Sur le reste de la récolte, il faudra trouver de quoi entretenir le temple. Si quelqu'un néglige de se conformer à ce commandement, la déesse ne l'oubliera pas.

Durant l'assemblée des habitants, quelques vieillards évoquèrent les souvenirs du temps passé, de l'époque disparue où le vin, la farine et des friandises étaient distribués durant les fêtes d'Artémis. Chacun avait des droits de chasse sur la terre sacrée. Je les laissai exposer tout au long leurs doléances. Pour finir, le propriétaire du territoire promit qu'il restaurerait la tradition de la fête des moissons mais il déclara que l'entretien du temple excédait ses moyens. Alors je prononçai mon jugement :

« Ce n'est pas à Rome de trancher. Vous devez en référer à la déesse, c'est elle qui règlera l'affaire, comme il est écrit sur la stèle. »

Le verdict ne satisfit personne. Pourtant, de retour à Olympie, j'appris que le propriétaire avait chu dans une crevasse en chassant le cerf. Je suppose qu'Artémis a réclamé sa dette. Comme le propriétaire n'avait pas de descendants directs, les habitants de la région se partagèrent équitablement la terre sacrée. Je rangeai cet incident dans un coin de ma mémoire pour le conter à Claude, si un jour je le revoyais. L'empereur était amateur de vieilles stèles et ferait sans difficulté réparer le temple.

Enfin, je vis les murs d'Athènes. Comme le voulait la coutume, je me défis de mes armes à la porte de la cité, me couvris d'un manteau blanc, posai une couronne sur ma tête et fis mon entrée accompagné de mon seul guide grec. J'avais envoyé mes soldats au Pirée, où ils pourraient se divertir sous la protection de la garnison romaine du port.

Il est bien vrai, comme d'autres l'ont dit avant moi, que l'on voit plus de statues que d'êtres humains à Athènes. De superbes bâtiments construits par les rois orientaux ornent la ville. Du crépuscule du matin à celui de la nuit, les philosophes déambulent sur le forum avec leurs disciples. Dans chaque ruelle, des boutiques offrent des souvenirs bon marché pour la plupart, mais de très chères copies des temples et des idoles.

Après m'être acquitté d'une visite officielle à la curie et à l'Aréopage, je retrouvai dans la meilleure auberge de la ville quelques jeunes Romains qui complétaient à Athènes leur éducation avant de commencer la carrière des honneurs. Certains louaient leur professeur, d'autres me citèrent les noms des plus célèbres hétaïres et les endroits où l'on servait la meilleure chère.

Je fus d'abord sans cesse importuné par les guides qui voulaient à tout prix me faire visiter Athènes, puis quand je me fus promené pendant quelques jours sur le forum en écoutant l'enseignement des différents maîtres, on s'habitua à ma présence et on me laissa en paix. A ce que je compris, tous les philosophes d'Athènes rivalisaient pour inculquer l'art de vivre dans la paix de l'âme. Ils parlaient avec ardeur et subtilité, à grand renfort de métaphores frappantes et ergotaient volontiers entre eux.

Parmi ces hommes, deux ou trois sages vagabonds à longue chevelure, vêtus de peaux de bêtes, se vantaient d'avoir voyagé en Inde et en Ethiopie et étudié des savoirs secrets. Ils débitaient des mensonges si invraisemblables sur leurs voyages que leurs auditeurs riaient à gorge déployée. Certains des plus grossiers menteurs avaient été bannis par l'Aréopage mais d'ordinaire, quiconque le désirait pouvait venir sur le forum et discourir sur le sujet de son choix, à condition qu'il n'insultât pas les dieux et ne se mêlât pas de politique.

Je mangeais et buvais et m'appliquais à jouir de la vie. Il était fort agréable, après un bon repas, de s'asseoir au soleil sur un banc de marbre tiède pour suivre du regard les ombres mouvantes des passants sur le pavé de la place du marché. Les bons mots de l'esprit attique ont assurément un charme piquant. Dans les controverses, celui qui met les rieurs de son côté est assuré de l'emporter. Mais la causticité attique m'apparut sans joie et les pensées qu'elle défendait effleurèrent mon esprit sans le marquer, car elles n'appartenaient pas à une authentique sagesse.

Pour le seul plaisir de défier Gallio, j'avais décidé de demeurer à Athènes et de me consacrer à l'étude, jusqu'à ce que le proconsul se vît contraint de me rappeler à Corinthe. Mais mes dispositions d'esprit étaient telles qu'aucun ouvrage des bibliothèques ne retint mon attention et que je ne trouvai aucun maître dont j'eusse souhaité être le disciple. Le découragement me gagnait un peu plus chaque jour et je me sentais à chaque instant davantage étranger à Athènes. J'en étais réduit à partager la table des jeunes Romains pour le plaisir d'entendre le latin à la cristalline clarté au lieu du grec babillard.

Un jour, je les accompagnai chez une célèbre hétaïre pour l'écouter jouer de la flûte et assister aux danses et aux acrobaties qu'on présentait dans sa demeure. Je n'eus aucun mal à croire notre souriante hôtesse quand elle m'assura qu'elle avait su élever la sensualité aux raffinements de l'art. Mais elle ne me toucha point et ne poussa personne à étudier cet art dans les bras de ses esclaves expérimentées. Elle-même préférait goûter avec ses hôtes aux joies de la conversation plutôt qu'à celles de la couche. Elle demandait pour ces dernières une somme si exorbitante que seuls les plus riches vieillards débauchés pouvaient les acheter. Vivant dans l'opulence, elle ne désirait nullement inciter de jeunes Romains à gaspiller leur argent avec elle.

« Je suis fière de mon savoir, ajouta-t-elle, mais peut-être n'a-t-il d'utilité que pour les êtres décrépits. Tu es jeune. Tu sais ce qu'est la faim et la soif. Le vin résiné et le pain des pauvres ont pour toi plus de goût que le vin chypriote et les langues de flamants pour des palais blasés. Si tu tombes amoureux d'une jeune fille, la seule vue d'une épaule nue bouleversera davantage tes sens que la satisfaction de ton désir. Abandonne donc cette moue renfrognée et réjouis-toi de vivre, car tu es encore jeune.

– Accepterais-tu de me parler de secrets divins? Sers-tu Aphrodite en t'adonnant à ton art? »

Elle posa sur moi le regard pensif de ses yeux rendus encore plus beaux par l'ombre qui y passait.

« Aphrodite est une déesse capricieuse et cruelle mais en même temps merveilleuse. Celui qui quête sans répit ses faveurs, qui accumule les sacrifices en son honneur, celui-là demeurera à jamais insatisfait. Née de l'écume de la mer, elle est elle aussi comme l'onde écumante qui bouillonne et s'évapore. Elle se dérobe comme une insaisissable vapeur quand l'avaricieux tente d'agripper ses membres parfaits. »

Elle eut à son tour une petite moue en considérant d'un air absent ses ongles écarlates.

« Permets que je t'expose un exemple de ses caprices, reprit-elle. Une de mes semblables, encore assez jeune pour garder une peau lisse et sans tache, jouit d'une grande réputation pour avoir servi de modèle aux sculpteurs. Un jour, la déesse lui mit en tête de séduire tous les philosophes célèbres qui venaient à Athènes enseigner la vertu et la maîtrise de soi. Dans sa vanité, elle désira humilier leur sagesse et les faire pleurer dans ses bras. Elle les écoutait soir après soir exposer leurs arguments et sa seule présence troubla plus d'une tête austère. Les philosophes faisaient son éloge, l'appelaient la plus sage des femmes pour la déférente attention qu'elle affectait en les écoutant. Mais ce n'était pas leur sagesse qu'elle convoitait. Elle usait de toutes les ressources de son art pour les arracher à leur vertueuse réserve et quand elle était parvenue à ses fins, elle les congédiait, et quoiqu'on en eût vu plus d'un se prosterner dans la poussière sur le seuil de la demeure, quoique l'un même s'y fût donné la mort, elle demeura toujours inflexible dans son refus de les revoir. Mais, il y a quelque temps, six mois peut-être, un Juif est arrivé à Athènes...

– Un Juif! » m'écriai-je en bondissant sur mes pieds.

Des picotements me parcouraient le cuir chevelu, comme si mes cheveux se dressaient sur ma tête. L'hétaïre, se méprenant sur ma réaction, reprit :

« Oui, oui, je sais, les Juifs sont de puissants magiciens. Mais celui-là était différent. Il a pris la parole sur la place du marché. L'Aréopage l'a questionné sur son enseignement, comme c'est la coutume. Il avait un nez crochu, il était chauve et bancal mais un feu ardent le dévorait. La femme dont je te parle fut possédée du désir ardent de rabaisser honteusement la doctrine du Juif, comme elle l'avait fait avec tous les autres. Elle le convia à venir en sa demeure exposer ses vues, à elle et quelques invités. Elle se vêtit avec une modestie affectée et se couvrit la tête en son honneur. Mais elle eut beau faire, elle ne sut l'induire en tentation. Alors elle renonça et se mit à lui prêter une oreille attentive. Quand il quitta Athènes, elle en fut profondément abattue, et ferma la porte de sa maison. A présent, elle ne voit plus que les quelques Athéniens que le Juif a réussi à impressionner car il n'existe pas de philosophe qui n'ait trouvé au moins un ou deux disciples à Athènes. Voilà comment la déesse a puni la vanité de cette femme qui pourtant honorait grandement Aphrodite. Pour ma part, je soupçonne ce Juif de n'être pas un authentique érudit mais un possédé de la déesse elle-même. C'est pour cela qu'il pouvait résister à toutes les manœuvres de séduction. La pauvre femme ressent tant d'amertume de l'humiliation subie qu'elle menace de quitter notre confrérie pour vivre dans la simplicité sur ses économies. »

Elle rit, avec un regard qui m'encourageait à rire avec elle. Mais je n'avais nul désir de l'imiter. Aussi redevint-elle sérieuse.

« La jeunesse s'enfuit à tire-d'aile, avoua-t-elle, et la beauté s'étiole mais par la grâce de la déesse, on peut conserver jusque dans la vieillesse le pouvoir de ravir les sens. J'ai l'exemple de cela avec cette vieille femme qui appartenait à notre confrérie jusqu'à tout récemment. A soixante-dix ans, elle avait autant de charme qu'une jeune fille.

– Quel est le nom de cette femme et où puis-je la trouver?

– Elle n'est plus que cendres. La déesse lui a permis de mourir d'une attaque sur sa couche alors qu'elle pratiquait son art.

– Je ne parle pas de celle-là, mais de la femme que le Juif a convertie.

– Elle s'appelle Damaris. En demandant ton chemin, tu trouveras aisément sa maison. Mais je t'ai expliqué qu'elle a honte de sa mésaventure et ne reçoit plus d'hôtes. Qu'est-ce qui te déplaît dans ma demeure? »

Rappelé au devoir de courtoisie, je fis l'éloge de sa maison, des divertissements offerts, du vin à l'exquis parfum et de l'incomparable beauté de notre hôtesse. Mes louanges apaisèrent son indignation et après un délai convenable, je me levai et regagnai l'auberge dans les plus sombres dispositions. Une malédiction me suivait donc partout, pour que même à Athènes, je ne pusse me débarrasser de Paul le Juif? Car c'était lui, très certainement, l'homme dont l'hétaïre m'avait parlé.

Je cherchai longtemps le sommeil sans le trouver. J'écoutais les bruits nocturnes de l'auberge jusqu'à ce que l'aube se glissât dans ma chambre à travers les fentes des volets, et j'aurais voulu être mort ou n'être jamais né. Je n'avais pourtant pas lieu de me plaindre. La fortune me chérissait plus que la plupart de mes contemporains. Je jouissais d'une excellente santé et de mon intégrité corporelle à l'exception d'une légère claudication mais hormis entrer dans quelque collège de prêtres à Rome, cette infirmité ne m'empêcherait pas de me consacrer à l'occupation qui me conviendrait. Pourquoi tout bonheur m'avait-il été arraché? Pourquoi Claudia avait-elle si cruellement abusé de ma crédulité? Qu'est-ce qui, dans la rencontre de Paul, me plongeait en un tel désespoir?

Je sombrai enfin dans un profond sommeil dont je ne sortis que vers midi. En me réveillant, je sus que j'avais fait un rêve merveilleux, mais il me fut impossible de me le rappeler. Contrairement à ce que je pensais la veille, j'étais envahi par la certitude que ce n'était pas par hasard que l'hétaïre m'avait parlé de Damaris, et que cette coïncidence avait un sens. Cette idée me plut tant que je dévorai la collation du matin avant de me rendre chez le barbier. Les cheveux élégamment bouclés, je disposai artistement les plis de mon manteau grec et m'enquis de la demeure de l'ancienne hétaïre.

Ce fut ainsi que je fis connaissance de Damaris et de quelques Grecs qui venaient régulièrement chez elle en passant par la porte de derrière à la nuit tombée, pour discuter de Paul et de sa nouvelle doctrine. Au début, ils avaient été attirés à la synagogue par leur curiosité pour le dieu juif. Ils avaient également lu les saintes écritures juives. Le plus érudit d'entre eux s'appelait Dionysius; c'était un juge de l'Aréopage qui avait conduit l'interrogatoire officiel de Paul.

Je dois à la vérité de dire que les discours de ce Dionysius étaient si profonds et si abscons que ses amis eux-mêmes ne le comprenaient qu'à moitié, et moi moins encore. Néanmoins, on peut penser que ses propos étaient justes. Damaris l'écoutait avec ce même sourire absent qu'elle avait dû arborer pendant les prêches des autres sages.

A la fin de nos entretiens, Damaris nous offrait une rustique collation. Nous prîmes l'habitude de rompre ensemble le pain et de boire le vin au nom du Christ, comme Paul leur avait enseigné à le faire. Mais même dans un repas aussi simple que celui-là, les Grecs ne pouvaient s'empêcher de voir mille subtilités de sens. C'était une nourriture à la fois matérielle et spirituelle que nous prenions en commun, qui nous élevait moralement dans un effort mystique vers la communion dans le Christ et la fraternité des participants.

Tandis que nous nous entretenions, je ne perdais jamais Damaris de vue. Après l'agape, j'avais grand plaisir à lui donner un baiser, selon la coutume des chrétiens. Je n'avais jamais vu de femme unissant dans le moindre de ses actes tant de charme à tant de naturel. Chacun de ses mouvements était empreint de grâce et sa voix avait tant de beauté qu'on l'écoutait plus pour sa mélodie que pour le sens de ses paroles. Quoi qu'elle fît, elle le faisait avec tant de grâce que c'était un pur bonheur de la contempler.

Bonheur qui atteignait son comble quand je baisais ses lèvres en signe d'amitié.

Paul semblait avoir donné du fil à retordre à l'esprit grec. Les Hellènes croyaient en lui avec tout l'élan de leur cœur mais leur savoir les poussait à émettre certaines réserves. Quant à moi, ensorcelé par Damaris, je me contentais de la contempler sans m'arrêter à ce qui se disait.

Les Grecs admettaient qu'au fond de chaque personne existait une aspiration à la lumière divine mais ils divergeaient sur la question de savoir s'il existait la même aspiration dans les pierres, les plantes, les animaux et dans toutes les formes originales au maximum de leur développement. Dionysius disait que Paul possédait un savoir secret d'une surprenante étendue sur les pouvoirs spirituels, mais l'érudit semblait persuadé de posséder davantage de connaissance dans ce domaine. Pour moi, tous ces discours n'étaient que fumées vite évanouies.

Je pris l'habitude d'apporter chaque jour quelque modeste présent à Damaris, des fleurs, des fruits confits, quelques gâteaux ou un pot de ce miel violet et pur qu'on récolte sur le mont Hymette. Elle recevait mes cadeaux en posant sur moi le regard clair de ses yeux qui avaient vu tant de choses et je me sentais jeune et maladroit auprès d'elle. Bientôt, je m'aperçus qu'elle occupait toutes mes pensées et que je vivais dans l'attente des moments passés en sa compagnie.

Il me semble que durant nos conversations, elle m'enseigna plus par ses attitudes que par ses paroles. A la fin, je dus bien convenir que j'étais fou amoureux d'elle. J'aspirais à la voir, à goûter sa présence, son contact et ses baisers, avec une intensité que je n'avais jamais éprouvée auparavant. Mes précédentes aventures amoureuses me parurent tout à fait insignifiantes à côté de ce que je pouvais éprouver dans ses bras. On eût dit que tout en moi se réduisait en cendres dès que je pensais à elle.

Je m'épouvantais moi-même. Etais-je condamné à aimer pour le restant de mes jours une hétaïre de trente ans mon aînée et dont la conscience s'alourdissait de tout le mal qu'elle avait connu? Etait-ce là mon châtiment? Quand je m'aperçus du danger, je voulus fuir Athènes, mais déjà je n'en avais plus la force. Je compris les sages qui avaient soupiré pour elle et aussi le philosophe qui s'était suicidé sur le seuil de sa demeure quand il avait découvert que son rêve n'avait aucune chance de se réaliser.

Je ne pouvais fuir. Il me fallut bien retourner auprès d'elle. Quand je la revis, que je me rassis à ses côtés et posai mon regard sur elle, mes lèvres tremblèrent et je la désirai tant que mes yeux s'emplirent de larmes.

« O Damaris, murmurai-je, pardonne-moi mais je crains de t'aimer au-delà de toute raison. »

Damaris tourna vers moi ses yeux clairs, tendit le bras et du bout des doigts, effleura ma main. Cette caresse si légère me fit horriblement trembler des pieds à la tête et je m'entendis sangloter.

« Je le craignais moi aussi, répondit-elle. Je l'ai vu venir : d'abord, ce n'était qu'un innocent nuage sur l'horizon, mais maintenant cet amour gronde en toi comme une tempête. J'aurais dû t'éloigner à temps. Mais, en dépit de tout, je ne suis qu'une femme. »

Appuyant son menton dans sa main pour étirer son cou et en effacer les rides, Damaris prit un air songeur.

« C'est toujours ainsi, dit-elle tristement. La bouche se dessèche, la langue tremble et les larmes montent aux yeux. »

Elle ne se trompait pas. Ma langue tremblait dans ma bouche sèche au point que je ne pouvais articuler un mot. Je me jetai à ses pieds et tentai de l'étreindre, mais d'un mouvement léger, elle se déroba :

« N'oublie pas, dit-elle, qu'on m'a offert mille pièces d'or pour une seule nuit avec moi. Un nouveau riche un jour a vendu une mine d'argent pour moi et il a dû renouer avec la misère.

– Je peux te payer mille pièces d'or, promis-je. Deux mille même. Laisse-moi seulement le temps de parler aux banquiers.

– Parfois, quand je ressentais de l'inclination pour un beau jeune homme, une violette suffisait à me fléchir. Mais il ne s'agit pas de cela. Je ne veux pas de présent de toi. C'est moi qui vais t'en faire un. Mon cadeau sera l'inconsolable savoir que la vie m'a inculqué. J'ai appris à mes dépens que le plaisir physique est une torture, qu'il ne cesse de ranimer un désir toujours insatiable, que la satisfaction du désir, si démesurée soit-elle, ne fait qu'appeler une satisfaction plus démesurée encore. Se jeter à corps perdu dans les jouissances charnelles est comme s'enfoncer dans une mer de braises. Ma flamme est éteinte. Je ne rallumerai plus le feu sacrificiel pour personne. Je ne veux plus être cause de la perte de quiconque. Ne vois-tu pas que j'ai honte de mon ancienne vie?

– Tu m'as effleuré la main du bout des doigts, soupirai-je, la tête baissée, tandis que mes larmes tombaient sur le sol de marbre.

– J'ai eu tort, reconnut Damaris. Mais j'ai voulu te toucher pour que tu ne m'oublies jamais. O mon très cher Minutus, le désir vise bien au-delà de sa simple satisfaction. C'est une vérité douloureuse et merveilleuse à la fois. Crois-moi, cher Minutus, si nous nous séparions maintenant, nous ne garderions l'un de l'autre que des bons souvenirs et nous ne penserions jamais de mal l'un de l'autre. J'ai trouvé une voie nouvelle. Peut-être, ta voie te conduira-t-elle quelque jour au même bonheur éternel que moi. »

Mais je refusai de comprendre.

« Pas de prêche avec moi, ô femme! hurlai-je d'une voix rauque de désir. Je t'ai promis de te payer ce que tu voudras. »

Damaris se raidit et me fixa un moment. Puis son visage perdit toute couleur et d'une voix dédaigneuse, elle laissa tomber :

« Comme tu voudras. Reviens demain soir seulement, pour me laisser le temps de me préparer. Et ne me blâme pas de ce qui arrivera ensuite. »

Quoique ses paroles rendissent un son inquiétant, la promesse qu'elles contenaient me fit tourner la tête. Je la quittai les genoux flageolants et, consumé d'impatience, j'errai dans la ville, grimpai sur l'Acropole et contemplai l'onde vineuse de la mer pour faire passer le temps. Le lendemain, je me rendis aux bains puis tentai de délier la tension de mes membres dans les exercices du gymnase. Mais chaque mouvement violent ramenait au souvenir de Damaris et ranimait en moi un incendie dévorant.

Enfin vint le crépuscule gris comme le plumage de la colombe et les étoiles brillèrent dans le ciel. Le désespoir me submergeait, car j'avais la certitude qu'elle avait changé d'avis et qu'elle reviendrait sur sa promesse. Puis je fus devant la porte et constatai, à ma grande joie, qu'elle n'était pas fermée. J'entrai et vis que le triclinium était éclairé.

Une odeur déplaisante frappa mes narines. La couche était recouverte d'un tissu déchiré. Les lampes avaient mis des traînées fuligineuses sur les murs. L'odeur d'encens de mauvaise qualité était suffocante. Je jetai un regard ébahi sur cette pièce qui avait été si belle, puis donnai un coup de pied impatient dans un plateau. Le son qu'il rendit en tombant résonna dans toute la maison. Un instant plus tard, Damaris entrait en traînant les pieds et mes yeux s'écarquillèrent d'horreur. Ce n'était pas la Damaris que je connaissais.

Les lèvres maculées d'un rouge criard, les cheveux emmêlés et dénoués comme une fille du port, elle était vêtue de haillons puant le vin et le vomi. Elle avait tracé d'affreux cercles noirs autour de ses yeux et souligné du même noir chaque ride de son visage. J'avais devant moi une commère décrépite et dépravée.

« Me voilà, Minutus. Voilà ta Damaris, dit-elle d'une voix morne. Me voilà comme tu désirais me voir. Possède-moi, à présent. Cinq pièces de cuivre suffiront largement pour prix de mes services. »

Je compris la leçon. Mon corps perdit d'un coup toute force et je tombai à genoux, tête baissée et pleurant sur mon désir impuissant.

« O ma très chère Damaris, pardonne-moi.

– Tu vois, Minutus, dit-elle sur un ton plus doux. C'était ce que tu voulais faire de moi. C'était dans cette déchéance que tu voulais me faire retomber. Que je m'étende sur une couche parfumée ou que je m'appuie sur une muraille du port, dans l'odeur des cochons et de l'urine, je m'abaisse tout autant. »

Je pleurai dans son giron et mon désespoir s'en fut avec mes larmes. Je ne la désirais plus. Elle me consola en me caressant la tête, avec des mots tendres. Enfin, elle me quitta pour se débarbouiller le visage, revêtir une tunique propre, et se brosser les cheveux. Quand elle revint, un tel bonheur illuminait son visage que je ne pus m'empêcher de sourire.

« Je te remercie, ô mon très cher Minutus. Au dernier instant, tu as compris, quoique tu aies disposé du pouvoir de me renvoyer dans mon passé. Toute ma vie, je te remercierai pour ta bonté, pour ne pas m'avoir repris le bonheur que j'ai atteint. Un jour, tu comprendras que mon bonheur dans le Christ est plus merveilleux que n'importe quel bonheur terrestre. »

Nous nous assîmes en nous tenant par la main et devisâmes comme un frère et une sœur, ou plutôt comme une mère et son fils. Je tentai avec précaution de lui expliquer qu'il était possible que seul ce que nous voyions de nos yeux fût réel et que tout le reste ne fût que jeux illusoires de l'imagination. Mais la douce flamme de son regard ne vacilla pas.

« Mon cœur balance entre le plus profond découragement et un bonheur extatique, dit-elle. Mais dans mes meilleurs moments, je connais une joie qui dépasse toute limite terrestre. Telle est ma grâce et ma miséricordieuse vérité. Je n'ai besoin de rien d'autre à croire ou à comprendre. »

Je retournai à l'auberge encore engourdi de déception, ne sachant plus que croire ou qu'espérer. Un des soldats pannoniens de mon escorte m'attendait. Il portait un manteau sale et aucune épée ne se balançait à son côté. Je l'imaginai sans peine en train de se faufiler dans la ville aux innombrables statues et idoles, rempli de terreur sacrée à l'idée de l'omniscience des Athéniens que le monde entier célèbre. En me voyant, il tomba à genoux.

« Pardonne-moi d'avoir désobéi à tes ordres exprès, ô Tribun, supplia-t-il. Mais mes amis et moi ne pouvons plus supporter la vie du port. Ton cheval dépérit de chagrin. Il a désarçonné tous ceux d'entre nous qui, suivant tes consignes, ont voulu lui faire faire de l'exercice. Nous nous disputons sans cesse avec les soldats de la garnison sur le prix des provisions qu'ils nous fournissent. Mais ce sont surtout ces maudits Attiques qui nous volent. Nous avons beau être habitués à nous défendre contre les escrocs corinthiens, ils nous tondent comme des moutons. Le pire de tous est un sophiste qui nous a dépouillés jusqu'à l'os en nous prouvant de manière tout à fait convaincante qu'Achille ne pourra jamais battre une tortue à la course. Nous avons l'habitude de ces charlatans corinthiens qui présentent trois coupes à des passants en les invitant à deviner où se trouve une perle de couleur et nous avons souvent ri de la crédulité de leurs victimes. Mais cet horrible philosophe nous a entortillés dans ses raisonnements à nous faire perdre l'esprit. Qui n'aurait pas parié qu'Achille courait plus vite qu'une tortue? Mais le sophiste a divisé la distance à parcourir en deux, puis encore en deux, et encore jusqu'à ce qu'il réussisse à nous prouver qu'Achille aurait toujours un petit retard et qu'il n'y arriverait pas avant la tortue. Nous avons nous-mêmes essayé de battre une tortue à la course et bien sûr, nous l'avons battue sans mal, mais même après l'avoir chassé de nos quartiers, nous n'avons pas réussi à trouver la faille dans le raisonnement du philosophe. Nous avons pris de nouveaux paris avec lui. Seigneur, au nom des aigles de Rome, ramène-nous à Corinthe avant que nous ayons tout à fait perdu l'esprit. »

Au milieu de ce flot de doléances, il me fut impossible de placer un mot mais quand il se tut enfin, je le réprimandai fermement pour sa conduite, sans toutefois tenter de résoudre le problème de la tortue, car je n'étais pas d'humeur à cela. Puis je lui mis mon bagage sur le dos, payai mon écot à l'auberge et quittai Athènes sans dire au revoir à personne, avec une telle hâte que j'oubliai deux tuniques chez les lavandières. Je ne les ai jamais récupérées.

Nous étions dans un tel état d'abattement qu'il nous fallut trois jours pour couvrir une distance que nous aurions en temps ordinaire franchie en une seule journée. Nous fîmes étape à Eleusis et à Megara. Cependant, les hommes étaient si heureux de rentrer qu'ils chantèrent à tue-tête quand nous aperçûmes les remparts de Corinthe.

Je les confiai au centurion en chef du camp. Le général Rubrius me reçut dans une robe trempée de vin, une couronne de vigne posée de travers sur le chef. Il ne savait pas très clairement qui j'étais, car il me redemanda plusieurs fois mon nom. Pour excuser ses absences, il se plaignit de la vieillesse et des séquelles d'une blessure au crâne reçue en Pannonie, blessure pour laquelle il s'attendait d'ailleurs d'un moment à l'autre à être pensionné.

Je me rendis ensuite au palais du proconsul, et le secrétaire de Gallio m'apprit que les habitants de Delphes avaient fait appel devant l'empereur au sujet du litige territorial, sans reculer devant le paiement des frais de justice. Les paysans vivant près d'Olympie sur le territoire consacré à Artémis avaient adressé une plainte écrite m'accusant d'avoir insulté la déesse et causé ainsi la mort du propriétaire. Ils avaient agi ainsi pour s'épargner les graves ennuis que pouvait leur valoir le fait de s'être partagé les terres sacrées et de laisser à l'abandon le temple. D'Athènes n'était venu aucun rapport sur ma conduite.

J'étais effondré. Mais Gallio me reçut fort chaleureusement, il m'embrassa et m'invita à partager son repas.

« Tu dois être gavé de sagesse athénienne jusqu'à la nausée, dit-il. Parlons plutôt des affaires de Rome. »

Il me raconta que son frère Sénèque lui avait écrit que le jeune Néron grandissait chaque jour en force et en sagesse et qu'il se montrait si respectueux envers les sénateurs et les chevaliers que ceux-ci l'avaient surnommé le « délice du genre humain ». Pour plaire davantage encore à Agrippine, Claude l'avait marié à sa propre fille, âgée de huit ans, Octavie, qu'il avait eue de Messaline.

Légalement, ce mariage était un inceste, puisque Claude avait adopté Néron, mais cet obstacle avait été levé par un sénateur qui avait obligeamment adopté Octavie avant les fiançailles.

La croissance de Britannicus ne se présentait pas sous des auspices aussi favorables. Souvent malade, il restait presque toujours dans ses appartements du Palatin et manifestait une grande froideur à l'égard de sa marâtre. Burrus, le vieux guerrier manchot, avait été nommé chef unique des prétoriens. Ami de toujours de Sénèque, Burrus éprouvait une grande sympathie pour la fille du grand Germanicus et la tenait en haute estime.

« L'empereur se porte bien, poursuivit Gallio en parcourant la lettre du regard tout en répandant sur le sol le vin de son gobelet. Ses actes sont toujours empreints de la même majesté et il souffre parfois d'une inflammation sans gravité de la gorge. La nouvelle financière la plus importante est que le port d'Ostie est achevé et que les vaisseaux de grains peuvent y décharger. Des millions de pièces d'or auront été nécessaires pour cela, mais désormais Rome ne craindra plus jamais les troubles causés par la disette. Un jour, une foule de citoyens en colère avait même acculé Claude contre une muraille, le serrant de si près qu'il avait craint pour sa vie. Le prix du grain en provenance d'Egypte et d'Afrique va chuter et la culture du blé en Italie cessant d'être rentable, elle y sera de plus en plus délaissée. Les plus perspicaces des sénateurs se sont déjà lancés dans l'élevage et vendent dans les provinces leurs esclaves agricoles. »

En écoutant Gallio deviser sur ce mode paternel qu'il affectionnait, je sentis mes inquiétudes s'évaporer et compris que je ne devais pas craindre de réprimande pour m'être attardé à Athènes. Cependant qu'il persévérait dans le ton du bavardage léger, son regard me scrutait.

« Tu es pâle et tes regards sont incertains. Mais les études athéniennes ont semé le trouble chez plus d'un jeune et honorable Romain. On m'a dit que tu avais reçu l'enseignement d'une femme pleine de sagesse. Ces leçons-là sont souvent physiquement exténuantes et aussi très coûteuses. J'espère que tu ne t'es pas couvert de dettes. Allons, Minutus, ne te semble-t-il pas qu'un peu d'air marin te ferait le plus grand bien? »

Sans me laisser le temps de lui fournir des explications, il leva la main et poursuivit avec un sourire :

« Tes mœurs n'ont rien à voir en l'affaire. Ce qui compte, c'est que le jeune Néron et l'adorable Agrippine t'envoient leurs chaleureuses salutations par l'entremise de mon frère. Tu as manqué à Néron. On ne peut que remercier la déesse de la Fortune de ce qu'une femme de caractère, une femme vraiment impériale comme Agrippine soit aux côtés de Claude pour partager son fardeau. Je crois comprendre que tu as envoyé à Agrippine un superbe gobelet de bronze corinthien. Elle a été très touchée de ton attention. »

Un instant, mon esprit fut tout occupé de la nostalgie de Rome, où la vie m'apparaissait plus simple et réglée par des habitudes sensées. Mais en même temps, je savais que je ne pourrais me débarrasser de mes tracas simplement en changeant de lieu de résidence. Je poussai un soupir profond. Gallio eut un sourire absent.

« Je crois comprendre que durant ton voyage, tu t'es brouillé avec Artémis, poursuivit-il. Il serait sage que tu ailles en personne porter une offrande au temple d'Ephèse. J'ai besoin de faire parvenir une lettre confidentielle au proconsul d'Asie. Quand tu te présenteras à lui, tu feras bien de lui vanter les incomparables talents de Néron et l'humilité de sa conduite devant le sénat, et de lui raconter qu'Agrippine l'élève à merveille. Si tu prends la peine d'y réfléchir, tu t'apercevras que le mariage de Néron et d'Octavie a une certaine portée politique. Bien entendu, ils ne vivent pas encore ensemble, car Octavie n'est qu'une enfant. »

Mais ma tête était pour ainsi dire embrumée et je ne parvins qu'à hocher stupidement du chef. Gallio prit donc la peine d'exposer tout au long la question.

« Soit dit entre nous, la paternité de Britannicus aussi bien que celle d'Octavie sont fort douteuses, eu égard à la réputation de Messaline. Mais Claude les considère comme ses enfants, ce qu'ils sont en tout cas légalement. Même Agrippine n'oserait pas froisser sa fierté masculine en abordant des questions si délicates. »

J'avouai qu'avant mon départ pour la Bretagne, des rumeurs allant dans le même sens m'étaient parvenues.

« Mais à l'époque, c'était comme si quelqu'un répandait délibérément ces histoires affreuses mettant en cause Messaline. Je ne pouvais les prendre au sérieux. Jeune et belle, elle aimait s'amuser. A côté d'elle, Claude était un vieillard. Mais je ne puis croire qu'elle ait commis autant de fautes qu'on le dit. »

Gallio agita impatiemment sa coupe.

« N'oublie jamais que cinquante sénateurs et quelque deux cents chevaliers ont eu la tête tranchée ou se sont vus autorisés à s'ouvrir la gorge à cause de la témérité de Messaline. Et que s'il n'en avait pas été ainsi, ton père n'aurait pas reçu la robe prétexte des sénateurs.

– Si je comprends bien, dis-je d'une voix hésitante, tu veux parler de Claude, du fait qu'il souffre de l'estomac et qu'il a la tête faible. Nous aurons beau accumuler les sacrifices à son génie, quelque jour, il lui faudra bien payer la dette que chacun d'entre nous, tôt ou tard, est appelé à payer.

– Plût au Ciel que tu n'eusses jamais prononcé ces paroles à haute voix! se récria Gallio. En dépit de ses faiblesses, Claude a gouverné si habilement que le sénat pourra le déifier après sa mort, même si cela n'ira pas sans une certaine dose de ridicule. Un homme avisé devrait prévoir suffisamment à l'avance le nom de celui qui lui succédera.

– Néron empereur, murmurai-je pensivement. Mais Néron n'est qu'un enfant. »

C'était la première fois que m'apparaissait cette possibilité. Je ne pouvais la regarder autrement que d'un œil favorable, car j'avais été l'ami de Néron longtemps avant que sa mère épousât Claude.

« Que cette idée ne t'effraie pas, ô tribun Minutus. Aussi longtemps que Claude respirera, il serait dangereux de l'exprimer ouvertement. Mais pour nouer ensemble tous les fils du destin, il serait bon que la même excellente idée se répandît dans les autres provinces, chez ceux qui se préoccupent des affaires de l'Etat. Je ne m'oppose pas à ce qu'une fois à Ephèse, tu continues jusqu'à Antioche, ta ville natale. A ce qu'on dit, les affranchis de ton père s'y sont beaucoup enrichis et y ont acquis une grande influence. Tu feras l'éloge de Néron, mais rien de plus. Garde-toi soigneusement des considérations sur l'avenir. Tes interlocuteurs tireront de tes propos leurs propres conclusions. En Orient, on a plus de sens politique que l'on ne le croit généralement à Rome. »

Il me laissa méditer un moment là-dessus avant de reprendre :

« Bien entendu, tu devras subvenir toi-même aux frais de ton voyage. Mais je te donnerai quelques lettres à porter, pour la forme et aussi pour te ménager des occasions de tête-à-tête. Mais ce que tu diras ne dépendra que de toi. Je ne serai en aucune façon lié par tes déclarations. Tu es d'un naturel aimable et encore trop jeune pour que quiconque te soupçonne d'intrigues politiques. Et, bien sûr, il ne s'agit pas de cela, j'espère que tu le comprends. Mais les Romains exilés à cause des lubies et des soupçons de Claude souffrent mille morts dans leur éloignement de la mère patrie. Ils ont des amis à Rome. N'évite pas les bannis, car à la mort de Claude, ils seront tous pardonnés, y compris les Juifs. Mon frère Sénèque me l'a promis, car il sait ce qu'est la souffrance de l'exil, pour l'avoir connue pendant huit ans. Tu peux mentionner que l'empereur souffre de l'estomac mais n'oublie jamais d'ajouter que ce ne sont sans doute que d'inoffensives nausées. Il est vrai que le cancer de l'estomac se manifeste de la même manière. En confidence, je te dirais qu'Agrippine nourrit de grandes inquiétudes au sujet de la santé de Claude. C'est un gourmet qui ne se soumettra jamais à un régime raisonnable. »

J'inclinais à penser que Gallio était ivre de son vin, pour oser me parler de tout cela à haute voix. Sans doute, surestimait-il ma loyauté parce qu'il pensait que chaque Romain la possédait de naissance. Moi aussi, j'avais du sang de la louve dans les veines. Gallio m'avait plongé dans un tourbillon de réflexions qui m'éloignaient heureusement de la pensée de Damaris.

Pour finir, le proconsul m'invita à me retirer en paix pour méditer sur ce qu'il venait de me dire et je rentrai chez moi. Quoique la soirée fût fort avancée, un feu crépitait devant ma demeure et des chants hurlés à tue-tête arrivaient jusqu'à moi. Je songeai que peut-être, Hierex ayant appris mon arrivée m'avait préparé une sorte de réception. J'entrai et découvris dans mon triclinium une foule d'hommes et de femmes parmi les restes d'un festin. Indubitablement, ils étaient tous ivres. Certains dansaient çà et là en roulant les yeux, d'autres papotaient dans une langue inconnue. Hierex se promenait parmi eux en maître de maison en leur donnant à chacun tour à tour un baiser très cordial. En m'apercevant, il perdit un instant contenance, mais se reprit bien vite.

« Bénies soient tes apparitions et tes disparitions, ô Minutus, mon seigneur! s'écria-t-il. Ainsi que tu peux le constater, nous répétons avec beaucoup d'application des chants sacrés. Ainsi que tu me l'avais ordonné, je me suis renseigné sur la nouvelle doctrine des Juifs. Elle convient parfaitement à un simple esclave. »

S'arrachant promptement à leur béatitude, le portier et le cuisinier se jetèrent à mes pieds. Voyant que je bouillonnais de rage, Hierex se hâta de m'attirer à l'écart.

« Ne te mets pas en colère, dit-il. Tout est en ordre. Paul, cet homme dur comme le fer, s'est brusquement effondré pour une raison que j'ignore, il s'est fait couper les cheveux et a embarqué pour Jérusalem où il va aller rendre compte aux doyens des chrétiens. Lui parti, nous autres chrétiens avons commencé de nous chamailler sur la désignation de ceux qui étaient le plus dignes d'instruire les autres. Très égoïstement, les Juifs considèrent qu'ils peuvent trancher de tout mieux que personne, même lorsqu'il s'agit du Christ. Aussi ai-je utilisé ta demeure pour les réunions des non-circoncis. Nous nous efforçons de mettre en pratique au mieux la nouvelle doctrine. La chère de notre assemblée est un peu meilleure que celle des repas communs à tous les chrétiens. Ces agapes-là attirent toujours beaucoup de misérables qui ne paient pas leur part. J'ai offert le présent festin sur mes propres deniers, ayant eu l'heur de séduire une riche veuve qui fréquentait les chrétiens. J'ai noué plusieurs relations fort utiles parmi eux. C'est de très loin la meilleure société secrète que j'aie connue.

– Tu es donc devenu chrétien? Tu as été baptisé, tu as fait pénitence? m'étonnai-je.

– C'est ce que tu m'as toi-même ordonné, se défendit-il. Sans ta permission, je ne me serais jamais introduit parmi eux, car je ne suis que ton esclave. Mais chez les chrétiens, j'ai quitté ma défroque d'esclave et mon fardeau de péchés. Selon ce qu'ils enseignent, nous sommes égaux devant le Christ, toi et moi. Tu dois être bon avec moi et je te servirai au mieux de mes capacités, comme j'ai toujours fait. Quand nous aurons rejeté hors de notre sein les plus vaniteux des Juifs, alors notre société d'amour sera le plus bel ornement de Corinthe. »

Le lendemain matin, la tête plus claire, Hierex montra davantage d'humilité, mais quand je lui dis que je partais pour l'Asie et que je l'emmenais avec moi, ne pouvant faire sans serviteur un si long voyage, il se jeta face contre terre.

« C'est impossible, gémit-il en s'arrachant les cheveux. Je viens à peine de m'installer ici. Pour servir ta fortune, je me suis lancé dans toutes sortes d'affaires. Si tu dois les arrêter avant qu'elles aient porté leurs fruits, je crains bien que tu n'y perdes beaucoup d'argent. Et puis je ne peux pas quitter ainsi les chrétiens, dans cette mauvaise passe où ils se trouvent depuis le départ de Paul, avec les querelles qui les divisent. Il y a des veuves et des orphelins à protéger ici. Cela fait partie de la doctrine et de toute l'assemblée, je suis un des rares qui comprenne quelque chose aux affaires d'argent. On m'a raconté une intéressante parabole sur un maître qui avait confié à ses serviteurs des talents d'or en leur demandant de lui rendre compte de la façon dont ils avaient su les faire prospérer. Je ne veux pas passer pour un serviteur incompétent le jour où je devrai rendre compte. »

En mon absence, Hierex avait beaucoup engraissé. Il ne me serait d'aucune utilité dans un long voyage semé d'embûches et d'aléas. Il ne ferait que se plaindre, haletant et suant, et regretter les commodités de Corinthe.

« L'anniversaire de la mort de ma mère est proche, dis-je. Allons voir les magistrats. Je te rendrai ta liberté. Tu resteras à Corinthe et garderas ma demeure. Je comprends que j'aurais beaucoup à perdre si je devais payer d'un coup tout ce que j'ai acquis ici à crédit.

– C'est précisément ce que je comptais te suggérer, répondit vivement Hierex. C'est sans doute le dieu des chrétiens qui m'aura soufflé cette excellente idée. J'ai épargné une bonne somme d'argent, je pourrai donc payer moi-même la moitié du prix de mon affranchissement. J'ai également trouvé parmi les magistrats de la curie quelqu'un qui ne nous fera pas payer trop cher. Je suis devenu si gras que je ne suis plus bon au travail physique, et en outre, je possède certains défauts physiques que je t'avais dissimulés et qui feront aussi baisser mon prix. »

Je déclinai son offre, car je considérais qu'il aurait besoin de ses économies pour opérer un nouveau départ dans la vie, dans une ville aussi avide que Corinthe. Je payai donc son affranchissement et lui remis moi-même le bâton coloré. Je pris aussi mes dispositions pour qu'il pût légalement administrer ma demeure et mes autres biens corinthiens. En réalité, je n'étais que trop heureux d'être débarrassé de toutes ces ennuyeuses questions financières, en même temps que de lui. Je n'aimais pas sa manière désinvolte de se convertir et ne voulais plus avoir d'autre responsabilité envers lui que celle d'ancien maître à affranchi.

Hierex Lausus m'accompagna jusqu'à Cenchreae, où j'embarquai à bord d'un navire en partance pour Ephèse. Il me remercia encore une fois de lui avoir permis de s'appeler Lausus, ce qui dans son esprit était plus prestigieux que le modeste Minutus. Je crois que les larmes qu'il versa au moment de mon départ étaient sincères, mais j'imagine aussi qu'il poussa un soupir de soulagement quand le navire quitta le quai et qu'il fut libéré d'un maître trop jeune et trop imprévisible.

LIVRE VI

SABINE

TROXOBORES, chef d'un peuple de brigands montagnards, se trouvait à l'origine, pour une bonne part, des troubles d'Arménie. Tandis que les légions romaines étaient occupées à les réprimer, il envoya une troupe de ses meilleurs guerriers aux confins de la Cilicie voisine. De là, ce corps expéditionnaire fondit sur la côte, pillant les ports et paralysant le trafic maritime. Le vieux roi de Cilicie, Antiochus, était sans défense, car ses propres forces étaient concentrées en Arménie. A la fin, les brigands menacèrent même le port d'Anemurium. Aucours de mon voyage d'Ephèse à Antioche, je rencontrai une division de cavalerie syrienne commandée par le préfet Curtius Severus, qui accourait au secours d'Anemurium. En pareilles circonstances, je considérai comme de mon devoir de me joindre à eux.

Nous subîmes une grave défaite sous les murs d'Anemurium, le terrain favorisant les montagnards de Troxobores. Severus doit en partie en être tenu pour responsable, car il avait cru qu'il serait aisé de semer la terreur dans les rangs d'une bande de brigands qu'il pensait inexpérimentés, simplement en faisant retentir les trompettes et en chargeant au grand galop. Il n'avait pas même pris la peine de reconnaître le terrain et d'éprouver la force des hommes de Troxobores.

Je fus blessé au flanc, à un bras et à un pied. Une corde autour du cou, les mains liées dans le dos, on m'emmena dans les inaccessibles montagnes des brigands. Deux années durant je fus l'otage de Troxobores. Les affranchis de mon père qui vivaient à Antioche étaient disposés à payer la rançon à tout instant, mais Troxobores était un homme rusé et hargneux. Il préférait garder en otages quelques Romains de haute naissance plutôt que de les monnayer.

Le proconsul syrien et le roi Antiochus minimisèrent du mieux qu'ils purent cette rébellion et assurèrent qu'ils l'écraseraient avec leurs propres forces. Ils craignaient, non sans raison, la colère de Claude, s'il venait à apprendre la vérité.

« Nulle montagne d'or ne me sauvera la vie quand je serai le dos au mur, me dit Troxobores. Mais j'aurai toujours la possibilité de te crucifier, ô toi, chevalier romain! J'aurai une escorte de qualité en descendant dans le séjour souterrain. »

Il traitait capricieusement ses otages, passant sans cesse de la bienveillance à la cruauté. Il nous invitait à ses grossiers banquets, nous gavait, nous abreuvait, nous assurait de son amitié en versant des larmes d'ivrogne et le lendemain nous faisait emmurer dans un trou infect où l'on nous nourrissait par une ouverture grosse comme le poing, en nous donnant juste assez de pain pour nous permettre de survivre dans nos excréments. Pendant que nous étions ainsi emprisonnés, deux de mes compagnons de misère se donnèrent la mort en s'ouvrant les veines avec des pierres coupantes.

Mes blessures infectées me tourmentaient. Elles suppuraient et je pensai mourir. Durant ces deux années, j'ai appris à vivre dans l'abjection extrême, dans l'attente permanente de la mort ou de la torture. O Julius, mon fils, mon fils unique, quand tu liras cela après ma mort, souviens-toi de certaines cicatrices ineffaçables qui marquaient mon visage. Quand tu étais enfant, je t'ai laissé croire, par pure vanité, que je les avais reçues en guerroyant contre les Bretons. Ces blessures, je me les suis infligées, de nombreuses années avant ta naissance, dans une grotte cilicienne où, perdant honteusement toute maîtrise de moi-même, je me suis précipité tête la première contre la roche dure. Songe à cela, et peut-être seras-tu moins pressé de critiquer ce père avaricieux et désuet, mort quand tu liras ces lignes.

Tous les hommes que Troxobores avait rassemblés au temps de ses victoires, tous ces montagnards qu'il avait transformés en guerriers, il les perdit dès sa première défaite. Enivré par ses succès, il commit l'erreur d'affronter ses ennemis en terrain découvert. Ses troupes indisciplinées ne pouvaient triompher dans une guerre classique.

Le roi Antiochus traitait avec clémence ses prisonniers. Il les relâchait et les renvoyait dans leurs montagnes en promettant de pardonner à tous les déserteurs de Troxobores. Le plus grand nombre des brigands, considérant qu'ils avaient amassé un butin suffisant, décidèrent que le jeu avait assez duré et retournèrent dans leurs villages pour jouir jusqu'à la fin de leurs jours de ce qui, aux yeux des Ciliciens, constituait une grande fortune. Troxobores faisait pourchasser et tuer ses déserteurs, semant ainsi jusque dans sa tribu la graine des vendettas.

A la fin, même ses plus proches compagnons se lassèrent de ses cruautés et de ses caprices. Ils se saisirent de lui pour le livrer en échange de la vie sauve. Il était temps, car l'armée du roi Antiochus approchait, les esclaves démolissaient le mur de la grotte et dressaient les instruments de notre supplice. Mes compagnons de captivité demandèrent que Troxobores fût crucifié sur une des croix qu'il nous destinait. Mais le roi Antiochus l'avait fait décapiter sans attendre, pour en finir au plus vite avec cette déplaisante affaire.

Mes compagnons et moi nous séparâmes sans regret, car dans les ténèbres de la grotte, dans la faim et la détresse, nous en étions venus à ne plus nous supporter. Tandis qu'ils retournaient à Antioche, j'embarquai à bord d'un vaisseau de guerre romain qui appareillait d'Anemurium pour Ephèse. Pour acheter notre silence, le roi Antiochus nous avait versé une généreuse compensation pour nos souffrances.

A Ephèse, je fus fort bien reçu par le proconsul alors en fonction en Asie. Julius Silanus m'invita dans son domaine campagnard et me fit soigner par ses propres médecins. Silanus avait une cinquantaine d'années. Il manquait de vivacité d'esprit mais sa droiture était grande, et l'empereur Caius l'avait autrefois surnommé « l'idiot doré » à cause de ses incalculables richesses.

Quand j'abordai le sujet d'Agrippine et de Néron, Silanus m'interdit de jamais faire allusion en sa présence aux troubles digestifs de Claude. Deux hommes très en vue avaient été récemment bannis de Rome pour avoir simplement interrogé un astrologue sur l'espérance de vie de l'empereur. A la suite de cet épisode, le sénat avait exilé les Chaldéens.

Silanus paraissait persuadé de la responsabilité d'Agrippine dans la mort de son frère Lucius, de même qu'il pensait que Messaline avait autrefois causé la perte d'Appius Silanus en rapportant les rêves menaçants qu'elle avait faits à son sujet. Ces soupçons démentiels eurent le don de me mettre en fureur.

« Comment peux-tu nourrir de telles pensées sur la première dame de Rome? Agrippine est de haute origine. Son frère Caius était empereur, elle est l'épouse d'un empereur et descend du divin Auguste. »

Silanus sourit stupidement.

« Même les plus hautes origines ne semblent plus protéger personne à Rome. Souviens-toi du sort de Domitia Lepida, tante de Néron. Quand Agrippine, convaincue de débauches scandaleuses et de haute trahison, fut bannie, Domitia, par pure bonté, s'est chargée d'élever Néron, et elle n'a cessé de lui prodiguer ses soins, même lorsqu'Agrippine a été en position de la persécuter. Tout récemment, Domitia a été condamnée à mort pour avoir tenté de nuire par la magie noire à Agrippine. Domitia aussi descendait d'Auguste.

« Et, poursuivit Silanus, quand l'âge aura raison de Claude, même s'il faut éviter d'en parler ouvertement, sache que moi aussi je descends du divin Auguste. Je ne serais pas surpris que le sénat préfère un homme de sens rassis à un blanc-bec. Ma réputation est sans tache et je n'ai pas d'ennemi. »

Sur ce dernier point, il ne se trompait pas, car sa stupidité était si célèbre que nul ne songeait à le haïr. Mais j'étais ébahi par ses folles prétentions :

« Tu penses vraiment à devenir empereur? »

Julius Silanus rougit violemment.

« Garde cette idée pour toi. C'est au sénat de décider. Mais entre nous, je ne puis honnêtement appuyer Néron.

Son père était redouté pour sa cruauté. Un jour, en plein forum, il a arraché un œil à un chevalier romain qui ne lui cédait pas assez promptement le passage. »

Silanus m'apprit ensuite que le proconsul Gallio, au terme de sa charge, avait commencé de souffrir de consomption et qu'il avait gagné Rome pour mettre de l'ordre dans ses affaires avant d'aller se soigner sous le climat sec de l'Egypte.

J'imaginais que ce voyage de Gallio avait sans doute d'autres raisons que le soin de sa santé. Mais je ne pouvais lui écrire pour lui exposer les surprenantes espérances de Silanus. Pourtant, il me paraissait nécessaire de faire savoir que Néron ne pouvait escompter les appuis provinciaux auxquels songeaient Sénèque et Agrippine.

Après en avoir longtemps délibéré, je résolus d'écrire directement à Sénèque pour lui raconter mes aventures. Je concluais ainsi ma lettre :

... Le proconsul Julius Silanus m'a offert une généreuse hospitalité, et insiste pour que je n'entreprenne pas le voyage de retour aussi longtemps que mes blessures ne seront pas complètement guéries. Elles suppurent toujours. Je suis désespéré de constater qu'il ne pense pas autant de bien que moi d'Agrippine et de Néron et se vante d'être un descendant d'Auguste en laissant entendre qu'il a beaucoup d'amis au sénat. Selon ce que tu me conseilleras, je rentrerai à Rome ou je demeurerai ici encore quelque temps.

La captivité m'avait à la fois engourdi et énervé. Je laissai le temps glisser entre mes doigts sans penser à rien. J'accompagnais Silanus aux courses de chevaux et gagnais de l'argent en pariant sur ses équipages. Il y avait aussi un excellent théâtre à Ephèse, et si l'on n'avait rien de mieux à faire, on pouvait toujours fréquenter son temple, qui est l'une des sept merveilles du monde.

Peu à peu, je repris des forces, grâce à l'excellence de la chère et de la couche, et aux talents des médecins. Je retrouvai les joies de l'équitation et participai aux chasses aux sangliers organisées par les tribuns de Silanus.

Le médecin grec de Silanus avait étudié son art dans l'île de Cos et quand je l'interrogeai sur ses honoraires, il éclata de rire :

« Ephèse est le pire endroit au monde pour pratiquer la médecine. Les prêtres d'Artémis promettent la guérison à ceux qui sacrifient dans leur temple et il y a aussi des centaines de magiciens de différents pays. Le plus couru à l'heure actuelle est un Juif qui soigne les malades et guérit les fous par simple imposition des mains. On vend dans toute la région des morceaux de ses vêtements censés tout guérir. Il a loué l'école de Tyrannus pour y enseigner son art. Il est aussi jaloux de ses collègues et parle avec mépris des livres magiques et des idoles guérisseuses.

– Les Juifs sont cause de tous les troubles, maugréai-je. Ils ne se satisfont plus d'adorer leurs propres dieux sous la protection de leurs droits spéciaux, ils veulent encore infecter les Grecs de leurs superstitions. »

Qu'il est doux, l'automne ionien! Hélius, affranchi de Silanus et intendant de son domaine d'Asie, multipliait les prévenances à mon endroit, donnant pour moi des spectacles de mime et des pièces de théâtre pendant les festins, et mettant quelque belle esclave dans ma couche lorsque je montrais une mine trop sombre. Les jours dorés et les nuits bleu-noir s'envolaient. Il me semblait ne plus rien désirer que la vie quotidienne des êtres humains : c'était assez d'espérance et d'avenir pour moi. Je m'engourdissais et m'endurcissais.

Dans les premiers jours de la saison d'hiver, une trirème romaine amena à Ephèse un vénérable chevalier du nom de Publius Celer. Il apportait la nouvelle qu'on attendait depuis longtemps : Claude était mort de son affection stomacale. Aphranius Burrus, préfet du prétoire, avait conduit Néron au camp des prétoriens où le fils d'Agrippine avait harangué les hommes et leur avait promis la traditionnelle gratification. Sous les acclamations générales, il avait été proclamé empereur et le sénat avait unanimement ratifié la décision.

Le proconsul Julius Silanus examina de très près les ordres et les lettres de créance que Celer avait apportés. Ce dernier était un homme plein de vigueur, en dépit de son âge, et il savait manifestement ce qu'il voulait. Un coup d'épée lui avait mis au coin de la bouche une cicatrice qui lui donnait en permanence une expression sardonique.

Il avait pour moi un message de Sénèque qui me remerciait de ma missive et me pressait de rentrer à Rome, car Néron avait besoin de ses vrais amis en un moment où il s'efforçait d'instaurer un nouveau régime plus tolérant. Les crimes, les dissensions et les erreurs du passé étaient oubliés et pardonnés. Les exilés pourraient rentrer à

Rome. On espérait qu'avec l'appui du sénat, Néron se montrerait digne d'être appelé bienfaiteur de l'humanité.

Les mesures officielles nécessaires furent prises. Les cités de la province décidèrent de commander un portraït de Néron au plus célèbre sculpteur de Rome. Mais en dépit de sa richesse, et contrairement à la tradition, Julius Silanus ne donna pas de grand banquet en l'honneur du nouvel empereur. Il se contenta d'inviter ses proches dans son domaine campagnard. Nous ne fûmes donc que trente à table.

Après avoir fait une offrande à l'empereur Claude, que le sénat avait déifié, Julius Silanus tourna son gras visage vers Celer et lança d'une voix venimeuse :

« Assez de bavardages. Dis-nous ce qui s'est réellement passé à Rome. »

Publius Celer leva un sourcil et eut un sourire sarcastique :

« Serais-tu épuisé par les devoirs de ta charge? Pourquoi tant de flamme? A ton âge et avec une constitution comme la tienne, les émotions inutiles sont dangereuses. »

Julius Silanus, en effet, respirait bruyamment et se comportait avec la brusquerie d'un homme déçu au plus haut point. Publius Celer voulut donner un tour plus détendu à la conversation :

« Pendant les funérailles de Claude, Néron, en sa qualité de fils de l'empereur défunt, a prononcé le discours traditionnel sur le Forum. L'avait-il composé lui-même ou bien Sénèque l'avait-il aidé? C'est ce que je ne saurais dire. En dépit de sa jeunesse, Néron a manifesté des dons poétiques certains. Ce qui est sûr, c'est que son élocution était claire et ses gestes gracieux. Les sénateurs, les chevaliers et le peuple ont écouté avec recueillement Néron faire l'éloge de la célèbre famille de Claude, vanter les consulats et les triomphes de ses ancêtres, les préoccupations érudites de l'empereur et la paix qu'il avait su instaurer aux frontières. Puis, changeant de ton avec un art consommé, Néron s'est lancé, comme le veut la coutume, dans l'éloge de la sagesse, du génie et du sens de l'Etat qu'aurait possédés Claude. Un rire irrésistible s'est emparé de l'assistance. Le discours de Néron, à partir de cet instant, n'a pas cessé d'être interrompu par des explosions d'hilarité. On rit même quand il se lamenta de l'irréparable perte qu'il avait subie, qu'il invoqua son chagrin et son cœur lourd. Les funérailles ont tourné à la farce. Plus personne n'essayait de dissimuler l'énorme soulagement que Rome éprouvait, à être débarrassée d'un vieillard cruel, débauché et gâteux. »

Julius Silanus jeta sa coupe sur le bord de sa couchette avec tant de violence qu'il m'éclaboussa de vin le visage.

« Claude était mon contemporain, gronda-t-il, et je ne permettrai pas qu'on insulte à sa mémoire. Quand les sénateurs auront repris leurs esprits, ils verront bien qu'un béjaune de dix-sept ans, fils d'une femme affamée de pouvoir, ne peut régner sur le monde. »

Celer ne parut guère ému par cet éclat.

« Claude a été divinisé, rétorqua-t-il, et qui pourrait dire du mal d'un dieu? Dans les champs élyséens, Claude se tient dans la divinité, au-dessus des insultes contre sa personne. Tu n'es pas sans le savoir, proconsul. Gallio, le frère de Sénèque, soutient, par plaisanterie sans doute, que Claude a été hissé dans les cieux par un croc fixé dans la mâchoire, à la façon dont nous traînons le corps des traîtres de Tullianum au Tibre. Mais ces bons mots signifient seulement que le temps de rire sans entraves est revenu à Rome.

Comme Julius Silanus bredouillait de rage, Publius, changeant d'expression, dit avec une nuance de menace dans le ton :

« Mieux vaut que tu boives à la santé de l'empereur et que tu oublies ta rancœur, proconsul. »

Sur un geste de Publius, Hélius apporta une autre coupe d'or et la tendit à l'envoyé de Rome qui sous nos yeux mêla d'eau le vin, approcha la coupe de ses lèvres, puis la passa à Silanus, qui avait cabossé la sienne. Comme le veut la coutume, Silanus vida le récipient en deux gorgées. Il n'aurait pu refuser d'offrir des libations pour l'empereur.

Il reposa la coupe et s'apprêtait à poursuivre ses récriminations lorsque, tout à coup, ses tempes gonflèrent, il se prit la gorge, grogna, incapable d'articuler un mot, le visage bleuissant. Nous le fixions, terrorisés. Avant que quiconque eût bougé, il tombait sur le sol. Son gros corps eut un ou deux soubresauts et il rendit son dernier souffle.

Nous bondîmes tous sur nos pieds, muets de frayeur. Seul Publius Celer garda la tête froide.

« Je lui avais bien dit de ne pas s'enflammer. Cette nouvelle inattendue l'avait beaucoup ému et il a pris un bain beaucoup trop chaud avant le festin. Mais considérons cette attaque plutôt comme un présage favorable. Vous avez tous entendu avec quel ressentiment il parlait de l'empereur et de sa mère. Lucius, son frère cadet, s'est donné la mort d'une façon presque semblable autrefois. Apprenant que ses fiançailles avec Octavie étaient annulées par Claude, il est passé de vie à trépas à seule fin de gâcher les propres fiançailles de Claude et d'Agrippine. »

Nous nous mîmes à parler tous en même temps. Il était bien connu que lorsqu'un homme obèse s'enflammait outre mesure, son cœur risquait d'éclater et qu'alors son visage noircissait d'un coup. Hélius courut chercher le médecin de Silanus qui avait déjà gagné sa couche suivant les saines règles de vie des habitants de Cos. Il entra dans la pièce en nous lançant des regards effrayés, retourna le corps en réclamant davantage de lumière et jeta un regard circonspect à l'intérieur de la gorge de Silanus. Puis il couvrit la tête de son manteau sans mot dire.

Quand Publius Celer lui posa la question, il admit d'une voix peu assurée qu'il avait souvent mis en garde son maître contre les abus de la table. Il confirma que ce dernier donnait tous les signes d'un arrêt de cœur.

« Ce malheureux incident devra être consigné dans une attestation du médecin, dit Publius Celer. Et aussi dans un rapport officiel que nous signerons tous comme témoins. La mort soudaine d'une personne connue donne toujours prise aux ragots. Il faudra donc préciser que j'ai moi-même goûté le vin avant de le lui passer. »

Nous échangeâmes des regards troublés. Nous avions effectivement vu Celer porter la coupe à ses lèvres; mais si elle avait contenu du poison, il aurait très bien pu feindre de boire. J'ai décrit ce qui s'est passé aussi exactement que j'ai pu, car le bruit a couru par la suite qu'Agrippine avait envoyé Celer dans le dessein précis d'empoisonner Silanus. On ne saurait nier que la mort du proconsul survint à point nommé.

La rumeur prétendit que Celer avait acheté Hélius et le médecin, et mon nom fut aussi mêlé à l'affaire, par des allusions malveillantes à mon amitié avec Néron. Le procès de Celer, par lequel le sénat voulait éclaircir l'affaire, fut repoussé d'année en année et finalement abandonné quand Celer mourut de vieillesse. J'aurais été heureux d'y témoigner pour sa défense. Hélius reçut après cette affaire des charges importantes au service de Néron.

La mort inopinée du proconsul attira tous les regards sur Ephèse et la province d'Asie. Il n'y eut pas de funérailles solennelles pour ne pas inquiéter le peuple. Son corps fut incinéré dans son jardin bien-aimé, dans son domaine campagnard. Quand le bûcher s'éteignit, nous recueillîmes ses cendres. Enfermées dans une urne magnifique, elles furent envoyées à Rome pour être déposées dans le mausolée des Silanus, qui se remplissait rapidement. Publius Celer assura l'intérim le temps qu'il fallut au sénat pour désigner un nouveau proconsul. De toute façon, la charge de Silanus touchait à sa fin.

La succession à la tête de l'empire provoquait déjà un grand malaise dans les esprits éphésiens, et la mort du proconsul ne fit qu'empirer la situation. Les innombrables devins, thaumaturges et trafiquants de livres de magie noire, et surtout les marchands de modèles réduits du temple d'Artémis, profitèrent des incertitudes de l'heure pour susciter des troubles de rue et maltraiter les Juifs.

A l'origine de tout cela, on trouvait évidemment Paul, qui, je venais de le découvrir, semait la discorde à Ephèse depuis deux ans. Quoique je n'en eusse pas conscience sur le moment, c'était lui le magicien dont le médecin de Silanus m'avait parlé. Sur ses instances, ses disciples avaient rassemblé leurs calendriers astrologiques et leurs livres des songes et avaient brûlé l'ensemble, qui représentait bien une centaine de sesterces. Cette démonstration, attaque en règle contre les magiciens rivaux, avait excité le courroux de la superstitieuse plèbe éphésienne. Elle avait aussi soulevé la réprobation des gens cultivés qui n'aimaient pas que l'on brûlât des livres, même s'ils ne se souciaient guère d'horoscope ou d'interprétation des rêves, car ils craignaient que les prochains ouvrages jetés au feu fussent des œuvres poétiques ou philosophiques.

La fureur me prit quand j'entendis mentionner le nom de Paul comme celui du grand agitateur de l'heure. J'aurais volontiers quitté Ephèse sur-le-champ mais Publius Celer, craignant de nouveaux désordres, me demanda de prendre la tête de la cavalerie de la cité et de la garnison romaine.

Il ne fallut pas longtemps pour que le conseil de la cité nous adressât un message lourd d'anxiété nous avertissant que des foules se dirigeaient de toutes parts vers le théâtre grec pour y tenir une réunion illégale. Les bijoutiers avaient attaqué en pleine rue des partisans de Paul, avaient réussi à en retenir deux prisonniers, mais les autres s'étaient échappés et avaient prévenu le thaumaturge chrétien de ne pas se présenter au théâtre. Ce dernier avait également reçu une mise en garde des pères de la cité qui l'invitaient à ne pas prendre part à des mouvements de foule qui pourraient entraîner mort d'homme.

Quand il fut évident que le conseil de la cité perdait la maîtrise de la situation, Publius Celer m'ordonna de rassembler la cavalerie et lui-même, à la tête d'une cohorte de fantassins, prit position à l'entrée du théâtre. Souriant, les yeux froids et la bouche sardonique, il m'assura qu'il avait pris toute mesure pour profiter de l'occasion qui se présentait d'inculquer à ce peuple indiscipliné quelques principes d'ordre romain.

Suivi d'un trompette et d'un chef de cohorte, je pénétrai dans le théâtre afin d'être en mesure de donner le signal de l'intervention au cas où la foule deviendrait violente. Sur les innombrables gradins s'entassait une foule bruyante et agitée. Beaucoup de personnes présentes ignoraient jusqu'à l'objet même des débats et n'étaient venues que pour se livrer à l'occupation favorite des Grecs : discuter en criant le plus fort possible. Il me semble que nul n'était armé. J'imaginais sans peine la panique qui s'emparerait de la foule si nous voulions évacuer le théâtre de force.

Le doyen des bijoutiers s'efforçait de calmer la multitude pour prendre la parole, mais il avait déjà tant crié que sa voix enrouée lui fit défaut quand il commença son discours. Il parvint à dire, à ce que je compris, que ce n'était pas seulement à Ephèse, mais dans toute l'Asie, que l'enseignement de Paul égarait le peuple. Il y avait répandu partout la pernicieuse doctrine selon laquelle les idoles fabriquées n'étaient pas des dieux.

« Nous sommes en grand danger, hurla-t-il de sa voix éraillée, de voir le temple d'Artémis perdre la considération des fidèles. La déesse n'aura plus de pouvoir, elle qu'on adore dans toute l'Asie et dans le monde entier. »

La multitude hurla à pleins poumons :

« Grande est l'Artémis d'Ephèse! »

Le rugissement dura si longtemps que mon trompette perdant son sang-froid porta l'instrument à ses lèvres, mais je le lui rabaissai d'un revers de main.

Un groupe de Juifs en habits à franges, regroupés à l'écart, poussèrent en avant un chaudronnier en criant :

« Laissez parler Alexandre! »

D'après ce que je compris, cet Alexandre désirait expliquer que les Juifs de foi intègre n'étaient pas disciples de

Paul et que ce dernier n'avait pas même la pleine confiance de tous les chrétiens d'Ephèse.

Mais quand la foule vit à ses vêtements qu'elle avait affaire à un Juif, on ne voulut pas le laisser parler, et l'on eut raison, car les Juifs orthodoxes étaient tout autant que les chrétiens hostiles aux idoles, aux images fabriquées et à tous les objets semblables. Pour l'empêcher de parler, la foule hurla de nouveau :

« Grande est l'Artémis d'Ephèse! »

Cette fois, le hurlement dura, sans exagération aucune, le temps de deux lignes de clepsydre. Publius Celer surgit à mes côtés, l'épée à la main.

« Pourquoi ne donnes-tu pas le signal? grogna-t-il. Nous pouvons disperser cette réunion en un instant.

– On risque de faire fouler aux pieds des centaines de personnes. »

Cette idée parut sourire à Celer. Aussi me hâtai-je d'ajouter :

« Ils ne font que rendre grâce à leur Artémis. Ce serait un sacrilège et une erreur politique de disperser une foule pour cette raison. »

Nous voyant hésiter ainsi au seuil de l'une des entrées, le doyen du conseil nous adressa des signes désespérés pour nous inviter à attendre. Il avait encore assez d'autorité pour apaiser peu à peu la foule. Il s'avança pour prendre la parole.

On poussa les chrétiens en avant. Ils avaient été rossés et leurs vêtements déchirés, mais rien de plus. Pour montrer ce qu'ils pensaient d'eux, les Juifs leur crachèrent au visage mais le doyen du conseil demanda à la foule d'éviter les brutalités et leur rappela que la cité d'Ephèse avait été élue pour garder la statue d'Artémis tombée du ciel. Selon lui, les disciples de Paul n'étaient ni des sacrilèges ni des blasphémateurs.

Les plus raisonnables dans la foule, ayant remarqué mon plumet rouge et le trompette de la cavalerie, commencèrent de se glisser hors du théâtre. Un instant, tout demeura en balance. Publius Celer grinçait des dents, car il n'avait pas trouvé de raison d'attaquer, ce qui lui aurait permis, suivant la coutume des guerriers romains, de piller et d'incendier les boutiques des bijoutiers. Les personnes d'éducation qui se trouvaient dans la foule, se remémorèrent certains événements du passé et se précipitèrent vers la sortie. Pour soulager un peu sa déception, Celer laissa ses soldats molester quelques Juifs et quelques rebelles, mais rien de pire n'advint.

Par la suite, il m'en fit amèrement le reproche :

« Nous nous serions tous deux considérablement enrichis, si tu n'avais pas été aussi indécis. Anéantir une rébellion nous aurait valu de figurer en tête du rôle de l'ordre Equestre. Nous aurions pu faire porter la faute de ce soulèvement au laxisme du gouvernement de Silanus. Il faut saisir l'occasion quand elle se présente. »

Paul se terra quelque temps, puis s'enfuit de la ville. Je lui fis parvenir une sévère mise en garde par des voies détournées et on apprit qu'il était passé en Macédoine. Alors, le calme revint peu à peu et les Juifs trouvèrent d'autres sujets de préoccupation. Un grand nombre d'entre eux étaient des artisans bannis de Rome, qui projetaient, grâce au changement de régime, d'y retourner dès le printemps.

Les tempêtes hivernales se déchaînaient et nul navire dans le port n'était en partance pour Rome. Mais Publius Celer m'avait pris en grippe et, pour éviter de me quereller avec lui, je voulus à tout prix partir. Je finis par trouver une petite nef chargée d'idoles de la déesse qui affrontait le risque d'un voyage pour Corinthe sous la protection d'Artémis. Nous fûmes assez heureux pour éviter les tempêtes septentrionales mais dûmes à plusieurs reprises durant la traversée chercher un abri dans le port d'une île.

A Corinthe, Hierex Lausus, qui n'avait plus de nouvelles de moi depuis longtemps, avait porté mon deuil. Il était plus gros que jamais et marchait le menton relevé, en parlant d'une voix monocorde. Il avait épousé sa veuve grecque et s'était chargé de l'éducation de deux orphelins. Il me fit fièrement visiter sa boucherie, que l'eau des torrents de montagne venait rafraîchir en été. Il avait également acheté des parts de navires et des esclaves habiles qu'il employait dans sa fonderie de bronze.

Quand je lui racontai les troubles d'Ephèse, il secoua la tête d'un air entendu.

« Nous avons eu notre part de dissensions ici. Tu te souviens que Paul nous avait quittés pour aller rendre compte aux doyens de Jérusalem. Ils ont estimé que son enseignement était trop complexe et ne lui ont pas donné une approbation complète, à ce que nous avons appris. Comme tu peux t'en douter, il prêcha avec encore plus de ferveur après avoir reçu cet affront. Il doit bien avoir hérité l'esprit du Christ pour savoir guérir les hommes, mais les plus modérés des chrétiens préfèrent éviter sa compagnie.

– Tu es donc toujours chrétien? m'étonnai-je.

– Je crois que je suis meilleur chrétien qu'avant. Mon âme est en paix, j'ai une bonne épouse et mes affaires vont bien. Un porteur de la bonne nouvelle, du nom d'Apollus, est venu à Corinthe. Il a étudié les écrits juifs à Alexandrie et a reçu l'enseignement d'Aquila et de Prisca à Ephèse. C'est un orateur plein d'éloquence et il s'est fait beaucoup de disciples. Nous voilà donc avec une secte apollinienne qui se réunit à part, organise ses propres agapes et se tient à l'écart des autres chrétiens. Grâce à l'introduction de Prisca, nous avions reçu Apollus avec un empressement bien excessif, car nous ignorions sa soif de pouvoir. Fort heureusement, nous avons aussi eu la visite de Céphas, le plus important des disciples de Jésus de Nazareth. Il a beaucoup voyagé pour trouver la paix de l'esprit et il a l'intention de se rendre à Rome pour veiller à ce que le retour des Juifs exilés ne rallume pas les vieilles querelles. Je crois plus en lui qu'en quiconque, car son enseignement vient directement de la bouche de Jésus de Nazareth. »

Quoique je fusse tout à fait dégoûté des Juifs et des chrétiens, Hierex manifestait tant de respect pour Céphas que je souhaitai le rencontrer. Ce Céphas était autrefois un pêcheur de Galilée qui, il y avait de cela vingt-cinq ans, avait appris de Jésus à pêcher les âmes. Sans aucun doute, ce dut être difficile, car Céphas était un homme du peuple ignorant et parlait fort mal le grec, de sorte qu'il lui fallait se faire accompagner d'un interprète pendant ses voyages. Mais je croyais avoir toutes les raisons au monde de rencontrer un homme qui avait réussi à rendre Hierex pieux, car même Paul, avec toute sa sagesse juive et toute sa foi, n'avait pu accomplir ce miracle.

Céphas vivait chez un des Juifs qui avaient reconnu le Christ, un homme qui vivait du commerce des poissons conservés dans l'huile et qui ne pouvait assurément pas être considéré comme riche. Quand je pénétrai dans sa demeure, à la suite de Hierex, je dus me boucher le nez. Nos pieds foulaient un sable crissant laissé par ses nombreux visiteurs. La pièce n'était qu'un réduit étroit et mal éclairé. L'hôte de Céphas nous salua d'un air gêné, comme s'il craignait que ma présence souillât sa demeure.

A l'évidence, il appartenait à ce groupe de Juifs qui

avaient adhéré à la foi chrétienne sans renoncer aux lois juives et qui évitaient les contacts avec les Grecs chrétiens non circoncis. Sa position était bien plus incommode que celle des Grecs, car les Juifs orthodoxes le haïssaient comme déserteur, et les lois de son peuple ne laissaient jamais sa conscience en repos.

Céphas portait un manteau aux coins ornés de glands. C'était un homme de haute taille, à la longue et épaisse chevelure, à la barbe grisonnante et dont les larges mains indiquaient qu'il avait exercé un métier manuel. Son maintien était dépourvu de toute crainte et il me sembla apercevoir dans son regard quelque éclat de sagacité paysanne quand il posa les yeux sur moi. Il émanait de lui une grande sérénité et il donnait une impression de sécurité.

Je dois avouer que je ne me souviens guère de notre conversation. Ce fut Hierex qui, avec une courtoise prévenance, en fit presque tous les frais. De plus, nous fûmes gênés par le recours obligatoire à l'interprète, un Juif frêle nommé Marcus, beaucoup plus jeune que Céphas. Ce dernier parlait un araméen laborieux, par phrases brèves. Les souvenirs de mon enfance à Antioche me revinrent tandis que je l'écoutais, et je m'efforçai de comprendre ce qu'il disait avant que l'interprète eût traduit. Cela aussi distrayait mon attention. Et de fait, les propos de Céphas me frappèrent moins que son personnage même. Ce qu'il y avait de mieux en lui était ce chaleureux besoin de fraternité qu'il répandait autour de lui.

Céphas s'efforça, d'une manière quelque peu puérile, d'appuyer son enseignement sur les saintes écritures des Juifs. Eludant les flatteries de Hierex, il l'exhorta à réserver ses éloges à Dieu, le père de Jésus-Christ, qui dans sa miséricorde avait permis à Hierex de renaître dans l'espérance éternelle.

Les larmes aux yeux, Hierex reconnut honnêtement que, s'il avait éprouvé une sorte de renaissance dans son cœur, son corps était toujours esclave de besoins égoïstes. Céphas ne le jugea point mais se contenta de le scruter, de ses yeux à la fois doux et perspicaces, comme s'il avait percé à jour toute l'humaine faiblesse de son interlocuteur, en même temps qu'il distinguait une parcelle de véritable aspiration au bien dans cette âme d'esclave.

Hierex pressa Céphas de nous conter comment il avait échappé à la vindicte du roi Hérode et de nous parler des miracles qu'il avait accomplis au nom du Christ. Mais Céphas, qui avait reporté son attention sur moi, ne désirait pas se vanter de ses miracles. Il préférait plaisanter aimablement sur son incapacité à comprendre Jésus avant sa crucifixion. Il nous avoua qu'il n'avait même pas su rester éveillé quand son messie priait pendant la dernière nuit avant son arrestation. Quand Jésus avait été capturé, s'étant trouvé près du feu dans la cour de la prison, il avait nié à trois reprises connaître Jésus, comme ce dernier le lui avait prédit un jour que Céphas prétendait être prêt à partager ses souffrances.

Je compris que la force de Céphas venait de ces histoires simples, qu'il avait depuis tant d'années si souvent répétées qu'il les connaissait toutes par cœur. Avec la naïveté d'un pêcheur illettré, il évoquait à merveille l'enseignement et les propos mêmes de Jésus et il s'efforçait, en toute humilité, d'être un exemple pour les chrétiens qui, à l'instar de Hierex, se gonflaient comme des grenouilles au nom du Christ.

Non, Céphas n'était pas un homme insignifiant et je devinai qu'il était redoutable quand il était en colère. Après m'avoir observé attentivement pendant un moment, il ne fit aucune tentative pour me convertir, ce qui m'offensa quelque peu.

Sur le chemin du retour, Hierex m'exposa ses vues :

« Nous autres chrétiens, nous nous considérons les uns les autres comme des frères. Mais de même que chaque homme est différent, chaque chrétien l'est à sa manière. C'est pourquoi nous avons les partisans de Paul, ceux d'Apollus, ceux de Céphas et puis nous, qui nous contentons d'adorer le Christ et de faire ce que nous estimons être le bien. A cause des sentiments d'envie qu'ils nourrissent, des dissensions internes qui les travaillent, les chrétiens se collettent souvent. Les nouveaux convertis sont les pires quand il s'agit de se chamailler, et les premiers à reprocher aux plus paisibles leur manière de vivre. Depuis que j'ai rencontré Céphas, je me suis pour ma part appliqué à ne pas me conduire comme si j'étais meilleur que quiconque et à l'abri de tout reproche. »

Mon séjour forcé à Corinthe me déplut fort et je ne me sentis pas chez moi dans ma propre demeure. Je fis l'acquisition d'un équipage de chevaux superbement sculptés dans l'ivoire pour l'offrir à Néron, car je me souvenais qu'il jouait avec des figurines semblables lorsqu'il était enfant et que sa mère lui interdisait d'assister à des courses.

Les saturnales étaient passées depuis longtemps lorsqu'enfin, après une traversée agitée, je regagnai Rome. Tante Laelia était devenue une vieille femme voûtée et acariâtre. Elle me reprocha de ne pas lui avoir écrit pendant les trois années qu'avait duré mon absence. Barbus manifesta une joie sincère de me revoir et il me raconta qu'après avoir fait un rêve de mauvais augure à mon sujet, il avait sacrifié à ses frais un taureau sur l'autel de Mithra, afin de conjurer les dangers qui pesaient sur moi. Quand je lui eus conté mes aventures, il fut convaincu que ce sacrifice m'avait permis de sortir vivant de la grotte cilicienne.

Mon premier mouvement fut de me rendre au Viminal pour revoir ce père qui m'était devenu étranger. Mais tante Laelia, qui avait renoncé à récriminer, me prit à part.

« Avant que tu ailles où que ce soit, me dit-elle, mieux vaut que tu saches ce qui s'est passé à Rome pendant ton absence. »

Toute frémissante d'excitation mauvaise, elle me raconta que l'empereur Claude avait décidé d'octroyer la toge virile à Britannicus, en dépit de sa jeunesse et ensuite, dans un moment d'ivresse, s'était laissé aller à faire allusion au goût d'Agrippine pour le pouvoir. Alors, celle-ci lui avait donné des champignons vénéneux. C'était ce qu'on disait très ouvertement à Rome, et Néron ne l'ignorait pas. On rapportait qu'il avait déclaré qu'un plat de champignons pouvait faire d'un homme un dieu. Claude avait été divinisé et Agrippine faisait bâtir un temple pour le culte de son défunt époux, mais peu de candidats se présentaient pour être prêtres dans ce sanctuaire.

« Rome est donc toujours le même égout de ragots, maugréai-je. Cela faisait deux ans que le cancer d'estomac de Claude était connu, même s'il refusait de l'admettre. Pourquoi troubles-tu ainsi la joie de mon retour? Je connais personnellement Agrippine et je suis un ami de Néron. Comment pourrais-je croire qu'ils aient commis d'aussi effroyables forfaits?

– Narcisse aussi a été quelque peu poussé vers l'Hadès, poursuivit la tante, sans prêter la moindre attention à mon interruption. On doit porter à son crédit qu'avant de se suicider, il a brûlé tous les rapports secrets de Claude, sur lesquels Agrippine aurait tant voulu mettre la main. Par ce geste, il a sauvé bien des vies. Agrippine a dû se contenter des cent millions de sesterces qu'elle a réclamés pour sa cassette personnelle. Crois-moi si tu veux, je sais qu'il y aurait eu un bain de sang si l'on avait laissé Agrippine agir à sa guise. Heureusement, Sénèque et le préfet Burrus sont des gens raisonnables. Ils ont su arrêter sa fureur. Sénèque avait été nommé consul après avoir écrit, pour plaire au sénat, une satire contre Claude grâce à laquelle nul ne peut plus entendre évoquer la divinité de Claude sans éclater de rire. Sénèque se vengeait de son exil mais les Romains qui, comme moi, sont dans le secret des affaires de l'Etat, savent que c'était un châtiment mérité après le scandale de sa liaison avec la sœur d'Agrippine. La pauvre fille a elle aussi fini par perdre la vie. Je ne sais pas si l'on doit attendre quelque chose de bon d'un philosophe à la tête des affaires. Les traditions ne sont plus respectées. On voit même des jeunes gens qui portent d'indécentes tenues grecques, à présent que Claude n'est plus là pour les obliger à garder la toge. »

Je dus encore subir un long moment le bavardage de tante Laelia avant de pouvoir me précipiter chez mon père. En me frayant un chemin dans les rues, je fus frappé de l'air nouveau de liberté qui y flottait. Les gens osaient rire. Les innombrables statues du Forum étaient couvertes de plaisanteries que l'on lisait à haute voix pour la plus grande joie du public. Personne n'effaçait plus les graffiti et, quoique l'après-midi fût à peine entamé, je remarquai dans les rues des jeunes citharèdes à longue chevelure déjà pris de boisson.

L'atrium de Tullia était comme autrefois encombré d'une foule de solliciteurs, de clients et aussi, à ma grande fureur, de Juifs, dont mon père n'avait toujours pas réussi à se débarrasser. Tullia interrompit un conciliabule avec deux vieilles femmes célèbres pour leur langue perfide et, à mon grand ébahissement, se leva de son siège pour se précipiter vers moi et m'embrasser tendrement. Ses doigts boudinés étincelaient de bijoux. Elle s'efforçait de dissimuler la peau flasque de son cou sous une large parure de joyaux.

« Il était grand temps que tu reviennes à Rome, ô Minutus. Quand ton père a appris que tu avais disparu, j'ai eu beau lui rappeler sa propre conduite dans sa jeunesse, il a été malade d'inquiétude. Je vois que tu te portes fort bien, méchant garçon. Est-ce dans quelque rixe d'ivrognes asiatiques que tu as reçu ces horribles blessures sur le visage? J'ai craint que ton père ne meure de chagrin à cause de toi. »

Mon père avait pris de l'âge mais depuis qu'il était sénateur, son maintien avait encore gagné en dignité. Quand mon regard rencontra la sien, après tout ce temps passé, il me sembla que ses yeux étaient les plus tristes que j'eusse jamais vus chez un homme. Si heureux que nous fussions de nous revoir, nous ne trouvâmes pas les mots pour nous le dire l'un à l'autre. Je me contentai de lui raconter mes mésaventures en insistant le moins possible sur les souffrances de ma captivité. Pour finir, je lui demandai, plutôt par plaisanterie que par intérêt réel, ce que les Juifs lui voulaient encore.

« La procurature de Judée est en ce moment aux mains de Félix, le frère de Pallas, m'expliqua mon père. Tu dois avoir entendu parler de lui, il a épousé la petite-fille de Cléopâtre. Sa cupidité suscite bien des doléances. Ou plutôt, disons que les Juifs sont de fieffés semeurs de zizanie et que maintenant quelqu'un est encore allé quelque part tuer quelqu'un d'autre. Je crois que la Judée tout entière est aux mains d'une bande de brigands. Les pillages et l'incendie se déchaînent là-bas et Félix manifestement ne parvient pas à maintenir l'ordre. Les Juifs manœuvrent pour porter l'affaire devant le sénat. Mais lequel d'entre nous accepterait de porter la main dans ce nid de vipères? Pallas est beaucoup trop puissant pour courir le risque de l'offenser. Et le sénat a déjà bien assez à faire avec les troubles d'Arménie et de Bretagne.

« Nous allons nous réunir au Palatin, poursuivit mon père. Agrippine souhaite suivre de derrière un rideau les discussions du sénat. La demeure des empereurs est certainement plus commode que cette sinistre curie, où il n'y a pas assez de places assises, dans les jours miraculeux qui voient notre assemblée au grand complet. Dans cette salle, on se gelait les pieds en hiver.

– Et Néron? Que penses-tu de lui?

– Je sais que le jour où il lui a fallu signer sa première condamnation à mort, il a dit qu'il aurait préféré n'avoir jamais appris à écrire. Peut-être, un jour, sera-t-il vraiment l'espoir de l'humanité, comme beaucoup le croient ingénument. Toujours est-il qu'il a redonné une partie de leur pouvoir au sénat et aux consuls. Est-ce par respect pour les pères de la cité ou bien pour ne pas perdre au tribunal un temps qu'il occupe de manière plus divertissante? C'est ce que je ne saurais trancher. »

Pendant que mon père parlait, son esprit était manifestement ailleurs. Il se renfrogna, laissa un moment son regard errer au-delà de moi et parut se désintéresser tout à fait des affaires de l'Etat. Tout à coup, il me fixa droit dans les yeux.

« O Minutus, ô mon fils unique, que vas-tu faire de ta vie?

– Deux années durant, j'ai vécu dans l'obscurité d'une grotte, plus avili et plus misérable qu'un esclave. Un caprice de la Fortune m'a volé deux ans de vie. Si j'étais encore capable d'une pensée élaborée, alors je souhaiterais de pouvoir un jour racheter ces deux années en étant simplement heureux de vivre en homme, sans mélancolie inutile et sans dégoût pour les douceurs de la vie. »

Mon père me montra les murs polis de la pièce, d'un geste qui semblait englober toutes les splendeurs de la demeure de Tullia.

« Il est fort possible que moi aussi, je vive dans une grotte obscure, dit-il avec une sombre détresse dans la voix. Je suis astreint à des devoirs que je n'avais pas demandés. Mais toi, tu es la chair de la chair de ta mère, et tu ne dois pas te perdre. As-tu encore ton gobelet de bois?

– Les brigands ciliciens n'ont pas pris la peine de m'enlever cet objet dépourvu de valeur. Quand on ne nous donnait pas à boire pendant plusieurs jours, que ma langue gonflait, et que notre haleine puait comme celle des fauves, il m'arrivait de me désaltérer dans le gobelet, en m'imaginant qu'il était plein. Mais il ne l'était pas. Ce n'était que du délire. »

Je pris bien soin de ne pas parler à mon père de Paul ni de Céphas, car je souhaitais les oublier aussi complètement que si je ne les avais jamais rencontrés.

« J'aimerais être un esclave, pauvre et insignifiant, pour pouvoir recommencer ma vie. Mais il est trop tard pour moi. Les chaînes se sont déjà incrustées dans mes chairs. »

Je n'éprouvais aucun penchant pour ce rêve philosophique d'une vie simple. Sénèque avait éloquemment décrit les bonheurs de la pauvreté et de la paix de l'esprit, mais il préférait en réalité s'exposer aux ennuis du pouvoir, de la richesse et des honneurs en expliquant qu'ils ne pouvaient pas plus atteindre l'homme sage, que ne l'avaient fait la pauvreté et l'exil.

Nous en vînmes pour finir aux questions financières. Après avoir consulté Tullia, qui avait ses propres vues sur mon avenir, mon père décida, pour commencer, de transférer un million de sesterces sur mon nom afin de me permettre de vivre sur un pied convenable, en donnant des banquets et en nouant des relations utiles. Il me promit de mettre d'autres sommes à ma disposition, si le besoin se faisait sentir, car lui-même aurait été bien en peine de dépenser tout son argent, quand même l'eût-il désiré.

« Ton père, se plaignit Tullia, manque de ces centres d'intérêt qui conviennent à un homme de son âge. Il ne prend même plus la peine d'aller écouter les lectures d'ouvrages nouveaux, alors que j'ai fait construire un auditorium spécial dans l'idée que tu persévérerais peut-être dans la carrière littéraire. Ton père pourrait collectionner de vieux instruments de musique ou des fresques grecques et devenir célèbre de cette manière. Certaines personnes élèvent des poissons exotiques dans leurs bassins, d'autres entraînent des gladiateurs, il pourrait même s'offrir une écurie de courses. C'est l'occupation la plus prestigieuse et la plus chère qu'un homme d'âge mûr puisse s'offrir. Mais non, il est si têtu! Il ne sait que libérer des esclaves, ou offrir des présents à des gens dépourvus d'influence. Cependant, je suppose qu'il aurait pu trouver des divertissements plus néfastes. Avec des concessions mutuelles, nous avons réussi à trouver un mode de vie qui nous satisfait l'un et l'autre. »

Ils manifestèrent le désir de m'avoir à leur table ce soir-là, mais je croyais devoir me présenter au Palatin dans les plus brefs délais, avant que la nouvelle de mon arrivée n'y parvînt par d'autres canaux. Les gardes me laissèrent passer sans vérifier que je n'étais pas armé. Décidément, les temps avaient vraiment changé. A ma grande surprise une foule très nombreuse de chevaliers se pressait sous les portiques. Chacun avait sollicité une audience. Je m'adressai à plusieurs employés du palais, mais Sénèque était trop surchargé de travail pour me recevoir et l'empereur Néron s'était enfermé pour écrire ses poèmes. Nul n'était autorisé à le déranger quand il courtisait les muses.

Qu'ils étaient nombreux, les solliciteurs avides des faveurs du jeune empereur! Cette découverte m'accablait. Je m'apprêtais à me retirer, lorsque l'un des secrétaires de

Pallas vint me chercher pour me conduire chez Agrippine. Elle arpentait ses appartements en renversant les sièges et en donnant des coups de pied dans les précieuses tentures d'orient.

« Pourquoi ne t'es-tu pas présenté directement à moi? me reprocha-t-elle avec fureur. Aurais-tu, toi aussi, perdu tout respect pour moi? L'ingratitude est ma seule récompense. Je ne crois pas qu'aucune mère ait fait autant que moi pour son fils et les amis de son fils.

– O Augusta, mère de la patrie! me récriai-je, quoique je ne fusse pas sans savoir qu'elle n'avait nul droit à ces titres – officiellement, elle n'était que prêtresse du dieu Claude.

« Comment peux-tu me reprocher mon ingratitude? Je n'aurais pas même osé rêver de troubler les chagrins de ton veuvage avec mes affaires insignifiantes. »

Saisissant ma main, Agrippine la pressa contre son giron plantureux et me souffla au visage des senteurs de violette.

« Quel bonheur que tu sois revenu, ô Minutus Lausus, dit-elle. Tu es un homme d'un commerce fort aimable, en dépit de tes erreurs passées et encore ne furent-elles que l'effet de l'inexpérience. A cette heure, Néron a plus que jamais besoin de ses vrais amis. C'est un garçon indécis, et qui se laisse trop aisément influencer. J'ai peut-être été trop stricte avec lui. On dirait qu'il commence à m'éviter délibérément, alors que dans les premiers temps il montait dans ma litière ou la suivait respectueusement. Tu sais peut-être que le sénat m'a accordé le droit de chevaucher jusqu'au sommet du Capitole si je le désire. Néron gaspille des sommes folles pour des amis qui ne lui valent rien, des citharèdes, des acteurs, des cochers et divers auteurs d'ouvrages à sa gloire. On dirait qu'il n'a aucune idée de la valeur de l'argent. Pallas s'inquiète beaucoup. Heureusement qu'il avait mis de l'ordre dans les finances de l'Etat à l'époque du pauvre Claude, quand le trésor impérial était encore strictement séparé de celui de l'Etat. Mais Néron ne comprend pas la différence. Et voilà qu'il s'est amouraché d'une esclave. Conçois-tu cela? Il préfère à sa mère une maigrichonne fillette à la peau blanche. Ce n'est pas un comportement digne d'un empereur. Et ses horribles amis le poussent à toutes sortes d'actes illégaux. »

Agrippine, dont la fermeté de caractère ne le disputait qu'à la beauté, qui, d'ordinaire, mettait dans tous ses gestes la majesté d'une déesse, Agrippine avait perdu son sang-froid au point de me conter ses doléances avec une franchise qui supposait une trop grande confiance en mon amitié.

« Sénèque m'a trahie! s'exclama-t-elle. Ce maudit hypocrite a la langue perfide! C'est moi qui l'ai arraché à son exil. C'est moi qui l'ai engagé comme précepteur de Néron. C'est moi, uniquement moi, qui l'ai porté au sommet où il se tient à présent. Tu n'ignores pas qu'il y a des troubles en Arménie en ce moment. Comme Néron s'apprêtait à recevoir une ambassade arménienne, j'ai voulu prendre ma place dans la salle des audiences, la place qui me revient de droit, à ses côtés. Sur l'instigation de Sénèque, Néron est venu au-devant de moi pour m'inviter à retourner sur mes pas, oh! il l'a fait avec de grandes démonstrations de piété filiale, bien sûr. Mais c'était une insulte publique. Les femmes n'ont pas à se mêler des affaires de l'Etat mais il y a une femme, et une seule, qui a fait de Néron un empereur. »

Je n'imaginais que trop bien quelles auraient été les pensées du légat arménien en voyant une femme apparaître en public aux côtés de l'empereur, et je songeai que Néron avait en l'occurrence montré davantage de jugement que sa mère. Mais je ne pouvais certes pas livrer mes réflexions. Je considérai mon interlocutrice avec terreur, comme on observe une lionne blessée et je compris que j'arrivais à l'instant décisif d'une lutte dont l'enjeu était de savoir qui, des conseillers de Néron ou de ceux d'Agrippine, gouverneraient Rome.

Pour dissimuler le trouble de mon âme, je voulus raconter mes aventures, mais Agrippine n'avait pas la patience de m'écouter. Elle ne manifesta d'intérêt pour mon récit qu'au moment où je parlai de l'arrêt de cœur de Silanus.

« C'est ce qu'il pouvait lui arriver de mieux, dit-elle. Sinon quelque jour nous aurions été contraints de le poursuivre pour trahison. De cette famille ne sont issues que des vipères. »

Comme elle disait cela, un serviteur survint pour avertir que Néron avait commencé son repas, plus tard qu'à l'accoutumée. Agrippine me donna une petite tape.

« Cours, idiot. Précipite-toi auprès de lui. Et ne permets à personne de t'arrêter. »

Si fort était l'ascendant de cette femme sur moi que je courus à moitié et que j'assurai aux esclaves qui tentèrent de me barrer la route que j'étais invité au souper de l'empereur. Néron prenait son repas dans la petite salle des banquets, qui ne recevait en temps ordinaire qu'une cinquantaine de convives. La salle était déjà pleine à craquer quand j'arrivai. Quoiqu'on eût placé trois personnes par lit, il n'y avait pas assez de couches pour tous les invités, dont certains avaient dû se contenter de chaises. Vêtu avec soin et recherche, Néron parlait avec animation et son visage d'une juvénile beauté rayonnait de bonheur. D'abord, il me fixa sans mot dire, puis il m'embrassa et ordonna d'apporter une chaise pour moi, tout à côté de lui, à la place d'honneur.

« Les muses étaient dans d'excellentes dispositions aujourd'hui », m'annonça-t-il puis, se penchant vers moi, il me murmura à l'oreille :

« Minutus, ô Minutus, sais-tu ce que c'est que d'aimer de toute son âme? Aimer et être aimé. Qu'est-ce qu'un être humain peut désirer de plus? »

Tout en dévorant avec entrain, il donna ses instructions à un homme portant le manteau long des musiciens. C'était, je devais l'apprendre par la suite, Terpnus, le plus célèbre citharède de notre temps. J'étais si ignorant alors! Durant le repas, Terpnus composa un accompagnement pour les poèmes d'amour que Néron avait écrits dans l'après-midi, après quoi il les chanta dans un silence religieux.

Sa voix était si travaillée et si puissante qu'elle transperçait l'âme et lorsqu'elle s'éteignit, après un dernier accord de cithare, nous applaudîmes éperdument. Je ne saurais dire si les vers de Néron étaient bons ni dans quelle mesure ils plagiaient d'autres poètes, mais chantés par Terpnus, ils me firent une forte impression, et pourtant je ne suis pas particulièrement connaisseur en matière musicale. Avec des affectations de timidité, Néron remercia l'assistance pour ses applaudissements, prit l'instrument des mains de Terpnus et en agaça longtemps les cordes, sans oser cependant chanter, bien qu'on l'en pressât.

« Un jour, je chanterai, annonça-t-il. Il faut d'abord que Terpnus m'apprenne à maîtriser ma voix et à l'affermir. Je sais qu'elle a certaines possibilités et si je dois chanter, je veux que ce soit à l'égal des meilleurs. C'est mon unique ambition. »

Sur les instances de l'empereur, Terpnus chanta, interminablement. Néron semblait ne devoir jamais se lasser. Il ne cessait de lui demander de nouveaux airs et d'un regard imposait silence à ceux qui, gagnés par l'ennui, entamaient des conversations à mi-voix par-dessus leurs coupes.

A la fin, j'eus moi-même bien du mal à réprimer mon envie de bâiller. Observant les autres convives, je notai que Néron choisissait ses amis sans respect exagéré pour la noblesse des familles ou les hautes fonctions de l'Etat, et n'obéissait apparemment qu'à son goût personnel.

Dans l'assemblée, le personnage de plus haute naissance était Marcus Othon. Comme mon père, il descendait des rois étrusques. Le sénat avait fait ériger une statue de son père sur le Forum. Lui-même était célèbre pour ses extravagances et ses folles imprudences. Je me souvenais d'avoir entendu dire que ses frasques lui avaient valu d'être battu par son père bien après qu'il lui eût accordé la toge virile.

Je vis aussi parmi les convives Claudius Senecio, dont le père n'était pourtant qu'un des affranchis de l'empereur Caius. Marcus et Claudius étaient tous deux de fort beaux jeunes gens qui pouvaient se conduire bien lorsque l'envie leur en prenait. Enfin, j'aperçus aussi Annaeus Serenus, un des riches amis de Sénèque, vers lequel Néron se pencha pour murmurer quelques mots lorsque Terpnus, s'interrompant, goba un œuf afin de s'adoucir la voix.

Quand Néron écoutait la musique, il sombrait dans la rêverie, et avec ses traits fins et sa chevelure rousse, il ressemblait à un Endymion de marbre. A la fin, il renvoya la plupart de ses hôtes, n'en gardant qu'une dizaine, au nombre desquels je figurais. Dans sa juvénile ardeur à vivre, il n'était pas encore las et suggéra que nous nous vêtissions pour aller nous divertir dans les rues de la cité.

Lui-même choisit la tenue d'un esclave et dissimula sa tête sous un capuchon. Nous étions tous assez ivres pour que n'importe quoi nous parût amusant. Ainsi donc, hurlant et riant, nous descendîmes les pentes abruptes des rues conduisant au Forum. En passant devant la demeure des vestales, nous chuchotâmes mais Othon lança une plaisanterie obscène bien digne de son absolue impiété.

Dans la rue des orfèvres, nous rencontrâmes un chevalier ivre qui se plaignait d'avoir perdu ses compagnons. Néron lui chercha querelle et l'assomma quand il voulut se battre. L'empereur était trop fort pour ses dix-sept ans. Othon dénoua son manteau et nous nous en servîmes pour faire rebondir dans les airs le malheureux ivrogne. Quand nous eûmes bien ri, Senecio le poussa dans une bouche d'égout, mais nous l'en tirâmes pour l'empêcher de se noyer. En braillant, donnant des coups de pied dans les auvents baissés des boutiques, et décrochant des enseignes dont nous faisions des ornements de triomphe, nous atteignîmes les puantes ruelles de Subure.

Là, nous chassâmes brutalement tous les clients d'une petite taverne et contraignîmes le propriétaire à nous abreuver. Le vin était ignoble. Nous brisâmes donc les amphores, en répandant leur contenu sur le sol et dans la rue. Pour apaiser les larmes du tavernier, Serenus lui promit de le dédommager. Néron était très fier d'une écorchure qu'il avait reçue au menton et il nous interdit de punir celui qui la lui avait faite, un toucheur de bœufs du Latium, et déclara que ce rustre aux membres grossiers était un homme d'honneur.

Senecio voulut nous emmener dans un bordel, mais Néron dit tristement que sa sévère mère lui interdisait même de fréquenter les prostituées de la plus haute volée. Alors Serenus, avec des airs de conspirateur, nous fit jurer à tous le secret avant de nous entraîner vers une maison sise sur les pentes du Palatin, élégante demeure qu'il avait, nous confia-t-il, acquise et nantie de toutes les commodités pour y abriter la plus belle femme du monde. Néron manifesta beaucoup d'embarras et d'inquiétude :

« Comment oserions-nous la déranger si tard? demanda-t-il à plusieurs reprises, ajoutant aussitôt après : Crois-tu qu'elle consentira à écouter l'un de mes poèmes? »

Mais tout cela n'était que simagrées car dans cette maison vivait Acté, l'ancienne esclave grecque dont Néron était follement amoureux. Serenus ne feignait d'être son amant que pour permettre à l'empereur de la couvrir de cadeaux par son intermédiaire. Je dois reconnaître que la jeune femme était d'une éclatante beauté. Je présume qu'elle aussi était fort éprise, car elle ne montra que du bonheur d'être éveillée ainsi, aux petites heures du jour, par Néron et sa kyrielle de compagnons d'ivrognerie.

Néron jura qu'elle descendait du roi Attalus et qu'il le démontrerait quelque jour au monde. Pour ma part, je ne l'approuve pas d'avoir jugé nécessaire de nous donner à admirer la jeune fille nue et de nous avoir vanté la blancheur neigeuse de sa peau. Elle paraissait posséder une excellente éducation et toutes sortes de charmes agréables, mais Néron prit seulement plaisir à la faire rougir en nous assurant qu'elle ne saurait rien refuser aux amis de son amant. Il fallait qu'il leur prouvât qu'il était le plus heureux et le plus enviable des jeunes gens de son âge.

Telle fut la nuit inaugurale de ma nouvelle vie à Rome, et ce ne fut pas une vie honorable. Après quelque temps, Néron me promit d'obtenir pour moi quelque charge que je désirais. Il était même disposé à me recommander pour prendre le commandement d'une cohorte de la garde prétorienne. Je déclinai son offre en lui assurant que je ne désirais rien qu'être son ami pour apprendre à ses côtés l'art de vivre. Cette réponse lui agréa :

« Ton choix est sage, ô Minutus. Nulle charge ne mérite qu'on perde du temps pour elle. »

Il arrivait parfois que des affaires ne pouvaient être renvoyées ni devant la juridiction du préfet de la ville, ni devant celle du préfet du prétoire et je dois dire pour la défense de Néron que, dans ces occasions où il lui fallait bien siéger, le jeune empereur se montrait consciencieux et juste. Il savait imposer des bornes à la logorrhée des avocats et, pour éviter que les autres juges ne se rendissent à son avis par flagornerie, il les invitait à lui fournir des conclusions écrites et ne rendait son verdict que le lendemain, après les avoir lues. Sa jeunesse, sa longue chevelure et son goût pour les vêtements élégants ne l'empêchaient nullement d'en imposer au public par la dignité de son maintien.

Je ne lui enviais guère sa position. Il n'est pas facile de garder la tête froide quand, à dix-sept ans, on est porté à la tête de l'empire qui gouverne le monde et que l'on est constamment exposé aux entreprises d'une mère jalouse et avide de pouvoir. Je crois que seule sa passion pour Acté arracha Néron à l'influence d'Agrippine et l'éloigna d'elle. Si déchirante que fut pour lui cette évolution, il ne supportait plus les paroles blessantes que sa mère lançait sans cesse contre la jeune fille. Et en fait, il aurait pu plus mal choisir, car Acté n'interféra jamais dans les affaires de l'Etat et ne manœuvra jamais pour obtenir quelque cadeau, même si elle était toujours ravie d'en recevoir.

Insensiblement, Acté réussit à subjuguer la folie des Domitiens que Néron portait dans ses veines. Elle avait le plus grand respect pour Sénèque. Et ce dernier favorisait en secret une liaison qu'il considérait comme beaucoup moins dangereuse que celle que son ancien pupille aurait pu nouer avec une jeune fille de haute naissance ou une jeune matrone. Le mariage de Néron et d'Octavie était une simple formalité. Il ne l'avait épousée que parce qu'elle était la sœur de Britannicus. Ils n'avaient pas encore partagé la même couche, car Octavie était trop jeune. Je dois à la vérité de dire que les traits d'Octavie n'avaient rien de bien charmant. C'était une fillette d'un caractère hautain et renfermé, avec laquelle il était difficile d'avoir une conversation à cœur ouvert. Elle n'avait malheureusement pas hérité la beauté piquante de sa mère, Messaline.

Agrippine fut assez sage pour se rendre à l'évidence. Ses plaintes et ses explosions de fureur ne faisaient que l'éloigner chaque jour davantage de son fils. Elle redevint une mère débordante de tendresse, l'accabla de caresses et de baisers passionnés, lui offrit de partager sa chambre pour jouer de nouveau le rôle de sa plus proche et de sa meilleure confidente. Cette attitude suscita chez Néron un torturant sentiment de culpabilité. Un jour qu'il choisissait dans les réserves de tissus et de joyaux du Palatin un présent pour Acté, un remords de conscience le poussa à prendre aussi un bijou pour Agrippine. Blêmissant de rage, celle-ci lui jeta au visage que le trésor du palais lui appartenait déjà, à elle, l'héritière de Claude et que c'était grâce à elle que son fils y avait accès.

A mon tour, je m'exposai au courroux d'Agrippine en refusant de répondre à ses questions sur les opinions politiques et les frasques des amis de Néron. On aurait dit que cette femme qui avait si longtemps tenu tête à l'adversité, se ressentait tout à coup des épreuves subies et perdait toute maîtrise d'elle-même en découvrant qu'elle ne parviendrait pas à gouverner Rome à travers son fils. Dans la colère, son visage se crispait, effrayant de laideur, ses yeux étincelaient comme ceux de la Méduse et elle se répandait en imprécations d'une insoutenable obscénité. Pour moi, elle s'était tout à fait déconsidérée.

Je pense que la cause première de la rupture entre Néron et Agrippine procédait de l'excès même de l'amour qu'il lui portait et qui allait bien au-delà de l'affection décente qu'un fils doit à sa mère. Agrippine l'avait très délibérément séduit. A la fois dégoûté et attiré par elle, il ne la quittait que pour se réfugier dans les bras d'Acté ou pour se défaire de son fardeau de haine dans quelque bataille de rue. Cependant, l'éducation morale qu'il avait reçue de Sénèque lui avait appris à se maîtriser au moins extérieurement. Dans sa folle jalousie, Agrippine avait commis l'erreur décisive de perdre son sang-froid.

Agrippine ne conservait qu'un soutien, mais extrêmement puissant. Il avait nom Pallas. L'affranchi grec se prétendait descendant des mythiques rois d'Arcadie. Après avoir servi l'Etat sous trois empereurs, il était devenu si rusé et si méfiant qu'il ne parlait jamais à ses esclaves pour qu'on ne déformât pas ses propos et qu'il ne donnait ses ordres que par écrit. A mes yeux, la rumeur d'une liaison entre Agrippine et lui n'avait pas de sens. N'était-ce pas Pallas qui avait conseillé à Claude de l'épouser? Mais il ne faisait pas de doute que l'amitié que la première dame de Rome lui témoignait devait le flatter.

Pallas considérait toujours Néron comme un enfant stupide et il saisissait toutes les occasions de lui montrer combien sa propre expérience était indispensable à l'Etat. Quand Néron émit le vœu de diminuer les impôts pour plaire aux provinces et à la plèbe, Pallas feignit d'abord d'accepter sans hésitation cette idée puis incidemment, d'une voix acerbe, demanda comment l'empereur prévoyait de trouver l'argent dont le sénat avait besoin. Et, chiffres irréfutables à l'appui, il démontra que l'Etat ferait faillite si les impôts baissaient. Si talentueux que fût par ailleurs Néron, il n'avait pas la tête aux chiffres et considérait le calcul comme une activité d'esclave indigne d'un empereur.

Pallas était un homme courageux. Un quart de siècle plus tôt, il avait risqué sa vie en allant à Capri dévoiler à Tibère la conspiration de Séjan. Son immense fortune était évaluée à trois cents millions de sesterces, et son influence était à la mesure de sa richesse et de sa position. Enfants de Claude, Britannicus et Octavie suscitaient son respect et il n'avait pas été directement impliqué dans la misérable fin de Messaline. Quand il avait accepté de prendre en charge les finances de l'Etat, il avait arraché à Claude la promesse de ne jamais être obligé de rendre compte des mesures qu'il prendrait. Le jour même où Néron avait pris le pouvoir, Pallas lui avait arraché une promesse identique en échange du paiement, sur les deniers de l'Etat, de la récompense promise à la garde prétorienne.

Mais c'était un homme vieilli et fatigué et les finances de l'Etat n'avaient pas connu l'évolution qu'aurait nécessitée la gigantesque expansion de Rome. Pallas conservait les anciennes traditions avec une obstination rigide. De tous côtés, on me répétait cela. Mais lui se croyait toujours indispensable. Quand il avait un différend avec Néron, il n'hésitait jamais à brandir la menace de sa démission et du chaos qui, à l'en croire, s'installerait alors dans l'Etat.

« Demande donc à ta mère, si tu ne me crois pas », concluait-il toujours.

Sénèque, sentant son pouvoir menacé, prit au nom de Néron la décision fatidique. Avec l'aide des plus sagaces banquiers de Rome, il dressa un plan détaillé des profondes réformes de l'impôt nécessaires à la santé des finances de l'Etat, en accord avec l'esprit du temps. Après consultation de Burrus, il fit occuper le Palatin et le Forum par les prétoriens.

« Es-tu l'empereur, oui ou non? dit-il à Néron. Convoque Pallas et donne-lui son congé. »

Néron éprouvait tant de respect et de crainte pour Pallas qu'il reculait devant cette idée.

« Je pourrais peut-être lui envoyer un ordre écrit, comme il fait lui-même toujours? »

Mais Sénèque voulait endurcir la volonté de Néron. Si difficile que ce serait pour le jeune empereur de regarder Pallas droit dans les yeux, il lui faudrait annoncer la nouvelle en personne. De son côté, Pallas avait eu vent de ce qui se tramait, mais il méprisait trop le précepteur philosophe pour prendre au sérieux la rumeur de son renvoi.

En cet instant fatidique où il allait affirmer son jeune pouvoir, Néron désira être entouré de ses amis, avoir leur approbation et leur soutien moral et je fus donc témoin de ce déplaisant épisode. Quand Pallas reçut le message de l'empereur, des gardes avaient déjà été placés à sa porte pour empêcher l'affranchi de prévenir Agrippine. Mais il faut reconnaître que, lorsqu'il comparut devant Néron, ce fut avec une majesté princière. Pas un muscle ne bougea sur son vieux visage ridé quand Néron, avec des gestes élégants, discourut en son honneur, sans oublier les rois arcadiens et en le remerciant du fond du cœur pour les services rendus à l'Etat.

« Je ne puis plus longtemps supporter de te voir ainsi, vieilli avant l'âge et ployant sous le faix de tes responsabilités, comme tu t'es toi-même si souvent décrit, dit Néron en exorde. Par faveur spéciale, je t'autorise à te retirer immédiatement dans ton domaine de campagne. En ce lieu dont le luxe aimable est connu de tous, tu pourras jouir en paix jusqu'à la fin de tes jours de la richesse que tu as accumulée sans commettre jamais la moindre indélicatesse, la moindre faute qui eût souillé ta réputation.

– J'espère, parvint seulement à répondre Pallas, que tu me permettras de prononcer le serment de purification sur le Capitole, comme le mérite ma position. »

Néron répondit que, lui ayant promis de ne lui demander aucun compte, il ne pouvait certes pas exiger ce serment d'un serviteur de l'Etat si digne de confiance mais, puisque Pallas désirait alléger ainsi sa conscience, alors, bien sûr, Néron n'y verrait pas d'objection. Bien au contraire, ce serment mettrait fin à certaines rumeurs qui circulaient avec obstination.

Nous approuvâmes bruyamment, avec des rires, des applaudissements vigoureux et des cris. Néron se rengorgea comme un jeune coq, souriant de satisfaction dans sa robe impériale pourpre. Pallas se contenta de poser son regard froid sur chacun de nous, tour à tour. Je n'oublierai jamais ses yeux et le mépris glacial que j'y lus, pour nous tous, les meilleurs amis de Néron. Depuis lors, j'ai dû reconnaître qu'une fortune de trois cents millions de sesterces n'est nullement une compensation disproportionnée en regard de vingt-cinq années vouées à l'administration des gigantesques finances de l'Empire romain. Sénèque en a accumulé tout autant, et en cinq ans seulement, pour se dédommager de son exil. Et je ne parlerai pas de ma propre fortune, dont tu découvriras l'importance quand je ne serai plus, ô Julius, mon fils. Pendant des années, je n'ai même pas pris la peine de l'évaluer, même approximativement.

La présence des prétoriens sur le Forum et en d'autres lieux publics suscita bientôt la curiosité des foules et la nouvelle de la chute de Pallas fut accueillie par une joie universelle. Est-il annonce plus délectable pour la populace que celle de la disgrâce d'un homme riche et influent? Bientôt, bouffons et saltimbanques, installés aux carrefours, imitaient grotesquement Pallas et rivalisaient de chansons malicieuses.

Mais quand le vieux serviteur de l'Etat descendit du Palatin, suivi en cortège par ses huit cents affranchis et secrétaires, la foule se tut et libéra le passage, comme pour un roi oriental, avec une suite en costumes précieux, étincelants d'or, d'argent et de joyaux. Nul n'est plus ostentatoire dans sa vêture qu'un ancien esclave. C'est pourquoi l'affranchi Pallas avait ordonné à ses propres affranchis de mettre leurs plus beaux atours.

Lui-même portait une simple tunique blanche quand il monta au Capitole pour se rendre d'abord à la Monnaie, au temple de Junon Moneta puis au Trésor, au temple de Saturne. Devant chacune des statues divines, il prononça le serment de pureté qu'il renouvela dans le sanctuaire de Jupiter.

Dans l'espoir de désorganiser l'administration des finances, Pallas avait emmené avec lui ses affranchis qu'il avait depuis des années formés à ce travail. Il escomptait que Néron serait rapidement contraint de le rappeler. Mais Sénèque avait prévu la manœuvre. Cinq cents esclaves connaissant fort bien leur affaire avaient été loués aux banquiers. Ils se mirent immédiatement au travail dans les bureaux de Pallas au Palatin. Et bon nombre des subordonnés de ce dernier retournèrent volontiers à leur tâche aussitôt qu'il eut quitté la ville. Sénèque lui-même s'attribua le droit de trancher des questions financières les plus importantes et fonda une banque d'Etat qui prêta d'énormes sommes à l'Egypte et aux rois bretons. L'argent ne dormait plus, mais rapportait des dividendes à Sénèque.

Pendant plusieurs jours, Néron n'osa affronter sa mère. Pour sa part, Agrippine, considérant qu'elle avait été mortellement insultée, s'enferma dans ses appartements du Palatin et appela auprès d'elle Britannicus, sa suite et son tuteur, pour manifester qu'elle reportait sur lui son affection. Parmi les compagnons de Britannicus figuraient Titus, le fils de Vespasien, et le neveu de Sénèque, Annaeus Lucanus qui, en dépit de sa jeunesse, était trop bon poète pour plaire beaucoup à Néron. Car si ce dernier prisait fort la compagnie des taquineurs de muse et organisait volontiers des tournois de poésie, il ne supportait pas qu'on le surpassât.

Quoique persuadé d'avoir bien joué dans l'affaire de la démission de Pallas, Néron était rongé d'inquiétude au sujet de sa mère. En guise de pénitence, il consacra tout son temps à apprendre de Terpnus l'art vocal. Pour amplifier sa voix, il s'abstenait des fruits et des mets nuisibles à cet organe et allait même jusqu'à supporter sur sa poitrine une feuille de plomb, en se tenant couché sur le dos. L'audition de ses exercices était fastidieuse et pour dire la vérité, leur ridicule nous semblant rejaillir sur nos personnes, nous nous efforcions d'éviter que les vieux sénateurs et les ambassadeurs ne pussent les entendre.

Sur ces entrefaites, d'excellentes nouvelles arrivèrent d'Arménie, qui redonnèrent confiance à Néron. Sur le conseil de Sénèque et de Burrus, il avait rappelé de Germanie le général Corbulon, car l'occupation par les Parthes de l'Etat tampon d'Arménie était une raison suffisante d'entrer en guerre, suivant la politique traditionnelle de Rome.

Tout en s'opposant pour le commandement suprême, Corbulon et le proconsul de Syrie avaient abouti, par une suite de marches forcées victorieuses, jusqu'aux rives de l'Euphrate et avaient fait preuve de tant de résolution que les Parthes avaient jugé plus avisé de quitter l'Arménie sans déclarer la guerre. Le sénat décréta une fête d'actions de grâces à Rome, accorda le droit au triomphe à Néron et fit accrocher des couronnes aux faisceaux des licteurs.

Ces mesures étaient avant tout destinées à calmer l'effervescence générale, chacun craignant que la politique de Néron conduisît à la guerre. Les rumeurs de conflit avaient gravement perturbé les affaires et la baisse d'activité au temple de Mercure avait fortement lésé le commerce.

A la fin de l'année, on célébra les saturnales avec une ardeur jamais vue. Les habitants de Rome surenchérissaient les uns sur les autres sur la valeur des cadeaux qu'ils échangeaient et les vieillards et les miséreux, qui pour se conformer à la tradition, ne pouvaient offrir que des figurines d'argile et des pains de fête, étaient tournés en ridicule. Au Palatin, une immense salle avait été réquisitionnée pour y entasser les présents envoyés à Néron, car les riches patriciens de province s'étaient creusé l'esprit pour lui trouver les plus extravagants cadeaux. L'intendance du palais était occupée à enregistrer les dons, leur valeur et le nom de l'envoyeur, car Néron estimait indispensable à la dignité de son rang d'offrir en retour à chacun un objet de plus grande valeur. Des cortèges bouffons sillonnaient les rues, les cithares se faisaient entendre de tout côté, on braillait et chantait, des esclaves paradaient dans les vêtements de leurs maîtres et ceux-ci les servaient humblement aux tables de banquet et leur obéissaient en tous points. En ces derniers jours de l'année, Saturne rendait égaux les esclaves et les maîtres.

Au Palatin, Néron présidait le banquet traditionnellement offert aux jeunes nobles de Rome. Le tirage au sort le désigna comme roi des saturnales, titre qui lui donnait le droit de nous commander toutes les folies qui lui passeraient par la tête. Nous étions déjà suffisamment enfoncés dans l'ivresse pour que les plus faibles eussent vomi contre les murs, lorsque Néron décida que Britannicus chanterait pour nous. La volonté de l'humilier était évidente et Britannicus dont les lèvres s'étaient mises à trembler, savait qu'il ne pouvait se dérober aux caprices du roi des saturnales. Nous nous apprêtâmes à rire à ses dépens mais Britannicus nous prit à contre-pied. Saisissant la cithare, il entonna d'une voix déchirante le plus mélancolique des chants, celui qui commence par : « O Père, ô Patrie, ô royaume de Priam. »

Nous l'écoutâmes, figés dans un silence de mort, chacun évitant le regard de l'autre. Quand Britannicus eut achevé l'hymne de l'agonie de Troie, une tristesse muette s'appesantit un long moment sur l'immense salle des banquets. Nul ne se serait avisé de l'applaudir, car ses lamentations montraient de manière éclatante qu'il estimait avoir été illégalement privé du pouvoir. Mais nul non plus ne se sentit le cœur à rire, tant était poignant le chagrin qu'exprimait la chanson.

Cette brillante démonstration des talents de chanteur de Britannicus constituait une désagréable surprise pour Néron mais, dissimulant ses sentiments, il loua avec beaucoup d'éloquence la belle voix du jeune homme. Britannicus se retira un peu plus tard, prétextant un léger malaise. Je suppose que le tumulte de son âme lui faisait craindre une attaque d'épilepsie. Ses compagnons se levèrent aussi et plusieurs jeunes gens élevés dans des principes sévères profitèrent de l'occasion pour prendre congé. A tort ou à raison, Néron interpréta leur départ comme une manifestation d'opposition à sa personne et donna libre cours à sa fureur.

« Ce chant appelle à la guerre civile, s'écria-t-il. Souvenez-vous! Pompée n'avait que dix-huit ans et le divin Auguste dix-neuf lorsqu'ils ont pris la tête de leurs légions dans les guerres civiles. Mais si Rome préfère un épileptique hargneux à un chef comme moi, alors je renoncerai à gouverner et me retirerai à Rhodes. Je ne plongerai jamais l'Etat dans la guerre civile. Mieux vaudrait s'ouvrir les veines ou prendre du poison que d'infliger pareil malheur à la patrie. »

Tout ivres que nous fussions, nous fûmes saisis de frayeur en entendant ces paroles. Plusieurs convives se retirèrent encore. Ceux qui demeurèrent, dont j'étais, louèrent Néron de ses pensées généreuses tout en lui assurant que Britannicus était éloigné de l'espérance même de lui succéder.

« D'abord, un empire à deux têtes : c'est ce dont me menace ma mère, expliqua Néron. Puis la guerre civile. Qui sait quelles listes Britannicus compose dans le secret de ses pensées? Peut-être vous tous y figurez-vous déjà. »

Ces paroles rendaient à nos oreilles un son inquiétant. Elles avaient le désagréable accent de la vérité. Nous nous efforçâmes pourtant d'en rire et lui rappelâmes que le roi des saturnales pouvait se livrer à toutes les facéties qui lui convenaient, si cruelles fussent-elles. Ainsi rappelé au jeu, il se mit à nous charger de corvées humiliantes. Quelqu'un dut aller s'emparer des chaussures des vestales. Senecio reçut l'ordre de réveiller et d'amener parmi nous la vieille patricienne qui avait joué de son influence pour l'introduire au Palatin, malgré ses basses origines.

Fatigué de ces simples fredaines, Néron décida de tenter l'impossible. Bon nombre d'entre nous se retirèrent quand il s'écria :

« Mes lauriers à qui m'amènera Locuste. »

Les autres semblaient savoir de qui il s'agissait mais moi, dans ma candeur, je demandai :

« Qui est Locuste? »

Personne ne semblait vouloir me répondre.

« Locuste, dit Néron, est une femme qui a beaucoup souffert et qui sait cuisiner des plats de champignons pour les dieux. J'aurai peut-être du goût pour la nourriture des dieux après avoir été si ignoblement insulté ce soir.

– Donne-moi tes lauriers, m'écriai-je sans prendre garde à ces derniers mots. Tu ne m'avais pas encore attribué de corvée.

– Oui, oui, ô Minutus Lausus, mon meilleur ami, c'est à toi que revient la tâche la plus difficile. Minutus sera notre héros des saturnales.

– Et après nous le chaos! s'exclama Othon.

– Non, non, le chaos sera en notre temps, se récria Néron. Pourquoi ne pas goûter aussi au chaos? »

A cet instant, la vieille patricienne entra, demi-nue et soûle comme une bacchante, en jetant autour d'elle des branches de myrtilles, tandis que Senecio tentait en vain de la modérer. Comme elle n'ignorait rien de ce qui se passait à Rome, je lui demandai où je pourrais trouver Locuste. Ma question ne l'étonna point, elle pouffa à la manière des petites filles, en se dissimulant la bouche, avant de me conseiller de demander mon chemin dans le quartier du Coelius. Je me retirai aussitôt. La cité était illuminée comme en plein jour et je n'eus pas de peine à dénicher la bicoque de Locuste. Je cognai l'huis, elle s'ouvrit, et à ma grande surprise, je me trouvai nez à nez avec un garde prétorien courroucé qui ne voulut pas me laisser entrer. La vue de l'étroite bande pourpre des chevaliers qui bordait ma tunique ne le fit pas fléchir.

« La femme Locuste est sous surveillance, expliqua-t-il. De graves accusations pèsent contre elle. Elle ne doit voir personne. A cause d'elle, j'ai manqué toutes les fêtes des saturnales. »

Il ne me restait plus qu'à me précipiter au camp de la garde pour intervenir auprès de son supérieur, qui fort heureusement n'était autre que Julius Pollio, frère de mon ami d'enfance Lucius Pollio. Julius était tribun dans la garde prétorienne et ne s'opposa pas aux ordres du roi des saturnales. Au contraire, il saisit l'occasion qui lui était donnée d'approcher Néron.

« Je suis responsable de cette femme, dit-il. Il faut donc que je vienne avec elle pour la surveiller. »

Locuste n'était pas encore vieille, mais son visage ressemblait à une tête de mort et ses jambes avaient été si déchirées par la torture que nous dûmes appeler une litière pour la transporter au Palatin. Tout le long du chemin, elle ne prononça pas un mot, le regard fixe, une expression amère sur le visage. Il y avait quelque chose d'effrayant et de répugnant en elle.

Néron et les derniers invités restés avec lui s'étaient transportés dans la petite salle de réception. Tous les esclaves avaient été renvoyés. A ma grande surprise, Sénèque et Burrus avaient également rejoint le petit groupe, vers le milieu de la nuit. Je ne sais si Néron lui-même les avait mandés ou si c'était Othon qui les avait prévenus, effrayé par les dispositions d'esprit de l'empereur. Il ne restait plus trace de la gaieté des saturnales. Chacun évitait soigneusement le regard de l'autre et une certaine anxiété régnait dans la salle.

Quand Sénèque aperçut Locuste, il se tourna vers Néron :

« Tu es l'empereur. La décision t'appartient. Qu'il en soit comme le veut le destin. Mais permets-moi de me retirer. »

Il se couvrit la tête d'un coin de son manteau et s'en fut. Burrus hésitait. Néron l'apostropha :

« Dois-je me montrer plus faible que ma mère? Me serait-il interdit de poser à l'amie de ma mère quelques questions sur la nourriture des dieux?

– Tu es l'empereur, répliqua tristement Burrus. Tu sais mieux que quiconque ce que tu fais. »

A son tour, il nous quitta, la tête baissée et son bras infirme ballottant sur son flanc.

Les yeux écarquillés et exorbités, Néron jeta un regard circulaire sur l'assistance.

« Allez-vous-en, tous! ordonna-t-il. Laissez-moi seul avec l'amie très chère de ma mère. Nous avons de graves questions culinaires à discuter. »

Par courtoisie, j'entraînai Julius Pollio dans la grande salle des banquets vide et lui offris du vin et de la nourriture restés inentamés.

« De quoi est donc accusée cette Locuste? m'enquis-je. Qu'a-t-elle à faire avec Agrippine? »

Julius me lança un regard ébahi.

« Ignores-tu vraiment que Locuste est la plus talentueuse fabricante de poisons de Rome? Elle a été condamnée il y a plusieurs années en vertu de la loi Julia mais grâce à Agrippine, la sentence n'a jamais été exécutée. Après avoir été soumise à la question, comme tous les empoisonneurs, elle a simplement été assignée à résidence dans sa maison. Je suppose qu'elle avait tant à dire que les magistrats qui la questionnaient en ont été effrayés. »

J'étais muet d'étonnement. Julius Pollio cligna de l'œil, but une gorgée de vin et reprit :

« Tu n'aurais donc pas même entendu parler du plat de champignons qui a fait de Claude un dieu? Nul n'ignore à Rome que Néron a accédé au sommet de l'empire grâce à l'intelligente collaboration d'Agrippine et de Locuste.

– Je voyageais dans les provinces à l'époque et je n'ai jamais fait très attention aux rumeurs venues de Rome », répliquai-je, tandis que les pensées se bousculaient dans ma tête. D'abord, je songeai que Néron voulait du poison pour mettre fin à ses jours, comme il avait menacé de le faire. Et puis une autre hypothèse m'apparut clairement.

La présence de Sénèque et de Burrus s'expliquait si

Néron, offensé par le comportement de Britannicus, souhaitait interroger Locuste, sans doute dans le dessein d'accuser Agrippine d'avoir empoisonné Claude. Il pourrait ainsi la mater en menaçant de porter l'affaire sur la place publique, ou même, après un procès secret, la bannir. Mais il me semblait impossible qu'il l'accusât publiquement. Cette idée me rassurait, car je ne croyais toujours pas qu'Agrippine avait vraiment fait tuer Claude. Son cancer de l'estomac m'était connu deux ans avant sa mort.

Après avoir ainsi médité, j'observai :

« Je crois qu'il vaudrait mieux que nous gardions le silence sur ce qui est arrivé cette nuit. »

Julius Pollio éclata de rire.

« Ce ne sera pas difficile en ce qui me concerne. Un soldat obéit aux ordres sans discuter. »

Je dormis mal cette nuit-là, et mes rêves furent autant de sinistres présages. Le lendemain, je partis pour le domaine campagnard de mon père, aux environs de Caere, accompagné du seul Barbus. Il faisait très froid et nous étions dans les jours les plus sombres de l'hiver. Mais dans la paix silencieuse de la campagne, je conçus l'espoir de pouvoir enfin accomplir un projet qui me tenait depuis longtemps à cœur : écrire un livre sur mes mésaventures ciliciennes.

Je ne suis pas poète, je m'en étais rendu compte. Je ne pouvais donner une narration historique de la rébellion sans éclairer sous un jour défavorable le rôle du roi de Cilicie et celui du proconsul de Syrie. Me remémorant certains récits d'aventures grecs que j'avais lus pour tuer le temps dans la demeure de Silanus, je décidai de composer une semblable histoire de brigands, dans un grossier style comique. Je grossirais les aspects ridicules de ma captivité et j'en minimiserais les souffrances. Pendant plusieurs jours, je me plongeai si complètement dans mon ouvrage que j'en oubliais et le temps qui passait et le lieu où je me trouvais. Je croyais qu'en me moquant ainsi par écrit de toutes les misères que j'avais subies, je m'en libérais.

L'encre des dernières lignes était à peine sèche que me parvint de Rome une nouvelle étonnante. Au cours d'un repas de réconciliation de la famille impériale, Britannicus avait été frappé d'une grave crise d'épilepsie. On l'avait transporté jusqu'à sa chambre et il était mort peu après, à la surprise générale, car d'ordinaire il se remettait très promptement de ses attaques.

Fidèle à la tradition de ses aïeux qui s'abstenaient de

rendre publics les douloureux événements, Néron avait le soir même fait brûler le corps de Britannicus sur le Champ de Mars, sous une violente averse d'hiver. Puis les ossements, sans oraison funèbre ni procession, avaient été transférés au mausolée du divin Auguste. Parlant ensuite sur ce décès devant le sénat et le peuple, Néron avait fait appel à la patrie, dont le soutien était son seul espoir pour l'avenir, à présent que son frère n'était plus là pour l'aider à gouverner l'empire.

On est toujours trop heureux de croire ce qu'on souhaite être la vérité. Mon premier sentiment fut donc un énorme soulagement. La brusque disparition de Britannicus résolvait dans mon esprit tous les conflits politiques latents, de la meilleure façon qui fût pour Rome et pour Néron. Agrippine ne pourrait plus utiliser Britannicus quand elle reprocherait son ingratitude à son fils. Le fantôme menaçant de la guerre civile se dissipait en nuées.

Mais au plus profond de moi, un doute secret me rongeait, que je voulais encore ignorer. Je m'attardai à Caere, peu soucieux de rentrer à Rome. J'appris que Néron avait partagé l'immense fortune héritée de Britannicus entre ses amis et les membres influents du sénat. Il semblait avoir distribué de fabuleux cadeaux, comme pour acheter les bonnes dispositions de chacun. Je n'avais quant à moi nul désir de recevoir une part sur les richesses de Britannicus.

Quand enfin je retournai à Rome, au début du printemps, Néron avait retiré à Agrippine sa garde d'honneur et lui avait ordonné de quitter le Palatin pour la maison décrépie de la vieille Antonia, la mère défunte de Claude. Là Néron lui rendait parfois visite, mais toujours accompagné, de façon qu'elle fût obligée de se contenir.

Agrippine avait fait bâtir un sanctuaire à Claude sur la colline du Coelius, mais Néron l'avait fait raser sous le prétexte qu'il avait besoin du terrain pour d'autres projets, de grandioses plans de construction d'un nouveau palais. De la sorte, le titre de prêtresse de Claude auquel avait droit Agrippine, perdait tout son sens. Tante Laelia m'apprit que la mère de Néron se retrouvait aussi solitaire qu'aux temps difficiles où Messaline était encore vivante.

Titus, le fils de Vespasien, avait lui aussi été malade après le repas au cours duquel son ami Britannicus avait été frappé par le destin. Je résolus de me rendre à son chevet, car même si je l'avais évité depuis que je fréquentais Néron, je connaissais très bien son père.

Encore pâle et amaigri par sa maladie, Titus me jeta un regard incrédule en me voyant arriver les bras chargés de cadeaux. Ma visite était pour lui totalement inattendue. Bien plus que chez son père, les origines étrusques des Flaviens étaient visibles à son visage carré, à son menton et à son nez. Il suffisait pour s'en convaincre de le comparer aux statues étrusques et, pour moi qui revenais de Caere, la ressemblance était étonnamment frappante.

« J'ai séjourné à Caere depuis la fin des saturnales, lui expliquai-je. J'ai écrit un récit d'aventures dont je tirerai peut-être une pièce. J'ignore donc ce qui s'est passé à Rome pendant tout ce temps. Mais certains bruits infâmes me sont venus aux oreilles. Mon nom a même été associé à la mort soudaine de Britannicus. Tu dois me connaître assez pour ne pas croire ce qu'on dit de mal à mon sujet. Raconte-moi la vérité. Comment est mort Britannicus? »

Titus me considéra d'un regard dépourvu de crainte.

« Britannicus était mon unique ami. Un jour, je lui élèverai une statue d'or parmi les dieux du Capitole. Dès que je serai suffisamment rétabli, je rejoindrai mon père en Bretagne. Durant ce banquet, j'étais assis aux côtés de Britannicus. Néron ne nous permettait pas, à nous qui ne portions pas la toge virile, de prendre notre repas couchés. La soirée était froide et l'on nous servit des boissons chaudes. Le serviteur qui s'occupait de Britannicus lui a volontairement présenté une boisson si chaude qu'il s'est brûlé la langue en la goûtant. Britannicus a réclamé un peu d'eau froide qu'on lui a versée : il a bu et, aussitôt, il a perdu l'usage de la parole et de la vue. Je me suis saisi de sa coupe et j'ai avalé une gorgée de liquide. J'ai été pris de vertige, tout s'est mis à danser devant mes yeux. Heureusement, j'en ai été quitte en tombant gravement malade, ce que je n'avais jamais été jusqu'alors. Je serais peut-être mort moi aussi, si je n'avais pas vomi. »

Je n'en croyais pas mes oreilles :

« Alors, tu penses vraiment qu'il a été empoisonné et que tu as toi aussi bu du poison? »

Titus posa sur moi un regard d'enfant sérieux.

« Je ne le crois pas. Je le sais. Ne me demande pas qui est le coupable. Ce n'était pas Agrippine, en tout cas, car elle a été bouleversée quand elle a vu ce qui se passait.

– Si c'est vrai, alors, il ne me reste plus qu'à croire

qu'elle a vraiment empoisonné Claude comme l'affirme toujours la rumeur. »

Ses yeux en amande me considérèrent avec pitié.

« Tu ignorais même cela? Même les chiens de Rome hurlaient à la mort autour d'Agrippine quand elle est descendue sur le Forum après que les prétoriens aient proclamé Néron empereur.

– Alors le pouvoir est une réalité bien plus terrible que je n'aurais cru!

– Le pouvoir est un fardeau bien trop lourd pour les épaules d'un seul homme, si habile fût-il. Aucun des gouvernants de Rome ne l'a porté sans être écrasé par lui. J'ai eu tout loisir de réfléchir à ces questions durant ma maladie et certes je préfère toujours penser du bien des gens que du mal. Toi aussi, je t'estime, pour être ainsi venu me demander la vérité. C'est une démarche honorable. Je sais que le Tout-Puissant a créé les hommes comédiens, mais je doute que tu sois venu te renseigner pour le compte de Néron sur ce que je pense de la mort de mon meilleur ami. Je connais Néron, aussi. Il est persuadé à présent qu'il a réussi à acheter ses amis pour qu'ils oublient, et lui-même préfère oublier. Mais si tu étais venu pour m'attaquer, j'avais un poignard à portée de la main. »

Tirant une dague de sous un coussin, il la jeta, au loin, comme pour me prouver sa confiance. Mais elle n'était pas absolue. Il avait trop d'assurance, paraissait trop aguerri pour cela. Nous sursautâmes tous deux comme des conspirateurs lorsqu'une jeune femme magnifiquement vêtue entra à l'improviste dans la chambre, suivie d'une esclave qui portait un panier. La jeune femme était mince, avec des épaules musclées comme celles de Diane, ses traits étaient à la fois fins et durs et sa chevelure était apprêtée à la mode grecque, avec de courtes boucles. Ses yeux verts me jetèrent un regard inquisiteur. Son visage me semblait si familier que je la fixai en retour, éberlué et stupide.

« Tu ne connais pas ma cousine, Flavia Sabina? s'enquit Titus. Chaque jour, elle m'apporte des aliments conformes aux prescriptions du médecin et elle supervise elle-même leur cuisson. Veux-tu te joindre à moi, en ami? »

J'avais affaire à la fille du préfet de Rome, Flavius Sabinus, frère aîné de Vespasien. Pour qu'elle me fût si familière, j'avais dû l'apercevoir dans quelque banquet ou procession de fête. Je la saluai respectueusement, mais ma langue se dessécha dans ma bouche et je contemplai comme ensorcelé son visage énergique.

Sans paraître le moins du monde gênée, elle disposa pour nous une collation spartiate. Il n'y avait pas même un pot de vin dans le panier. Je mangeai par politesse, mais les mets refusaient de franchir le seuil de ma gorge quand mon regard se posait sur la jeune fille, et je songeai qu'aucune femme n'avait jamais, au premier coup d'œil, produit sur moi une telle impression.

Les raisons de tant d'émotion m'échappaient. Flavia Sabina ne manifestait pas le moindre intérêt à mon endroit. Hautaine et sereine, enfermée dans son mutisme, la fille du préfet de la cité faisait sentir dans chacun de ses gestes qu'elle était consciente de son rang. Pendant le repas, je fus tourmenté par la sensation de plus en plus vive que tout cela n'était qu'un rêve. Nous avions beau ne boire que de l'eau, j'étais légèrement ivre.

– Pourquoi ne prends-tu pas ta part de ce repas? lui demandai-je enfin.

– Je l'ai certes préparé, rétorqua-t-elle d'une voix moqueuse, mais je ne suis pas là pour te tenir compagnie. Je n'ai nul désir de partager avec toi le pain et le sel, Minutus Manilianus. Je te connais.

– Comment peux-tu me connaître quand moi je ne te connais pas? »

Sans plus de cérémonie, elle posa un index fuselé au coin de mon œil gauche.

« Ainsi donc je ne t'ai pas fait grand mal à l'œil, dit-elle. Si j'avais été plus exercée, j'y aurais enfoncé mon pouce. J'espère que mon poing t'a marqué quelques jours, au moins.

– Vous vous êtes battus quand vous étiez enfants? interrogea Titus, étonné.

– Non non, j'ai été élevé à Antioche », répondis-je, pensif.

Brusquement, un souvenir me revint en mémoire et je rougis de confusion.

« Ah! tu t'en souviens, à présent! s'écria-t-elle. Tu étais ivre et insensé, au milieu d'une bande de voyous et d'esclaves. C'était le milieu de la nuit et vous vous livriez à mille folies dans les rues. Nous avons deviné qui vous étiez et père n'a pas voulu te traîner devant un tribunal pour une raison que tu ne connais que trop bien. »

Je me rappelais fort bien cet incident. Une nuit d'automne, pendant une des escapades de Néron, j'avais essayé d'agripper une jeune fille et de l'attirer contre moi, mais son petit poing avait si durement frappé mon œil que j'étais tombé à la renverse. Mon arcade sourcilière était restée bleue pendant une semaine entière. Son compagnon s'était jeté sur nous et Othon avait été brûlé au visage avec un flambeau. J'étais tellement ivre ce soir-là que tout l'épisode s'était quelque peu perdu dans ma mémoire.

« Je ne t'ai pas fait de mal, dis-je dans une piètre tentative d'excuse. Je me suis agrippé à toi quand nous nous sommes heurtés dans l'obscurité. Si j'avais su qui tu étais, je me serais empressé de te présenter mes excuses le lendemain.

– Tu mens. Et n'essaie plus jamais de t'agripper à moi. Cela pourrait tourner beaucoup plus mal la prochaine fois.

– Je m'en garderai bien, rétorquai-je, essayant de plaisanter. Désormais, du plus loin que je t'apercevrai, je m'enfuirai à toutes jambes. Tu m'as durement maltraité. »

En vérité, loin de m'enfuir à toutes jambes, je raccompagnai Sabine jusqu'à la demeure paternelle. Ses yeux verts pétillaient de rire et son bras nu était lisse comme le marbre. Une semaine plus tard, mon père, suivi d'un cortège de deux cents clients et esclaves, s'en fut présenter ma demande à Flavius Sabinus.

Tullia et tante Laelia avaient d'autres projets en tête, mais ces fiançailles n'étaient en aucune façon une mésalliance. La fortune de mon père contrebalançait la pauvreté de la gens flavienne.

A la requête de Sabine, nous nous mariâmes suivant l'ancien contrat, quoique je n'eusse nulle intention d'entrer dans quelque collège sacerdotal. Mais Sabine insista, disant qu'elle voulait être mariée pour la vie et qu'elle rejetait toute idée de divorce. Naturellement, je fis comme elle me demandait. Après notre mariage, il ne me fallut pas longtemps pour découvrir que je la laisserais agir à sa guise en bien d'autres domaines.

Le repas de noces fut somptueux. Sur la caisse de mon père et au nom du préfet de la cité, on invita non seulement tous les chevaliers et tous les sénateurs, mais encore tous les citoyens de Rome. Néron nous honora de sa présence. Il prit la tête du cortège et chanta, sur une musique de flûte, un hymne de mariage obscène. Mais à la fin, sans plus d'embarras, il agita poliment la torche, comme le veut la tradition.

Je retirai le voile écarlate qui coiffait Sabine et détachai de ses épaules le manteau jaune. Mais quand je voulus défaire les nœuds très serrés de sa ceinture de toile, elle se laissa tomber sur la couche et me lança :

« Je suis une Sabine. Prends-moi comme elles furent prises. »

Mais je n'avais pas de cheval et je n'étais pas doué pour les brutalités auxquelles elle aspirait. Je ne compris même pas ce qu'elle me demandait, car mon amour pour Claudia ne m'avait enseigné que la tendresse et les concessions mutuelles.

Sabine était déçue mais elle ferma les yeux, serra les poings et me laissa faire comme je désirais ce que le voile rouge exigeait que je fisse. A la fin, elle jeta ses bras puissants autour de mon cou, me donna un bref baiser et, me tournant le dos, s'enfonça dans le sommeil. Je me persuadai que nous étions tous deux aussi heureux que pouvaient l'être deux époux épuisés par les festivités de leurs noces, et je m'endormis avec un soupir satisfait.

Ce ne fut que beaucoup plus tard que je découvris ce que Sabine attendait de notre union charnelle. Les cicatrices de mon visage l'avaient induite en erreur et notre première rencontre dans la rue l'avait fait rêver. Mais elle se trompait en pensant que je lui donnerais ce à quoi elle aspirait.

Je ne nourris nul ressentiment contre elle. Elle fut plus déçue par moi que moi par elle. Comment et pourquoi elle devint ce qu'elle est devenue, c'est ce que je ne saurais dire. Vénus est une déesse capricieuse et ses caprices sont souvent cruels. Au point de vue de la famille, Junon est plus digne de confiance, mais dans ce qui touche aux autres aspects du mariage, elle est bien ennuyeuse à long terme.

LIVRE VII

AGRIPPINE

COMME nous passions les jours les plus chauds de l'été à Caere, mon épouse trouva un exutoire à son besoin d'activité dans la construction d'une résidence d'été, en remplacement de la vieille cahute de pêcheur au toit de roseau. Tandis qu'elle s'employait à nous bâtir une maison dotée de toutes les commodités de notre temps, elle m'observait à mon insu et notait mes faiblesses. Cependant, elle s'abstenait de m'interroger sur mes projets d'avenir, car il ne lui avait pas échappé que la seule allusion au choix d'une charge dans l'Etat me plongeait dans la morosité. A notre retour à Rome, Sabine eut un entretien avec son père, à la suite duquel le préfet de la cité me manda près de lui.

« On vient de terminer l'amphithéâtre de bois, m'annonça-t-il, et Néron assistera en personne à la cérémonie inaugurale. Je me tracasse beaucoup au sujet des fauves de grand prix qui m'arrivent sans cesse de toutes les parties du monde. La vieille ménagerie de la via Flaminia est beaucoup trop exiguë et Néron a des exigences nouvelles et spéciales. Il lui faut des animaux dressés qui réaliseront des prouesses jamais vues. Des sénateurs et des chevaliers devront démontrer dans l'arène leurs talents de chasseurs. Les animaux promis à leurs coups ne devront donc pas être trop dangereux. En revanche, les bêtes qu'on jettera les unes contre les autres doivent être suffisamment féroces pour offrir un spectacle divertissant. Nous avons besoin d'un homme de confiance pour la charge d'intendant général, responsable à la fois de l'entretien des animaux et du spectacle du cirque. Néron désire te nommer à ce poste, car tu as une certaine expérience des animaux sauvages. C'est là une importante charge au service de l'Etat. »

Je suppose que je n'avais à m'en prendre qu'à moi-même, car il m'était arrivé de me vanter comme un gamin d'avoir un jour capturé un lion vivant et d'avoir sauvé la vie de mes compagnons lors de ma captivité cilicienne, quand un chef de brigands s'était amusé à nous enfermer dans la tanière d'un ours. Mais l'entretien de centaines de fauves et l'organisation des spectacles de l'amphithéâtre représentaient des responsabilités pour lesquelles rien ne me désignait.

J'en fis l'observation à mon beau-père qui répliqua d'un ton caustique :

« Tu recevras du trésor impérial tout l'argent dont tu auras besoin. Les plus habiles dompteurs accourent de tous les pays pour offrir leurs services à Rome. On ne te demande que de faire preuve de jugement et de goût dans l'élaboration des spectacles. Sabine te secondera. Depuis sa plus tendre enfance, elle fréquente les ménageries. »

C'était là un détail du passé de Sabine que j'ignorais. Maudissant mon sort, je regagnai ma demeure pour me plaindre amèrement à Sabine.

« A tout prendre, s'il s'agit de te plaire, j'aurais préféré une charge de questeur plutôt que celle de dompteur de fauves. »

Sabine me considéra des pieds à la tête, comme si elle m'évaluait, puis, inclinant son visage sur le côté, elle laissa tomber :

« Allons, mon pauvre ami, tu ne seras jamais consul. Pourquoi ne pas choisir la vie animée, pleine d'intérêt, d'un intendant général de la ménagerie? Le titulaire de ce poste n'avait jamais été un chevalier. »

Je lui opposai que mes goûts me portaient plutôt vers la littérature.

« Que vaut, me répliqua-t-elle, sarcastique, une célébrité gagnée dans une salle de lecture, auprès de cinquante ou de cent personnes qui tapent dans leurs mains pour manifester leur joie que tu aies fini de lire? Tu n'es qu'un oisif sans dessein personnel. Tu n'as aucune ambition. »

Sabine se mit dans une telle fureur que je n'osai pas m'opposer davantage à elle, quoique la célébrité qu'on pouvait gagner auprès de fauves puants ne m'attirât guère. Nous nous rendîmes immédiatement à la ménagerie et durant notre brève tournée d'inspection, nous pûmes constater que la situation était encore pire que ce qu'avait donné à entendre le préfet.

Les animaux mouraient de faim après leur long voyage et on ne leur fournissait aucune nourriture convenable. Un tigre de grand prix agonisait et l'on ne savait plus très bien ce qu'on pouvait donner à manger aux rhinocéros ramenés à grands frais d'Afrique, car ils avaient piétiné à mort les gardiens venus avec eux. Les abreuvoirs ne contenaient qu'une eau croupie, les éléphants n'avaient pas de fourrage, les cages étaient sales et trop exiguës. Les girafes mouraient de peur, placées tout à côté des cages à lions.

Les mugissements et les rugissements des animaux épuisés me firent tourner la tête. La puanteur prenait à la gorge. Aucun des employés ou des esclaves de la ménagerie n'acceptait d'être tenu pour responsable de quoi que ce fût. Mes demandes se heurtaient invariablement à la même réponse : « Ce n'est pas mon travail. » On m'objecta même que des animaux affamés et terrorisés, pourvu qu'ils subsistassent jusque-là, se battaient mieux quand on les envoyait dans l'arène.

Sabine fut fascinée par deux énormes singes à longs poils, plus grands et plus forts que des hommes, qui avaient été transportés à Rome depuis quelque lointaine région d'Afrique. Ils ne jetaient pas un regard à la viande qu'on leur présentait et ne buvaient même plus.

« Il va falloir rebâtir tout cela, tranchai-je. Les dompteurs auront de la place pour les exercices et les cages seront assez vastes pour laisser aux bêtes la place de bouger. On fera venir de l'eau potable jusqu'ici. Des gardiens connaissant leurs habitudes seront affectés à chaque espèce d'animaux. »

L'employé qui me guidait secoua la tête.

« A quoi bon? De toute façon, ils mourront tous dans l'arène. »

Exaspéré de rencontrer tant de mauvais vouloir, je jetai la pomme que j'étais en train de croquer dans la cage des singes géants, en hurlant :

« Faudra-t-il que je vous fasse tous fouetter pour vous apprendre votre métier? »

Sabine posa une main sur mon bras en un geste apaisant en même temps que, d'un mouvement du menton, elle me montrait la cage aux singes. A ma grande surprise, une main velue se saisit de la pomme et, découvrant des crocs terrifiants, la bête l'engloutit d'un seul coup. Je fronçai le sourcil et ordonnai du ton le plus ferme que je pus :

« Donne-leur un panier de fruits et de l'eau fraîche dans un abreuvoir propre. »

Le gardien éclata de rire.

« Les animaux sauvages comme ceux-là sont des carnivores. Cela se voit à leurs dents. »

Arrachant la badine de mes mains, Sabine lui en cingla le visage.

« Est-ce ainsi que tu parles à ton maître? » cria-t-elle.

Terrorisé et furieux à la fois, l'homme résolut de me prouver mon erreur et s'en fut chercher un panier de fruits qu'il déversa dans la cage. Revenant à la vie, les animaux affamés se jetèrent sur cette pitance et, à ma grande surprise, se régalèrent même de raisin. C'était si étrange que les gardiens s'attroupèrent pour observer le phénomène et cessèrent de se moquer de mes ordres.

Quand mon autorité fut tout à fait établie, je vérifiai bientôt que la principale lacune ne résidait pas tant dans l'inexpérience des hommes que dans une indifférence générale et dans le manque de discipline. Depuis le premier des contremaîtres jusqu'au dernier des esclaves, chacun estimait posséder un droit naturel à chaparder une partie des aliments destinés aux animaux qui, en fin de compte, étaient nourris de manière fluctuante et hasardeuse.

L'architecte chargé par Néron de la construction de l'amphithéâtre de bois pensait déchoir en s'occupant de cages d'animaux et de cours d'exercice. Mais quand il eut vu mes plans et écouté les explications de Sabine, quand il eut compris l'ampleur de nos projets – en fait, ils se traduiraient par la création d'un nouveau quartier de la ville – son intérêt s'éveilla.

Je renvoyai ou attribuai d'autres tâches aux hommes qui s'amusaient à tourmenter les bêtes ou qui en avaient trop peur. Sabine et moi conçûmes un élégant uniforme pour les employés et nous nous fîmes bâtir une demeure dans l'enceinte des ménageries, car je n'avais pas tardé à me rendre compte que ma présence à toute heure du jour et de la nuit était indispensable si je tenais vraiment à ce que les précieux animaux fussent convenablement soignés.

Nous abandonnâmes toute vie mondaine pour nous vouer totalement aux animaux, au point qu'une lionne ayant mis bas peu avant de mourir, Sabine éleva les lionceaux dans notre couche et me contraignit à les nourrir à l'aide d'une corne à boire. Emportés par ce tourbillon d'activités indubitablement passionnantes, nous en oubliâmes notre vie conjugale.

Quand nous eûmes fait nettoyer la ménagerie et attribué à chaque espèce d'animaux des gardiens compétents et aimant leur métier, il nous fallut mettre au point le déroulement du spectacle inaugural de l'amphithéâtre, dont la date approchait avec une alarmante rapidité.

J'avais suffisamment observé de combats contre les

animaux pour savoir comment organiser dans l'arène des chasses qui fussent à la fois plaisantes à regarder et point trop dangereuses pour les chasseurs. L'organisation des combats entre fauves était plus difficile, car le public était habitué aux plus étonnantes combinaisons. Par ailleurs, je plaçais de grands espoirs dans ces dompteurs de toutes nationalités qui, chaque jour en nombre croissant, venaient m'offrir leurs services. Ils apprenaient aux animaux des tours étonnants.

De fait, le plus difficile ne fut pas tant de préparer le spectacle que de conserver intact le secret dont je voulais qu'il fût entouré jusqu'au dernier jour. Comme nous étions sans cesse importunés par les curieux, je décidai d'organiser des visites. Plutôt que de garder les droits d'entrée pour moi, comme j'en avais le droit et comme j'en avais d'abord eu l'intention, je les employai à l'entretien de la ménagerie. Quand l'affluence n'était pas trop grande, les enfants et les esclaves pouvaient entrer gratuitement.

Une semaine avant la fête inaugurale, un homme décharné et barbu s'approcha de moi. Je ne le reconnus que lorsqu'il parla : c'était Simon le magicien. Le bannissement des diseurs d'horoscope étant toujours en vigueur, il avait dû renoncer à porter son splendide manteau chaldéen orné de signes du zodiaque et paraissait avoir sombré dans la misère. Posant sur moi ses yeux inquiets, il me fit une si étrange requête que je crus d'abord qu'il avait perdu la raison. Il désirait voler devant le public de l'amphithéâtre pour regagner son ancienne réputation.

A ce que je compris de ses explications confuses, ses pouvoirs de guérisseur avaient décliné et ses services n'étaient plus recherchés. A l'en croire, sa fille était morte, victime des intrigues de magiciens rivaux. Les chrétiens de Rome, en particulier, l'avaient tant poursuivi de leur haine qu'il était menacé de finir sa vie dans la déchéance et l'incertitude du lendemain. Voilà pourquoi il voulait prouver d'éclatante façon ses pouvoirs.

« Je sais que je peux voler. Autrefois, je volais sous les yeux d'immenses foules et je descendais des nuages. Et puis, un jour, les messagers chrétiens sont arrivés avec leur sorcellerie et ils m'ont fait choir sur le Forum et je me suis brisé les genoux. Je veux prouver que je peux encore voler, je veux me le prouver à moi-même autant qu'aux autres. Une nuit de violente tempête, je me suis jeté du haut de la tour aventine, en étendant comme des ailes les pans de mon manteau. J'ai volé sans difficulté aucune et atterri sur mes pieds, sans dommage.

– En vérité, je dois t'avouer que je n'ai jamais cru que tu volais. J'ai pensé que tu abusais simplement le regard des spectateurs et qu'ils croyaient t'avoir vu voler. »

Simon le magicien tordit ses mains noueuses et gratta son menton barbu.

« Il est possible que j'abuse le regard des autres, mais peu importe. J'ai été contraint de me convaincre que je volais, avec tant de force que je le crois toujours. Mais je ne tenterai plus d'atteindre les nuages. Je me tiendrai pour satisfait si je parviens à exécuter un ou deux tours au-dessus de l'amphithéâtre. Alors je croirai de nouveau en mes pouvoirs et à mes anges qui me portent dans les airs. »

Puisqu'il ne pouvait chasser de sa tête cette idée, je finis par lui demander comment il comptait opérer. Il m'expliqua qu'il faudrait ériger un mât au milieu de l'amphithéâtre et qu'on le hisserait au sommet dans un panier afin qu'il pût s'élancer d'assez haut dans le vide. Il ne se sentait pas capable de s'élever seul au-dessus du sol avec des milliers de regards posés sur lui. Il me fixait de ses yeux perçants et parlait avec tant de conviction que la tête me tournait. Du moins, songeai-je, ce serait là un événement jamais vu dans un amphithéâtre. Si Simon voulait se briser le cou, c'était son affaire. Et puis, comment savoir? Sa téméraire tentative serait peut-être couronnée de succès.

Néron vint à l'amphithéâtre surveiller les évolutions d'un groupe de jeunes Grecs qui répétaient une danse du glaive. Pour un jour d'automne, il faisait très chaud. Vêtu seulement d'une tunique trempée de sueur, Néron criait des encouragements aux danseurs et prenait parfois place dans la danse pour leur mettre son exemple sous les yeux. Il applaudit à la proposition du magicien lorsque je la lui communiquai :

« Un homme qui vole est déjà remarquable mais on pourrait présenter ce numéro avec un décorum artistique qui ajouterait encore à son caractère exceptionnel. Ton Juif pourrait jouer le rôle d'Icare, mais il nous faudra aussi Dédale et son chef-d'œuvre, la vache de bois dans laquelle se dissimula Pasiphaé. Et aussi pourquoi pas Pasiphaé elle-même? Il faut bien amuser la foule. »

Voyant qu'il donnait libre cours à son imagination, je me réjouis de ce que la Fortune fût à mes côtés. Nous tombâmes d'accord que Simon se raserait la barbe, se vêtirait en jeune Grec et qu'on lui fixerait dans le dos des ailes étincelantes d'or.

Quand je communiquai les prétentions impériales à Simon, il refusa tout net de se raser, affirmant qu'il y perdrait ses pouvoirs. En revanche, il n'avait rien contre les ailes. Quand je lui racontai la légende de Dédale et de sa vache de bois, il me raconta le mythe juif de Samson, qui perdit toutes ses forces lorsqu'une étrangère à sa nation lui coupa la chevelure. Mais quand je suggérai qu'il manifestait bien peu de confiance dans ses capacités à voler, il céda à toutes mes demandes. Je lui demandai s'il voulait qu'on érigeât le mât immédiatement pour qu'il pût s'entraîner, mais il objecta que cela ne ferait qu'affaiblir ses pouvoirs. Il lui semblait préférable de jeûner et de lire des incantations dans la solitude afin de rassembler ses forces pour le jour fatidique.

Néron avait prescrit que la représentation fût à la fois divertissante et édifiante. Pour la première fois dans l'histoire du cirque, on présenterait un spectacle de cette importance sans verser de sang humain. C'est pourquoi il fallait faire rire le plus possible le peuple dans l'intervalle des numéros artistiques ou émouvants. Dans les inévitables temps morts, on jetterait des cadeaux à la foule, tels que oiseaux rôtis, fruits et gâteaux, et des jetons de loterie en ivoire, qui donneraient droit à des lots de blé, de vêtements, à des objets d'argent et d'or, à des bœufs, des esclaves et même des terres.

Néron ne voulait pas de combats de gladiateurs. Cependant, pour ajouter à l'importance et à la dignité de son spectacle, il ordonna que les jeux fussent introduits par une bataille entre quatre cents sénateurs et six cents chevaliers. Le peuple se réjouit fort de voir ces hommes de haute naissance et d'une réputation sans tache s'affronter armés d'épées en bois et de lances émoussées. Des groupes de soldats d'élite firent aussi une démonstration de leurs talents. Mais, au grand désappointement de la foule, il n'y eut pas de blessés. Comme une rumeur de mécontentement s'élevait, les soldats de garde firent mouvement vers le public, mais Néron annonça qu'il désirait que la troupe se retirât pour que le peuple de Rome apprît à user de la liberté. Cet ordre fut accueilli par des applaudissements exprimant l'allégresse générale. Les mécontents se turent, pour se montrer dignes de la confiance de l'empereur. Un duel au trident et au filet entre deux gros sénateurs poussifs fit hurler la foule de rire et, en fait, ces deux patriciens s'échauffèrent à tel point qu'ils se seraient certainement blessés si les tridents avaient été normalement aiguisés et les filets lestés de plomb comme le veut l'habitude.

Sous les hurlements d'horreur, trois hommes se laissèrent ramper sur le corps des serpents géants. Mais, au grand dépit de Néron, personne ne comprit qu'ils étaient censés représenter Laocoon et ses fils. Les chasses aux lions, aux tigres et aux bisons se déroulèrent sans incident. Grâce au refuge des tours que j'avais fait disposer çà et là dans l'arène, les jeunes chevaliers qui jouaient le rôle de chasseurs s'en tirèrent sans blessure grave, pour le plus grand déplaisir de la populace. Pour ma part, je détestai cette partie du spectacle, car je m'étais beaucoup attaché à mes animaux.

Une gigantesque ovation accueillit une jeune et souple dompteuse jaillie d'un porche obscur, apparemment poursuivie par des lions. Lorsque la jeune femme s'immobilisa au centre de l'arène, une rumeur profonde monta de la foule. Mais d'un coup de fouet, la dompteuse arrêta net les bêtes dans leur course. Les lions s'assirent avec obéissance, comme des chiens et puis, sur l'ordre de leur maîtresse, ils sautèrent les uns après les autres à travers des cerceaux.

Le bruit et les applaudissements avaient dû les énerver car lorsque la jeune femme, parvenue à la partie la plus périlleuse de son numéro, ouvrit la gueule du grand mâle pour y placer sa tête, les mâchoires du fauve se refermèrent et il lui dévora le visage. Cette surprise causa une telle jubilation et souleva une telle tempête d'applaudissements que j'eus le temps de sauver les lions.

Une chaîne d'esclaves munis de flambeaux et de barres rougies au feu les entoura promptement et les ramena dans leur cage, avant que la foule n'enjoignît aux archers à cheval de les abattre. Je dois avouer que j'étais si inquiet pour mes précieux lions que, tout désarmé que j'étais, je sautai dans l'arène pour diriger la manœuvre des esclaves.

J'avais à ce point perdu le sens que je donnai un coup de la pointe ferrée de ma chaussure dans la mâchoire du lion mâle pour lui faire lâcher sa prise sur la jeune femme. Il grogna de fureur, mais probablement trop ému par l'accident, ne m'attaqua pas.

Après qu'une troupe de nègres peints eut pourchassé et mis à mort un rhinocéros, on transporta dans l'arène une vache de bois et le bouffon Pâris mima la légende de Dédale et de Pasiphaé, tandis qu'un taureau géant saillissait la vache avec tant d'ardeur que la plupart des spectateurs crurent que Pasiphaé s'était vraiment cachée dans le simulacre.

Avec ses immenses ailes d'or, le magicien Simon suscita la surprise générale. Pâris, avec force gesticulations, tenta de l'entraîner à esquisser quelques pas de danse mais Simon le repoussa d'un majestueux mouvement de ses ailes. Deux marins le hissèrent jusqu'à une plate-forme qui semblait toucher les nuages. Des galeries supérieures montèrent des imprécations. C'étaient des Juifs auxquels on imposa silence. Dans ce qui était le plus solennel moment de sa vie, Simon se tourna de tous côtés pour saluer la foule. Je crois qu'au tout dernier instant, il fut convaincu d'être sur le point de l'emporter et d'écraser tous ses rivaux.

Alors, agitant ses ailes, il plongea en direction de la tribune impériale et tomba comme une pierre, si près de Néron que quelques gouttes de sang éclaboussèrent la tunique de l'empereur. Il mourut sur le coup. Par la suite, on discuta pour savoir s'il avait ou non vraiment volé. Certaines personnes affirmèrent avoir remarqué que son aile gauche s'était endommagée pendant qu'on le hissait. D'autres croyaient que c'étaient les terribles imprécations des Juifs qui l'avaient fait choir. Peut-être aurait-il réussi si on lui avait permis de garder sa barbe...

Quoi qu'il en fût, le spectacle se poursuivit. Les marins tendirent un épais cordage de la première galerie au pied du mât. Pour le plus grand étonnement de la foule, un éléphant parti de la galerie s'avança sur cette corde, portant sur son cou un chevalier connu dans tout Rome pour sa folle témérité. Ce n'était pas lui qui avait enseigné ce tour à la bête, elle savait l'exécuter seule. Néanmoins, il recueillit tous les applaudissements pour une prouesse jamais vue jusque-là dans un amphithéâtre.

Il me sembla que le public trouvait à son goût tous les numéros présentés. Le saut mortel de Simon et la mort inattendue de la dompteuse emportaient tous les suffrages, quoiqu'on regrettât la trop grande promptitude de leur fin. Les sénateurs et les chevaliers contraints de jouer les chasseurs se réjouissaient de n'avoir reçu aucune blessure.

Seuls ceux des spectateurs qui demeuraient le plus attachés à la tradition se plaignirent à haute voix de ce que nul sang humain n'eût coulé en l'honneur des dieux romains et évoquaient avec une pointe de mélancolie les jeux cruels du temps de Claude.

La grande masse du public dissimula bravement sa déception, aidée en cela par les cadeaux de prix que Néron avait fait distribuer dans l'intervalle des numéros. Le retrait des prétoriens avait rappelé au peuple le bon usage de la liberté : il n'y avait pas eu plus d'une centaine de spectateurs gravement blessés pendant les rixes consécutives à la distribution de jetons de loterie.

Octavie avait supporté en silence l'humiliation que lui avait infligée Néron en permettant à Acté d'assister aux jeux depuis la loge impériale, dissimulée aux regards par une cloison spéciale dans laquelle avait été ménagée une ouverture. Quant à Agrippine, nulle place n'avait été prévue pour elle. Néron ayant fait savoir qu'elle était souffrante, quelqu'un dans les tribunes cria que c'était peut-être d'une indigestion de champignons qu'elle souffrait. Je ne l'entendis pas moi-même mais on me rapporta que Néron s'était réjoui de ce qu'en sa présence, la plèbe donnât libre cours à son franc-parler.

Ma ménagerie avait subi des pertes qui me navraient le cœur. Néanmoins, comme une bonne partie de sa population avait été préservée, elle pourrait rapidement être complétée par des apports d'animaux venus de toutes les parties du monde. Ainsi, les futurs spectacles ne seraient plus à la merci du hasard. On pourrait fournir des animaux du jour au lendemain, chaque fois que Néron jugerait nécessaire d'amuser le peuple. Connaissant le caractère fantasque de l'empereur, je jugeai indispensable que la ménagerie fût prête pour tout événement politique déplaisant dont le peuple aurait besoin d'être distrait.

Mijotées toute la nuit dans des tranchées par des cuisiniers africains, les matrices des rhinocéros femelles s'étaient épaissies en masses claires et tremblotantes. Je me proposai de présenter à la table de l'empereur cette friandise qui jusqu'alors n'avait jamais paru dans aucun banquet romain. Je contemplai tristement les cages vides, les esclaves retournés à leurs tâches quotidiennes et la modeste demeure dans laquelle Sabine et moi avions passé un moment de notre vie épuisant mais aussi, décidai-je, fort heureux.

« Sabine, m'écriai-je, plein de reconnaissance, sans ton expérience, sans ton inflexible énergie, je n'aurais jamais honorablement accompli la tâche qui m'était impartie. En dépit des déconvenues et des difficultés qui les ont entachées, les semaines que nous venons de passer nous laisseront un souvenir mélancolique et ces moments-là nous manqueront quand nous serons de retour dans la vie ordinaire.

– Qui parle de retour? se récria vivement mon épouse, les traits brusquement durcis. Qu'entends-tu par là, Minutus?

– J'ai accompli ma mission, à la satisfaction de l'empereur comme à celle de ton père, me semble-t-il. Je vais faire découvrir un mets nouveau à Néron tandis que notre procurateur règle les questions financières avec le trésor impérial. Néron n'a pas la tête aux chiffres et pour être honnête, moi non plus je ne puis comprendre, autrement qu'en gros, des comptes si complexes. Mais je crois que tout est en ordre, et peu m'importent les pertes que mes finances ont subies. Néron me récompensera peut-être en quelque façon, mais la meilleure récompense pour moi, ce fut l'ovation du peuple. Je ne demande pas davantage et pour le reste, je ne supporterai plus longtemps cette agitation incessante.

– Qui de nous deux doit supporter le plus lourd fardeau? Je ne puis en croire mes oreilles. Tu n'as franchi que le premier pas. Serais-tu en train de m'expliquer que tu es disposé à abandonner le lion qui n'a plus de dompteur, et ces singes géants, presque humains... Ecoute! L'un d'eux aboie si horriblement, il a besoin de soins. Et tous les autres animaux, y songes-tu? Non, Minutus, tu dois être fatigué ou mal disposé. Père m'a promis que tu pourras garder cette charge, sous ma supervision. Cela lui épargnera bien des tracas, car il n'aura plus à marchander misérablement avec le trésor de l'Etat pour obtenir les fonds nécessaires. »

C'était à mon tour de n'en pas croire mes oreilles.

« Je ne vais pas passer le reste de mes jours à garder des animaux, si beaux et si précieux fussent-ils. Par mon père, je descends des rois étrusques de Caere, tout comme Othon ou n'importe quel autre patricien.

– Tes origines sont pour le moins douteuses, répliqua-t-elle avec une fureur glacée. Et ne parlons même pas de ta mère grecque. Les masques de cire de la demeure de ton père lui viennent de Tullia. Chez les Flaviens, nous avons eu au moins quelques consuls. Mais les temps ont changé. Ne vois-tu pas que l'intendance générale de la ménagerie est une position politique qu'on t'envie, même si elle n'est pas encore reconnue publiquement?

– Je n'ai nul désir de rivaliser avec les cochers ou les joueurs de cithare, protestai-je. Je pourrais te citer déjà deux vénérables sénateurs qui se protègent le nez d'un pan de leur toge quand ils me rencontrent, comme pour échapper à la puanteur de la ménagerie. Il y a cinq cents ans, les plus nobles patriciens étaient fiers de sentir le fumier, mais il n'en est plus de même aujourd'hui. Et je dois avouer que je suis las de dormir avec des lionceaux. Tu leur manifestes plus d'affection qu'à ton mari. »

Le visage de Sabine jaunit de fureur.

« Je me suis toujours refusée à te blesser en te parlant de tes capacités d'époux, articula-t-elle en se maîtrisant avec difficulté. Un homme plus intelligent et plus délicat aurait depuis longtemps tiré ses propres conclusions. Nous ne sommes pas sculptés dans le même bois, Minutus. Mais le mariage est le mariage et la couche n'y occupe pas une bien grande place. Tu devrais te réjouir de voir ta femme se trouver des objets d'intérêt qui comblent un peu le vide de sa vie. Quoi qu'il en soit, j'ai décidé, pour ton propre bien, que nous demeurerons à la tête de la ménagerie. Père m'approuve tout à fait.

– Mon père à moi, menaçai-je plus faiblement, pourrait bien avoir d'autres vues sur la question. Son argent ne financera pas éternellement la ménagerie. »

Mais c'était peine perdue. J'étais particulièrement blessé par les reproches inattendus de Sabine concernant mes capacités d'époux.

Il me fallait veiller à ce que la gelée de matrice de rhinocéros fût transportée au Palatin pendant qu'elle était encore chaude. Je dus donc interrompre notre querelle. Ce n'était pas la première fois que nous nous chamaillions, mais c'était la première fois que nous nous déchirions si douloureusement.

Néron m'invita à sa table, ce qui était bien naturel. Il me manifesta combien il était satisfait de moi en ordonnant qu'on me versât un demi-million de sesterces pour l'œuvre accomplie, ce qui prouve amplement qu'il n'avait pas la moindre idée du coût réel d'une ménagerie. En fait, on ne devait jamais me remettre la somme, mais à aucun moment je n'ai jugé nécessaire de la réclamer, mon père n'ayant jamais manqué de liquidités.

j'avançai avec une certaine amertume qu'il serait de bien plus grande importance pour moi que le poste d'intendant général de la ménagerie devînt une charge de l'Etat, afin qu'en la quittant je pusse la faire consigner parmi mes mérites sur le rôle de la chevalerie. Ma suggestion suscita une discussion sur le mode badin, à laquelle mon beau-père s'empressa de mettre fin en déclarant qu'une fonction si importante ne pouvait être laissée à la merci des caprices du sénat qui risquait de l'attribuer à un candidat incompétent. Selon lui, c'était là une charge impériale, comparable à celle d'intendant général de la garde-robe, ou d'officier de bouche et qu'il fallait donc qu'elle dépendît entièrement du bon vouloir de l'empereur.

« A voir le plaisir que te manifeste notre maître, je pressens que tu conserves sa confiance, conclut-il. Pour moi, en tant que préfet de la cité, je considère que tu demeures intendant général. Alors, ne nous égare pas avec des remarques de cette sorte, nous avons des questions importantes à discuter. »

Néron nous exposa avec passion son projet de fondation de jeux quinquennaux, à la manière grecque, dans un but d'édification du peuple.

« Nous proclamerons que l'objet de ces jeux est de concourir à la permanence de l'Etat, dit-il pensivement. Je veillerai quant à moi à ce qu'ils soient les plus grandioses de tous les temps. Nous les appellerions tout simplement jeux néroniens. Ils comprendraient des compétitions de danses, d'athlétisme et les habituelles courses de chevaux. Je projette d'inviter les vestales à y assister, car on m'a raconté que les prêtresses de Cérès jouissaient du droit d'assister aux Jeux olympiques. Les formes les plus importantes des compétitions nobles devront être présentées à Rome. Ce serait d'une grande justesse politique car n'est-ce pas nous, Romains, qui administrons l'héritage des Hellènes? Montrons-nous dignes de lui. »

Je ne pouvais guère partager son emballement, car la raison me disait que cette espèce de jeux grecs ne pouvait que dévaluer le prestige des combats d'animaux et rabaisser encore ma charge. Certes, la plèbe préférerait toujours les âcres saveurs de l'amphithéâtre aux chants, aux musiques et aux compétitions athlétiques. Mais l'engouement violent de Néron pour les arts réduirait l'amphithéâtre à un divertissement plutôt douteux.

En revenant à notre demeure au milieu des ménageries, j'étais d'humeur morose et, pour mon grand désespoir, je trouvai à la maison tante Laelia et Sabine plongées dans une violente altercation. Tante Laelia était venue chercher le corps de Simon le magicien, qu'elle désirait enterrer sans crémation suivant la coutume juive, car Simon n'avait pas d'autres amis pour lui rendre les derniers devoirs. Les Juifs déposaient les corps de leurs défunts dans des galeries souterraines à l'extérieur de la cité. Il avait fallu beaucoup de temps à ma vieille parente pour découvrir l'emplacement de ces nécropoles à demi secrètes.

Je m'enquis de ce qu'on avait fait du cadavre du magicien. Comme nul n'était venu le réclamer, on l'avait jeté en pâture aux fauves. Ainsi agissait-on d'ordinaire à la ménagerie, avec le corps des esclaves. Je n'aimais guère cette pratique mais pour autant qu'on s'assurait de la bonne qualité de la chair, elle permettait du moins d'épargner sur les dépenses de nourriture. J'avais interdit à mes subordonnés d'employer les cadavres de personnes mortes de maladie.

Dans le cas présent, il me semblait que Sabine avait agi trop rapidement. Il s'était trouvé autrefois beaucoup de gens pour respecter Simon le magicien, il méritait bien une sépulture conforme aux coutumes de son peuple. En fait, lorsque les esclaves eurent arraché les lions furieux à leur repas, il ne restait plus du Juif qu'un crâne rongé et quelques vertèbres.

Je fis placer ces vestiges dans une urne acquise à la hâte et la remis à tante Laelia en lui conseillant de ne pas l'ouvrir, pour conserver la tranquillité de son esprit. Sabine manifesta le plus grand mépris pour notre faiblesse.

A la suite de cette dernière querelle avec Sabine, nous fîmes chambre à part. Quelque triste que je fusse, je dormis infiniment mieux que je n'avais dormi depuis longtemps, sans ces lionceaux aux dents de plus en plus aiguës pour me piétiner le visage.

Après la mort de Simon, tante Laelia perdit le goût de vivre et le peu de raison qui lui restait. Certes, c'était depuis longtemps une vieille dame. Mais désormais, au lieu de le dissimuler, comme elle avait fait jusqu'alors, à grand renfort de robes amples, de perruques et de fard, elle abandonnait le combat et demeurait claquemurée à marmonner sur l'époque d'autrefois qui était bien plus heureuse qu'aujourd'hui.

Je découvris un jour qu'elle ne savait plus le nom de l'empereur et qu'elle me confondait avec mon père. Je jugeai alors de mon devoir de passer aussi souvent que possible mes nuits dans notre vieille demeure de l'Aventin. Sabine ne s'y opposa pas et semblait plutôt se réjouir de rester seule à surveiller la ménagerie.

Sabine se plaisait en la compagnie de dompteurs qui, en dépit de talents professionnels très respectés, étaient d'une grossière ignorance et ne savaient parler d'autres sujets que d'animaux. Sabine s'y entendait aussi fort bien pour surveiller le débarquement des bêtes et marchandait mieux que moi. Et par-dessus tout, elle maintenait une discipline de fer dans la ménagerie.

Je découvris bientôt que j'avais très peu à faire, dès l'instant où je m'étais assuré que Sabine disposait des fonds nécessaires, car l'argent que nous versait le trésor impérial était loin de permettre l'entretien de la ménagerie et l'approvisionnement en bêtes aussi bien qu'en nourriture.

La fabrique de savon de mon affranchi gaulois rapportait de solides bénéfices. L'un de mes anciens esclaves égyptiens confectionnait à l'intention des dames de précieux onguents. Hierex m'envoyait de Corinthe de superbes présents. Mais mes affranchis désiraient réinvestir leurs profits dans de nouvelles entreprises. Le marchand de savon étendait son commerce aux grandes villes de l'empire et Hierex spéculait sur les terrains de Corinthe. Mon père remarqua sans acrimonie que la ménagerie n'était pas une activité très profitable.

Pour lutter contre le manque de logements, j'avais acquis à bas prix, par l'entremise de mon beau-père, des terrains urbains libérés par l'incendie et j'y avais fait bâtir des *insulae* de sept étages. Je réalisai aussi quelques modestes bénéfices en commanditant des expéditions commerciales en Thessalie, en Arménie et en Afrique, et en vendant des bêtes en surnombre aux jeux des cités provinciales. Je conservais naturellement les plus beaux animaux.

Je tirais la plus grande partie de mes revenus des navires dans lesquels j'avais le droit d'acheter des parts et qui ralliaient la mer Rouge aux Indes, officiellement en quête de nouveaux animaux rares. Les marchandises que ces bateaux ramenaient étaient acheminées à Rome via

Alexandrie. Par la voie inverse, les produits gaulois et les vins campaniens parvenaient jusqu'en Inde.

Rome avait obtenu des princes arabes l'autorisation d'établir, à l'extrême sud de la mer Rouge, un relais protégé par une garnison. La nécessité de renforcer la voie maritime découlait de la prospérité croissante de la nation, qui se traduisait par une augmentation de la demande des denrées de luxe. En outre, on échappait en empruntant cette route aux exigences des Parthes qui prélevaient un droit sur les marchandises des caravanes romaines traversant leur territoire.

L'intensification du trafic par la voie maritime profitait à Alexandrie, mais les grands centres commerciaux comme Antioche et Jérusalem souffraient de la baisse des prix des produits indiens. Depuis quelque temps, les principaux marchands syriens s'employaient à répandre, par l'intermédiaire de leurs agents à Rome, l'idée qu'il faudrait tôt ou tard faire la guerre aux Parthes, pour ouvrir une route terrestre directe pour l'Inde.

Le calme une fois rétabli en Arménie, Rome était entrée en relations avec les Hyrcaniens, qui occupent les rives salées de la Caspienne, au nord de la Parthie. Ainsi avait été établie une route commerciale avec la Chine, qui évitait le territoire parthe, et par laquelle la soie et la porcelaine étaient acheminées jusqu'à la mer Noire et de là, à Rome. Je dois avouer que l'ensemble était à mes yeux comme une fresque comportant de larges zones d'ombre et qu'à Rome, chevaliers et patriciens se trouvaient dans le même cas que moi. On disait qu'il fallait deux années entières pour transporter à dos de chameaux des marchandises de Chine à la mer Noire. La plupart des personnes raisonnables se refusaient à croire qu'un pays pût être si éloigné et l'on disait que c'était une invention des caravaniers pour justifier leurs prix exorbitants.

Dans ses pires moments, Sabine me pressait d'aller chercher moi-même des tigres en Inde ou bien de voyager jusqu'en Chine pour en ramener les légendaires dragons, ou enfin de descendre le Nil, jusqu'au cœur de la Nubie ténébreuse, en quête de rhinocéros. Et moi, dans mon humeur morose, j'imaginais parfois de me lancer dans quelque interminable voyage. Mais la raison reprenant le dessus, je concluais que c'était là une entreprise réservée à des hommes accoutumés aux périls de la route.

C'est pourquoi, chaque année, pour l'anniversaire de la

mort de ma mère, j'affranchissais l'un des esclaves de la ménagerie et lui finançais une expédition en pays lointains. J'envoyai ainsi un de mes afranchis en mal de voyage vers l'Hyrcanie et la Chine. Il savait écrire, ce qui lui aurait permis de fournir de son aventure un utile compte rendu dont j'aurais pu faire un livre. Mais je n'ai jamais plus entendu parler de lui.

Après mon mariage et la mort de Britannicus, je m'étais quelque peu éloigné de Néron. Avec le recul, je puis dire aujourd'hui que mon union conjugale fut en quelque sorte un moyen de fuir le cercle des proches de Néron et que le désir de m'écarter de l'empereur fut sans doute pour quelque chose dans l'élan qui me porta vers Sabine.

Comme je disposais de nouveau de loisirs, j'organisais dans ma demeure d'aimables et modestes soirées pour les auteurs romains. Annaeus Lucain, fils d'un des cousins de Sénèque, était heureux d'entendre les louanges sans retenue que je lui adressais. Pétrone, à peine plus âgé que moi, prisait fort le petit ouvrage que j'avais rédigé sur les brigands ciliciens, car j'y avais délibérément employé le simple langage du peuple.

Homme raffiné, ayant parcouru la carrière des honneurs, Pétrone nourrissait l'ambition de hisser la vie elle-même au rang des plus beaux arts. Il était d'une compagnie exténuante, car il dormait dans la journée et veillait la nuit, sous prétexte que le bruit de la circulation nocturne l'empêchait de trouver le sommeil.

J'ébauchai un ouvrage sur les fauves, leur capture, leur transport, les soins à leur prodiguer et la manière de les dresser. Pour qu'il pût être lu en public sans susciter l'ennui, je contai maints incidents effrayants dont j'avais été témoin ou qui m'avaient été rapportés et ne me permis que le degré d'exagération nécessaire pour éveiller l'intérêt des auditeurs, ce qu'on pardonne ordinairement aux auteurs. Aux dires de Pétrone, c'était un excellent ouvrage qui passerait à la postérité et lui-même y collecta les expressions grossières des gens de l'amphithéâtre.

Comme l'exigeaient mes liens de parenté avec le préfet de la cité, je cessai de prendre part aux escapades nocturnes de Néron dans les bas-fonds de Rome. En cela j'agis sagement car ces plaisirs désordonnés connurent une triste fin.

Néron ne nourrissait jamais de ressentiment contre ceux qui l'avaient rudoyé dans une rixe. S'il recevait des coups, il considérait simplement que c'était là le signe que le combat avait été honnête. Mais une nuit, un malheureux sénateur qui défendait l'honneur de sa femme le frappa très rudement à la tête. Lorsqu'à sa grande horreur, le sénateur découvrit l'identité de son adversaire, il fut assez stupide pour écrire à l'empereur une lettre d'excuse. Néron ne put faire autrement que de s'étonner qu'un homme qui avait frappé l'empereur fût toujours en vie et s'en vantât même sans vergogne dans ses lettres. Il ne restait plus au sénateur qu'à demander à son médecin de lui ouvrir les veines.

L'incident inquiéta Sénèque qui estima nécessaire de trouver d'autres terrains où Néron pût donner libre cours à son impétuosité. Il fit donc transformer le cirque de Caius au pied du Vatican en terrain de course réservé aux plaisirs de Néron. Là, en présence de ses amis et de nobles Romains, le jeune empereur pouvait pratiquer jusqu'à l'épuisement l'art de conduire un char.

Agrippine lui donna ses jardins, qui s'étendaient jusqu'au pied du Janicule et de ses innombrables bordels. Sénèque espérait que les exercices athlétiques auxquels l'empereur s'adonnait dans un demi-secret, diminueraient un penchant pour la musique et le chant qu'on pouvait estimer exagéré. Néron devint bientôt un fier et intrépide aurige, lui qui depuis l'enfance avait toujours été entiché de chevaux.

En fait, dans les courses auxquelles il prenait part, il lui suffisait de veiller à ne pas être heurté et renversé par un autre char. Néanmoins, la capacité à maîtriser un équipage espagnol en plein virage n'est pas donnée à tout le monde. Plus d'un amateur de courses, pour ne s'être pas défait à temps des rênes attachées à son corps, s'est tué ou mutilé pour la vie.

En Bretagne, Flavius Vespasien avait eu un grave différend avec Ostorius. Il avait été finalement rappelé à Rome. Le jeune Titus s'était distingué de la plus prometteuse façon en faisant ses premières armes à la tête d'un manipule de cavalerie avec lequel il avait porté secours à son père encerclé par les Bretons, quoique Vespasien assurât qu'il aurait vaincu même sans aide.

Sénèque estimait sans objet et dangereuse cette perpétuelle guerre d'escarmouches en Bretagne. Pour lui, le prêt consenti aux rois bretons pacifierait le pays bien mieux que des expéditions punitives qui n'aboutissaient qu'à grever un peu plus les dépenses publiques. Néron autorisa Vespasien à occuper la charge de consul pendant quelques mois, le nomma membre d'un collège réputé et plus tard lui proposa comme dernière charge de la course aux honneurs le proconsulat d'Afrique.

Lorsque nous nous retrouvâmes à Rome, Vespasien me jaugea du regard.

« Tu as beaucoup changé en quelques années, Minutus Manilianus. Et je ne parle pas des cicatrices de ton visage. Quand tu étais en Bretagne, je ne me serais jamais douté que nous serions un jour apparentés par ton union avec ma nièce. Mais un jeune homme progresse bien davantage en demeurant à Rome plutôt qu'en contractant des rhumatismes en Bretagne ou en se mariant çà et là à la mode bretonne. »

J'avais presque oublié mon mariage purement formel en pays icène. Mes retrouvailles avec Vespasien me ramenaient à des jours douloureux et je le priai de garder le silence sur ce point délicat.

« Quel légionnaire n'a pas laissé de bâtards aux quatre coins du monde? répondit-il. Mais ta prêtresse du lièvre, Lugunda, ne s'est pas remariée. Elle élève ton fils à la romaine. Les plus nobles des Icènes sont déjà civilisés. »

Cette nouvelle rouvrait une blessure. Mon épouse Sabine ne manifestait aucun désir de me donner un enfant et nous n'avions plus partagé la couche dans cette intention depuis longtemps. Mais ainsi que j'en avais agi la première fois, je me défis de la gênante pensée de Lugunda, et Vespasien consentit volontiers à garder le secret sur mon mariage, car il connaissait le naturel peu accommodant de sa nièce.

Ce fut au banquet que mon beau-père donna en l'honneur de Vespasien que je rencontrai pour la première fois Lollia Poppée. On disait que sa mère avait été la plus belle femme de Rome et qu'elle avait à ce point captivé l'attention de Claude, que Messaline l'avait rayée du rôle des vivants. Mais je ne croyais pas toutes les rumeurs infâmes qui continuaient de courir sur le compte de Messaline.

Dans sa jeunesse, le père de Poppée avait fréquenté Séjan et pour cela, était tombé dans une défaveur sans recours. Lollia Poppée avait épousé un certain Crispinus, chevalier assez insignifiant. Plutôt que le nom disgracié de son père, la jeune femme portait celui de son grand-père

Poppée Sabinus, qui avait été consul et avait reçu les insignes du triomphe.

Poppée était donc apparentée à Flavius Sabinus mais, ainsi qu'il advenait souvent dans la noblesse romaine, par des détours si compliqués que je n'ai jamais tout à fait réussi à les suivre. La mémoire de tante Laelia était souvent prise en défaut et elle confondait des gens différents. En saluant Poppée, je lui dis que ma propre épouse, qui était aussi une Sabina, n'avait rien de commun avec elle.

Poppée écarquilla ingénument ses grands yeux gris – par la suite, je m'aperçus qu'ils changeaient de couleur suivant les jeux de la lumière et de ses humeurs.

« Du seul fait que j'ai une fois enfanté, tu me supposerais tellement plus âgée et expérimentée, que je ne pourrais être comparée à ma cousine Sabine, cette pudique Artémis? dit-elle, en feignant de se méprendre sur le sens de mes paroles. Nous sommes pourtant du même âge, Sabine et moi. »

La tête me tournait tandis que je plongeais mes regards dans les siens.

« Non, non, protestai-je. Je voulais dire que tu es la plus modeste et la plus pudique des femmes mariées de Rome et que je ne puis que m'émerveiller de ta beauté, à présent que je la découvre pour la première fois sans voile.

– Il me faut toujours porter un voile pour me protéger du soleil. Ma peau est si délicate, expliqua Poppée avec un sourire timide. J'envie ta Sabine qui sait si bien jouer les Dianes aux muscles puissants et à la peau hâlée, quand elle fait claquer son fouet dans l'arène.

– Ce n'est pas ma Sabine, maugréai-je, même si nous sommes mariés suivant l'ancien régime. C'est la Sabine des dompteurs et des lions et son langage ressemble de plus en plus à celui de ces brutes.

– N'oublie pas, me réprimanda Poppée, que nous sommes apparentées, elle et moi. Cependant, poursuivit-elle, je ne suis pas la seule personne à Rome à m'étonner qu'une personne délicate comme toi ait choisi quelqu'un comme Sabine, quand tu aurais pu élire tant d'autres femmes. »

D'un geste, je lui montrai ce qui nous entourait, indiquant par là qu'il y avait d'autres raisons que l'attirance mutuelle pour ce mariage, que le père de Sabine était préfet de Rome et que son oncle avait obtenu un triomphe. Je ne sais comment cela arriva, mais, stimulé par l'attention de la timide Poppée, je me lançai dans un bavardage à bâtons rompus et il ne se passa pas longtemps avant que la jeune femme ne m'avouât en rougissant qu'elle était malheureuse dans son mariage avec un vaniteux centurion prétorien.

« On est en droit d'espérer davantage d'un homme que sa mine hautaine, son uniforme étincelant et son plumet rouge. Je n'étais qu'une enfant innocente quand on m'a unie à lui. Je ne suis pas bien forte, comme tu peux le voir. Ma peau est si délicate que je dois me baigner chaque jour dans de la mie trempée de lait d'ânesse. »

Mais elle n'était pas si jeune et faible qu'elle le prétendait, comme je le sentis quand, par mégarde, elle pressa sa poitrine contre mon bras. Sa peau était d'une si exquise blancheur que je ne saurais trouver de mots pour la décrire. Je n'avais jamais rien vu de pareil. Je marmonnai les fadaises de rigueur sur l'or, l'ivoire et la porcelaine chinoise, mais je crois que mes yeux bien mieux que mes paroles portaient témoignage de sa beauté.

Bientôt mes devoirs de beau-fils du maître de maison me forcèrent d'interrompre ce délicieux tête-à-tête. Mais je m'acquittai de mes tâches sans y penser, car mon esprit était encore tout entier occupé par certains yeux d'un gris profond et certaine peau éblouissante de blancheur. En lisant les antiques serments aux dieux domestiques, je bafouillai.

Sabine finit par me prendre à part.

« Ton visage est rouge, tes gestes sont saccadés, remarqua-t-elle d'une voix aigre, comme si tu étais ivre, alors que tu n'as vidé que quelques coupes. Ne te laisse pas entraîner dans les intrigues de Lollia Poppée. C'est une calculatrice, cette petite putain. Elle est à vendre, mais je crains que son prix ne soit bien trop élevé pour toi, pauvre benêt. »

J'étais furieux que Sabine insultât ainsi Poppée dont le comportement parfaitement innocent ne donnait nulle prise aux soupçons. Mais les allusions grossières de mon épouse eurent aussi pour effet de me fouetter les sangs et de stimuler en moi le secret espoir qu'une conduite pleine de tact trouverait peut-être sa récompense auprès de Poppée.

Libéré un instant de mes obligations, je revins à elle, ce qui n'était guère difficile, les autres femmes l'évitant ostensiblement et les hommes s'étant une nouvelle fois rassemblés autour de l'invité d'honneur pour l'écouter raconter sans embellissement aucun ses souvenirs de Bretagne.

A mes yeux éblouis, en dépit du port altier de sa tête blonde, Poppée n'était qu'une enfant abandonnée. Dans un élan de tendresse, je voulus caresser son bras nu mais elle se rejeta en arrière avec un regard qui exprimait un profond désappointement.

« Est-ce donc tout ce que tu attends de moi, ô Minutus? murmura-t-elle tristement. J'avais cru trouver en toi un ami et tu serais comme tous les autres hommes? Ne vois-tu pas que si je dissimule mon visage derrière un voile, c'est pour échapper à leurs regards lubrique? Quand bien même je divorcerais volontiers si je le pouvais, n'oublie pas que pour l'heure, je suis toujours mariée. »

Je lui assurai que j'aimerais mieux m'ouvrir les veines que de la blesser en quelque façon. Au bord des larmes, épuisée, elle se laissa aller contre moi et mon corps goûta la proximité du sien. De ce qu'elle dit, je crus comprendre qu'elle ne disposait pas de l'argent nécessaire au divorce et que seul l'empereur avait le pouvoir de dissoudre son union, car elle était patricienne. Mais elle ne connaissait personne au palais du Palatin qui fût assez influent pour présenter l'affaire à Néron.

« Je connais la mesquinerie des hommes, dit-elle. Si je m'adresse à un inconnu, il se contentera d'abuser de ma faiblesse. Si seulement j'avais un ami qui sût se contenter de ma gratitude éternelle sans offenser à ma pudeur! »

De fil en aiguille, je la raccompagnai chez elle. Crispinus, son époux, m'en avait volontiers donné la permission, trop heureux de pouvoir s'enivrer en paix. Ils étaient si pauvres qu'ils ne possédaient pas même une litière et je lui proposai donc la mienne. Après un instant d'hésitation, elle m'autorisa à prendre place à ses côtés, de sorte que durant tout le trajet, elle fut tout près de moi.

En fait, nous ne gagnâmes pas directement le camp des prétoriens, car la nuit était belle et claire et Poppée était lasse de l'odeur de sueur de la garnison comme j'étais moi-même las de la puanteur de la ménagerie. Du sommet de la colline la plus proche, nous contemplâmes les lumières des marchés. Puis nous nous retrouvâmes dans ma demeure de l'Aventin pour l'étrange raison que Poppée désirait poser certaines questions sur son malheureux père à tante Laelia. Mais comme on pouvait s'y attendre, ma vieille parente dormait et Poppée ne voulut pas la réveiller à une heure si tardive. Alors, nous nous assîmes côte à côte, bûmes quelques gorgées de vin en contemplant les lueurs de l'aube au-dessus du Palatin et rêvâmes à ce qu'auraient été nos vies si nous avions été libres tous deux.

Poppée s'abandonna en toute confiance contre mon épaule et m'avoua qu'elle avait toujours espéré connaître les joies d'une amitié pure et désintéressée mais que cette espérance avait toujours été déçue. Mes prières finirent par la convaincre d'accepter le prêt d'une très importante somme d'argent qui lui permettrait d'entamer la procédure de divorce.

Pour la distraire de ses sombres préoccupations, je lui parlai de l'extraordinaire et magnanime bienveillance de Néron à l'égard de ses amis et aussi de ses autres qualités, car Poppée, qui ne l'avait jamais rencontré, était fort curieuse de ses manières d'agir avec les femmes. J'évoquai aussi la beauté et la bonne conduite d'Acté, et fis allusion aux autres femmes que Néron avait connues. Je confirmai que Néron n'avait toujours pas consommé son mariage avec Octavie, en raison de son antipathie pour la sœur de Britannicus, sa propre demi-sœur autrefois, au regard de la loi.

Poppée savait me flatter et par des questions pertinentes, m'inciter à lui dire davantage de tout ce que je savais, de sorte que je finis par l'admirer autant pour son intelligence que pour sa beauté. Il peut sembler surprenant qu'une femme si adorable et sensible, qui avait déjà donné naissance à un fils, ne montrât guère d'attirance pour la vie de cour et ses obligations. Elle semblait même ressentir, dans les profondeurs candides de son âme, une grande répugnance pour elles. Je l'en admirai d'autant et plus je l'imaginais incorruptible, plus je la trouvais désirable.

Au matin, quand nous nous quittâmes, un instant avant l'appel des buccins, elle me permit de lui donner un baiser d'amitié. Quand ses lèvres suaves eurent épousé les miennes, je fus si transporté de bonheur que je lui jurai que je ferais tout ce qui était en mon pouvoir pour l'arracher à un mariage indigne d'elle.

Durant les jours qui suivirent, je vécus dans la confusion du rêve. Les couleurs avaient plus de netteté, les nuits étaient d'une sombre douceur, je baignais dans une ivresse légère, et j'en vins même à essayer d'écrire des poèmes.

Nous nous rencontrâmes au temple de Minerve, où nous nous promenâmes sous prétexte d'admirer les peintures et les sculptures des maîtres grecs.

Poppée me raconta qu'elle avait eu une discussion approfondie avec son époux et qu'il avait accepté de divorcer en échange d'une compensation financière suffisante. Avec un solide bon sens, Poppée m'expliqua qu'il serait plus sage de payer Crispinus que de perdre de l'argent en avocats et de s'exposer au scandale d'un procès public.

Mais la seule idée que je pusse encore lui donner de l'argent la faisait frémir. Elle possédait quelques joyaux qu'elle pourrait vendre. C'étaient des biens de famille auxquels elle tenait beaucoup, mais la liberté n'avait pas de prix à ses yeux.

Je rougis de honte en l'entendant s'exprimer ainsi et la contraignis à accepter un très important ordre de paiement sur mon banquier. Il ne restait plus qu'à obtenir l'accord de Néron pour la dissolution du mariage. Il la prononcerait en qualité de *pontifex maximus*, charge dont il pouvait revêtir la dignité quand il le désirait, même s'il se refusait à l'assumer en permanence pour ne pas ajouter encore à ses innombrables devoirs religieux.

Pour ne pas gâcher nos chances, je ne voulus pas présenter moi-même l'affaire à Néron, car il aurait pu me soupçonner d'intentions peu honorables. Comme j'étais moi-même marié suivant l'ancienne forme d'union, Néron avait observé, pour ma grande mortification, qu'il vaudrait mieux pour moi me cantonner dans les tâches de la ménagerie plutôt que de participer à des conversations touchant à la philosophie et à la musique.

Je songeai à Othon, le meilleur ami de Néron, qui était si riche et si influent qu'il osait même parfois contredire l'empereur et se quereller avec lui. Othon mettait un soin maniaque à conserver une peau si douce qu'il paraissait parfois imberbe, ce qui me fournit l'occasion de faire un jour allusion à une femme de ma connaissance qui employait du lait d'ânesse pour nettoyer sa peau délicate.

Tout de suite intéressé, Othon me confia que lui aussi, lorsqu'il avait trop bu ou trop veillé, se frottait le visage de pain trempé dans du lait d'ânesse. En faisant appel à sa discrétion, je lui parlai de Poppée et de son mariage malheureux. Comme il est normal, il désira la rencontrer avant de présenter son cas à Néron.

Ce fut donc moi, comme un imbécile heureux que j'étais, qui conduisis Poppée à la somptueuse maison d'Othon. La beauté, la modestie et le teint adorable de la jeune femme firent sur mon ami une si profonde impression qu'il lui promit d'être son porte-parole auprès de Néron. Mais il fallait d'abord qu'il se renseignât en détail sur la situation.

Avec un sourire réconfortant, Othon questionna Poppée sur les aspects intimes de son mariage. Remarquant que la tournure de la conversation me plongeait dans un tel embarras que je ne savais plus quelle contenance prendre, il me suggéra de les laisser. J'acceptai avec plaisir, car je me rendais compte que Poppée aimerait mieux s'entretenir en tête-à-tête de ces questions avec un homme d'expérience si bien disposé à son endroit.

Derrière des portes closes, ils s'entretinrent tout l'après-midi. Enfin, Poppée sortit et, les yeux timidement baissés, le visage à demi dissimulé par le voile, elle me remercia d'une pression de la main. Othon me remercia de lui avoir présenté une femme si délicieuse et promit de faire de son mieux pour obtenir la dissolution du mariage. La conversation délicate qu'elle avait dû subir avait mis des taches rouges sur la blanche gorge de Poppée.

Othon tint sa promesse. En présence de deux juges et en s'appuyant sur tous les documents nécessaires, Néron prononça la nullité de l'union de mon amie et de Crispinus. Poppée obtint la garde de son fils et quelques semaines plus tard, sans même attendre les neuf mois traditionnels, Othon l'épousait. La nouvelle m'assomma et d'abord je refusai même de la croire. Ce fut comme si le ciel me tombait sur la tête. Les couleurs perdirent leur éclat et je souffris d'une si effroyable migraine que je dus rester quelques jours dans une chambre aux volets clos.

Lorsque j'eus retrouvé mon sang-froid, je brûlai mes poèmes sur l'autel domestique en jurant de ne jamais plus en écrire, serment que j'ai respecté jusqu'à aujourd'hui. Je compris, pour avoir moi-même éprouvé l'empire enchanteur de Poppée, que je ne pouvais rien reprocher à Othon. Dans ma simplicité, je m'étais imaginé qu'Othon, dont les aventures féminines et les liaisons avec des adolescents étaient aussi nombreuses que célèbres, ne serait pas attiré par une femme timide et ingénue comme Poppée. Mais peut-être Othon avait-il décidé de se ranger et Poppée ne pouvait avoir qu'une influence favorable sur cette âme débauchée.

Je reçus une invitation personnelle à leurs noces, écrite de la main de Poppée. En réponse, je leur envoyai une série de vaisseaux d'argent, les plus beaux que j'avais pu trouver. Mais au banquet lui-même, je crains fort de n'avoir été qu'une sorte de fantôme surgi du séjour souterrain et je bus plus que de coutume. Enfin, les yeux noyés de larmes, je fis observer à Poppée que moi aussi, j'aurais pu obtenir un divorce.

« Alors pourquoi ne pas me l'avoir dit? se récria-t-elle. Mais je n'aurais pas accepté de causer un tel chagrin à Sabine. Certes, Othon n'est pas sans défaut. Il est un peu efféminé et traîne une jambe, tandis qu'on remarque à peine ta claudication. Mais il m'a promis de changer de vie et d'abandonner les amis qui l'ont entraîné à certains vices. Le pauvre Othon est si sensible, il se laisse si aisément influencer par les autres! J'espère que ma propre influence fera de lui un homme nouveau.

– Et puis, il est plus riche que moi, lâchai-je, incapable de contenir plus longtemps mon amertume. Il est d'une famille très ancienne et c'est l'un des plus proches amis de l'empereur. »

Le regard de Poppée était lourd de reproche.

« Crois-tu cela de moi, Minutus? murmura-t-elle, les lèvres tremblantes. Je croyais que tu avais compris que la gloire et la richesse ne signifiaient rien pour moi si j'éprouvais de la sympathie pour quelqu'un. Je ne t'ai jamais considéré avec hauteur, alors que tu n'es qu'intendant général de la ménagerie. »

Elle était si triste et si belle que je capitulai et la suppliai de me pardonner.

Pour quelque temps, Othon fut transformé. Il se tint à l'écart des festins de Néron et quand ce dernier le mandait spécialement auprès de lui, il prenait congé bientôt, déclarant qu'il ne voulait pas faire attendre une épouse si belle. Il vanta tellement les charmes et les talents amoureux de Poppée que Néron se montra de plus en plus curieux de la connaître et pressa Othon de l'amener au Palatin.

Mais Othon expliqua que Poppée était beaucoup trop farouche et ne cessa ensuite de trouver de nouvelles excuses, ce qui ne l'empêcha pas de conter que même Vénus née de l'écume ne pouvait être plus belle que Poppée dans son bain matinal de lait d'ânesse. Othon avait acheté tout un troupeau de ces animaux qui étaient traits tous les jours pour l'usage exclusif de la toilette de son épouse.

Férocement jaloux, j'évitai toutes les réunions auxquelles participait Othon. Mes amis écrivains moquaient ma mélancolie. Peu à peu je me maîtrisai en me convainquant que si je l'aimais, je devais ne lui souhaiter que du bonheur. En apparence au moins, Poppée était parvenue à la position la plus avantageuse qu'elle pût espérer.

Cet épisode ne me rapprocha nullement de Sabine. Ma femme me devenait chaque jour plus étrangère. Chacune de nos rencontres dégénérait en querelle. Je me mis sérieusement à envisager le divorce, en dépit de la haine que je m'attirerais de la part des Flaviens. Mais je ne pouvais imaginer une réconciliation avec Sabine. Elle m'avait un jour donné à entendre que je l'avais définitivement dégoûtée des plaisirs de la couche conjugale.

Elle ne trouvait rien à redire à ce qu'une esclave experte aux joies de la chair me rejoignît parfois dans ma couche, pour autant que je la laisse, elle, en paix. Il n'y avait nulle raison légale de dissoudre notre mariage et la simple allusion à un divorce la faisait délirer de rage, car elle craignait par-dessus tout de perdre la compagnie de ses chers animaux. Je n'eus bientôt plus qu'un espoir, ce fut qu'un jour elle se ferait déchiqueter par l'un de ces lions qu'elle soumettait à sa puissante volonté et qu'elle contraignait à exécuter les tours les plus surprenants, avec l'aide du dompteur de lions Epaphroditus.

Ainsi passèrent pour moi les cinq premières années du règne de Néron. Ce fut probablement la plus heureuse et la plus prospère époque que le monde eût connue et peut-être même qu'il connaîtra jamais. Mais moi, je me sentais comme un animal en cage. Peu à peu, je négligeai les devoirs de ma charge, abandonnai l'équitation et pris du poids.

Cependant, en cela je ne me différenciais guère des Romains de mon âge. On voyait dans les rues des bandes de jeunes gens à longue chevelure mal peignée, trempés de sueur, qui chantaient et jouaient de la lyre, une nouvelle génération qui méprisait les vieilles et rigides coutumes. Quant à moi, j'étais gagné par l'indifférence à tout, car bien que je n'eusse pas trente ans, la meilleure part de ma vie s'était insensiblement éloignée.

Et puis Néron et Othon se brouillèrent. Pour rendre

Néron jaloux de son bonheur, Othon emmena un jour avec lui Poppée au Palatin. L'empereur tomba naturellement et instantanément amoureux de Poppée à en perdre l'esprit. Comme un enfant gâté qu'il était, il avait l'habitude d'obtenir tout ce qu'il désirait. Mais Poppée repoussa ses avances en disant qu'il n'avait rien qu'Othon ne lui eût déjà offert.

Après le festin au cours duquel on lui avait présenté Poppée, Néron avait ouvert un flacon de son parfum le plus précieux et tous les convives avaient été autorisés à en prendre quelques gouttes pour s'en oindre. Lorsque Néron, quelque temps plus tard, dîna chez Othon, celui-ci arrosa ses invités du même parfum, en une telle quantité qu'il s'en forma un brouillard.

On disait que Néron, dans son amour maladif, s'était en pleine nuit présenté chez Othon et avait en vain tambouriné à la porte. Othon ne l'avait pas laissé entrer, car Poppée considérait que ce n'était pas une heure convenable pour rendre des visites. On disait même qu'Othon, en présence de plusieurs témoins, avait eu l'impudence de lancer à Néron :

« Tu as devant toi le futur empereur. »

D'où lui venait cette idée? Etait-ce de quelque prophétie? Je ne sais. En tout cas, Néron avait su se maîtriser et s'était contenté de ricaner :

« Je ne peux même pas te voir en futur consul. »

Par un délicieux jour de printemps où fleurissaient les cerisiers dans le jardin de Lucullus, Poppée, à ma grande surprise, me fit appeler. Je croyais avoir réussi à l'oublier, mais mon indifférence n'était que pur semblant car j'obtempérai aussitôt, en tremblant de tous mes membres. Poppée n'avait jamais été aussi belle. Elle avait avec elle son petit garçon et se conduisait comme il sied à une tendre mère. Sa robe de soie révélait plus qu'elle ne dissimulait la bouleversante beauté de ses formes.

« Oh! Minutus, s'exclama-t-elle, comme tu m'as manqué! Tu es mon seul ami désintéressé. J'ai besoin de tes conseils. »

Je ne pus retenir un mouvement intérieur de méfiance, en me souvenant de ce qui m'était arrivé la dernière fois que je lui avais donné un conseil. Mais le sourire de Poppée était si candide que je ne pouvais rien penser de mal d'elle.

« On a dû te rapporter en quelle position effrayante je

me trouve aujourd'hui à cause de Néron, poursuivit-elle. Je ne comprends pas comment nous en sommes venus là. Je ne lui ai pourtant pas donné le moindre encouragement. Mais Néron me harcelle de ses déclarations d'amour, au point que le cher Othon est menacé de tomber en disgrâce parce qu'il protège ma vertu. »

Son regard me considéra avec attention. Ses yeux gris tournèrent au violet et, avec sa chevelure d'or soigneusement apprêtée, elle prit pour moi l'apparence d'une statue de déesse d'or et d'ivoire. Ses mains aux doigts fuselés se tordirent.

« Ce qui m'inquiète par-dessus tout, c'est que je ne puis demeurer tout à fait indifférente aux assauts de Néron. Il est beau, avec sa chevelure flamboyante. Et la violence même de ses sentiments me touche. Il y a tant de noblesse en lui, et tant d'élan artistique quand il chante. Sa voix et sa musique ébranlent mes nerfs au point que je puis à peine le regarder. C'est un être si désintéressé, un être comme toi! Je suis sûre que si je le lui demandais, il s'efforcerait de me protéger contre cette flamme qui couve en moi, plutôt que de l'attiser. Mais peut-être n'a-t-il pas vu quels sentiments sa seule présence éveille en moi. O Minutus, je tremble dès que je l'aperçois et jamais je n'avais tremblé en présence d'un homme. Fort heureusement, j'ai réussi pour l'instant à le lui cacher et autant que ma position me le permet, je m'efforce de l'éviter. »

Je ne sais pas si elle avait conscience de la souffrance que ses paroles m'infligeaient.

« O chère Poppée, m'écriai-je horrifié, tu es en grand danger. Il faut fuir. Demande à Othon de se porter candidat pour quelque proconsulat de province. Eloigne-toi de Rome. »

Poppée me fixa comme si elle doutait de ma raison.

« Comment pourrais-je vivre ailleurs qu'à Rome? J'en mourrais de chagrin. Mais il y a pire et plus étrange encore. Je n'aurais jamais osé t'en parler si je n'avais su que je puis compter sur ton absolue discrétion. Un devin juif, et tu sais jusqu'à quel degré de perspicacité ils peuvent atteindre, m'a dit il y a peu de temps qu'un jour – ne ris pas – qu'un jour je serai l'épouse d'un empereur.

– Mais, ma chère Poppée, n'as-tu pas lu ce que Cicéron dit des prophéties? N'encombre pas ta jolie petite tête de ces billevesées. »

Poppée eut une moue mécontente.

« Billevesées? répéta-t-elle d'une voix aigre. Qu'en sais-tu? La famille d'Othon est très ancienne et il a beaucoup d'amis au sénat. En fait, Néron ne peut intervenir dans cette prophétie qu'en dissolvant notre mariage. Lui-même a son Octavie, mais il jure qu'il n'a jamais couché avec elle tant est grand son dégoût de la pauvre fille. Par ailleurs, je ne comprends pas comment un empereur se satisfait d'une ancienne esclave comme compagne de lit. C'est si bas et méprisable à mes yeux que je bous de fureur lorsque j'y songe. »

Je me taisais, plongé dans mes pensées.

« Qu'attends-tu vraiment de moi? » demandai-je enfin, avec une certaine méfiance.

Poppée me tapota la joue, poussa un soupir à fendre l'âme et me jeta un regard plein de tendresse.

« O Minutus, tu n'es pas très perspicace, n'est-ce pas? Mais peut-être est-ce pour cela que je t'aime tant. Les femmes ont besoin d'amis à qui se confier entièrement, en toute honnêteté. Si tu étais vraiment mon ami, tu irais voir Néron pour lui raconter tout ce que je viens de te dire. Il n'hésitera pas à te recevoir si tu lui dis que tu viens de ma part. Il éprouve pour moi une si forte inclination qu'il t'écoutera, je le sais.

– Lui raconter tout ce que tu viens de me dire? Qu'entends-tu par là? Tu viens de m'affirmer que tu comptais sur ma discrétion. »

Poppée prit ma main et la pressa sur sa hanche.

« Dis-lui de me laisser en paix. Il met ma faiblesse naturelle à rude épreuve. Je ne suis qu'une femme et il est irrésistible. Mais si, dans ma faiblesse, je m'étais laissé séduire, j'aurais dû me donner la mort par respect pour moi-même. Je ne puis vivre dans le déshonneur. Parle-lui de la prophétie également, car je ne supporte pas l'idée qu'Othon lui cause le moindre mal. J'ai été assez stupide pour parler de cette prédiction à Othon et à présent je le regrette de tout mon cœur. Je n'imaginais pas à quel point il est ambitieux. »

Je n'avais pas le moindre désir de jouer de nouveau les intermédiaires pour Poppée. Mais sa vue m'ôtait toute volonté et, en se confiant ainsi avec tant d'abandon, elle réveillait en moi le penchant viril à protéger les faibles. Je dois à la vérité de dire que j'avais commencé de soupçonner que Poppée n'avait pas grand besoin d'être protégée. Cependant, il me semblait impossible de ne pas la croire quand on voyait la modestie timide de sa conduite et ses adorables yeux gris. Si elle avait eu le moindre pressentiment des désirs voraces qu'elle allumait dans mon corps sans vergogne, elle ne se serait certainement pas laissée aller dans mes bras et ne m'aurait pas permis de lui donner un baiser.

Après l'avoir longtemps cherché, je finis par trouver Néron au cirque de Caïus, en train d'exercer son quadrige espagnol. En galopant à une vitesse folle, il tentait de battre à la course le char de l'ancien exilé Caius Sophonius Tigellinus, qu'il avait engagé comme maître d'écurie. Il y avait quelques gardes à l'entrée, pour la forme. Sur les gradins, quelques spectateurs encourageaient et applaudissaient Néron.

Je dus patienter un long moment avant que l'empereur vînt, en ôtant son casque, le corps entier couvert de sueur, se faire enlever les bandes de lin qui protégeaient ses jambes. Tigellinus le complimenta pour ses rapides progrès et critiqua sévèrement les fautes que Néron avait commises en négociant ses virages et en manipulant les rênes. L'élève écouta en toute humilité les conseils du maître. Très raisonnablement, il s'en remettait sans réserve à Tigellinus pour tout ce qui concernait les chevaux et les chars.

Tigellinus ne laissait approcher personne et traitait ses esclaves avec une brutalité extrême. De haute taille et de puissante stature, le visage émacié, il posait sur le monde entier un regard arrogant, et paraissait convaincu que rien dans la vie ne pouvait être obtenu autrement que par la dureté. Il avait en un jour perdu tout ce qu'il possédait, mais dans son exil s'était rebâti une fortune en élevant des chevaux et en se mêlant de pêcheries. On disait que lui présent, aucune femme et aucun adolescent ne pouvaient se sentir en sécurité.

Comme j'indiquais avec force gestes et grimaces que j'étais porteur d'un message d'importance, Néron m'invita à l'accompagner aux thermes du jardin attenant. Lorsque j'eus murmuré le nom de Poppée à ses oreilles, il renvoya ses autres compagnons et, en signe de faveur, me demanda de frotter à la pierre ponce son corps trapu imprégné de poussière. Il me pressa vivement de questions et eut tôt fait d'extraire de moi un compte rendu pratiquement exhaustif de tout ce que Poppée avait dit.

« Il faut donc que tu la laisses en paix, concluai-je

solennellement. C'est tout ce qu'elle demande. Ainsi son âme ne sera plus déchirée de sentiments contradictoires. Son seul désir est de demeurer une femme honorable. Tu connais bien sa modestie et sa candeur. »

Néron s'esclaffa puis, brusquement sérieux, hocha plusieurs fois du chef.

« Certes, j'aurais mieux aimé que tu revinsses en brandissant des lauriers à la pointe de ta lance, ô messager, dit-il. Ta perspicacité quand il s'agit des femmes me remplit d'étonnement. Mais quant à moi, je suis las de leurs caprices. Il y a d'autres femmes au monde que Lollia Poppée. Je la laisserai donc en paix. Qu'elle veille pour sa part à ne plus venir se dandiner sous mon nez comme elle a fait jusqu'à présent. Salue-la de ma part et dis-lui que ses conditions sont par trop exorbitantes.

– Mais elle n'a posé aucune condition », protestai-je, rempli de confusion.

Néron me jeta un regard de pitié.

« Tu ferais mieux d'aller surveiller tes fauves et ta propre épouse, dit-il. Et envoie-moi Tigellinus pour qu'il me lave les cheveux. »

Ainsi donc, il me congédiait. Mais je pouvais le comprendre. S'il était vraiment si follement amoureux de Poppée, il devait à présent éprouver une cuisante déception. Je me précipitai chez mon amie pour lui apprendre la bonne nouvelle mais, à ma grande surprise, elle ne se réjouit nullement. En fait, elle jeta à terre une fiole qui se brisa en mille morceaux et répandit un onguent dont le parfum me fit tourner la tête.

Le visage contracté et enlaidi par la colère, elle cria :

« Nous verrons bien qui de lui ou de moi gagnera, pour finir ! »

Je n'ai pas oublié certain jour de l'été qui suivit, où j'eus une discussion avec le surveillant de l'aqueduc au cours de laquelle j'exigeai avec entêtement la pose de nouvelles conduites plus grosses pour la ménagerie. Depuis quelques jours un vent brûlant soufflait, charriant de la poussière rouge et me causant de violentes migraines.

L'alimentation en eau de la ville était un constant sujet de discorde, car les riches patriciens disposaient de leurs propres dérivations à partir de l'aqueduc, qui approvisionnaient leurs thermes privés, remplissaient leurs bassins et arrosaient leurs jardins, tandis que la population de Rome ne cessait de croître, ce qui aggravait sans cesse la pénurie.

Il ne m'échappait pas que la position du surveillant était difficile. Quoiqu'un homme avisé pût s'enrichir dans cette charge, elle n'était guère enviée. Mais en ce qui me concernait, j'estimai que la ménagerie méritait un traitement particulier et que je n'avais nulle raison de payer pour ce qui me revenait de droit.

Nous avions atteint le point de rupture. Il refusait toujours et je m'obstinais. Nous commencions à avoir du mal à garder notre conversation dans les limites des formes de la politesse. J'aurais volontiers renoncé, mais la fureur de mon épouse menaçait d'être encore plus éprouvante que cet entretien.

« Je connais par cœur les décisions du sénat sur la question de l'approvisionnement en eau, déclarai-je pour en finir. Je porterai l'affaire moi-même jusque devant Néron, bien qu'il n'aime pas être dérangé pour de pareilles broutilles. Je crains que tout cela ne se termine beaucoup trop mal pour toi. »

Le surveillant, un butor, sourit ironiquement.

« Comme tu voudras. Mais à ta place, je n'irais pas tracasser Néron avec la question de la distribution de l'eau à Rome. Pas en ce moment. »

Cela faisait longtemps que je n'avais pas entendu de ragot. Je lui demandai donc ce qui se passait.

« L'ignores-tu vraiment ou bien fais-tu semblant? demanda-t-il, incrédule. Othon a été nommé proconsul en Lusitanie et invité à partir dans les plus brefs délais. Ce matin, Néron a dissous officiellement le mariage d'Othon et de Poppée. Sur la requête d'Othon, bien entendu. Toutes affaires cessantes, Néron s'est précipité pour offrir sa protection à la malheureuse Poppée, ainsi abandonnée sans défense. Elle s'est installée au Palatin. »

J'eus l'impression de recevoir un coup de bâton sur mon crâne déjà douloureux.

« Je connais Poppée, me récriai-je. Elle n'aurait jamais agi ainsi de son plein gré. Néron l'aura certainement enlevée et conduite de force au Palatin. »

Le surveillant secoua sa tignasse grise.

« Je crains bien que nous n'ayons une nouvelle Agrippine en remplacement de l'ancienne. On dit que la mère de Néron va quitter la demeure d'Antonia pour la campagne d'Antium. »

Je ne pouvais me résoudre à prendre au sérieux ces insinuations. Le nom d'Agrippine fut tout ce que je retins de ces propos. J'oubliai mes fauves assoiffés et le bassin à sec des rhinocéros. Agrippine était la seule personne que je croyais capable de sauver Poppée des entreprises immorales de Néron. La mère aurait suffisamment d'influence sur son fils pour l'empêcher de violer publiquement la plus belle femme de Rome. C'était à moi de protéger Poppée puisqu'elle ne pouvait plus se protéger seule.

Hors de moi, je me ruai à la vieille maison d'Antonia sur le Palatin, que je trouvai en plein chaos, en raison du départ imminent de ses occupants. Nul ne s'opposa à mon entrée. Agrippine était plongée dans une rage froide. A ses côtés, je découvris Octavie, la silencieuse jeune fille qui ne possédait que son titre de femme de l'empereur. Fille du premier mariage de Claude, la demi-sœur d'Agrippine, Antonia, une femme belle encore, était là aussi, avec son second mari, Faustus Sulla. Mon apparition inattendue interrompit brusquement leur conversation mais Agrippine me salua d'une voix aigre :

« Quelle agréable surprise, après tant d'années! Je croyais que tu avais oublié tout ce que j'ai fait pour toi et que tu étais aussi ingrat que mon fils. Je suis d'autant plus heureuse de te voir que tu es le seul chevalier romain à être venu dire au revoir à une pauvre exilée.

– Oui, j'ai peut-être négligé notre amitié, concédai-je, au désespoir. Mais nous n'avons pas de temps à perdre en bavardages inutiles. Tu dois arracher Poppée des griffes avides de Néron et la prendre sous ta protection. Ton fils ne déshonore pas seulement l'innocente Poppée, il se couvre d'infamie aux yeux de tout Rome. »

Agrippine me dévisagea en secouant la tête.

« J'ai fait tout ce que j'ai pu, lança-t-elle d'une voix cassante. J'ai même pleuré et blasphémé pour arracher mon fils des mains de cette intrigante débauchée. En remerciement, j'ai reçu l'ordre de quitter Rome. Poppée est parvenue à ses fins, elle s'agrippe à Néron comme une sangsue. »

Je voulus démentir, la persuader que Poppée désirait seulement que Néron la laissât en paix, mais Agrippine ricana amèrement. Elle n'attendait rien de bon d'une femme.

« Cette catin lui a tourné la tête à force de débauches, reprit-elle. Néron était déjà travaillé de mauvais penchants, en dépit de tous mes efforts pour le tenir à l'écart des influences malsaines. Mais j'ai commencé à écrire mes mémoires, je les compléterai à Antium. J'ai tout sacrifié à mon fils, j'ai même commis des crimes que lui seul peut absoudre. On peut bien le dire désormais, puisque tout un chacun les connaît. »

Une étrange lueur passa dans ses yeux et elle leva la main comme pour se protéger d'un coup. Puis, baissant les yeux sur Octavie, elle lui caressa la joue.

« Je vois l'ombre de la mort sur ton visage, lui dit-elle. Tes joues sont froides comme glace. Mais ces ombres se dissiperaient si Néron se remettait de sa folie. Même l'empereur ne peut défier la volonté du sénat et du peuple. Personne ne peut plus faire confiance à Néron. C'est un effroyable hypocrite, un comédien-né. »

Comme mon regard se posait sur Antonia, belle encore en dépit de sa pâleur, un spectre du passé me traversa l'esprit, pour mon plus grand déplaisir : je songeai à sa demi-sœur Claudia, qui avait traîné dans la boue mon amour pour elle. Je suppose que les folles accusations d'Agrippine contre Poppée m'avaient troublé l'esprit, car la question me vint aux lèvres sans que j'y prisse garde :

« A propos de mémoires, te souviens-tu de Claudia? Comment va-t-elle? S'est-elle amendée? »

Je crois que si sa fureur ne lui avait pas fait perdre tout bon sens, Agrippine aurait ignoré ma question.

« Demande au bordel de la marine, à Misenum, répliqua-t-elle avec une joie mauvaise. Je t'avais promis de faire enfermer Claudia dans une maison où l'on compléterait son éducation. Un bordel est un établissement parfaitement approprié pour une bâtarde. »

Elle me fixait de son regard de Méduse.

« Tu es bien le benêt le plus crédule que j'aie jamais rencontré! Quand je te parlais, tu ouvrais la bouche toute grande comme pour mieux gober toutes les fausses preuves de sa prétendue débauche. Mais la vérité, en ce qui la concerne, c'est qu'elle avait suffisamment fauté en ayant une liaison avec un chevalier romain. Si j'avais su quel ingrat tu deviendrais, je ne me serais jamais donné tant de mal pour l'empêcher d'attirer le malheur sur ta tête. »

Antonia éclata de rire.

« Tu l'as vraiment envoyée dans un bordel? interrogea-t-elle. Je me demandais pourquoi elle avait tout à coup cessé de me harceler pour que je la reconnaisse comme ma sœur. » Les narines frémissantes, elle caressa sa douce gorge comme pour en chasser un insecte invisible et il y eut en cet instant une étrange et délicate beauté dans sa frêle silhouette.

Le coup me coupa le souffle. Incapable d'articuler un son, horrifié, je contemplais ces deux femmes monstrueuses. Soudain, la clarté se fit et mon esprit embrassa d'un coup tout ce qu'il s'était jusque-là refusé à voir. Je crus enfin toutes les horreurs que j'avais entendu raconter sur le compte d'Agrippine depuis des années.

Je compris aussi que Poppée avait grossièrement abusé de mon amitié pour parvenir à ses fins. Ces pensées affluèrent en un instant, comme une révélation. Ce fut comme si, dans ce court moment, je vieillissais de plusieurs années et que mon cœur se durcissait en même temps. Peut-être, sans le savoir, attendais-je depuis longtemps ce changement? Autour de moi, les barreaux de la cage craquaient et je me retrouvais à l'air libre, en homme libre.

La plus grande stupidité de ma vie avait été de parler de Claudia à Agrippine. Il me fallait la réparer, d'une façon ou d'une autre. Il me fallait commencer ma vie à nouveau depuis ce jour vieux de plusieurs années, où Agrippine avait instillé dans mon esprit le poison de la défiance envers Claudia et détruit mon amour pour elle.

Ayant décidé d'agir avec précaution, je me rendis à Misenum sous le prétexte d'examiner la possibilité d'y faire venir des animaux d'Afrique par les navires de guerre. Le commandant de la flotte, Anicetus, ancien barbier, avait fait office de précepteur de Néron dans les premières années de l'adolescence du futur empereur. Mais la marine était une activité fort éloignée de la Cour et nul chevalier romain ne désirait y servir. Aujourd'hui, le commandant de la flotte, Pline, naturaliste auteur d'un certain nombre d'ouvrages de référence, emploie ses navires et ses marins à collecter des plantes rares et des cailloux dans les contrées lointaines. Sans nul doute, les navires de guerre pourraient servir à de pires usages et les marins, en circulant dans le monde entier, enrichissent les Barbares du sang de la louve.

Anicetus me reçut avec respect, car j'étais de noble naissance, chevalier et fils de sénateur. Les clients de mon père trafiquaient beaucoup avec les arsenaux maritimes et Anicetus recevait d'eux de solides pots-de-vin. Nous vidâmes quelques coupes et après s'être vanté de son éducation grecque, de sa collection de fresques et d'objets d'art, l'ivresse le gagnant, il se mit à me débiter des histoires obscènes qui révélaient ses propres dépravations.

« Chacun son vice, dit-il. C'est tout à fait naturel, il n'y a nulle honte à avoir. La chasteté n'est qu'une forme d'hypocrisie. J'ai implanté cette vérité dans la tête de Néron il y a fort longtemps. Je ne hais personne comme ces gens qui se prétendent vertueux. Comment les aimes-tu? Minces ou plantureuses? Belles ou disgracieuses? A moins que tu ne préfères les garçons? Je peux te procurer des petites filles ou des vieilles femmes, une acrobate ou une vierge intacte. Te plairait-il d'assister à quelque flagellation? A moins que toi-même tu n'aimes être fouetté? Oui, nous pouvons célébrer un mystère dionysiaque conforme au rituel, si tel est ton penchant. Un mot, un signe de toi et je ferai en sorte de satisfaire tes désirs les plus secrets, par simple amitié pour toi. Nous sommes à Misenum, comme tu le sais, et donc point trop éloignés de Baiae, de Puteoli et de Naples où règnent les vices alexandrins. De Capri, nous avons hérité l'ingéniosité dont le divin Tibère fit preuve en la matière et Pompéi nous offre ses merveilleux bordels. Veux-tu que nous y allions en quelques coups de rame? »

J'hésitai un instant puis, comme si la franchise de mon interlocuteur avait eu raison de ma pudeur, me lançai :

« J'ai toujours trouvé un charme piquant à ces nuits où ton élève doué nous entraînait, déguisés, dans les bas-fonds de Subure. Je ne crois pas avoir jamais connu de plaisir comparable à ceux que j'ai goûtés dans les plus misérables bordels d'esclaves. Comprends-tu cela? Il advient parfois qu'on se lasse des friandises les plus délicates et qu'on se régale de pain grossier et d'huile rance. Mes inclinations sont à l'inverse des tiennes. J'y avais renoncé depuis mon mariage mais ce soir, j'éprouve un ardent désir de connaître ces bordels de la marine dont on m'a vanté l'organisation. »

Anicetus sourit d'un air libidineux, avec des hochements de tête compréhensifs.

« Nous avons trois maisons closes, la meilleure pour les officiers, une autre pour les hommes et la pire, pour les esclaves des galères. Tu ne me croiras peut-être pas, mais je reçois de temps à autre la visite de nobles dames de Baiae qui, repues de plaisirs moins grossiers, ne rêvent plus que de servir une nuit entière dans un bordel. Les plus débauchées prisent particulièrement les esclaves des galères et elles les servent avec un zèle qui surpasse nos prostituées les plus expertes. La bonne gestion de nos maisons exige que les filles travaillent d'abord dans la première, puis dans celle des officiers, et enfin au bout de trois ans, dans celle des esclaves. Certaines d'entre elles arrivent à survivre dix ans mais dans cette profession épuisante, la moyenne est de cinq ans. Il y en a qui se pendent, bien sûr, d'autres qui tombent malades et deviennent inutilisables, d'autres encore boivent tant qu'elles sont une cause de désordre. Mais nous recevons constamment de nouvelles recrues, qu'on nous envoie de Rome et de toutes les villes d'Italie. Les bordels de la marine sont une institution pénale où l'on envoie les filles qui se sont mal conduites, aussi bien celle qui a volé ses pratiques que celle qui a brisé un pot de vin sur la tête d'un client brutal.

– Qu'advient-il de celles qui parviennent au terme de leur service ?

– Il faudrait qu'elles soient extraordinairement usées pour ne plus servir mes esclaves. Ne t'inquiète pas. Il n'y en a pas qui sorte vivante de mes maisons. Nous avons toujours des hommes qui prennent leur plaisir à tuer de temps à autre des femmes, de très désagréable façon. Nous nous employons à les tenir en laisse. Le but de mes maisons est de protéger les femmes honnêtes du voisinage contre les violences de mes marins. Sur mes rôles, j'ai par exemple un homme qui a besoin, une fois par mois, de sucer le sang à la veine jugulaire d'une femme. On le punit en l'enchaînant au banc de nage. Ce qui est stupide, c'est que chaque fois qu'il a commis son forfait, il le regrette amèrement et supplie qu'on le fouette à mort. »

Je ne croyais pas tous les contes d'Anicetus. C'était un fanfaron qui essayait de m'impressionner par ses dépravations, parce qu'au fond c'était un homme faible, inconsistant. Je crus aussi discerner dans ses propos la propension habituelle des marins à exagérer.

D'abord, il me conduisit dans un délicieux temple circulaire dédié à Vénus, d'où l'on découvrait l'étincelant panorama de la mer et qui était relié par un tunnel aux quartiers des marins, pour éviter d'attirer inutilement l'attention. Les deux premiers bordels ne différaient guère de leurs homologues romains et possédaient même l'eau courante. Mais la maison réservée aux esclaves des galères ressemblait davantage à une prison et je pus à peine supporter la vision de ses pensionnaires bestialement avilies.

J'eus beau fouiller consciencieusement les bordels, je ne découvris pas Claudia. Ce fut le lendemain, dans la forteresse maritime de Puteoli, que je la trouvai. Je ne vis d'abord qu'une femme qui paraissait bien plus vieille que son âge, dont les cheveux et les sourcils avaient été rasés pour la débarrasser de sa vermine. Lorsque je l'aperçus, elle portait une tunique d'esclave en haillons et s'affairait aux fourneaux des cuisines de la forteresse.

En fait, pour ma part, je ne reconnus que ses yeux, tandis qu'elle m'avait reconnu tout de suite bien qu'elle se gardât de le montrer. Je l'échangeai sans peine contre une bague d'argent. J'aurais pu l'avoir pour rien si je l'avais désiré, mais pour ne pas donner l'éveil aux censeurs, je préférai avoir recours à la corruption.

Quand nous nous installâmes dans la meilleure hôtellerie de la cité, Claudia desserra enfin les dents :

« Tu as dû mettre beaucoup d'ardeur dans tes recherches, dit-elle d'une voix acerbe, pour m'avoir trouvée si vite. Cela ne fait que sept ans depuis la dernière fois que nous nous sommes vus. Qu'attends-tu de moi ? »

Elle accepta, comme je le lui demandais, de se vêtir de manière plus respectable, de cacher son crâne tondu sous une perruque et de mettre du noir sur ses sourcils rasés. Grâce à son travail à la cuisine, elle avait plutôt pris du poids et sa santé n'était pas compromise.

Mais elle ne voulut pas dire un mot de ce qu'elle avait souffert à Misenum. La paume de ses mains était dure comme le bois, la plante de ses pieds semblait faite du cuir le plus rude et le soleil lui avait donné un teint d'acajou foncé. En dépit de la perruque et des vêtements, nul ne pouvait douter qu'elle fût esclave. Plus je la regardais, plus elle me paraissait étrangère.

« Agrippine, articulai-je enfin, au désespoir. Nulle autre qu'Agrippine n'est responsable de ton sort. Dans la candeur de ma jeunesse, j'ai voulu lui dire un mot en ta faveur. Elle m'a trompé.

– Je ne me plains pas, rétorqua sèchement Claudia. Tout ce qui est arrivé était nécessairement conforme à la volonté de Dieu, qui a sans doute voulu mortifier mon corps orgueilleux. Crois-tu que je serais encore vivante si le Christ n'avait raffermi mon cœur ? »

Si la superstition chrétienne l'avait aidée à supporter

l'humiliation de l'esclave, je n'y trouvais rien à redire. Je me mis donc à lui parler avec précaution de ce qu'il était advenu de moi. Pour regagner sa confiance, je lui racontai mes rencontres avec Paul et Céphas à Corinthe et lui appris que mon affranchi Hierex Lausus était devenu un chrétien influent. Claudia m'écoutait, le menton dans la main et ses yeux sombres s'éclairaient peu à peu tandis que son intérêt s'éveillait.

« Ici, dit-elle, à Puteoli, plusieurs de nos frères marins se sont convertis après avoir entendu raconter comment Jésus de Nazareth avait marché sur l'eau. Sans leur aide, je ne serais jamais sortie de la maison close de Misenum.

– La vie du marin est pleine de dangers et on dit que Naples et Puteoli sont, dans bien des domaines, le dépotoir de l'Orient. Je ne m'étonne pas que la nouvelle foi ait pu s'y répandre, sur les talons des Juifs. »

Claudia scrutait mon visage.

« Et toi, Minutus? Tu ne crois donc en rien? »

Je réfléchis longuement et secouai la tête.

« Non, Claudia. Je ne crois plus en rien. Mon cœur s'est endurci. »

Claudia frappa ses rudes mains l'une contre l'autre, en un geste décidé.

« Alors, je dois t'aider à découvrir la bonne voie. Je suis sûre que c'est pour cela que tu as été conduit à me trouver et à acheter ma liberté. Après Misenum, l'esclavage était le plus grand présent que Dieu pouvait m'envoyer.

– Personne ne m'a conduit, dis-je, agacé. Je me suis lancé à ta recherche de mon propre chef aussitôt que j'ai entendu Agrippine m'avouer qu'elle m'avait trompé. »

Claudia me jeta un regard de pitié.

« O Minutus, tu n'as pas de volonté personnelle. Si tu en avais jamais eu, tout aurait été bien différent. Je n'ai nul désir de quitter l'assemblée chrétienne de Puteoli, mais je me rends compte que je dois te suivre à Rome. Jour et nuit, je m'efforcerai d'obtenir de toi que tu renonces à ton orgueil pour devenir sujet du royaume secret du Christ. Et ne prends pas cet air consterné. En lui, tu trouveras la seule joie et la seule paix qui se puissent trouver en ce monde périssable. »

Je songeai que les duretés de sa vie passée lui avaient troublé l'esprit et n'osai pas discuter davantage avec elle. Nous ralliâmes Antium sur un navire transportant des fauves et de là gagnâmes Ostie, puis Rome où je l'hébergeai secrètement dans ma demeure de l'Aventin. Je l'avais présentée comme une nouvelle servante et tante Laelia la prit en affection. Ma vieille parente, retombée en enfance, passait ses journées à jouer à la poupée.

Mais il ne se passa plus un seul jour sans que Claudia ne me harcèle au nom de son Jésus de Nazareth. Je fuyais ma maison pour me réfugier à la ménagerie, mais la méchanceté de Sabine m'y rendait la vie tout aussi insupportable. Ses manières devenaient chaque jour plus autoritaires, depuis qu'un de ses amis avait accédé à un poste important au Trésor et qu'elle ne dépendait plus de mon argent. Dans la pratique, c'était elle qui désormais dirigeait la ménagerie, réglait chaque détail et jusqu'aux spectacles de l'amphithéâtre. Elle se produisait même en public pour y faire admirer ses talents de dompteuse de lions.

Je crois qu'à la même époque, la vie de Néron était devenue presque aussi intolérable que la mienne. En exilant sa mère à Antium pour installer publiquement Poppée au Palatin, il n'avait fait que tomber de Charybde en Scylla. La brutalité du traitement réservé à Octavie avait déplu au peuple. Poppée le harcelait de supplications et de pleurs pour obtenir qu'il se séparât légalement d'Octavie et brandissait sans cesse devant lui le spectre des intrigues d'Agrippine, non sans quelque raison peut-être. Néron fut contraint d'exiler à Massilia le mari d'Antonia, Faustus Sulla. Antonia accompagna naturellement son époux et disparut de ma vue pour cinq ans.

Sénèque était définitivement opposé au divorce impérial et le vieux Burrus disait que si Néron se séparait d'Octavie, il lui faudrait aussi renoncer à sa dot, l'empire. Et Lollia Poppée ne tenait pas particulièrement à s'en aller à Rhodes pour y vivre en épouse d'un artiste libéré de tout souci politique.

Agrippine a sans doute causé elle-même sa perte, poussée par le goût du pouvoir et par la jalousie. Pour la soutenir dans ses desseins, elle avait encore la fortune héritée de son deuxième époux et de Claude et, en dépit de l'exil de Pallas, elle conservait encore une grande influence. Cependant, de l'avis général, elle n'avait plus de vrais amis. Plus qu'une conspiration politique, Néron craignait qu'elle ne publiât ses mémoires, qu'elle écrivait de sa propre main à Antium, n'osant pas les dicter même à ses esclaves les plus sûrs. Elle laissa inconsidérément se répandre la nouvelle qu'elle rédigeait ses souvenirs, de sorte que beaucoup de gens mêlés de près ou de loin à ses crimes se prirent à souhaiter sa mort.

Quant à moi, dans le secret de mes pensées, j'accusais Agrippine d'avoir détruit ma vie quand j'étais encore jeune, entreprenant et amoureux de Claudia, et je lui faisais porter la responsabilité de tous les malheurs qui m'étaient arrivés par la suite. Un soir, je rendis visite à la vieille Locuste dans sa petite maison de campagne. La vieille me sourit comme peut sourire une tête de mort et m'expliqua, sans la moindre réticence, que je n'étais pas la première personne à venir la voir dans l'intention que je venais de lui dire.

En principe, elle n'avait pas d'objection à composer un poison pour Agrippine; ce n'était qu'une question de prix. Mais elle secoua sa tête experte en m'avouant qu'elle avait déjà gaspillé en vain ses produits. Agrippine était beaucoup trop méfiante, elle faisait elle-même sa cuisine et n'osait même pas goûter les fruits de ses propres arbres, car ils étaient trop faciles à empoisonner. J'en déduisis que la vie ne devait plus apporter le moindre plaisir à Agrippine, même si elle prenait sa revanche en écrivant ses mémoires.

Néron retrouva la paix de l'esprit et se réconcilia tout à fait avec Poppée à l'instant où il arrêta sa décision d'assassiner sa mère. La raison d'Etat exigeait la mort d'Agrippine aussi impérieusement qu'elle avait requis celle de Britannicus. Et nul n'entendit Sénèque émettre le moindre murmure contre ce projet de meurtre, quoiqu'il n'eût pas, bien entendu, désiré y être mêlé.

La seule question qui demeurait pendante était celle du moyen à employer, pour déguiser l'assassinat en accident. L'imagination de Néron se mit à travailler pour satisfaire son goût du drame, et il en délibéra passionnément avec ses proches amis.

Tigellinus, qui avait des raisons personnelles de haïr Agrippine, proposa de la tuer en la renversant avec son char. Mais il fallait l'attirer sur la route d'Antium. Je suggérai quant à moi d'introduire des fauves dans ses jardins mais ils étaient trop bien gardés.

Néron croyait que je participais au complot par pure affection pour Poppée et pour lui et ignorait que c'était un inflexible désir de vengeance qui me poussait. Agrippine avait mérité mille fois la mort pour ses crimes et à mes yeux, il n'était que juste qu'elle mourût de la main de son fils.

« Toi aussi, tu as du sang de la louve dans les veines, Julius, mon fils. Efforce-toi d'en être moins esclave que ne le fut ton père. »

En fait, ce fut par l'intermédiaire de mon épouse que nous trouvâmes une méthode adéquate. Un ingénieur grec lui avait fait la démonstration d'une barque de son invention. Le navire pouvait transporter des animaux et un seul homme, grâce à un ingénieux système de leviers, pouvait à n'importe quel moment désintégrer la coque, relâchant ainsi les bêtes dans l'eau.

Sabine s'exaltait à l'idée de monter un spectacle dans les naumachies qu'on venait de construire. En raison de leur coût, je m'étais opposé à l'achat d'animaux marins, mais Sabine avait fini par l'emporter. La nouvelle invention avait entraîné un tel mouvement de curiosité qu'Anicetus était venu de Misenum pour la représentation.

A l'apogée du spectacle, le bateau comme prévu se défit en morceaux. La foule hurla de joie en voyant les bisons et les lions affronter les monstres aquatiques ou nager jusqu'au bord du bassin où de courageux chasseurs les abattaient. Néron applaudit vigoureusement.

« Peux-tu me construire un navire semblable, lança-t-il à Anicetus, mais plus grand et plus beau, assez beau pour porter la mère de l'empereur? »

Je promis qu'Anicetus pourrait consulter les plans secrets du Grec, mais il me semblait qu'une solution aussi théâtrale nécessitait de mettre trop de monde dans la confidence pour que le secret fût gardé.

Pour me manifester sa reconnaissance, Néron m'invita aux fêtes de Baiae en mars, afin que je pusse voir de mes propres yeux le spectacle qu'il avait imaginé. En public et jusque devant le sénat, Néron avait commencé de jouer la comédie du fils repentant qui aspirait à une réconciliation avec sa mère. On pouvait en finir, expliquait-il, avec les différends et les mouvements de mauvaise humeur, il suffisait pour cela d'un peu de bonne volonté de part et d'autre.

Les espions d'Agrippine s'étaient empressés de lui transmettre la nouvelle de ce changement. Aussi ne fut-elle pas particulièrement surprise ni méfiante lorsque à Antium elle reçut une lettre de Néron qui l'invitait en termes choisis à la fête de Minerve à Baiae. L'occasion semblait bien choisie, car Minerve est la déesse des écoliers et Baiae, loin de Rome et de la querelleuse Poppée, était un lieu bien adapté à une réconciliation.

Le jour de Minerve est un jour de paix au cours duquel le sang ne doit pas couler et nulle arme ne doit être visible. Néron avait d'abord eu l'intention d'envoyer le nouveau vaisseau d'apparat chercher Agrippine à Antium, pour manifester qu'il comptait rétablir sa mère dans ses droits. Mais nous calculâmes, à l'aide d'une clepsydre, que dans ce cas, le bateau devrait être coulé de jour. En outre, poussée par sa méfiance bien connue, Agrippine pourrait tout aussi bien refuser l'honneur qui lui était fait et voyager par terre.

Pour finir, elle aborda la base navale de Misenum dans son propre navire manœuvré par ses esclaves de confiance. Néron vint au-devant d'elle avec toute sa suite. Il avait insisté pour que Sénèque et Burrus fussent présents, afin de renforcer la signification politique de cette réconciliation.

Je ne pus qu'admirer les talents d'acteur dont Néron fit preuve quand il se précipita dans les bras d'Agrippine, les larmes aux yeux, en la saluant du nom de « meilleure des mères ». Elle, de son côté, avait revêtu ses plus beaux atours. On eût dit une frêle déesse à laquelle les épaisses couches de fard conféraient un visage impassible.

Le jour de Minerve est tout imprégné de gaieté printanière. Le peuple, qui ne comprend rien aux affaires de l'Etat, salua Agrippine avec allégresse et l'applaudit tout le long du chemin pendant qu'on la conduisait à son domaine campagnard de Bauli, près du lac Locrinus. Sur les berges de ce dernier avaient été tirés au sec quelques navires de guerre vétustes et le bateau d'apparat magnifiquement décoré. Sur l'ordre de Néron, Anicetus le mit à la disposition d'Agrippine. Mais après une nuit à Bauli, elle préféra être ramenée à Baiae, pour jouir des acclamations de la foule tout au long de la route.

A Baiae, durant les cérémonies officielles en l'honneur de Minerve, Néron plaça Agrippine au premier rang et se tint lui-même en arrière comme un écolier timide. Le banquet de la mi-journée offert par les magistrats de la cité, avec ses nombreux discours et la sieste qui suivit, nous occupa au point que la nuit était déjà tombée lorsque le banquet du soir commença, en présence de Sénèque et de Burrus. Agrippine était étendue à la place d'honneur.

Néron était assis à ses côtés et lui parlait avec animation. On but beaucoup et quand Agrippine eut remarqué qu'il se faisait tard, l'expression de Néron devint sérieuse et, baissant la voix, il entreprit sa mère sur les affaires de l'Etat.

D'après les bribes que je pus en saisir, il me sembla que leur conversation portait sur l'avenir de Poppée. Agrippine était inflexible. Trompée par l'humble attitude de Néron, elle déclara que tout ce qu'elle demandait, c'était qu'il l'envoyât en Lusitanie, auprès d'Othon. Après cela, Néron pourrait de nouveau compter sur le soutien et l'amour de sa mère, car elle n'avait pas d'autre but que le bien de son fils.

Néron parvint à tirer de ses yeux quelques larmes de colère avant d'annoncer que sa mère lui était plus chère que n'importe quelle femme au monde. Il lut même quelques poèmes qu'il avait écrits en son honneur.

Agrippine était ivre de vin et de la joie de la victoire, car les humains aiment croire que ce qu'ils espèrent est vrai. Je remarquai néanmoins qu'elle ne touchait jamais sa coupe avant que Néron y eût bu, et ne touchait nul mets que Néron ou sa propre amie Acerronia n'eussent préalablement goûté. Je ne crois pas qu'à ce moment elle agissait ainsi par méfiance, mais par une habitude que des années de soupçons avaient profondément enracinée en elle.

Anicetus montra aussi des talents d'acteur en venant annoncer, la mine inquiète, que les navires de guerre qui avaient servi à la cérémonie avaient accidentellement arraisonné la trirème d'Agrippine. Les dégâts étaient trop importants pour que le bateau pût rallier Antium sans réparations. Mais le vaisseau d'apparat et son équipage étaient à la disposition d'Agrippine.

Nous accompagnâmes en cortège la mère de l'empereur jusqu'au port gaiement éclairé. Néron l'embrassa sur les yeux et la poitrine et guida ses pas chancelants quand elle monta à bord. De sa voix si bien modulée, il lui souhaita bonne route :

« Porte-toi bien, ô ma mère. Sans toi, je ne saurais gouverner. »

A la vérité, je dois dire que Néron me parut un peu forcer son talent et par ces adieux prolonger son numéro de manière exagérée. La nuit était calme et le ciel piqueté d'étoiles. Quand le navire se fut éloigné à force de rames, Sénèque et Burrus se retirèrent dans leurs appartements tandis que nous, les conspirateurs, nous retournions au festin.

Néron se taisait. Soudain, blêmissant, il quitta la table et sortit pour vomir. Un instant, nous craignîmes qu'Agrippine eût réussi à verser un poison dans sa coupe et puis nous comprîmes que la journée avait été éprouvante pour lui. L'âme sensible de Néron flanchait sous la tension de l'attente, en dépit des efforts d'Anicetus qui ne cessait de répéter que la machination ne pouvait échouer. Le commandant de la flotte était persuadé d'avoir agencé le piège de la plus adroite manière.

J'appris ce qu'il était advenu ensuite par le centurion Obaritus auquel Anicetus avait confié le commandement du navire d'apparat. Aussitôt à bord, Agrippine s'était retirée, dans la cabine somptueusement équipée qui lui était réservée. Mais elle n'avait pu trouver le sommeil. Quand elle se vit perdue au milieu de l'onde noire, avec pour seule compagnie Acerronia et son procurateur Crepeius Gallus, sur un navire manœuvré par des marins inconnus, elle sentit ses soupçons se réveiller.

Elle envoya Gallus à la poupe pour demander que le navire mît le cap sur Bauli, où elle désirait passer la nuit avant de repartir pour Antium à l'aube. Anicetus savait que durant son exil dans l'île de Pandaria, Agrippine avait pourvu à son entretien en pêchant les éponges et il avait donc prévu que la désintégration du navire s'opérerait en deux phases.

Une première pression sur un levier ferait effondrer la légère construction du pont, et puis un autre levier déclencherait l'éclatement de la coque proprement dite. Le soin d'équiper la cabine avait été confié à des ouvriers ignorant tout de la machination et par mesure de précaution, seuls un petit nombre de marins étaient dans le secret.

On avait stupidement installé dans la cabine un lit de parade et quand le toit s'effondra, les lourds baldaquins protégèrent Agrippine qui s'en tira avec une coupure à l'épaule. Acerronia, accroupie sur le plancher, était occupée à masser les pieds d'Agrippine et ne fut pas blessée. Seul Gallus fut tué sur le coup par la chute du toit.

La plus complète confusion régnait sur le pont. Agrippine seule comprit ce qui se passait, car la mer était calme et le navire n'avait manifestement rien heurté. Sur son ordre, Acerronia sortit en rampant sur le pont en criant :

« Je suis Agrippine. Sauvez la mère de l'empereur! »

Ce qu'entendant, le centurion ordonna aux marins qui étaient dans le secret de la tuer à coups de rames. Puis, tirant sur le deuxième levier, il ne fit que le tordre. Le mécanisme, faussé, refusait de fonctionner. Alors, Obaritus voulut que le navire achevât de chavirer, l'effondrement du toit lui ayant donné de la gîte. Quelques marins lui obéirent donc en se précipitant du côté où le bateau penchait mais dans le même temps, d'autres se portèrent du côté qui s'élevait et le navire ne chavira pas. Au milieu de cette confusion, Agrippine rampa silencieusement hors de la cabine, se laissa glisser dans l'eau et nagea vers la terre. En dépit du vin qu'elle avait bu et de sa blessure à l'épaule, elle parvint à progresser sur de longues distances sous la surface et nul n'aperçut sa tête sur l'onde éclairée par les étoiles. Lorsqu'elle ne fut plus en vue, Agrippine fut recueillie par un bateau de pêche qui gagnait le large. Sur sa requête, les pêcheurs la conduisirent à Bauli.

Le centurion était un homme de sang-froid. C'était pour cela qu'Anicetus l'avait choisi. Quand il vit que la femme morte était Acerronia et qu'Agrippine avait disparu, il ramena à force de rames le navire à Baiae pour rendre compte de l'échec de l'affaire à Anicetus. Tandis qu'il se précipitait vers les appartements de Néron, les marins qui n'étaient pas dans la confidence répandaient la troublante nouvelle de l'accident dans toute la ville.

Les pêcheurs de Baiae descendirent sur les quais, tirèrent leurs barques à l'eau et mirent à la voile pour se précipiter au secours d'Agrippine. La confusion était à son comble quand les sauveteurs d'Agrippine, qu'elle avait généreusement récompensés, arrivèrent en ville et annoncèrent à tous ceux qu'ils rencontraient que la mère de l'empereur était sauve et n'avait subi que de légères blessures. La foule décida alors de se rendre à Bauli en procession solennelle pour féliciter Agrippine d'avoir ainsi miraculeusement échappé aux périls de la mer.

Pendant ce temps, Néron connaissait le tourment de l'attente, mais ne se doutait pas de ce qui se passait. Entouré de ses fidèles amis, il se préparait, mi-pleurant mi-plaisantant, à porter le deuil de sa mère. Il projetait de décréter des fêtes de funérailles dans tout l'empire et préparait une déclaration au peuple de Rome et au sénat.

Pris d'un remords de conscience, il me demanda s'il

pourrait proposer la déification d'Agrippine. N'était-elle pas fille du grand Germanicus, sœur de l'empereur Caius, veuve de l'empereur Claude et mère de l'empereur Néron? N'était-elle pas la plus grande dame de Rome depuis Livie? Dans l'horrible folie qui s'était emparée de nous, nous nous amusions déjà à nous nommer les uns les autres prêtres de la nouvelle déesse.

Au milieu de cette allégresse funèbre, le centurion Obaritus fit irruption. Il annonça que le navire avait seulement pris de la gîte et qu'Agrippine avait disparu sans laisser de trace. L'espoir qu'elle se fût noyée fut presque aussitôt contredit par l'arrivée des pêcheurs qui venaient, à la tête d'une foule joyeuse, nous annoncer qu'Agrippine était saine et sauve. Ces braves gens avaient vu les lumières de la salle des banquets et pensaient que Néron les récompenserait. Mais l'empereur s'affola. Comme un écolier qui a commis quelque fredaine et revient en pleurant auprès de ses maîtres, Néron envoya chercher Sénèque et Burrus.

J'eus la présence d'esprit d'ordonner à Anicetus de se saisir des pêcheurs et de les enfermer dans quelque lieu sûr où ils attendraient leur récompense sans pouvoir répandre de rumeurs qui empireraient la situation. Fort heureusement pour Néron, Agrippine s'était manifestement abstenue de leur livrer ses soupçons et le seul échange qu'ils avaient eu avec elle en la ramenant à terre s'était limité à un innocent bavardage.

Sénèque et Burrus survinrent en même temps. Le philosophe était pieds nus et ne portait qu'une tunique. Néron se conduisait comme s'il avait perdu la raison, courant de-ci, de-là à travers la pièce. Anicetus fit un rapide exposé des événements. Ecrasé par un sentiment de culpabilité, Néron craignait sérieusement pour sa vie. Sa puissante imagination lui peignant sous les couleurs les plus vives ce qui le menaçait, il se mit à pleurer en criant qu'Agrippine allait armer ses esclaves et soulever les soldats de la garnison contre lui, à moins qu'elle ne fût en route pour Rome où elle se plaindrait devant le sénat de la tentative d'assassinat dont elle avait été victime, en exhibant ses blessures et en racontant la cruelle mort de sa servante.

En hommes d'expérience, Sénèque et Burrus n'eurent pas besoin de beaucoup d'explications. Le philosophe se contenta de jeter un coup d'œil interrogateur au soldat qui haussa les épaules :

« Je ne puis envoyer ni les prétoriens, ni les Germains de la garde tuer la fille de Germanicus. »

Avec une grimace de dégoût, il se tourna vers Anicetus.

« Qu'Anicetus achève ce qu'il a entrepris. Je me lave les mains de toute cette affaire. »

Le commandant de la flotte ne se fit pas prier. A très juste titre, il craignait pour sa vie, car Néron, dans sa colère, lui avait déjà donné un coup de poing en plein visage. Il promit donc avec empressement de parachever sa tâche avec l'aide de ses marins. Néron scrutait Sénèque et Burrus de son regard fiévreux.

« C'est cette nuit seulement que je serai débarrassé de la tutelle qui pesait sur moi, s'écria-t-il avec reproche, cette nuit seulement que j'obtiendrai enfin le droit de gouverner. Et cela, je ne le devrai ni à l'homme d'Etat Sénèque, ni au général Burrus, mais à un ancien barbier, un esclave affranchi. Va, Anicetus, hâte-toi et emmène avec toi tous ceux qui veulent rendre service à l'empereur. »

Puis il blêmit et battit en retraite au fond de la salle quand on vint annoncer qu'un affranchi d'Agrippine, Agerinus, lui demandait audience pour lui donner un message d'Agrippine.

« Un assassin », cria-t-il en se saisissant d'une épée et en la dissimulant sous son manteau.

En fait, il n'y avait rien à craindre car Agrippine, épuisée par sa fuite à la nage et la perte de sang, avait examiné la situation et compris que le mieux serait de faire bonne figure en feignant de tout ignorer de la tentative de meurtre. Aussi fut-ce en tremblant qu'Agerinus entra, et en balbutiant qu'il transmit le message de sa maîtresse :

La première des déesses et l'esprit tutélaire de l'empereur m'ont sauvée d'une mort accidentelle. Si chagriné que tu sois en apprenant les dangers qui ont menacé ta mère, ne viens pas me voir pour l'instant. J'ai besoin de repos.

Voyant qu'il n'y avait rien à craindre d'Agerinus, Néron reprit son sang-froid, laissa tomber l'épée aux pieds de l'affranchi et, se rejetant en arrière, pointa sur lui un doigt accusateur en criant d'une voix théâtrale :

« J'en appelle au témoignage de vous tous ici présents. Ma mère a envoyé un de ses affranchis pour m'assassiner. »

Nous nous jetâmes sur Agerinus, ignorant ses protestations. Néron ordonna de l'emprisonner, mais Anicetus jugea plus sage de lui trancher la gorge aussitôt que nous eûmes passé le seuil de la salle. Le marin avait donc donné un gage sanglant, mais je jugeai néanmoins de mon devoir de l'accompagner pour vérifier qu'il accomplissait bien sa mission. Néron se précipita à notre suite pour nous donner ses dernières recommandations et glissa dans le sang qui jaillissait du corps d'Agerinus.

« Ma mère a voulu me tuer, dit-il avec soulagement. On ne soupçonnera rien si elle s'est tuée après que son crime ait été découvert. Agissez en conséquence. »

Le centurion Obaritus nous accompagna, afin de réparer son échec. Anicetus avait ordonné à son lieutenant Herculeius de faire sonner l'alarme dans le camp de marins et nous parvînmes à mettre la main sur quelques chevaux. Une troupe de soldats nous suivait, courant pieds nus et, en criant et en faisant tournoyer leurs armes, ils réussirent à disperser la foule qui se dirigeait vers Bauli dans l'intention de féliciter Agrippine.

Quand nous atteignîmes Bauli et qu'Anicetus ordonna à ses hommes de cerner la maison, l'aube pointait. Nous défonçâmes la porte et chassâmes les esclaves qui tentaient de nous résister. La chambre à coucher était faiblement éclairée et Agrippine gisait sur son lit, les épaules enveloppées de tissus tièdes. La servante qui la veillait s'enfuit et Agrippine, levant la main, la rappela vainement :

« Tu m'abandonnes, toi aussi? »

Anicetus ferma la porte derrière nous pour que le dénouement se déroulât sans trop de spectateurs. Agrippine nous salua d'une voix faible :

« Si vous êtes venus demander des nouvelles de ma santé, dites à mon fils que je vais déjà un peu mieux. »

Puis son regard se posa sur nos armes et sa voix s'affermit :

« Si vous êtes venus pour me tuer, alors je ne puis croire que c'est sur l'ordre de mon fils. Il ne consentirait jamais à un matricide. »

Quelque peu mal à l'aise, Anicetus, Herculeius et Obaritus entourèrent le lit, sans trop savoir comment commencer, tant Agrippine était majestueuse, même sur sa couche de malade. J'appuyai mon dos à la porte pour la tenir close. Pour en finir, Herculeius porta à Agrippine un coup de poing à la tête, mais si maladroitement qu'elle ne perdit pas connaissance. Ils avaient projeté de l'assommer avant de lui ouvrir les veines pour donner quelque vraisemblance à la version du suicide.

A présent, Agrippine avait abandonné tout espoir. Elle se dénuda le bas-ventre et, écartant les genoux, cria d'une voix aiguë à l'adresse d'Anicetus :

« Déchire ces entrailles qui ont donné le jour à Néron ! »

Le centurion abattit son épée et la prit au mot. Puis tous frappèrent à coups redoublés, de sorte qu'elle reçut de nombreuses blessures avant de rendre son dernier souffle.

Quand nous fûmes convaincus de sa mort, chacun d'entre nous s'empara d'un petit objet dans la chambre à titre de souvenir, pendant qu'Anicetus ordonnait aux servantes de laver le corps et de disposer le bûcher. Pour ma part, je pris une petite statuette de la Fortune qui se trouvait près du lit, dans l'idée que c'était celle que l'empereur Caius transportait toujours avec lui. Plus tard, je découvris qu'il n'en était rien, à ma grande déception.

Un messager était parti au grand galop prévenir Néron que sa mère s'était suicidée. Néron accourut à Bauli, car avec l'aide de Sénèque il avait déjà rédigé une missive informant le sénat de la tentative de meurtre dont il avait été victime et il désirait vérifier de ses propres yeux qu'Agrippine était vraiment morte.

Néron s'était tant dépêché que lorsqu'il arriva, les servantes étaient encore occupées à laver et oindre le corps nu d'Agrippine. Néron s'approcha pour passer ses doigts dans les blessures et dit :

« Voyez comme ma mère est belle, jusque dans la mort. »

On avait achevé d'empiler le bois dans le jardin. Sans aucune cérémonie, on étendit le corps sur une couche du triclinium et on la hissa au sommet du bûcher. Quand la fumée commença de s'élever en volutes vers le ciel, je remarquai tout à coup combien le matin était beau à Bauli. La mer était d'un bleu éblouissant, les oiseaux chantaient, et dans le jardin les fleurs printanières s'épanouissaient, en un déferlement de couleurs. Mais il n'y avait pas âme qui vive dans les rues. Les habitants de Bauli, inquiets, ne sachant plus ce qui se passait, s'étaient enfermés chez eux.

Le bûcher brûlait encore quand une troupe de tribuns et

de centurions arriva vers nous au galop. Quand Néron entendit le bruit des sabots et qu'il vit les rangs des marins s'ouvrir devant les cavaliers, il se mit à chercher du regard un moyen de s'enfuir. Mais les nouveaux venus, sautant de leurs montures, se précipitèrent pour lui serrer la main chacun à son tour en remerciant à grands cris les dieux de l'avoir protégé des desseins criminels de sa mère.

Les cavaliers avaient été envoyés par le préfet Burrus pour éclaircir la situation aux yeux du peuple, mais lui-même s'était abstenu de venir car il avait trop honte. Quand les restes d'Agrippine eurent été hâtivement enlevés du bûcher et enterrés dans le jardin, on répandit de la terre sur la tombe. Néron ne voulait pas de tertre funéraire qui pût devenir un but de pèlerinage politique.

Rassemblant notre courage, nous allâmes au temple de Bauli pour y présenter une action de grâces aux dieux qui avaient sauvé Néron. Mais dans le sanctuaire, Néron croyait entendre des appels de clairon et des cris accusateurs. Il disait aussi que le jour baissait, quoique le soleil fût à son zénith.

La mort d'Agrippine ne fut pas vraiment une surprise pour le sénat romain ni pour le peuple, car on s'attendait à quelque événement grave. La nuit de la mort d'Agrippine, d'effroyables orages, extrêmement rares en cette époque de l'année, s'étaient abattus sur la cité, l'éclair avait frappé en quatorze points différents la ville et le sénat avait donc déjà commandé les habituels sacrifices expiatoires. Quand la nouvelle de la mort arriva, on ne les annula pas et on n'offrit pas d'actions de grâces. En revanche, la haine d'Agrippine était si grande que le sénat décida de placer sa date de naissance sur la liste des jours néfastes.

C'était tout à fait à tort que Néron avait craint des désordres. Quand il arriva enfin, venant de Naples, il fut accueilli comme s'il célébrait un triomphe. Les sénateurs portaient leurs habits de fête, les femmes et les enfants le saluaient avec des hymnes à sa louange et jetaient sur son passage des brassées de fleurs, du haut des tribunes qu'on avait construites à la hâte de chaque côté de la route.

Quand Néron monta sur le Capitole pour une offrande de remerciement personnelle, ce fut comme si Rome tout entière sortait d'un hideux cauchemar. En ce délicieux jour de printemps, le peuple n'était que trop heureux de croire le compte rendu que Sénèque fit du suicide d'Agrippine. La seule idée d'un matricide était si terrible que les plus vieux préféraient même éviter de la former.

Je m'étais rué à Rome, auprès de Claudia, tremblant de fierté.

« Claudia, m'écriai-je, je t'ai vengée! Agrippine est morte et j'ai moi-même aidé à la faire passer de vie à trépas. C'est son propre fils qui a ordonné qu'on la tue. Par Hercule, j'ai payé ma dette envers toi. Tu n'as plus à avoir de chagrin de l'avilissement que tu as subi. »

Je lui tendis la statuette de la Fortune que j'avais prise au chevet d'Agrippine, mais Claudia me regarda comme si j'étais un monstre. Elle leva les mains dans un geste de défense.

« Je ne t'ai jamais demandé de me venger, dit-elle, horrifiée. Tu as du sang sur les mains, Minutus. »

J'avais en fait un bandage rougi sur une main, mais je me hâtai d'expliquer que je ne m'étais nullement souillé du sang d'Agrippine et que dans ma précipitation, je m'étais blessé au pouce contre ma propre épée. Mais ces paroles ne servirent à rien. Claudia se répandit en malédictions, appelant sur moi le jugement de Jésus de Nazareth, et faisant mille folies, de sorte qu'à la fin je dus me résoudre à crier à mon tour d'une voix courroucée :

« S'il en est comme tu dis, alors j'ai seulement été l'instrument de ton dieu. Tu peux considérer la mort d'Agrippine comme le châtiment de ton Christ pour ses crimes. Les Juifs savent ce qu'est la vengeance. C'est le peuple le plus vindicatif du monde. Je l'ai lu dans leurs livres sacrés. Tu gaspilles tes larmes, à pleurer la mort d'Agrippine.

– En vérité, certains ont des oreilles et n'entendent pas. O Minutus, tu n'as donc pas compris un seul mot de ce que je m'efforçais de t'enseigner?

– Maudite sois-tu, ô toi, la femme la plus ingrate du monde! J'ai supporté jusqu'à présent tes stupides bavardages sur ton Christ, mais désormais je ne te dois plus rien. Retiens ta langue et quitte ma maison!

– Que le Christ pardonne la violence de mes humeurs, marmonna Claudia entre ses dents serrées. Mais je ne puis me maîtriser plus longtemps. »

Ses mains endurcies me giflèrent sur les deux joues, si durement que mes oreilles bourdonnèrent puis, me saisissant par la nuque, elle me força à m'agenouiller, bien que je sois plus grand qu'elle.

« A présent, Minutus, ordonna-t-elle, tu vas demander pardon au Père céleste pour le terrible péché que tu as commis. Prie. »

Je ne pouvais décemment me battre avec elle et en vérité, en cet instant, elle était d'une force inhabituelle. Je quittai la pièce à quatre pattes. Claudia lança à ma suite la statuette d'or. Quand je me remis sur mes pieds, je hélai les servantes, et leur ordonnai, la voix tremblante de rage, de rassembler les affaires de Claudia et de les porter hors de la maison. Puis je ramassai la Fortune, dont l'une des ailes était tordue et pris le chemin de la ménagerie où je pourrais au moins me vanter de ce que j'avais fait devant Sabine.

A ma grande surprise, Sabine était dans des dispositions amicales à mon égard et elle me tapota même la joue qui me cuisait encore, à cause des gifles administrées par Claudia. Elle accepta avec reconnaissance la statuette et m'écouta complaisamment, quoique un peu distraitement, raconter mes aventures de Baiae et de Bauli.

« Tu es un homme plus brave que je n'aurais cru, dit-elle. Mais tu ne devrais pas te vanter de ce qui s'est passé devant trop de monde. L'important est qu'Agrippine est morte. Personne ne la pleurera. Cette putain d'Octavie, elle aussi, a reçu son dû. Après cela, Néron n'osera jamais divorcer d'Octavie. C'est tout ce que je sais en fait de politique. »

Cette dernière affirmation me surprit, mais Sabine posa sa main sur ma bouche.

« C'est le printemps, ô Minutus, murmura-t-elle. Les oiseaux chantent et les lions rugissent tant que le sol tremble sous nos pieds. Le désir ardent brûle ma chair, ô Minutus. Et j'ai décidé, après mûre réflexion, que nous devions avoir un enfant, pour la perpétuation de la gens flavienne et de ta famille. Je ne suis pas une femme stérile, et tu n'as pas de raison de m'infliger la douleur de fuir ma couche. »

L'accusation était injuste mais sans doute avait-elle changé d'attitude à mon égard à cause de ce que j'avais fait, à moins que le terrible forfait n'eût ému sa féminité, comme certaines femmes le sont par la vue des incendies et du sang qui s'épanche sur le sable de l'arène.

Mon regard s'attarda sur son corps et il n'y avait rien en elle qui fût déplaisant, même si elle n'avait pas la peau aussi blanche que Poppée. Nous partageâmes la même couche deux nuits durant, ce qui ne nous était pas arrivé depuis longtemps mais je ne retrouvai pas l'extase des débuts de notre union. Sabine aussi était entre mes bras comme une statue de bois et elle finit par avouer qu'elle avait obéi plus à son sens du devoir familial qu'à un goût quelconque pour les plaisirs de la chair, en dépit du sourd râle des lions qui emplissait nos nuits.

Notre fils naquit huit mois plus tard. Je craignis que nous ne fussions contraints de l'abandonner, comme on le fait souvent pour les enfants prématurés. Mais il était en parfaite santé et bien proportionné et l'heureuse naissance suscita une grande allégresse dans la ménagerie. J'invitai nos centaines d'employés à un festin en l'honneur de mon premier-né. Je n'aurais jamais cru les rudes dresseurs de fauves capables de tant de tendresse pour un bébé.

En particulier, nous eûmes le plus grand mal à nous défaire du noiraud Epaphroditus qui ne cessait de s'introduire jusqu'à l'enfant pour le cajoler et en oubliait de nourrir ses fauves. Il insista même pour nous offrir une nourrice et je finis par accepter ce que je considérais comme un hommage.

De Claudia non plus, je ne parvins pas à me défaire. Quelques jours après, rentrant à l'improviste dans ma demeure de l'Aventin, je surpris tous mes domestiques, et jusqu'à Barbus, rassemblés dans le triclinium. Sur mon siège d'honneur, était assis le thaumaturge Céphas, entouré de quelques jeunes gens qui m'étaient inconnus.

L'un d'eux traduisait en latin les histoires que Céphas contait en araméen. Tante Laelia dansait de joie à travers la pièce, en claquant l'une contre l'autre ses mains noueuses. Ma fureur était telle que je fus bien près de faire fouetter toute ma maisonnée, mais Claudia s'empressa d'expliquer que Céphas était sous la protection du sénateur Pudens Publicolus et vivait dans la maison de ce dernier, à l'écart des Juifs de l'autre côté du fleuve, de façon à ne pas créer de nouveaux conflits entre chrétiens et Juifs. Pudens était un vieil idiot mais c'était aussi un Valérien; je fus donc contraint de serrer les dents.

Céphas se souvenait parfaitement de notre rencontre à Corinthe. Il me salua amicalement. Il ne me demanda pas de partager sa foi mais je compris qu'il désirait me voir réconcilié avec Claudia et m'accommoder de la présence de celle-ci sous mon toit. Ce fut ce qu'il advint, d'une façon que je ne saurais expliquer. A ma grande surprise, je me retrouvai en train de serrer les mains de Claudia, de lui donner un baiser et même, qui l'eût cru? je pris part à leur repas, car après tout, n'étais-je pas le maître sous mon toit?

Je ne désire pas m'étendre davantage sur ce honteux épisode. Après cela, je demandai d'une voix sarcastique à Barbus s'il avait abandonné Mithra pour devenir chrétien. Il ne répondit pas directement à ma question et se contenta de marmonner :

« Je suis vieux. Les rhumatismes que j'ai ramenés de la guerre me tourmentent si horriblement que je ferais n'importe quoi pour échapper à ces douleurs. Et il m'a suffi de regarder cet ancien pêcheur pour qu'elles disparaissent. A chaque fois que j'ai bu de son vin et goûté de son pain, je me suis senti mieux pour plusieurs jours. Personne ne connaît mieux que les prêtres de Mithra les rhumatismes du légionnaire et pourtant ils n'ont pas réussi à me les guérir. »

DEUXIÈME PARTIE

JULIUS, MON FILS

V. Mais, pour laisser de côté les exemples anciens, venons-en aux athlètes tout récents, prenons les généreux exemples de notre génération. [2] C'est par l'effet de la jalousie et de l'envie que furent persécutés ceux qui étaient les colonnes les plus élevées et les plus justes et qu'ils combattirent jusqu'à la mort. [3] Jetons les yeux sur les excellents Apôtres : [4] Pierre, qui, victime d'une injuste jalousie, souffrit non pas une ou deux, mais de nombreuses fatigues, et qui, après avoir ainsi accompli son martyre, s'en est allé au séjour de gloire qui lui était dû. [5] C'est par suite de la jalousie et de la discorde que Paul a montré (comment on remporte) le prix de la patience. [6] Chargé sept fois de chaînes, banni, lapidé, devenu un héraut en Orient et en Occident, il a reçu pour sa foi une gloire éclatante. [7] Après avoir enseigné la justice au monde entier, atteint les bornes de l'Occident, accompli son martyre devant ceux qui gouvernent, il a quitté le monde et s'en est allé au saint lieu, illustre modèle de patience.

VI. A ces hommes dont la vie a été sainte vint s'adjoindre une grande foule d'élus qui, par suite de la jalousie, endurèrent beaucoup d'outrages et de tortures, et qui laissèrent parmi nous un magnifique exemple. [2] C'est poursuivies par la jalousie que des femmes, les Danaïdes et les Dircés, après avoir souffert de terribles et monstrueux outrages, ont touché le but dans la course de la foi, et ont reçu la noble récompense, toutes débiles de corps qu'elles étaient.

Clément de Rome,

Épître I aux Corinthiens :
V-VI

LIVRE PREMIER

POPPÉE

L'HYPOTHÈSE de mon épouse se vérifia. Deux années s'écoulèrent avant que Néron n'osât songer sérieusement à divorcer d'Octavie. A son retour à Rome, après la mort de sa mère, il jugea plus politique d'éloigner Poppée du Palatin pour passer secrètement ses nuits avec elle. Il accorda son pardon à nombre d'exilés, rendit leur siège aux sénateurs déchus et distribua la colossale fortune héritée d'Agrippine. Mais les possessions, biens et esclaves d'Agrippine n'étaient pas très recherchés par l'aristocratie romaine. Néron en distribua la plus grande partie au peuple dans les loteries qui accompagnaient les spectacles du cirque.

Pour alléger sa conscience et flatter la plèbe, Néron alla jusqu'à suggérer au sénat d'abolir les impôts indirects. Certes, il concevait fort bien lui-même que cette mesure serait pure folie mais il plaça ainsi le sénat devant l'obligation, infâme aux yeux des citoyens, de rejeter sa suggestion.

La collecte des impôts fut profondément réformée et certaines taxes diminuèrent. La plus importante réforme fut qu'à l'avenir, chacun saurait sur quelle somme porterait l'imposition et de quelle manière il lui faudrait s'en acquitter. Les publicains qui tiraient d'énormes profits de l'ancien système ne goûtèrent guère le changement.

Néron montra ses talents d'aurige au public du cirque. A l'en croire, la course de char avait été jadis l'exercice des rois et des dieux. Pour montrer l'exemple à l'aristocratie, il participa aux grands jeux créés sur le modèle grec et concourut comme chanteur en s'accompagnant lui-même à la cithare. Sa voix s'était affermie depuis la mort de sa mère mais par mesure de précaution, et pour éviter toutes manifestations malveillantes, Burrus ordonna à ses prétoriens de maintenir l'ordre dans l'amphithéâtre et d'applaudir Néron. Lui-même donna l'exemple en frappant dans ses mains, quoique le vieux guerrier rougît de la conduite de l'empereur. Je suppose qu'il estimait que Néron aurait pu s'adonner à des divertissements encore plus honteux.

En conséquence, les modes grecques tinrent le haut du pavé à Rome. La plupart des sénateurs et des membres de l'ordre Equestre prirent part aux jeux néroniens. De nobles jeunes filles présentaient des danses grecques et même de vénérables matrones voulurent démontrer dans l'arène la souplesse de leurs membres. Quant à moi, je ne trouvai rien à dire à ces divertissements, car ils m'épargnaient beaucoup de tracas et de dépenses mais, hormis les courses de chevaux, le peuple ne les prisait guère. Le public estimait que les chanteurs, musiciens et danseurs professionnels étaient incomparablement meilleurs. La déception fut immense quand on s'aperçut que nul combat de gladiateurs, aucun fauve, n'étaient présentés dans l'intervalle des numéros. L'ancienne génération patricienne s'inquiétait car elle estimait que les exercices de gymnastique, les bains chauds et la musique efféminée affaiblissaient la jeunesse romaine en un moment où l'on avait besoin de tribuns aguerris.

Comme un présage funeste, la guerre se ralluma en Arménie et une redoutable Bretonne, du nom de Boadicea, rassembla les tribus de son pays et les lança dans une guerre dévastatrice contre les Romains. Une légion entière fut anéantie, deux villes romaines rasées et le procurateur perdant tout à fait la maîtrise de la situation dut se réfugier en Gaule.

Je crois que la reine Boadicea n'aurait jamais gagné tant de partisans si les légions n'avaient pas dû vivre sur le pays, et si les princes bretons avaient été en mesure de comprendre notre système monétaire et avaient accepté de servir les intérêts des prêts que leur avait consentis Sénèque.

Les jeunes chevaliers ne manifestaient guère d'empressement pour être empalés ou brûlés vifs par Boadicea. Ils préféraient garder leurs longues chevelures et jouer de la cithare dans les rues de Rome, vêtus à la grecque. Un moment, alors que la situation n'était pas encore redressée, Néron proposa même au sénat de retirer les légions de cette Bretagne qui n'était qu'une source de tracas. Le pays engloutissait plus qu'il ne produisait. Si nous abandonnions la Bretagne, trois légions seraient libérées et pourraient faire diminuer la pression des Parthes à l'orient. La quatrième était déjà perdue.

Au cours du violent débat qui s'ensuivit au sénat, Sénèque, le héraut de la paix et de l'amour du genre humain, fit un brillant discours dans lequel il rappela les triomphes de Claude en Bretagne. Un empereur ne pouvait renoncer aux conquêtes de son père adoptif sans se déconsidérer. En réalité, Sénèque n'oubliait pas les sommes énormes qu'il avait investies en Bretagne.

Quand un sénateur se demanda tout haut si la protection des profits de Sénèque valait bien le massacre de soixante-dix mille citoyens et alliés et la destruction et le pillage de deux cités florissantes, le stoïcien devint très rouge et assura le sénat que les investissements soutenaient la mission civilisatrice de Rome tout en servant les intérêts commerciaux de l'empire, ce que ne manqueraient pas de confirmer les autres sénateurs engagés dans cette entreprise.

« Les présages sont alarmants », rappela quelqu'un.

Sénèque se défendit ardemment, déclarant que ce n'était point sa faute si certains rois bretons déloyaux avaient utilisé l'argent des prêts pour acquérir illégalement des armes et poursuivre leurs propres desseins. Les exactions des légions étaient principalement à l'origine de la guerre. Leurs généraux devaient être punis et des renforts envoyés en Bretagne.

Le sénat ne pouvait évidemment pas se résigner à abandonner complètement la Bretagne, car il n'avait pas entièrement perdu l'antique fierté romaine. On décida donc l'envoi de renforts. Plusieurs sénateurs courroucés contraignirent leurs fils à se couper les cheveux et à s'engager comme tribuns en Bretagne. Ces jeunes gens emportèrent avec eux leur cithare mais la vue des villes ravagées, les stridents cris de guerre des Bretons et la cruauté de l'ennemi les incitèrent bientôt à jeter leur instrument et à combattre courageusement.

J'ai quelques raisons de m'attarder sur les événements de Bretagne, bien que je n'en aie pas été moi-même témoin. Boadicea était reine des Icènes. A la mort de son époux, les légionnaires avaient lu dans son testament qu'il léguait son pays aux Romains. Boadicea était une femme et ne comprenait pas grand-chose aux discussions juridiques. Nous-mêmes avons souvent besoin des services d'avocats subtils et érudits pour interpréter correctement les testaments. Quand Boadicea contesta le testament au nom de la loi bretonne de transmission du patrimoine par les femmes, les légionnaires la fouettèrent, ses filles furent violées et ses domaines pillés. Les soldats avaient aussi chassé bon nombre de nobles icènes hors de leurs domaines et accumulé meurtres et atrocités.

D'un strict point de vue juridique, le droit était de leur côté car le roi icène, qui ne savait ni lire ni écrire, avait effectivement composé un testament par lequel il léguait son pays à l'empereur. En agissant ainsi, il croyait mettre à l'abri sa veuve et ses filles des convoitises des nobles icènes. Sans les aimer beaucoup, les Icènes avaient toujours considéré les Romains comme leurs alliés.

Après l'arrivée de renforts, une bataille décisive fut livrée, et les Bretons conduits par la femme vengeresse furent écrasés. A cause des humiliations qu'elle avait subies, Boadicea avait permis à ses hommes de traiter abominablement les femmes romaines. Vainqueurs, nos soldats rendirent atrocités pour atrocités. Bientôt un flot d'esclaves bretons arriva à Rome. C'étaient des femmes et de jeunes adolescents, car les adultes bretons sont inutilisables comme esclaves. Au grand désappointement du peuple, Néron avait interdit l'emploi des prisonniers de guerre dans les combats de l'amphithéâtre.

Un beau jour, je reçus la visite d'un marchand d'esclaves qui traînait au bout d'une corde un garçon d'une dizaine d'années. L'homme prenait des mines de conspirateur, m'invitant avec force clins d'œil à faire en sorte que nous pussions nous entretenir sans témoins. Quand nous fûmes seuls, il commença par se plaindre de la dureté des temps, de l'argent qu'il perdait et de la baisse de la demande. Pendant ce temps, l'enfant jetait de tous côtés des regards courroucés.

« Ce jeune guerrier, expliqua le marchand, a essayé de défendre épée au poing sa mère contre nos soldats. Emportés par la fureur, nos légionnaires ont violé et tué la femme mais, touchés par le courage de l'enfant, ils l'ont épargné et me l'ont vendu. Comme tu peux le voir à ses membres déliés et à ses yeux verts, il est de noble lignage. Il sait monter à cheval, nager et tirer à l'arc. Tu auras peut-être du mal à le croire, mais il sait aussi un peu écrire et parle quelques mots de latin. On m'a dit que tu serais peut-être intéressé par son achat et que tu m'en offrirais plus que ce que j'en pourrais tirer au marché aux esclaves.

– Qui donc a pu te raconter cela? m'étonnai-je. J'ai des esclaves plus qu'il ne m'en faut. Ils me rendent la vie intolérable et me privent de ma propre liberté, sans parler de cette vraie richesse qu'est la solitude.

– Un certain Petro, médecin icène au service de Rome, a reconnu ce garçon à Londinium. Il m'a donné ton nom et m'a assuré que tu paierais le prix fort pour l'enfant. Mais comment croire un Breton? Montre ton livre, jeune homme. »

Il asséna une calotte au garçon qui fouilla dans sa ceinture et en extirpa un livre des rêves égypto-chaldéen sale et déchiré. Je le reconnus à l'instant où je le touchai. Mes jambes se dérobèrent sous moi.

« Ta mère s'appelait Lugunda? » demandai-je au garçon.

Mais je connaissais la réponse. Le nom seul de Petro aurait suffi à me confirmer dans l'idée que ce garçon était ce fils que je n'avais jamais vu. Je voulus le prendre dans mes bras et le reconnaître immédiatement pour mon fils, bien qu'il n'y eût pas de témoins juridiquement valables, mais l'enfant me frappa de son poing en plein visage et me mordit la joue. Le marchand d'esclaves, rougissant de fureur, empoigna son fouet.

« Ne le frappe pas, dis-je. Je te l'achète. Quel est ton prix? »

L'homme me jaugea du regard et recommença à se lamenter sur ses mauvaises affaires.

« Pour me débarrasser de lui, conclut-il, je te le vendrai au plus bas prix. Cent pièces d'or. Il n'est pas encore dressé. »

Dix mille sesterces était un prix délirant pour un enfant de cet âge quand des jeunes femmes propres aux jeux de la chambre à coucher étaient à vendre sur le marché pour quelques pièces d'or. Ce n'était pas tant le prix qui me fit hésiter, car naturellement je l'aurais payé encore plus cher, mais il me fallait méditer sérieusement tout en examinant le petit esclave. Le marchand se méprit sur mon silence et se mit à parlementer, expliquant que plusieurs riches Romains qui avaient contracté certains vices orientaux trouveraient sûrement le garçon à leur goût, car il avait l'âge convenable. Néanmoins, il consentait à baisser le prix.

Il avança d'abord le chiffre de quatre-vingt-dix puis celui de quatre-vingts pièces d'or.

En fait, je me demandais comment acheter mon enfant sans qu'il fût à jamais marqué du sceau de la servitude. Un achat en bonne et due forme devait être effectué au *tabellarium*, où le contrat serait authentifié et l'enfant marqué au fer à mon chiffre « MM ». Après cela, il ne pourrait jamais acquérir la citoyenneté romaine, même si je l'affranchissais.

« Peut-être pourrais-je lui apprendre le métier de cocher. Le Petro dont tu me parles est un ami que j'ai connu pendant que je servais en Bretagne. Je me fie à sa recommandation. Ne pourrions-nous nous entendre pour que tu me donnes un certificat écrit disant que Petro, tuteur de cet enfant, t'a chargé de me l'amener pour que je m'occupe de lui? »

Le marchand d'esclaves me jeta un regard rusé.

« C'est moi qui paierai la taxe sur sa vente, ce n'est pas toi. Je ne puis vraiment pas diminuer encore le prix. »

Je me grattait la tête. L'affaire était compliquée et ma démarche pourrait aisément passer pour une tentative d'échapper aux lourds impôts sur les esclaves. Mais aussi bien, je pouvais utiliser ma position de gendre du préfet de la cité.

Je me revêtis de ma toge et nous gagnâmes tous trois le temple de Mercure. Parmi les personnes qui se trouvaient là, je dénichai bientôt un citoyen qui avait perdu le rang de chevalier et qui, pour une somme raisonnable, accepta de jouer le rôle du deuxième témoin requis pour un serment. Ainsi fut établi un certificat, appuyé par un double témoignage.

Selon ce document, l'enfant était un Breton de naissance libre, dont les parents, Ituna et Lugunda, avaient été tués pendant la guerre en servant Rome. Par l'intermédiaire du médecin Petro, ils avaient envoyé à temps leur fils en sécurité à Rome, pour qu'il fût élevé par celui qui avait été leur hôte et leur ami, le chevalier Minutus Lausus Manilianus.

Une clause spéciale stipulait que je défendrais ses droits à l'héritage en pays icène lorsque la paix serait rétablie en Bretagne. Cela renforçait ma position, car les prêtres de Mercure en déduisirent que j'aurais quelque chose à gagner sur ce que l'enfant obtiendrait dans la distribution des dépouilles de guerre.

« Quel nom allons-nous lui donner? demanda le notaire.
– Jucundus, dis-je, le doux. »

C'était le premier nom qui m'était venu à l'esprit mais tous éclatèrent de rire, car le sombre enfant n'était pas précisément une image fidèle de la douceur. Le prêtre me dit que j'aurais du mal à en faire un bon Romain.

La rédaction et la mise sous scellés des actes, et le présent traditionnel aux prêtres de Mercure, tout cela me coûta beaucoup plus cher que l'impôt des esclaves. Le marchand se prit à regretter d'avoir accepté si vite mon offre et à me soupçonner d'être un acheteur plus avisé que je n'en avais l'air. Cependant, il avait déjà prêté serment. Pour finir, je lui payai les cent pièces d'or qu'il avait d'abord demandées, pour être débarrassé de lui sans plus de discussions.

Quand nous quittâmes enfin le temple de Mercure, l'enfant, d'une manière tout à fait inattendue, me prit par la main, comme s'il s'était senti bien seul au milieu du tapage et de la bousculade de la rue. Une étrange idée me vint tandis que, serrant sa petite main dans la mienne, je le ramenais chez moi à travers la cohue romaine. J'examinai la possibilité de lui acquérir la citoyenneté romaine quand il serait plus vieux et de l'adopter si je parvenais à arracher l'accord de Sabine. Mais ces questions se régleraient en leur temps.

En vérité, mon fils Jucundus m'apporta davantage de tracas que de joie. Dans les premiers temps, comme il ne pipait mot, j'en vins à craindre que les atrocités dont il avait été témoin ne l'eussent rendu muet. Il cassait tous les objets de la maison et refusait de porter le vêtement d'un enfant romain. Claudia ne savait comment en venir à bout. La première fois qu'il aperçut, devant la maison, un jeune Romain de son âge, il se précipita sur lui et le frappa à coups de pierres sur la tête jusqu'à ce que Barbus intervînt. Le vétéran me suggéra de lui administrer une sévère correction, mais je crus bon d'essayer d'abord des moyens plus doux. Je pris l'enfant à part.

« Je ne doute pas que tu sois plein de tristesse depuis la mort de ta mère, dis-je. On t'a traîné ici la corde au cou, comme un chien. Mais tu n'es pas un chien. Tu dois grandir et devenir un homme. Nous tous ici, nous ne te voulons que du bien. Dis-moi ce que tu aimerais par-dessus tout?
– Tuer les Romains! » cria Jucundus.

Je soupirai de soulagement. Du moins l'enfant savait-il parler.

« Ce n'est pas possible ici, à Rome. Mais tu peux apprendre les us et coutumes des Romains et un jour peut-être devenir chevalier romain. Si tu tiens à tes projets, tu pourras retourner en Bretagne quand tu seras plus vieux, et tuer les Romains à la manière romaine. L'art de la guerre des Romains est supérieur à celui des Bretons, comme tu l'as appris à tes dépens. »

Jucundus boudait, mais mes paroles avaient peut-être quelque effet sur lui.

« Barbus est un vieux guerrier, dis-je, cauteleux. Il a beau branler du chef, il connaît la guerre. Demande-lui. Il te racontera ses batailles et te parlera beaucoup mieux que moi de la guerre. »

Ainsi donc, Barbus put encore une fois raconter comment, ayant sur son dos, outre son paquetage complet, un centurion blessé, il avait traversé le Danube à la nage, au milieu des glaces de la débâcle. Il put exhiber ses cicatrices et expliquer que l'obéissance inconditionnelle et un corps endurci faisaient seuls les bons guerriers. Il retrouva le goût du vin et promena l'enfant dans Rome, l'emmenant se baigner dans le Tibre et lui apprenant à s'exprimer vigoureusement dans le latin du peuple.

Mais Barbus aussi s'inquiétait du caractère farouche de l'enfant. Un jour, il me prit à part.

« Jucundus est un enfant très intelligent. Mais même un vieux soudard comme moi est horrifié par les descriptions de ce qu'il dit qu'il fera quelque jour aux Romains, hommes et femmes. J'ai bien peur qu'il n'ait vu de terribles choses quand la rébellion bretonne a été écrasée. Le pire est qu'il passe son temps à monter sur les collines pour hurler des insultes aux Romains dans sa langue barbare. Il adore les dieux souterrains en secret et leur sacrifie des souris. Il est possédé par des puissances mauvaises, c'est évident. Nous ne parviendrons jamais à l'élever convenablement tant que nous n'aurons pas réussi à le libérer de ses démons.

– Comment faire ? m'enquis-je, dubitatif.

– Le chrétien Céphas sait très bien chasser les démons, dit Barbus en évitant mon regard. C'est l'homme le plus habile que j'aie rencontré pour ce genre de choses. Un fou furieux, sur son ordre, est devenu aussi doux qu'un agneau. »

Barbus craignait ma colère mais je songeai au contraire

que, pour une fois, il pouvait se révéler de quelque utilité que j'eusse autorisé mes esclaves à pratiquer la foi de leur choix et que je me fusse résigné à abriter sous mon toit des assemblées et des agapes chrétiennes. Quand Barbus vit mes dispositions, il s'empressa de m'expliquer que Céphas, avec l'aide de ses disciples qui parlaient le latin, enseignait aux enfants l'humilité et l'obéissance aux parents. Beaucoup de citoyens, inquiets du défaut croissant de discipline chez les jeunes gens, les envoyaient à l'école du saint jour qui, de surcroît, était tout à fait gratuite.

Quelques semaines plus tard, Jucundus, de son propre chef, se précipita vers moi et me prenant par la main, m'entraîna dans ma chambre.

« C'est vrai? me demanda-t-il. Il y a un royaume invisible et les Romains ont crucifié son roi? Et il reviendra bientôt et alors il jettera les Romains au feu? »

Il me sembla que l'enfant faisait preuve d'un jugement sain en ne croyant pas instantanément ce qu'on lui disait. Mais en cet instant, je me trouvais placé dans une position incommode.

« Il est bien vrai, avançai-je avec précaution, que les Romains l'ont crucifié. Sur un écriteau fixé à sa croix était écrit qu'il était le roi des Juifs. Mon père l'a vu de ses propres yeux et il affirme toujours qu'à l'instant où il mourut, le ciel s'est assombri et les montagnes se sont fissurées. Les chefs des chrétiens pensent qu'il reviendra rapidement. Et il serait temps, car voilà plus de trente ans qu'il est mort.

– Céphas est un grand druide, plus puissant que les druides de Bretagne, même s'il est juif. Il exige toutes sortes de choses, comme les druides. Il faut se laver, porter des vêtements propres, prier, supporter les insultes, tendre l'autre joue quand on nous gifle, et il nous impose d'autres épreuves encore pour nous apprendre à nous maîtriser, comme Petro. Et nous avons aussi des signes secrets, pour nous reconnaître entre initiés.

– Je suis sûr que Céphas ne t'apprend rien de mauvais et que les exercices qu'il te demande exigent beaucoup de volonté. Mais tu dois comprendre que tout cela doit rester secret. N'en parle à personne. »

Comme si je lui révélais un secret de la dernière importance, je tirai du coffre la coupe de bois de ma mère et la montrai à Jucundus.

« C'est un gobelet magique. Le roi des Juifs lui-même y a

bu. Maintenant, nous allons y boire ensemble mais il ne faut en parler à personne, pas même à Céphas. »

Je mêlai l'eau et le vin dans la coupe et nous bûmes, mon fils et moi, dans la pièce peuplée d'ombres. Il me sembla que le liquide ne baissait pas dans le vaisseau, mais ce n'était qu'une illusion due à la faiblesse de l'éclairage. La tendresse me submergea et, avec la soudaineté d'une vision, il m'apparut que je devais dire à mon père la vérité sur Jucundus, pour le cas où je viendrais à disparaître.

Sans plus attendre, j'emmenai Jucundus chez Tullia au Viminal. L'enfant se conduisit parfaitement, ouvrant de grands yeux, impressionné par la magnificence de la demeure. Le sénateur Pudens, qui hébergeait Céphas, vivait à l'ancienne mode et moi-même je n'avais guère combattu la décrépitude croissante de ma maison de l'Aventin, pour ne pas déplaire à tante Laelia.

Je confiai Jucundus à Tullia et m'enfermai avec mon père dans sa chambre pour lui parler de l'enfant. Je dois avouer que je ne l'avais pas vu depuis longtemps. Je m'apitoyai en découvrant qu'il s'était voûté et avait perdu ses derniers cheveux, mais n'approchait-il pas de la soixantaine? Il m'écouta sans m'interrompre et sans jamais me regarder dans les yeux.

« Le destin des pères projette un reflet déformé sur le destin des fils, dit-il enfin quand je me tus. Ta mère était une Grecque des îles et la mère de ton fils est une Bretonne de la tribu icène. Dans ma jeunesse, j'ai été entraîné dans une infâme et scandaleuse affaire d'empoisonnement et de falsification de testament. Et en ce qui te concerne, j'ai entendu des bruits si affreux que je ne puis réellement les croire. Je ne me suis jamais réjoui de ton mariage avec Sabine, toute fille du préfet de la cité qu'elle soit, et je n'ai nul désir d'aller voir le fils qu'elle t'a donné, ton Lausus, pour des raisons que je n'ai pas besoin de t'expliquer. Quel éclair de sagesse t'a poussé à faire élever Jucundus par Céphas? J'ai connu autrefois cet homme en Galilée. Il est moins brusque et irritable qu'autrefois. Comment envisages-tu l'avenir de ton fils?

– Le mieux serait qu'il pût fréquenter l'école du Palatin, où de célèbres orateurs disciples de Sénèque éduquent les enfants de nos rois alliés et des nobles de province. Là, son mauvais latin n'attirera pas l'attention. Il pourrait se faire d'utiles amis parmi ceux de son âge, à condition que Céphas parvienne d'abord à l'amadouer un peu. Quand l'administration de la Bretagne sera réorganisée, on aura besoin d'une aristocratie romanisée. Par sa mère, il est de noble lignage. Mais je ne puis intervenir en faveur de mon fils auprès de Néron, car en dépit de notre amitié, pour une raison ou une autre l'empereur ne veut pas me voir.

– Je suis membre du sénat, dit mon père après un instant de réflexion, et je n'ai jamais jusqu'à présent demandé une faveur à Néron. J'ai appris à me taire aussi au sénat, pour avoir vécu avec Tullia et n'avoir jamais eu le dernier mot en tant d'années. Comme la situation est très confuse et que les archives de Bretagne ont été détruites, un bon avocat saura prouver que les parents de ce garçon ont reçu le droit de cité romain en récompense de leurs services. Ce sera d'autant plus facile que son père demeurera inconnu. La vérité n'en souffrira guère puisque tu as été effectivement marié à la mode bretonne avec sa mère. Ta propre mère a une statue devant la maison du conseil de Myrina. Tu pourrais faire dresser à tes frais une statue de Lugunda dans le temple de Claude à Colchester quand cette ville sera reconstruite. »

Chose étrange, pendant que nous conversions ainsi, Jucundus faisait la conquête du cœur de Tullia. Elle ne savait plus que faire pour lui complaire. La beauté plantureuse de cette femme, en dépit de ses efforts acharnés, s'en allait et ses joues ridées s'affaissaient. Quand on lui raconta le triste sort de la mère de Jucundus, elle éclata en sanglots en prenant l'enfant dans ses bras.

« A sa bouche, à son nez, à ses sourcils, à ses yeux aussi, je vois bien que ce garçon est de noble naissance. Ses parents n'étaient sans doute guère doués de discernement car ils ne l'auraient pas autrement confié à Minutus. Mais hormis cela ils possédaient assurément toutes les qualités imaginables. Croyez-moi, je sais distinguer l'or du cuivre au premier coup d'œil. »

Jucundus supportait ses caresses et ses baisers avec la patience d'un agneau sacrificiel. L'éducation de Céphas commençait à porter ses fruits.

« Les dieux ne m'ont jamais permis d'enfanter, poursuivit Tullia. Je n'ai connu que ces fausses couches que j'ai eu le plus grand mal à provoquer dans ma jeunesse et durant mes deux premiers mariages. Mon troisième époux, quoique jouissant d'autres richesses, était stérile du fait de son grand âge. Et Marcus a gaspillé sa semence avec une fille grecque. Mais assez sur ce sujet. Je ne désire pas offenser à la mémoire de ta mère, mon cher Minutus. Ce garçon breton portera chance à notre maison. Marcus, tu dois enlever ce bel enfant à la tutelle de ton faible fils. Qui sait si Sabine ne va pas se mettre en tête quelque jour d'en faire un dresseur de fauves? »

J'étais pétrifié de surprise. Mon père lui non plus ne sut d'abord que répondre. Aujourd'hui, en y repensant, je ne peux qu'imaginer qu'il y avait un pouvoir surnaturel dans le gobelet de ma mère.

Ce fut ainsi que je me trouvai libéré d'un lourd fardeau, car à cette époque je n'étais pas fait pour élever un enfant, pas plus alors qu'aujourd'hui. C'est ce que tu m'as appris, ô Julius. Pour maintes raisons, ma réputation n'était pas sans tache, tandis que mon père était considéré comme un aimable benêt. Il n'avait pas d'ambitions et nul ne croyait qu'il pût jamais être impliqué dans des intrigues politiques.

Sa connaissance des affaires orientales lui avait valu d'occuper pendant deux mois la charge de préteur. On l'avait une fois proposé pour le consulat, mais c'était seulement par courtoisie. Adopté par lui, Jucundus verrait s'ouvrir des perspectives infiniment plus vastes que celles que j'aurais pu lui offrir. Fils de sénateur, il serait inscrit sur les rôles de l'ordre Equestre dès qu'il aurait quitté la toge prétexte.

Peu après que j'eusse été libéré du souci de l'éducation de mon fils, j'appris que le préfet Burrus souffrant d'une tumeur à la gorge était à l'agonie. Néron s'empressa de lui envoyer son propre médecin, ce qu'apprenant, Burrus rédigea son testament en toute hâte et le fit déposer en sûreté au temple des vestales.

Alors, seulement, il permit au médecin de Néron de lui badigeonner la gorge d'un remède infaillible, à l'aide d'une plume. La nuit suivante, il était bel et bien mort. L'issue fatale était sans doute inévitable, car l'empoisonnement du sang avait déterminé une fièvre accompagnée de délire.

Burrus fut brûlé sans grandes cérémonies. Avant même qu'on portât la torche au bûcher du Champ de Mars, Néron proclamait Tigellinus préfet du prétoire. Manquant de l'expérience juridique nécessaire, l'ancien marchand de chevaux fut assisté par Fenius Rufus, un homme d'origine juive qui avait autrefois beaucoup voyagé en sa qualité d'inspecteur du commerce du blé.

Je fouillai toute la rue des joailliers pour trouver un

présent suffisamment précieux. Je me décidai finalement pour une parure de cou à multiples rangs de perles sans défaut, que j'envoyai à Poppée avec un mot :

Minutus Lausus Manilianus te salue, ô Poppée!

Vénus naquit de l'écume. Les perles sont le cadeau le plus digne de Vénus mais si pur que soit l'éclat de ces humbles perles parthes, il ne saurait être comparé à la splendeur nacrée de ton teint. Je ne puis l'oublier. Certains signes et présages m'inclinent à penser que la prophétie que tu te plus un jour à me révéler est sur le point de s'accomplir.

Manifestement, j'étais le premier à interpréter les signes avec cette perspicacité car Poppée me manda sur-le-champ, me remercia pour le magnifique présent et s'efforça de me faire dire comment j'avais pu savoir qu'elle était enceinte, alors qu'elle-même ne l'avait découvert que depuis quelques jours. Je ne sus qu'invoquer mon héritage étrusque qui me procurait parfois des rêves étranges.

« Après la mort de sa mère, raconta Poppée, Néron était très inquiet. Il a voulu me tenir à l'écart. Il a besoin de ses vrais amis pour le soutenir et appuyer sa politique. »

C'était effectivement vrai, car après qu'il eut publiquement reproché à Octavie sa stérilité et informé le sénat qu'il songeait à se séparer d'elle, des troubles violents avaient éclaté dans la cité. Pour éprouver les sentiments du peuple, Néron avait fait dresser une statue de Poppée non loin du puits des vestales. Un attroupement se forma, on couronna de fleurs les statues d'Octavie, la foule en cortège marcha sur le Palatin et les prétoriens durent prendre les armes pour lui faire rebrousser chemin.

Je crus discerner la main du rusé Sénèque dans cette agitation trop soudaine et trop manifestement préparée. Quoi qu'il en fût, Néron fut désagréablement impressionné et rappela immédiatement Octavie qui, sur son ordre, était déjà en route pour la Campanie. Une foule en délire escorta la litière et des actions de grâces furent célébrées dans les temples lorsque la jeune femme fut réinstallée au Palatin.

Le jour suivant, pour la première fois depuis deux ans, je reçus une invitation pressante de Néron à me rendre auprès de lui. L'une des servantes d'Octavie l'accusait d'avoir commis l'adultère avec un joueur de flûte alexandrin du nom d'Eucerus. Le procès secret préparé par Tigellinus se déroula en l'absence d'Octavie.

Je fus entendu comme témoin, car je connaissais Eucerus. Tout ce que je pus dire sur l'affaire, fut que la flûte donnait des pensées frivoles. J'avais vu de mes propres yeux Octavie soupirer, avec un regard mélancolique posé sur Eucerus pendant qu'il jouait au dîner. Mais, ajoutai-je par souci de justice, Octavie soupirait aussi en d'autres occasions et, comme chacun le savait, était d'un tempérament mélancolique.

On administra la question aux esclaves d'Octavie, de si rude façon que j'éprouvai à cette vue une légère nausée. Certains d'entre eux étaient disposés à avouer mais incapables d'expliquer où, quand et comment l'adultère avait eu lieu. Intervenant dans l'interrogatoire, qui ne se déroulait pas pour lui de manière satisfaisante, Tigellinus lança, impatient, à une jolie fille :

« Cet adultère était bien le sujet de toutes les conversations parmi les serviteurs?

– S'il faut croire tout ce qui se dit, répliqua sèchement la jeune fille, alors le sexe d'Octavie est incomparablement plus chaste que ta propre bouche, Tigellinus. »

On rit si fort que l'interrogatoire dut être interrompu. Les vices de Tigellinus étaient bien connus. Il venait à présent de révéler son ignorance de la loi en posant aux esclaves des questions orientées pour leur faire admettre une contrevérité manifeste. Les juges penchaient pour les esclaves et ils ne permirent pas à Tigellinus de les tourmenter encore, en contradiction avec les prescriptions de la loi.

La cour remit la suite de l'audience au lendemain. Ce jour-là, le seul témoin fut le commandant de la flotte, mon vieil ami Anicetus. Avec un embarras feint, il raconta, en fournissant soigneusement les détails de date et de lieu, qu'Octavie venue à Baiae pour se baigner avait manifesté un intérêt surprenant pour les questions maritimes et avait tenu à connaître personnellement les capitaines et les centurions.

Se méprenant sur ses intentions, Anicetus lui avait fait des avances, qu'Octavie avait catégoriquement rejetées. Alors Anicetus, aveuglé par une criminelle lubricité, l'avait droguée avec un narcotique avant d'abuser d'elle, tout en le regrettant amèrement par la suite. Il ne lui restait plus qu'à s'en remettre à la clémence de l'empereur, sa conscience l'ayant poussé à avouer son crime.

Qu'Anicetus eût une conscience était une découverte pour tout le monde, y compris pour lui-même, me sembla-t-il. Mais le divorce fut confirmé par la cour, Octavie exilée dans l'île de Pandataria, et le fidèle Anicetus envoyé dans la base navale de Sardaigne. Et Néron sut composer, sans l'aide de Sénèque, un compte rendu éloquent de l'événement, à l'intention du sénat et du peuple de Rome. Il y donnait à entendre qu'Octavie avait cru avoir en la personne de Burrus l'appui de la garde prétorienne. Pour gagner celui de la marine, elle avait séduit le commandant de la flotte, Anicetus. Mais enceinte des œuvres du marin, honteuse de sa propre dépravation, elle avait avorté à la suite de ses manœuvres criminelles.

Cette version rendait un son authentique aux oreilles de ceux qui ne connaissaient pas Octavie personnellement. Sa lecture me plongea dans l'étonnement mais je compris qu'une certaine dose d'exagération était nécessaire, en raison de la popularité d'Octavie auprès du peuple.

Pour éviter les manifestations, Néron avait immédiatement fait détruire toutes les statues d'Octavie. Mais les Romains s'étaient retirés chez eux comme en un jour de deuil, et au sénat il y eut tant d'absents que le quorum ne fut pas même atteint. L'édit de Néron ne fut pas discuté, car ce n'était pas une loi mais une simple proclamation.

Douze jours plus tard, Néron épousait Poppée, mais les noces furent sans gaieté. Néanmoins, les présents affluèrent, emplissant une salle entière du Palatin.

Fidèle à son habitude, Néron fit soigneusement enregistrer les cadeaux pour que chacun des donateurs reçût une lettre officielle de remerciement. La rumeur se répandit qu'il avait également fait dresser une liste des sénateurs et des chevaliers qui ne lui avaient rien envoyé ou qui, sous prétexte de maladie, n'avaient pas assisté aux noces. Alors, en même temps qu'arrivaient les présents de province, affluèrent des cadeaux tardifs accompagnés de lettres d'explications et d'excuses. Le conseil juif de Rome envoya à Poppée des gobelets d'or à décor de vignes d'une valeur d'un demi-million de sesterces.

Des statues de Poppée furent érigées dans tous les quartiers de Rome en place de celles d'Octavie. Tigellinus plaça près d'elles des gardes prétoriens pour les surveiller nuit et jour. Des citoyens qui, en toute innocence, voulurent les couronner de fleurs furent récompensés de leurs bonnes intentions par des coups de bouclier ou de plat de l'épée sur la tête.

Une nuit, quelqu'un couvrit d'un sac la tête de la statue géante de Néron sur le Capitole. La nouvelle se répandit promptement à travers Rome et chacun comprit l'allusion. Selon les lois de nos aïeux, les parricides ou les matricides étaient enfermés dans un sac avec un serpent, un chat et un coq et jetés à l'eau. A ce qu'il me semble, ce fut la première fois qu'on accusait publiquement Néron d'avoir tué sa mère.

Un sentiment oppressant régnait dans Rome, qui inquiétait fort mon beau-père. Quand il apprit qu'une vipère vivante avait été découverte sur les marches du Capitole, il ordonna aux vigiles et aux gardes de prévenir toute manifestation d'opposition. A la suite de quoi, une épouse de sénateur qui emmenait son chat dans ses promenades du soir fut arrêtée. Un esclave, surpris dans la rue un coq à la main, fut fouetté. Le malheureux se proposait de sacrifier l'animal au temple d'Esculape pour obtenir la guérison de son maître malade. Quoique mon beau-père eût agi en toute bonne foi, sans intention mauvaise, ces incidents suscitèrent l'hilarité des Romains et Néron, furieux, lui retira un temps la charge de préfet de la cité.

Pour nous tous qui savions raisonner, il était parfaitement clair que la répudiation d'Octavie servait maintenant de prétexte à une attaque générale contre Néron. Bien qu'elle en fût à son troisième mariage, Poppée était plus belle et infiniment plus intelligente que l'ennuyeuse Octavie. Mais la vieille génération s'employait par tous les moyens à semer le trouble dans l'esprit du peuple.

En vérité, durant cette période, il m'est souvent arrivé de me tâter le cou en me demandant ce qu'on ressentait quand on se le faisait trancher. On ne doutait plus de l'imminence d'un soulèvement militaire, car Tigellinus, déjà méprisé par les prétoriens pour sa basse extraction, s'était fait détester d'eux en leur imposant une discipline d'une extrême dureté. Le préfet du prétoire s'était bientôt querellé avec son collègue Fenius Rufus, de sorte qu'ils ne pouvaient plus demeurer ensemble dans la même pièce.

Les amis de Néron sincèrement attachés à sa fortune tinrent un conseil solennel. Tigellinus était le plus âgé d'entre nous et il l'emportait sur nous tous par la puissance de sa volonté. Aussi, quelle que fût notre hostilité à son égard, nous nous tournâmes encore une fois vers lui et il parla, s'adressant à Néron :

« Ici, dans la cité, dit-il, je puis garantir que tu seras en sécurité et que l'ordre régnera. Mais à Massilia, l'exilé Sulla est soutenu par Antonia. Il est pauvre et prématurément vieilli par les humiliations. Je tiens de source sûre qu'il s'est ménagé des amitiés dans la noblesse de la Gaule, chez ceux que l'illustre nom d'Antonia et sa qualité de fille de Claude impressionnent. Les légions de Germanie sont assez proches de Massilia pour que sa simple présence dans cette ville soit un danger pour l'Etat et le bien public. »

Néron admit qu'il disait juste et ajouta, désespéré :

« Je ne comprends pas pourquoi personne n'aime Poppée comme moi. En ce moment, elle est dans une situation délicate et la moindre émotion lui serait néfaste.

– Plautus constitue un danger encore plus grand pour toi, poursuivit Tigellinus. C'était une grave erreur de l'exiler dans cette province d'Asie qui était déjà suffisamment rebelle sans lui. Son grand-père était un Drusus. Qui peut garantir que Corbulon te restera loyal? Son beau-père, le sénateur Lucius Atistius, a envoyé là-bas un de ses affranchis pour inciter Plautus à tirer le meilleur parti de sa situation. Je le tiens de sources dignes de foi. En outre, il est très riche, et chez un homme ambitieux, la prospérité est aussi dangereuse que la pauvreté.

– Je connais parfaitement la situation en Asie, avançai-je. On m'a dit que ce Plautus ne prisait que la compagnie des philosophes. L'Etrusque Musonius, qui est un grand ami du très célèbre Apollonios de Tyane, l'a accompagné dans son exil. »

Tigellinus frappa triomphalement dans ses mains.

« Tu vois bien, ô mon maître! Les philosophes sont les pires conseillers qui soient, des gens qui insinuent dans l'esprit des jeunes gens des idées scandaleuses sur la liberté et la tyrannie.

– Comment peut-on insinuer que je suis un tyran? s'indigna Néron. J'ai donné au peuple plus de liberté qu'aucun autre gouvernement du passé. Et je fais toujours semblant de soumettre toutes mes décisions à l'approbation des sénateurs. »

Nous nous empressâmes de lui assurer que du point de vue du bien-être public il était l'empereur le plus clément et le moins autoritaire qu'il se pût imaginer. Mais la question était à présent de déterminer ce qui serait le mieux pour l'Etat et rien ne lui était plus néfaste que la guerre civile.

A cet instant, Poppée fit irruption, à peine vêtue, les cheveux dénoués et les joues mouillées de larmes. Elle se jeta aux pieds de Néron et, pressant sa poitrine contre les genoux de son époux, elle s'écria d'une voix suppliante :

« Je ne t'implore pas pour moi, je n'invoquerai pas mon état, ni l'avenir de notre futur fils, car c'est de ta vie qu'il s'agit à présent, ô Néron ! Tu dois croire Tigellinus. Il sait ce qu'il dit. »

Le médecin de Poppée l'avait suivie, en proie à une vive inquiétude.

« Si elle ne retrouve pas la paix de l'esprit, elle est menacée de faire une fausse couche, dit-il en essayant doucement de lui faire relâcher son étreinte.

– Comment connaîtrais-je la paix de l'esprit, gémit Poppée, quand cette répugnante femme poursuit ses intrigues à Pandataria ? Elle a insulté notre couche conjugale, elle pratique les pires sortes de sorcellerie et elle a plusieurs fois tenté de m'empoisonner. J'ai si peur qu'aujourd'hui j'ai eu plusieurs fois la nausée.

– Quand on a pris une route, on ne peut plus revenir en arrière, déclara Tigellinus d'un ton convaincu. J'en appelle à ta magnanime amitié envers nous. Quand bien même tu refuserais de songer à ta vie, tu mets nos vies à tous en danger en demeurant dans l'indécision. La rébellion frappera en premier ceux qui t'ont manifesté une affection désintéressée, ceux qui ne cherchent pas leur propre avantage, comme le fait Sénèque, par exemple. Devant le destin, les dieux même s'inclinent. »

Les yeux de Néron s'emplirent de larmes.

« Je vous prends à témoin qu'il est le plus pénible de ma vie, cet instant où les sentiments de mon cœur doivent céder le pas à la raison d'Etat et au bien public. Je me soumets à l'inévitable. La politique commande. »

Le visage de Tigellinus s'éclaira et il leva les mains pour saluer cette décision.

« Te voilà un véritable chef, ô Néron. Des prétoriens dignes de confiance sont déjà en route pour Massilia. J'ai déjà envoyé un manipule complet en Asie pour prévenir tout mouvement de résistance armée. Je ne puis supporter l'idée que ceux qui t'envient pourraient saisir l'occasion pour te renverser et insulter la patrie. »

Au lieu de s'emporter contre ces initiatives prises sans le consulter, Néron poussa un soupir de soulagement et appela Tigellinus « son véritable ami ». Puis il demanda distraitement combien de temps un courrier mettait pour parvenir à Pandataria.

A peine quelques jours plus tard, Poppée me demanda en grand secret :

« Aimerais-tu voir le plus beau présent de mariage que m'ait fait Néron? »

Elle me conduisit dans sa chambre, et tira d'un panier d'osier un ballot souillé de taches brunes. Dénouant les tissus, elle me découvrit la tête exsangue d'Octavie. Elle boucha ses délicieuses narines en disant :

« Pouah! elle commence à sentir et à attirer les mouches. Mon médecin m'a ordonné de la jeter, mais la contemplation de ce cadeau de mariage me convainc plus que toute autre chose que je suis vraiment l'épouse impériale.

« Imagines-tu cela? poursuivit-elle. Quand les prétoriens l'emportaient vers le bain chaud où on lui a ouvert les veines sans douleur, elle criait comme une petite fille qui a cassé sa poupée : « Je n'ai rien fait! » Après tout, elle avait vingt ans. Mais elle devait être un peu demeurée. Qui sait avec qui Messaline a pu la concevoir? Peut-être tout simplement Claude, qui ne possédait pas toute sa raison. »

Néron demanda au sénat de décréter la célébration d'actions de grâces dans les temples du Capitole pour remercier les dieux d'avoir repoussé le danger qui pesait sur l'Etat. Vingt jours plus tard, la tête prématurément vieillie de Sulla arrivait de Massilia et le sénat, de son propre chef, décida que les actions de grâces devaient continuer d'être célébrées.

De tenaces rumeurs de rébellion en Asie couraient dans la ville. Comme on estimait inévitables la guerre civile et une défaite en Orient, le prix de l'or et celui de l'argent montèrent et un grand nombre de propriétaires vendirent à bas prix des terres et des immeubles. Je ne manquai pas de saisir cette occasion de faire quelques affaires très profitables.

Quand la tête de Plautus arriva enfin, après quelques retards dus aux tempêtes, le soulagement fut si universel et si grand que non seulement le sénat, mais même des particuliers, offrirent des actions de grâces. Tirant le meilleur parti de la situation, Néron rendit à Rufus son ancienne charge d'inspecteur du commerce du blé en y ajoutant celle de procurateur des magasins de blé de l'Etat. Tigellinus épura la garde prétorienne, mit un certain nombre de soldats à la retraite avant le terme normal du service et les envoya dans une colonie de vétérans à Puteoli. Pour ma part, après ces événements, je me trouvai plus riche d'au moins cinq millions de sesterces.

Sénèque prit part aux processions festives et aux actions de grâces, mais beaucoup de spectateurs remarquèrent qu'il marchait d'un pas incertain et que ses mains tremblaient violemment. Il avait déjà soixante-cinq ans, avait beaucoup grossi, son visage s'était bouffi et ses pommettes étaient violacées. Néron l'évitait le plus possible et faisait en sorte de ne jamais se trouver seul avec lui pour n'avoir pas à subir ses remontrances.

Un jour, Sénèque demanda une audience officielle. Néron rassembla ses amis autour de lui, espérant ainsi le dissuader de l'accuser en public. Mais Sénèque prononça un élégant panégyrique dans lequel il louait l'empereur de la pénétration d'esprit et de la détermination dont il avait fait preuve pour la protection de la patrie contre les dangers qui l'avaient menacée, dangers que lui, Sénèque, à cause de son grand âge, n'avait pas su discerner. Après quoi, il refusa de recevoir quiconque, renvoya sa garde d'honneur et se retira dans son superbe domaine campagnard sur la route de Praeneste, prétextant des raisons de santé et expliquant qu'il était occupé de la rédaction d'un traité philosophique sur les joies du refus. On disait qu'il observait un régime d'une grande frugalité et qu'il recherchait la solitude, de sorte qu'il ne goûtait que peu de plaisirs en dépit de sa richesse.

Je fus nommé préfet du prétoire à titre extraordinaire, pour la moitié d'une session. Inquiet du trouble mis dans les esprits par les assassinats politiques et par la grossesse de Poppée, Néron ressentait le besoin de montrer l'excellence de son gouvernement. Il avait décidé de faire juger d'urgence les affaires pendantes qui s'étaient accumulées au prétoire de manière scandaleuse.

Un présage était venu raffermir la confiance de l'empereur en son destin. Un orage ayant tout à coup éclaté, la foudre frappa une coupe d'or qu'il tenait à la main. Je ne crois pas en vérité que l'éclair s'abattit sur le vaisseau. Il dut frapper si près de Néron que la coupe lui échappa des mains. En dépit de tous les efforts pour l'étouffer, l'événement s'ébruita et fut généralement interprété comme un signe néfaste. Mais, selon les anciens Etrusques, qui adoraient l'éclair, une personne foudroyée sans être tuée se trouve sanctifiée et consacrée aux dieux. Néron, qui croyait volontiers aux présages, se considéra désormais très sérieusement comme un saint homme et s'efforça de se conduire conformément à cette dignité nouvelle, du moins aussi longtemps que les meurtres politiques troublaient sa délicate sensibilité.

Lors de mon entrée en fonction, Tigellinus mit à ma disposition une pièce où s'entassaient des rouleaux poussiéreux. C'étaient les attendus des jugements concernant des citoyens de province qui avaient fait appel à l'empereur. Tigellinus mit à part une pile de rouleaux.

« J'ai reçu de superbes présents pour faire diligence dans ces affaires-là, dit-il. Règle-les d'abord. Je t'ai choisi parce que tu as su montrer en quelques moments graves une certaine docilité et aussi parce que tu es si riche que nul ne doutera de ton intégrité. Pour le reste, les opinions exprimées à ton sujet, quand le sénat a pris connaissance de ta nomination, n'ont guère été flatteuses. Veille à ce que notre renom d'intégrité se répande dans les provinces. Si on t'offre des présents, refuse-les mais donne à entendre que c'est moi, le préfet, et nul autre, qui suis en mesure de presser le règlement d'une affaire. Mais souviens-toi que l'on ne peut jamais, en aucune circonstance, acheter le verdict final du prétoire. Néron seul prononce le jugement en s'appuyant sur nos avis. »

Il allait partir mais, se ravisant, ajouta :

« Il y a le cas de ce magicien juif que nous maintenons en état d'arrestation depuis deux ans. Il faut le relâcher car durant sa grossesse, Poppée ne doit pas s'exposer aux manœuvres des jeteurs de sorts. Poppée favorise décidément trop les Juifs. Je ne tiens pas à m'occuper personnellement de celui-là. Il a déjà ensorcelé plusieurs de ses gardes prétoriens, au point que nous avons dû les remplacer. »

Ma tâche présenta moins de difficultés que je ne l'avais redouté. La plupart des affaires remontaient à l'époque de Burrus et elles avaient déjà été préparées par un légiste beaucoup plus compétent que moi. Je jetai un coup d'œil curieux sur les documents concernant le magicien juif. A ma grande surprise, je vis qu'ils concernaient une vieille connaissance, Saul de Tarse. Il était accusé d'insulte au temple de Jérusalem et d'après ce que je lus, il avait été arrêté peu après que Pallas eut entraîné Félix dans sa chute. Le nouveau procurateur, Festus, avait fait transférer Paul à Rome pour qu'il y fût jugé.

S'il demeurait effectivement en état d'arrestation, on l'avait autorisé à circuler librement en ville, du moment qu'il subvenait lui-même aux frais de sa garde. Une lettre de Sénèque recommandait sa relaxe. J'ignorais que Paul fût assez riche pour supporter les frais d'un appel devant l'empereur.

En deux jours, j'avais préparé un grand nombre d'affaires dans lesquelles Néron pourrait montrer sa clémence et sa générosité. Mais, connaissant Paul, je jugeai plus sage de lui rendre visite pour lui éviter de commettre l'erreur de discourir trop longtemps quand il comparaîtrait devant Néron. En indisposant l'empereur par des bavardages inutiles, il risquait de compromettre une libération déjà décidée.

Paul jouissait de toutes les commodités possibles dans les deux pièces qu'il avait louées chez un Juif marchand de produits de luxe. Le thaumaturge avait beaucoup vieilli. Son visage s'était creusé de rides et son crâne était plus chauve que jamais. Conformément au règlement, il portait des fers, mais ses deux gardes prétoriens le laissaient vaquer à ses affaires, recevoir des visiteurs et envoyer des lettres partout où il le désirait.

Deux de ses disciples vivaient avec lui, ainsi que son médecin, un Juif du nom de Lucas d'Alexandrie. Il fallait vraiment que Paul fût riche pour s'offrir un logement si agréable à la place des puantes salles communes de la prison. Comme il n'était pas un criminel d'Etat, il aurait de toute façon échappé à la pire des geôles, la prison Mamertine.

Les rapports le désignaient de son nom légal de Saul mais pour lui manifester mes dispositions amicales, je l'appelai Paul en le saluant. Il me reconnut aussitôt et me salua comme un de ses intimes, au point que je fis sortir mon scribe et mes deux licteurs pour ne pas m'exposer au soupçon de partialité et à la récusation.

« Ton cas va être examiné incessamment, lui annonçai-je. C'est l'affaire de quelques jours. L'attente d'un héritier emplit l'empereur de clémence. Mais tu devras maîtriser ta fougue quand tu comparaîtras devant lui. »

Paul sourit, en homme qui connaissait la souffrance.

« J'ai reçu pour mission de prêcher la bonne parole, que le moment soit ou non favorable. »

Par curiosité, je lui demandai pourquoi les prétoriens le considéraient comme un magicien. Il me raconta son transfert à Rome au cours duquel son navire avait fait naufrage. Quand il commença de montrer des signes de fatigue, Lucas acheva ce long récit. Paul m'assura que l'accusation d'insulte au temple de Jérusalem était parfaitement infondée, et le résultat d'un malentendu, si ce n'était de la malveillance. Le procurateur Félix l'aurait relâché sans hésiter s'il avait accepté de verser une somme suffisante.

Paul n'avait rien à reprocher aux Romains. En le transportant de Jérusalem à Césarée, ils lui avaient sauvé la vie. Quarante Juifs fanatiques avaient juré de ne plus boire ni manger tant qu'ils ne l'auraient pas fait passer de vie à trépas. Mais, ajoutait Paul, avec un sourire dépourvu de rancœur, il était peu vraisemblable qu'ils fussent morts de faim. En fait, il était plutôt reconnaissant à ses gardiens de le protéger contre la fureur meurtrière des Juifs de Rome.

Je lui assurai que ses craintes étaient sans fondement. Sous le principat de Claude, les Juifs avaient reçu un sévère avertissement et évitaient désormais d'affronter les chrétiens à l'intérieur de l'enceinte de la cité. Céphas exerçait en outre une influence apaisante sur ses coreligionnaires et les avait persuadés d'éviter les Juifs. J'ajoutai que grâce à l'ancien pêcheur, les chrétiens étaient devenus beaucoup plus nombreux et comptaient maintenant un très petit contingent de Juifs non circoncis parmi eux.

Le nom de Céphas parut susciter quelque ressentiment chez Paul aussi bien que chez son médecin. Dans les premiers temps du séjour du prisonnier à Rome, Céphas s'était montré secourable et amical, et lui avait offert les services de son meilleur disciple et interprète grec, Marcus. Paul avait évidemment abusé de sa confiance en envoyant Marcus porter au loin des lettres dans les assemblées qu'il avait fondées et qu'il surveillait comme un lion sa proie. C'était sans doute la raison pour laquelle Céphas n'encourageait guère ses chrétiens à recevoir l'enseignement subtil de Paul.

Lucas me raconta que deux années durant, il avait voyagé à travers la Galilée et la Judée pour collecter les souvenirs des témoins de la vie de Jésus. Il avait noté scrupuleusement, en araméen, tout ce qu'il avait recueilli concernant ses miracles et son enseignement. Il envisageait sérieusement de publier en grec un récit de la vie de Jésus. Un riche Grec du nom de Théophilus, que Paul avait converti au christianisme, avait déjà promis de publier le livre.

Il me sembla que Paul recevait de splendides présents de ces assemblées chrétiennes de Corinthe et d'Asie qu'il s'employait à préserver, avec un soin jaloux, de tout contact avec les Juifs fidèles à la tradition comme avec les autres sectes chrétiennes. Je vis qu'il consacrait son temps à leur écrire des lettres d'admonestation, car à Rome même il n'avait guère de disciples.

Je pressentais qu'il aurait aimé demeurer à Rome après sa relaxe, mais je ne savais que trop quels troubles sa seule présence pouvait susciter en un lieu. S'il demeurait dans la cité, j'attirerais la colère des Juifs sur ma tête, et les chrétiens désunis s'entre-déchireraient.

« Il n'y a pas assez de place pour deux coqs dans le même poulailler. Dans ton propre intérêt comme dans le mien, il vaudrait mieux que tu quittes Rome aussitôt relâché. »

Le visage de Paul s'assombrit, mais il dit avec résignation que le Christ avait fait de lui un éternel voyageur qui ne pouvait demeurer longtemps au même endroit. Il irait en Ibérie, dans la province de Bétique, où se trouvaient plusieurs ports fondés par des Grecs, dans lesquels la langue des Hellènes était encore dominante. Je lui conseillai vivement de ne pas hésiter à pousser jusqu'en Bretagne si son dieu l'y incitait.

Mais, comme on peut s'en douter, en dépit de ma démarche bien intentionnée, Paul se montra incapable de garder bouche close quand on l'emmena devant Néron au prétoire. L'empereur était dans d'excellentes dispositions et aussitôt qu'il vit Paul, il s'exclama :

« Oh! oh! On dirait bien que le prisonnier est juif! Alors il faudra que je le relâche, si je ne veux pas m'exposer au courroux de Poppée. Elle est à un mois du terme et elle respecte plus que jamais le dieu des Juifs. »

Avec un geste bienveillant, Néron fit mettre en marche la clepsydre pour décompter le temps de parole de la défense, puis se pencha sur les parchemins concernant une autre affaire et s'y absorba complètement. Paul estima le moment propice pour expliquer son cas tout au long et se débarrasser des accusations pesant contre lui. Il demanda donc à Néron de s'armer de patience, car il lui fallait exposer dans le détail les différends des Juifs, qui ne devaient pas lui être familiers. Il commença à partir de Moïse et fit aussi le récit de sa propre vie, et en particulier de l'épisode de l'apparition du Christ au persécuteur des chrétiens.

Je glissai à Néron un rapport du procurateur Festus qui concluait que Paul n'était qu'une inoffensive tête fêlée, un érudit qui avait perdu la raison à force d'études. Le roi Hérode Agrippa, qui comprenait parfaitement les croyances des Juifs, avait aussi conseillé de le relâcher. Néron opinait du chef comme s'il écoutait, mais je ne crois pas qu'il comprit un mot de ce que disait Paul.

« ... Aussi, poursuivait ce dernier, je ne puis m'empêcher d'obéir à la vision céleste. Oh! si tes yeux pouvaient s'ouvrir et, se détournant des ténèbres, contempler la lumière et délaisser le royaume de Satan pour celui de Dieu! Si tu croyais en Jésus de Nazareth, alors tous tes péchés te seraient remis et tu aurais droit à l'héritage parmi les saints hommes. »

A cet instant, la clepsydre indiquant la fin de son temps de parole, Paul dut se taire.

« Mon ami, rétorqua fermement Néron, je ne désire en aucune façon que tu me couches sur ton testament. Je ne suis pas un captateur d'héritage, c'est pure calomnie que de le prétendre. Fais-le savoir aux autres Juifs. En revanche, tu me rendrais un service si tu consentais à prier ton dieu pour mon épouse Poppée. La chère femme semble placer une grande confiance dans ce dieu sur lequel tu as disserté avec tant de conviction. »

Il ordonna de retirer ses fers à Paul et ajouta qu'une offrande votive serait envoyée au temple de Jérusalem comme preuve de son bon vouloir envers la foi juive. J'imagine que les Juifs éprouvèrent quelque mécontentement de ce verdict.

En quelques jours, nous tranchâmes une grande quantité d'affaires pendantes. La plupart des verdicts étaient l'acquittement. Si Tigellinus laissa dormir un certain nombre de dossiers, ce fut parce qu'il estimait financièrement avantageux de laisser les accusés mourir de vieillesse sans avoir été jugés. Deux mois plus tard, je fus relevé de mes fonctions de préteur, mon zèle et mon incorruptibilité furent l'objet d'un éloge public et l'on ne médit plus autant de moi.

La session à laquelle j'avais participé passa à la postérité en raison de l'affaire du meurtre de Pedanus Secudus, qui causa une grande sensation dans tout Rome. Il avait été brutalement assassiné dans son lit, à coups de poignard, par un de ses esclaves. La vraie raison de cet attentat ne fut jamais découverte, mais je puis affirmer en toute sincérité que je ne crois pas que mon beau-père y fût mêlé.

Selon une loi vénérable, si un esclave tue son maître, tous les esclaves de la maison doivent être mis à mort. C'est une loi fort utile, dictée par une longue expérience et les nécessités de l'ordre public. Mais Pedanus avait abrité plus de cinq cents esclaves sous son toit. La plèbe s'émut et barra l'accès au lieu de l'exécution. Le sénat dut se réunir pour débattre de l'affaire. Le fait le plus étonnant, et le plus révélateur de la décadence de nos coutumes, fut que quelques sénateurs tentèrent sérieusement d'entraver le cours de la loi. Plusieurs amis de Sénèque déclarèrent publiquement qu'à leur point de vue, un esclave était aussi un être humain et qu'il n'était pas convenable de punir l'innocent avec le coupable. Mon propre père et le sénateur Pudens se levèrent pour dénoncer tant de cruauté. On trouva même des excuses à l'esclave qui n'avait fait que se venger d'une longue série d'injustices.

Si la clémence l'emportait, fit-on observer avec quelque raison, qui pourrait encore se sentir en sûreté sous son propre toit? Nos aïeux, qui avaient édicté cette loi, se méfiaient à juste titre de tous les esclaves, et même de ceux qui étaient nés dans la maison et s'étaient depuis l'enfance attachés à leur maître. Et de nos jours, nombre des esclaves venaient de pays totalement étrangers, où l'on respectait des coutumes et des dieux inconnus.

Pour la première fois, il apparaissait que, jusque dans le sénat lui-même, se trouvaient des hommes qui avaient embrassé la religion étrangère et qui s'employaient à présent à défendre leurs coreligionnaires. A l'instant du vote, fort heureusement pour Rome, les partisans de la loi l'emportèrent.

La populace s'était amassée autour de la demeure de Pedanus, ramassait des pierres et menaçait d'allumer des incendies. Les prétoriens furent appelés en renfort des vigiles et Néron fit une proclamation énergique. Une double rangée de soldats prit position le long des rues que devaient parcourir les cinq cents condamnés jusqu'au lieu de leur supplice.

On jeta des pierres et l'on cria des insultes, mais il n'y eut pas véritablement d'émeute. Apparemment, un grand nombre d'esclaves de Pedanus étaient des chrétiens, car des sectataires de cette foi s'étaient mêlés à la foule en l'adjurant de ne pas céder à la violence, car leur doctrine interdisait de rendre le mal par le mal.

Cette affaire eut au moins pour résultat positif que mon beau-père retrouva sa charge de préfet de la cité. Le sénat et la plèbe eurent bientôt un autre sujet de préoccupation : la grossesse de Poppée commençait à éveiller une certaine compassion dans ce peuple versatile.

Néron voulut que son fils naquît à Antium où lui-même avait vu le jour. Il pensait peut-être qu'un événement si heureux délivrerait de ses affligeants fantômes le domaine qu'il avait hérité d'Agrippine. J'eus le plaisir de revoir Poppée avant qu'elle n'eût gagné Antium. La grossesse n'avait pas affaibli sa beauté et ses yeux avaient pris une douce et féminine lueur.

« Est-il vrai, lui demandai-je précautionneusement, que tu adores désormais le dieu juif? C'est ce qu'on prétend à Rome. On dit que tu pousses Néron à favoriser les Juifs aux dépens des autres.

– Il faut bien reconnaître que la prophétie juive s'est vérifiée. Au plus fort des difficultés, pour affermir ma position, j'ai promis de toujours respecter leur dieu, qui est si puissant qu'il n'en existe même pas d'image. Et Moïse aussi. Je n'aurais jamais osé aller accoucher à Antium si je n'avais pu emmener un médecin juif avec moi. Je prends aussi avec moi plusieurs vieilles sages-femmes juives et bien sûr, un médecin grec et un médecin romain, tous deux fort compétents, pour être tout à fait sûre de mon affaire.

– As-tu entendu parler de Jésus de Nazareth, le roi des Juifs?

– Je sais qu'il y a différentes sortes de saints parmi eux. Leurs lois sont strictes, mais une femme dévote dans ma position n'a pas à se préoccuper des lois, du moment que je reconnais leur Moïse cornu et que je ne bois pas de sang. »

Je compris que ses idées sur la foi juive n'étaient pas

plus précises que celles de la plupart des autres Romains qui n'imaginaient même pas qu'il pût exister un dieu sans image.

Ainsi donc, Poppée prit la route d'Antium et je souhaitai bientôt que son fils naquît au plus vite, car Néron était un compagnon fatigant durant la période d'attente. Quand il chantait, il fallait le féliciter d'abondance. Quand il conduisait un quadrige, il fallait louer ses talents. Il revit Acté en secret et eut de brèves liaisons avec des dames de noble naissance peu scrupuleuses sur le chapitre du mariage. Tigellinus lui présenta ses gitons. Quand nous en discutâmes, Néron invoqua l'exemple des Grecs :

« Quand la coupe m'a été arrachée des mains, j'ai été sanctifié. C'était un présage annonçant que je serais déifié après ma mort. Les dieux goûtent les plaisirs des deux sexes. Je ne saurais me sentir tout à fait divin si je ne jouissais pas des beaux garçons. Et puis, Poppée préfère savoir que je me divertis avec des garçons, si j'en ressens le besoin, plutôt qu'avec des femmes ambitieuses. Ainsi, elle n'a pas besoin de craindre que j'aille engrosser quelque dame par erreur. »

Je ne voyais plus que rarement mon fils Jucundus. Barbus avait quitté ma demeure pour celle de Tullia. En effet, il se considérait comme le mentor de l'enfant, qui en avait bien besoin car Tullia lui gâtait le caractère en lui passant tous ses caprices. Pour moi, il devenait, à chacune de mes visites, un peu plus étranger.

Sabine ne me tolérait plus dans sa maison que lorsqu'elle avait besoin d'argent. Le petit Lausus aussi n'était pour moi qu'un étranger. A mon grand étonnement, il avait la peau sombre et des cheveux bouclés. Je n'éprouvais aucun désir de le prendre dans mes bras et de jouer avec lui et Sabine me traitait de père dénaturé.

Je lui fis observer qu'il avait son content de pères et de compagnons de jeu parmi les dresseurs de fauves. Je ne mentais pas. Si je manifestais le moindre désir de voir le garçon, Epaphroditus apparaissait soudain, pour m'infliger la démonstration que Lausus le préférait. Sabine blêmit en entendant ma remarque et hurla avec fureur qu'en public au moins, je devrais m'abstenir de remarques inconvenantes.

Elle s'était constituée son propre cercle d'amies parmi les patriciennes qui emmenaient leurs enfants voir les animaux et les intrépides tours des dompteurs. Dans les nobles familles, il était à la mode d'élever des gazelles ou des léopards et j'avais les plus grandes peines à lutter contre les entreprises de malandrins peu scrupuleux qui me disputaient mon seul droit, le monopole du commerce des animaux sauvages, et en importaient à bas prix. Outre les léopards et les gazelles, je faisais aussi venir à Rome des limiers sauvages bretons.

Poppée donna enfin le jour à une fille bien formée, et Néron se réjouit autant que s'il avait eu un fils. Il couvrit Poppée de cadeaux et se conduisit en tout point comme un père ivre de bonheur.

Le sénat au grand complet se déplaça à Antium pour présenter ses vœux, suivi par tout ce qui à Rome s'estimait important. Les barques du fleuve et les navires d'Ostie étaient bondés. La mauvaise route d'Aricia à Antium était si encombrée de véhicules et de litières que le trafic s'y écoulait avec une intolérable lenteur.

L'enfant reçut le nom de Claudia et aussi le nom honorifique d'Augusta. Quand on fit les libations, quelque esprit simple osa suggérer que Poppée fût honorée de même manière et nul ne s'avisa de s'opposer à cette suggestion, car Néron était présent. Poppée envoya certains objets d'or au temple de Jérusalem et son médecin juif reçut le droit de cité romain.

Pour ma part, j'étais parfaitement préparé à remplir les devoirs de ma charge. Durant les fêtes d'actions de grâces, nous présentâmes dans le théâtre de bois des combats d'animaux si habilement arrangés que, pour la première fois, ils surpassèrent aux yeux du public l'intérêt des courses de chevaux du grand cirque. Les vestales honorèrent mes spectacles de leur présence et j'entendis dire ici et là que j'avais porté le dressage des fauves au rang d'un des beaux-arts.

Sabine parut dans l'arène, dans un char tiré par quatre lions. Elle récolta de longs applaudissements. En dépit d'immenses difficultés, j'avais réussi à me procurer des singes géants pour remplacer ceux qui étaient morts. J'avais obtenu qu'on me les livrât jeunes. Ils étaient soignés et dressés par des nains au teint jaune venus comme eux du plus profond des forêts africaines.

Ces bêtes savaient se battre entre elles à coups de pierres et de gourdins. Je fis revêtir aux mieux dressées la tenue des gladiateurs et certains spectateurs en furent si impressionnés qu'ils refusèrent de croire qu'il s'agissait d'animaux. Il y eut à ce sujet une discussion sur les gradins, qui dégénéra en une rixe au cours de laquelle un citoyen fut tué et une douzaine d'autres blessés. Ainsi donc la représentation dans son ensemble se déroula aussi bien qu'on pouvait l'espérer.

Je reçus cette fois une compensation pour l'argent dépensé dans l'affaire, car l'œil avaricieux de Sénèque avait cessé de surveiller les finances de l'Etat. Néron ne faisant guère de différence entre sa caisse personnelle et le trésor public, je me fis attribuer par l'une et par l'autre des fonds que je plaçai, avec l'aide de mes affranchis, dans des *insulae* à Rome et des terres à Caere.

Le bonheur paternel de Néron fut de courte durée. En cet automne pluvieux, les eaux du Tibre gonflèrent, atteignant un niveau alarmant. Leurs vapeurs malsaines provoquèrent dans la ville une épidémie de maux de gorge, affection bénigne pour les adultes mais beaucoup plus grave pour les enfants qui moururent en grand nombre.

Même Néron en fut affecté. Il s'enroua au point d'être presque incapable de parler et craignit d'avoir perdu sa voix pour toujours. Des sacrifices d'apaisement des dieux furent commandés dans tous les temples, aussi bien par l'Etat que par des citoyens. Il commençait à peine à recouvrer la voix que sa fille tombait malade. En dépit des efforts des médecins et des prières des Juifs, l'enfant mourut en quelques jours. Epuisée de veilles et de chagrin, Poppée reprocha avec fureur à Néron d'avoir pris dans ses bras l'enfant et de lui avoir donné des baisers, alors qu'elle était déjà malade.

Dans l'excès de sa superstition, Néron se convainquit que les sacrifices publics et privés n'avaient pas suffi pour apaiser les dieux et sauver sa voix. Ils avaient aussi exigé la vie de sa fille. Cette réflexion affermit sa conviction qu'il était appelé à devenir le plus grand artiste de son temps, et son chagrin en fut adouci.

Le sénat ému attribua immédiatement le rang de déesse à Claudia Augusta et l'accompagnement du coussin dans ses funérailles. Un temple serait érigé en son honneur et un clergé constitué pour son culte. Néron avait la conviction secrète que c'était en fait sa voix qui était adorée dans ce sanctuaire et que les sacrifices la magnifieraient toujours plus.

Ainsi le culte nouveau eut un rituel secret, à côté des sacrifices officiels. Et de même que sa voix s'était affermie après la mort d'Agrippine, elle avait pris de la puissance et résonnait à présent avec tant de douceur que ses auditeurs en étaient charmés. Quant à moi, je n'étais nullement bouleversé quand je l'écoutais, mais je répète ce que des juges plus avertis que moi déclaraient.

Apprenant que les chanteurs au timbre grave se devaient d'être corpulents pour supporter les épreuves de leur art, Néron laissa gonfler ses joues et ses multiples mentons. Poppée n'était que trop heureuse qu'il se consacrât aux vocalises plutôt qu'aux débauches.

Après la mort de sa fille, Néron consacra donc tout l'hiver à entraîner sa voix et les affaires de l'Etat ne furent plus à ses yeux que des tracas inutiles. Il négligeait les réunions du sénat par crainte de prendre froid sur le sol glacé de la curie. Il y venait les pieds enveloppés de laine et se levait toujours dans une attitude pleine d'humilité lorsque le consul lui adressait la parole. A son premier éternuement, il se retirait en toute hâte, laissant les commissions du sénat régler les questions importantes.

Un jour d'hiver, peu avant les saturnales, Claudia me fit savoir qu'elle désirait s'entretenir avec moi de questions importantes et confidentielles. Quand j'eus terminé de régler les affaires du moment avec mes clients et mes affranchis, je lui permis de venir dans ma chambre. Je redoutais qu'elle ne se remît à parler de repentance et de baptême chrétien.

« O Minutus, gémit-elle, je suis la proie de sentiments contradictoires. Je suis tiraillée de droite et de gauche et me sens comme un cordage près de rompre. J'ai fait quelque chose dont je n'ai pas osé te parler jusqu'à maintenant. Mais d'abord, regarde-moi. Trouves-tu que j'ai changé en quelque façon? »

Pour dire la vérité, elle m'avait été si souvent insupportable, avec son bavardage chrétien et ses airs entendus, que je ne voulais même plus la regarder. Mais touché par son ton soumis, je l'examinai un peu plus attentivement et, à ma grande surprise, vis que son hâle d'esclave avait cédé la place à un beau teint pâle. Elégamment vêtue, elle était coiffée à la dernière mode grecque.

D'ébahissement, je frappai dans mes mains et m'écriai avec une sincère admiration :

« Tes traits et ton maintien superbes sont dignes des plus nobles matrones et je te soupçonne de baigner en secret ton visage dans du lait d'ânesse. »

Claudia rougit violemment.

« Ce n'est pas par vanité que je veille à mon apparence, se hâta-t-elle de dire, mais parce que tu m'as confié le soin de ta vaste maisonnée. La modestie est le plus bel ornement de la femme mais tes clients aussi bien que les marchands de viande de la basilique ne voient pas les choses ainsi. Dis-moi, trouves-tu dans mes traits quelque ressemblance avec ceux de l'empereur Claude?

– Non, bien sûr que non, m'empressai-je de la rassurer. Ne t'inquiète pas à ce sujet. Les traits du vieux Claude n'avaient rien de très flatteur. Mais toi, tu es devenue une fort belle femme, surtout depuis que tu te fais épiler les sourcils. »

Manifestement, ma réponse désappointait Claudia.

« Tu te trompes, j'en suis sûre, rétorqua-t-elle en se renfrognant. Tante Paulina et moi nous sommes allées voir ma demi-sœur cadette, Antonia, car nous avions pitié de son existence solitaire. Claude a fait tuer son premier époux et Néron son second, et nul n'ose plus se montrer avec elle depuis qu'elle est revenue de Massilia. Elle nous a offert un gâteau aux fruits parfumé à l'hydromel. A voir comment les choses prennent tournure, elle incline peut-être à me reconnaître pour sa sœur légale. Elle et moi sommes les dernières représentantes des Claudiens. »

Je fus effaré de découvrir que son ambition féminine se nourrissait encore de ces calembredaines vaniteuses. Elle posa sur moi des yeux où dansait une étrange lueur. Sa respiration plus profonde faisait saillir sa poitrine plantureuse. Elle me saisit la main et j'eus un sursaut méfiant.

« Que cherches-tu donc vraiment, malheureuse Claudia?

– O Minutus, tu n'ignores pas toi-même que ta vie ne peut continuer ainsi. Ton union avec Sabine n'est pas un vrai mariage. Il faudrait que tu sois stupide pour ne pas l'avoir compris. Cette union est la risée de Rome tout entière. Dans ta jeunesse, tu m'as fait une certaine promesse. Maintenant que tu es un homme fait, la différence d'âge entre nous n'est plus aussi visible. En fait, elle est à peine perceptible. Minutus, pour préserver ta réputation, il faut que tu te sépares de Sabine. »

En cet instant, je crus comprendre ce que ressent le fauve acculé dans un coin de sa cage par la menace des pointes rougies à blanc.

« Ce n'est pas possible, tu ne parles pas sérieusement. A

moins que ce que je craignais depuis longtemps ne soit arrivé : la superstition chrétienne a dû te brouiller l'entendement. »

Claudia me fixait sans ciller.

« Le chrétien doit renoncer à la vie des apparences. Mais Jésus de Nazareth lui-même a dit que l'homme qui jette un regard de désir sur une femme a déjà commis l'adultère en son cœur. Cette sentence que j'ai apprise récemment est désormais comme une plaie qui suppure dans mon cœur, car j'ai compris qu'elle s'applique aussi bien aux femmes. La vie m'est devenue intolérable. Je te vois chaque jour et chaque jour je ressens le désir dans mon cœur. La nuit, je me tourne, me retourne et me tords sur ma couche en gémissant et je mords mes draps sans jamais trouver le repos. »

Flatté, quoique j'en eusse, par ces propos, je posai un regard nouveau sur Claudia.

« Pourquoi ne pas me l'avoir dit plus tôt? Je ne suis pas impitoyable au point de refuser de te rejoindre dans ta couche. Mais je n'y aurais jamais songé moi-même, car tu t'es montrée par trop désagréable. »

Claudia secoua violemment la tête.

« Je n'ai que faire de ta pitié. Je commettrais un péché si je m'accouplais à toi en dehors des liens du mariage. Une telle suggestion ne peut venir que d'un cœur endurci, d'un homme qui me méprise. »

Il eût été peu convenable de lui rappeler de quels bas-fonds je l'avais tirée et d'ailleurs ses raisonnements étaient si insensés qu'ils me laissaient sans voix.

« Antonia, poursuivit-elle, consentirait sans doute à prononcer le serment sacré devant les vestales, pour attester que je suis la fille légitime de Claude et du même sang qu'elle. Il est presque certain qu'elle le ferait, ne serait-ce que pour nuire à Néron. Ainsi, tu ne déchoirais pas en te mariant avec moi. Si j'ai un enfant, les vestales connaîtront ses nobles origines, et qui sait quels changements peuvent survenir un jour ou l'autre? Il pourra être appelé au sommet de l'Etat! Antonia est très triste que ses deux mariages aient été stériles.

– Comment des rejetons pourraient-ils naître d'une souche morte? m'écriai-je. N'oublie jamais par où tu es passée.

– La femme en moi est intacte! s'indigna Claudia. Mon

corps me le rappelle chaque mois. Tu pourrais t'en convaincre toi-même si tu le désirais... »

Comme j'esquissais un geste pour m'enfuir, elle bondit pour m'agripper le bras. Je ne sais comment nous en vînmes là, mais les anciennes plaies se rouvrirent et comme je n'avais pas possédé de femme depuis longtemps, nous ne fûmes pas longs à nous embrasser et, une fois qu'elle me tint dans ses bras, Claudia ne s'appartint plus. Quand tout fut fini, elle pleura mais en s'agrippant toujours très fort à moi.

« Mon peu de vertu est la preuve même qu'en moi coule le sang dépravé de Claude. Mais à présent que tu m'as fait tomber dans le péché, tu dois réparer ta faute. Si tu es un homme, tu vas immédiatement aller voir Sabine pour lui parler du divorce.

– Mais nous avons un fils. Les Flaviens ne me pardonneraient jamais. Le père de Sabine est préfet de la cité. Ma position deviendrait de tous côtés intenable.

– Je ne voudrais pas diffamer Sabine, dit tranquillement Claudia, mais il y a des chrétiens parmi les employés de la ménagerie et l'on y fait des gorges chaudes des mœurs dissolues de Sabine. »

Je ne pus m'empêcher d'éclater de rire.

« Sabine est une femme froide, peu attirée par les plaisirs de la chair, lui confiai-je avec un certain dédain. Je le sais mieux que personne. Non, je ne trouverai pas une seule raison valable de divorcer, car elle se moque éperdument de ce que je trouve des satisfactions avec d'autres femmes. Et par-dessus tout, je sais qu'elle ne se séparera jamais des lions de sa ménagerie. Elle tient plus à eux qu'à moi.

– Mais rien ne l'empêchera de demeurer dans cette ménagerie. Elle y a sa propre maison, où tu ne vas presque plus désormais. Vous pouvez rester amis, même si vous vous séparez. Dis-lui que tu sais tout, mais que tu veux divorcer sans scandale public. Le garçon pourra garder ton nom, puisque dans un moment de faiblesse, tu l'as légitimé et que tu ne peux plus te rétracter.

– Tenterais-tu vraiment de me faire croire que Lausus n'est pas mon fils? Je ne puis croire que tu sois si mauvaise. Où est ta charité chrétienne? »

Claudia s'emporta.

« Il n'y a pas un seul habitant de cette ville qui croit que cet enfant est ton fils! hurla-t-elle. Sabine a couché avec tous les dresseurs de fauves et tous les esclaves et sans doute aussi avec les singes, et elle a entraîné d'autres patriciennes dans ses débauches. Néron se moque de toi dès que tu as le dos tourné, pour ne pas parler de ce que disent tes plus chers amis. »

Je ramassai ma toge sur le sol, m'enveloppai dans ses plis en les disposant du mieux que je pouvais, en dépit de mes mains tremblantes de rage.

« Pour te prouver l'inanité de cette malicieuse tentative, je vais de ce pas parler à Sabine. Puis je reviendrai te faire fouetter, intendante incapable, commère perfide! Tu n'auras plus qu'à retourner vivre parmi tes chrétiens, vêtue des haillons d'esclave que tu portais le jour où tu es arrivée ici. »

Dans un grand envol de toge, je me ruai vers la ménagerie, ignorant la foule et les saluts des gens de connaissance. Je ne me fis pas même annoncer à mon épouse et me précipitai dans sa chambre sans prendre garde aux efforts des esclaves pour m'en empêcher.

Sabine s'arracha aux bras d'Epaphroditus et bondit vers moi, écumante comme un lion furieux, les yeux lançant des éclairs.

« Est-ce là un comportement digne de toi, Minutus? s'écria-t-elle. As-tu perdu la dernière parcelle de raison qui te restait? Comme tu vois, j'étais en train d'enlever avec ma langue une poussière qui s'est nichée dans l'œil d'Epaphroditus. Il en était à moitié aveuglé et bien incapable de commencer le dressage des lions que nous avons reçus de Numidie.

– J'ai vu de mes propres yeux, aboyai-je, qu'il était fort capable de s'emparer d'une certaine partie de toi. Apportez-moi mon épée, que je tue cet esclave sans vergogne qui souille ma couche conjugale. »

Dissimulant tant bien que mal sa nudité, Sabine bondit vers la porte en chassant les esclaves et la claqua.

« Tu sais bien que nous nous vêtons aussi peu que possible quand nous dressons les bêtes, dit-elle. Les claquements du tissu ne font qu'irriter les lions. Tu as eu la berlue. Tu n'as plus qu'à demander pardon à Epaphroditus de l'avoir traité d'esclave. Il a reçu son bâton d'affranchi il y a longtemps, et aussi le droit de cité, de la main de l'empereur, pour ses exploits dans l'arène. »

Sentant ma résolution vaciller, je n'en continuai pas moins à réclamer mon épée d'une voix suraiguë.

« J'exige sur-le-champ une explication pour les infâmes rumeurs qui courent sur ton compte à travers Rome, ajoutai-je. Et demain, j'en appellerai à l'empereur pour obtenir le divorce. »

Sabine se raidit et d'un coup d'œil invita Epaphroditus à entrer en action.

« Etrangle-le, lui dit-elle froidement. Nous l'envelopperons dans une couverture pour le jeter aux lions. Il ne sera pas le premier à mourir d'un accident de dressage. »

Les poignes énormes d'Epaphroditus se tendirent vers mon cou. Il était très puissamment bâti et me dépassait d'une tête. Du fond de mon juste courroux, je commençai de craindre pour ma vie.

« Attends, Sabine, ne te méprends pas, m'empressai-je de dire. Pourquoi insulterais-je le père de mon fils? Epaphroditus est un citoyen et mon égal. Réglons cette affaire ensemble. Je suis sûr qu'aucun d'entre nous ne désire de scandale public.

– Je ne suis pas un homme pitoyable, observa Epaphroditus, mais je ne tiens pas réellement à étrangler ton époux, Sabine. Il a toujours fermé les yeux sur notre liaison. Il a sans doute ses raisons pour vouloir un divorce. Toi-même, tu soupires souvent après ta liberté. Alors, sois raisonnable, Sabine. »

Mais elle rétorqua, railleuse :

« Ainsi donc, tes genoux s'entrechoquent à la seule vue de cette loque? Seraient-ce les cicatrices de ses anciens combats qui te font reculer, toi, un homme de ta trempe? Qu'Hercule nous ait en pitié! Ce qu'il y a de meilleur en toi est plus grand que ton courage! Ne vois-tu pas qu'il serait bien plus simple pour nous de l'étrangler et d'hériter de ses biens, plutôt que de nous couvrir d'opprobre pour son seul profit? »

Evitant mon regard, Epaphroditus serra consciencieusement mon cou dans une étreinte d'airain qui rendait toute velléité de défense impossible. Ma voix mourut, le monde dansa devant mes yeux, mais je m'efforçai d'indiquer par gestes que je désirais encore marchander mon sort. Epaphroditus relâcha la pression de ses doigts. Je parvins à croasser :

« Bien entendu, tu pourras conserver la propriété de la ménagerie et sa direction, si nous nous séparons comme des personnes raisonnables. Ma chère Sabine, pardonne mon irascibilité. Ton fils portera mon nom et héritera, le moment venu, sa part de mes biens. Au nom du lien d'amour qui nous a unis autrefois, je ne désire pas que tu te rendes coupable d'un crime car, d'une manière ou d'une autre, il sera découvert. Vidons ensemble quelques coupes et partageons un repas de réconciliation, toi, moi, et mon... beau-frère adoptif, cet homme que je ne puis que respecter, car ses muscles sont bien puissants. »

Brusquement, Epaphroditus éclata en sanglots et m'embrassa.

« Non, non, cria-t-il. Ce n'est pas possible, je ne puis t'étrangler. Soyons amis, tous trois. Ce serait un grand honneur pour moi si tu consentais réellement à prendre place à la même table que moi. »

Moi aussi, j'avais des larmes dans les yeux, des larmes de douleur et de soulagement mêlés.

« C'est bien le moins! m'exclamai-je. J'ai déjà partagé ma femme avec toi. Alors je m'honore en t'honorant. »

Quand Sabine vit nos embrassades, elle revint elle aussi à la raison. Nous fîmes apporter ce qu'il y avait de mieux dans la maison en fait de victuailles, nous bûmes de concert et mandâmes même près de nous l'enfant, pour qu'Epaphroditus pût le prendre dans ses bras et lui parler. Alors, un frisson glacé me parcourut le dos à l'idée de ce qui aurait pu arriver à cause de ma propre stupidité. Mais le vin calma cette anxiété rétrospective.

Quand nous eûmes convenablement arrosé un excellent repas, la mélancolie me submergea.

« Comment les choses ont-elles pu en venir là? demandai-je à Sabine. Nous étions si heureux ensemble et, au début, j'étais si heureux avec toi!

– Tu n'as jamais compris ma vraie nature, ô Minutus. Mais je ne te le reproche pas. Je regrette beaucoup la méchanceté de ces paroles par lesquelles j'ai insulté ta virilité un jour. Si tu avais marqué mon corps de coups, comme je t'ai marqué lors de notre première rencontre, si seulement tu m'avais fouettée quelquefois, tout aurait pu être différent. Te souviens-tu de notre nuit de noces? Je t'ai supplié en vain de me prendre de force. Mais il n'y avait nulle trace en toi de cette virilité que j'avais rêvée, de cette merveilleuse brutalité du ravisseur qui aurait usé de moi à sa guise, en dépit de mes cris, de mes menaces, de mes morsures et de mes coups de pied.

– J'ai toujours cru, dis-je, confondu, que la femme cherchait dans l'amour la tendresse et le sentiment d'être protégée. »

Sabine secoua la tête, avec une moue apitoyée.

Quand nous fûmes tombés d'accord sur les mesures financières nécessaires et que j'eus abreuvé Epaphroditus d'éloges à satiété, l'appelant un homme d'honneur et le plus grand artiste de son espèce, je quittai la ménagerie pour me rendre chez Flavius Sabinus. Fortifié par le vin que j'avais bu, j'étais résolu à demander le divorce. A la vérité, je craignais presque davantage sa colère que celle de Sabine.

Mais lui aussi détourna les yeux :

« J'avais noté depuis longtemps que tout n'allait pas pour le mieux dans votre union. Mais j'ose espérer que tu ne laisseras pas ce divorce entacher les sentiments d'amitié et de respect mutuels qui n'ont cessé de grandir entre nous. Par exemple, je me trouverais fort gêné si tu faisais saisir les biens que je t'ai hypothéqués. Nous autres Flaviens, nous ne sommes pas riches. On dit que mon frère Vespasien gagne sa vie en vendant des mules. Dans sa charge de proconsul d'Afrique, il s'est encore appauvri. Je crains qu'il ne soit obligé de quitter le sénat si le censeur découvre qu'il ne possède pas la richesse nécessaire pour y figurer. »

Néron était parti à l'improviste pour Naples. Il s'était mis en tête de réserver à cette ville sa première apparition de chanteur en public, l'ascendance grecque des habitants les rendant plus sensibles à son art. Quoique imbu de son talent, Néron était saisi de panique avant chaque représentation. Il tremblait et transpirait tant qu'il avait dû se constituer une claque payée qui le libérait de l'anxiété en provoquant les premiers applaudissements.

Je me lançai sur les routes à sa suite. A mon arrivée, le délicieux théâtre de Naples était plein à craquer et la splendide voix de Néron plongeait le public dans l'extase. La joie d'un petit groupe de visiteurs d'Alexandrie était particulièrement remarquable, car ils l'exprimaient à leur rustique manière, en frappant en rythme dans leurs mains.

En pleine représentation, un tremblement de terre ébranla le théâtre. La panique gagna l'auditoire, mais Néron continua de chanter comme si rien n'était arrivé. On le loua fort pour cette impassibilité qui redonna du courage au public. Par la suite, il me dit qu'il était si absorbé dans sa chanson qu'il n'avait pas senti la terre trembler.

Enivré par ce succès, il se montra plusieurs jours durant dans le théâtre, et pour finir, le conseil de la cité dut corrompre son professeur de chant pour qu'il conseillât à l'artiste de ne pas fatiguer sa voix, car la vie quotidienne de la ville, les trafics terrestre et portuaire étaient gravement perturbés par ses récitals.

Un jour que je le félicitais de ce brillant succès, Néron me demanda :

« Crois-tu que si je n'étais pas empereur, je pourrais gagner ma vie comme artiste n'importe où dans le monde ? »

Je lui assurai que son art pourrait le rendre plus libre et peut-être même plus riche que sa charge d'empereur, car dans cette dernière, il lui fallait batailler contre la ladrerie des procurateurs, à chaque fois qu'il voulait obtenir des fonds de l'Etat. Je lui rappelai qu'il était de mon devoir, au sortir de ma charge de préteur, d'offrir au peuple une représentation théâtrale mais que, selon moi, il n'existait pas de chanteurs suffisamment bons à Rome. Et, avec une fausse timidité, je suggérai :

« Si tu consentais à donner un récital que je paierais de mes deniers, alors, ma popularité serait assurée. Je te verserai un million de sesterces d'honoraires et tu choisiras naturellement la pièce que tu chanteras.

– Tu penses vraiment que ma voix vaut un million de sesterces et qu'elle te permettrait de gagner les faveurs du peuple ? »

Je lui déclarai que s'il acceptait, ce serait pour moi la plus grande marque de faveur qu'on pût imaginer. Néron fronça le sourcil et feignit de s'absorber dans les innombrables soucis de sa charge.

« J'apparaîtrai déguisé en acteur, cothurnes aux pieds et masque sur le visage. Mais pour te faire plaisir, le masque aura mes traits. Nous mettrons à l'épreuve le bon goût des Romains. Je n'annoncerai mon nom qu'après la représentation. C'est à ces conditions que j'accepte ton offre. Je crois que je chanterai Oreste, c'est un rôle que je rêve de jouer depuis longtemps. Il me semble que la puissance contenue de mes sentiments devrait émouvoir même l'insensible public de Rome. »

Sa vanité d'artiste l'exposait à exacerber ses sentiments en jouant ce rôle de matricide. Je le comprenais, car en écrivant mon ouvrage grotesque, je m'étais libéré de mes souffrances de prisonnier qui m'avaient conduit jusqu'aux confins de la folie. Pour Néron, le meurtre d'Agrippine avait été une épreuve semblable. Mais je craignis de m'exposer à de graves dangers en lui donnant l'occasion de se montrer ainsi. Je courais le risque que le public ne le reconnût pas et ne manifestât pas suffisamment sa joie.

Mais un péril plus terrible me menaçait encore. Le public risquait de voir une intention malicieuse dans la présence d'un masque aux traits de Néron jouant dans une pièce sur un matricide. Pour peu que l'auditoire s'enflammât à cette idée, la représentation pouvait tourner à une manifestation d'opposition. Alors, je serais perdu. La rumeur de ses crimes s'étendrait et il s'ensuivrait peut-être une émeute et de nombreux morts.

Le plus sage était donc de répandre le bruit que Néron songeait à se montrer en personne sous le masque d'Oreste au cours de ma représentation théâtrale. Bon nombre de sénateurs et de chevaliers, parmi les plus attachés aux anciennes coutumes, refusèrent de croire qu'un empereur pût se rabaisser au rang d'un bouffon professionnel et se ridiculiser consciemment. Le choix de la pièce acheva de les convaincre.

Heureusement, Tigellinus et moi avions un intérêt commun à ce que l'affaire se passât sans encombre. Tigellinus ordonna qu'une cohorte de prétoriens maintînt l'ordre dans le théâtre et applaudît en suivant l'exemple de la claque professionnelle de Néron, laquelle avait été répartie en groupes placés sous les ordres de jeunes chevaliers recrutés pour la circonstance. Ces derniers sauraient donner le signal aux bons endroits. Les initiés ne devraient pas seulement applaudir à bon escient, il leur faudrait aussi émettre des onomatopées de plaisir, frapper dans leurs mains en forme de coupe pour amplifier le bruit, et aussi bien pousser des soupirs mélancoliques que se lancer dans des ovations frénétiques.

Le bruit d'une démonstration politique attira un grand nombre de citoyens qui ne se seraient autrement pas donné la peine d'honorer ma représentation de leur présence. La foule était si compacte que plusieurs personnes furent piétinées aux entrées et que certains des vieux sénateurs ne durent qu'aux poings puissants de leurs esclaves de pouvoir atteindre leurs sièges réservés. On se serait cru dans les meilleurs jours des courses de chevaux.

Néron était lui-même si anxieux qu'il fut pris de violentes nausées et ne cessa d'ingurgiter les boissons fortifiantes pour les cordes vocales que lui prescrivait son professeur. Mais je dois reconnaître qu'une fois sur scène, il chanta fort brillamment. Sa voix puissante emplit le théâtre, résonnant dans vingt mille oreilles, pour le moins. Il s'était si bien identifié à son rôle cruel que quelques femmes sensibles s'évanouirent d'émotion dans la foule.

Les onomatopées, les soupirs et les applaudissements vinrent aux bons endroits. Le public habituel se joignit volontiers aux ovations. Mais quand, à la fin, Néron fit irruption sur scène, les mains tachées de sang, un chahut s'éleva sur les gradins des sénateurs et des chevaliers, un vacarme de cris et de sifflets, que les plus bruyants applaudissements ne parvinrent à étouffer. Je crus ma dernière heure venue quand, les genoux flageolants, je sortis des coulisses pour accompagner Néron sur la scène et informer les spectateurs que l'empereur en personne venait de chanter pour eux. Mais, à mon grand ébahissement, Néron pleurait de joie en s'avançant pour saluer, les vêtements trempés de sueur et le visage ravagé de fatigue.

« Tu as vu, me dit-il, comme j'ai su imposer mon personnage? Ils ont sifflé et hué Oreste et réclamé que le châtiment des matricides s'abatte sur sa tête. Je ne crois pas que le public ait jamais été à ce point conquis. »

Balayant la sueur de son visage, un sourire triomphal aux lèvres, Néron s'approcha du bord de la scène pour saluer et les applaudissements atteignirent des proportions titanesques lorsque j'annonçai l'identité du chanteur. D'une seule voix, la foule réclama une autre chanson.

J'eus l'honneur de tenir la cithare de Néron qui s'accompagna lui-même pour montrer son talent de citharède en même temps que celui de chanteur. Il chanta si longtemps que lorsqu'il se tut enfin, à contrecœur, il faisait si sombre que l'on ne pouvait plus distinguer son visage. Il annonça qu'à l'avenir, pour peu que le peuple en manifestât le désir, il se produirait encore.

En lui tendant le billet à ordre d'un million de sesterces, je lui annonçai que j'avais ordonné des actions de grâces à son génie, à sa fille défunte et aussi, par acquit de conscience, à Apollon.

« Il est vrai que tu as déjà surpassé le dieu et que tu n'as plus besoin de son aide. », ajoutai-je.

Comme il était encore tout frémissant de joie, je lui présentai ma requête : je désirais obtenir la dissolution discrète de mon mariage, en raison d'une irréconciliable incompatibilité d'humeur entre Sabine et moi. Nous étions parvenus à un accord là-dessus, et nos parents ne s'y opposaient pas.

Néron éclata de rire et dit qu'il avait compris depuis longtemps que c'était pure perversion de ma part d'avoir persévéré dans cette union jusqu'à ce jour. Avec un vif intérêt, il me demanda s'il était bien vrai que Sabine pratiquât le coït avec les singes africains géants, comme on le racontait dans la cité, et me donna à entendre qu'aucun préjugé ne le retiendrait d'assister en personne à ce spectacle, pourvu que ce fût en secret. Je lui conseillai de s'adresser directement à Sabine car elle et moi en étions venus à ne plus supporter la présence l'un de l'autre. Néron demanda à ce que, toute divorcée qu'elle fût, j'autorisasse Sabine à se produire encore dans l'arène pour le divertissement du peuple. Je reçus notification du divorce le lendemain et fus même dispensé du paiement des droits.

Pour avoir organisé ce récital de Néron qui suscita bien de l'étonnement et bien des discussions, j'acquis la réputation d'un homme impudent et sans scrupule. A cette époque, les ennemis de Néron s'étaient mis en peine de répandre d'horribles histoires sur son compte, suivant un procédé auquel lui-même n'avait pas craint de recourir lors de la répudiation d'Octavie : plus le mensonge est gros et plus on le croit.

Après m'être exposé aux plus grands périls pour obtenir ce divorce, je me trouvai confronté à une nouvelle difficulté. Cette séparation me soulageait en ce qu'elle me libérait de Sabine, mais il ne pouvait être question pour moi d'épouser Claudia. Je considérais qu'elle exagérait beaucoup la signification de notre amourette de jeunesse.

Je lui expliquai avec beaucoup de fermeté que j'estimais que les hommes n'étaient nullement tenus de se marier avec toutes les femmes qui leur tombaient dans les bras. Nul commerce sensé ne serait plus possible entre hommes et femmes si l'on se conformait à un tel principe. Selon moi, ce qui s'était passé entre nous n'était pas un péché et ne la dégradait point.

A ce qu'on m'avait raconté, le Christ lui-même s'était refusé à juger la femme adultère, en disant que ceux qui l'accusaient étaient aussi coupables qu'elle. Mais Claudia, furieuse, me répliqua qu'elle connaissait mieux que moi les enseignements du Christ, pour les avoir entendus de la bouche de Céphas. Elle avait chu dans le péché avec moi et elle était pécheresse et se sentait un peu plus pécheresse à chaque fois qu'elle me voyait.

Je m'employais donc à l'éviter le plus possible, pour qu'elle ne se sentît pas trop souvent pécheresse. Je me lançai dans de nouvelles entreprises qui me prirent tout mon temps et, en renforçant ma position, assoupirent mes inquiétudes. L'un de mes affranchis me fit comprendre que la vraie richesse venait du commerce du blé et de l'huile. Comparés au négoce des denrées de première nécessité, ceux de la soie chinoise, des épices indiennes et des autres produits de luxe n'étaient que bagatelles. L'importation d'animaux sauvages m'avait permis de tisser un réseau de relations commerciales en Afrique et en Ibérie, entre autres. Mon amitié avec Funius Rufus me permit d'investir dans le commerce du blé et mon affranchi s'en fut en Ibérie installer un comptoir d'achat d'huile.

Ces activités m'amenèrent souvent à Ostie où je pus voir qu'une ville fort bien bâtie était sortie de terre. Claudia m'avait longtemps tracassé au sujet de mes *insulae* de Subure et du quartier du cirque sur l'Aventin. Elle m'accusait d'en tirer des profits criminels, les locataires vivant dans un entassement inhumain, dans des pièces sales et malsaines. Je devinai que les chrétiens les plus pauvres s'étaient plaints à elle dans l'espoir que je baisserais les loyers.

Si je leur avais donné satisfaction, les demandes déjà pléthoriques de location de mes appartements seraient décuplées et les autres propriétaires m'accuseraient de concurrence déloyale. Je n'ignorais pas non plus que les immeubles étaient décrépis et que les réparations entraîneraient beaucoup de dépenses en un moment où j'avais besoin de toutes mes liquidités et même d'emprunter pour financer mes entreprises d'importation de blé et d'huile. Aussi ma décision fut-elle vite prise. Je vendis d'un coup presque tous mes immeubles de rapport et achetai quelques terrains à bâtir fort bon marché dans la périphérie d'Ostie.

Mais Claudia me reprocha amèrement cette opération. A

l'en croire, j'avais placé mes anciens locataires dans une situation encore plus pénible. Leurs nouveaux propriétaires n'avaient fait aucune réparation et s'étaient contentés d'élever les loyers pour se rembourser de l'achat des immeubles. Je rétorquai à Claudia qu'elle n'avait pas la moindre lumière sur ce que pouvaient être les questions financières. Tout ce qu'elle savait faire, c'était gaspiller mon argent en charités qui ne me rapportaient pas même de la popularité. Les chrétiens jugeaient naturel d'aider les pauvres et ne remerciaient que le Christ de ce qu'ils recevaient.

Claudia me répondait en me reprochant de dépenser d'énormes sommes dans d'impies représentations théâtrales. Elle ne faisait aucune différence entre le drame et les spectacles d'animaux de l'amphithéâtre, et elle ne m'écouta même pas quand j'essayai de lui expliquer que mon rang de préteur et la position de mon père exigeaient que je fisse donner des représentations. Une personne de ma condition se doit de rechercher la faveur du public. Les chrétiens, eux, ne sont pour la plupart que des esclaves et des misérables ne jouissant pas du droit de cité.

Je ne pus imposer silence à Claudia qu'en lui déclarant que son langage n'était pas celui d'une authentique représentante des Claudiens. Son père était si passionné des spectacles de l'amphithéâtre qu'il y prenait ses repas pendant que les fauves dévoraient quelque criminel, alors que les gens respectables quittaient l'amphithéâtre le temps de se restaurer. Néron, qui était bien plus humain, avait dès le début de son principat interdit qu'on jetât aux bêtes les criminels et ne permettait pas que les gladiateurs combattissent jusqu'à la dernière goutte de sang.

Je dois avouer qu'à l'occasion, je mettais fin aux sempiternels bavardages de Claudia en abusant de sa faiblesse féminine. Je lui fermais la bouche de baisers et la caressais jusqu'à ce qu'elle rie, incapable de résister plus longtemps à la tentation, et se jetât dans mes bras. Mais lorsque j'étais parvenu à mes fins, elle sombrait dans une mélancolie plus noire encore, me menaçant souvent de la colère de sa demi-sœur Antonia pour m'obliger à réparer ma faute en l'épousant. Comme si la colère d'Antonia pût encore menacer quiconque!

Quand Claudia partageait ma couche, je ne prenais nulle précaution pour éviter que notre union portât des fruits. Même si je me refusais à y penser, je savais à quelles épreuves avait été soumise Claudia à Misenum et me fiais au proverbe qui dit que nulle herbe ne pousse sur les voies publiques.

Quelles ne furent donc pas mon horreur et ma surprise lorsqu'un jour, à mon retour d'Ostie, Claudia m'attira dans un coin et, les yeux brillants de fierté, me murmura à l'oreille qu'elle était enceinte de mes œuvres. Je refusai d'abord de la croire, la prétendant victime de son imagination ou affectée de quelque maladie féminine. Je me hâtai de convoquer un médecin grec qui avait étudié à Alexandrie, mais ne voulus pas non plus prêter foi à ses propos, lorsqu'il me déclara que Claudia ne se trompait pas, son urine ayant fait rapidement germer un grain de blé, ce qui était un signe sûr de grossesse.

Un soir, en rentrant dans ma demeure de l'Aventin, l'esprit serein et tout à fait ignorant de ce qui m'attendait, je trouvai dans le grand triclinium Antonia, la sœur de Claude, et la vieille Pauline que je n'avais plus revue depuis mon départ pour l'Achaïe. Ses jeûnes l'avaient considérablement amaigrie et elle était toujours vêtue de noir. Dans ses yeux vénérables brillait une lueur surnaturelle.

Antonia éprouva sans doute quelque gêne de me rencontrer mais elle reprit promptement ses poses hautaines. Comme je me demandais si je devais présenter de tardives condoléances pour le départ inopiné de son époux, tante Pauline me lança tout à trac, d'une voix cassante :

« Tu as négligé tes devoirs envers Claudia. Au nom du Christ, j'exige que tu l'épouses légalement dans les plus brefs délais. Si tu ne crains pas la colère de Dieu, crains au moins celle des Plautiens. C'est la réputation de cette famille qui est en jeu.

– Je n'apprécie guère ton comportement envers ma demi-sœur, ajouta Antonia. Et je n'aurais jamais souhaité pareil mari pour elle. Mais elle est enceinte de tes œuvres parce que tu l'as séduite, et à cela nous ne pouvons rien.

– Tu croirais donc, toi aussi, à ce conte insensé, à ces prétendues hautes origines? me récriai-je, ébahi. Tu es pourtant une femme sensée. Claude ne l'a jamais reconnue.

– Pour des raisons politiques, dit Antonia. Mon père Claude s'est séparé de Plauta Urgulanilla pour épouser ma mère, Aelia, fille adoptive de Séjan, comme tu ne l'ignores pas. Claudia est née cinq mois après le divorce et par égard pour ma mère, Séjan a estimé qu'il ne convenait pas de donner à Claudia le rang officiel de fille de l'empereur. Tu sais combien était grand alors le crédit de Séjan. Pour renforcer sa position auprès de l'empereur, il a épousé ma mère. Je me souviens qu'elle se plaignait beaucoup du comportement de mon père. Mais il se disait tant de choses sur la mère de Claudia, et j'étais si fière alors, que je ne voulais pas reconnaître ma demi-sœur, même en secret. Mais j'ai beaucoup perdu de ma superbe et j'éprouve le besoin de réparer l'injustice que j'ai faite à Claudia.

– Te serais-tu convertie au christianisme ? » demandai-je, sarcastique.

Ma question fit rougir Antonia.

« Je ne suis pas encore initiée, mais je permets aux esclaves de ma maison d'adorer le Christ. J'ai cru comprendre que tu faisais de même. Pour en revenir à ce qui nous préoccupe, je ne désire pas que l'ancienne lignée des Claudiens s'éteigne avec moi. Je suis disposée à adopter ton fils, s'il le faut. Cela donnerait à réfléchir à Néron et à Poppée. »

Je compris qu'elle agissait plus par haine de Néron que par affection pour Claudia.

« Sur son lit de mort, dit tante Pauline, Urgulanilla a juré par le plus solennel des serments que Claudia était vraiment fille de Claude. Je n'étais guère liée à Urgulanilla, à cause de la vie dépravée qu'elle avait menée dans ses dernières années. Mais je ne crois pas qu'aucune femme pourrait se parjurer à l'article de la mort, dans une affaire si grave. Depuis le début, la difficulté a toujours été que toi, un membre du noble ordre Equestre, tu te refusais à épouser une bâtarde. Pour la même raison, et aussi par crainte de Claude, mon époux a refusé d'adopter Claudia. Mais, en fait, Claudia est citoyenne romaine de naissance, et née dans les liens du mariage. Nul ne songerait à le contester, si elle n'était la fille de l'empereur. »

Claudia éclata en sanglots.

« Je ne crois pas que mon pauvre père me haïssait vraiment, gémit-elle. Dans sa faiblesse, il était probablement influencé par l'infortunée Messaline, et aussi par la méchante Agrippine. Je lui ai pardonné dans mon cœur. »

En examinant sérieusement, d'un point de vue légal, la situation, je me souvins de l'arrangement ingénieux qui m'avait permis de faire en sorte que Jucundus jouît du droit de cité comme s'il l'avait acquis en naissant.

« Claudia a dû vivre plusieurs années dans une petite ville, dis-je pensivement. Il ne serait pas absolument impossible de faire inscrire son nom sur le rôle des citoyens dans quelque ville lointaine, comme fille de parents disparus, si l'on choisissait, par exemple, une ville dans laquelle les archives ont été détruites par l'incendie. Ainsi, je pourrais épouser Claudia.

– Inutile d'essayer de me manœuvrer! se récria Claudia, furieuse. Je suis la fille de Tiberius Claudius Drusus et de Plauta Urgulanilla. Mais je te remercie d'accepter de m'épouser. Je prends ta déclaration comme une proposition et j'ai deux témoins respectables. »

Le sourire aux lèvres, Pauline et Antonia se précipitèrent pour me féliciter. J'avais beau n'avoir parlé qu'au conditionnel, en examinant une hypothèse du point de vue juridique, j'étais pris au piège. Il ne me restait plus qu'à faire en sorte que les fonctionnaires des archives s'abstinssent de poser des questions inutiles. La position de Claudia dans ma maison ne s'en trouverait guère changée, car elle la régentait depuis longtemps déjà.

Je consentis à tout, le cœur lourd, ne pouvant faire autrement. Je craignais d'être entraîné dans quelque intrigue contre Néron. Une telle idée n'était certainement pas venue à l'esprit de tante Pauline, mais il en allait autrement avec Antonia.

« J'ai plusieurs années de moins que Claudia, dit celle-ci. Mais Néron ne me permettra jamais de me remarier. Aucun homme de haute naissance n'osera plus m'épouser, car le sort de Cornelius Sulla est encore dans toutes les têtes. Tout aurait peut-être été différent si Sulla n'avait été un maladroit imbécile. Mais c'était un incapable. Je me réjouis de ce que Claudia puisse se marier en conservant, même en secret, son titre de fille de l'empereur. O cher Minutus, ta ruse, ton impudence et ta richesse remplaceront peut-être les autres qualités que j'aurais voulu voir dans l'époux de Claudia. N'oublie jamais qu'en l'épousant, tu te lies à la fois aux Claudiens et aux Plautiens. »

Pauline et Claudia nous demandèrent de prier avec elles au nom du Christ pour que ce mariage fût béni. Antonia sourit avec mépris.

« Ce nom n'a que le pouvoir que tu lui donnes. Je soutiens ce dieu parce que je sais combien les Juifs le haïssent. Les Juifs sont en faveur à la Cour en ce moment, à un point insupportable. Poppée les soutient et Néron couvre un pantomime juif de présents d'une valeur démentielle, alors même que ce bouffon refuse insolemment de se produire le samedi. »

L'orgueilleuse Antonia, dans son amertume, ne nourrissait visiblement qu'un seul dessein, celui de nuire à Néron. Même si elle n'avait aucune influence, elle pouvait être dangereuse. Je remerciai mon étoile qu'elle eût été assez raisonnable pour venir chez moi à la nuit, dans une litière aux rideaux tirés.

Mais j'étais si anxieux que je m'abaissai à joindre ma voix aux prières des deux chrétiennes et à demander pardon pour mes péchés. Je songeai que j'avais bien besoin de toute l'aide divine dans cette affaire. Céphas, Paul et quelques autres chrétiens vénérables n'avaient-ils pas accompli des miracles en invoquant le nom de Jésus de Nazareth? Après le départ de nos hôtes, j'en vins même à boire avec Claudia dans la coupe de mon père avant de partager ma couche avec elle. Nous étions réconciliés.

Après cela, nous dormîmes ensemble comme si nous étions déjà mariés, et nul dans la maison ne s'en émut. Je ne puis nier que ma vanité était flattée par l'idée de partager le lit d'une fille d'empereur. Je me montrais attentif avec Claudia et me soumis à ses caprices durant sa grossesse. De ce fait, les chrétiens eurent désormais leurs entrées assurées dans ma demeure. Du matin au soir, leurs hymnes s'élevaient, si bruyants que les voisins les plus proches s'en plaignaient.

LIVRE II

TIGELLINUS

Il n'avait pas plu depuis fort longtemps, bien qu'on entendît parfois gronder le tonnerre d'un orage sec, et Rome souffrait de la chaleur, de la saleté, de la puanteur et de la poussière. Dans mon jardin de l'Aventin, les feuilles des arbres étaient couvertes de poussière et l'herbe desséchée bruissait comme une paille. Tante Laelia, seule de nous tous, jouissait de la chaleur. Elle qui, en raison de son âge, était perpétuellement tourmentée par le froid, se fit transporter dans le jardin où elle huma l'air avec une expression sagace.

« C'est un vrai temps d'incendie sur Rome », déclara-t-elle.

On aurait cru que sa tête s'était soudain éclaircie. Elle entreprit de narrer pour la centième fois l'histoire de l'incendie qui avait ravagé les pentes de l'Aventin bien des années auparavant. Le banquier de mon père avait racheté les terrains incendiés à un prix fort avantageux et y avait fait bâtir les appartements dont je tirais la totalité du revenu nécessaire à mon statut de chevalier, jusqu'à ma décision de les vendre, l'hiver précédent.

En humant l'air, moi aussi, j'y décelai l'odeur de la fumée, mais je ne m'en souciais guère, sachant que les vigiles étaient en alerte dans les différents quartiers de la ville et qu'il était partout interdit d'y allumer des feux par une telle chaleur. Il n'y avait même pas de vent. L'air immobile était suffocant dès le petit matin.

On entendait retentir l'appel des trompes, quelque part dans le lointain, ainsi qu'une curieuse rumeur, mais ce ne fut qu'en route pour le centre de la ville que je découvris l'incendie qui ravageait tout un côté du grand hippodrome face au Palatin. D'énormes nuages de fumée s'élevaient en tourbillonnant au-dessus des échoppes des marchands de cire, d'encens et de parures. Ces baraques hautement inflammables étaient dépourvues de mur coupe-feu et l'incendie s'y était répandu à la vitesse de l'éclair.

La foule grouillait comme fourmis autour du sinistre. Je crus distinguer des vigiles de trois quartiers au moins, occupés à ouvrir des tranchées pour empêcher la mer de flammes de s'étendre encore. Jamais je n'avais vu d'incendie de cette taille. C'était un spectacle oppressant qui ne parvint toutefois pas à m'inquiéter outre mesure. Je songeai même que les vigiles de notre propre quartier, loin de venir à la rescousse, eussent mieux fait de demeurer sur les pentes de l'Aventin pour y monter la garde.

J'envoyai l'un de mes gens avertir Claudia et la maisonnée et, au passage, allai m'enquérir à la préfecture des causes du sinistre. Une estafette à cheval était partie chercher mon ex-beau-père dans sa maison de campagne, mais, dans l'intervalle, son second semblait avoir la situation bien en main.

Il blâmait la négligence des petits marchands juifs et des gens du cirque qui tenaient boutique près de la porte de

Capoue, mais estimait que leurs marchandises extrêmement inflammables seraient vite consumées. De fait, il s'inquiétait beaucoup plus de la nécessité de maintenir l'ordre que des difficultés de la lutte contre l'incendie, car la canaille et de nombreux esclaves s'étaient précipités sur les lieux dans l'espoir de tirer profit de l'occasion en pillant les boutiques du cirque.

Après avoir inspecté la ménagerie, qui souffrait beaucoup de la chaleur, et consulté le vétérinaire sur le moyen de conserver notre provision de viande si périssable, je donnai l'ordre de distribuer des rations d'eau supplémentaires à tous les animaux et veillai à ce que toutes les cages fussent abondamment arrosées. Je conversai avec Sabine en toute amitié car, depuis notre divorce, nous étions en bien meilleurs termes.

Sabine me demanda de me rendre aussitôt auprès du surintendant des eaux afin de m'assurer que la ménagerie continuerait d'être approvisionnée malgré le feu. Je lui affirmai qu'il était inutile de s'en soucier, car les chefs de toutes les maisons nobles y seraient déjà pour les mêmes raisons, désireux de pouvoir continuer à faire arroser leurs jardins en cette période de canicule.

Au service des eaux, on me confirma qu'il n'était pas possible de modifier la distribution sans une décision du sénat ou un ordre impérial. Le rationnement resterait donc de même, puisque le sénat ne s'assemblait pas en été si l'Etat n'était pas menacé et que Néron était à Antium.

Rasséréné, je gravis le Palatin, passant devant les bâtiments déserts du palais, pour me joindre à la foule des badauds qui s'amassaient sur les hauteurs dominant le grand cirque. C'étaient surtout des esclaves, jardiniers et domestiques de la maison impériale. Nul ne semblait s'en faire outre mesure, alors même que toute la cuvette que nous dominions n'était plus qu'une fournaise ardente et bouillonnante.

L'incendie était d'une violence telle que des tourbillons de chaleur montaient jusqu'à nous et qu'un vent brûlant nous soufflait sans cesse au visage. Quelques esclaves tapaient du pied sans grand enthousiasme pour éteindre les petits foyers qui s'allumaient dans l'herbe sèche, et quelqu'un poussa un juron en constatant qu'une flammèche avait percé un trou dans sa tunique. Mais l'irrigation et l'arrosage des jardins continuaient et personne ne paraissait inquiet. L'unique expression d'intérêt des badauds était pour le spectacle grandiose qui s'offrait à leur vue. Quand, cherchant à distinguer l'Aventin à travers les volutes de fumée, je discernai mon propre quartier, ce fut pour m'apercevoir que l'incendie avait commencé à monter lentement mais sûrement la pente, et menaçait mes domaines. Congédiant ma suite en lui enjoignant de regagner la maison, j'empruntai un cheval dans les écuries de Néron. J'aperçus alors un messager dont la monture était lancée au galop dans la voie Sacrée, du côté du Forum.

Là-bas, les plus prudents fermaient déjà les contrevents de leurs échoppes et seules les boutiques les plus importantes demeuraient ouvertes, les matrones continuant à y faire leurs achats comme à l'accoutumée. Je pus regagner la maison en faisant un détour par les berges du Tibre, croisant en chemin un grand nombre de pillards qui couraient à travers la fumée les bras chargés de butin.

Les ruelles étroites étaient encombrées d'une foule inquiète. Des mères en larmes appelaient leurs enfants, tandis que les chefs de famille, debout sur le pas de leur porte, s'interpellaient anxieusement, ne sachant quel parti prendre. Nul n'est jamais tenté d'abandonner sa demeure et de la laisser vide pendant un grand incendie, car les vigiles seraient bien incapables de maintenir l'ordre.

Bien des gens murmuraient déjà que l'empereur aurait dû revenir d'Antium. Et moi-même, je me mis à penser que des mesures d'urgence s'imposaient. Je ne pouvais que remercier ma bonne fortune du fait que mes ménageries fussent situées un peu à l'extérieur de la ville, de l'autre côté du Champ de Mars.

Quand j'arrivai chez moi, je fis sortir des litières et des porteurs et ordonnai à Claudia et à tante Laelia de gagner le quatorzième district, de l'autre côté du Tibre, en emmenant tous nos gens. Tout ce que l'on pouvait transporter à dos d'homme de nos biens les plus précieux devait partir aussi, car il était impossible de se procurer des véhicules pendant le jour.

Seuls, le portier et les esclaves les plus robustes furent laissés en arrière pour s'opposer au pillage. Je leur confiai des armes étant donné le caractère exceptionnel des circonstances. Mais il importait de faire vite, car je prévoyais que les rues étroites de l'Aventin seraient bientôt encombrées de fuyards.

Claudia protesta violemment, déclarant qu'elle devait d'abord faire parvenir un avertissement à ses amis chrétiens et aider les plus âgés et les plus faibles d'entre eux à fuir l'incendie. Ils avaient été rachetés par le Christ et valaient donc bien plus que notre vaisselle d'or et d'argent. Du doigt, j'indiquai tante Laelia.

« Voici une personne âgée qu'il te faut protéger, m'écriai-je. Et tu pourrais au moins accorder une pensée à notre enfant encore à naître. »

A cet instant, Aquila et Prisca arrivèrent tout pantelants dans notre cour, ruisselant de sueur parce qu'ils avaient transporté leurs ballots d'étoffe de poils de chèvre. Ils me supplièrent de les autoriser à déposer leurs biens en sécurité dans ma maison, parce que l'incendie menaçait leurs ateliers. Leur myopie imbécile m'irrita fort, car, devant leurs prières, Claudia se convainquit que nous-mêmes n'étions pas encore menacés. Aquila et Prisca ne pouvaient s'aller réfugier de l'autre côté du Tibre dans le quartier juif de la ville, parce que les Juifs les connaissaient de vue et les fuyaient comme la peste.

Tous ces bavardages de femmes nous avaient fait perdre un temps précieux. Je fus contraint de gifler tante Laelia et de pousser de force Claudia dans une litière. Ils finirent tous par se mettre en route. Il était temps, car des chrétiens aux visages noircis par la fumée et aux bras couverts de brûlures arrivèrent en trombe pour demander Aquila.

Les bras au ciel, les yeux écarquillés, ils vociférèrent qu'ils avaient entendu de leurs propres oreilles le ciel et la terre se fendre de part en part et savaient donc que le Christ était sur le point de descendre sur Rome conformément à la promesse qu'il en avait faite. Tous les chrétiens devaient donc jeter ce qu'ils portaient pour courir sur les collines de la ville afin d'accueillir leur Seigneur et son nouveau royaume. Le jour du jugement était venu.

Mais Prisca, femme d'expérience, intelligente et sensible, refusa de croire ce qu'ils racontaient. Elle éleva la voix pour faire taire les nouveaux arrivants, affirmant qu'elle-même n'avait point eu semblable vision, les seuls nuages visibles étant d'ailleurs des nuages de fumée.

Moi-même, je crus bon de leur assurer que le grand malheur qui semblait menacer Rome n'était après tout que l'incendie de deux ou trois quartiers, mais non la destruction de la ville. La plupart de ceux qui étaient effrayés étaient pauvres, aussi avaient-ils l'habitude de prêter l'oreille aux discours de leurs supérieurs. L'étroite bande pourpre qui ornait mon vêtement les convainquit que j'en savais plus qu'eux-mêmes sur la situation.

Je songeai que le moment était venu d'appeler les prétoriens et de décréter l'état d'urgence. Mes connaissances en ce domaine étaient médiocres, mais le simple bon sens me disait qu'il aurait fallu ouvrir une tranchée aussi large que possible en travers de l'Aventin, sans même épargner les maisons, puis allumer des contre-feux pour faire disparaître ceux des bâtiments qui étaient de toute manière condamnés. Que mes calculs épargnassent ma propre demeure est un trait de la nature humaine aisément compréhensible.

Je partis consulter le triumvirat responsable de mon quartier, me déclarant prêt à endosser la responsabilité de toutes les mesures qu'ils prendraient mais, dans leur inquiétude et leur entêtement, ils me crièrent de me mêler de ce qui me regardait car il n'y avait point encore urgence véritable.

Je gagnai le Forum, d'où l'on n'apercevait encore que la fumée qui s'élevait en panaches au-dessus des toits, et je pris honte de mes angoisses et de ma précipitation, car chacun vaquait à ses affaires comme à l'accoutumée. Je reçus l'assurance apaisante qu'on avait sorti les livres sibyllins et que les grands prêtres les étudiaient à la hâte afin de déterminer à quel dieu il convenait de faire les premiers sacrifices pour empêcher l'incendie de s'étendre.

Un taureau d'un noir de jais, le front et le cou ceints de guirlandes, fut mené au temple de Vulcain. Plusieurs vieillards déclarèrent qu'à en juger par des expériences précédentes, il vaudrait mieux faire des offrandes aussi à Proserpine. Ils ajoutèrent avec confiance que les esprits gardiens et les dieux lares de Rome ne laisseraient pas l'incendie s'étendre outre mesure une fois que la consultation des livres sibyllins aurait révélé le comment et le pourquoi de la colère des dieux.

Je pense que le sinistre aurait pu être limité si l'on avait arrêté ce jour-là des mesures précises et énergiques. Mais personne n'osa en endosser la responsabilité. Seul le second de Tigellinus prit sur lui d'envoyer deux cohortes de prétoriens dégager les rues les plus menacées.

Le préfet Flavius Sabinus arriva le soir même et ordonna aussitôt à l'ensemble des vigiles de protéger le Palatin, où des flammes crépitantes dansaient déjà dans les jardins, à la cime des pins. Il demanda des béliers et des machines obsidionnelles mais on les utilisa seulement le lendemain, après l'arrivée de Tigellinus qui, revenu d'Antium et investi de l'autorité de l'empereur, prit fermement les choses en main. Néron lui-même ne désirait pas interrompre son séjour à cause de l'incendie et ne considérait pas sa présence comme nécessaire, malgré les foules terrifiées qui l'appelaient.

Quand Tigellinus constata qu'il serait impossible de sauver les bâtiments du Palatin, il conclut qu'il était temps que Néron revînt pour calmer le peuple. Néron était si inquiet pour ses œuvres d'art grecques qu'il parcourut d'une traite tout le chemin. Des sénateurs et des chevaliers influents revinrent aussi en grand nombre de leur maison de campagne. Mais l'autorité de Tigellinus ne suffit pas à les ramener à la raison et tous ne songeaient qu'à sauver leur maison et leurs objets de valeur personnels. Au mépris de tous les règlements, ils étaient accompagnés d'attelages de bœufs et de chevaux, de telle sorte que l'encombrement des rues fut encore empiré.

Néron installa son quartier général dans les jardins de Mécène sur l'Esquilin et fit preuve d'une résolution inspirée au moment du danger. Flavius Sabinus ne pouvait plus guère que se lamenter. Tandis que je guidais des réfugiés, je fus moi-même environné par les flammes et assez gravement brûlé.

Du haut des tours de Mécène, Néron put se rendre compte par lui-même de l'étendue du désastre et il marqua sur une carte les zones menacées qu'il convenait, selon les conseils de Tigellinus, de faire évacuer sans tarder pour les brûler dès que les contre-feux et les tranchées seraient terminés. La coordination de ces mesures s'étant améliorée, on chassa les patriciens de leurs demeures et les béliers entrèrent en action, anéantissant les dangereux greniers à blé. Ni temples ni bâtiments ne furent épargnés là où devaient passer les contre-feux.

Néron jugeait plus important de sauver des vies humaines que d'épargner des trésors, et il dépêcha des centaines de hérauts chargés de guider les milliers de réfugiés vers les quartiers qu'on espérait préserver. Ceux qui cherchaient à demeurer dans leurs maisons condamnées en furent chassés par des hommes en armes, et le transport du mobilier et des objets encombrants fut interdit dans les ruelles étroites.

Néron en personne, taché de fumée et maculé de suie, accompagné de ses gardes du corps, parcourait la ville en prodiguant des conseils et des appels au calme à son peuple terrifié. Il lui arrivait de prendre un nourrisson dans ses bras pour le tendre à sa mère, tout en invitant les gens qui l'écoutaient à aller chercher refuge dans ses propres jardins, de l'autre côté du fleuve. Tous les bâtiments publics voisins du Champ de Mars furent ouverts pour accueillir les réfugiés.

Mais les sénateurs qui cherchaient au moins à sauver les masques de leur famille et leurs dieux lares ne comprenaient pas pourquoi les soldats venaient les chasser en les frappant du plat de l'épée pour mettre ensuite le feu à leur maison avec des torches.

Fort malencontreusement, ce gigantesque incendie donna naissance à un vent violent qui emporta les flammes et les étincelles au-delà de la zone protectrice, de la largeur d'un stade, que l'on avait dégagée. Les vigiles, épuisés par plusieurs jours de lutte, furent incapables de s'opposer à cette nouvelle expansion et beaucoup s'effondrèrent à leur poste, épuisés, pour être brûlés vifs.

On dégagea un nouvel espace pour protéger Subure, mais Tigellinus eut la faiblesse de vouloir préserver les arbres centenaires de son propre jardin, de telle sorte que le feu, qui, au sixième jour, commençait à s'éteindre, trouva là un nouvel aliment et, revigoré, gagna Subure dont les hauts bâtiments à colombages et charpente de bois flambèrent si vite que les habitants des étages n'eurent même pas le temps de descendre dans la rue et furent brûlés vifs, par centaines et peut-être par milliers.

Ce fut alors que la rumeur se répandit que Néron avait fait incendier la ville. C'était une rumeur si folle qu'il se trouva aussitôt des gens pour la croire. D'innombrables témoins avaient vu, il est vrai, les soldats armés de torches mettre le feu à divers bâtiments. La confusion qui régnait sur les esprits était telle, par suite du manque de sommeil et de l'agitation frénétique, qu'il y eut même des gens pour croire le bruit répandu par les chrétiens et se persuader que le jour du jugement était venu.

Personne n'osa évidemment rapporter à Néron les bruits qui couraient. Excellent acteur, il sut garder toutes les apparences du calme et, alors que l'incendie faisait encore rage, convoqua les meilleurs architectes de Rome pour dresser les plans de la reconstruction. Il veilla aussi à faire distribuer des vivres aux nécessiteux. Mais, dans sa tournée d'inspection quotidienne, alors qu'il prodiguait des encouragements et des promesses à ceux qui avaient tout perdu, il entendit s'élever des cris menaçants. Des prétoriens furent lapidés et il y eut même des malheureux, éperdus de douleur, pour reprocher à Néron la destruction de la ville.

L'empereur, ainsi outragé, sut garder bon visage.

« Pauvres gens, la douleur les égare », dit-il avec compassion.

Regagnant les jardins de Mécène, il finit par donner l'ordre d'ouvrir les aqueducs, malgré la sécheresse que cela entraînerait dans les quartiers préservés. Je me hâtai de gagner la ménagerie pour veiller à ce qu'on remplît à temps tous les réservoirs. En même temps, je donnai l'ordre d'abattre tous les animaux si jamais l'incendie gagnait l'amphithéâtre de bois. Une telle éventualité paraissait exclue pour le moment, mais avec mes yeux rougis et mes brûlures cuisantes, j'étais prêt, désormais, à envisager la possibilité d'une destruction totale de la ville. Et je ne pouvais supporter l'idée que les fauves se libèrent pour attaquer les fuyards et les sans-logis.

Ce soir-là, alors que j'avais enfin réussi à m'assoupir profondément pour la première fois depuis bien longtemps, je fus tiré de mon sommeil par un messager de Néron qui me faisait mander près de lui. Je n'étais pas sitôt parti que Sabine s'empressa d'annuler mon ordre et de menacer au contraire de mort quiconque s'aviserait de lever la main contre les animaux.

Tandis que je traversais en direction des jardins la ville illuminée par les flammes, un manteau humide autour de la tête pour me protéger, le sentiment que je vivais la fin du monde s'insinua dans mon esprit fatigué. Je songeai aux effroyables prophéties des chrétiens, mais aussi à celles des anciens philosophes grecs qui avaient soutenu que toute chose avait un jour surgi du feu et périrait de même.

Je croisai un groupe d'ivrognes braillant et vociférant qui, faute d'eau pour étancher leur soif, s'étaient rabattus sur quelque taverne abandonnée de ses propriétaires et entraînaient des femmes avec eux. Les Juifs, en rangs serrés, chantaient des hymnes à leur dieu. Au coin d'une rue, je me heurtai à un illuminé à la barbe puante qui m'étreignit, m'adressa les signes de reconnaissance secrets des chrétiens et m'enjoignit de faire pénitence et de me repentir car le jour du jugement était venu.

A l'une des tours de Mécène, Néron attendait impatiemment ses amis. A ma grande surprise, il avait revêtu la longue robe jaune des chanteurs et sa tête était ceinte d'une couronne de feuillage. Tigellinus se tenait respectueusement à ses côtés, portant pour lui sa cithare.

Néron avait besoin d'un public et avait donc dépêché des messagers à tous les gens haut placés qu'il savait être présents à Rome. Il avait également fait venir un millier de prétoriens qui mangeaient et buvaient, assis sous les arbres bien arrosés des jardins. En contrebas, les quartiers incendiés brillaient comme des îlots incandescents dans les ténèbres, sous des volutes de flammes et de fumée qui semblaient s'élever jusqu'au ciel.

Néron n'attendit pas plus longtemps.

« Sous nos yeux, déclama-t-il, s'étend un spectacle qu'il n'a été donné à nul mortel de contempler depuis la destruction de Troie. Apollon lui-même s'est présenté à moi en songe. Quand je me suis éveillé de ce songe, les dactyles et les spondées me sont jaillis du cœur comme si j'étais pris d'une transe divine. Je vais vous chanter les vers que j'ai ainsi composés sur la destruction de Troie. Je pense que ces strophes résonneront à travers les âges futurs et feront de Néron un poète immortel. »

Un héraut répéta ces paroles tandis que Néron montait au sommet de la tour. Il n'y avait guère de place pour la petite foule que nous formions, mais chacun fit naturellement de son mieux pour être tout près de l'empereur. Néron se mit à chanter en s'accompagnant lui-même à la cithare. Sa voix puissante s'éleva au-dessus de la rumeur de l'incendie et frappa les oreilles de ses auditeurs dans les jardins environnants. Il paraissait ensorcelé et chanta, l'une après l'autre, les strophes qu'il avait dictées pendant la journée et que lui tendait son secrétaire d'art lyrique. Mais, à mesure qu'il chantait, Néron composait d'autres vers qu'un second scribe s'affairait sans cesse à noter.

J'avais suffisamment fréquenté le théâtre tragique pour reconnaître des vers qu'il citait librement en les modifiant sous l'effet de l'inspiration et sans s'en rendre compte, ou mettant au contraire à profit la licence de l'artiste en telle matière. Il chanta ainsi plusieurs heures durant. Les centurions avaient fort à faire pour empêcher à coups de bâton les prétoriens épuisés de sombrer dans le sommeil.

Mais les experts ne cessaient de s'extasier. Jamais, ils n'avaient entendu chanter de la sorte et devant un décor si grandiose. Ils applaudissaient bien fort à chaque intervalle, déclarant qu'ils parleraient à leurs enfants et à leurs petits-enfants de l'extraordinaire privilège qu'ils avaient eu d'assister à un récital aussi sublime.

Pour moi, je me demandais plutôt, dans un recoin de mon esprit, si par hasard Néron n'était pas devenu fou pour choisir de donner ainsi une représentation par une soirée aussi terrible. Mais je me rassurai en me disant qu'il avait probablement été profondément blessé des accusations portées contre lui et avait choisi de se soulager en traduisant ses sentiments par l'inspiration artistique.

Il ne s'interrompit qu'au moment où la fumée l'y contraignit et se mit alors à tousser et à se moucher. Nous en profitâmes pour le supplier en chœur d'épargner sa voix divine. Le visage écarlate, luisant de sueur mais radieux de son triomphe, il nous promit de reprendre le lendemain soir. Çà et là, à la périphérie de l'incendie, on vit alors s'élever dans les cieux de grands nuages de vapeur car les aqueducs avaient été ouverts et l'eau se déversait dans les ruines fumantes de la cité.

La maison de Tullia, sur le Viminal, était à deux pas et je décidai donc de m'y rendre pour prendre un peu de repos. Je ne m'étais pas encore fait de souci pour mon père, car leur maison n'était pas menacée. J'ignorais même s'il était ou non revenu de la campagne, mais je ne l'avais point reconnu parmi les sénateurs qui avaient écouté Néron.

Je le trouvai seul, gardant sa demeure presque abandonnée, les yeux irrités par la fumée. Il m'apprit que Tullia, avec l'aide d'un millier d'esclaves, avait, le premier jour de l'incendie, emporté à la campagne tous les objets de valeur de la maison.

Jucundus, qui avait atteint au printemps l'âge de la coupe de cheveux et de la toge prétexte, avait couru contempler le spectacle de l'incendie avec ses condisciples de l'école palatine. Une coulée de métal en fusion, jaillissant d'un temple incendié, lui avait grièvement brûlé les deux pieds. On l'avait transporté à la maison, et Tullia l'avait emmené avec elle à la campagne. Mon père pensait qu'il resterait infirme.

« Du moins, ton fils n'aura-t-il pas à faire le service militaire, ajouta-t-il d'une voix vaguement pâteuse. Il n'aura pas à verser son sang dans les déserts d'Orient, par-delà l'Euphrate. »

Je fus étonné de constater que mon père avait abusé du vin, mais je compris qu'il avait été fort remué par l'accident de Jucundus. Il me surprit à le dévisager.

« Que je me remettre à boire, pour une fois, n'a aucune importance, me dit-il encore avec colère. Je pense que le jour de ma mort est proche. Je ne me fais pas de souci pour Jucundus. Il avait les pieds un peu trop agiles et s'était déjà aventuré sur des chemins périlleux. Mieux vaut trouver le royaume de Dieu en étant infirme que de perdre son âme. Pour moi, mon cœur est détruit et je suis un infirme de l'âme depuis la mort de ta mère, Minutus. »

Mon père avait déjà beaucoup plus de soixante ans et aimait évoquer ses souvenirs et retourner dans le passé. On songe bien plus à la mort à son âge qu'au mien; aussi sur le moment ne prêtai-je qu'une oreille distraite à ses propos.

« Que marmonnais-tu donc à propos des déserts d'Orient et de l'Euphrate? » lui demandai-je.

Mon père but un long trait de vin noir dans une coupe d'or et se tourna vers moi.

« Parmi les amis de Jucundus, à l'école, il y a les fils de rois orientaux. Amis de Rome, leurs parents considèrent l'écrasement des Parthes comme une nécessité. Ces jeunes gens sont plus romains que les Romains eux-mêmes et Jucundus ne tardera pas à les imiter. La question a été soulevée plus d'une fois au sénat à propos des affaires d'Orient. Dès que Corbulon aura amené la paix en Arménie, Rome pourra compter sur ce soutien et la Parthie sera prise en tenaille.

– Comment peux-tu songer à la guerre quand Rome subit un tel désastre? m'écriai-je. Trois quartiers de la ville sont en ruine et six autres brûlent encore. Des monuments antiques ont disparu dans les flammes. Le temple de Vesta a été rasé par l'incendie, comme le tabularium dans lequel toutes les tablettes de la loi ont été détruites. La reconstruction prendra plusieurs années et coûtera une somme si importante qu'elle défie mon imagination. Comment peux-tu penser qu'une guerre est possible?

– Pour la raison suivante, dit mon père d'un air songeur. Je n'ai pas de visions ni de révélations, mais je me suis mis à avoir des songes si prémonitoires qu'il me faut bien réfléchir à leur contenu. Mais les songes sont les songes.

Pour parler plus logiquement, il me semble que la reconstruction de Rome signifie un alourdissement de l'impôt dans les provinces. Cela ne manquera pas de susciter le mécontentement, car les riches et les commerçants laissent en général les pauvres payer l'impôt. Quand le mécontentement sera trop fort, il se tournera contre l'Etat et le gouvernement. Interroge les plus grands hommes d'Etat, ils te diront que la guerre est le meilleur exutoire possible au mécontentement intérieur. Et, une fois la guerre commencée, on trouve toujours de l'argent pour la poursuivre.

« Tu sais fort bien toi-même, poursuivit-il, que des quatre coins de l'empire s'élèvent des voix pour se plaindre de la faiblesse de Rome, déplorer la perte des vieilles vertus guerrières. Il est vrai que nos jeunes gens se moquent des vertus de leurs aïeux et montent des parodies des récits historiques de Tite-Live. Mais le sang de la louve n'en coule pas moins dans leurs veines.

– Néron ne veut pas la guerre, protestai-je. Il était même prêt à renoncer à la Bretagne. Les lauriers artistiques sont les seuls auxquels il aspire.

– Un dirigeant finit toujours par se conformer à la volonté de son peuple, faute de quoi il ne se maintient pas longtemps sur le trône, dit mon père. Certes, les gens ne demandent pas la guerre, mais du pain et les jeux du cirque. Cependant, des puissances occultes s'agitent sous la surface, des puissances qui ont intérêt à la guerre. Jamais encore dans l'histoire on n'avait vu des individus bâtir les immenses fortunes qui sont courantes aujourd'hui. Des affranchis vivent plus somptueusement que les patriciens romains, parce que nulle tradition ne les contraint à penser à la chose publique avant leur propre bien-être. Tu ne sais pas encore, ô Minutus, l'immense pouvoir que représente l'argent, quand il s'associe à plus d'argent encore pour atteindre à ses propres buts.

« A propos d'argent, dit-il brusquement, il est heureusement des choses dont la valeur est plus grande encore. Tu as mis en sûreté la coupe de ta mère, je présume? »

Je me sentis violemment agité car, pendant ma querelle avec Claudia, j'avais complètement oublié la coupe magique. Pour autant que je sache, ma maison devait avoir été détruite depuis longtemps, et la coupe avec elle. Je me levai précipitamment.

« Mon cher père, dis-je, tu es plus ivre que tu ne crois. Le mieux serait que tu oublies toutes ces billevesées, fruit de ton imagination. Va donc te coucher, car il me faut retourner là où le devoir m'appelle. Tu n'es pas la seule victime des harpies, ce soir. »

A la manière un peu geignarde des ivrognes, mon père m'implora de ne point oublier les pressentiments qu'il avait eus concernant sa propre mort, qu'il savait prochaine. Je pris congé et me dirigeai vers l'Aventin, contournant les limites de l'incendie. La chaleur me contraignit à traverser le pont menant au quartier juif pour me faire mener à la rame plus loin en amont. Tous les propriétaires de bateau étaient en train de faire fortune en assurant ainsi le passage des réfugiés d'une rive à l'autre du Tibre.

A ma surprise, les pentes de l'Aventin, du côté du fleuve, semblaient encore relativement épargnées. Je m'égarai à plusieurs reprises dans l'épaisse fumée et constatai, entre autres, que le temple de la Lune était réduit à un tas de ruines fumantes, mais, à la limite de la zone incendiée, ma propre maison se dressait, intacte. Unique explication, le vent, qui ailleurs avait fait de si épouvantables ravages, semblait avoir protégé le sommet de l'Aventin, en l'absence de tout contre-feu digne de ce nom. On n'avait en effet démoli que quelques maisons.

La huitième aube de l'incendie se levait sur une scène de désolation. Des centaines de gens s'entassaient dans mon jardin, hommes, femmes et enfants. Enjambant tous ces corps vautrés – il y avait des dormeurs jusque dans les citernes vides – je gagnai la maison où nul n'avait osé pénétrer malgré les portes grandes ouvertes.

Je me précipitai dans ma chambre, y trouvai le coffre fermé à clef et, au fond, dans un tissu de soie, la coupe. Je la saisis et, dans mon épuisement, me sentis soudain parcouru d'un frisson comme si je brandissais un objet réellement capable de faire des miracles. Je fus frappé de l'idée terrible que la coupe secrète de la déesse Fortune, pour laquelle l'affranchi de mon père avait lui aussi manifesté tant de respect, à Antioche, avait protégé ma maison de l'incendie. Puis mes forces me trahirent; cessant de réfléchir, la coupe entre les mains, je me laissai tomber sur mon lit et m'endormis aussitôt d'un sommeil profond.

Je dormis jusqu'au lever des étoiles, quand les cris de joie et les chants des chrétiens m'éveillèrent. Abruti de sommeil, je criai à Claudia de faire moins de bruit. Je croyais m'éveiller un matin semblable aux autres, mes clients et mes affranchis m'attendant comme à l'accoutumée. Ce ne fut qu'en me précipitant dans la cour que je me souvins de la catastrophe et de tout ce qui s'était passé.

Les lueurs dont le ciel était illuminé montraient que l'incendie faisait encore rage, mais le pire semblait terminé. Distinguant mes propres esclaves parmi la foule, je les félicitai du courage qu'ils avaient manifesté en demeurant sur place au péril de leur vie pour défendre ma maison. J'exhortai les autres esclaves présents à se hâter de retourner auprès de leurs maîtres, s'ils ne voulaient pas passer pour fuyards et être punis.

Je parvins ainsi à réduire quelque peu les rangs de la foule qui s'entassait dans mes jardins, mais plusieurs petits boutiquiers et artisans qui avaient perdu tout ce qu'ils possédaient m'implorèrent de les laisser demeurer provisoirement, car ils n'auraient su où se réfugier. Ils avaient leurs enfants et leurs vieillards avec eux et je n'eus pas le cœur de les renvoyer parmi les ruines fumantes.

On apercevait encore un pan entier du temple, sur le Capitole, sa colonnade intacte qui se détachait sur le ciel rouge. Là où les ruines avaient eu le temps de refroidir, des pillards risquaient leur vie pour aller ramasser les métaux précieux qui pouvaient avoir fondu. Ce jour-là, Tigellinus fit barricader par des soldats l'accès aux quartiers brûlés afin d'éviter les désordres, et les propriétaires eux-mêmes ne furent pas autorisés à retourner sur les ruines de leur propre maison.

A la ménagerie, mes employés avaient été contraints de se servir de leurs lances et de leurs arcs pour maintenir à distance respectueuse la populace qui lorgnait nos citernes et nos entrepôts. Plusieurs daims et antilopes avaient été volés dans leurs enclos pour être abattus et dépecés, mais personne n'avait osé s'en prendre au bison.

Comme tous les thermes avaient été détruits par l'incendie, Néron couronna son deuxième récital poétique par un bain dans une des fontaines sacrées. L'aventure n'était pas dépourvue de risque, mais il se fia à ses capacités de nageur et à ses forces physiques, jugeant les eaux du Tibre trop sales pour lui. Le peuple réprouva cet acte, accusant Néron de souiller les dernières eaux potables après avoir mis le feu à la ville. Certes, l'empereur était à Antium quand l'incendie s'était déclaré mais, parmi les fauteurs de troubles qui souhaitaient agiter le peuple, qui se souciait de tels détails?

Je n'ai jamais autant admiré la force et la capacité d'organisation de Rome qu'en ces jours sombres, quand je fus témoin de la promptitude des secours aux sans-logis et de la détermination des travaux de déblaiement puis de reconstruction. Des villes voisines comme des plus lointaines arrivèrent des vêtements et des ustensiles ménagers. On érigea des bâtisses provisoires pour les réfugiés. Les bateaux céréaliers qui se trouvaient vides furent réquisitionnés pour transporter les décombres jusqu'aux marais d'Ostie.

Le prix du grain fut abaissé à deux sesterces, le plus bas prix de toute l'histoire. Ma fortune personnelle n'en fut pas affectée, car le sénat avait garanti aux négociants un prix plus élevé. D'anciennes cuvettes furent comblées et des éminences nivelées. Néron s'attribua tous les terrains compris entre le Palatin, le mont Coelius et l'Esquilin où il souhaitait se faire élever un nouveau palais, mais quant au reste, on traça de larges avenues et des places bien dégagées, au mépris des plans anciens de la ville. Des prêts de l'Etat furent accordés à tous ceux qui étaient disposés à bâtir conformément au nouveau règlement, tandis que ceux qui ne s'en estimaient pas capables dans un laps de temps déterminé perdirent le droit de le faire par la suite.

Toutes les maisons devaient être bâties de pierres et comporter un maximum de trois étages. Chaque maison donnait sur la rue par une arcade ombragée et devait posséder une citerne. La distribution de l'eau fut modifiée, de manière à empêcher les riches de la gaspiller sans frein pour leurs bains et leurs jardins comme ils l'avaient fait jusqu'alors.

Comme il était naturel, ces diverses mesures réglementaires, pourtant bien nécessaires, ne manquèrent pas d'alimenter le mécontement, et pas seulement chez les patriciens. Le peuple voyait d'un mauvais œil ces nouvelles artères larges et ensoleillées qui, si elles étaient plus saines, n'offraient point d'ombre ni de fraîcheur en été et, contrairement aux vieilles ruelles étroites et sinueuses, ne comportaient nulle cachette pour les amoureux. Si ces derniers étaient désormais contraints de demeurer la nuit entre quatre murs, les mariages forcés prématurés allaient, craignait-on, se multiplier dangereusement.

Les cités et les riches particuliers des provinces s'empressèrent bien sûr de faire parvenir des dons en argent pour la reconstruction de Rome. Mais cela n'alla pas très loin et il fallut se résigner à accroître encore les impôts, au point de conduire cités et citoyens au bord de la faillite.

La reconstruction de grands cirques, de temples et de théâtres selon les plans magnifiques de Néron menaçait d'ailleurs de ruiner le monde entier. Quand, pour couronner le tout, il rendit publics ses propres projets grandioses et que l'on vit l'immense étendue des terrains qu'il se réservait en plein centre de la ville, le mécontentement se donna libre cours. L'empereur allait saisir tout le terrain qu'avaient occupé les greniers à blé détruits à coups de bélier par les vigiles; il n'en était que plus facile de croire qu'il avait lui-même déclenché l'incendie pour mettre la main sur les terrains de sa Maison dorée.

Quand s'approcha l'automne, tandis que de gigantesques orages emportaient le plus gros des cendres, d'innombrables attelages de bœufs amenaient jour et nuit des pierres jusqu'à Rome. Le perpétuel vacarme des activités de construction rendait la vie intolérable et, pour accélérer le travail, les jours de fête traditionnels ne furent pas célébrés. Habitué aux distractions, aux ripailles gratuites, aux jeux du cirque et aux processions, le peuple jugea que son existence était devenue sinistre et scandaleusement pénible.

Le souvenir des destructions, la crainte du feu et sa menace perpétuelle, demeurèrent comme des épines au flanc de chaque citoyen. Les patriciens les plus haut placés ne dédaignaient pas de raconter comment des soldats pris de boisson les avaient chassés de leur demeure avant d'y mettre le feu sur ordre de l'empereur alors que l'incendie ne la menaçait nullement.

D'autres disaient que les sectes chrétiennes n'avaient pas caché leur joie et avaient entonné des hymnes et des actions de grâces pendant l'incendie. Les gens ordinaires faisaient mal la différence entre Juifs et chrétiens. Et l'on répétait avec indignation que le quartier juif, de l'autre côté du Tibre, avait été épargné par les flammes, tout comme d'autres quartiers habités par les Juifs dans la ville même.

Le superbe isolement des Juifs, leurs synagogues, alors indépendantes, et l'autonomie de leur Conseil, qui avait seul le droit de les juger, avaient toujours irrité le peuple. Les Juifs n'étaient même pas tenus d'avoir une effigie de l'empereur dans leurs maisons de prière et d'innombrables contes circulaient à propos de leurs pratiques magiques.

Si l'on accusait, parfois ouvertement, parfois en secret, Néron d'être à l'origine de l'incendie, le peuple savait bien qu'il était hors de question de châtier l'*Imperator*. Et si chacun prenait un malin plaisir à l'accuser, l'immensité du malheur qui s'était abattu sur Rome exigeait une expiation plus réelle.

C'était parmi les nobles et antiques familles qui avaient perdu leurs souvenirs du passé et les masques de cire de leurs morts que se recrutaient les plus violents accusateurs de l'empereur. Ils jouissaient du soutien des nouveaux riches qui craignaient, quant à eux, de dissiper en impôts leur fortune récente. Le peuple, au contraire, éprouvait une certaine gratitude devant la promptitude des secours qui avaient allégé ses souffrances sans qu'il lui en coûtât rien.

Il était de tradition, dans la plèbe, de considérer l'empereur, tribun de la plèbe à vie, comme le défenseur des droits plébéiens face à la noblesse. Sa personne était inviolable. Et l'on ne vit pas sans un certain plaisir les riches dépouillés de leurs biens par l'empereur perdre certains de leurs privilèges. En revanche, la haine des Juifs et de leur statut particulier ne datait pas de la veille.

On disait que les Juifs avaient prophétisé l'incendie. On n'oubliait pas non plus que Claude les avait jadis bannis de la ville. On ne tarda donc pas à soutenir que les Juifs avaient eux-mêmes allumé l'incendie pour prouver le bien-fondé de leurs propres prophéties à tirer parti des malheurs du peuple.

C'étaient bien évidemment des rumeurs dangereuses et plusieurs Juifs distingués se tournèrent donc vers Poppée pour lui expliquer et, par elle, faire comprendre à Néron, la grande différence qui existait entre les Juifs et les chrétiens. Ce n'était pas une tâche facile : Jésus de Nazareth était incontestablement juif lui-même et l'idée qu'il était le Christ, ainsi que son enseignement, s'étaient répandus par l'intermédiaire des Juifs. L'élite chrétienne de Rome était encore composée de Juifs, même si les chrétiens, dans leur majorité, n'étaient plus circoncis.

Poppée se considérait comme pieuse. Elle respectait le temple de Jérusalem et connaissait les légendes sacrées concernant Abraham, Moïse et d'autres saints hommes. Mais les Juifs avaient jugé plus prudent de ne pas trop s'étendre sur le sujet du Messie dont la venue est prophétisée dans leurs Ecritures. Les explications nouvelles qu'ils lui donnaient la plongèrent dans le trouble, et elle me fit venir dans ses appartements de l'Esquilin pour me demander de lui expliquer où ils voulaient en venir.

« Ils te demandent de régler leurs querelles intestines », plaisantai-je.

Mais les Juifs s'indignèrent.

« Il n'y a pas matière à plaisanter, déclarèrent-ils. Le Christ des chrétiens n'est pas le Messie des Juifs. Maudits soient ceux qui le reconnaissent pour le Christ. Nous ne voulons rien avoir à faire avec eux, qu'ils soient circoncis ou non. Ce sont ces chrétiens qui ont prophétisé la venue du jour du jugement et ont chanté des actions de grâces pendant l'incendie. Leurs crimes ne sont pas les nôtres.

– Les chrétiens ne sont pas des criminels, m'empressai-je de déclarer. Ils sont pleins d'humilité et peut-être pas très intelligents. Plus bêtes que vous, sans doute. Mais les Juifs ne croient-ils pas au jugement dernier et au royaume millénaire? »

Les Juifs me regardèrent tristement, puis se concertèrent avant de reprendre la parole.

« Nous ne parlons pas de telles matières avec les chiens, dirent-ils. Tout ce que nous souhaitons, c'est donner l'assurance que la culpabilité des chrétiens n'a rien à voir avec les Juifs. Nous les croyons capables de tout. »

Je jugeai que la conversation prenait un tour déplaisant.

« Je vois à tes yeux troublés, ô Poppée, qu'une migraine te menace, me hâtai-je de dire. Résumons brièvement les choses. Les Juifs nient toute relation avec les chrétiens. Ils se considèrent eux-mêmes comme pieux. Ils pensent du mal des chrétiens et du bien d'eux-mêmes. Voilà toute l'affaire. »

Mais, voyant la colère des Juifs, je poursuivis :

« On rencontre peut-être, parmi les chrétiens, d'anciens criminels et des forbans repentis dont les péchés ont été pardonnés. On dit que leur roi est venu chercher les pécheurs et pas les orgueilleux. Mais, en général, les chrétiens sont dociles et paisibles, ils nourrissent les pauvres, aident les veuves et réconfortent les prisonniers. Je ne leur connais pas de méchanceté. »

La curiosité de Poppée était éveillée :

« Qu'est-ce que cette culpabilité dont ils parlent?

demanda-t-elle? Il y a dans tout cela quelque chose de louche que je ne comprends pas.

– Tu auras forcément entendu les rumeurs absurdes qui courent dans la plèbe à propos du désastre qu'a connu notre cité, dis-je d'un ton sarcastique. Je pense que les Juifs cherchent à expliquer aujourd'hui, de manière oblique et non sans retard, qu'ils n'ont pas mis le feu à Rome. Ils considèrent que cette accusation portée contre eux serait aussi absurde que celle qu'on a entendu porter contre l'empereur. »

Mais mes sarcasmes furent perdus. Poppée redoutait bien trop les sortilèges des Juifs. Son visage s'éclaira aussitôt.

« Je comprends! s'écria-t-elle. Allez en paix, vous êtes de saints hommes. Je ne laisserai personne vous soupçonner de mauvaises actions. Vous avez bien fait de m'informer de votre refus de reconnaître les chrétiens pour des Juifs. »

Les Juifs la saluèrent du nom de leur dieu « Alléluia » et s'en furent.

« Tu comprends que c'est par envie qu'ils haïssent les chrétiens? dis-je quand ils furent partis. Ces derniers ont fait beaucoup d'adeptes parmi les Juifs, privant ainsi Jérusalem et les synagogues de nombreuses offrandes.

– Si les Juifs ont des raisons de haïr les chrétiens, me répondit-elle, c'est que ces gens doivent être, et dangereux, et nuisibles. Tu as dit toi-même que c'étaient des criminels et des forbans. »

Et elle refusa d'entendre d'autres explications car il ne restait plus de place dans sa tête ravissante. Je pense qu'elle alla trouver Néron aussitôt pour lui expliquer que la dangereuse secte des chrétiens avait mis le feu à Rome et ne se composait que de criminels endurcis.

Néron fut trop heureux de l'entendre et enjoignit à Tigellinus de chercher d'éventuels fondements à cette accusation. Il convenait de laisser les Juifs en dehors de l'enquête, car leur foi ne présentait que d'apparentes similitudes avec les dangereux enseignements des chrétiens.

Ce genre d'enquête aurait normalement dû être confiée au préfet de la cité, mais Néron avait placé plus de confiance en Tigellinus. Sans compter que la foi chrétienne était née en Orient et que la plupart de ses adeptes étaient des immigrés de ces régions. Tigellinus se moquait des questions religieuses. Il se contentait d'obéir aux ordres et dirigea son enquête vers les milieux plébéiens de Rome.

La tâche était aisée. Et une seule journée, ses sbires mirent la main sur trente suspects qui ne firent pas mystère de leurs convictions chrétiennes et furent bien surpris d'être aussitôt arrêtés et jetés dans les geôles prétoriennes. On leur demanda alors d'un air menaçant s'ils avaient mis le feu à Rome au cours de l'été précédent, ce qu'ils nièrent farouchement. On leur demanda alors s'ils connaissaient d'autres chrétiens. En toute innocence, ils fournirent tous les noms dont ils pouvaient se souvenir. Les soldats n'eurent plus qu'à aller chercher ces hommes et ces femmes à leur domicile où ils ne firent aucune difficulté pour se laisser emmener.

A la tombée de la nuit, un millier de chrétiens avaient ainsi été emprisonnés, représentant dans leur immense majorité des membres des plus basses classes. Les soldats racontaient qu'il leur avait suffi de pénétrer au cœur des foules et de poser une question : « Y a-t-il des chrétiens parmi vous? » pour que ces fous se laissent arrêter sans résistance »

Le très grand nombre de gens qu'il lui fallait interroger créait des difficultés et des soucis à Tigellinus. Comme il ne disposait, de toute manière, que d'une place insuffisante, il s'efforça d'éclaircir un peu les rangs des prisonniers. Au début, il fit relâcher tous ceux qui, se disant juifs, pouvaient apporter la preuve qu'ils étaient circoncis. Il tança fermement deux membres de l'ordre Equestre, arrêtés avec le reste de la foule, puis les fit relâcher de manière, selon lui, parfaitement justifiée, parce qu'il n'était pas question d'accuser un chevalier romain d'avoir mis le feu à la cité.

Plusieurs autres citoyens aisés, inquiets de se retrouver mêlés à une telle tourbe, déclarèrent qu'ils étaient convaincus d'être victimes d'une erreur et offrirent des présents au préfet en le priant de bien vouloir éclaircir ce malentendu. Ceux-là encore, Tigellinus les relâcha volontiers, car il estimait que les plus coupables étaient forcément les criminels déjà marqués au fer et les esclaves fugitifs. Il souhaitait en fait éliminer la pègre romaine qui, depuis l'incendie, menaçait la nuit la sécurité des citoyens. Telle était l'idée qu'il se faisait des chrétiens.

Au début, le calme régna parmi les détenus qui invoquaient le nom du Christ, bavardaient et ne parvenaient pas à comprendre de quoi on pouvait bien les accuser. Mais quand ils constatèrent qu'on commençait à effectuer une manière de tri au hasard et que certains étaient libérés, et quand les premiers interrogés leur eurent appris qu'on demandait à tous s'ils avaient mis le feu à Rome ou savaient qui l'avait fait, ils prirent peur et se méfièrent les uns des autres.

Quand on entreprit de séparer les circoncis des autres, les détenus pensèrent que les adeptes de Jacob, les partisans de Jérusalem, étaient probablement responsables de tout cela. Ces gens étaient toujours restés entre eux, à l'écart des chrétiens, farouchement attachés à leurs coutumes et persuadés de la supériorité de la religion juive sur toutes les autres. De violentes disputes éclatèrent entre les disciples de Céphas et ceux de Paul. En conséquence, les détenus restants se mirent à se dénoncer les uns les autres. Même ceux qui gardaient leur calme se laissèrent aller à l'esprit de vengeance et se mirent à dénoncer. Sans compter ceux qui, par raisonnement, parvinrent à la conclusion que mieux valait accuser le plus possible de gens, voire des personnages haut placés.

« Plus nous serons nombreux, songeaient-ils, plus il sera difficile de faire notre procès. Paul a été relâché. Tigellinus se rendra compte de son erreur quand il verra que nous sommes très nombreux et qu'il a parmi nous des gens influents. »

La nuit durant, on continua donc de cette manière à procéder à l'arrestation de familles entières, à tel point que les prétoriens y suffirent à peine.

Ce fut un bien triste réveil pour Tigellinus, au matin d'une nuit qu'il avait passée, à son habitude, dans l'ivrognerie et la débauche. Ses yeux découvrirent le spectacle d'une foule immense de gens bien vêtus, humblement assis à même le sol et regroupés par familles. On lui montra de longues listes de dénonciations en lui demandant s'il convenait de fouiller les demeures et de procéder à l'arrestation de gens aussi haut placés que des sénateurs et des consuls.

D'emblée, il rejeta tout cela, déclarant que les criminels chrétiens avaient par pure malveillance dénoncé les gens honorables qu'ils pouvaient connaître. Il parcourut donc le champ de manœuvre des prétoriens, son fouet à la main, interrogeant çà et là d'un air menaçant :

« Êtes-vous chrétien? »

Tous ceux qu'il interrogea ainsi reconnurent volontiers, souvent même avec le sourire, qu'ils croyaient au Christ.

C'étaient des gens d'allure si respectable et innocente qu'il n'osa pas lever le fouet contre eux et se convainquit de l'existence de quelque monumentale erreur. Avec l'aide de ses assistants, il calcula qu'il restait encore vingt mille personnes de toutes les origines à arrêter. Punir un tel nombre de gens semblait fou.

Les rumeurs concernant l'arrestation massive des chrétiens s'étaient entre-temps répandues à travers Rome. Tigellinus fut bientôt assiégé par des hordes envieuses et mal intentionnées, prêtes à lui jurer qu'elles avaient vu, de leurs yeux vu, les chrétiens s'assembler sur les hauteurs pendant l'incendie pour chanter des actions de grâces et appeler le feu du ciel sur la ville.

Dans le *praetorium* régnait la pagaille la plus complète. Les gens que l'on avait relogés d'urgence sur le Champ de Mars mirent à profit l'occasion pour s'introduire dans les maisons qu'ils savaient chrétiennes et pour piller les boutiques des Juifs et des chrétiens confondus.

Une populace déchaînée, que les vigiles laissaient faire, arriva en traînant des Juifs et des chrétiens ensanglantés pour les livrer à la justice maintenant que les responsables de l'incendie avaient été démasqués. Tigellinus avait conservé suffisamment de calme pour tancer vertement la foule et lui interdire de se faire justice elle-même, quelle que fût la rage compréhensible qui l'animait. L'empereur saurait, promit-il, punir les coupables comme ils le méritaient.

Puis il envoya les prétoriens rétablir l'ordre dans la ville. Tout au long des violences de la matinée, les chrétiens furent plus en sûreté entre les murs du *praetorium* qu'ils ne l'auraient été chez eux.

Dès l'aube, des réfugiés terrifiés commencèrent à affluer chez moi, sur l'Aventin, dans l'espoir que mon rang et mes fonctions constitueraient pour eux une manière de sauvegarde. Les voisins adoptèrent une attitude menaçante, lançant des pierres et des injures par-dessus les murs de mes jardins. Je n'osai armer mes esclaves, de peur que les chrétiens ne fussent, de surcroît, accusés de résistance armée, et je me contentai donc de renforcer la garde des portes. J'étais placé dans une situation fort désagréable. Heureusement, Claudia avait fini par se laisser convaincre de partir accoucher dans ma propriété de campagne de Caere.

Le souci que je me faisais pour elle me poussait à ne pas me montrer trop dur envers ses chrétiens bien-aimés, de peur de compromettre son accouchement. Ayant réfléchi aux diverses possibilités, j'allai donc leur parler, les exhortant à quitter la ville au plus vite, puisqu'il était évident que quelque chose de terrible s'y tramait contre eux.

Mais ils protestèrent. Personne ne pourrait prouver quoi que ce fût contre eux. Bien au contraire, ils tentaient de vivre à l'écart du vice et du péché. Dans leur faiblesse bien humaine, peut-être avaient-ils péché contre Jésus-Christ, mais jamais ils n'avaient rien fait de répréhensible contre l'empereur ou l'Etat. Ils souhaitaient donc engager des avocats pour défendre leurs frères et leurs sœurs injustement emprisonnés, auxquels eux-mêmes souhaitaient porter à boire et à manger pour soulager leur détresse. Nous ignorions encore, à ce moment-là, le caractère massif des arrestations qui avaient été opérées.

Pour me débarrasser d'eux, j'allai jusqu'à leur promettre de l'argent et l'asile de mes propriétés de Praeneste et de Caere. Mais ils n'acceptèrent qu'après m'avoir fait promettre d'aller en personne trouver Tigellinus pour plaider la cause des chrétiens emprisonnés. J'avais été préteur moi-même, et serais donc d'un plus grand secours que les avocats des pauvres. Ils finirent par s'en aller à contrecœur, parlant entre eux avec animation. Mon jardin se retrouva désert.

Entre-temps, les chrétiens détenus sur le champ de manœuvre s'étaient organisés et regroupés autour de leurs chefs qui, s'étant concertés, avaient décidé d'oublier leurs querelles intestines pour placer leur espoir dans le Christ seul. Il ne manquerait pas de venir à leur secours. Tous étaient effrayés par les cris de douleur qui provenaient des cellules et berçaient leur angoisse en récitant des prières et en chantant des hymnes d'espoir.

Il y avait parmi eux plusieurs citoyens qui connaissaient les lois et allaient de l'un à l'autre pour les rassurer en leur parlant du précédent impérial dans l'affaire de Paul. Le plus important, désormais, dirent-ils, était que personne ne reconnaisse avoir mis le feu, même menacé des pires tortures. Ces faux aveux seraient épouvantables pour tous les chrétiens. Les prophètes avaient annoncé les persécutions et les souffrances que connaîtraient les adeptes du

Christ. Ils pouvaient donc se proclamer chrétiens et rien d'autre.

Quand j'arrivai au prétoire, je fus effaré de voir que tant de gens avaient été arrêtés. Au début, cela me rassura, car même un fou n'aurait pu croire que tous ces gens étaient des incendiaires. Ma rencontre avec Tigellinus se produisait au meilleur moment, car il était en pleine confusion et ne savait plus que faire. Il se précipita d'ailleurs vers moi, m'accusant d'avoir trompé Néron à propos des chrétiens car aucun d'entre eux ne semblait un criminel endurci.

Je rejetai cette accusation avec la dernière emphase et lui affirmai que jamais je n'avais parlé des chrétiens à l'empereur.

« Je n'ai d'ailleurs rien à leur reprocher, poursuivis-je, ils sont parfaitement inoffensifs et leur pire défaut est de se quereller entre eux sur des questions de doctrine, mais ils ne se mêlent jamais de la chose publique, ni même des jeux. Ils ne fréquentent même pas les théâtres. C'est pure folie d'accuser ces gens d'avoir incendié Rome. »

Tigellinus m'adressa un sourire inquiétant et, déroulant une de ses listes, y lut mon nom à haute voix.

« Tu es effectivement bien placé pour le savoir, me dit-il avec mépris, puisque tu as été dénoncé comme chrétien. De même que ton épouse, et toute ta maisonnée dont on ne me fournit toutefois pas les noms. »

J'eus l'impression qu'une chape de plomb s'abattait sur mes épaules et je demeurai sans voix. Mais Tigellinus éclata de rire et me donna un coup de son rouleau.

« Tu ne crois tout de même pas que je prends de telles choses au sérieux? me demanda-t-il. Je te connais et je connais ta réputation. Et quand bien même je pourrais te soupçonner, il n'en irait pas de même de Sabine. Ton dénonciateur anonyme ne sait même pas que vous êtes divorcés. Non, non, ce sont des criminels endurcis, qui, par pure malignité, entendent démontrer que des Romains parmi les plus nobles ont été entraînés dans leurs superstitions.

« Cependant, poursuivit-il, la conspiration apparaît tout de même comme très importante. Ce qui me surprend le plus, c'est qu'ils sont tous prêts à reconnaître volontiers qu'ils adorent le Christ comme un dieu. Je pense qu'on les a ensorcelés. Et je dois mettre un terme aux manigances des sorciers. Quand ils verront que les coupables sont punis, je suis sûr qu'ils prendront peur et renonceront à leur folie.

– Tu serais peut-être bien inspiré, dis-je prudemment, de détruire les listes que tu détiens. Et d'ailleurs, qu'entends-tu par « les coupables »?

– Tu as sans doute raison, déclara Tigellinus. Crois-moi si tu veux, mais il y a des sénateurs et des consuls sur ces listes de chrétiens. Il vaudrait mieux tenir ces listes secrètes si nous ne voulons pas humilier devant la plèbe certains de nos Romains parmi les plus nobles. Je crois que je ne vais rien dire à Néron de toutes ces folies. »

Il me dévisagea d'un air pénétrant, un éclat moqueur dans ses yeux impitoyables. Je compris qu'il allait conserver ces listes pour faire chanter les gens, car il était évident que tous les citoyens importants seraient prêts à payer n'importe quelle somme pour éviter une telle souillure. De nouveau, je lui demandai ce qu'il avait voulu dire en parlant des coupables.

« J'ai plus d'aveux qu'il ne m'en faut », se vanta-t-il.

Voyant que je refusais de le croire, il m'entraîna vers les caves pour m'y montrer, les unes après les autres, ses victimes demi-mortes qui gémissaient.

« Je n'ai évidemment fait torturer que les criminels marqués au fer et les esclaves fugitifs, ainsi qu'un ou deux autres qui semblaient cacher quelque chose, m'expliqua-t-il. Une bonne raclée a suffi à convaincre la plupart mais, comme tu le vois, il a fallu recourir au fer rouge et aux tenailles dans certains cas. Ils sont assez résistants, ces chrétiens. Quelques-uns sont mort sans rien avouer, en appelant simplement le Christ à leur secours. D'autres ont parlé dès qu'on leur a montré les instruments.

– Et qu'ont-ils avoué? demandai-je.

– Qu'ils avaient incendié Rome sur ordre du Christ, bien sûr, » répondit Tigellinus avec insolence en me regardant droit dans les yeux.

Puis, voyant ma réprobation, il ajouta :

« Ou n'importe quoi. Un ou deux ont vaguement reconnu avoir mis le feu à des maisons en prêtant main-forte aux soldats. A vrai dire, voilà tout ce que j'ai obtenu comme preuve d'une quelconque conspiration criminelle. Mais plusieurs hommes qui semblaient en tout point dignes de confiance ont reconnu sans difficulté qu'ils estimaient que leur dieu avait mis le feu à Rome pour punir la ville de ses péchés. Cela n'est-il pas suffisant? Et d'autres encore m'ont dit qu'ils s'étaient attendus à voir leur dieu descendre du ciel pendant l'incendie pour juger tous ceux qui ne reconnaissent pas la divinité du Christ. Ce genre de chose présente toutes les apparences d'une conspiration contre la chose publique. Il convient donc de punir les chrétiens de leur superstition, soit qu'ils aient mis le feu de leurs propres mains, soit qu'ils aient approuvé ce cruel désastre. »

Du doigt, j'indiquai une jeune fille que des lanières de cuir maintenaient sur un banc de pierre tout ensanglanté. Sa bouche saignait et ses membres et sa poitrine avaient été tellement déchirés avec les tenailles qu'elle agonisait d'avoir perdu tant de sang.

« Et cette innocente jeune fille, qu'a-t-elle bien pu avouer? » demandai-je.

Tigellinus frotta ses paumes l'une contre l'autre en évitant mon regard.

« Essaie donc de me comprendre un peu, dit-il. Toute la matinée, j'ai dû travailler sur d'affreux bonshommes. Il fallait bien que je retire un certain plaisir de tout cela, moi aussi. D'ailleurs, j'étais curieux de ce qu'elle pouvait avoir à avouer. Bah! je n'en ai rien tiré, sinon qu'un grand homme n'allait pas tarder à m'apparaître qui me précipiterait dans le feu pour prix de tout ce que j'ai fait. Une petite acharnée. Décidément, ils n'ont que le feu à la bouche, tous ces gens, comme s'il exerçait sur eux une attirance irrésistible. Il y a des gens qui prennent plaisir à assister à un incendie. Sinon, Néron aurait choisi une autre soirée pour chanter à la tour de Mécène. »

Je fis semblant de regarder la jeune fille de plus près, malgré les nausées que ce spectacle me donnait.

« Mais, Tigellinus, lançai-je d'un ton décidé, cette jeune fille me paraît juive. »

Horrifié, Tigellinus me saisit le bras.

« Pas un mot à Poppée, surtout! me dit-il. Comment, au nom de toutes les puissances infernales, suis-je censé reconnaître les Juives des autres? Ce n'est pas comme les hommes, qui portent sur le corps un signe de reconnaissance. Elle est indiscutablement chrétienne, en tout cas, et n'a jamais voulu renoncer à sa folie alors même que je lui promettais la vie sauve si elle abandonnait ses superstitions. Elle doit avoir été ensorcelée. »

Fort heureusement, après cet affreux épisode, Tigellinus avait décidé d'interrompre les tortures et de ramener ses victimes à la vie afin qu'elles pussent affronter le châtiment que l'empereur réservait aux incendiaires. Nous regagnâmes sa propre salle d'interrogatoire où on lui apprit que le sénateur Pudens Publicola de la gens valérienne venait d'arriver en compagnie d'un vieux Juif et exigeait de lui parler.

Désagréablement surpris, il se gratta le crâne et m'adressa un regard d'impuissance.

« Pudens est un vieil imbécile qui ne ferait pas de mal à une mouche, dit-il. Pourquoi serait-il en colère contre moi? Aurais-je arrêté un de ses clients par erreur? Reste avec moi pour m'aider, car tu en sais long sur les Juifs. »

Le sénateur Pudens entra. Sa vieille tête chenue tremblait de rage. A ma surprise, c'était Céphas qui l'accompagnait, sa vieille crosse de berger à la main, son visage barbu rouge d'indignation. Un jeune homme était avec eux, pâle de frayeur, le jeune Cletus, que j'avais déjà eu l'occasion de voir servir d'interprète à Céphas.

Tigellinus se leva pour accueillir respectueusement le vieillard, mais Pudens se jeta sur lui et fit mine de lui donner un coup de son pied chaussé de pourpre tout en lui criant des injures.

« Maudit maquignon, fornicateur et pédéraste! vociféra-t-il. Que crois-tu donc manigancer? Qu'est-ce que ces fausses accusations contre les chrétiens? Jusqu'où crois-tu pouvoir impunément pousser l'insolence? »

Tigellinus tenta humblement d'expliquer que jamais il n'avait mélangé sa vie privée avec ses fonctions de préfet du prétoire. Il n'était certainement pas le seul pédéraste de Rome et ne rougissait pas d'avoir fait le commerce des chevaux pendant son exil.

« Aussi, cesse de m'injurier, mon cher Pudens, dit-il. Songe à ta dignité et aussi pense que tu t'adresses à moi dans l'exercice de mes fonctions publiques et non dans ma vie privée. Si tu as des accusations à porter, je t'écouterai avec patience. »

Céphas leva alors les bras et se mit à son tour à parler d'une voix forte, en araméen, sans m'accorder un regard, faisant mine de ne pas me reconnaître. Tigellinus se tourna vers moi.

« Qui est ce Juif? demanda-t-il. Et que dit-il? Et à qui s'adresse-t-il? J'espère qu'il ne s'agit pas de sorcellerie et qu'on a pris la précaution de le fouiller pour s'assurer qu'il ne porte ni charmes ni amulettes dangereuses. »

Tirant sur le bras de Tigellinus, je le contraignis à m'écouter.

« C'est le chef des chrétiens, lui expliquai-je. Le célèbre Céphas. On raconte qu'il a ressuscité des morts et accompli des miracles qui font de Simon le magicien un enfant à côté de lui. Il est sous la protection du sénateur Pudens depuis qu'il l'a guéri d'une maladie. »

Tigellinus brandit deux doigts à l'image d'une paire de cornes pour faire barrage aux mauvais esprits.

« C'est un Juif, dit-il fermement. Je n'aurai donc nulle affaire avec lui. Dis-lui de cesser ses sorcelleries et de s'en aller en emportant sa crosse magique. Sinon, je vais me fâcher. »

Le sénateur Pudens avait eu le temps de se calmer.

« Le très respecté Céphas, déclara-t-il, est venu en personne répondre de toutes les accusations que tu as inventées contre les chrétiens. Il demande que tu relâches les autres pour le prendre lui à la place. Il est leur berger. Tous les autres, du plus humble au plus grand, ne sont que ses ouailles. »

Tigellinus eut un brusque mouvement de recul et son visage brun pâlit sous le hâle.

« Emmène-le, dit-il en hésitant, les lèvres tremblantes. Sinon, je vais le faire fouetter. Dis-lui qu'il ferait d'ailleurs mieux de quitter la ville pour de bon. Sur ordre de l'empereur, j'enquête sur la conspiration fomentée par les chrétiens pour détruire Rome. Certains incendiaires ont déjà avoué, mais je dois reconnaître qu'un grand nombre de chrétiens respectables ignoraient tout de cet affreux projet. Peut-être que ce vieux magicien à la crosse sinistre l'ignorait aussi. »

Pudens l'avait écouté bouche bée, la peau flasque de son menton tremblant d'indignation. Puis il secoua la tête.

« Chacun sait, dit-il d'un ton de reproche, que l'empereur lui-même a fait mettre le feu à Rome pour se procurer les terrains qu'il convoitait entre le mont Coelius et l'Esquilin pour ses délirants projets architecturaux. Mais Néron se trompe gravement s'il croit pouvoir faire retomber la responsabilité sur le dos de ces innocents. Puisse-t-il échapper à la colère du peuple si jamais tout cela était révélé. »

Tigellinus jeta les yeux tout autour de la pièce comme pour s'assurer que les murs eux-mêmes ne pouvaient nous entendre.

« Tu es vieux, Pudens, dit-il d'un air menaçant. Tu n'as

plus la tête très claire. Même en plaisantant, garde-toi bien de colporter de tels ragots. A moins que tu ne te sois fait chrétien toi-même et ne te sois laissé entraîner dans cette aventure parce que tu as perdu tes facultés de jugement? Sois prudent. Ton nom figure parmi les listes de dénonciations. Evidemment, je ne crois pas un mot de ces accusations : un sénateur ne peut être chrétien. »

Il s'efforça de rire, mais garda les yeux fixés sur Céphas, sursautant chaque fois que ce dernier esquissait un geste. Se rappelant son rang et sa position, Pudens se rendit compte qu'il était allé trop loin.

« Je t'accorde qu'il y a peut-être des fanatiques et des zélotes parmi les chrétiens, dit-il, et peut-être même de faux prophètes. Un loup déguisé en agneau aura peut-être réussi à se glisser parmi eux. Mais Céphas répondra pour eux tous lors du procès. Espérons seulement qu'il ne soit pas amené, par l'esprit, à prononcer des paroles qui terrifieront jusqu'à Néron lui-même. »

Tigellinus retrouva lui aussi un semblant de calme.

« Je ne suis animé d'aucun mauvais sentiment à ton égard, répondit-il. Je suis toujours prêt à rencontrer les gens à mi-chemin. Mais il se trouve que ton magicien juif ne peut répondre pour les autres dans cette affaire. Il jouit des mêmes droits et privilèges particuliers que tous les autres maudits Juifs. Néron m'a expressément interdit de mêler un seul Juif à cette affaire, car Hercule lui-même ne serait pas de force à démêler les Juifs fidèles des hérétiques dans les écuries d'Augias de leurs querelles religieuses. J'estime quant à moi que Rome serait une ville bien supérieure si elle était débarrassée des Juifs. Mais c'est une opinion personnelle qui n'a rien à voir en l'occurrence. Je dois obéir à l'empereur. »

J'exposai brièvement la position juridique de Tigellinus à Cletus qui la traduisit pour Céphas dont le visage s'empourpra de nouveau. Il tenta de se maîtriser et parla d'abord calmement, mais la colère l'emporta et il se remit à fulminer d'une voix tonnante. Cletus tenta de traduire; j'intervins moi-même tandis que Pudens exposait sa propre position. Nous vociférâmes ainsi tous ensemble sans comprendre un mot de ce que disaient les autres.

Pour finir, Tigellinus éleva les deux mains et réclama le silence.

« Assez! s'écria-t-il. Par respect pour tes cheveux blancs, ô Pudens, et pour m'attirer les faveurs de ce puissant magicien, je suis prêt à libérer dix ou vingt, disons une centaine de chrétiens qu'il désignera lui-même. Il peut sortir sur le champ de manœuvre pour choisir. J'ai trop de chrétiens sur les bras, de toute façon, et serai trop heureux d'être débarrassé d'une partie d'entre eux d'une manière intelligente. »

Mais Céphas rejeta cette suggestion raisonnable, non sans y avoir réfléchi quelques instants. Il s'entêta, soutenant que c'était à lui d'être arrêté tandis que tous les autres seraient relâchés. C'était là une demande insensée, mais, en y réfléchissant, je compris que c'était au contraire la plus sensée de son point de vue à lui. S'il choisissait une ou deux centaines de prisonniers parmi cette foule immense, cela ne pourrait que faire empirer les soupçons qui séparaient les uns des autres les divers chrétiens, au moment même où les porte-parole des différentes tendances commençaient à s'entendre.

Nos négociations étaient bloquées et, malgré la crainte que lui inspirait la magie de Céphas, Tigellinus ne tarda pas à perdre patience en constatant que son autorité était remise en question. Il se précipita hors de la pièce et nous l'entendîmes enjoindre aux gardes de chasser du camp à coups de fouet ce Juif présomptueux.

« Sans violence inutile, ajouta-t-il. Et ne vous avisez pas de lever le petit doigt sur le sénateur Pudens Publicola! »

Mais Tigellinus eut du mal à faire obéir ses prétoriens, car ceux d'entre eux qui avaient entendu parler Paul pendant sa détention en avaient conçu un respect durable pour les chrétiens. Ils mirent en garde leurs camarades, et Tigellinus lui-même – qu'épouvantait la magie de Céphas – ne savait trop comment les contraindre. Le centurion du prétoire lui-même le mit en garde : mieux valait ne pas lever la main contre un aussi saint homme.

Pour finir, Tigellinus fut contraint de promettre un mois de solde supplémentaire à quiconque chasserait Céphas du camp et l'empêcherait d'y pénétrer de nouveau. De cette manière, il parvint à rassembler cinq rudes gaillards qui s'encourageaient mutuellement en clamant que l'au-delà ne les effrayait pas. Après avoir avalé d'un trait une mesure de vin, ils pénétrèrent dans la salle d'interrogatoire et entreprirent d'en faire sortir Céphas à grands coups de fouet.

Pudens ne put intervenir, car même un sénateur ne peut aller contre un ordre militaire. Il ne put qu'injurier Tigellinus et l'abreuver de menaces. Le préfet du prétoire, lui, se tenait à bonne distance et encourageait ses prétoriens de la voix.

Les lanières armées de plomb s'abattaient sur la tête et les épaules de Céphas, mais le grand vieillard se contenta de se redresser en souriant et de bénir les soldats en les invitant à frapper plus fort car c'était pour lui une joie de pouvoir souffrir pour le Christ.

Afin de faciliter la tâche de ses bourreaux, il retira son lourd manteau et, pour éviter qu'il ne soit tout éclaboussé de sang, le tendit au sénateur Pudens. Ce dernier eût été heureux de le tenir mais, naturellement, je ne pouvais le laisser faire eu égard à son rang et je m'en saisis donc.

Fous de peur, les soldats abattaient leur fouet de toutes leurs forces et il leur arrivait même de se blesser mutuellement par accident. Le sang ruisselait sur le visage de Céphas et dans sa barbe grise. Sa tunique fut vite réduite en lambeaux et le sang éclaboussa le sol et les murs, de telle sorte que Pudens et moi-même nous écartâmes. Mais plus les soldats le battaient, plus Céphas souriait avec ravissement, poussant même de petits cris de plaisir et demandant au Christ de bénir ceux qui lui procuraient une telle joie.

Témoin de cette scène cruelle, Tigellinus était plus que jamais convaincu que Céphas était un redoutable sorcier, pire encore qu'Apollonios de Tyane, puisqu'il était insensible à la douleur. Il ordonna donc en criant aux soldats de laisser là leurs fouets pour emporter Céphas hors du prétoire.

Ils avaient peur de le toucher mais toute cette affaire commençait à entamer leur honneur de soldat. Encouragés par les rires et les cris de leurs camarades, ils poussèrent des jurons sonores et s'emparèrent de Céphas, lui faisant perdre l'équilibre. Sans les frapper ni leur faire de mal, il leur opposa la résistance farouche d'un taureau.

Ils parvinrent à lui faire franchir l'arche de marbre et arrivèrent sur les marches. Là, il leur échappa et promit de marcher de son plein gré jusqu'à la porte du champ de manœuvre s'ils voulaient bien le fouetter tout le long du chemin. Les soldats le laissèrent volontiers, affirmant que leurs bras étaient paralysés par sa force et que leur flagellation avait perdu tout mordant.

Les détenus chrétiens se précipitèrent joyeusement à la rencontre de Céphas, criant son nom et s'agenouillant de part et d'autre de son chemin en signe de respect. Il leur dit d'être fermes dans l'épreuve et, souriant avec joie, il éleva les bras en criant le nom du Christ. Les prionniers reprirent confiance et courage et, tandis qu'ils voyaient Céphas tout sanglant quitter le champ de manœuvre sous les coups de fouet, ils perdirent leur méfiance à l'encontre les uns des autres.

Céphas était décidé à demeurer à l'extérieur du portail, sans manger ni boire, mais Pudens parvint à le convaincre de rentrer et le confia aux membres de sa suite qui le ramenèrent discrètement chez le sénateur. Pour ce faire, il laissa à Céphas l'usage de sa propre litière, alors que le vieil homme aurait préféré rentrer à pied mais dut reconnaître qu'il titubait sous le coup de l'émotion et de la perte de sang. Puis Pudens revint sur ses pas pour négocier avec Tigellinus d'une manière plus raisonnable et plus romaine.

Quand Tigellinus vit que les prisonniers se pressaient dans la cour du prétoire, il recouvra brusquement la raison et ordonna aux soldats de les refouler vers le champ de manœuvre tout en enjoignant aux chrétiens les plus proches de nettoyer les taches de sang qui maculaient le plancher et les murs de la salle d'interrogatoire.

Les détenus s'entre-regardèrent d'un air ébahi car ils n'avaient ni brosse ni récipient. Tigellinus éclata de rire.

« Léchez la terre si vous le voulez, dit-il, ça m'est bien égal! Tout ce que je veux, c'est que ce soit propre. »

Les chrétiens s'agenouillèrent donc et épongèrent soigneusement jusqu'à la dernière goutte de sang à l'aide de leurs vêtements et de leurs foulards, car, à leurs yeux, ce sang consacré à leur dieu leur rappelait les souffrances du Christ.

En homme avisé, Pudens songea à sauver ce qui pouvait l'être et en appela bravement à Tigellinus pour qu'il respectât sa promesse de libérer une centaine de chrétiens choisis parmi les prisonniers. Tigellinus ne demandait qu'à lui faire ce plaisir par égard pour sa famille et accepta donc très volontiers.

« Quant à moi, je ne vois même pas d'inconvénient à ce que tu en choisisses deux cents si tu veux, dit-il. Parmi ceux qui nient avoir participé à l'incendie de la ville. »

Pudens se dirigea rapidement vers le champ de manœuvre pour ne pas lui laisser le temps de se raviser, mais Tigellinus réfléchit quand même suffisamment vite pour lancer :

« Cela fera cent sesterces dans ma bourse personnelle pour chaque chrétien libéré. »

Il savait que Pudens n'était pas riche et parvenait tout juste à assembler un revenu suffisant à son rang de sénateur. L'empereur Claude avait un jour acquitté la différence sur sa bourse personnelle afin d'éviter à Pudens d'être radié du sénat pour pauvreté. Tigellinus estimait donc ne pas pouvoir lui demander une plus forte somme.

Parmi les prisonniers si nombreux, Pudens choisit les hommes qu'il savait proches de Céphas et les femmes qui avaient laissé de jeunes enfants à la maison ou avaient quelque autre cause d'être pressées de retrouver leur foyer et leur maisonnée. Il jugea inutile de faire libérer les jeunes filles car il supposait qu'elles ne pourraient pas être accusées d'incendie volontaire, comme d'ailleurs l'ensemble des femmes qu'aucun tribunal ne condamnerait jamais avec des preuves aussi frêles.

Il se contenta de réconforter ses propres amis, les assurant qu'étant des hommes respectés ils allaient certainement être libérés bientôt. On ne se bousculait pas autour de lui, et il y en eut même, parmi ceux qu'il avait choisis, pour décliner son offre et demander à demeurer avec leurs coreligionnaires pour partager leurs épreuves.

Il choisit pourtant plus de deux cents personnes et se mit à marchander avec Tigellinus qui finit par se contenter d'une somme forfaitaire de dix mille sesterces pour le contingent entier.

Emu par tout cela, je demandai à mon tour si je pouvais moi aussi racheter quelques personnes que j'avais reconnues pour des adeptes de Paul. Songeant à l'unité des Juifs, j'estimais qu'il valait mieux éviter les propos malicieux que ne manquerait pas de susciter un quelconque traitement de faveur au bénéfice de Céphas et de ses adeptes.

Ces derniers considéraient l'enseignement de Paul comme inutilement compliqué, tandis que ceux qui suivaient Paul se glorifiaient au contraire d'une compréhension des mystères divins supérieure à celle des autres. Et je me réjouissais à l'avance de pouvoir me vanter auprès de Claudia d'avoir secouru des chrétiens dans le malheur sans motif d'intérêt personnel.

Tigellinus ne me demanda même pas d'argent, car il aurait besoin de mon aide pour une présentation impartiale des superstitions chrétiennes devant le tribunal. Mais aussi parce qu'il avait conçu un certain respect pour moi en constatant que je ne semblais pas avoir peur de Céphas et que j'étais demeuré auprès de lui pendant l'entrevue. Il m'exprima sa gratitude en quelques mots bourrus.

Pour lui-même, il était encore victime d'une saine terreur, car les soldats qui avaient saisi Céphas avaient complètement perdu l'usage de leurs bras. Ils se plaignaient pitoyablement de cette paralysie qu'ils devaient, disaient-ils, aux ordres du préfet qui leur avait enjoint de toucher un puissant magicien. Je crois qu'ils exagéraient délibérément leur mal pour obtenir plus d'argent. Du moins n'entendis-je jamais dire par la suite qu'ils eussent souffert de conséquences durables.

Tigellinus estimait désormais qu'il était prêt à soumettre l'affaire à Néron. Il me demanda de l'accompagner puisque je manifestais une certaine connaissance du sujet et que je semblais même connaître personnellement quelques chrétiens. Il était convaincu que c'était là mon devoir, car j'avais contribué à tromper Néron en donnant de faux renseignements à Poppée. Il estimait aussi que la compassion dont j'étais manifestement animé à l'égard des chrétiens équilibrait tout le mal qu'il croyait avoir découvert par ses interrogatoires. De cette manière, la présentation des faits serait plus impartiale.

Nous partîmes à cheval pour l'Esquilin car, pour accélérer les travaux de reconstruction de la ville, maintenant que les rues avaient été élargies, attelages et montures étaient désormais autorisés pendant la journée. Néron était d'une humeur charmante. Il venait de faire un bon repas en compagnie de sa suite, avait bu du vin, puis s'était rafraîchi par un bain froid, de manière à pouvoir continuer à manger et à boire jusqu'au soir – comme il avait coutume de le faire à l'occasion.

Il était immensément satisfait d'avoir trouvé ce qu'il jugeait une excellente méthode politique pour détourner l'attention du peuple vers les criminels chrétiens, faisant ainsi taire les rumeurs désobligeantes. Il ne se troubla nullement en apprenant de Tigellinus le nombre énorme de chrétiens détenus, car il persistait à croire qu'il s'agissait seulement d'une canaille criminelle.

« Il s'agit seulement de trouver un châtiment à la mesure de leur épouvantable crime, dit-il. Plus le châtiment sera sévère, plus le peuple se convaincra de la réalité de leur crime. En même temps, nous songerons à organiser des jeux et des spectacles comme le peuple ne s'en est jamais vu offrir. Nous ne pouvons utiliser l'amphithéâtre de bois, dont les caves servent encore de logements d'urgence pour les réfugiés. Quant au grand cirque, il est en cendres. Il faudra donc se servir de mon cirque sur le Vatican. On y sera un peu à l'étroit, bien sûr, mais on peut y organiser le spectacle et prévoir un festin dans mes jardins sous le Janicule. »

Je ne savais trop ce qu'il avait à l'esprit, mais fus assez audacieux pour lui faire remarquer qu'il serait d'abord nécessaire d'organiser le procès public des coupables et qu'il ne serait pas facile d'accuser d'incendie volontaire un grand nombre de gens sur la base des preuves dont on disposait.

« Pourquoi public? demanda Néron. Les chrétiens sont des criminels et des esclaves fugitifs qui ne jouissent pas de la citoyenneté. Nul besoin d'un collège de cent hommes pour juger des gens pareils. Un simple décret du préfet suffira. »

Tigellinus expliqua alors qu'un nombre surprenant de ceux qu'il avait arrêtés étaient des citoyens et qu'on ne pouvait les accuser de rien, sinon d'avoir reconnu qu'ils étaient chrétiens. Il expliqua aussi qu'il allait avoir du mal à garder plus de cinq mille personnes sur le champ de manœuvre du prétoire plusieurs jours durant.

Les citoyens arrêtés semblaient de surcroît posséder des fortunes suffisantes pour prolonger la procédure en faisant appel devant l'empereur, quand bien même ils auraient été condamnés par les tribunaux ordinaires. L'empereur devait donc décider à l'avance si le fait de se reconnaître chrétien était une raison suffisante pour être condamné.

« As-tu bien dit cinq mille? demanda Néron. Personne n'a jamais utilisé tant de gens à la fois dans un spectacle, pas même pour un triomphe. Je pense qu'un seul spectacle suffira. Nous ne pouvons organiser un festin sur plusieurs jours. Cela ne ferait que retarder encore les travaux de construction. Pourrais-tu leur faire traverser la ville sur-le-champ pour les mener jusqu'à mon cirque? Cela donnera au peuple un avant-goût du spectacle et l'occasion de donner libre cours à sa colère pour des crimes aussi affreux. Quant à moi, je ne verrais pas d'inconvénient à ce qu'il mette en pièces quelques-uns d'entre eux en chemin, à condition qu'il n'y ait pas trop de désordre. »

Je compris que Néron ne se rendait pas encore très bien compte de l'affaire ni de ses proportions.

« Tu ne comprends donc pas? lui dis-je. La plupart d'entre eux sont des gens respectables et honorables; il y a parmi eux des adolescents, filles et garçons, que personne ne pourrait soupçonner du moindre mal. Beaucoup portent la toge. Tu ne peux sérieusement envisager de permettre à la plèbe d'outrager la toge romaine. »

Le visage de Néron se rembrunit et il me coula un regard malveillant, tandis que son cou épais et son gras menton se durcissaient.

« Tu doutes manifestement de mes pouvoirs de compréhension, Manilianus », me dit-il, m'appelant ainsi par mon nom de famille pour manifester son désagrément.

Mais il éclata presque aussitôt d'un grand rire, car il venait d'avoir une autre idée.

« Tigellinus n'aura qu'à les faire dévêtir avant la marche à travers Rome, suggéra-t-il. La plèbe s'amusera plus encore et personne ne saura qui est respectable et qui ne l'est pas. »

Puis il secoua la tête.

« Leur apparente innocence, poursuivit-il, est toute de surface. Ma propre expérience m'a appris à me méfier de ceux qui cachent leur méchanceté sous le masque de la piété et de la vertu. Tout ce que j'ai appris de la superstition chrétienne mérite les pires châtiments. Voulez-vous entendre de quoi il s'agit? »

Il nous regarda d'un air inquisiteur. Je savais que mieux valait garder le silence quand Néron désirait parler; aussi lui demandâmes-nous de continuer.

« La superstition chrétienne est si honteuse et si horrible que seul l'Orient pouvait lui donner naissance. Les chrétiens pratiquent une magie repoussante et menacent d'incendier un jour le monde tout entier. Il se reconnaissent en échangeant des signes secrets et s'assemblent le soir, derrière des portes closes, pour manger de la chair humaine et boire du sang. Pour ce faire, ils s'emparent des enfants que leur confient des gens sans méfiance et ils les sacrifient pendant leurs réunions secrètes. Quand ils ont mangé et bu, ils s'adonnent à la fornication de toutes les manières, naturelles et contre nature. Il s'accouplent même à des animaux, du moins à des moutons, d'après les rapports que j'ai reçus. »

Il jeta un regard triomphal tout autour de lui. Je pense

que Tigellinus fut très contrarié d'avoir ainsi été prévenu par Néron avant d'avoir pu rendre compte du résultat des interrogatoires qu'il avait menés. Ou peut-être voulut-il parler pour affirmer qu'il maîtrisait bien la situation – quoi qu'il en soit, il prit la parole.

« On ne peut tout de même pas leur faire un procès pour fornication, dit-il. Je connais des gens pas très loin d'ici qui s'assemblent derrière des portes closes pour forniquer ensemble. »

Néron éclata de rire.

« C'est tout différent, dit-il. Du moment que ces gens sont tous d'accord entre eux et s'assemblent pour la seule recherche du plaisir. Encore qu'il est inutile de mentionner ces choses en présence de Poppée, elle n'est pas aussi tolérante qu'on pourrait le souhaiter. Mais les chrétiens, eux, font tout cela comme une espèce de complot, en l'honneur de leur dieu et dans l'espoir d'obtenir des avantages sur les autres hommes. Ils croient que tout leur est permis à eux et que le jour où ils arriveront au pouvoir, ils pourront juger tous les autres. C'est là une idée qui pourrait être politiquement dangereuse si elle n'était pas ridicule. »

Nous ne nous joignîmes pas à son rire un peu forcé.

« Les caves du cirque du mont Vatican sont beaucoup trop petites pour cinq mille personnes, dit alors Tigellinus. Je continue à penser qu'il est inutile de mêler des citoyens à cette affaire. Je propose que tu m'autorises à libérer tous ceux qui s'engageront honnêtement à renoncer à la superstition chrétienne et qui sont, pour le reste, des citoyens honorables.

– Mais alors, il n'en restera pas beaucoup à punir, protesta Néron. Ils profiteront évidemment tous de cette chance si elle leur est offerte. Tous ont trempé dans le complot de la même manière, même s'ils n'ont pas participé à l'incendie proprement dit. Si j'estime qu'ils sont vraiment beaucoup trop nombreux, ce qui m'étonnerait étant donné l'horreur du crime, je les autoriserai à tirer au sort entre eux. C'est bien ce qu'on fait à la guerre, quand une légion a subi une défaite déshonorante. Ce fut ainsi que Corbulon a été autorisé à procéder à la décimation de ses troupes en Arménie, par tirage au sort. Il tomba aussi bien sur des héros que sur des lâches. Je suggère que tu organises un tirage au sort pour faire libérer un chrétien sur dix. Le châtiment des autres suffira probablement à les effrayer et la superstition chrétienne disparaîtra de Rome à tout jamais. »

Tigellinus fit alors remarquer que personne ne l'avait encore accusé de faire preuve d'une mansuétude exagérée dans son office.

« Mes vues sont purement pratiques, dit-il encore. Exécuter cinq mille personnes de manière artistique, comme tu souhaites le faire, n'est pas faisable en un seul jour dans ton petit cirque, même si nous devions hérisser les jardins de croix. Moi, je m'en lave les mains. Evidemment, si tu ne veux rien d'artistique mais seulement une exécution de masse, alors on peut l'organiser mais je doute fort que la plèbe y prenne grand plaisir. Il n'y a rien de plus monotone et de plus ennuyeux qu'une succession d'exécutions tout au long de la journée. »

Nous demeurâmes tous sans voix devant le cynisme de ces déclarations. Nous nous étions tous imaginé qu'il s'agissait d'exécuter une vingtaine de chrétiens pendant que tous les autres donneraient une manière de spectacle. Pétrone secoua la tête et s'empressa de dire :

« Non, mon Seigneur, ce serait de mauvais goût.

– Je ne veux pas qu'on t'accuse, et moi peut-être avec, d'ignorer les droits des citoyens, reprit Tigellinus. Il faut frapper le fer quand il est chaud. L'affaire est assez urgente. Je dispose d'une dizaine d'aveux complets qui ne suffiraient pas pour un procès public, et d'ailleurs tous ceux qui ont avoué ne peuvent plus être montrés en public. »

Nous lui adressâmes des regards qui durent le troubler car il s'empressa d'ajouter :

« Beaucoup sont morts en cherchant à s'évader. Ce sont des choses qui arrivent fréquemment. »

De nouveau, j'eus le sentiment qu'une chape de plomb s'abattait sur mes épaules, mais il fallait que je prenne la parole.

« Ecoute, ô Imperator! m'écriai-je. Je connais les chrétiens, leurs coutumes et leurs habitudes. Ce sont des gens paisibles qui restent entre eux sans se mêler des affaires de l'Etat et qui évitent le mal. Je ne sais d'eux que de bonnes choses. Peut-être sont-ils bêtes de croire qu'un certain Jésus de Nazareth, qu'ils appellent le Christ et qui fut crucifié quand Ponce Pilate était procurateur en Judée, va revenir les libérer du péché et leur donner la vie éternelle. Mais la bêtise en elle-même n'est pas un crime!

– Mais c'est exactement cela, dit Néron avec impatience, ils se figurent que leurs pires crimes seront pardonnés parce que tout leur est permis. Si ce n'est pas là un enseignement dangereux, j'aimerais que tu me dises ce qui est dangereux pour l'Etat! »

Quelqu'un déclara alors d'une voix hésitante qu'on s'exagérait peut-être le danger que représentaient les chrétiens. Peut-être suffirait-il d'en punir un certain nombre pour que les autres prennent peur et renoncent à leur superstition.

« A vrai dire, ils détestent l'humanité, triompha Tigellinus. Ils croient que le Christ apparaîtra et te condamnera toi, ô Seigneur, ainsi que moi dans mon immoralité, et que nous brûlerons tous les deux comme châtiment de nos mauvaises actions. »

Néron haussa les épaules et éclata de rire. Il faut dire à son crédit qu'il ne s'offusquait point des critiques dirigées contre ses faiblesses personnelles et traitait avec humour et générosité les auteurs de vers malicieux contre sa personne.

Mais il leva bien vite les yeux quand il entendit Tigellinus lancer, s'étant tourné vers moi :

« N'est-ce pas toi, Minutus, qui disais que les chrétiens n'aiment même pas le théâtre?

– Détestent-ils le théâtre? demanda Néron en se levant lentement, car c'était là plus qu'il n'en pouvait supporter. Dans ce cas, ce sont réellement les ennemis du genre humain qui méritent tous les châtiments. Nous les accuserons d'être des incendiaires et des ennemis du genre humain. Personne ne se dressera alors pour les défendre. »

Je me levai à mon tour, les genoux tremblant violemment.

« Seigneur, protestai-je avec obstination, il m'est arrivé à l'occasion de participer à un repas sacré des chrétiens. Je puis témoigner sous serment qu'il ne s'y passe rien de répréhensible. Ils buvaient du vin, mangeaient du pain et d'autres aliments ordinaires. Puis ils disaient que ces aliments représentaient la chair et le sang du Christ. Après le repas, ils s'embrassaient, mais cela n'a rien de répréhensible. »

D'un geste, Néron balaya mes paroles comme on chasse une mouche importune.

« Tu m'ennuies, Manilianus, dit-il. Nous savons tous que

tu n'es pas précisément un génie, malgré tes qualités. Les chrétiens se seront joués de toi.

– Exactement, dit Tigellinus. Notre Minutus est bien trop crédule. Les magiciens chrétiens lui ont brouillé la vue. J'ai moi-même rencontré des difficultés considérables pendant les interrogatoires. Extérieurement, ils se montrent dociles et doux, ils semblent respectables et s'attirent les faveurs des pauvres en leur offrant à manger. Mais quiconque cherche à percer leurs mystères s'expose aux coups de leur magie. »

Nous parvînmes seulement à convaincre Néron que deux ou trois mille prisonniers suffiraient à son spectacle et il autorisa Tigellinus à libérer ceux qui renonceraient à leur superstition, à condition qu'il en restât suffisamment pour le procès.

« Entre-temps, suggéra-t-il, imaginons quelque chose qui amusera la plèbe. Et toi, Tigellinus, veille à ce qu'il y ait des jeunes gens en bonne santé, filles et garçons, et pas seulement des esclaves marqués au fer. »

En regagnant le camp des prétoriens en compagnie de Tigellinus, je croyais encore que Néron envisageait quelque farce théâtrale honteuse comme châtiment de la plupart des chrétiens qui seraient relâchés ensuite, après quelques exécutions pour satisfaire la plèbe.

Tigellinus ne disait rien. Il caressait ses propres projets, dont j'ignorais encore tout.

Nous sortîmes sur le champ de manœuvre. Les prisonniers étaient épuisés par le soleil car la journée d'automne était chaude. Ils avaient reçu des aliments et de l'eau fournie par la ville, mais en quantité insuffisante pour leur nombre. Certains que tourmentaient la faim et la soif demandèrent à être autorisés à pourvoir à leurs propres besoins, comme la loi et la coutume leur en donnaient le droit.

Apercevant un homme respectable vêtu d'une toge, Tigellinus lui adressa amicalement la parole.

« As-tu participé à l'incendie volontaire de Rome? » lui demanda-t-il, puis, sur une réponse négative, il poursuivit : « As-tu jamais été puni dans le passé pour quelque crime honteux? »

Quand il eut reçu une réponse satisfaisante, il s'écria tout joyeux :

« Parfait! Tu as l'air d'un homme honorable. Tu es libre si tu me promets de renoncer au pernicieux enseignement du Christ. J'imagine que tu disposes bien d'une centaine de sesterces pour couvrir les frais de ton arrestation? »

Mais il fut désagréablement surpris (et, à vrai dire, je fus surpris moi aussi) de s'entendre répondre, par tous ceux qu'il interrogea de la sorte, qu'il leur était impossible de renier le Christ qui les avait sauvés de leurs péchés et appelés dans son royaume. Pour le reste, ils déclarèrent qu'ils seraient heureux de rentrer chez eux et de payer cinquante, cent, voire cinq cents sesterces pour rembourser à l'Etat les frais qu'ils lui avaient occasionnés.

En désespoir de cause, Tigellinus se contenta de faire la sourde oreille après avoir marmonné la question : « Tu abjures le Christ, n'est-ce pas? » pour conclure : « Très bien, tu peux partir, tu es libre. » Il cessa même d'exiger le paiement d'un pot-de-vin, désireux de voir partir au plus vite les plus respectables de ceux qu'il avait fait arrêter. Nombre d'entre eux étaient d'ailleurs si obstinés qu'ils revinrent secrètement et se dissimulèrent parmi les autres chrétiens.

Entre-temps, il fit répandre par les prétoriens le bruit que les responsables de l'incendie allaient être conduits sous escorte à travers les ruines, le long de la voie Sacrée, jusqu'à l'autre rive du Tibre où ils seraient enfermés dans le cirque de Néron, sur le Vatican. Il fit savoir aux gardes qu'il ne verrait aucun inconvénient à ce que quelques prisonniers puissent s'échapper en chemin pour se mêler à la foule. Quelques-uns des vieillards et certaines des femmes les plus faibles firent remarquer que le trajet était fort long, mais Tigellinus plaisanta. Il ne pouvait, hélas! mettre des litières à la disposition de tous pour cette petite promenade.

Une populace hurlante se massa le long du trajet pour jeter de la terre et des pierres aux chrétiens, mais leur procession s'avéra si inimaginablement longue que les pires trublions se lassèrent bien avant que la fin du triste défilé fût en vue. J'allais et venais quant à moi le long du cortège sur ma monture, veillant à ce que les prétoriens fissent leur devoir et protégeassent les prisonniers des violences de la foule.

Certains de ces malheureux avaient reçu de tels coups qu'ils s'effondraient et demeuraient prostrés au milieu de leur propre sang répandu. Mais, quand nous atteignîmes la voie Sacrée et que le ciel s'empourpra tandis que les ombres s'allongeaient, un calme étrange s'empara de la foule massée sur le trajet. Ce fut comme si la ville entière était brusquement plongée dans un silence de mort. Les prétoriens jetaient des regards inquiets dans toutes les directions, car le bruit s'était répandu que le ciel allait s'ouvrir et le Christ en descendre dans toute sa gloire pour porter secours à son peuple.

Epuisés de faim, de soif et de manque de sommeil, bien des chrétiens s'asseyaient au bord de la route quand leurs jambes refusaient de les porter. La foule avait cessé de les importuner. Ils appelaient les autres, les suppliant de ne pas les abandonner en arrière mais de leur permettre de partager la joie du Christ. Alors, les plus entreprenants parmi les chrétiens louèrent certains des chariots qui servaient au transport des décombres et des pierres de taille et y chargèrent ceux qui étaient tombés. Le cortège fut bientôt suivi d'une centaine de chariots, de telle sorte que personne ne fut laissé en arrière. Tigellinus ne fit rien pour s'y opposer, mais s'écria en jurant que les chrétiens faisaient montre d'une persévérance dans la bêtise qu'il n'eût jamais crue possible.

Mais il commit l'erreur de mener la procession par l'île d'Esculape et la partie juive du Vatican. Le crépuscule était déjà tombé et, quand la populace qui suivait le cortège vit les Juifs, elle recommença à s'agiter, entreprit de les malmener et de pénétrer par effraction dans les maisons pour les piller. Tigellinus fut contraint d'ordonner à la quasi-totalité de l'escorte de s'occuper du maintien de l'ordre, de telle sorte que ce fut livrés à eux-mêmes que les chrétiens trouvèrent le chemin du cirque.

J'entendis les hommes et les femmes qui ouvraient la marche s'interroger sur le fait de savoir s'ils suivaient le bon chemin. Il y en eut quelques-uns pour s'égarer dans l'obscurité des jardins d'Agrippine mais, vers l'aube, tous avaient fini par gagner le cirque. On a prétendu que pas un seul d'entre eux ne s'était enfui, ce que j'ai du mal à croire. La nuit venue, tandis que l'émeute faisait rage dans le quatorzième district de la ville, quiconque le désirait aurait pu sans mal regagner discrètement sa maison.

Naturellement, il n'y avait pas assez de place pour recevoir un si grand nombre de gens dans les caves et les écuries, et beaucoup d'entre les prisonniers durent s'étendre sur le sable de l'arène. Tigellinus les autorisa à se confectionner des paillasses en se servant dans le grenier à foin et il fit ouvrir l'eau des écuries.

Remarquant des enfants qui avaient perdu leurs parents et des jeunes filles que les prétoriens avaient fait mettre à l'écart de la foule pour les violer – de manière à satisfaire ainsi la loi romaine qui interdit de faire subir à des vierges un châtiment physique – je leur enjoignis d'un ton sévère, au nom du Christ, de rentrer chez eux. Je savais que c'était la seule façon de me faire obéir d'eux. Je ne fus d'ailleurs pas le seul à invoquer ainsi le nom du Christ. J'entendis les prétoriens qui surveillaient la distribution d'eau donner maladroitement leurs ordres au nom du Christ, comprenant que c'était là le seul moyen de mettre un peu d'ordre.

Abattu, je rejoignis Tigellinus et nous retournâmes rendre compte à Néron sur l'Esquilin.

« Où étais-tu passé? demanda impatiemment Néron en m'apercevant. Pour une fois que j'avais besoin de toi. Dis-moi, quels animaux sauvages possèdes-tu dans ta ménagerie? »

Je lui dis que le choix était très limité car nous avions été contraints de réduire le nombre des animaux en raison de la pénurie d'eau et de fourrage qui avait résulté de l'incendie. Pour les chasses, lui dis-je naïvement, il me reste seulement des bisons hyrcaniens et des chiens. Sabine, elle, possédait évidemment ses lions.

« Mais, ajoutai-je sombrement, avec les nouvelles charges écrasantes que représente la taxe sur les eaux, je crois que nous ne serons pas en mesure d'accroître le nombre de nos pensionnaires.

– Depuis le début de mon règne, dit Néron, on m'accuse de mollesse. On prétend que j'élargis encore le gouffre qui sépare le peuple de ses anciennes vertus romaines. Eh bien, pour une fois, ils auront ce qu'ils veulent, d'aussi mauvais goût que cela puisse me sembler personnellement. De toute manière, l'horreur du crime des chrétiens et leur obstination dans la haine du genre humain justifient tous les châtiments. On les livrera donc aux fauves. J'ai déjà passé en revue la légende pour trouver quelques idées de tableaux. Cinquante vierges pourront figurer les Danaïdes dont cinquante jeunes hommes seront les partenaires. Dircé, elle, fut liée aux cornes d'un taureau.

– Mais, protestai-je, depuis le début de ton règne les pires criminels eux-mêmes n'étaient plus livrés aux fauves! Je croyais que nous en avions fini avec ces coutumes barbares. Je n'ai donc pas les moyens d'organiser ce genre de spectacle. Je manque de fauves. Non, non, il n'en est pas question! »

Le cou de Néron s'enfla de rage.

« Rome se trompe si elle croit que j'ai peur de voir du sang répandu sur le sable, s'écria-t-il. Tu feras ce que je t'ai dit. Celles que tu choisiras pour représenter Dircé seront liées aux cornes des bisons. Tes chiens pourront en tailler en pièces une bonne centaine.

– Mais, Seigneur, répondis-je, ils sont dressés à n'attaquer que des fauves. Ils ne mordront pas des humains. »

Puis, après quelques instants de réflexion, j'ajoutai prudemment :

« Bien sûr, nous pourrions armer les prisonniers et leur faire donner la chasse au bison avec les chiens. Même des chasseurs expérimentés laissent leur vie dans ce genre de chasse. Tu en as fait toi-même l'expérience. »

Néron fixa les yeux sur moi, puis parla d'une voix dangereusement douce.

« T'opposerais-tu à mes souhaits, Manilianus? demanda-t-il. Je crois t'avoir clairement fait comprendre le genre de spectacle que je désire te voir organiser demain.

– Demain! me récriai-je. Mais tu n'y penses pas, Seigneur! Je n'aurai jamais le temps. »

Néron recommença à me dévisager.

« Rien n'est impossible à Néron, dit-il d'un ton suffisant. Demain commencent les ides. Le sénat s'assemble à l'aube et je l'informerai de la découverte des incendiaires. Dès que le sénat tout entier aura eu le temps de se rendre au cirque, le spectacle commencera. Dans un cas comme celui-ci, ma décision constitue à elle seule un verdict juridiquement valide et il n'y aura donc pas de procès. Mes amis érudits ici présents sont tous d'accord là-dessus. C'est seulement par égard pour le sénat et pour mettre un terme définitif à certaines rumeurs malveillantes que je ferai cette déclaration devant les sénateurs avant de les inviter au cirque où ils pourront constater de leurs propres yeux que Néron n'a pas peur du sang.

– Je n'ai pas les fauves nécessaires », dis-je sèchement, m'attendant à recevoir une coupe lancée à toute volée ou un coup de pied dans le ventre.

Ces gestes étaient dénués d'importance car, dès l'instant que Néron aurait pu donner libre cours à sa rage en se livrant à quelque violence physique, il se calmerait rapidement et ne se montrerait plus intraitable.

Mais, au contraire, il se fit plus calme que jamais et continua de me dévisager en pâlissant de colère.

« Ne fut-ce pas moi qui te nommai un jour intendant général de la ménagerie? demanda-t-il froidement. Ces animaux sont-ils les tiens ou les miens?

– La ménagerie t'appartient sans conteste, ô César, bien que j'aie dépensé de fortes sommes sur ma cassette personnelle pour l'entretien, l'érection et la réparation des bâtiments, ce que je puis prouver, lui répondis-je. Mais les animaux sont ma propriété personnelle. En vérifiant les comptes de l'Etat et tes comptes personnels, il te sera facile de voir que j'ai toujours vendu les animaux nécessaires aux jeux et que, pour la présentation d'animaux dressés, j'ai perçu des honoraires proportionnels à la qualité du spectacle. Mes animaux ne sont ni à vendre ni à louer pour l'usage que tu te proposes d'en faire aujourd'hui. Ni toi, ni même le sénat, ne pouvez me contraindre à donner ma propriété privée pour satisfaire le caprice impitoyable que tu as conçu. Les lois romaines protègent la propriété, n'est-il pas vrai? »

Les avocats et les sénateurs présents hochèrent du chef à regret. Brusquement, Néron me décocha un sourire parfaitement amical.

« Figure-toi que nous discutions justement de ton cas, mon cher Minutus, me dit-il. Je t'ai défendu de mon mieux, mais tu es vraiment trop compromis dans la superstition chrétienne. Tu la connais vraiment trop bien. Et puis aussi, pendant l'incendie, cet été, tu as dérobé un cheval de valeur, une bête irremplaçable, dans mes écuries du Palatin. Et tu ne l'as jamais restitué. Je ne t'en avais encore jamais parlé parce que Néron est le contraire d'un pingre, quelque mal qu'on veuille penser de lui. Mais n'est-il pas étrange que ta maison, et elle seule, ait été épargnée sur l'Aventin? On raconte aussi que tu t'es remarié sans m'en parler. N'aie pas peur. Il peut y avoir bien des raisons de tenir un mariage secret. Mais il est vrai que je me fais un certain souci quand j'entends dire qu'un de mes amis a épousé une chrétienne. Tu reconnais toi-même avoir participé à leurs repas secrets. J'espère bien qu'ici, entre amis, tu vas être en mesure de te disculper rapidement de telles accusations.

– Tu sais ce que c'est que les ragots, protestai-je avec l'énergie du désespoir. On attendrait de toi, oui, de toi surtout, Seigneur, que tu méprises de tels commérages dépourvus de tout fondement. Je n'aurais pas cru que tu prêtais l'oreille à de telles choses.

– Mais c'est toi qui m'y contrains, Minutus, dit Néron d'un ton suave. Moi qui suis ton ami, tu me places dans une position difficile. Politiquement, il est nécessaire d'infliger aux chrétiens un prompt et terrible châtiment. A moins que tu ne préfères m'accuser moi d'avoir incendié Rome, comme certains sénateurs, envieux de nature, le font derrière mon dos? Tu t'opposes au châtiment que je veux infliger aux chrétiens. Tu dois bien comprendre que ta répugnance est de nature politique. Je n'y puis rien voir d'autre qu'une démonstration de ta volonté de t'opposer à moi. Tu ne souhaites tout de même pas me contraindre, moi, ton ami, à te condamner pour ton christianisme, non pas aux fauves, bien sûr, mais du moins à être décapité comme ennemi du genre humain et de l'empereur? Tel serait probablement l'unique recours légal de l'Etat pour s'emparer de ton bien. Voues-tu réellement aux chrétiens et à tes animaux un amour plus grand que celui que tu me portes ou que celui que tu portes à ta propre vie? »

Il sourit, content de lui, sachant qu'il m'avait pris au piège. Pour la forme, je marquai encore une vague hésitation, mais je réfléchissais aussi vite que je le pouvais. Je dois dire à ma décharge que je songeais plus à Claudia qu'à moi-même. A Claudia et à mon enfant encore à naître – toi, ô Julius.

Pour finir, je cédai.

« Nous pourrions évidemment vêtir certains prisonniers de peaux de bêtes – ours et loups. Les chiens les attaqueraient peut-être en sentant l'odeur des fauves. Mais tu ne me laisses guère de temps, ô Seigneur, pour organiser un beau spectacle. »

Sous l'effet du soulagement, tout le monde éclata de rire et il ne fut plus fait allusion à mes relations avec les chrétiens. Peut-être Néron avait-il seulement souhaité m'effrayer par ses menaces implicites et explicites. Mais il me tenait car, de toute manière, les comptes de ma ménagerie n'auraient pas résisté à un examen attentif, puisque j'avais fait rembourser mes dépenses à la fois par le trésor de l'Etat et par la cassette privée de Néron.

Puisque Néron se serait procuré mes animaux quelque attitude que j'adopte, je pense que je n'ai rien à me reprocher. Quel bien cela aurait-il fait aux chrétiens ou à moi-même que je me laisse couper la tête? Quand je pris cette décision, j'ignorais évidemment celle de mon père dans cette déplorable affaire.

Toute résistance eût été inutile. Quand les étoiles se levèrent, Néron avait déjà fait annoncer le spectacle par ses hérauts aux quatre coins de la ville et avait convié le peuple à un festin dans son cirque du Vatican.

J'avais une telle hâte de courir jusqu'à la ménagerie que nous eûmes tout juste le temps d'évoquer les principales attractions du spectacle. Il me fallait encore choisir les fauves et les faire transborder de l'autre côté du Tibre. Ce n'était pas une petite affaire, on peut m'en croire. Je fis aussitôt sonner l'alarme à la ménagerie et la fis éclairer comme en plein jour en allumant des torches et de grandes vasques d'huile.

Les bêtes devinrent évidemment plus nerveuses encore que les gens une fois qu'elles eurent été réveillées par les lumières vacillantes et la clameur générale. Le fracas des chariots et des traîneaux attelés de bœufs, mêlé aux beuglements des bisons, aux barrissements des éléphants et aux rugissements sourds des lions, faisait un vacarme qu'on entendait jusqu'au Champ de Mars où les réfugiés se précipitèrent à l'extérieur de leurs abris provisoires croyant que l'incendie avait éclaté de nouveau.

Outre nos propres véhicules, je réquisitionnai les gros traîneaux à bœufs qui amenaient jour et nuit des pierres depuis les carrières situées à l'extérieur de la ville. Je fis vider leur chargement sur place. Tigellinus mit une cohorte de prétoriens à ma disposition. Je m'attirai leur bonne volonté en distribuant du vin et de l'argent, car je les savais fatigués par une journée entière de faction. J'obtins ainsi qu'ils travaillent le plus vite possible.

Le pire obstacle auquel je me heurtai fut évidemment Sabine qui, quittant la couche d'Epaphroditus, se rua sur moi en m'inondant de reproches.

« Es-tu devenu fou? vociféra-t-elle. Que fais-tu? Que signifie tout cela? »

Elle ne souhaitait sous aucun prétexte autoriser ses lions dressés à participer au spectacle de Néron, car toute la patience de son long dressage serait réduite à néant dès que ces fauves auraient déchiré et mis en pièces un être humain de leurs griffes.

Fort heureusement, Epaphroditus était plus raisonnable et il comprit le caractère d'urgence de la situation. Il aida lui-même à la mise en cage de trois lions non dressés qui étaient arrivés d'Afrique deux mois auparavant. Pire que tout, les fauves avaient déjà reçu leur repas du soir et étaient bien trop satisfaits et repus. Plusieurs vieux esclaves qui avaient conservé le souvenir des grandes parades d'animaux féroces qu'organisait Claude quinze ans auparavant secouèrent la tête d'un air soucieux en déclarant que les fauves ne seraient pas d'un grand secours.

Nous n'avions pas de cages pour transporter les bisons hyrcaniens, car il existait un tunnel menant de la ménagerie à l'amphithéâtre de bois. Il fallut donc les capturer et les ligoter dans l'enclos où ils paissaient. Quand on songe qu'il y avait environ une trentaine de ces animaux gigantesques et que leur capture dut se faire en partie dans l'obscurité, tandis qu'ils chargeaient en tous sens et se heurtaient les uns les autres sous l'effet de la panique, je crois qu'on m'accordera quelque mérite d'avoir accompli cette tâche avant l'aube.

Pour donner l'exemple, il me fallut intervenir personnellement après que deux prétoriens eurent été tués à coups de corne et deux autres piétinés si gravement qu'ils demeurèrent infirmes à vie. Je fus moi-même foulé au pied par un de ces monstres, mais n'en gardai que quelques contusions, ayant à peine ressenti la douleur dans la précipitation qui m'habitait. Je reçus également un coup de patte d'un ours qui me paralysa à demi le bras, mais je songeai seulement à me réjouir de la vigueur de mes fauves.

J'avais fait tirer du lit les tailleurs et les cordonniers de toute la ville. Nous possédions une quantité suffisante de peaux, car la mode était passée de les utiliser comme couvre-lit et comme tapisserie depuis que le raffinement grec avait progressé dans les intérieurs patriciens. Cela m'avait causé des pertes financières considérables, mais je ne pus que remercier la Fortune qui avait ainsi rempli mes réserves.

Quand le jour se leva, il trouva le cirque de Néron plongé dans un chaos indescriptible. Les gens du théâtre arrivaient avec leurs costumes, les soldats s'affairaient à ériger des poteaux et les esclaves à bâtir des abris et des huttes de feuillage. Des maisons entières étaient bâties à la hâte sur le sable de l'arène et je fis haler un bloc de pierre jusqu'au milieu du cirque.

De violentes querelles s'allumaient partout entre tous ceux qui vaquaient à une tâche particulière, chacun estimant qu'elle était la plus importante de tous les préparatifs. Mais la pire peste était encore les chrétiens, vautrés un peu partout ou qui erraient au hasard, gênant les mouvements de tous ceux qui travaillaient.

Le cirque était absolument bondé. Je fus contraint d'utiliser toutes les caves et toutes les écuries pour y mettre mes fauves, non sans en avoir fait renforcer les parois, car le cirque n'avait jusqu'alors servi qu'à des courses. Les chrétiens les plus vigoureux furent mis au travail et les autres regroupés sur les gradins. Il n'y avait pas assez de lieux d'aisances pour un si grand nombre de détenus et il fallut les faire nettoyer à la hâte tous les recoins innombrables qu'ils avaient souillés. Malgré quoi il fallut encore faire brûler partout de l'encens et utiliser de grandes quantités de parfums dans la loge impériale et dans les loges des sénateurs. Je reconnais que mes fauves étaient en partie responsables de la puanteur, mais je m'étais à tel point accoutumé à leur odeur que je ne la remarquais plus.

Dans la confusion générale, les chrétiens commençaient à se sentir mal à l'aise et se réunissaient par groupes pour prier et chanter les louanges du Christ. Certains d'entre eux se mirent à sauter sur place ou à danser en proie à l'extase, les yeux révulsés. D'autres encore tenaient des discours dans des langues incompréhensibles. Ce que voyant, les prétoriens commencèrent à murmurer que c'était la première mesure raisonnable que Néron prenait depuis le début de son règne que d'éliminer une telle sorcellerie.

Mais les plus intelligents des chrétiens eux-mêmes ne se doutaient pas encore du sort qui les attendait et assistaient aux préparatifs avec étonnement. Certains d'entre eux, qui me connaissaient de vue, venaient naïvement à moi à travers la cohue pour s'enquérir du temps que durerait encore leur détention et de la date de leur procès. Ils estimaient avoir diverses mesures importantes à prendre et se demandaient quand ils pourraient retourner à leurs occupations. Je tentai vainement de leur expliquer que le verdict avait déjà été prononcé et qu'ils feraient mieux de s'apprêter à mourir courageusement en l'honneur du Christ tout en offrant un spectacle mémorable au sénat et au peuple romains. Mais ils secouaient la tête, refusant de me croire.

« Tu dis cela pour nous effrayer par jeu, dirent-ils. De telles choses sont impossibles à Rome. »

Ils ne me crurent toujours pas quand ils durent se dépouiller de leurs vêtements pour que les tailleurs et les cordonniers entreprissent de les coudre à l'intérieur des peaux de bêtes. Il y en eut au contraire pour rire et donner des conseils aux artisans. Jeunes gens et jeunes filles poussaient des grognements et faisaient mine de se décocher des coups de griffes après avoir été cousus dans des peaux de panthère et de loup. La vanité humaine est si forte qu'ils se querellaient pour avoir les plus belles peaux quand ils eurent compris qu'ils seraient contraints de les porter. Malgré les aboiements constants de mes meutes, ils ne comprenaient toujours pas la raison de ces déguisements.

Quand les gens du théâtre entreprirent de sélectionner sans vergogne les prisonniers les plus beaux et les plus séduisants pour leurs propres numéros, je m'avisai d'avoir à veiller sur mes propres intérêts et fis choisir les trente femmes les plus belles pour leur faire jouer le rôle de Dircé. Tandis que les Danaïdes et leurs cavaliers passaient leurs costumes, je rassemblai donc un nombre suffisant de femmes de seize à vingt-cinq ans et les fis regrouper dans un coin de l'arène où nul histrion malhonnête ne pourrait venir me les enlever.

Je pense que les chrétiens commencèrent à comprendre la vérité quand, les premiers rayons du soleil atteignant l'arène, les soldats entreprirent de crucifier les pires criminels. Les soldats craignaient de manquer de croix, car j'avais utilisé une bonne part des poutres et des planches pour renforcer les parois des stalles et des écuries. Mais il eût de toute manière été inutile d'ériger les croix si proches les unes des autres qu'elles eussent entièrement masqué le spectacle de l'arène aux yeux des spectateurs.

Tigellinus partit en toute hâte pour le sénat. Je décidai alors que quatorze croix seulement, une pour chacun des quartiers de la ville, seraient érigées dans l'arène. De part et d'autre des entrées, il y avait encore de la place pour quelques croix mais, pour le reste, il faudrait se contenter de clouer autant de criminels qu'on voudrait aux palissades qui cernaient le champ de courses.

Néron avait prévu d'offrir un festin à la plèbe dans les jardins d'Agrippine, le soir venu. Mais il fallut aussi prévoir quelque chose pendant le spectacle, car le cirque était trop éloigné de la ville proprement dite pour que les gens puissent rentrer se restaurer chez eux à midi. Grâce à l'excellente organisation des cuisines impériales, d'innombrables paniers de victuailles commencèrent à arriver aussi vite que les hommes pouvaient les porter. Il y avait une corbeille pour dix spectateurs et des paniers spéciaux, contenant du vin et des poulets rôtis, pour les sénateurs, ainsi que deux mille corbeilles pour l'ordre équestre.

Je songeai qu'il n'était pas nécessaire de crucifier tant de chrétiens à la palissade qui entourait l'arène en utilisant un aussi grand nombre de clous coûteux. Je craignais d'ailleurs que les cris des suppliciés ne troublent les tableaux, bien que, du moins au début, et peut-être sous le seul effet de la surprise, ils fussent étonnamment silencieux. Ce n'était pas la jalousie qui me faisait parler : les contorsions des crucifiés deviennent vite monotones quand les malheureux sont trop nombreux. Je ne craignais donc pas que l'attention de la foule fût détournée de mes animaux au profit des innovations de Tigellinus.

Mais quand mille personnes hurlent de douleur, le vacarme est tel que les meilleurs grognements d'ours, voire les plus terribles rugissements de lions sont noyés, pour ne rien dire des explications et commentaires des hérauts. J'estime donc avoir agi avec correction en rassemblant quelques-uns des chefs chrétiens pour leur demander de faire le tour des suppliciés en les priant de crier moins fort quand le spectacle serait commencé et, dans tous les cas, d'invoquer dans leurs cris le nom du Christ, afin que les spectateurs comprissent pourquoi on les châtiait.

Les chefs spirituels, dont plusieurs étaient déjà cousus à l'intérieur de peaux de bêtes, comprirent parfaitement leur tâche. Ils allèrent parler à ceux qui gémissaient, leur assurant que c'était un grand honneur qui leur était ainsi fait puisqu'on leur permettait de mourir sur la croix comme Jésus de Nazareth lui-même. Comme leurs épreuves seraient brèves en comparaison de la vie éternelle et du salut qui les attendaient dans le royaume de Jésus-Christ ! Le soir même, ils seraient au paradis.

Ces hommes parlaient d'une manière si convaincante que je ne pus m'empêcher de sourire. Mais quand, avec une ferveur plus grande encore, ils se mirent à déclarer aux suppliciés que cette journée était celle de la plus grande joie car il était donné aux innocents de souffrir pour la gloire du Christ, de se faire ses témoins et de monter au ciel, je me surpris à me mordre les lèvres.

C'était comme si ces chefs spirituels enviaient véritablement le sort de ceux qui avaient été crucifiés. Pour moi, ils ne pouvaient parler sincèrement. D'un ton brusque, je leur fis donc remarquer qu'ils pouvaient parfaitement, s'ils le désiraient, échanger leur sort et la mort rapide qui les attendait contre la lente agonie des crucifiés.

Or, leur aveuglement était tel que l'un d'entre eux, arrachant aussitôt sa peau d'ours, me supplia de lui accorder l'honneur de la crucifixion. Je ne pus que m'incliner et ordonnai aux prétoriens de le crucifier dans un des espaces restés libres.

Mécontents de ce surcroît de travail, les prétoriens le frappèrent à plusieurs reprises car leurs bras engourdis leur faisaient mal d'avoir planté tant de gros clous à coups de lourds marteaux. Je ne vis aucun inconvénient à leur geste car la loi prescrit de flageller les crucifiés avant de les clouer en croix, mesure de clémence qui abrège leur agonie. Nous n'avions malheureusement pas eu le temps de le faire pour les autres. Les plus compatissants des prétoriens s'étaient contentés de les piquer par-ci par-là avec leur lance pour leur faire perdre du sang.

Il me faut pourtant dire mon admiration pour les capacités d'organisation qui caractérisent les Romains et grâce auxquelles l'ordre apparemment absurde de Néron put être exécuté à la lettre. Quand, dans le matin lumineux, la plèbe commença d'envahir le cirque, tous les gradins étaient propres, les bâtiments étaient prêts dans l'arène, tous les participants au spectacle portaient leur costume, l'ordre des événements avait été fixé, les rôles distribués et les crucifiés s'agitaient en gémissant avec retenue.

Les hurlements des meutes et les mugissements des bisons semblaient prometteurs aux oreilles de la foule. Tandis que les plus impatients se précipitaient pour se disputer les meilleures places, ceux qui entraient calmement se voyaient remettre une miche de pain frais, du sel et, s'ils le souhaitaient, une cruche de vin.

Plein de fierté pour Rome, je me lavai et me changeai à la hâte, endossant ma toge bordée de rouge. J'avalai une coupe de vin, savourant à l'avance le succès que j'escomptais et qui semblait certain, à en juger par la rumeur joyeuse qui montait de la foule tendue dans l'expectative. Avalant une deuxième coupe de vin, je me rendis compte que les chrétiens eux-mêmes étaient en partie responsables de ma joie car, loin de se lamenter, ils s'exhortaient chaleureusement les uns les autres à se réjouir d'accéder prochainement au royaume du Christ.

Tandis que les fumées du vin me montaient agréablement à la tête, j'étais bien loin de me douter de ce qui se passait au même moment à la curie. Aujourd'hui encore, quand j'y pense, je suis saisi d'un tel chagrin qu'il me faut entamer un nouveau livre pour être en mesure de te rapporter ces événements funestes sans trembler.

LIVRE III

LES TÉMOINS

COMME il est de rigueur aux ides de chaque mois, à l'exception de ceux d'été, le sénat s'était rassemblé dès l'aube à la curie, qui, au grand dam du peuple, avait échappé à l'incendie.

Néron se leva trop tard pour assister aux cérémonies d'ouverture de la séance mais quand il arriva, il se montra débordant d'énergie, saluant les consuls de baisers et s'excusant d'abondance de son retard, dû à des affaires d'Etat d'importance cruciale.

« Mais, plaisanta-t-il, je suis disposé à subir toute espèce de châtiment que le sénat déciderait de m'infliger pour ma négligence. Cependant, je pense que les pères de la cité se montreront indulgents quand ils auront entendu ce que j'ai à leur dire. »

Réprimant leurs bâillements, les sénateurs se carrèrent confortablement sur leurs sièges d'ivoire et se préparèrent à assister pendant au moins une heure à un numéro d'éloquence dans le grand style de Sénèque. Mais Néron se contenta de quelques considération indispensables sur la vie morale conforme aux vœux divins et sur l'héritage de nos ancêtres, avant d'entrer dans le vif du sujet.

L'incendie qui avait ravagé la ville durant l'été, le plus grand désastre qui se fût jamais abattu sur Rome à l'exception du sac de la cité par les Gaulois, n'était nullement, comme certains esprits malveillants s'obstinaient à l'affirmer, le châtiment divin de certaines péripéties politiques inévitables; non, cet incendie était un attentat prémédité, le plus effroyable crime jamais perpétré contre l'humanité et contre l'Etat. Les criminels étaient les dénommés chrétiens, dont la répugnante superstition avait prospéré à un degré inimaginable dans la tourbe criminelle de Rome et dans la partie la plus basse et la plus ignorante de la plèbe. La plupart des chrétiens étaient d'origine étrangère et ne parlaient même pas le latin, ils appartenaient à cette canaille qui, les pères de la cité ne pouvaient l'ignorer, envahissait chaque jour un peu plus la ville, ils étaient de ces immigrants sans attaches qui apportaient avec eux leurs mœurs infâmes.

Leurs menées étaient d'autant plus dangereuses que ces méprisables chrétiens les dissimulaient sous des comportements irréprochables. Ils attiraient les pauvres par des aumônes et des repas gratuits pour leur révéler ensuite, durant des mystères entourés du plus épais secret, leur terrible, leur hideuse haine de l'humanité. Durant leurs ignobles agapes, ils mangeaient de la chair humaine et buvaient du sang humain. Ils pratiquaient aussi la magie et jetaient des sorts sur les malades qui tombaient ainsi en leur pouvoir. Certaines des personnes ensorcelées avaient donné tous leurs biens pour soutenir les desseins criminels de ces misérables.

Néron marqua une pause pour laisser aux plus zélés des sénateurs le temps de pousser les exclamations de dégoût et d'horreur qu'appelait sa rhétorique. Puis il reprit le fil de son discours.

Par respect de la décence, il ne désirait pas, et serait même incapable d'exposer toutes les horreurs auxquelles se livraient les chrétiens dans leurs mystères. L'essentiel était que ces gens, enivrés par leurs propres discours, avaient allumé l'incendie de Rome et sur l'ordre de leurs chefs, s'étaient rassemblés sur les collines et avaient attendu dans l'allégresse la venue d'un roi qui détruirait Rome, fonderait un nouveau royaume et condamnerait tous ceux qui ne partageaient pas leur foi aux châtiments les plus cruels.

Nourrissant semblables desseins, il n'était pas étonnant que les chrétiens se fussent dérobés à leurs devoirs de citoyens envers l'Etat, car si honteux ou incroyable que cela parût, un grand nombre de citoyens, par stupidité ou dans l'espoir d'une récompense future, avaient trempé dans la conspiration. Que les chrétiens fussent pétris de haine pour tout ce que les autres hommes considèrent comme sacré, était amplement démontré par leur refus de faire des offrandes aux dieux romains, ainsi que par leur dégoût des beaux-arts et du théâtre.

Cependant, le complot avait été aisément anéanti, car ces pleutres de chrétiens s'étaient empressés de se dénoncer les uns les autres dès les premières arrestations. Dès que lui, Néron, avait eu vent de l'affaire, il avait pris des mesures pour protéger l'Etat et punir les incendiaires de Rome. Il avait été en cela excellemment secondé par le préfet du prétoire, Tigellinus, qui avait gagné par là toute la gratitude du sénat.

Pour permettre aux pères de la cité d'avoir une vue d'ensemble de la question, Néron allait maintenant leur livrer un résumé des origines de la superstition chrétienne. Elle avait été créée par un agitateur galiléen nommé Christ. Il avait été condamné à mort pour crime contre l'Etat par le procurateur Ponce Pilate durant le principat de Tibère, et les troubles qu'il avait suscités avaient été temporairement supprimés. Mais en répandant le bruit que ce criminel était ressuscité d'entre les morts, ses disciples avaient ranimé la superstition en Judée et de là l'avaient répandue de plus en plus loin, comme une épidémie de peste.

Les Juifs désavouaient la superstition chrétienne et ne pouvaient être accusés de ce complot, comme certains le faisaient, mus par la haine et les préjugés. Au contraire, les Juifs vivaient sous la protection de leurs droits spéciaux et se laissaient gouverner par leur Conseil des sages, d'une manière qui ne différait guère de celle des habitants de Rome.

Cette affirmation ne s'attira guère de manifestations d'approbation. Le sénat n'avait jamais goûté les droits exceptionnels que tant d'empereurs avaient garantis et reconfirmés aux Juifs de Rome. Pourquoi tolérait-on un Etat dans l'Etat ?

« On répète que Néron est trop humain dans le châtiment des criminels, poursuivait Néron sur un ton emphatique. On dit qu'il a laissé tomber en désuétude les mœurs sévères de nos aïeux et qu'il pousse la jeunesse à choisir un mode de vie efféminé plutôt que de cultiver les vertus militaires. Le moment est venu de montrer que Néron n'a pas peur de voir couler le sang comme certains stoïciens aigris l'ont murmuré.

« Le crime sans précédent appelle un châtiment sans précédent. Néron a fait appel à son imagination artistique pour l'aider à offrir au sénat et au peuple de Rome un spectacle tel qu'il espère qu'on ne l'oubliera jamais, un spectacle qui devrait être inscrit dans les annales de la ville. Honorés pères de la cité, vous verrez de vos propres yeux dans mon cirque comment Néron punit les chrétiens, ces ennemis de l'humanité. »

Ayant ainsi parlé de lui à la troisième personne, comme le veulent les tournures rhétoriques, il passa ensuite à la première personne pour suggérer, avec une humilité feinte, que l'examen de toutes les autres affaires fût reporté à la séance suivante, et que les pères de la cité se rendissent au cirque sans plus tarder, pour autant, bien entendu, que les consuls n'y fussent pas opposés.

Les consuls remercièrent en leurs noms l'empereur pour la pénétration dont il avait fait preuve et sa promptitude à agir pour la défense de la patrie en danger, et ils exprimèrent leur joie d'apprendre qu'il avait découvert les véritables responsables de l'incendie de Rome. C'était une heureuse nouvelle pour l'Etat, car elle mettrait fin une fois pour toutes aux extravagantes rumeurs qui circulaient. Les consuls suggéraient pour leur part qu'un résumé du discours de Néron fût joint aux proclamations officielles et approuvaient la proposition de mettre fin à la réunion. Comme l'exigeait leur rôle, ils demandaient si l'un des vénérables pères désirait ajouter quelque chose, bien qu'ils fussent pour leur part convaincus que l'affaire était claire.

Le sénateur Paetus Thrasea, dont la vanité avait été piquée par l'allusion de Néron aux stoïciens aigris, demanda la parole pour proposer sur un ton ironique que le sénat se prononçât sans attendre pour la célébration d'actions de grâces, afin de remercier les dieux d'avoir évité à la ville de si graves périls.

Néron fit mine de n'avoir pas entendu et se contenta de taper du pied pour hâter le mouvement. Le sénat s'empressa de voter les actions de grâces habituelles à Jupiter Custos et aux autres dieux. Les consuls demandèrent avec impatience si quelqu'un avait encore une question à poser. Alors, rompant tout à coup avec une attitude discrète dont jusque-là il ne s'était jamais départi, Marcus Mezentius Manilianus, mon père, se leva pour se faire mieux entendre et, d'une voix tremblante, demanda la parole. Ses voisins le tirèrent par les pans de sa toge en lui murmurant de se tenir tranquille, convaincus qu'il était ivre. Mais mon père ramena à lui les plis de son vêtement, les disposa sur son bras et réclama la parole, sa tête chauve frémissant de rage.

« Consuls, pères et toi, Néron, le premier d'entre tes égaux, vous tous, écoutez! Vous n'êtes pas sans savoir que j'ai rarement desserré les dents aux assemblées du sénat. Je ne puis me targuer d'une très grande sagesse, bien que j'aie dix-sept années durant consacré le meilleur de mon temps au bien public, en travaillant au Comité des affaires orientales. J'ai entendu bien des infamies et bien des blasphèmes dans cette curie, mais mes vieilles oreilles n'avaient jamais ouï ignominies comparables à ce qui s'est dit ce matin. Faut-il que nous soyons tombés bien bas pour que, sans procès et sans preuve, comme s'il ne s'agissait que d'une affaire courante et sans importance, le sénat de Rome acquiesce sans discussion à la mise à mort, par les plus cruels moyens, d'hommes et de femmes dont le nombre, à ce qu'il me semble, doit s'élever à plusieurs milliers et parmi lesquels figurent des centaines de citoyens et même quelques chevaliers! »

Des cris de désapprobation s'élevèrent et Tigellinus fut autorisé à donner quelques explications.

« Il n'y a pas un seul chevalier parmi eux, affirma-t-il. A moins qu'ils n'aient tu leur rang par honte de leur crime.

– Dois-je comprendre, demanda Néron avec une impatience mal dissimulée, que tu doutes de mon sens de la justice et que tu mets en cause mon honneur, Marcus Manilianus?

– J'en ai assez d'avaler la boue que charrient les égouts de Rome, poursuivit mon père. J'étouffe! Aujourd'hui, j'atteste que j'ai vu de mes propres yeux ce qui est advenu en Galilée et à Jérusalem, sous le proconsulat de Ponce Pilate, quand Jésus de Nazareth a été crucifié, lui qui n'était pas seulement appelé christ mais qui était vraiment le Christ et le fils de Dieu, car j'ai vu aussi de mes propres yeux que sa tombe était vide et qu'il était ressuscité d'entre les morts au troisième jour, en dépit de tous les mensonges des Juifs. »

De nombreuses voix s'élevaient pour déclarer mon père fou, mais les plus curieux exigèrent qu'il poursuivît. En fait, la plupart des sénateurs éprouvaient du ressentiment contre Néron, et contre le pouvoir impérial en général. N'oublie jamais cela, ô Julius, mon fils.

Alors, mon père fut autorisé à parler encore.

« Dans le secret de mon cœur, et dans toute mon humaine faiblesse, je l'ai reconnu depuis longtemps comme le Christ, bien que dans ma propre vie, je n'aie pas su conserver son message. Mais je crois qu'il me pardonnera mes péchés et peut-être m'accordera-t-il une petite place dans son royaume, quoi que soit ce royaume, là-dessus je n'ai pas les idées très claires. Je pense que c'est un royaume de lumière, de paix et de charité, ici ou là, ou ailleurs. Mais ce royaume n'a aucune réalité politique. Les chrétiens n'ont donc aucun dessein politique, ils placent dans une vie à l'imitation du Christ et dans le Christ lui-même la seule liberté à laquelle puisse aspirer un être humain. Il y a beaucoup de chemins et je n'ai pas voulu démêler leurs différences, mais je crois qu'ils conduisent tous à la fin au royaume. Jésus-Christ, fils de Dieu, aie pitié de mon âme pécheresse! »

Les consuls l'interrompirent alors, car il s'éloignait du sujet et commençait à philosopher.

« Je ne veux pas fatiguer votre patience avec des balivernes, dit Néron à son tour. Marcus Manilianus a dit ce qu'il a dit. Pour ma part, j'ai toujours considéré que mon père, le divin Claude, avait été pris de folie quand il avait fait tuer Messaline et exécuter tant de patriciens qu'il avait dû attribuer les sièges libres du sénat à des personnages inattendus. Les propos que vient de prononcer Marcus Manilianus prouvent qu'il n'est pas digne de la bande pourpre et des sandales rouges. Manifestement, son esprit est dérangé. Comment il a pu perdre l'esprit, c'est ce que je ne saurais dire mais je suggère que par égard pour sa tête chenue, nous nous contentions de l'écarter de notre assemblée et de l'envoyer dans quelque localité éloignée où il pourra retrouver la santé mentale. Là-dessus, nous sommes, je suppose, unanimes, et il n'est pas besoin de voter. »

Mais quelques sénateurs virent là l'occasion de contrarier Néron à bon compte, puisque ce ne serait pas eux qui subiraient les conséquences de sa colère. Ils invitèrent donc Marcus à continuer, s'il avait encore quelque chose à dire.

« Bien entendu, dit Paetus Thrasea avec une innocence feinte, nous sommes tous d'accord que Marcus Mezentius a perdu l'esprit. Mais la folie divine transforme parfois les hommes en devins. Peut-être ses aïeux étrusques lui ont-ils transmis le don de voyance. S'il ne croit pas que les chrétiens ont allumé l'incendie de Rome, si vraisemblable que cela nous paraisse après ce que nous venons d'entendre, alors, il consentira peut-être à nous dire qui étaient les vrais incendiaires?

– Plaisante tant qu'il te plaira, Paetus Thrasea! lança mon père, courroucé. Mais ta fin aussi est proche. Il n'est nul besoin de posséder le pouvoir de divination pour voir que je n'accuse personne de l'incendie de Rome, que je n'accuse pas même Néron, alors qu'un grand nombre d'entre vous aimeraient qu'une telle accusation fût portée publiquement, à haute voix et non plus à voix basse. Mais je ne connais pas Néron. Je crois seulement et je vous affirme que tous les chrétiens sont innocents de l'incendie de Rome. Eux, je les connais. »

Néron secoua tristement la tête et leva la main.

« J'ai exposé tout à fait clairement que je n'accusais pas la totalité des chrétiens d'être les incendiaires de Rome. Je les ai condamnés en tant qu'ennemis publics, en m'appuyant sur des preuves suffisantes. Si Marcus Manilianus tient à se déclarer ennemi public, alors l'affaire devient trop grave pour que le dérangement mental soit invoqué à sa décharge. »

Mais Néron se trompait complètement s'il croyait effrayer ainsi mon père et lui imposer silence. C'était un homme têtu, en dépit de son naturel bonhomme et calme.

« Une nuit, reprit-il, près d'un lac de Galilée, j'ai rencontré un pêcheur qui avait été flagellé. J'ai des raisons de penser qu'il s'agissait de Jésus de Nazareth. Il m'a promis que je mourrais pour la gloire de son nom. Je ne l'ai pas compris alors et j'ai cru qu'il me prédisait quelque malheur. Mais aujourd'hui, tout s'éclaire et je le remercie de cette prophétie heureuse. Pour la plus grande gloire de Jésus-Christ, fils de Dieu, je désire annoncer qu'il faut me compter au nombre des chrétiens, que j'ai pris part à leur baptême et à leurs saintes agapes, et que je communie avec eux en esprit. Je dois subir le même châtiment qu'eux. En outre, je désire vous dire, mes honorés pères de la cité, au cas où vous l'ignoreriez encore, que Néron lui-même est le pire ennemi de l'humanité. Et vous tous êtes des ennemis de l'humanité et vous le demeurerez, aussi longtemps que vous supporterez sa folle tyrannie. »

Néron murmura quelques mots aux consuls qui déclarèrent aussitôt la réunion secrète, pour que Rome ne fût pas exposée à la honte de voir proclamer qu'un sénateur avait avoué sa haine de l'humanité en se faisant le porte-parole d'une hideuse superstition. Mon père avait choisi son sort. Estimant inutile de procéder à un vote, le consul annonça que le sénat avait décidé de retirer à Marcus Mezentius Manilianus sa toge prétexte et ses chaussures rouges.

Sous les yeux de tous les sénateurs, deux membres de l'assemblée désignés par les consuls lui retirèrent toge et tunique, délacèrent ses chaussures et brisèrent son siège d'ivoire. Après que tout cela se fut déroulé dans un silence de mort, le sénateur Pudens Publicolus se leva soudain pour déclarer d'une voix tremblante qu'il était lui aussi chrétien.

Mais ses vénérables amis l'agrippèrent par les pans de sa toge et le forcèrent à se rasseoir, en lui couvrant la bouche de leurs mains, en criant et riant très fort pour couvrir ses paroles. Néron déclara que le sénat n'ayant été que trop éclaboussé d'opprobre, la réunion était à présent terminée, et nul ne prêta attention aux chevrotements d'un vieillard. Pudens était un Valérien et un Publicolien. Mon père n'était qu'un insignifiant Manilianus par adoption.

Tigellinus héla le centurion de garde sous le portique de la curie, lui dit de prendre avec lui dix prétoriens et d'emmener mon père hors des murailles de la ville au lieu d'exécution le plus proche, en évitant d'attirer l'attention.

Pour être tout à fait juste, on aurait dû le conduire au cirque pour qu'il y mourût comme les autres chrétiens mais, afin de ne pas provoquer de scandale, il valait mieux l'exécuter secrètement. Il serait décapité à l'épée.

Comme on s'en doute, le centurion et ses hommes étaient furieux, car ils craignaient d'être en retard pour le spectacle du cirque. Comme mon père se trouvait à présent à peu près nu, ils arrachèrent son manteau à un esclave qui observait le départ des sénateurs de la curie, et en couvrirent les épaules du vieillard. L'esclave courut derrière mon père, en gémissant et en essayant de récupérer son seul vêtement.

Les épouses des sénateurs attendaient leurs maris dans les litières de ces derniers. En raison de la longueur du trajet, il était convenu que la procession, matrones et sénateurs séparés, se formerait à proximité du cirque, là où les images des dieux avaient déjà était apportées sur leurs coussins. Ne voyant nul signe de mon père, Tullia s'impatienta et descendit de la litière pour aller le chercher. La nuit précédente, elle avait trouvé bizarre la conduite de son époux.

Quand Tullia demanda des nouvelles de mon père, aucun sénateur n'osa lui répondre, car ils avaient juré de se taire sur la partie de la réunion qui le concernait. La gêne des pères de la cité fut portée à son comble lorsque Pudens, d'une voix claironnante, annonça qu'il rentrait chez lui pour ne pas assister à l'infâme spectacle du cirque.

Plusieurs sénateurs, qui nourrissaient de secrètes sympathies pour les chrétiens, haïssaient Néron et tout en jugeant mon père un peu fou, respectaient son viril comportement, se sentirent encouragés par l'exemple de Pudens et se retirèrent en leur demeure.

Tandis que, devant la curie, Tullia courait de-ci, de-là, comme une poule effarée en quête de son coq, et se plaignait à voix haute de son traînard d'époux qui ne pensait jamais à rien, elle aperçut soudain un esclave qui gémissait en se traînant derrière un vieillard aux épaules couvertes d'un manteau servile, qu'un groupe de prétoriens emmenaient. En approchant, elle reconnut mon père et, absolument ébahie, se jeta sur son passage, les bras écartés.

« Par tous les dieux, Marcus, qu'est-ce que tu manigances encore? demanda-t-elle. Que signifie tout cela? Je ne te forcerai pas à aller au cirque si cela te dégoûte tant. Tu ne seras pas le seul à t'en abstenir. Viens, rentrons chez nous tranquillement si tu y tiens. Je ne te chercherai même pas querelle. »

Tout à son désir d'en finir au plus vite, le centurion la frappa de son bâton en lui ordonnant de circuler. Tullia n'en crut pas d'abord ses oreilles mais ensuite la colère la submergeant, elle bondit sur l'officier pour lui arracher les yeux de sa stupide tête, en hurlant qu'il allait sans plus tarder être jeté aux fers pour avoir osé toucher une femme de sénateur.

Ainsi le scandale éclata-t-il sur la place publique. Plusieurs matrones quittèrent leurs litières, ignorant les protestations de leurs époux, pour voler au secours de Tullia. Quand ces femmes en grande tenue encerclèrent les prétoriens en réclamant à grands cris des explications, mon père s'inquiéta. Il ne désirait pas attirer l'attention.

« Je ne suis plus sénateur, dit-il à Tullia. J'accompagne

ce centurion de ma propre volonté. N'oublie pas ton rang et cesse de crier comme une poissonnière. Je ne vois aucune objection à ce que tu ailles seule au cirque. Je crois que rien ne s'y oppose.

– Qu'Hercule me vienne en aide! s'écria Tullia en versant des flots de larmes. Personne au monde ne m'avait jamais traitée de poissonnière! Si tu es si offensé par ce que j'ai dit de tes chrétiens hier soir, alors tu aurais dû me le déclarer tout net au lieu de bouder toute la nuit. Il n'y a rien de pire qu'un homme qui ne prononce pas un mot et rumine jour après jour comme un bœuf. »

Plusieurs épouses de sénateurs rirent bruyamment et s'entremirent pour apaiser les deux conjoints.

« Elle a raison, Manilianus, dirent-elles. Pourquoi abandonner son siège d'ivoire pour une simple querelle? Cesse donc ces enfantillages et pardonne à Tullia si elle t'a blessé en quelque façon. Vous êtes mari et femme, n'est-ce pas? Et ensemble vous vous êtes assagis tandis que vos cheveux grisonnaient.

– Mêlez-vous de ce qui vous regarde, vieilles commères! se récria Tullia. Examinez donc ma chevelure, vous ne trouverez pas un seul cheveu gris. Et je ne la teins pas, j'utilise seulement des produits d'Arabie pour lui redonner sa couleur naturelle. Toutes ces billevesées qu'on répand sur ma chevelure teinte ne sont que calomnies dictées par la jalousie.

– Je suis dans un moment solennel de ma vie, dit mon père au centurion, peut-être à l'instant le plus solennel. Je ne puis endurer plus longtemps ces criailleries de femelles. Eloigne-moi de cet effroyable tintamarre, emmène-moi comme tu en as reçu l'ordre. »

Mais, les femmes les entourant toujours, le centurion n'osa ordonner à ses hommes de se frayer un chemin par la force. Les imprécations qui s'étaient abattues sur lui quand il avait simplement touché Tullia l'avaient suffisamment impressionné. Pour tout dire, il était quelque peu dépassé par la situation.

Quand Tigellinus vit que l'attroupement et le bruit grossissaient, le visage gris de rage, il s'ouvrit un chemin jusqu'à mon père et donna un coup de poing à Tullia en pleine poitrine.

« Va donc chez Orcus, sale putain! cracha-t-il. Tu n'es plus femme de sénateur et ton rang ne te protège plus. Si tu ne te tais pas immédiatement, je te ferai arrêter pour avoir troublé la paix publique et pour insulte au sénat. »

Quand Tullia vit qu'il était sérieux, son visage se vida de tout son sang, mais sa soudaine terreur n'étouffa pas sa fierté.

« Serviteur du malin! » lança-t-elle.

Dans sa hâte de l'insulter, les premiers mots de malédiction qu'elle trouvait étaient ceux des amis de mon père.

« Retourne donc marchander tes chevaux et forniquer avec tes jolis garçons. Tu outrepasses ton autorité en frappant une femme romaine devant la curie. Seul le préfet de la cité a le droit de m'arrêter. Ton comportement grossier va t'attirer beaucoup plus de colère que la requête que je fais, dans toutes les formes de la politesse, pour savoir ce qui se passe et où va mon mari avec cette garde d'honneur. J'en appellerai à l'empereur. »

Déjà réprimandé par Néron pour la maladroite brutalité avec laquelle il avait conduit les arrestations de chrétiens, Tigellinus s'inquiéta de la tournure que prenait l'affaire.

« Néron est encore là, dit-il en montrant la curie du geste. Va donc, dépêche-toi d'en appeler à lui. Il sait ce qui se passe.

– Ne risque pas ta vie pour moi, ma chère Tullia, l'avertit mon père. Et ne trouble pas les derniers moments de la mienne. Pardonne-moi de t'avoir blessée, et pardonne-moi aussi de ne pas avoir été l'époux que tu aurais désiré. Bien que nous ayons été si souvent en désaccord, tu as toujours été une excellente épouse. »

Tullia fut si heureuse de ces paroles, qu'elle en oublia complètement Tigellinus et se pendit au cou de mon père.

« Tu as vraiment dit « ma chère Tullia »? Attends donc un instant. »

Souriant au milieu de ses larmes, elle s'approcha de Néron qui jetait des regards interloqués sur l'attroupement, et le salua respectueusement.

« Aie la bonté, demanda-t-elle, de m'expliquer ce malheureux malentendu. Tout peut toujours s'arranger, avec un peu de bonne volonté de part et d'autre.

– Ton époux m'a profondément offensé, dit Néron. Mais cela, assurément, je puis le lui pardonner. Par malheur, il a également proclamé devant le sénat qu'il est chrétien. Le sénat l'a chassé de son sein, lui a retiré sa charge et, l'ayant déclaré ennemi public, l'a condamné à être passé au fil de l'épée. Sois assez aimable pour faire le silence sur cette affaire, car nous désirons éviter un scandale public. Je n'ai nul grief contre toi. Tu pourras garder tes biens. Mais ceux de ton criminel époux seront confisqués par l'Etat. »

Tullia n'en croyait pas ses oreilles.

« Par tous les dieux, en quelle époque surprenante vivons-nous! Ainsi donc, cet esprit faible s'est laissé convertir à la religion chrétienne, c'est là son seul forfait?

– A cause de leurs crimes, la même rigueur s'abat sur tous les chrétiens, rétorqua Néron impatiemment. A présent, va, ne me distrais pas davantage de mes devoirs envers l'Etat. Le premier d'entre les citoyens doit prendre la tête de la procession qui se rend au cirque. »

Alors, Tullia redressa fièrement la tête, sans plus se soucier de la peau flasque qui pendait sous son menton.

« J'ai derrière moi une vie riche en péripéties, s'exclama-t-elle, et je ne me suis pas toujours conduite comme une femme de ma condition se doit de se conduire. Mais je suis une Romaine. J'irai où mon époux ira. Là où est Caius, se trouve aussi Caia. Moi aussi je suis chrétienne et aujourd'hui, je le proclame à la face de tous. »

C'était un mensonge, bien entendu. Elle n'avait cessé d'empoisonner la vie de mon père par ses récriminations et son mépris envers ses amis chrétiens. Mais à présent, elle se tournait vers la foule des badauds :

« Ecoutez-moi! lança-t-elle à tue-tête. Vous, le sénat et le peuple de Rome, écoutez! Moi, Tullia Manilia, ancienne Valeria par mariage, ancienne Sulla par mariage, je suis une chrétienne. Longue vie à Christ de Nazareth et à son royaume!

« Alléluia! » ajouta-t-elle pour faire bonne mesure, car elle avait entendu les Juifs répéter ces mots dans la demeure de mon père, durant leurs discussions religieuses.

Heureusement, sa voix ne portait pas assez loin et Tigellinus lui fit un bâillon de sa main. En voyant le courroux de Néron, les femmes de sénateurs refluèrent en hâte vers les litières, toutes frémissantes de curiosité, bien décidées à arracher à la première occasion la vérité à leur époux. Au milieu de cette débandade, seul Néron parvint à conserver sa dignité.

« Tu subiras le sort que tu as choisi, stupide femme, du moins pour autant que tu te tairas. Il serait plus conforme à la justice de t'envoyer au cirque pour y subir le châtiment de tes semblables, mais tu es trop laide et trop ridée pour jouer les Dircé. Alors, comme ton époux, tu seras passée au fil de l'épée, mais de cela, tu dois remercier tes aïeux et non moi. »

Tullia avait porté le scandale à un tel degré de publicité que Néron n'aurait pas pu, même s'il y avait particulièrement tenu, l'envoyer dans l'arène. On ne jetait pas aux fauves, sous les yeux de la plèbe, une femme de sénateur déchu de ses fonctions. Tandis que les prétoriens écartaient la foule pour ramener Tullia vers mon père, Néron tourna sa fureur contre Tigellinus. Il lui ordonna d'une voix cassante de faire arrêter tous ceux qui vivaient sous le toit de mon père et de conduire au cirque sans attendre ceux qui s'avouaient chrétiens. En même temps, les magistrats devraient poser les scellés sur la maison et confisquer tous les papiers concernant les richesses de mon père et de Tullia.

« Et ne touche à rien de ce qui leur appartient, dit Néron d'une voix menaçante. Je me considère comme leur héritier, puisqu'en négligeant tes devoirs de gardien de l'ordre, tu m'as contraint de les remplir à ta place. »

Seule l'idée des immenses richesses de Tullia et de mon père mettait un peu de baume dans le cœur ulcéré de Néron.

Un groupe de chrétiens piétinaient encore devant la curie, dans l'espoir anxieux qu'au dernier moment l'autorité du sénat sauverait les chrétiens des horreurs du cirque. Parmi eux se trouvait un jeune homme dont le vêtement s'ornait de l'étroite bande pourpre et qui ne s'était nullement soucié de se trouver une place dans les gradins des chevaliers, toujours combles.

Lorsque les prétoriens, leur centurion en tête, prirent le chemin du lieu d'exécution le plus proche, entraînant avec eux Tullia et mon père, le jeune homme leur emboîta le pas, imité par quelques autres chrétiens. Les prétoriens débattirent du plus court trajet possible qui leur permettrait d'être à l'heure pour le début du spectacle, et ils décidèrent de gagner la porte d'Ostie pour procéder à l'exécution près du monument funéraire. Ce n'était certes pas un lieu d'exécution officiel, mais du moins était-ce situé hors des murailles.

« Si ce n'est pas un lieu d'exécution, alors, nous allons faire en sorte que l'endroit en devienne un, plaisantaient-ils. Grâce à nous, la dame n'aura pas besoin de trop marcher dans ses sandales d'or. »

Tullia répliqua sèchement qu'elle marcherait aussi loin que son époux sans difficulté, et que nul ne pourrait l'en empêcher. A l'appui de ses dires, elle offrit son épaule à mon père qui vacillait, car il avait perdu l'habitude de l'exercice physique et souffrait aussi bien du poids des ans que de la fatigue d'une nuit passée à boire. Encore qu'au moment de prendre la parole devant le sénat, il n'ait pas été ivre et que son esprit n'ait pas été embrouillé, car il avait soigneusement préparé son intervention.

C'est ce que devait révéler la fouille de sa demeure. Manifestement, depuis plusieurs semaines, il s'était employé à mettre de l'ordre dans ses affaires et avait passé la nuit précédente à brûler tous ses livres de comptes et la liste de ses affranchis ainsi que sa correspondance avec eux. Mon père avait toujours été discret sur ses affaires et n'avait jamais considéré les biens de ses affranchis comme les siens, quoique, naturellement, pour ne pas les offenser il acceptât toujours les présents qu'ils lui envoyaient.

Ce ne fut que longtemps après que je découvris qu'il avait envoyé à ses fidèles affranchis d'énormes sommes d'argent en liquide de façon à ce que l'étendue de ses richesses ne fût pas révélée par des billets à ordre. Les magistrats eurent le plus grand mal à évaluer ses possessions, et à la fin, pour tout bien de valeur, Néron hérita seulement de l'immense domaine campagnard que Tullia avait été obligée de posséder en Italie pour garantir sa charge de sénateur à mon père. L'empereur reçut aussi, bien entendu, la maison du Viminal et ses objets précieux, d'or, d'argent et de verre.

La tâche des magistrats fut considérablement compliquée par le zèle des prétoriens qui, invités par Néron à se hâter, arrêtèrent tous ceux qui dans la demeure se déclaraient chrétiens pour ne pas désavouer mon père. Parmi eux se trouvaient l'intendant et ses scribes, dont Néron devait par la suite regretter amèrement la mort. En tout, une trentaine de personnes appartenant à la maison de mon père furent conduites au cirque.

Pour moi, le plus grand malheur fut que parmi eux figuraient mon fils et le vieux Barbus. A cause de ses brûlures, Jucundus ne pouvait se déplacer qu'avec des béquilles et on dut l'emmener dans une litière avec la vieille nourrice de Tullia. Cette commère n'était assurément pas une femme respectable, mais quand on lui apprit que Tullia avait avoué être chrétienne, elle l'imita sans hésiter.

Aucun de ceux que l'on enlevait ainsi à la maison de mon père ne comprit pourquoi on les acheminait au cirque, jusqu'au moment où ils furent enfermés dans les étables. En route, ils s'étaient persuadés que Néron désirait montrer aux chrétiens le châtiment des incendiaires de Rome. Les prétoriens étaient si pressés qu'ils n'avaient pas jugé bon d'expliquer à leurs prisonniers quel sort les attendait.

A la porte d'Ostie se serraient un grand nombre d'échoppes de bijoux, de boutiques de loueurs de litières, et de tavernes qui avaient échappé à l'incendie. Parvenu là, mon père fit halte tout à coup et se plaignant de la soif, émit le désir de boire quelques coupes de vin avant son exécution. Il offrit de désaltérer aussi les prétoriens, pour les dédommager de la gêne que sa femme et lui leur occasionnaient en ces jours de fête. Tullia avait de grandes quantités de monnaie d'argent sur elle, car pour tenir son rang, elle devait durant la procession jeter des pièces à la plèbe.

Le cabaretier s'empressa d'aller chercher à la cave ses meilleures amphores et toute la petite troupe but, car les prétoriens étaient également assoiffés par cette chaude journée d'automne. A présent que mon père n'avait plus à se conduire en personne de condition, il pouvait aussi inviter les chrétiens qui l'avaient suivi, et même quelques paysans qui, ignorant les festivités du jour, s'étaient inutilement déplacés pour vendre leurs fruits.

Lorsque quelques coupes eurent été vidées, Tullia se renfrogna et demanda avec son habituelle aigreur s'il était vraiment indispensable que mon père s'enivrât encore, et en pareille compagnie de surcroît.

« Ma chère Tullia, objecta doucement mon père, essaie de ne pas oublier que je suis déchu de mon rang. En fait, nous sommes tous deux sous le coup d'une condamnation à mort, nous sommes bien plus misérables que ces braves gens qui consentent si aimablement à boire avec nous. Mon corps est faible. Je n'ai jamais prétendu à la bravoure. Le vin chasse cette désagréable appréhension qui me crispe la nuque. Mais je découvre avec un grand plaisir que je n'ai plus désormais à me soucier de mon estomac et de la migraine du lendemain, que tu rendais toujours plus pénible par des reproches mordants. Mais à présent, oublions tout cela, ma chère Tullia.

« Songe donc, poursuivit-il, à ces honorables guerriers qui, par notre faute, vont manquer le très passionnant spectacle que donneront les chrétiens entrant au paradis par la gueule des fauves, par les flammes et par les croix, et par tous les autres dispositifs que Néron, avec le talent artistique que nous lui connaissons, a dû imaginer. Je vous en prie, mes amis, ne vous retenez pas de chanter, si votre humeur vous y pousse. Mais par respect pour ma vertueuse épouse ici présente, gardez pour tout à l'heure vos histoires de femmes. Pour moi, ce jour est un jour de grande joie, car une prophétie va enfin s'accomplir, qui me hantait depuis près de trente-cinq ans. Buvons ensemble, mes chers frères, et toi aussi, ma bonne, bois à la gloire du nom du Christ. Je ne crois pas qu'il en prenne ombrage, eu égard à la particularité de cet instant. A ce qu'il me semble, en considérant ma vie, il lui faudra juger des actes bien plus graves. Cette innocente libation ne devrait donc pas empirer mon cas. J'ai toujours été égoïste. Tout ce que je puis dire pour ma défense, c'est qu'il s'est fait homme aussi pour ramener à lui l'agneau rétif et pelé. Il me revient vaguement une histoire dans laquelle on décrit comment, au cœur de la nuit, il avait quitté tout le troupeau pour partir à la recherche d'une seule brebis perdue. »

Les prétoriens étaient tout ouïe.

« Il y a beaucoup de choses à méditer dans tes paroles, noble Manilianus, lui dirent-ils. Dans la légion aussi, on se rythme sur le pas du plus lent et c'est lui qui décide de la bataille. Et l'on ne doit jamais abandonner un camarade de combat blessé ou encerclé par l'ennemi, même s'il faut pour le secourir mettre en balance le sort d'un manipule entier. Les embuscades, bien sûr, c'est une autre affaire. »

Ils se mirent alors à comparer leurs cicatrices et à discourir sur les exploits qu'ils avaient accomplis, en Arménie, dans les régions danubiennes et en Bretagne, et qui leur avaient valu d'être affectés à la garde prétorienne à Rome. Mon père saisit cette occasion pour parler à sa femme.

« Pourquoi avoir prétendu être chrétienne? Tu ne crois pas que Jésus de Nazareth est le fils de Dieu et le sauveur du monde. Tu n'avais pas besoin d'agir ainsi. Tu n'as même pas été baptisée. Tu n'as pris part qu'à contrecœur aux agapes sacrées, et encore n'était-ce que pour remplir tes devoirs d'hôtesse, tu n'as jamais goûté le pain et le vin bénis au nom de Jésus. Je souffre de t'avoir attirée inutilement dans ce mauvais pas. Je pensais tout à fait sincèrement que, veuve, tu pourrais mener la vie qui te convient. Tu aurais bientôt trouvé un autre époux meilleur que moi, car à mes yeux tu es toujours belle et fort bien conservée pour ton âge, et tu es riche aussi. J'étais convaincu qu'il y aurait une véritable ruée de prétendants dans ta demeure, dès la fin du deuil. Cette idée n'éveillait nulle jalousie en moi, car ton bonheur m'importait davantage que le mien. Nous n'avons jamais été d'accord sur le Christ et son royaume.

– Mon cher Marcus, répliqua Tullia, je serai aussi bonne chrétienne que toi, quand il s'agira de mourir pour la gloire du nom du Christ. J'ai donné mes biens aux pauvres pour te complaire, quand j'ai été incapable de supporter plus longtemps tes éternelles bouderies. N'as-tu point remarqué que je ne t'ai pas adressé le moindre reproche, alors que tu as couvert notre nom d'opprobre devant le sénat, avec ton effroyable obstination? J'ai ma propre opinion sur ton stupide comportement, mais en un pareil moment, je tiendrai ma langue pour ne pas te blesser une nouvelle fois. »

Elle se radoucit et, se pendant au cou de mon père, le couvrit de baisers et lui mouilla les joues de larmes.

« Je n'ai pas peur de la mort, lui expliqua-t-elle, du moment qu'il m'est donné de mourir avec toi, mon cher Marcus. Je ne puis supporter l'idée d'être de nouveau veuve. Bien que j'aie divorcé deux fois et déposé une fois les cendres d'un autre époux dans son mausolée, le seul homme que j'aie jamais aimé, c'est toi. Tu m'as abandonnée cruellement un jour d'autrefois, sans te soucier le moins du monde de ce que j'éprouvais. J'ai fait le voyage d'Egypte pour te retrouver. Je sais bien que j'avais aussi d'autres raisons pour quitter Rome mais toi, de ton côté, tu t'étais lié à une Juive que tu avais emmenée en Galilée et aussi, avec cette horrible Myrina, dont la bonne réputation ne sera jamais établie à mes yeux, quand bien même tu dresserais sa statue à tous les carrefours d'Asie. Mais alors j'ai eu mes propres faiblesses, moi aussi. Ce qui importe plus que tout, c'est que tu m'aimes, que tu me dises que je suis belle, bien que mes cheveux soient teints, que mon menton soit flasque, et ma bouche pleine de dents d'ivoire. »

Tandis qu'ils devisaient ainsi, le jeune chrétien à la tunique de chevalier, encouragé par le vin, demanda au centurion s'il avait des ordres pour arrêter les chrétiens qu'il rencontrait. Le centurion le nia avec énergie, expliquant qu'il était seulement chargé d'exécuter mon père et Tullia, et ce dans le plus grand secret.

Alors, le jeune chevalier avoua sa foi chrétienne et suggéra à mon père de partager les saintes agapes chrétiennes, ce qui ne manquerait pas de donner des forces spirituelles aux convives. Certes, le repas ne pourrait se dérouler derrière des portes closes mais eu égard aux circonstances, c'était sans doute sans importance.

Le centurion assura qu'il ne voyait pas d'objection à cette cérémonie. En fait, il était curieux d'y assister, car on disait tant de choses sur les chrétiens! Mon père adopta volontiers l'idée de ces agapes improvisées, mais demanda au jeune homme de bénir le pain et le vin.

« Je ne puis le faire moi-même, dit-il. Peut-être est-ce à cause de ma vanité et de mon caractère têtu, car le jour où l'Esprit est descendu sur les disciples de Jésus de Nazareth, ils ont baptisé un grand nombre de gens, de sorte que tous communiaient dans le même esprit. J'aurais désiré de tout mon cœur être baptisé avec les autres, mais ils ont refusé parce que je n'étais pas circoncis et ils m'ont aussi ordonné de garder le silence sur ces choses que je ne comprenais pas. Tout au long de ma vie, je me suis souvenu de cette injonction et je n'ai jamais transmis à personne aucun enseignement, si ce n'est parfois pour raconter, peut-être de façon erronée d'ailleurs, quelques détails de ce que j'avais vu, ou que je croyais être vrais, pour corriger ce qui me paraissait une incompréhension. J'ai été baptisé ici à Rome, quand Céphas, dans sa grande bonté, m'a demandé de lui pardonner son intransigeance d'autrefois. Il se sentait toujours en dette vis-à-vis de moi, parce qu'un jour, sur une montagne de Galilée, je lui ai prêté un âne pour qu'il puisse faire rentrer sa belle-mère blessée au pied chez elle à Capharnaüm. Pardonnez mes bavardages. Je vois que les soldats jettent des coups d'œil sur le ciel. Jacasser sur le passé est un défaut de vieillard. Je crois que le vin m'a par trop délié la langue. »

Ils s'agenouillèrent, et Tullia les imita. Le chevalier prononça les quelques paroles de bénédiction qui transformaient le pain et le vin en corps et en sang du Christ. Ils reçurent la grâce les larmes aux yeux et se baisèrent les uns les autres avec tendresse. Tullia assura qu'elle éprouvait un tremblement intérieur, avant-goût de ce paradis où elle irait avec mon père, à moins que ce ne fût ailleurs, peu importait, pourvu qu'ils se tinssent par la main.

Les prétoriens reconnurent qu'ils ne trouvaient rien à redire à cette cérémonie magique. Puis le centurion toussota en jetant ostensiblement un nouveau coup d'œil au ciel. Mon père s'empressa de régler l'aubergiste, en lui laissant un généreux pourboire, et répartit l'argent qui restait entre le centurion et ses hommes, en leur demandant une fois encore pardon pour tous les tracas qu'il leur avait causés et en les bénissant au nom du Christ. Le centurion suggéra avec ménagement qu'il convenait peut-être de passer de l'autre côté du monument funéraire, car il avait ordre d'accomplir sa tâche aussi discrètement que possible.

Alors le chevalier chrétien éclata en sanglots et dit qu'en bénissant le pain et le vin, il avait soudain senti avec certitude qu'il possédait le vrai savoir. Il ne désirait donc plus attendre encore. Il se tourmentait à l'idée que tant d'humbles chrétiens eussent été autorisés à souffrir dans le cirque pour la gloire du Christ, alors que lui-même ne serait peut-être pas capable de supporter fermement l'oppression à venir. C'est pourquoi il demandait au centurion de l'autoriser à être du plus beau voyage que puisse accomplir un homme, en lui coupant la tête à lui aussi. Il était aussi coupable que les autres chrétiens et le même châtiment devait lui être appliqué.

Le centurion fut ébahi puis, après un instant de réflexion, il admit qu'il ne manquerait sans doute en rien à ses devoirs s'il permettait au jeune homme de mourir en même temps que mon père et Tullia. Sur quoi, d'autres convives qui avaient suivi la conversation supplièrent qu'on leur accordât le même bonheur. Je dois ajouter qu'on m'a raconté que mon père les avait abondamment abreuvés.

Mais le centurion leur opposa un ferme refus, déclarant que sa bienveillance avait des limites. On pouvait à la rigueur rajouter une personne dans son rapport, mais d'autres exécutions supplémentaires attireraient l'attention et lui donneraient beaucoup trop de détails à consigner sur les tablettes de cire, alors qu'il ne savait pas très bien écrire.

Cependant, il reconnut que tout ce qu'il avait vu lui faisait une profonde impression. Il se réservait de se renseigner quelque jour sur ces questions. Ce Christ était manifestement un dieu puissant, s'il pouvait faire de la mort un bonheur pour ses disciples. En fait, il n'avait jamais entendu dire que quiconque fût mort volontairement, pour Jupiter, par exemple, ou pour Bacchus. Pour Vénus, certes, c'était une autre affaire.

Les prétoriens conduisirent derrière le monument Tullia, mon père et le jeune chevalier, dont le centurion inscrivit le nom sur la tablette d'argile, d'une tremblante écriture d'ivrogne. Puis l'officier désigna comme exécuteur le plus fin manieur de glaive qui saurait détacher la tête d'un seul coup de son arme. Mon père et Tullia moururent à genoux, main dans la main. L'un des chrétiens qui avait assisté à toute la scène me raconta par la suite qu'à l'instant de leur trépas, la terre trembla et le ciel vomit des flammes qui éblouirent les paysans. Mais je pense qu'il m'affirma cela pour me complaire, à moins qu'il n'eût rêvé.

Les prétoriens lancèrent les dés pour décider qui garderait les corps jusqu'à ce que des parents vinssent les réclamer. Voyant cela, certains des témoins de l'exécution offrirent de s'occuper des corps, arguant que tous les chrétiens étaient frères et donc parents. Le centurion trouva ce raisonnement plutôt spécieux mais accepta avec reconnaissance leur offre, car elle permettrait à tous ses hommes d'assister au spectacle du cirque. Il était près de midi quand ils regagnèrent au pas de course la cité et le cirque de l'autre côté du fleuve, espérant trouver encore des places debout parmi les autres prétoriens.

Les chrétiens prirent soin des corps de mon père, de Tullia et du jeune chevalier. Par égard pour l'ancienne famille de ce dernier, je ne mentionnerai pas son nom. C'était le fils unique de ses vénérables parents et son acte démentiel leur causa bien du chagrin. Ils s'étaient toujours montrés trop indulgents avec lui, et avaient fermé les yeux sur ses sympathies pour les chrétiens, dans l'espoir qu'il oublierait leurs billevesées, comme tous les jeunes gens, en général, oublient leurs austères préoccupations philosophiques dès qu'ils sont mariés.

On apprêta respectueusement les corps et on les enterra sans les avoir brûlés. Les restes de mon père ne furent donc pas placés dans le tombeau qu'il avait acquis dans la nécropole royale de Caere, mais je ne crois pas qu'il s'en serait soucié. A cette époque, les chrétiens avaient commencé à creuser dans le sol des galeries et des chambres souterraines dans lesquelles ils plaçaient leurs morts. On disait qu'ils tenaient là leurs réunions secrètes, ce que l'on considérait comme la preuve évidente de la corruption de leur foi, puisqu'il n'honoraient pas même leurs propres défunts. Mais toi, Julius, ô mon fils, respecte les catacombes, et quand ton temps sera venu, laisse-les intactes, car dans l'une d'elles gît le père de ton père, dans l'attente du jour de la résurrection.

A midi commença la distribution de victuailles au public du cirque. Vêtu en aurige, Néron effectua deux tours de piste dans son char d'or tiré par deux coursiers blancs comme neige, pour souhaiter bon appétit à la foule qui lui répondit par des acclamations délirantes. Des jetons de loterie furent jetés dans les gradins, mais en moins grand nombre qu'autrefois, car depuis qu'il s'était lancé dans d'énormes travaux de construction, Néron connaissait quelques difficultés de trésorerie. Il espérait que ces restrictions seraient largement compensées, aux yeux du public, par le spectacle inhabituel qu'on allait lui présenter. Et en cela, il ne se trompait pas.

Pendant ce temps, j'avais retrouvé tout mon calme et toute ma sérénité, bien que la plus grande partie du spectacle qui suivrait le repas de midi reposât sur mes épaules. En fait, les numéros théâtraux imaginés par Néron étaient sans intérêt du point de vue du public. Je crois que la faute en fut aux comédiens, qui n'avait absolument aucune idée des conceptions chrétiennes.

Je ne suis sans doute pas compétent pour critiquer ce type de spectacle théâtral, mais je crois que la foule aurait été insatisfaite si mes chiens sauvages n'avaient pas montré leurs excellentes qualités dès le début, aussitôt après la procession des dieux et du sénat et la lecture du discours de Néron sous une forme abrégée. Une trentaine de chrétiens vêtus de peaux de fauves furent poussés dans l'arène et une meute de limiers lâchée contre eux.

Dès qu'ils eurent senti l'odeur du sang, les chiens accomplirent à merveille leur tâche et ne se firent pas prier pour attaquer les victimes. Ils pourchassèrent les chrétiens à travers l'arène. Ils les faisaient habilement tomber d'un coup de dent vicieux dans la jambe, et une fois que le fuyard était à terre, ils se jetaient sur sa gorge sans perdre de temps à le mordre ou à le tourmenter. Bien qu'ils fussent affamés, ils ne s'attardaient pas à dévorer leur proie, et se contentaient d'apaiser leur soif en lapant un peu de sang, avant de repartir en chasse. Je fis à mon dresseur de chiens les plus grands éloges.

Les noces des Danaïdes ne se déroulèrent absolument pas comme prévu. Les jeunes chrétiens et chrétiennes qu'on avait déguisés pour la circonstance refusèrent d'exécuter les danses nuptiales et se regroupèrent en un troupeau amorphe au centre de l'arène. Il fallut faire intervenir des acteurs professionnels pour compenser ce défaut de zèle. Après les noces, les épousées étaient censées tuer leurs époux de différentes manières, à l'imitation des filles de Danaos. Mais les jeunes chrétiennes refusèrent tout net de tuer quiconque, retirant ainsi à leurs compagnons la possibilité d'une mort plus douce.

Les garçons de piste durent en tuer quelques-uns à coups de gourdin. On entoura les corps des jeunes gens restants de fagots solidement attachés, à l'instar des autres criminels qui attendaient de périr par le feu. Je dois reconnaître que le public rit de bon cœur en voyant les Danaïdes courir entre les bûchers et les bassins de l'arène pour tenter d'éteindre les flammes avec leurs vases percés. Les chrétiens qui brûlaient poussaient des hurlements si perçants que même la musique de l'orgue hydraulique et des autres instruments ne les couvrit pas. C'étaient ces cris qui avaient arraché les jeunes filles à leur apathie.

Pour finir, on bouta le feu à une maison de bois fort élégamment décorée. A toutes les ouvertures, portes et fenêtres, avaient été enchaînés des vieux chrétiens des deux sexes et lorsque les flammes commencèrent de leur lécher les jambes, on eut un fidèle tableau du grand incendie de Rome. Les Danaïdes se débarrassèrent tout à fait inutilement de leurs vases pour se précipiter vainement au secours de leurs parents et bon nombre d'entre elles périrent dans les flammes.

Sur tous les gradins, et en particulier sur les bancs supérieurs où se tenait la plèbe, on riait aux éclats. Mais quelques sénateurs détournèrent ostensiblement la face. Parmi les chevaliers, on entendit critiquer ces cruautés qualifiées d'inutiles bien qu'on concédât que le bûcher fût assurément le meilleur châtiment pour des incendiaires.

Sur ces entrefaites, les personnes arrêtées sous le toit de

mon père furent conduites parmi les autres condamnés qui attendaient de mourir dans l'arène. Lorsque Barbus et Jucundus comprirent ce qui se préparait, ils tentèrent vainement de me faire avertir. Les gardes faisaient la sourde oreille car lorsque les hurlements avaient commencé de retentir jusque dans les cachots et dans les étables, nombre de prisonniers s'étaient mis à réclamer toutes sortes de passe-droits et à invoquer des protections.

Les chrétiens étaient déjà répartis en fonction des nécessités du spectacle et les nouveaux venus furent séparés dans le même dessein. Je n'avais aucune raison de descendre dans le cachot où se trouvaient le vieux soldat et le fils de Lugunda. Il me fallait me reposer de la bonne marche du spectacle sur les contremaîtres de la ménagerie, et demeurer sur mon siège d'honneur pour y recevoir les ovations réservées à l'organisateur. Même si quelqu'un avait désiré me faire parvenir un message, je n'aurais pas eu la possibilité de m'absenter.

En outre, Jucundus s'était plus ou moins convaincu qu'une certaine fraternité, qu'il avait constituée avec des condisciples de l'école du Palatin, avait été découverte et que c'était de cela qu'il allait être puni. Dans la folie de leur jeunesse, ils avaient projeté d'écraser les Parthes et d'établir la capitale à l'Orient. C'était par certains côtés le plan même que Néron imaginait lorsqu'il était las du sénat. La différence résidait cependant dans le fait que ces jeunes gens comptaient retirer tout rôle dirigeant aux Romains pour le donner aux vieilles familles royales de l'Orient.

Personne évidemment n'aurait accordé d'importance à ces enfantillages, s'ils avaient été découverts. Mais dans sa vanité, cet adolescent de quinze ans, qui venait à peine de recevoir la toge virile, était convaincu qu'on l'avait condamné pour conspiration politique.

Lorsque Jucundus comprit qu'il lui faudrait mourir, il se tourna vers Barbus et tous deux, considérant qu'il était impossible de me joindre, résolurent de trouver ensemble une mort honorable. Eussé-je connu leur sort, que je me serais peut-être trouvé dans l'impossibilité de leur venir en aide, tant Néron était courroucé par l'affront que mon père lui avait infligé devant le sénat.

Pour introduire du piquant et de la variété dans le spectacle, j'avais décidé d'armer les chrétiens qui désiraient combattre les fauves. Je ne pouvais cependant leur proposer que des dagues, des glaives et des épieux, qu'ils prenaient en entrant dans l'arène.

Jucundus et Barbus se déclarèrent prêts à affronter les lions l'épée à la main, ce qu'on leur accorda aussitôt, car la plupart des chrétiens ne désiraient malheureusement pas se battre contre les bêtes. Après la suspension de midi, pour égayer le public, je fis envoyer un groupe de chrétiens vêtus de peaux d'animaux dans l'arène et fis lâcher contre eux une nouvelle meute de chiens. Mais, quand les limiers eurent accompli leur tâche, ils refusèrent cette fois d'obéir aux coups de sifflet et continuèrent de tourner en rond dans la poussière.

Puis ce fut le tour de nos trois lions sauvages, trois superbes bêtes dont j'étais fier, à juste titre. Me fiant à l'expérience de mes subordonnés, j'avais demandé de préparer un groupe de faibles vieillards, d'infirmes et d'enfants pour les livrer à mes lions. On m'avait en effet expliqué que rien n'amusait davantage la foule que de voir des nains ou des culs-de-jatte tenter de fuir les fauves. Jucundus, qui ne pouvait se déplacer sans béquilles, convenait donc parfaitement.

Il fallut d'abord que le groupe se rassemblât, en clopinant et en boitant, au centre de l'arène, sous la protection des fouets des dresseurs de chiens. Heureusement, les animaux n'accordèrent guère d'attention aux nouveaux venus qui n'étaient pas vêtus de peaux de bêtes. Puis Jucundus et Barbus, épée à la main, s'avancèrent à la tête d'une dizaine de chrétiens armés.

La foule hurla de joie au spectacle de ce vieillard édenté et de ce jeune homme chancelant sur ses béquilles, qui saluaient du glaive la loge impériale. Cette réaction populaire ne laissa pas de m'inquiéter. Je jetai un coup d'œil à Néron, craignant qu'il fût offensé par les rires de la plèbe et m'en tînt rigueur, quoique l'incident fût imprévisible. Mais il parvint à faire bonne figure et rit avec le public.

Je dois reconnaître que jusqu'au moment où je les reconnus, je trouvais du plus haut comique les allures bravaches de ces deux personnages. Tandis qu'ils s'affairaient en clopinant au centre de l'arène, disposant les chrétiens armés autour des vieillards et des enfants, je n'imaginais pas un instant de qui il s'agissait.

Je ne pouvais concevoir pareil événement : mon propre fils et mon plus fidèle serviteur jetés aux fauves! En fait, pendant un moment, je me demandai qui avait eu la brillante idée de placer ces deux créatures grotesques à la tête des chrétiens décidés à combattre les lions.

Les rires de la foule offensèrent sans doute gravement Barbus et Jucundus. J'imagine qu'ils avaient choisi d'affronter les lions parce que Barbus ayant raconté à mon fils comment j'avais capturé ce fauve à mains nues près d'Antioche, et s'étant attribué un rôle audacieux dans l'histoire, avait conclu que c'était cette bête qu'il était le mieux préparé à affronter.

Il conseilla à Jucundus de poser ses béquilles derrière lui et de s'agenouiller, afin qu'il ne fût pas jeté à terre et assommé dès le premier assaut. Le vieux guerrier ferait au jeune homme un rempart de son corps, afin de lui laisser le temps de montrer son courage. Je crois que Barbus, en échange des confidences de Jucundus, lui avait avoué que j'étais son véritable père. Personne d'autre que mon père et que mon ancien mentor n'était dans le secret.

Quand les portes de la fosse aux fauves s'ouvrirent, Jucundus s'efforça d'attirer mon attention en m'appelant à voix haute et en agitant gaiement son glaive pour me montrer qu'il n'avait pas peur. Alors les écailles tombèrent de mes yeux et je reconnus mon fils et Barbus. Ce fut comme si mon estomac tombait dans mes genoux. Dans mon désespoir, je criai quelque chose pour demander l'arrêt du spectacle.

Heureusement, nul n'entendit ma voix dans le tumulte universel. Tandis que les lions magnifiques se ruaient dans l'arène, le public hurlait de plaisir et nombre de spectateurs se levaient pour mieux voir. Si j'avais voulu vraiment interrompre la représentation à cet instant crucial, Néron fou de rage aurait envoyé le père rejoindre le fils dans l'arène, ce qui n'aurait servi à personne. Quand je fus revenu de ma surprise, je parvins à me maîtriser et me réjouis de ce que nul n'avait entendu mon cri.

Sabine, qui considérait les lions comme sa propriété, avait avec l'aide d'Epaphroditus déployé toute son ingéniosité pour attiser chez eux la soif du sang. Ils se précipitèrent sur la piste avec tant de fureur que, ébloui par le brusque passage de l'ombre à la lumière, le plus grand des fauvres trébucha sur une braise fumante, roula sur lui-même et se blessa le museau et se releva, plus furieux que jamais. Aveuglés par la lumière, les lions trottaient autour de la piste, et leurs rugissements augmentaient la tension de l'attente. D'abord, ils n'aperçurent pas les chrétiens rassemblés au milieu de l'arène et se contentèrent de donner au passage quelques coups de griffes à ceux qui avaient été crucifiés sur l'enceinte de protection.

Barbus avait mis à profit ce répit pour courir ramasser une torche éteinte et, encourageant ses compagnons à l'imiter, il l'agita et la ranima de son souffle. Il se retrouva donc avec une épée dans une main et une torche dans l'autre. Deux autres chrétiens suivirent son exemple, mais les lions remarquèrent ces ombres qui couraient et l'un des hommes fut jeté à terre sans même avoir eu le temps d'utiliser son glaive. Des cris de dégoût s'élevèrent parmi les spectateurs qui crurent qu'il avait tenté de fuir, alors qu'il avait simplement essayé de rejoindre les chrétiens désarmés pour les défendre.

Survint une péripétie imprévue : les chiens qui erraient au bord de la piste, obéissant à leur entraînement, se formèrent en meute et assaillirent aussitôt les lions par-derrière. Les chrétiens purent donc se défendre d'abord avec succès, car les fauves faisaient sans cesse de brusques volte-face pour se débarrasser des chiens qui les mordaient. Quelque peu aidé par le hasard, Barbus parvint à crever l'œil d'un lion avant de tomber, et Jucundus, plantant son glaive dans le ventre du fauve, le blessa gravement.

Le lion roula à terre en se déchirant les entrailles. Jucundus s'approcha en se traînant sur les genoux et lui porta un coup mortel. Mais, dans les convulsions de l'agonie, la bête déchira le cuir chevelu de son vainqueur. La foule applaudit vigoureusement le jeune homme aveuglé par son propre sang.

Jucundus chercha Barbus à tâtons et l'ayant trouvé, comprit qu'il était mort. Il se saisit d'une torche et l'agita à l'aveuglette, tout en s'efforçant, avec le poing qui tenait l'épée, d'essuyer le sang qui lui couvrait les yeux. L'un des lions encore vivants se brûla le nez contre le flambeau et, croyant avoir affaire à la barre brûlante d'un dresseur de fauves, se tourna vers une proie plus facile. Je commençai à craindre d'avoir sous-estimé les capacités guerrières des chrétiens. Le spectacle allait-il tourner court?

Mais les chiens restants n'étaient plus très nombreux. Ils furent bientôt harassés et les deux lions vivants purent en venir à bout avant de s'en prendre aux chrétiens. Aucun des intrépides limiers ne fuit la queue entre les jambes. D'un habile coup de patte, l'un des fauves brisa l'échine du dernier chien qui demeura à terre, hurlant à la mort. Deux ou trois amoureux des chiens dans le public se levèrent pour crier que le jeu était trop cruel, qu'on ne devait pas torturer ainsi ces bêtes. L'un des chrétiens, d'un coup miséricordieux de son glaive, mit fin aux souffrances de l'animal.

Jucundus combattait toujours. Un chrétien armé d'un épieu, constatant que le jeune homme était le plus habile manieur d'épée de la troupe, se plaça sur son arrière pour le protéger. Ensemble, ils parvinrent à blesser sérieusement l'un des fauves. La foule prenait tant de plaisir au spectacle qu'un ou deux pouces baissés apparurent, mais le geste n'avait bien sûr aucune chance d'être pris au sérieux. Jucundus mourut.

Ce qui suivit ne fut plus que massacre sans intérêt. Les lions attaquèrent la troupe des chrétiens désarmés, qui ne tentèrent même pas de fuir, au grand désappointement du public. Ils restaient serrés les uns contre les autres, de sorte que les lions durent les tirer un à un du groupe compact pour les déchiqueter. Je dus faire intervenir en toute hâte deux ours pour aider les lions. A la fin, quand tous les chrétiens eurent été mis en pièces, lions et ours s'affrontèrent dans un effrayant combat. Le lion blessé, en particulier, reçut de gigantesques ovations pour son inébranlable bravoure.

J'étais bouleversé par la mort de Jucundus, bien que je connusse déjà certains événements qui s'étaient produits dans le jardin de Tigellinus, et pour lesquels le jeune homme méritait les plus terribles châtiments. Mais je reviendrai là-dessus. Le spectacle, dont j'étais responsable, devait continuer. Sur ces entrefaites, un esclave de mon domaine de Caere vint m'annoncer que Claudia avait donné naissance à un beau garçon le matin même. Mère et fils se portaient à merveille et Claudia me demandait son accord pour appeler l'enfant Clément.

Je ne pouvais faire autrement que voir un présage favorable dans le fait qu'à l'instant où mon fils Jucundus perdait la vie dans un intrépide combat contre un lion, on m'apprenait la naissance d'un autre fils. Eu égard aux circonstances, je ne trouvais guère ce nom de Clément très approprié, mais dans ma joie, je songeai qu'il valait mieux laisser Claudia décider, car je savais que nous aurions bientôt de longues et pénibles explications. Et dans mon cœur, durant dix années, je t'ai toujours appelé Julius, ô mon fils.

Les jeux continuèrent, marqués par une grande variété, tout au long de l'après-midi. Il y eut maints imprévus, comme on peut s'y attendre quand des fauves sont lâchés dans l'arène, et la plupart d'entre eux furent fort heureux. L'on en crédita mon savoir-faire. On pariait beaucoup sur les gradins, et l'on s'y battit aussi, comme toujours dans ces spectacles.

Le soleil était proche de l'horizon lorsque les jeux atteignirent leur apogée avec l'apparition des Dircé et des bisons hyrcaniens. Le plaisir de la foule ne connut plus de bornes lorsque les portes des étables s'ouvrant tout à coup, une trentaine de bisons se ruèrent dans l'arène, chacun d'entre eux portant, étroitement liée entre ses cornes, une jeune fille vêtue d'affriolante façon. Par pure jalousie, les comédiens avaient voulu s'occuper de la préparation de ce numéro pour en recevoir tout l'honneur, et après une longue discussion je les avais laissé attacher les jeunes filles sur les bêtes, et naturellement, ils avaient fait un si mauvais travail que j'avais dû leur prêter mes bouviers pour l'achever.

Le bloc de pierre que j'avais eu tant de peine à faire déposer dans l'arène se révéla inutile. Tandis que les comédiens criaient dans des porte-voix la légende de Dircé, les bisons se défaisaient sans mal des jeunes filles et, après les avoir projetées en l'air, les tuaient à coups de corne. Seuls deux d'entre eux, se conformant à la légende, écrasèrent leur Dircé contre la pierre. Mais cet échec relatif ne m'est pas imputable : il faut le reprocher à l'incapacité des comédiens.

Les chrétiens restants furent livrés aux bisons. Pour mon plus grand plaisir, les condamnés, se départissant de leur attitude indifférente, firent preuve d'une incroyable bravoure. Il semblait tout à coup qu'ils fussent pris d'un ardent désir de mourir. En hurlant ensemble comme s'ils s'élançaient pour une course, ils se jetèrent au-devant des bisons et se précipitèrent sur leurs cornes, sous les acclamations de la foule qui commençait à éprouver quelque sympathie pour eux.

Quand ce jeu s'acheva, les bisons tournèrent leur fureur sur les crucifiés, renversant les croix et s'attaquant à l'enceinte de la piste avec tant de force que les spectateurs les plus proches en furent effrayés. Mais la représentation était terminée.

Je jetai un coup d'œil au ciel. L'heure était venue. Avec

un soupir de soulagement, j'ordonnai aux bouviers de tuer les bisons. Ils s'exécutèrent avec tant d'intrépide habileté, souvent en combat rapproché, que les spectateurs les acclamèrent aussi, alors que j'avais craint jusque-là que ce massacre final ennuyât la foule.

Tigellinus aurait voulu brûler l'enceinte protectrice, et les chrétiens qui y étaient cloués, mais Néron s'y était opposé, dans la crainte que le feu se communiquât à l'amphithéâtre de bois. Tandis que la foule s'écoulait à l'extérieur, un groupe de prétoriens parcourut l'arène, tuant les chrétiens avec leur lance. Néron estimait raisonnable qu'ils ne souffrissent pas plus longtemps que leurs coreligionnaires morts sur le bûcher ou sous les coups de griffes, de dents et de cornes.

On s'étonnera peut-être de ce que je n'aie pas épargné ces bisons sauvages de grand prix, mais je dirai qu'une telle attitude aurait été stupide, car l'intérêt final du spectacle y aurait beaucoup perdu, une bonne partie de la foule risquant de s'attarder sur les gradins pour voir le long et fastidieux travail que nécessitait la capture des bêtes. De plus, les bisons étaient si farouches que plusieurs gardiens y auraient immanquablement laissé leur vie. De toute façon, je m'apprêtais à envoyer à Néron une si énorme demande de remboursement, que je pouvais bien supporter la perte de mes bisons hyrcaniens.

Comme la foule se hâtait vers les jardins d'Agrippine pour prendre part au festin offert par Néron, Tigellinus, qui désirait toujours se mettre en avant, voulut donner un spectacle de sa façon – le plus étonnant de la journée, croyait-il. Usant de ses prérogatives au-delà des murailles, il avait ordonné que les jardins fussent éclairés de bien particulière façon. Comme il n'y avait pas assez de place dans le cirque pour y faire périr cinq mille personnes, il avait fait conduire dans la matinée trois mille des chrétiens arrêtés dans les jardins.

Pendant la représentation, on avait dressé des poteaux le long des allées et autour des étangs des jardins, et les chrétiens y avaient été enchaînés. Quand les chaînes vinrent à manquer, on cloua les mains des condamnés.

Puis les chrétiens furent enduits de poix et de cire, produits que le procurateur de Tigellinus avait eu les plus grandes peines à se procurer, et encore, en quantités insuffisantes, de sorte qu'il avait fallu utiliser aussi de l'huile et d'autres substances.

Tandis que l'obscurité gagnait et que la foule se hâtait vers les jardins, les prétoriens couraient d'un poteau à l'autre, un flambeau à la main. Des hurlements de douleur s'élevèrent, de plus en plus nombreux au fur et à mesure que s'allumaient les torches humaines. Une suffocante puanteur se répandit et nul ne parut goûter l'extraordinaire spectacle. En fait, les personnes les plus raffinées perdirent l'appétit à cause de la déplaisante odeur de chair humaine grillée. Comme les chrétiens se tordaient et se débattaient, des gouttes de poix et de cire brûlantes furent projetées sur l'herbe sèche et l'on craignait que le feu ne s'étendît à tout le jardin. Plusieurs personnes se brûlèrent les pieds en éteignant les braises fumantes qui entouraient les poteaux.

Aussi, lorsque Néron, toujours vêtu en aurige, remonta dans son char les routes flanquées de ces torches, aucune acclamation ne s'éleva. Au lieu des vivats escomptés, il fut accueilli par un morne silence. Il aperçut plusieurs sénateurs qui rebroussaient chemin.

Il descendit de son char pour saluer les gens du peuple, mais nul ne rit de ses plaisanteries. Néron voulant garder Pétrone auprès de lui, ce dernier déclara qu'il avait déjà par pure amitié supporté un ennuyeux spectacle et qu'il existait des limites à ce que son estomac pouvait tolérer. Assaisonnée de l'écœurant fumet de chair humaine brûlée, la meilleure viande du monde ne lui paraîtrait guère alléchante.

Néron se mordit les lèvres et, avec cette moue boudeuse, dans son costume d'aurige, il ressemblait plus que jamais à quelque lutteur puissant, couvert de sueur. Il comprenait qu'il fallait trouver un autre divertissement pour le peuple, afin de dissiper la mauvaise impression laissée par la faute de goût de Tigellinus. Pour ajouter encore au malaise universel, des suppliciés à demi brûlés churent de leurs poteaux sur les personnes les plus proches, et d'autres, dans les convulsions de la souffrance, arrachèrent leurs mains clouées et se précipitèrent en flammes au milieu de la foule.

La vision de ces formes hurlantes, à peine humaines, qui rampaient et se tordaient de douleur, ne suscita que terreur et dégoût. Néron ordonna d'une voix courroucée d'achever immédiatement tous les chrétiens, car leurs cris allaient troubler la musique de son orchestre et la représentation théâtrale.

Il fit brûler tout l'encens qu'on put trouver et répandre le parfum qui devait être offert aux hôtes. On se doute du coût effrayant de ces extravagances, sans compter même la perte de tant de chaînes d'acier gâtées par le feu.

Pour ma part, j'avais été retenu par mes devoirs au cirque. Après avoir abrégé les félicitations que les plus nobles spectateurs étaient venus me communiquer en personne, je m'étais précipité dans l'arène pour surveiller le travail des garçons de cirque qui achevaient les agonisants à coups de gourdin, mais surtout pour réunir les restes de Jucundus et de Barbus.

Je retrouvai leurs dépouilles sans peine. Tout près, au milieu d'un amoncellement de corps déchiquetés, je découvris, à mon grand ébahissement, un adolescent vivant, qui se protégeait la tête de ses mains. Quand il eut essuyé tout le sang qui avait coulé sur lui à flots, je vis qu'il ne portait pas trace de morsure, de griffure, de coups de sabot ou de corne. Il leva vers les étoiles un regard hébété en demandant s'il était au paradis. Puis il me dit que, pour ne pas exaspérer la fureur des fauves, il s'était jeté à terre, sans offrir de résistance. Il n'y avait rien d'étonnant à ce qu'il eût été épargné, car ni les lions ni les bisons ne touchent à quiconque observe une immobilité de cadavre.

Qu'il eût survécu me parut une sorte de présage. Je jetai mon manteau en travers de ses épaules pour le sauver des gourdins des garçons d'arène. Ce geste fut aussitôt récompensé, car il put me fournir un récit détaillé de la fin de Barbus et de Jucundus, et aussi de la conversation que mon fils et le guerrier avaient eue au milieu des autres prisonniers.

Les cachots étaient si bondés que les prisonniers ne pouvaient s'asseoir, et par chance, le jeune homme s'était trouvé près de Jucundus. Barbus, que l'âge rendait sourd, avait dû inviter le fils de Lugunda à parler plus fort. Le jeune chrétien était donc en mesure de me mettre au courant de l'enfantillage que fut la conspiration des élèves du Palatin.

Aux yeux du jeune chrétien, sa survie était un miracle. Il aurait aimé se retrouver ce soir-là au paradis, comme ses compagnons. Mais le Christ, me dit-il, avait sans doute besoin de lui pour quelque dessein particulier. Je lui donnai des vêtements – il y en avait à foison – et l'accompagnai jusqu'à une porte dérobée, par laquelle il pourrait quitter sain et sauf le cirque.

Il appela la bénédiction du Christ sur son miséricordieux sauveur et m'assura qu'il ne doutait pas que même moi un jour je trouverais le vrai chemin. En toute candeur, il me raconta qu'il avait été disciple de Paul et avait été baptisé du nom de Clément. L'extraordinaire coïncidence me renforça dans la décision de me rendre au désir de Claudia d'appeler ainsi notre fils.

Se méprenant sur le mouvement de surprise que je n'avais pu réprimer, le jeune chrétien m'expliqua sur le ton de l'excuse qu'il n'était en aucune façon doté d'un naturel doux mais au contraire se voyait contraint de pratiquer maintes pénitences pour mater son impétuosité. C'était pourquoi il s'était jeté à terre sans vouloir rendre aux fauves le mal pour le mal. Il me bénit de nouveau avant de partir pour Rome le long de la route illuminée de torches humaines.

Je devais le retrouver trois ans plus tard, lorsque mes fonctions m'appelèrent à intervenir dans les conflits internes des chrétiens. Il s'agissait de décider qui recevrait la crosse du berger après Linus. Je crus devoir prendre le parti de Cletus contre Clément, qui me semblait trop jeune pour assumer cette lourde tâche. Je crois que par la suite, au cours de ses exercices d'humilité, il dut le comprendre.

Son tour viendra sans doute quelque jour mais ne te préoccupe pas de cela, ô Julius. Les chrétiens n'ont aucune importance politique, car leur religion ne saurait subsister longtemps face aux autres cultes orientaux. Ne les persécute jamais. Quand bien même ils te provoqueraient parfois, laisse-les vivre en paix, pour l'amour de ta grand-mère Myrina.

Je fis envelopper les restes de Jucundus et de Barbus dans un linceul et, quelques proches des suppliciés s'étant présentés en tremblant, je les autorisai à prendre soin des restes de leurs parents, s'ils parvenaient à les retrouver et refusai les nombreux cadeaux qu'ils m'offrirent en échange de cette faveur. Cependant, il me fallut faire porter la plupart des corps dans une fosse commune non loin de là.

Enfin, je pus me précipiter au festin de Néron avec le sentiment du devoir accompli. A la vue des puantes horreurs perpétrées par Tigellinus, j'exprimai ma réprobation et l'accusai à haute voix d'outrepasser ses prérogatives. J'avais déjà prévu, en observant l'énorme presse sur les gradins, qu'on manquerait de victuailles et m'étais empressé de faire écorcher et dépecer mes bisons sauvages pour pouvoir offrir de l'excellente viande au peuple, en mon propre nom.

Mais je perdis tout appétit lorsque je remarquai les bizarres regards que me jetaient les sénateurs, certains d'entre eux me tournant même le dos sans me rendre mon salut. Et quand Néron, en me remerciant de la part que j'avais prise au succès du spectacle, fit preuve d'un manque de chaleur surprenant, mon inquiétude s'accrut encore. Il y avait de la culpabilité dans sa façon de détourner les yeux. Quand il en eut terminé avec les politesses, il m'annonça le sort de mon père et de Tullia. En cet instant seulement, je compris l'apparition de Jucundus et de Barbus, qui jusque-là était restée pour moi une énigme en dépit des renseignements fournis par le jeune chrétien. J'avais l'intention de demander sur un ton acerbe à Néron, un jour qu'il serait d'humeur aimable, comment il était possible que le jeune fils adoptif d'un sénateur eût été jeté aux fauves avec les chrétiens.

Néron me décrivit le discours de mon père à la curie et l'état de confusion mentale où se trouvait le vieil homme.

« Il m'a insulté en présence du sénat rassemblé. Mais ce n'est pas moi qui l'ai condamné; ce sont ses propres collègues qui ont prononcé la sentence, à l'unanimité, au point qu'il n'a pas été besoin de voter. Perdant tout sang-froid, ta belle-mère a transformé en scandale public une affaire que le souci de ton bon renom m'incitait à garder secrète. Si le jeune Breton adopté par ton père n'avait pris au sérieux ses devoirs filiaux et ne s'était déclaré chrétien, il n'aurait jamais été envoyé au cirque, même si son infirmité lui interdisait l'entrée de l'ordre équestre. Tu n'as pas de raison de pleurer la mort de ton père, tu ne perds rien. Tu n'ignores pas au prix de quelles difficultés je parviens à trouver les fonds qui me permettent de vivre décemment. »

Je jugeai plus sage de lui confier que mon père, dix-sept ans plus tôt, m'avait remis une partie de mon héritage, pour me permettre de disposer du revenu nécessaire au rang de chevalier. Mais j'avais vendu les terrains de l'Aventin avant l'incendie et si j'avais reçu aussi d'énormes sommes de mon père pour l'entretien de la ménagerie,

Néron avait été indirectement bénéficiaire de ces largesses.

Pour éviter tout soupçon ultérieur, je me vis contraint de lui apprendre que mon père m'avait, entre autres choses, donné une coupe qui avait à mes yeux une grande importance. D'abord intéressé, Néron abandonna le sujet aussitôt que je lui eus dit que ce n'était qu'un grossier récipient de bois.

Comprenant à quels dangers m'avait exposé l'attitude insultante de mon père, je me hâtai d'ajouter que cette fois, je ne demanderais pas un sesterce pour le spectacle, car je savais combien Néron avait besoin de rogner sur ses autres dépenses pour pouvoir se faire bâtir une demeure digne de lui. Je lui donnai aussi la viande des bisons sauvages et lui suggérai de vendre l'immense quantité de vêtements entassés dans le cirque, ainsi que les bijoux pris sur les corps des condamnés. Cela paierait peut-être quelques colonnes des arcades qui devaient relier le Palatin à la future Maison dorée du Coelius et à l'Esquilin.

Néron s'épanouit en entendant ces paroles et m'assura qu'il n'oublierait pas ma générosité. Soulagé de voir que je ne lui reprochais pas la mort de mon père et celle de ce jeune homme qu'il croyait être mon frère adoptif, il revint en termes plus flatteurs sur mon rôle dans le spectacle, et reconnut que les comédiens avaient lamentablement échoué et que l'initiative de Tigellinus n'avait produit que du malaise. Hormis l'intervention des animaux sauvages, la seule réussite était la musique de l'orgue hydraulique et de l'orchestre, qu'il avait lui-même soigneusement arrangée.

Je songeai que le fracas de la musique n'avait réussi qu'à troubler les animaux et à distraire l'attention de la foule aux apogées du spectacle, mais gardai cette opinion pour moi. En dépit des compliments reçus, j'étais sombre et sans appétit. Dès que je fus assuré de n'être pas observé par des regards malveillants, je fis une libation en l'honneur de mon père. J'envoyai mon coursier s'enquérir du lieu de son exécution, avec mission de découvrir ce qu'étaient devenus son corps et celui de Tullia. Mais comme je l'ai raconté, ils avaient déjà disparu dans l'obscurité des catacombes.

J'ai dû me contenter de faire brûler les restes de Jucundus et de Barbus dans mon jardin, sur un bûcher échafaudé à la hâte. Il me semblait que, par sa loyauté, Barbus avait mérité de partager le bûcher de mon fils. Lorsque j'eus versé du vin sur les dernières braises, je rassemblai moi-même les cendres et les enfermai dans une urne.

Plus tard, je plaçai cette urne dans un mausolée que j'avais fait bâtir sur le terrain que mon père avait acquis autrefois dans la nécropole de Caere. Par son père, Jucundus appartenait à une vieille souche étrusque et par sa mère, à une noble lignée bretonne. Quant à Barbus, la dignité de sa mort prouvait la noblesse de son esprit. Sur le couvercle de cette urne, un coq de bronze étrusque chante pour eux la vie éternelle, comme tu pourras le voir de tes propres yeux, ô Julius, le jour où tu viendras porter dans ce tombeau les cendres d'un père misérable, méprisable et perplexe.

Pour ne pas offenser Néron, je me contraignis à demeurer un moment à son banquet. Je lui donne volontiers acte de l'excellence des petits spectacles qu'il fit présenter dans les clairières illuminées du parc : danses magnifiques, satyres poursuivant des nymphes dans les buissons, un tableau représentant Apollon et Daphné, et quelques autres scènes destinées à divertir le peuple et à détourner ses pensées moroses vers des objets frivoles. Avec mes viandes en sus, la chère était fort abondante, et les fontaines déversaient dans les bassins du vin non coupé d'eau.

Comme les incendiaires avaient reçu un châtiment mérité, que leur crime avait été racheté, les patriciennes romaines avaient, de concert avec tous les collèges sacerdotaux, prévu un somptueux festin propitiatoire qui constitua l'apogée de la fête. Pour la cérémonie, les deux plus sacrés cônes de pierre blanche avaient été acheminés en secret depuis leur temple. On les disposa sur leurs coussins sacrés dans une tente illuminée que les femmes avaient décorée de guirlandes. Les patriciennes offrirent le repas traditionnel. J'observai avec curiosité le déroulement de ce mystère que les Romains avaient hérité des Etrusques, et me joignis avec ferveur au rire sacré des sénateurs et des chevaliers. La plèbe n'était pas autorisée à rire. Puis la toile de l'entrée de la tente fut tirée et un instant plus tard, la lumière qui brillait à travers la toile s'éteignit d'un coup, sans aucune intervention humaine. Nous poussâmes tous un soupir de soulagement, car la cérémonie s'était déroulée conformément à la tradition.

Tandis qu'on laissait dans les ténèbres de la tente les cônes de pierre, ou les dieux qu'ils incarnaient, s'étreindre sur leurs coussins sacrés pour l'avenir de Rome, Néron présentait un numéro satirique contrebalançant la solennité de la cérémonie. Le seul élément qu'on peut retenir à son encontre est qu'il se crut obligé de se produire en personne, en s'imaginant ainsi gagner les faveurs du peuple.

Il apparut sur une scène à ciel ouvert, portant le costume et le voile écarlate d'une mariée, tandis que s'élevaient des hymnes nuptiaux. D'une voix de femme parfaitement imitée, il chanta les traditionnelles lamentations, puis Pythagoras, un fort bel esclave vêtu en marié, le conduisit au lit nuptial. Une déesse apparut pour consoler et conseiller l'épousée. Avec des gémissements de terreur, Néron laissa le marié défaire les deux nœuds de sa ceinture et à peu près nus tous deux, ils churent sur le lit en s'étreignant.

Néron imitait si bien les cris et les gémissements d'une femme terrifiée, que le public s'esclaffa et quand il commença à geindre de plaisir, les patriciennes rougirent et se cachèrent les yeux. Néron et Pythagoras jouèrent leur rôle avec tant de talent qu'ils semblaient avoir répété maintes fois cette scène.

Poppée en fut si courroucée qu'elle quitta le banquet peu après. Son départ avait aussi un autre motif : elle était enceinte de trois mois et devait veiller à sa santé. Le spectacle du cirque l'avait fatiguée.

Néron n'éprouva nul chagrin de ce départ. En fait, comme les convives sombraient dans l'ivresse, il en profita pour donner le signal de divers jeux lascifs qui se déroulèrent dans les recoins sombres du parc. Il avait invité toutes les pensionnaires de bordels que l'incendie avait épargnés et payé généreusement leurs services sur sa propre cassette. Mais maintes nobles dames, maints amateurs de plaisirs des deux sexes prirent part à ces divertissements qui se déroulaient sous la protection des ténèbres. De chaque buisson montèrent bientôt des râles, des grognements lubriques d'ivrognes et des cris de femmes.

Quant à moi, je regagnai ma demeure. Au même moment, je l'appris plus tard, Néron retournait à l'Esquilin pour dormir, couvert de souillures et de boue, la couronne de guingois, trempée de vin.

Poppée, que sa grossesse rendait irritable, était demeurée éveillée sur la couche conjugale. Elle accueillit son époux par ces âpres reproches dont les femmes ont le secret. Saisi d'une fureur d'ivrogne, il lui donna un coup de pied dans le ventre avant de sombrer dans un épais sommeil. Le lendemain, au réveil, il avait complètement oublié l'incident. Mais on lui apprit bientôt que Poppée avait fait une fausse couche, et qu'elle était si malade que ni les meilleurs médecins romains, ni ses vieilles sorcières juives ne pouvaient la sauver.

On doit dire à l'honneur de Poppée qu'elle n'adressa plus le moindre reproche à Néron dès qu'elle eut compris qu'elle était perdue. Tandis qu'elle agonisait, elle s'efforçait encore de le consoler et de le débarrasser d'un poignant sentiment de culpabilité en lui disant qu'elle avait toujours désiré mourir avant que sa beauté ne s'évanouît. Elle voulait que jusqu'à sa mort, Néron se souvînt d'elle telle qu'elle était en cet instant, dans sa beauté intacte, heureuse de l'amour qu'il lui portait, en dépit d'un geste d'humeur banal comme en avaient les plus fidèles conjoints. Bien sûr, la raison d'Etat contraindrait Néron à se remarier. Poppée souhaitait seulement qu'il n'agît pas trop vite, et qu'il ne fît pas brûler son corps. Elle désirait être enterrée suivant la coutume juive.

Pour des raisons politiques, Néron ne put la faire mettre en terre selon le rituel de la religion juive, mais il permit aux femmes juives de s'assembler autour du corps pour les lamentations traditionnelles. Suivant les mœurs de l'Orient, il avait fait embaumer Poppée et obéissant sans lésiner aux vœux de son épouse, il envoya des présents au temple de Jérusalem et aux synagogues de Rome.

Sur la tribune du Forum, il fit devant le sénat et le peuple de Rome un discours à la gloire de Poppée, et versa des flots de larmes en détaillant les différents aspects de sa beauté, depuis ses boucles d'or jusqu'à ses ongles d'orteil carmin. Une procession funéraire conduisit le corps embaumé, enfermé dans un cercueil de verre, au mausolée du divin Auguste. Beaucoup de gens furent outrés de ce qu'il lui réservât un honneur qu'il n'avait pas accordé à sa mère et à sa première épouse, Octavie. Hormis les Juifs, nul parmi le peuple ne pleura cette Poppée qui ne s'était pas contentée de faire garnir d'argent les sabots de ses mules mais avait réclamé de l'or. Outre cette extravagance, sa manie de se baigner dans du lait d'ânesse suscitait beaucoup de ressentiment.

Quant à moi, j'éprouvai beaucoup de chagrin de la mort prématurée de la délicieuse Poppée. Elle s'était toujours montrée amicale à mon endroit et m'aurait probablement confirmé cette amitié en se donnant à moi, si j'avais su me montrer hardi au moment favorable.

Mais j'en ai fini avec tout cela et je dois maintenant te parler de ta mère, Claudia, et de son attitude envers moi. En même temps, il me faudra te raconter la part que je pris dans la conspiration de Pison et dans sa découverte. Cela constituera une tâche encore plus douloureuse.

Mais je ferai de mon mieux, comme j'ai fait jusqu'à présent, pour te fournir un récit raisonnablement honnête, sans trop chercher à me justifier. Lorsque tu liras ces lignes, Julius, ô mon fils, peut-être comprendras-tu ce qu'est l'humaine faiblesse. Méprise-moi si tu veux. Je n'y perdrai rien. Je n'oublierai jamais le froid regard avec lequel tes quatorze ans jaugeaient ma méprisable richesse et ma méprisable stupidité, quand tu es venu, contraint et forcé par ta mère, me rendre visite dans cette lointaine localité où je tente de soigner mes maux. C'était un regard glaçant, plus pénétrant que les pires bourrasques d'hiver. Mais tu es un Julien, le sang divin coule dans tes veines, et je ne suis que Minutus Manilianus.

LIVRE IV

ANTONIA

J'AVAIS bien évidemment l'intention de te reconnaître officiellement et de te donner le nom proposé par Claudia, mais je jugeai plus sage de laisser s'écouler quelques jours pour laisser à ta mère le temps de recouvrer sa sérénité.

Je ne pouvais empêcher que Claudia apprît les événements de Rome et le rôle que j'y avais joué lorsque à mon corps défendant, sur l'ordre de Néron, j'avais dû organiser la mise à mort des chrétiens. Certes, j'avais mis à l'abri dans mon domaine de Caere un certain nombre de ses coreligionnaires, j'en avais averti quelques autres du danger qui les menaçait, et peut-être même avais-je sauvé Céphas en effrayant Tigellinus avec la réputation de sorcellerie de l'ancien pêcheur.

Mais je connaissais le naturel violent de Claudia et n'ignorais pas non plus en quelle piètre estime les femmes tiennent en général les actes de leurs maris, ignorantes qu'elles sont des nécessités politiques et des autres questions que seuls les hommes comprennent.

En outre, tant d'affaires pressantes me retenaient à Rome que je n'aurais pu, quand bien même l'eussé-je voulu, partir immédiatement pour Caere. La reconstitution de ma ménagerie mobilisa toutes mes énergies. Je dois néanmoins admettre que j'avais commencé d'éprouver une certaine répugnance à l'égard de ce métier, en particulier lorsque je songeais à Claudia.

Mon voyage fut encore retardé par le suicide inattendu de tante Laelia. Je fis de mon mieux pour le garder secret, mais l'on en profita pour répandre encore davantage de ragots sur mon compte. Si son geste n'était pas simplement le fruit de son cerveau dérangé, je ne le comprends toujours pas. On peut supposer que la soudaine nouvelle de la destitution de mon père et de son exécution eut raison du peu d'esprit qui lui restait, et que par quelque perversion du sens de l'honneur, elle se sentit contrainte au suicide. Peut-être estima-t-elle, dans son esprit malade, que je devais faire de même par respect pour l'empereur et le sénat, et peut-être désira-t-elle me donner l'exemple?

Elle persuada sa servante, qui avait la tête aussi faible qu'elle, de lui ouvrir les veines et comme son pauvre sang refusait de s'écouler de ses vaisseaux trop vieux, elle s'asphyxia avec les exhalaisons d'un brasero qu'elle avait toujours dans sa chambre, car elle avait constamment froid comme tous les vieillards. Elle avait eu encore assez de bon sens pour ordonner à sa servante d'obturer les ouvertures de la pièce.

Je m'aperçus de son absence le lendemain seulement, lorsque sa servante vint me demander si elle devait maintenant aérer la chambre. Je ne pus longtemps réprimander la vieille femme édentée qui ne savait que répéter qu'elle avait été forcée d'obéir aux ordres de sa maîtresse.

Profondément affecté par cette nouvelle éclaboussure sur mon nom et ma réputation, je fis brûler le corps de tante Laelia avec tous les honneurs qui lui étaient dus, en dépit de ma colère. J'eus bien du mal à trouver dans sa vie de quoi justifier le traditionnel éloge funèbre. Comme elle relevait à peine de ses couches, je ne conviai pas Claudia à la cérémonie mais lui écrivis une lettre relatant le triste événement et expliquant pourquoi je devais encore m'attarder dans la ville.

Je dois à la vérité de dire que je subissais alors beaucoup de vexations. L'inhumain châtiment des chrétiens avait soulevé de dégoût une jeunesse trop choyée et entichée de modes grecques, et la courageuse conduite des suppliciés leur avait attiré les sympathies les plus inattendues dans la population qui ne croyait guère aux explications de Néron. Je perdis beaucoup d'amis que j'aurais cru plus fidèles.

Je ne veux pour preuve de leur mauvaise foi que la rumeur qu'ils firent courir au sujet de Jucundus. On m'accusait de l'avoir dénoncé comme chrétien pour ne pas avoir à partager mon héritage avec lui. Mon père, censé m'avoir déjà déshérité à cause de ma mauvaise réputation, aurait eu l'intention de léguer sa fortune à l'Etat pour que je ne pusse obtenir la part qui me revenait. Qu'auraient pensé les mauvaises langues si on avait su que Jucundus était mon fils? Quand de tels malveillants mensonges étaient colportés à mon sujet dans la haute société de Rome, je ne puis que trop imaginer ce qu'on disait de moi chez les chrétiens que j'évitais le plus possible de fréquenter, pour ne pas donner prise au soupçon.

Le ressentiment universel m'interdisait de sortir sans escorte dans les rues. Néron lui-même avait jugé plus sage de proclamer qu'après avoir montré qu'il savait être sévère quand il le fallait, il envisageait maintenant d'abolir dans tout l'empire la peine capitale. Nul, même pour les pires crimes, même dans les provinces, ne pourrait plus être mis à mort. Au lieu de quoi, les condamnés seraient employés à la reconstruction de Rome, et tout particulièrement du grand cirque et de ce nouveau palais qu'on nommait déjà la Maison dorée.

Cette décision n'était pas dictée à l'empereur par la clémence ou l'amour du genre humain. Néron, qui commençait à souffrir de graves difficultés financières, voyait là l'occasion de disposer d'une main-d'œuvre gratuite pour les travaux les plus pénibles. Le sénat donna son aval à ce projet, malgré les avertissements de nombreux pères de la cité qui prévoyaient que le crime et l'impiété allaient prospérer.

Le mécontentement général ne résultait pas seulement du châtiment des chrétiens. Pour beaucoup de gens, ce n'était qu'un prétexte à exprimer leur haine du gouvernement. On était arrivé au moment où, à tous les niveaux de la société, commençait de se faire sentir l'effet des impôts destinés à la reconstruction de Rome et à la réalisation des projets monumentaux de Néron. La baisse décidée après l'incendie n'ayant été évidemment qu'une mesure d'urgence, le prix du froment fut relevé et même les esclaves constatèrent des restrictions dans les distributions gratuites de pain, d'ail et d'huile.

Certes, un empire tout entier pouvait bien s'offrir une Maison dorée, d'autant que Néron avait fait preuve de bon sens en prévoyant d'étendre les travaux sur plusieurs années. Il dit qu'il se contenterait, pour commencer, d'une salle de banquets aux proportions raisonnables, des péristyles nécessaires aux représentations et de quelques chambres. Mais Néron n'avait pas la tête aux chiffres et, comme tous les artistes, manquait de patience quand il s'agissait d'écouter les explications des gens compétents. Il prenait l'argent où il le trouvait, sans faire attention aux conséquences de ses actes.

Il se produisait dans des spectacles de théâtre et invitait la plèbe à y assister, croyant, dans sa vanité, que d'entendre sa voix splendide et de le voir jouer différentes pièces ferait oublier au peuple des sacrifices matériels qui n'apparaîtraient plus que comme des broutilles en regard de son grand art. Il se trompait gravement.

Beaucoup de personnes de haute condition, peu férues de musique, commençaient de considérer comme d'insupportables obligations ces interminables représentations. Néron en effet, au moindre mouvement approbateur du public, se remettait à chanter ou à jouer, ce qui prolongeait souvent la séance jusqu'au matin.

En invoquant diverses raisons et, bien entendu, en pensant surtout à ce qui convenait le mieux pour toi, je parvins à persuader Claudia de demeurer encore près de trois mois dans le climat salubre de Caere. Je jetais à peine un coup d'œil à ses lettres de reproches et me contentais de lui répondre que je vous ferais venir à Rome, elle et toi, dès que mes devoirs me le permettraient et que votre sécurité y serait assurée.

En fait, après les derniers événements, on ne persécutait plus guère les chrétiens, du moment qu'ils demeuraient discrets. On comprend que le massacre en masse de tant des leurs les eût effrayés. Ils se cachaient et se taisaient.

Mais sous terre, dans leurs réunions secrètes, ils ne furent pas longtemps sans se quereller de nouveau, la faction de Céphas reprochant à celle de Paul ses dénonciations et vice versa. Il s'ensuivit inévitablement qu'ils se divisèrent en sociétés secrètes encore plus fermées. Les plus faibles d'entre eux, au désespoir, renoncèrent à décider quel était le meilleur chemin et, fuyant les fanatiques, se retirèrent dans l'isolement.

Pour finir, Claudia revint de son propre chef à Rome, accompagnée de ses servantes chrétiennes et de tous les réfugiés à qui j'avais offert un refuge dans mes fermes en échange de quelques travaux. Je m'élançai vers elle avec un cri de joie mais elle, refusant de te montrer, ordonna à la nourrice de t'emporter dans une autre pièce, loin de mes yeux mauvais.

Elle ordonna aux gens de sa suite d'encercler la maison pour m'empêcher de fuir. Je dois admettre que j'invoquai mes dieux lares et mon esprit tutélaire, et perdant quelque peu mon sang-froid, craignis pour ma vie. Je n'avais pas oublié que ta mère est fille de Claude et qu'elle a hérité de la nature brutale et capricieuse de son père.

Mais après une brève inspection de la maison, Claudia se montra un peu plus calme et dit qu'elle désirait avoir une conversation sérieuse avec moi. Je lui assurai que rien ne pourrait me faire davantage plaisir, du moment que les pièces de vaisselles et les dagues décoratives auraient été ôtées de la pièce.

Naturellement, Claudia me traita d'assassin aux mains sanglantes et hurla que le sang de ton frère adoptif criait vers le ciel, m'accusant devant Dieu. Devant mon avidité de meurtres, j'avais attiré sur ma tête la vengeance de Jésus de Nazareth.

En fait, je fus soulagé en constatant qu'elle ignorait que Jucundus fût mon fils, car les femmes se montrent parfois d'une effrayante clairvoyance dans ces questions. Je fus bien plus offensé par l'accusation suivante, proprement démentielle : à l'en croire, c'était à cause de moi que tante Laelia s'était suicidée. Mais je lui répondis que je lui pardonnais ses infâmes paroles et lui dis de s'enquérir, par exemple auprès de Céphas, sur la manière dont je l'avais sauvé et sur tout le bien que j'avais pu faire aux chrétiens.

« Tu ne croirais sans doute pas Prisca et Aquila et quelques autres que je ne prendrai pas la peine de nommer, dis-je, je sais que ce sont des disciples de Paul. Et apprends aussi que j'ai aidé le rival de Céphas autrefois, et que, en partie grâce à moi, Néron ne désire plus se préoccuper des chrétiens, ce qui a pour conséquence qu'on ne pourchasse plus Paul.

– Je crois qui je veux, rétorqua-t-elle avec fureur. Tu embrouilles toujours tout. Je ne puis comprendre comment j'ai vécu avec un homme comme toi, avec un être dont les mains sont trempées dans le sang des fidèles. Ce que je regrette plus que tout au monde, c'est que tu sois le père de mon fils. »

Je songeai que je pourrais peut-être lui rappeler que ce n'était pas moi qui étais venu dans son lit et que, en revanche, c'était moi qui, sur sa requête pressante, avais fait d'elle une femme honnête en l'épousant secrètement. Heureusement, les documents laissés à la garde des vestales avaient été détruits par le feu et je ne craignais plus que notre mariage fût rendu public. J'eus le bon sens de me taire, car il y avait visiblement un désir de négocier dans les paroles de ta mère.

Claudia posa ses conditions. Je devais m'amender, autant qu'il était possible à un impie de mon espèce. Je devais demander pardon au Christ de tous mes forfaits et d'abord et surtout, abandonner ma charge d'intendant général de la ménagerie dans les plus brefs délais.

« Si tu te moques de ma réputation, fais au moins cela pour ton fils et pour son avenir, dit Claudia. Ton fils est l'un des derniers Romains qui possède à la fois du sang julien et du sang claudien dans les veines. Tu devrais viser une position dont il ne risque pas d'avoir honte quand il atteindra l'âge adulte. »

Claudia croyait que je lui résisterais de toutes mes forces à cause de l'argent investi dans la ménagerie et des acclamations que mes spectacles avaient reçues dans l'amphithéâtre. Je pris donc avantage de ce que j'avais déjà décidé de quitter la ménagerie. Ce n'était pas, bien entendu, à cause du massacre des chrétiens par mes animaux. J'avais été opposé dès le début à un tel emploi de mes bêtes mais j'avais été contraint d'organiser la chose au mieux, en dépit de mille difficultés et du peu de temps dont je disposais. Je ne voyais là nul motif de honte.

La raison principale de ma décision était que j'étais parvenu à un accord financier avec ma première épouse, Flavia Sabina. Je n'avais guère hésité à lui promettre la moitié de ma fortune quand Epaphroditus était en train de m'étrangler, mais ensuite cette idée avait éveillé en moi une répugnance croissante.

A présent que j'avais un fils qui était, sans aucun doute, de mon sang, je considérais comme une injustice qu'il n'héritât pas davantage que mon Lausus illégitime. Je n'avais rien contre ce gamin de cinq ans mais plus il grandissait, plus sa peau se fonçait et plus ses cheveux se bouclaient, au point qu'à présent j'avais honte qu'il portât mon nom.

Pour en finir avec cette question, j'avais élaboré un plan excellent dont j'avais déjà touché deux mots à Sabine. Longtemps avant que j'eusse soupçonné sa liaison avec mon épouse, Epaphroditus avait reçu de Néron son bâton d'affranchi et le droit de cité et, après notre divorce, Sabine, qui se donnait volontiers à l'occasion, à tel ou tel employé de la ménagerie, avait été visitée par Epaphroditus d'étonnante façon, à grand renfort de corrections qui la plongeaient dans le ravissement.

Je m'étais résolu à donner à Sabine la totalité de la ménagerie avec ses esclaves, ses fauves, et les contrats de ses fournisseurs, et comptais demander à Néron de nommer Epaphroditus intendant à ma place. Epaphroditus était un citoyen, mais pour préserver ma réputation, il importait que mon successeur fût aussi membre du noble ordre équestre.

Si je pouvais convaincre Néron d'inscrire pour la première fois dans l'histoire de Rome un Africain sur les rôles de l'ordre, alors Sabine pourrait épouser légalement Epaphroditus. Ce serait d'autant plus aisé que son père l'avait déshéritée et que la gens flavienne ne s'opposerait donc pas à ce mariage. En échange de cette faveur, Sabine m'avait promis d'adopter Lausus et de lui donner le droit d'hériter de la ménagerie. Mais elle ne pouvait imaginer que Néron permît à un homme qui n'était finalement qu'un demi-nègre d'accéder à la chevalerie.

Néanmoins, je connaissais Néron, et ne l'avais que trop souvent entendu se vanter que rien ne lui était impossible. Artiste et ami du genre humain, il ne s'inquiétait pas de la couleur d'une peau et même ne considérait pas une origine juive comme un motif de refuser une charge d'Etat. Dans les provinces africaines, nombre d'hommes à la peau sombre avaient depuis longtemps accédé à l'ordre équestre de leur cité, grâce à leurs richesses et à leurs vertus militaires.

En acceptant le compromis proposé par Claudia, avec de feintes hésitations et après de longues plaintes sur les pertes que je subissais, non seulement je ne perdais rien, mais encore j'échappais à de lourdes dépenses nécessitées par l'entretien de Sabine et de mon fils Lausus. Je tirais donc le meilleur parti de toutes ces difficultés, tout en prédisant sombrement à Claudia que Néron serait offensé par ma démission d'une charge qu'il m'avait attribuée, et en lui affirmant que j'allais tomber en disgrâce et peut-être même exposer ma vie.

Claudia me répliqua avec un sourire que je ne devrais pas tant me préoccuper de la faveur de Néron, car j'avais déjà mis ma vie en danger en mettant au monde un fils de la lignée claudienne. Sa remarque me fit passer un frisson glacé dans le cou mais, à présent que nous étions réconciliés, elle ne voyait plus d'obstacle à te présenter à moi. Elle alla te chercher avec empressement.

Tu étais un enfant d'une beauté parfaite et tes yeux bleu de nuit regardaient au loin tandis que tes doigts minuscules s'agrippaient fermement à mon pouce, comme si tu avais voulu m'arracher l'anneau d'or des chevaliers. Ce fut de mon cœur que tu t'emparas, ô mon fils, et jamais rien de tel ne m'était arrivé jusqu'alors. Tu es mon fils et à cela tu ne peux rien.

Ainsi donc, un jour, rassemblant tout mon courage, j'invitai Sabine, Epaphroditus et Lausus à m'accompagner à la Maison dorée, dans la partie terminée du palais. J'avais choisi pour demander audience cette heure de l'après-midi où je savais que Néron, après un bon repas et un bain rafraîchissant, se disposait à boire encore et à goûter maints plaisirs jusque fort avant dans la nuit. Des artistes mettaient la dernière touche aux fresques des couloirs et la salle des banquets circulaire, étincelante d'or et d'ivoire, était à demi achevée.

Néron était en train d'examiner les plans d'une gigantesque statue à son effigie, qui devait être érigée en face de la galerie de gauche. Il me montra les croquis et manifesta son estime au sculpteur en me présentant à lui, quoique nous ne fussions pas du même rang. Je n'en fus pas offensé, car l'important était que Néron fût dans de bonnes dispositions.

Il renvoya volontiers l'homme de l'art lorsque je lui demandai un entretien en tête-à-tête et puis, se frottant la joue d'un air coupable, il me dit que lui aussi avait depuis quelque temps besoin de me parler, mais qu'il avait toujours repoussé cet entretien car il répugnait à me chagriner.

J'expliquai alors, avec force circonlocutions, que je n'avais jamais ménagé ma peine pour le service de la ménagerie de Rome, et qu'à présent cette tâche devenait trop lourde pour moi, surtout depuis qu'une nouvelle ménagerie était en construction à côté de la Maison dorée. Je me sentais incapable de mener à bien cette entreprise avec tout le goût nécessaire et je lui serais donc extrêmement reconnaissant de me libérer de ma charge.

Quand Néron comprit à quoi tendait mon long discours, son visage s'éclaira et avec un grand rire de soulagement il me tapota dans le dos, de très amicale façon, pour me manifester sa bienveillance.

« Ne t'inquiète pas, Minutus. J'accéderai à ta requête, d'autant plus volontiers que je cherchais une excuse pour te retirer ta charge. Depuis cet automne, tu es en butte aux attaques de maints personnages influents qui te reprochent le manque de goût et la cruauté inutile des jeux que tu as organisés aux dépens des chrétiens. On m'a réclamé ta démission. Et je dois reconnaître que certains détails de la représentation étaient assez dégoûtants, même si les incendiaires méritaient leur châtiment. Je n'aurais jamais imaginé que tu puisses abuser de ma confiance et t'arranger pour faire jeter ton frère adoptif aux fauves, dans le but de régler certaines questions d'héritage. »

J'ouvris la bouche pour me défendre contre cette accusation démentielle, mais Néron poursuivit :

« Les affaires de ton père sont si compliquées et si obscures que je n'ai pas encore été remboursé de mes frais. On murmure qu'en complet accord avec lui, tu as dissimulé la plus grande partie de sa fortune, pour tromper l'Etat et me tromper. Mais je ne le crois pas, car je sais que ton père et toi ne vous accordiez pas. Si je me trompais, je serais obligé de te bannir de Rome. Je soupçonne gravement la sœur de ton père de s'être suicidée pour éviter un juste châtiment. J'espère que tu ne verras aucun inconvénient à ce que les magistrats examinent de près tes livres de comptes. Je ne serais jamais allé jusque-là si, à cause de l'attitude de certaines personnes, je ne me retrouvais pas dans un tel besoin d'argent. Ils se vautrent sur leurs sacs d'or sans vouloir aider l'empereur à acquérir une demeure décente. Imagines-tu cela? Sénèque, même Sénèque n'a pas daigné m'envoyer plus de dix millions de sesterces, lui qui autrefois prétendait vouloir me donner tout ce qu'il possédait, alors qu'il savait bien que pour des raisons politiques, je ne pouvais accepter son offre. Et Pallas trône sur son tas d'or comme une grosse putain. On m'a raconté que quelques mois avant l'incendie, tu as vendu les immeubles de rapport et les terrains que tu possédais dans les quartiers qui ont été détruits ensuite par le feu, et qu'avec l'argent dégagé, tu as acheté à Ostie des terrains bon marché qui ont pris depuis une valeur surprenante. Tant de perspicacité éveille les soupçons. Si je ne te connaissais pas, je pourrais t'accuser d'avoir pris part à la conspiration chrétienne. »

Sur ces derniers mots, il s'esclaffa. Je saisis l'occasion de lui faire remarquer fièrement que ma fortune avait toujours été à sa disposition, mais, ajoutai-je, je n'étais pas aussi riche qu'on le prétendait. C'est pourquoi, je ne méritais pas que mon nom fût accolé à celui de gens comme Sénèque ou Pallas. Mais Néron me tapota dans le dos.

« Ne prends pas ombrage d'une innocente plaisanterie, Minutus. Il vaut mieux pour toi savoir ce qu'on raconte sur ton compte. Et l'empereur est dans une position difficile. Il doit prêter l'oreille à toutes les voix et ne sait jamais laquelle est sincère. Mais il me semble à moi que tes actes sont plus l'effet de la niaiserie que du calcul; je ne puis donc pousser la rigueur jusqu'à confisquer tes biens à cause des crimes de ton père et de commérages. Tu seras assez puni si je te retire ta charge pour incompétence. Mais je ne sais qui mettre à ta place. Il n'y a pas de candidats pour ce poste sans importance politique. »

Quant à cette importance, j'aurais pu dire une ou deux choses mais je préférai saisir l'occasion de suggérer que la ménagerie fût confiée à Epaphroditus et Sabine. Dans ce cas, je ne demanderais aucun dédommagement et les magistrats n'auraient pas besoin de vérifier mes comptes. Mais il fallait d'abord nommer Epaphroditus chevalier.

« Dans aucune loi romaine il n'est fait allusion à la couleur de la peau des chevaliers, dis-je. La seule condition requise est un certain revenu annuel, après quoi cela ne dépend plus que de ton bon plaisir. Et à Néron rien n'est impossible, je ne l'ignore pas. Si tu crois pouvoir examiner ma suggestion, faisons venir Epaphroditus et Sabine. Ils parleront pour eux-mêmes .»

Néron connaissait Epaphroditus de vue et de réputation et avant mon divorce avait probablement ri avec mes autres amis de mon aveuglement. A présent, il trouvait fort amusant que j'intervinsse auprès de lui en sa faveur. Son amusement s'accrut visiblement lorsqu'il vit Sabine et Lausus et put comparer la complexion et la chevelure de l'enfant avec celles d'Epaphroditus.

Je suppose que tout cela ne fit que renforcer la conviction de Néron que je n'étais qu'un homme stupide et crédule. Mais je n'avais que du bénéfice à tirer de pareille opinion. Je ne pouvais en aucun cas me permettre de laisser les magistrats examiner mes livres de comptes, et si Néron s'imaginait que le dresseur de fauves s'était installé dans la place à mes dépens, je n'y voyais rien à redire.

En fait, Néron fut séduit par la démonstration de force que serait l'inscription du nom d'Epaphroditus sur les rôles du temple de Castor et Pollux. Il était assez fin politique pour deviner quel écho une telle mesure aurait dans les provinces africaines. Il prouverait ainsi que sous son principat, les citoyens étaient tous égaux, indépendamment de la couleur de leur peau.

La manœuvre réussit à merveille. En même temps qu'il nommait Epaphroditus chevalier, il donnait son accord au mariage de Sabine et du dresseur de fauves, et les autorisait à adopter l'enfant qui jusqu'alors avait été enregistré comme mon fils.

« Mais je l'autorise à utiliser encore le nom de Lausus en souvenir de toi, noble Manilianus, dit Néron d'un ton moqueur. C'est un geste généreux que de mettre l'enfant sous la complète responsabilité de sa mère et de son beau-père. Par là, tu montres ton respect de l'amour maternel en refusant de céder à l'appel du sang, car l'enfant te ressemble comme deux gouttes d'eau. »

Je croyais avoir joué un bon tour à Sabine en me débarrassant sur elle du fardeau financier de la ménagerie, mais je me trompais. Néron prit Epaphroditus en affection et lui paya toutes ses demandes de remboursement. Epaphroditus fit boire ses fauves dans des abreuvoirs de marbre et les cages des panthères eurent des barreaux d'argent. Néron payait sans un murmure, alors que j'avais dû tirer de ma propre cassette les fonds nécessaires quand la distribution d'eau avait été réorganisée dans la ville.

Epaphroditus savait distraire Néron en arrangeant pour lui certains divertissements animaliers que la décence m'interdit de décrire. En peu de temps, le dresseur de fauves devint, grâce à sa ménagerie, un homme riche et un favori de Néron.

Ma destitution eut pour effet qu'on cessa de me jeter des pierres dans la rue et qu'on rit plutôt de moi. Je retrouvai certains de mes amis qui estimaient avec magnanimité qu'ils devaient se montrer pitoyables pour un être tombé en disgrâce et objet de risée. Je ne me plaignais pas, car il est plus doux d'être moqué que d'être haï par tous. On ne pouvait attendre d'une femme qu'elle comprît cette attitude raisonnable. Claudia me suppliait chaque jour de gagner une meilleure réputation, pour le bien de mon fils. Je m'efforçais de me montrer tolérant.

Ma patience fut mise à rude épreuve lorsque Claudia, dans son orgueil maternel, se mit en tête d'inviter Antonia et Rubria, la doyenne des vestales, pour la cérémonie d'attribution de ton nom, afin que je pusse te légitimer en présence de ces deux femmes, car la vieille Pauline était morte dans l'incendie et ne pourrait nous servir de témoin. Claudia avait compris quelles conséquences avait la destruction des archives.

Bien sûr, assura-t-elle, toute l'affaire serait gardée secrète mais elle tenait à la présence, en tout cas, de deux chrétiens de confiance. Elle ne cessait de répéter que les chrétiens plus que quiconque avaient appris à garder la bouche close sur ce qui se faisait dans les réunions confidentielles. Quant à moi, je les considérais comme les pires délateurs, les plus dangereux bavards. Leur découvrir les origines de mon fils revenait à mes yeux à les crier sur les toits.

Mais, en dépit de mes avertissements, Claudia s'obstinait. Certes, en soi, c'était un grand honneur qu'Antonia, fille légale de Claude, reconnût Claudia pour sa demi-sœur et aussi qu'elle te prît dans ses bras pour te donner le nom d'Antonianus en souvenir d'elle-même et de son ancêtre

Marc Antoine. Ce qui m'inquiétait par-dessus tout, c'était qu'elle me promît de se souvenir de toi dans son testament.

« Allons, me récriai-je, pour changer de sujet, comment peux-tu parler de testament? Tu es beaucoup plus jeune que Claudia, tu es dans les plus belles années de la femme. »

Claudia ne parut guère priser ces propos, mais Antonia étira son corps mince et ses yeux hautains tournèrent vers moi un regard voilé.

« Je pense que je suis très bien conservée pour mon âge, dit-elle. Certes Claudia commence à paraître un peu usée, si je puis dire. Parfois, j'aspire à la compagnie ardente d'un homme. Après deux unions dissoutes l'une et l'autre par le meurtre, je me sens bien seule, car on a peur de Néron et l'on me fuit. S'ils savaient... »

Je vis qu'elle brûlait de nous raconter quelque chose. La curiosité de Claudia était aussi piquée au vif que la mienne. Seule la vieille Rubria souriait de son sage sourire de vestale. Nous n'eûmes pas à insister beaucoup avant qu'Antonia consentît à nous raconter avec une feinte modestie que Néron lui avait à plusieurs reprises, avec une grande ténacité, offert de l'épouser.

« Bien évidemment, je ne pouvais accepter, poursuivit-elle. Je lui ai dit tout net que mon demi-frère Britannicus et ma demi-sœur Octavie étaient encore beaucoup trop présents dans mon esprit. Par pure bonté, je ne dis rien de sa propre mère, Agrippine; quoique étant nièce de mon père, elle était aussi ma cousine et ta cousine aussi, ma chère Claudia. »

Au souvenir de la mort d'Agrippine, je fus pris d'une brusque quinte de toux et Claudia dut m'administrer des claques dans le dos et me reprocha de vider trop vite ma coupe. Toussant toujours, je demandai à Antonia si Néron avait donné des raisons à sa proposition. Ses cils papillonnèrent sur ses pupilles bleu pâle et elle baissa les yeux.

« Néron m'a raconté qu'il m'aimait en secret depuis longtemps. Il disait que c'était à cause de moi – et de moi seulement – qu'il avait nourri tant de ressentiment contre mon défunt époux Cornelius Sulla, qu'il considérait comme un homme trop peu ambitieux pour moi. Cela excuse peut-être son comportement envers Sulla, bien qu'officiellement, en le faisant assassiner dans notre modeste demeure de Massilia, il n'ait eu en vue que le bien de l'Etat. Entre nous, je puis bien vous avouer que mon époux entretenait en fait des contacts secrets avec les généraux des légions germaines. »

Nous ayant ainsi montré qu'elle nous considérait comme des parents parfaitement dignes de confiance, elle poursuivit :

« Je suis assez femme pour avoir été émue par l'aveu de Néron. Quelle pitié qu'il soit si peu loyal et que je le haïsse tant ! Il peut être aimable quand il le veut. Mais j'ai gardé la tête froide et argué de la différence d'âge, bien qu'elle ne soit guère plus grande que celle qui existe entre toi et Claudia. Depuis l'enfance, j'ai l'habitude de considérer Néron comme un enfant insupportable et naturellement, le souvenir de Britannicus constitue pour moi un obstacle insurmontable, même si je puis pardonner ce qu'il a fait à Octavie qui a mérité son malheur en séduisant Anicetus. »

Je ne voulus pas lui dire quel bon acteur savait être Néron quand il voyait quelque avantage à tirer de la situation. Pour en imposer au sénat comme au peuple, il lui aurait été fort utile d'être allié aux Claudiens par une troisième voie, en la personne d'Antonia.

Ces réflexions m'amenèrent à de tristes considérations. Du fond du cœur, je souhaitais que tu ne fusses jamais exposé à la honte publique de voir révélées les origines de ton père. Par des voies secrètes j'avais acheté avec d'autres écrits les lettres rédigées par mon père, avant ma naissance, à Jérusalem et en Galilée. Dans ces missives destinées à Tullia, mais qu'il ne lui avait jamais envoyées, il apparaissait clairement que mon père, l'esprit gravement troublé par son chagrin d'amour, s'était abaissé à croire tout ce que les Juifs lui racontaient et avait même eu des hallucinations. A mon point de vue, le plus triste était ce que ces lettres révélaient du passé de ma mère. Ce n'était qu'une simple danseuse acrobatique que mon père avait affranchie. Tout ce qu'on savait de ses origines, c'était qu'elle était née dans les îles grecques.

Sa statue dans sa ville éponyme de Myrina en Asie et tous les papiers achetés par mon père à Antioche n'étaient que faux-semblants destinés à assurer mon avenir. Les lettres m'incitaient même à me demander si j'étais bien né dans les liens du mariage ou si mon père, après la mort de ma mère, avait acheté un certificat nuptial aux autorités de Damas. Je savais, pour l'avoir moi-même vérifié en faveur de Jucundus, que l'argent pouvait aplanir bien des difficultés.

Parmi les autres papiers de mon père figuraient de nombreuses notes en araméen sur la vie de Jésus de Nazareth, écrites par un éminent personnage juif qui avait été en relation avec mon père. Je sentais que je ne pouvais les détruire; aussi les avais-je rangées avec les lettres dans ma cachette la plus secrète, avec certains documents qui ne devaient pas voir le jour.

M'efforçant de surmonter ma tristesse, je levai ma coupe en l'honneur d'Antonia et la louai d'avoir su faire preuve de jugement en repoussant les avances de Néron. Elle avoua pour finir qu'elle avait bien dû lui donner un ou deux baisers fraternels, pour qu'il ne fût point trop humilié par son refus.

Antonia renonça à insister encore pour t'inscrire dans son testament, et chacun à notre tour nous te prîmes sur nos genoux, en dépit de tes hurlements et de tes coups de pied. Ainsi reçus-tu les noms de Clément Claudius Antonianus Manilianus, et c'était là un héritage bien lourd pour un seul enfant.

Ce même soir, à l'instant de monter dans sa litière, Antonia me donna un baiser fraternel puisque désormais nous étions légalement, quoique secrètement, apparentés et me demanda de l'appeler chère parente, lorsque nous nous rencontrerions en privé. Charmé de tant d'amabilité, je lui rendis ardemment son baiser, car j'étais un peu ivre.

Elle se lamenta encore sur sa solitude et émit l'espoir que, maintenant que nous étions parents, nous nous verrions de temps à autre. Quand je viendrais lui rendre visite, poursuivit-elle, il n'était peut-être pas nécessaire que Claudia m'accompagnât, car elle devait avoir beaucoup à faire avec l'enfant et cette vaste maison à tenir, et puis le poids des années devait commencer de se faire sentir.

Mais avant de te conter comment évolua notre amitié, je dois revenir aux affaires de Rome.

Toujours en quête d'argent, las des plaintes des provinces et des récriminations des négociants contre les impôts commerciaux, Néron avait décidé de mettre fin en toute illégalité à ses difficultés en tranchant le nœud gordien. Je ne sais qui lui suggéra de procéder ainsi, car je n'étais pas dans le secret du temple de Junon Moneta. Quel qu'il fût, le conseilleur mérita bien plus que les chrétiens d'être déclaré ennemi public et jeté aux fauves!

Dans le plus grand secret, il emprunta aux différents sanctuaires de Rome leurs offrandes votives d'or et d'argent. Néron devenait le débiteur de Jupiter. Il fit fondre les précieux objets et avec le métal ainsi obtenu, il fit graver jour et nuit, dans les caves de Junon Moneta, des pièces qui, par rapport aux anciennes monnaies, comportaient un cinquième d'or ou d'argent en moins. A cause du cuivre qu'elle contenait, la nouvelle pièce était plus légère et moins brillante.

La gravure de ces pièces eut lieu dans des salles strictement gardées, mais la rumeur en parvint malgré tout aux oreilles des banquiers. Je sentis que quelque chose se tramait lorsque je constatai la pénurie de pièces et m'aperçus que les uns insistaient pour faire honorer leurs ordres de paiement, tandis que les autres réclamaient un mois de délai pour régler leurs dettes.

Je ne pouvais croire la rumeur, car me considérant comme un ami de Néron, il me paraissait inimaginable, qu'il commît l'effroyable crime de faux-monnayage, alors que des gens du peuple étaient crucifiés pour avoir fabriqué à leur propre usage une ou deux pièces... Néanmoins, à l'exemple de tous ceux qui m'entouraient, je gardai en réserve les plus grandes quantités possible de pièces et, au grand dam de mes fournisseurs, je ne fis aucun des achats habituels de blé et d'huile.

Le désordre des affaires s'aggravait chaque jour et les prix ne cessaient de monter. Néron se décida enfin à mettre les nouvelles pièces en circulation. Il annonça qu'elles devraient toutes êtres échangées contre les anciennes espèces et que, passé un certain délai, tous ceux trouvés en possession de ces dernières seraient considérés comme des ennemis de l'Etat. Seuls les impôts et les taxes pourraient être payés avec l'ancienne monnaie.

Pour la plus grande honte de Rome, il me faut reconnaître que le sénat confirma cet ordre inique à une énorme majorité. On ne peut donc reprocher au seul Néron cet attentat criminel contre les coutumes les plus sacrées du négoce.

Les sénateurs qui avaient voté pour Néron voulurent se justifier en invoquant la reconstruction de Rome qui réclamait des mesures énergiques. Ils prétendirent que les riches souffriraient plus que les pauvres de cet échange de pièces, ce qui était pur mensonge. La richesse des sénateurs consistait essentiellement en terres et chacun des pères de la cité qui avaient voté avait eu largement le temps de mettre en sûreté ses pièces d'or et d'argent.

Même les plus simples paysans avaient assez de bon sens pour enfermer leurs économies dans des pots d'argile et les enterrer. En tout et pour tout, un quart seulement des pièces en circulation furent échangées contre les nouvelles espèces. Cependant, il ne faut pas oublier que de grandes quantités de monnaie romaine se trouvaient dans les pays barbares et jusqu'en Inde et en Chine.

L'inimaginable forfait de Néron lui aliéna le soutien de beaucoup de gens qui, au nom de l'intérêt public, lui avaient même pardonné le meurtre de sa mère. Les membres de l'ordre équestre et les riches affranchis qui avaient la haute main sur le négoce s'irritaient du désordre des affaires. Même les plus expérimentés des marchands souffraient de graves pertes.

Seuls les oisifs uniquement préoccupés de frivolités, éternels endettés, se réjouirent du nouveau tour que Néron avait donné aux choses. Leur admiration pour l'empereur ne fit que croître, car ils pouvaient payer leurs dettes, à son exemple, avec une monnaie dévaluée d'un cinquième. Moi aussi, je m'irritais d'entendre les couplets satiriques que chantaient des citharèdes chevelus sur le perron des demeures des gens fortunés et devant les comptoirs de change. Plus que jamais, une certaine jeunesse amollie de plaisirs était convaincue que rien n'était impossible à Néron. Ces dilettantes, qui comptaient bon nombre de fils de sénateurs dans leurs rangs, admiraient Néron pour avoir su imposer sa volonté au sénat et avoir enrichi le pauvre aux dépens du riche.

La thésaurisation des anciennes pièces était si générale que nulle personne sensée ne pouvait la considérer comme un crime. L'emprisonnement et la condamnation aux travaux forcés de quelques pauvres marchands et de quelques paysans ne furent d'aucun effet. Néron dut se départir de son habituelle clémence en menaçant de la peine capitale les thésaurisateurs. Mais aucune condamnation ne fut exécutée, car, au fond de son cœur, Néron sentait bien que le criminel n'était pas ce malheureux qui tentait de dissimuler quelques misérables pièces d'argent, fruits d'une vie de labeur. Il devait bien deviner que le criminel, c'était lui.

Quant à moi, retrouvant mon sang-froid, je fis en hâte fonder une banque par un de mes affranchis et l'incitai à installer un comptoir de change sur le Forum, l'Etat ayant été obligé de recourir aux banquiers privés pour l'aider à appliquer la nouvelle mesure. Ces derniers recevaient même un dédommagement pour leur travail de collecte des anciennes pièces.

Pour attirer des clients aux dépens des anciennes banques qui n'avaient pas très bien compris ce qui se passait, mon affranchi proposait de reprendre à cinq pour cent de plus les anciennes pièces. Son seul désir, assurait-il, était de gagner une excellente réputation en venant en aide aux petites gens.

Cordonniers, chaudronniers et tailleurs de pierre firent la queue devant sa table, sous le regard morose des banquiers qui attendaient en vain le chaland aux tables voisines. En quelques semaines, grâce à mon affranchi, je fus dédommagé des pertes occasionnées par le bouleversement financier. Mon homme avait dû pourtant verser une certaine somme au collège de prêtres de Junon Moneta, pour leur faire oublier qu'ils le soupçonnaient de ne pas leur restituer toutes les anciennes pièces qu'il recevait.

A cette époque, je m'enfermais souvent dans ma chambre pour boire dans la coupe de la Fortune, qu'il me semblait bien utile alors d'évoquer. Du fond du cœur, je pardonnai à ma mère ses basses origines car grâce à elle, j'étais de sang grec et donc heureux en affaires. On dit que dans le négoce, un Grec peut tromper même un Juif, mais cela je ne puis le croire.

Par mon père, j'étais un vrai Romain, descendant des rois étrusques, comme la preuve peut en être administrée à Caere. C'est pourquoi je prise fort l'honnêteté en affaires. Les activités de mon changeur, aussi bien que la comptabilité secrète que je tenais quand je dirigeais la ménagerie, n'étaient que des moyens de me défendre contre les exigences tyranniques de l'Etat. De telles pratiques sont indispensables dans toute activité commerciale bien menée.

Mais je n'ai jamais permis à un affranchi de mêler de la poudre de raie à la farine ou des huiles de basse qualité à l'huile de cuisine, comme certains impudents parvenus n'hésitent pas à le faire. En outre, il n'est pas rare qu'on meure crucifié pour de telles manipulations frauduleuses. Lorsque Fenius Rufus était inspecteur du commerce du blé, il m'avait mis en garde. Il pouvait, par pure amitié pour un ami dans le besoin, donner l'approbation de l'Etat à quelques cargaisons gâtées par la tempête, mais il n'était pas question de faire plus.

Mais Fenius Rufus ne s'occupait plus de l'approvisionnement de Rome en blé : Néron venait de le rappeler dans ses anciennes fonctions auprès de Tigellinus. L'empereur avait prêté l'oreille à certains murmures défavorables au préfet du prétoire. On lui avait fait remarquer l'extraordinaire rapidité avec laquelle ce dernier s'était prodigieusement enrichi. Et puis, on lui avait rappelé – ce qui était peut-être le plus grave aux yeux de Néron – que Tigellinus avait été l'amant d'Agrippine. Pour toutes ces raisons, les affaires d'outre-mer avaient été confiées à Fenius Rufus, Tigellinus restant chargé des questions militaires. Celui-ci en avait éprouvé une amertume fort compréhensible : sa principale source de revenus lui échappait et je sais par ma propre expérience que plus l'homme s'enrichit, plus il est avide de richesses.

En raison de l'incertitude des temps, les prix ne cessaient de monter, dépassant de très loin les cinq pour cent de dévaluation imposés par Néron. De nombreux édits impériaux furent rendus pour modérer la hausse des prix et punir l'usure, mais il en résulta simplement que les biens disparurent des boutiques. On ne trouvait plus ni viande, ni raves, ni légumes verts, ni lentilles sous le toit des halles et sur les places de marché. Pour se procurer ces marchandises, il fallait s'enfoncer dans la campagne ou s'adresser aux marchands qui, à la brune, se glissaient de maison en maison avec leurs paniers, et défiaient l'autorité en pratiquant des prix fort élevés.

Quant à moi, ayant restauré mes finances, j'étais quelque peu oublieux des difficultés de l'heure. La magie du printemps charmait mon cœur. J'avais trente-cinq ans, j'étais las des tendrons qui ne pouvaient me donner qu'un plaisir éphémère et j'étais parvenus à cet âge de la vie où l'homme aspire à une vraie passion, à aimer une femme qui, comme lui, touche à la maturité.

J'éprouve quelque difficulté à poursuivre. Peut-être suffira-t-il de dire que, en évitant toute publicité inutile, je me mis à fréquenter de plus en plus souvent la demeure d'Antonia. Nous avions tant à nous dire que fréquemment je ne quittais qu'à l'aube sa belle demeure de l'Aventin. Fille de Claude, elle avait donc du sang corrompu de Marc Antoine dans ses veines et par sa mère appartenait à la gens aelienne. En outre, celle qui lui avait donné le jour avait été la fille adoptive de Séjan. Semblable influence et pareille hérédité devraient suffire à expliquer ce qui suivit.

Ta naissance venant s'ajouter aux effets de la vie difficile qu'elle avait menée autrefois, ta mère s'était montrée moins ardente. Nous ne partagions plus la même couche, car il semblait que j'avais moi-même perdu toute virilité. Mais Antonia me guérit de cette déficience.

Ce fut dans le splendide jardin d'Antonia, où les bosquets et les arbres récemment replantés avaient effacé les dernières traces de l'incendie, aux premières lueurs d'une matinée de printemps, alors que s'élevait le pépiement des oiseaux et que les fleurs exhalaient leurs parfums, que j'entendis parler pour la première fois de la conspiration de Pison. Recru de bonheur, serrant dans mes mains celles d'Antonia, je m'appuyai contre un frêle pilier de son pavillon d'été, toujours incapable de m'arracher à elle, quoique nous nous fussions déjà dit adieu depuis deux bonnes heures.

« O Minutus, mon très cher Minutus », murmura-t-elle.

Il paraîtra peut-être inconvenant que je répète mot à mot ses aveux, mais ce que j'ai conté de mon union avec Sabine me place sous un jour par trop défavorable.

« Aucun homme, dit-elle, aucun homme avant toi n'avait su montrer tant de tendresse, de douceur et de science en me prenant dans ses bras. C'est pourquoi je sais que je t'aime aujourd'hui, que je t'aimerai encore demain et à jamais. J'espère qu'après la mort, nos ombres se retrouveront aux Champs élyséens.

– Pourquoi songer à l'Elysée? me récriai-je. Nous sommes heureux, goûtons le moment présent. En fait, je suis plus heureux que je n'ai jamais été. »

Ses doigts fuselés étreignirent ma main.

« O Minutus! je ne puis plus rien te cacher, et je ne le désire pas non plus. Et je ne sais qui, de toi ou de moi, s'expose le plus à mourir. La fin de Néron est proche. Je ne voudrais pas qu'il t'entraîne dans sa chute. »

Stupéfait, je l'écoutai me conter en un murmure pressé tout ce qu'elle savait sur le complot. A l'instigation de Pison, quelques hommes résolus appartenant à l'ordre équestre s'apprêtaient à renverser l'empereur. Dès qu'ils auraient décidé de la répartition du pouvoir entre eux, et du nom du futur empereur, ils passeraient à l'action. Antonia avait promis que, aussitôt Néron mort, en sa qualité de fille de Claude elle accompagnerait au camp des prétoriens le prétendant à l'empire et dirait quelques paroles en sa faveur aux vétérans. Bien évidemment, une gratification pécuniaire les convaincrait davantage que le modeste discours de la première dame de Rome.

« En fait, je ne crains pas tant pour ma propre vie que pour la tienne, mon très cher Minutus. Nul n'ignore que tu es un ami de Néron. Tu ne t'es pas ménagé de relations utiles pour l'avenir. Pour des raisons compréhensibles, le peuple réclamera du sang après la mort de Néron. Et de fait, pour rétablir la loi et l'ordre, il faudra bien en répandre. Je ne voudrais pas que tu y laisses ta chère tête ou que la populace te piétine à mort sur le Forum, suivant les instructions secrètes qui seront données au peuple quand je me rendrai au camp des prétoriens. »

La tête me tournait, mes genoux se dérobaient sous moi, je demeurai muet. Antonia s'impatienta et tapa le sol de son pied adorable.

« Ne vois-tu pas que les ramifications de la conspiration sont si étendues et le mécontentement si général que tout peut se jouer d'un instant à l'autre? Tous les hommes sensés veulent maintenant se joindre à nous, pour s'assurer une position solide sous le futur principat. Dès à présent la discussion sur le jour, l'heure et le moyen de la mise à mort de Néron est purement scolastique. Il peut être tué à tout instant. Plusieurs de ses intimes ont prononcé le serment qui les lie à nous. Parmi tes amis, je ne nommerai que Senecio, Pétrone et Lucain qui sont de nos affiliés. La flotte de Misenum est avec nous. Epicharis, que tu dois connaître par ouï-dire, a séduit son chef, Volucius Proculus, à l'instar d'Octavie qui, autrefois, a essayé de séduire Anicetus.

– Je connais Proculus, dis-je sèchement.

– Mais oui, c'est vrai, dit Antonia, tu le connais! Il a été mêlé au meurtre de ma mère. Ne t'inquiète pas à ce sujet, mon très cher ami. Je n'avais aucune affection pour Agrippine. Elle me traitait encore plus mal, si c'est possible, que Britannicus et Octavie. Le devoir familial seul m'a empêchée de prendre part aux actions de grâces données à sa mort. Que cette vieille histoire ne t'inquiète pas. Je te conseille d'adhérer à la conspiration le plus vite possible, pour sauver ta vie. Si tu tergiverses trop longtemps, alors je ne pourrai pas t'aider. »

Je dois avouer que ma première pensée fut de courir prévenir Néron du danger qui le menaçait. Alors, j'aurais été assuré de sa faveur pour le restant de mes jours. Antonia était trop exercée à deviner les pensées de ses interlocuteurs pour ne pas sentir mon hésitation. Du bout des doigts, elle caressa mes lèvres, la tête penchée sur le côté, la tunique découvrant sa gorge ferme.

« Tu ne peux pas me trahir, n'est-ce pas, Minutus? Non, ce serait impossible. Nous nous aimons si totalement. Nous sommes nés l'un pour l'autre, comme tu me l'as si souvent répété, dans la folie du moment.

– Certes, je ne te trahirai pas, m'empressai-je de la rassurer. Pareille idée ne me viendrait jamais à l'esprit. »

Elle éclata de rire et haussa les épaules. Je poursuivis d'une voix irritée :

« Que disais-tu à propos d'une discussion scolastique?

– Je n'ai pas envisagé l'affaire sous tous ses aspects. La mort de Néron n'est pas ce qui nous importe le plus. L'important, pour les conjurés, est le nom de son successeur. Là-dessus, les discussions se succèdent, soir après soir. Chacun a son opinion sur ce sujet.

– Pison! m'exclamai-je avec mépris. Je ne parviens pas à comprendre pourquoi lui plutôt qu'un autre devrait être le maître. Certes, c'est un bel homme, un sénateur et il appartient à la gens calpurnienne. Mais, Antonia, mon aimée, je ne comprends pas quels mérites particuliers tu vois en lui, pour risquer ta vie en conduisant un tel homme au camp des prétoriens. »

A bien fouiller mon âme, je dois dire que j'éprouvais en cet instant la morsure de la jalousie. Je connaissais mon Antonia. Elle n'était pas si froide que le donnaient à penser ses mines hautaines. Moi qui croyais tout connaître des choses de l'amour, j'avais découvert en elle une science très supérieure à la mienne. Je scrutai son visage. Ma jalousie la comblait d'aise. Elle éclata de rire et me donna une tape sur la joue.

« O Minutus! A quoi donc songes-tu quand tu me regardes ainsi? Que vas-tu donc t'imaginer? Tu dois me connaître assez pour savoir que je ne me glisserai jamais dans la couche de Pison par intérêt. Je n'obéis qu'à mes inclinations. Et je n'éprouve nul penchant pour Pison. Pour l'heure, il ne sert qu'à attirer les regards. Il est si stupide qu'il ne s'est même pas aperçu que d'autres intriguent dans son dos. En fait, on se demande s'il convient vraiment de remplacer un citharède par un comédien. Pison est monté sur une scène de théâtre et a compromis sa réputation de la même manière que Néron. On parle de rétablir la république et de remettre tout le pouvoir entre les mains du sénat. Cette idée démentielle, si elle était mise en pratique, aurait tôt fait de plonger le pays dans la guerre civile. Je t'expose tout cela pour que tu comprennes que c'est l'affrontement d'intérêts contradictoires qui fait repousser l'assassinat de Néron. Pour ma part, j'ai déclaré que rien ne me persuaderait d'aller parler aux prétoriens pour le seul profit du sénat. Ce n'est pas le rôle d'une fille d'empereur. »

Elle me considéra d'un air méditatif.

« Je sais à quoi tu penses, ajouta-t-elle. Mais crois-moi, il est trop tôt encore pour songer à ton fils Claudius Antonianus. Ce n'est qu'un enfant et la réputation de Claudia est si douteuse que je ne crois pas qu'on puisse avancer son nom pour l'instant. Quand il aura revêtu la toge virile et que Claudia ne sera plus de ce monde, je pourrai le reconnaître sans mal comme mon neveu. Mais si tu te ménages un rôle dans la conspiration de Pison, tu te donneras les moyens d'avancer dans la carrière des honneurs jusqu'à la fin de la minorité de ton fils, ce qui ne pourra que lui servir. Le plus sage serait de laisser Claudia vivre pour élever l'enfant pendant tout ce temps. Ne crois-tu pas, mon doux ami? Nos intentions seraient par trop manifestes si je l'adoptais immédiatement après la mort de Néron, ou s'il devenait mon fils d'une autre manière. »

C'était la première fois qu'Antonia me donnait à entendre qu'en dépit de mes origines douteuses et de ma mauvaise réputation, elle envisageait la possibilité de m'épouser un jour. Je n'aurais jamais osé songer à pareil honneur, même dans nos moments les plus intimes. Je rougis, tout à fait incapable d'articuler un son. Antonia me considérait en souriant. Elle se haussa sur la pointe des pieds et me baisa les lèvres, sa chevelure de soie me caressant le cou.

« Je t'ai dit que je t'aimais, ô Minutus, me murmura-t-elle à l'oreille. Tu te tiens en piètre estime. C'est ce que j'aime le plus en toi : ton manque d'assurance. Tu es un homme merveilleux et une femme avisée peut tirer d'un homme de ton espèce le meilleur parti. »

Ces paroles me parurent fort ambiguës, bien moins flatteuses que n'avait l'air de le croire Antonia. Mais elles étaient vraies. Sabine et Claudia avaient toujours su obtenir de moi que, par goût de la tranquillité, je fisse ce qu'elles désiraient. Je ne sais comment nous en vînmes là, mais nous retournâmes encore une fois dans le pavillon pour nous dire adieu.

Il faisait grand jour et les esclaves jardiniers étaient déjà au travail quand je regagnai en chancelant ma litière. La tête me tournait, mes genoux se dérobaient sous moi et je me demandais si je pourrais survivre à tant d'amour pendant encore quinze années, jusqu'au moment où tu revêtirais la toge virile.

Ce n'était pas seulement d'amour que j'étais menacé de mourir, car j'étais désormais gravement compromis dans la conspiration de Pison. J'avais fait le serment, assorti de mille baisers, de m'employer à y jouer le rôle le plus propre à servir les intérêts d'Antonia. Je crois même avoir proposé de tuer moi-même Néron. Mais Antonia jugeait inutile d'exposer ma précieuse tête. Elle m'expliqua avec emphase qu'il n'était pas convenable que le père d'un futur empereur prît part à l'assassinat d'un prédécesseur de son fils. Cela aurait constitué un sinistre présage pour toi, ô Julius.

Durant ces chaudes journées de printemps, je fus sans doute heureux comme je ne l'avais jamais été dans ma vie. Je me portais à merveille, j'étais relativement peu corrompu eu égard aux mœurs romaines et je jouissais de ma passion dans toute sa plénitude. Je vivais dans un rêve à peine troublé par les questions insistantes de Claudia sur mes allées et venues. Je détestais devoir lui mentir sans cesse, d'autant plus que les femmes ont un instinct très sûr dans ces sortes de circonstances.

Le premier conjuré que je contactai fut Fenius Rufus avec lequel le négoce du blé m'avait donné l'occasion de me lier. Non sans hésitation, il me révéla les noms des prétoriens, des tribuns et des centurions qui avaient fait serment de lui obéir, à lui et à lui seul, après la déposition de Néron.

Rufus était manifestement soulagé de voir que j'avais réussi à apprendre l'existence de la conspiration. Il s'excusa d'abondance de ne pas m'avoir mis dans le secret en arguant du serment prêté, et promit de parler de moi à Pison et aux autres chefs de la conspiration. Ce ne fut point sa faute si l'arrogant Pison et les autres Calpurniens traitèrent mes offres de services avec un mépris qui m'aurait offensé si j'avais été susceptible.

Ils ne prirent pas même en considération l'argent que je proposai de mettre à leur disposition, rétorquant qu'ils disposaient de fonds suffisants. Et ils ne craignaient même pas de ma part une dénonciation, tant ils tenaient la victoire pour assurée. En fait, Pison lui-même déclara avec son insolence habituelle qu'il me connaissait suffisamment de réputation pour savoir que je saurais me tenir coi pour sauver ma peau. Mon amitié avec Pétrone et le jeune Lucain me permit néanmoins de prêter le serment des conjurés et de rencontrer Epicharis, cette Romaine fort discrète, mais sans comprendre encore le rôle décisif qu'elle jouait dans la conspiration.

J'étais donc déjà fort compromis lorsqu'un jour, à ma grande surprise, avec force précautions et circonlocutions, destinées à s'assurer que je ne me précipiterais pas avertir Néron, Claudia aborda le sujet. Elle fut étonnée et soulagée en m'entendant répondre avec un sourire condescendant que j'avais depuis longtemps prêté serment de renverser le tyran, pour sauver la patrie et la liberté.

« Je ne puis comprendre pourquoi ils ont recruté un homme tel que toi, dit Claudia. Ils feraient bien d'agir promptement s'ils ne veulent pas que leurs plans soient répandus partout. Es-tu vraiment disposé à trahir Néron ainsi, lui qui t'a toujours traité en ami? »

Offensé dans ma dignité, je lui répondis doucement que seul le souci du bien public me poussait à agir contre une amitié qui m'avait nui si souvent. Je n'avais quant à moi guère souffert du bouleversement monétaire, grâce à ma prévoyance. Mais les gémissements des veuves et des orphelins me brisaient le cœur et lorsque je songeais à la misère des paysans et des artisans, j'étais prêt, si c'était nécessaire, à sacrifier mon honneur, sur l'autel de la patrie, pour le bonheur du peuple romain.

Je m'étais gardé de communiquer ces pensées à Claudia parce que je craignais qu'elle refusât de me voir risquer ma vie pour la liberté. A présent, j'espérais qu'elle comprenait enfin que, si j'étais resté discret sur mes allées et venues, c'était parce que je ne désirais pas l'entraîner dans cette périlleuse conspiration.

Tous les soupçons de Claudia ne s'étaient pas évanouis, car elle me connaissait trop bien. Mais elle dut me concéder que j'avais sagement agi. Après avoir beaucoup hésité, elle avait fini par se résoudre à obtenir de moi, par la persuasion ou même par la contrainte, que je me joignisse au complot. Il en allait de mon avenir et du tien.

« Tu as dû remarquer que depuis fort longtemps, je ne t'ai plus importuné au sujet des chrétiens, dit Claudia. Je ne vois plus de raison à ce que nous les autorisions à tenir leurs assemblées secrètes dans notre demeure. Ils possèdent leurs propres lieux de réunions, il n'est donc plus nécessaire d'exposer mon fils Clément à ce danger, même si je ne crains pas moi-même de m'affirmer chrétienne. Mes coreligionnaires se sont révélés faibles et indécis. Le renversement de Néron serait tout à leur avantage et constituerait une sorte de vengeance pour les forfaits commis contre les chrétiens. Mais, conçois-tu cela? ils refusent d'être mêlés en aucune façon au complot. Pourtant, il ne semble pas devoir échouer. Je ne les comprends plus. Ils se contentent de répéter qu'il ne faut pas tuer et que la vengeance ne leur appartient pas.

– Par le divin Hercule! m'exclamai-je. Aurais-tu perdu la raison? Seule une femme pouvait se mettre en tête d'entraîner les chrétiens dans une affaire qui implique déjà beaucoup trop de monde. Je puis t'assurer que nul ne voudra d'eux. Leur participation contraindrait l'empereur à leur promettre des privilèges. Ceux dont jouissent déjà les Juifs sont suffisamment gênants pour l'Etat.

– Ils pouvaient bien demander à participer. Ils n'avaient rien à y perdre. Mais ils disent qu'ils ne se sont jamais mêlés de politique jusqu'à présent et qu'il leur suffira d'obéir à l'empereur, quel qu'il soit. Leur royaume s'installera un jour sur terre mais je commence à me lasser d'attendre son avènement. Je suis fille de Claude et pour l'amour de mon fils, je dois aussi me préoccuper un peu des pouvoirs terrestres. Il me semble que Céphas ne montre guère de courage en se soumettant toujours et en se tenant à l'écart des affaires de l'Etat. Le royaume invisible est une belle et bonne chose. Mais depuis que je suis mère, je m'en suis éloignée, et me sens plus romaine que chrétienne. La période trouble que nous vivons nous offre les meilleures possibilités de changer la face du monde, tant est grande l'aspiration à la paix et à l'ordre.

– Qu'entends-tu par « changer la face du monde »? demandai-je, incrédule. Te serais-tu bravement résolue à plonger des milliers, peut-être des millions de gens dans les affres de la famine ou à les faire mourir de mort violente, dans le seul dessein de créer des circonstances favorables pour le moment où ton fils recevra la toge virile?

– Pour la république et pour la liberté, bien des braves sont prêts à sacrifier leur vie. Mon père Claude parlait souvent de la république, et il l'aurait volontiers rétablie si cela avait été possible. Il l'affirmait souvent aux sénateurs, dans ces longs discours où il se plaignait du lourd fardeau du pouvoir absolu.

– Tu m'as maintes fois répété, que ton père était un fou, un vieillard cruel et injuste, lui rappelai-je, exaspéré. Te souviens-tu de notre première rencontre, ce jour où tu as craché sur sa statue? La restauration de la république est un leurre. La seule question pendante est celle du nom du futur empereur. Pison me trouve bien trop insignifiant et je ne doute pas que tu partages ses sentiments. A qui avais-tu songé? »

Claudia me considéra pensivement.

« Que dirais-tu de Sénèque? » me demanda-t-elle avec une fausse innocence.

Je fus d'abord stupéfait :

« Que gagnerions-nous à remplacer un citharède par un philosophe? » me récriai-je.

Mais, en y réfléchissant plus avant, je compris combien cette suggestion était sage. Dans la ville comme dans les provinces, on estimait que les cinq premières années du principat de Néron, durant lesquelles Sénèque était aux affaires, avaient été les plus heureuses que Rome eût jamais connues. Aujourd'hui encore, en ces temps où l'on doit payer des impôts jusque dans les cabinets d'aisances publics, elles passent pour avoir été un âge d'or.

Sénèque possédait une immense fortune, trois cents millions de sesterces, à ce qu'on disait généralement. Mais surtout, il avait déjà soixante ans. Grâce à son mode de vie stoïque, il vivrait bien encore quinze ans. S'il s'était retiré dans un domaine campagnard, s'il venait rarement à Rome, ce n'était pas pour des raisons de santé comme il le prétendait, mais parce qu'il ne voulait pas irriter Néron.

En fait, le régime que lui imposaient ses maux d'estomac lui avait fait le plus grand bien. Il avait minci et recouvré toutes ses énergies, il ne soufflait plus en marchant, et n'arborait plus ses grosses joues flasques si inconvenantes chez un philosophe. Il gouvernerait sans persécuter quiconque et grâce à son expérience du négoce, le nouvel empereur saurait mettre de l'ordre dans les affaires et remplir les caisses de l'Etat au lieu de les piller. Le moment venu, il pourrait même remettre volontairement le pouvoir entre les mains d'un jeune homme élevé suivant ses principes.

La bienveillance de Sénèque et son amour du genre humain ressemblaient fort à ce que prêchait la doctrine chrétienne. Dans un ouvrage d'histoire naturelle qu'il venait d'achever, il donnait à entendre que des forces secrètes étaient à l'œuvre dans la nature et dans l'univers, des forces qui échappaient à l'entendement humain, de sorte que le monde durable et visible n'était qu'un mince voile dissimulant une autre réalité.

Parvenu là de mes pensées, je frappai dans mes mains :

« Claudia! m'exclamai-je. Ton génie politique me surprend. Je te demande pardon pour mes propos désagréables. »

Je m'abstins évidemment de lui dire qu'en proposant Sénèque et en le soutenant, je pouvais acquérir l'influence dont j'avais besoin parmi les conjurés. Par la suite, je pourrais compter sur la gratitude de Sénèque, moi qui étais en quelque sorte un de ses anciens élèves, qui avais servi comme tribun à Corinthe sous les ordres de son frère, et avais joui de l'entière confiance de ce dernier, au point d'avoir été introduit dans le secret des affaires de l'Etat. Sans compter, enfin, que le cousin de Sénèque, le jeune

Lucain, était l'un de mes meilleurs amis depuis que moi, qui n'ai pourtant point la fibre poétique, j'avais manifesté tant de goût pour ses poèmes.

Claudia et moi devisâmes en parfaite harmonie. Nous découvrions sans cesse de nouveaux détails qui nous prouvaient l'excellence de notre plan, et nous prenions tant de plaisir à bavarder ainsi, que nous vidâmes ensemble quelques coupes. C'était Claudia qui était allée quérir du vin et elle ne me reprocha nullement de boire un peu trop, dans l'état d'excitation où je me trouvais. Pour finir, nous partageâmes la même couche et pour la première fois depuis longtemps je remplis mes devoirs conjugaux, ce qui contribua à calmer les soupçons qu'elle aurait pu conserver.

En m'éveillant à ses côtés, fort tard le lendemain, ivre encore de vin et d'espérance, je songeai avec quelque tristesse qu'il me faudrait bien un jour, par amour pour toi, ô Julius, me libérer de mon union avec ta mère. Un divorce ordinaire ne suffirait pas à Antonia. Claudia devrait mourir. Mais le terme n'était qu'à dix ou quinze ans de là, et entre-temps, beaucoup de choses pouvaient arriver. Il y aurait maintes crues printanières submergeant les ponts du Tibre, me dis-je. Je songeai aussi à des épidémies soudaines, à la peste, à quelque accident inattendu, aux Parques, enfin, aux Parques surtout qui tranchent le fil des destinées humaines. A quoi bon se soucier de l'inévitable et de la forme qu'il revêtira?

Sénèque me reçut fort aimablement. A ce que je voyais, il disposait de toutes les commodités d'une vie luxueuse en compagnie d'une femme qui avait la moitié de son âge. Après les lamentations de rigueur sur les douleurs de la vieillesse et d'autres propos de circonstances, comprenant que ma visite n'était pas de pure politesse, le vieux renard m'entraîna dans un pavillon d'été assez éloigné, où il se retirait pour dicter son œuvre à un scribe et mener une vie d'ascète à l'écart du monde.

Pour m'en convaincre, et aussi pour me laisser deviner toute autre chose, il me montra un ruisseau dont il buvait l'eau courante, dans la paume de sa main, et quelques arbres dont il cueillait lui-même les fruits, et me raconta aussi que son épouse, Pauline, avait appris à moudre le blé et à faire elle-même son pain. Je reconnus ces signes. Sénèque vivait dans la crainte permanente d'être empoisonné. Poussé par le besoin d'argent, Néron risquait de convoiter les biens de son ancien précepteur, à moins que la raison d'Etat ne l'incitât à s'en débarrasser.

J'entrai tout de suite dans le vif du sujet. Sénèque accepterait-il de se charger du fardeau de l'empire après Néron, et de ramener la paix et l'ordre dans le monde romain ? On ne lui demandait pas de se mêler de faire périr Néron. Il suffirait qu'au jour dit, il fût présent dans la ville, et que ses sacs de pièces fussent prêts, afin qu'il pût sans tarder se rendre au camp des prétoriens. D'après mes comptes, trente millions de sesterces serait une somme suffisante, si chaque homme, par exemple, recevait deux mille pièces et tribuns et centurions d'autres sommes plus élevées proportionnées à leur grade.

Sénèque redressa son torse et plongea dans mes yeux un regard d'une effrayante froideur, où ne subsistait plus trace de son amour du genre humain.

« Je te connais, Minutus. Je connais les replis de ton âme. Aussi, ai-je d'abord cru que Néron t'envoyait pour mettre ma loyauté à l'épreuve. Mais tu me sembles trop au fait de l'affaire pour être un espion. Si tel avait été le cas, plusieurs têtes seraient déjà tombées. Ne crois pas être le premier qui soit venu me présenter cette requête. Le plus proche ami de Pison, Antonius Natalis, que tu connais, était ici il y a peu de jours, pour s'enquérir de ma santé et des raisons pour lesquelles je refuse absolument de recevoir Pison. Mais je n'ai aucune raison de donner mon soutien à un Pison. »

Je compris que Sénèque connaissait beaucoup mieux la conspiration que moi, et qu'en homme d'Etat expérimenté, il avait soigneusement pesé la situation. Je m'excusai donc de l'avoir dérangé, quoique ce fût avec de bonnes intentions, et lui assurai qu'en tous les cas, pour tout ce qui me concernait, il n'avait nulle inquiétude à avoir. Ma visite n'attirerait pas le soupçon, car des affaires m'appelaient à la ville voisine, et il était normal que je lui rendisse visite, en ancien élève soucieux de la santé de son vieux professeur.

Il me sembla que Sénèque n'était guère heureux de m'entendre me présenter comme un de ses anciens élèves. Mais son regard se fit compatissant quand il me répondit :

« Je te dirai ce que j'ai essayé d'enseigner à Néron. La dissimulation et la servilité peuvent bien pendant un temps cacher les vrais penchants d'un être. Mais ceux-ci apparaissent toujours, à la fin et la peau de l'agneau glisse, révélant le pelage du loup. Tout comédien qu'il soit, Néron a du sang de la louve dans les veines. Toi aussi, Minutus, tu as du sang de loup, bien que ce soit d'une espèce moins téméraire. »

Je ne savais trop si je devais me sentir flatté ou insulté par ces paroles. Je lui demandai comme en passant s'il croyait qu'Antonia fût mêlée à la conspiration. Sénèque se renfrogna.

« Si j'étais toi, m'avertit-il en secouant la tête, je ne me fierais en rien à Aelia Antonia. Ce nom seul est effrayant. En elle se mêle le sang de deux gens anciennes et dangereuses. Je connais des faits sur sa jeunesse dont je ne tiens pas à parler. Je te mets en garde. Au nom de tous les dieux, ne l'introduit pas dans la conjuration! Ce serait pure folie. Elle est encore plus assoiffée de pouvoir qu'Agrippine qui, en dépit de ses méfaits, savait aussi montrer certaines qualités. »

L'avertissement de Sénèque ne me laissa pas indifférent, mais dans la folie de mon amour je me dis que c'était l'envie qui lui dictait ses paroles. Nous étions sur le point de nous séparer quand le philosophe m'avoua qu'il serait à Rome au jour dit, prêt à seconder Pison, car il était persuadé que celui-ci était trop vain et trop extravagant pour garder le pouvoir bien longtemps. Alors viendrait peut-être le moment favorable pour Sénèque.

« Quoi que je fasse, je m'expose chaque jour à perdre la vie, dit-il avec un sourire amer. Je n'ai donc rien à perdre à me montrer. Si Pison prend le pouvoir, alors j'aurai donné à penser que je le soutiens. Si – effrayante perspective! – la conspiration est découverte, alors je mourrai, que je me sois ou non montré. Mais le sage ne craint pas la mort. C'est la dette que chaque humain doit un jour ou l'autre solder. Il n'importe guère que l'heure dernière soit aujourd'hui ou demain. »

Mais pour moi, c'était au contraire tout ce qui importait. Je le quittai le cœur lourd, en ruminant ses paroles pleines de sinistres présages. Je me dis qu'il vaudrait mieux que je prisse quelques précautions au cas où la conspiration serait découverte. Un homme avisé ne place pas tous ses œufs dans le même panier.

Je continue de penser que la rébellion aurait dû partir des légions de province et non point de Rome. Le sang aurait certainement coulé dans les provinces, mais après tout c'est bien pour le verser qu'on paie les soldats, et à Rome nul n'aurait exposé sa vie. Mais la vanité, l'égoïsme et l'ambition l'emportent toujours sur le bon sens.

Placé à la tête de la flotte en remerciement de son rôle dans le meurtre d'Agrippine, Proculus s'estimait insuffisamment récompensé. En fait, si peu complexe qu'elle fût, sa charge excédait ses capacités. Anicetus n'était qu'un ancien barbier mais il avait su garder sa flotte en état de naviguer, en se faisant efficacement seconder par des capitaines expérimentés.

Proculus n'en faisait qu'à sa tête et un jour, contre l'avis général, il fit appareiller la flotte. Près d'une vingtaine de navires s'échouèrent sur les rochers au large du cap Misène et coulèrent avec leurs équipages. Si les marins pouvaient être aisément remplacés, les navires de guerre sont des bâtiments coûteux.

Bien que Proculus arguât pour se défendre des ordres reçus, Néron éprouva contre lui une fureur bien compréhensible. L'empereur demanda au commandant de la flotte s'il sauterait à l'eau sur son ordre, et Proculus reconnut qu'il serait forcé de calculer les conséquences de cet ordre, car il ne savait pas nager. Néron conclut d'une voix aigre que Proculus ferait bien à l'avenir de se livrer aux mêmes calculs à chaque ordre reçu, car la mer obéissait bien davantage aux injonctions de la nature qu'à celles de Néron. Néron aurait pu aisément trouver un autre commandant, mais la construction de vingt navires de guerre était une entreprise trop coûteuse pour l'heure. Il reconsidérerait la question lorsque la Maison dorée serait achevée.

L'incident blessa suffisamment l'orgueil de Proculus pour qu'il succombât aux manœuvres d'Epicharis, fort belle femme experte dans l'art d'aimer. Pour autant que je sache, elle n'avait jamais pratiqué d'autre art avant de s'adonner à celui de la conspiration. Ses discours enflammés, ses exhortations à agir vite, ce zèle politique inattendu surprirent vivement bon nombre de conjurés.

La vérité est, me semble-t-il, que Néron avait autrefois offensé Epicharis en goûtant à ses charmes avant de la congédier sans plus y penser. Elle n'avait pu lui pardonner tant de désinvolture et n'avait cessé depuis de ruminer sa vengeance.

Exaspérée par les tergiversations des conjurés romains, Epicharis demanda à Proculus de rassembler sa flotte et d'appareiller pour Ostie. Mais Proculus décida qu'il avait mieux à faire. Epicharis était une femme prudente. Elle ne lui avait pas livré les noms de tous les conspirateurs. Il ignorait donc l'étendue de la conjuration. C'est pourquoi, choisissant entre le certain et l'incertain, il conclut que le premier dénonciateur serait le premier récompensé.

Il se précipita à Rome pour conter à Néron ce qu'il savait. L'empereur, qui dans sa vanité était convaincu d'être populaire, ne s'inquiéta pas outre mesure, car l'information était par trop imprécise. Comme il se devait, il fit cependant arrêter Epicharis et la remit à Tigellinus pour qu'il la soumît à la question. C'était un art dans lequel Tigellinus savait se montrer un maître, surtout quand la victime était une belle femme. Depuis qu'il avait pris goût aux garçons, le préfet du prétoire haïssait les femmes et aimait les voir souffrir.

Mais Epicharis supporta sans faiblir la souffrance et assura que les dénonciations de Proculus étaient pures sornettes. Et elle donna aux prétoriens tant de détails sur les penchants contre nature de Tigellinus que ce dernier renonça à poursuivre plus avant l'interrogatoire. Mais Epicharis avait déjà été si maltraitée qu'elle ne pouvait plus marcher.

A la nouvelle de l'arrestation d'Epicharis, les conjurés agirent promptement. La ville tout entière était frappée de terreur, car beaucoup de gens étaient mêlés à la conspiration et craignaient pour leur vie. Un centurion payé par Pison tenta d'assassiner Epicharis dans sa cellule, les conjurés doutant qu'une femme pût se taire longtemps. Mais les gardiens la protégèrent. Ses extraordinaires descriptions de la vie intime de Tigellinus lui avaient valu beaucoup de sympathie chez les prétoriens.

La fête d'avril en l'honneur de Cérès devait se dérouler le lendemain et des courses auraient lieu dans le cirque à demi terminé en l'honneur de la déesse de la Terre. Les conspirateurs jugèrent que c'était le lieu le plus convenable pour passer à l'action. Néron disposait de tant d'espace dans la Maison dorée et dans ses immenses jardins qu'on ne le voyait plus que rarement dans la ville.

Il fut décidé à la hâte que les conjurés se placeraient dans le grand cirque, le plus près possible de Néron. Lateranus, un intrépide géant, devait au moment propice se jeter aux pieds de Néron comme pour lui demander une faveur et le faire choir à terre. Quand Néron serait étendu au sol, les tribuns et les centurions qui participaient à la conjuration, et tous ceux qui seraient assez courageux pour ce faire, feindraient de se précipiter pour lui prêter assistance, et le poignarderaient.

Flavius Scevinus demanda la faveur de porter le premier coup. Apparenté au préfet de la cité, mon ex-beau-père, il n'aurait aucun mal à s'approcher de Néron. C'était un libertin si efféminé que même l'empereur ne se méfierait pas de lui. En fait, il était un peu fou et souffrait souvent d'hallucinations. Ce n'est pas à moi de dire du mal des Flaviens, mais la vérité est que Flavius Scevinus croyait avoir découvert une des dagues de la déesse de la Fortune dans un ancien sanctuaire et la portait toujours sur lui. Ses visions lui disaient que la dague était le signe qu'il avait été élu pour accomplir des exploits. Quand il se porta volontaire pour porter le premier coup, il ne doutait pas le moins du monde que la chance serait de son côté.

Pison attendrait près du temple de Cérès. Fenius Rufus et les autres conspirateurs viendraient l'y chercher et, Antonia s'étant jointe à eux, ils le conduiraient au camp des prétoriens pour l'y faire acclamer. On pensait que même Tigellinus n'offrirait pas de résistance, car c'était un homme sage et perspicace. Les conjurés avaient en fait décidé que, dès que leur pouvoir serait affermi, pour plaire au peuple ils feraient exécuter le préfet du prétoire. Mais Tigellinus ne pouvait le deviner.

Le plan était habile et parfaitement calculé. Son seul défaut fut d'échouer.

LIVRE V

LE SYCOPHANTE

LE dernier soir avant la fête de Cérès, alors que les autres conjurés, dont j'étais, avaient déjà quitté la demeure de Pison, Flavius Scevinus eut un entretien en tête-à-tête avec Antonius Natalis puis rentra chez lui pour rédiger son testament. Tandis qu'il le dictait, la mine sombre, il tira du fourreau la fameuse dague de la Fortune et s'aperçut que la pointe de cette arme fort ancienne était émoussée. En proie à la plus grande agitation, il donna l'objet à aiguiser à son affranchi Milichus, en l'invitant à la discrétion, et en assortissant cette recommandation de paroles inquiétantes et confuses qui éveillèrent les soupçons de son interlocuteur.

Puis, contre toutes ses habitudes, Scevinus commanda un festin pour toute la maisonnée. Pendant le repas, il affranchit quelques-uns de ses esclaves en pleurant doucement et en riant avec une gaieté forcée, et distribua à ses autres serviteurs des dons d'argent. Le banquet terminé, il éclata en sanglots et demanda à Milichus de préparer des médicaments et des pansements pour étancher le sang. Ces paroles achevèrent de convaincre l'affranchi de l'imminence d'un événement terrible. Peut-être était-il déjà dans le secret de la conspiration, car qui ne l'était pas?

Milichus consulta son épouse sur le meilleur parti à prendre. En femme sensée, elle le convainquit que le premier à aller au moulin serait le premier à recevoir la farine. Il y en allait de sa vie. Plusieurs autres affranchis et esclaves avaient entendu et vu la même chose que lui, il était donc inutile de se taire. En revanche, Milichus avait tout à gagner à être le premier à dénoncer son maître. L'heure n'était plus à songer à la dette de reconnaissance qu'il gardait envers Scevinus. La riche récompense qu'il pouvait escompter étoufferait ses remords.

Milichus eut quelque difficulté à quitter la maison, car Scevinus, tout ivre qu'il fut, ne pouvait trouver le sommeil. En outre, l'épouse de Scevinus, Atria Gallia, célèbre pour sa beauté, ses divorces et la frivolité de sa vie, avait, échauffée par le festin, fait à l'affranchi certaines propositions sur lesquelles Scevinus fermait les yeux, pour des raisons privées, et l'épouse de Milichus avait été bien forcée d'imiter cette bénévolence. Ce dernier point n'était sans doute pas pour rien dans le conseil qu'elle avait donné à son époux. Je signale cela à sa décharge.

Ce ne fut qu'aux premières lueurs du jour que Milichus trouva l'occasion de courir jusqu'aux jardins de la Maison dorée, en emportant sous son manteau la dague de la Fortune comme preuve de sa dénonciation. Mais bien évidemment, les gardes n'étaient pas disposés à laisser entrer cet ancien esclave, moins encore aux premières heures d'un jour de solennités dédiées à Cérès. Sur ces entrefaites, survint Epaphroditus, venu livrer un couple de jeunes léopards. Néron avait l'intention de les offrir à l'épouse du consul Vestinus, Statilia Messalina, à qui il faisait la cour, pour lui permettre de parader dans la loge impériale en tenant en laisse ces superbes animaux. L'attention d'Epaphroditus fut attirée par la discussion animée qui se déroulait devant la porte du palais. Milichus, voyant qu'on ne le laisserait pas entrer, s'était mis à invoquer à grands cris le nom de Néron et les gardes le frappaient de leurs lances. Le nouvel intendant de la ménagerie intervint pour rétablir le calme.

Il me semble que jamais auparavant et jamais depuis lors la Fortune ne se montra si clairement à moi. Plus que jamais, il m'apparut que la magnanimité et la générosité trouvaient leur récompense en cette vie. Reconnaissant l'affranchi de Flavius Scevinus, apparenté à son épouse Sabine, Epaphroditus voulut lui porter secours. Quand Milichus lui eut expliqué pourquoi il désirait voir Néron, Epaphroditus comprit aussitôt l'importance de ce qu'il entendait. Se souvenant de la dette de reconnaissance qu'il avait envers moi, il envoya l'esclave qui l'accompagnait me prévenir de ce qui se passait. Après quoi, il fit réveiller Néron et conduisit au pied de l'énorme couche impériale les deux léopards et Milichus.

L'esclave d'Epaphroditus m'arracha à un profond sommeil, mais le message dont il était porteur me fit bondir hors de mon lit. Jetant un manteau sur mes épaules, sans prendre le temps de me faire raser ou de déjeuner, je courus à la suite du messager d'Epaphroditus.

La course me mit hors d'haleine et je pris la résolution – si, par un hasard heureux, je sauvais ma tête – de m'adonner de nouveau à l'équitation et aux exercices du stade. Contraint, tout en courant, d'examiner l'ensemble de la situation, je dressai mentalement la liste des conjurés qu'il serait le plus avantageux de dénoncer.

Lorsque j'arrivai à la Maison dorée, Néron pestait encore contre son réveil intempestif, quoiqu'il eût dû être déjà levé pour se préparer à la fête. Il jouait en bâillant avec les jeunes léopards qu'il avait fait grimper sur son lit recouvert de soie. Aveuglé par sa vanité, il avait d'abord refusé de croire les explications balbutiées par l'affranchi. Néanmoins, il avait fait prévenir Tigellinus qu'il désirait questionner de nouveau Epicharis, et des prétoriens étaient partis quérir Flavius Scevinus que Néron se proposait d'interroger sur son étrange comportement.

Bien qu'il affectât l'indifférence, Néron ne put s'empêcher d'éprouver du gras du pouce la pointe vert-de-grisée de la dague et sans doute se figura-t-il, avec toute la vivacité de son imagination, quelle sensation il aurait éprouvée à l'instant où l'arme se serait brusquement enfoncée dans son torse puissant. Mon entrée survenant à cet instant, il se montra plus bienveillant qu'avec Milichus lorsque, essuyant la transpiration qui dégouttait de mon front, je lui dis en haletant que j'avais des révélations à lui faire qui ne sauraient souffrir de délai.

Je lui exposai rapidement le plan des conjurés, leur résolution de l'assassiner et, sans hésiter, désignai comme chefs de la conspiration Pison et son aide Lateranus. Quand bien même je ne les eusse pas mentionnés, rien n'eût pu les sauver. Tout le temps que je parlais, je souffris mille morts à l'idée de ce qu'Epicharis allait dire pour échapper à de nouvelles tortures, maintenant que le complot était découvert.

Les jeunes léopards me donnèrent l'heureuse idée de dénoncer le consul Vestinus, car sachant à qui ces bêtes étaient destinées, je devinai que Néron serait heureux d'être débarrassé de l'époux de Statilia Messalina. En réalité, en raison de ses opinions républicaines, nous ne nous étions pas souciés de faire participer Vestinus à la conjuration. En entendant cette accusation, Néron s'assombrit. Qu'un consul en activité se fût mêlé à un projet d'assassinat, donnait à l'affaire un caractère d'exceptionnelle gravité. Néron se mordit les lèvres et son menton se mit à trembler comme celui d'un enfant qui va pleurer. Il était si profondément convaincu de sa popularité!

Dans la liste de noms que je donnai, je fis figurer de préférence des sénateurs, car la piété filiale exigeait que je tirasse vengeance de cette assemblée qui avait, à l'unanimité et sans même voter, condamné à mort mon père, ce qui avait entraîné la mort de mon fils Jucundus sous les crocs des fauves. En outre, il ne pouvait qu'être utile à mes propres projets que quelques places au sénat fussent rendues vacantes.

J'avais déjà énuméré quelques noms, lorsque pris d'une inspiration soudaine, je dénonçai aussi Sénèque. Il avait lui-même admis que son sort dépendait de celui de Pison, il était donc perdu, quoi qu'il advînt. On porterait à mon crédit d'avoir le premier désigné un homme si puissant. Comme on peut s'y attendre, je m'abstins de parler de la visite que je lui avais rendue.

D'abord Néron parut peu disposé à me croire. Néanmoins, il joua à la perfection l'horreur et l'étonnement devant une trahison si cruelle, venant de son vieux précepteur qui ne devait qu'à Néron l'immensité de sa richesse et le succès de ses entreprises. Le philosophe avait quitté ses charges de son plein gré et n'avait donc aucune raison de nourrir des griefs contre Néron. L'empereur versa même quelques larmes et, faisant tomber les léopards à terre, il demanda d'une voix désespérée pourquoi on le haïssait tant, lui qui servait du mieux qu'il pouvait les intérêts du sénat et du peuple de Rome, lui qui avait sacrifié tout bien-être pour se charger du lourd fardeau des devoirs impériaux.

« Pourquoi ne m'ont-ils pas parlé? se lamenta-t-il. J'ai dit maintes fois que je préférerais être déchargé du pouvoir, car je pourrais gagner ma vie comme artiste n'importe où dans le monde. Pourquoi me haïssent-ils tant? »

Il eût été inutile et dangereux de répondre à ces questions rhétoriques. Heureusement, Flavius Scevinus et Tigellinus survinrent et on annonça qu'Epicharis attendait dans une litière, à l'extérieur.

Néron jugea plus sage de feindre d'ignorer l'étendue exacte de la conspiration. Comme il désirait confronter Flavius Scevinus et Milichus, il me demanda de me retirer et j'en fus heureux, car cela me donnait l'occasion de prévenir Epicharis et de m'entendre avec elle sur les noms de ceux qu'il conviendrait de dénoncer. A l'instant où je partis, Néron, avec un regard malicieux sur Tigellinus, appela auprès de lui les soldats de la garde germaine.

Depuis la conspiration de Séjan contre Tibère, aucun empereur ne se fiait plus sans arrière-pensée à la garde prétorienne et à son préfet. En nommant Fenius Rufus aux côtés de Tigellinus, Néron était revenu à la pratique consistant à nommer deux préfets du prétoire qui se surveillaient mutuellement. Mais en choisissant le collègue de Tigellinus, il n'avait pas eu la main heureuse. Cependant, j'étais résolu à ne pas dénoncer Fenius Rufus qui était un ami, et même à veiller à ce que son nom n'apparût pas par hasard. De cela aussi, je voulais toucher deux mots à Epicharis.

Sa litière était posée sur l'herbe, les rideaux soigneusement tirés. Les porteurs étaient assis à l'écart, mais les deux gardes qui les accompagnaient refusèrent de me laisser parler à la prisonnière. Néanmoins, grâce à quelques-unes des nouvelles pièces de Néron, je parvins à les fléchir. Ils s'éloignèrent de quelques pas et j'écartai les rideaux.

« Epicharis, soufflai-je, je suis un ami. J'ai quelque chose d'important à te dire. »

Mais Epicharis ne répondit pas. Alors je vis que pendant son voyage, elle avait défait les bandages ensanglantés qu'un garde miséricordieux lui avait procurés. Elle s'était fait un nœud autour du cou et avait attaché l'autre extrémité du tissu à la barre transversale de la litière. Affaiblie comme elle l'était pas la torture, son propre poids avait suffi à l'étrangler. Sans nul doute, elle avait craint de ne pouvoir supporter un autre interrogatoire. Quand je me fus assuré qu'elle était bien morte, je poussai un cri de surprise pour alerter les gardes. Mentalement, je fis l'éloge de cette femme qui n'avait rien d'une respectable matrone, mais qui s'était conduite si noblement. En se suicidant, elle s'était empêchée de dénoncer ses complices et me laissait les mains libres.

Les gardes redoutaient le châtiment que méritait leur négligence, mais l'heure n'était plus à de tels détails. Le suicide d'Epicharis acheva de convaincre Néron de l'existence d'une conspiration, dans laquelle la flotte avait sa part. Quant à moi, je dois avouer que la vue des seins lacérés et des membres brisés d'Epicharis me donna la nausée au point que je vomis dans l'herbe, près de la litière.

Mon malaise était assurément dû autant à ce spectacle affreux qu'au brusque soulagement que j'avais ressenti en le découvrant. Je prouvai ma reconnaissance envers Epicharis en lui faisant bâtir un tombeau à mes frais, lorsqu'il apparut que ses anciens amis n'étaient plus en mesure de le faire, trop préoccupés qu'ils étaient par la pensée de leur propre tombe.

Face aux habiles questions de Néron, Scevinus peu à peu reprit contenance et en le fixant fièrement dans les yeux, il proclama son innocence. Un instant, Néron sentit vaciller sa conviction.

Mais les prétoriens étaient aussi allés quérir Natalis. Néron questionna séparément Scevinus et le second de Pison sur l'entretien qu'ils avaient eu la veille au soir. Comme ni l'un ni l'autre n'étaient préparés à répondre à un interrogatoire, leurs versions différèrent. Tigellinus leur montra le collier de fer, les tenailles et les autres instruments de torture, et cela suffit. Natalis le premier perdit courage. Comme il connaissait la conspiration dans presque toutes ses ramifications, il crut pouvoir gagner la clémence de l'empereur par une confession volontaire. Il dénonça son cher Pison et quelques autres, et avoua au passage ses contacts avec Sénèque. Je devais remercier la Fortune de m'avoir inspiré de dénoncer le philosophe le premier.

Quand Scevinus apprit que Natalis avait avoué, il renonça à ses vaines espérances, avoua sa participation et, parmi d'autres, donna les noms de Senecio, de Lucain, de Pétrone et malheureusement aussi de moi-même. Il me fut relativement facile d'expliquer que j'avais pris part à la réunion de la veille pour connaître les conjurés et sauver la vie de l'empereur.

Par prudence, je n'avais pas insisté pour donner ma part de la somme collectée pour la récompense des prétoriens. Je pus donc sans hésitation livrer les noms de ceux qui avaient versé de l'argent. Néron fut fort aise de se procurer à si bon compte trente millions de sesterces qui venaient à point renflouer ses finances. Par la suite, la confiscation des biens des conjurés devait rapporter à l'empereur une somme cent fois supérieure, Sénèque et Pallas lui fournissant à eux seuls mille millions de sesterces, à ce que je crois.

Néron décida de dissimuler au peuple l'importance véritable de la conspiration. Il ne voulait pas que la plèbe sût à quel point l'aristocratie le haïssait. Son premier mouvement fut d'abord d'annuler les fêtes de Cérès, mais Tigellinus et moi le persuadâmes de s'en abstenir. Il serait plus aisé de faire occuper la ville, et aussi Ostie puisque la flotte était du complot, pendant que le peuple regarderait les courses de chevaux. Au cirque, on pourrait sans difficulté et sans attirer l'attention procéder à l'arrestation des sénateurs et des chevaliers compromis, avant qu'ils aient eu le temps de fuir et de se réfugier sous la sauvegarde des légions.

Il fallait arrêter immédiatement Pison. Etourdi par ses rêves de grandeur, il attendait déjà, avec sa suite, près du temple de Cérès. Ce fut là qu'il apprit la trahison de Milichus, et l'arrestation de Scevinus et de Natalis. Il s'empressa de battre en retraite, contre l'avis des plus résolus de ses compagnons, qui l'incitaient à courir au camp des prétoriens sur-le-champ en leur apportant l'argent, ou au moins à prendre la parole sur le Forum pour soulever le peuple à son profit.

En agissant promptement, il aurait encore pu arrêter la roue de la Fortune. Fenius Rufus se trouvait encore au camp des prétoriens, Tigellinus était provisoirement occupé à la Maison dorée, et plusieurs tribuns et centurions figuraient parmi les conjurés. Même si les soldats l'avaient trahi et si le peuple l'avait abandonné, il aurait pu au moins mourir honorablement dans un coup de main hardi, en se montrant digne de ses ancêtres dans son combat pour la gloire et la liberté.

Mais Pison n'était pas digne du rôle qui lui avait été assigné. Après un instant d'hésitation, il rentra tout simplement chez lui. Ce que voyant, ses amis s'éparpillèrent, dans l'espoir de sauver ce qui pouvait encore l'être.

Seule la maison de Lateranus résista les armes à la main aux prétoriens. En conséquence, Lateranus fut traîné jusqu'au lieu d'exécution des esclaves, en dépit de son titre de consul. Le tribun Statius lui trancha la tête avec tant de hâte qu'il se blessa la main. Lateranus fut le seul conjuré qui garda jusqu'au bout le silence, s'abstenant même de révéler que celui qui le décapitait, et dont on comprend la précipitation, avait conspiré lui aussi.

Chacun avoua sans se faire prier et dénonça ses complices avant de passer de vie à trépas. Le poète Lucain livra même sa mère et Junius Gallio, mon ancien ami de Corinthe, son frère Sénèque. Après ses aveux, Gallio, en plein sénat, fut ouvertement accusé de fratricide et on lui reprocha d'être encore plus compromis que Sénèque, mais Néron fit comme s'il n'avait rien entendu. On ne tracassa pas non plus la mère de Lucain qui n'avait pourtant jamais caché son mépris pour celui qu'elle appelait un « infâme citharède » afin de rehausser par contraste la réputation de poète de son fils.

Il serait bien trop long de citer tous les noms des personnes de haute condition qui furent exécutées ou qui se suicidèrent. Néron fit néanmoins preuve de clémence et limita le nombre des exécutions. Mais l'empereur était humain et c'eût été trop attendre de lui que d'espérer qu'en choisissant ceux qui devaient être poursuivis, il ne songeât pas à d'anciens affronts à venger, ou à l'importance de la fortune qu'il pourrait confisquer.

Parmi ceux qui périrent bravement, je ne mentionnerai que Subrius Flavius. Comme Néron lui demandait ce qui avait pu le pousser à oublier son serment militaire, Subrius Flavius lui répondit sans détour :

« Tu n'eus jamais plus fidèle soldat que moi, aussi longtemps que tu fus digne de mon amour. Je me suis pris de haine pour toi quand tu as assassiné ta mère et ta femme, et que tu n'as plus été à mes yeux qu'un aurige, un pitre et un incendiaire. »

Mis en fureur par ce franc-parler, Néron ordonna à un nègre qu'il avait nommé centurion d'emmener Subrius dans le champ le plus proche et de faire son devoir. Le nègre obéit et fit creuser en hâte une fosse. Voyant que la tombe était par trop étroite, Flavius lança d'une voix railleuse, pour la plus grande joie des soldats qui le gardaient et plaisantaient avec lui :

« Ce nègre ne sait même pas creuser une tombe conforme au règlement! »

Le centurion était si impressionné par les nobles origines de Subrius Flavius que sa main tremblait quand le condamné tendit fièrement le cou. Il lui fallut se reprendre à deux fois pour détacher la tête du tronc.

Venu à Rome pour la fête de Cérès, Sénèque eut vent de la conjuration, dans la demeure qu'il possédait près du quatrième milliaire. Néron lui envoya un tribun de sa garde du corps, Cavius Silvanus, pour lui demander s'il avait quelque chose à dire pour sa défense au sujet des aveux de Natalis. Silvanus fit encercler la maison et franchit le seuil à l'instant où le philosophe, sa femme et un couple de leurs amis, tous en proie à une certaine nervosité, s'apprêtaient à passer à table.

Sénèque prit son repas sans se départir de son calme. A la question de Cavius Silvanus, il répondit, comme s'il s'agissait d'une chose sans importance, que Natalis lui avait effectivement rendu visite au nom de Pison pour lui reprocher de ne pas avoir répondu aux invitations de celui-ci. Sénèque avait alors argué poliment de sa piètre santé. Le philosophe n'avait aucune raison de s'exposer pour soutenir quiconque. Silvanus dut se contenter de cette réponse.

Quand Néron demanda si Sénèque s'apprêtait à mettre fin à sa vie de son plein gré, Silvanus dut avouer qu'il n'avait détecté nul signe de crainte en lui. Néron se vit contraint de renvoyer Silvanus à Sénèque pour lui ordonner de mourir. C'était pour Néron un ordre bien difficile à donner. Soucieux de sa renommée, il aurait préféré que son vieux précepteur eût choisi lui-même de disparaître.

Pour comprendre à quel point la vie de Néron était encore en balance, il faut savoir que lorsqu'il reçut cet ordre, Silvanus courut auprès de Fenius Rufus dans le camp des prétoriens pour lui raconter ce qui se passait et lui demander s'il devait obéir. Silvanus aussi figurait parmi les conjurés. Rufus pouvait encore proclamer Sénèque empereur, distribuer leur gratification aux prétoriens et, s'il lui avait semblé impossible de faire tuer Néron immédiatement, déclencher un soulèvement armé. Fenius Rufus était un excellent homme de loi et un négociant en blé, et non un soldat. Il ne put se résoudre à prendre la décision de passer à l'action et, décidé à se prémunir contre le soupçon, il dit à Silvanus d'obéir à Néron.

On doit porter à l'honneur de Silvanus qu'il eut honte d'avoir à transmettre pareil message et qu'il préféra dépêcher à Sénèque un de ses centurions. Tant de récits édifiants de la mort du philosophe ont été écrits qu'il n'est pas nécessaire de s'étendre beaucoup sur cet épisode. Cependant, il ne me semble guère élégant de sa part d'avoir essayé d'effrayer son épouse encore jeune, pour obtenir qu'elle l'accompagnât dans la mort.

Certes, il la consola d'abord, si l'on en croit ce que racontèrent ses amis, et lui fit promettre de ne pas sombrer dans un deuil définitif mais d'adoucir sa peine en songeant à cette quête de la vertu qu'avait été sa vie de philosophe. Après l'avoir ainsi apaisée, il poursuivit du même souffle en lui avouant ses craintes et en lui décrivant ce à quoi elle s'exposait si elle tombait entre les mains d'un Néron assoiffé de sang. Pauline dit alors qu'elle préférait suivre son époux dans la mort.

« Je t'ai montré comment mener une vie point trop dure, répondit Sénèque, mais si tu optes toi-même pour une mort honorable, je ne puis penser que ta décision est mauvaise. Montrons l'un et l'autre une égale fermeté à l'instant de mourir. »

Se tournant aussitôt vers le centurion, il le pria de leur ouvrir les veines promptement, afin que Pauline n'eût pas le temps de changer d'idée.

Mais Néron ne nourrissait aucun grief contre Pauline. Il avait expressément demandé qu'elle fût épargnée, car il avait l'habitude d'éviter dans ses condamnations toute cruauté inutile pour ne pas ternir sa réputation. Le centurion obéit à Sénèque, mais en passant le fil de son glaive sur le poignet de la jeune femme, il prit bien soin de ne pas couper d'artères ni de tendons.

Le corps de Sénèque était affaibli par l'âge et l'ascèse, de sorte que son sang s'écoulait paresseusement. Il ne se plongea pas alors dans un bain chaud, comme il aurait dû, mais se mit à dicter à un scribe quelques corrections à ses œuvres. Comme les pleurs de Pauline le gênaient, il lui demanda d'une voix impatiente de passer dans la pièce voisine, en arguant du fait qu'il ne désirait pas affaiblir la résolution de Pauline par le spectacle de ses souffrances.

Dans la pièce voisine, sur l'ordre du soldat, les esclaves de Sénèque bandèrent immédiatement les poignets de Pauline et arrêtèrent l'hémorragie. La jeune femme ne s'y opposa pas. Ce fut ainsi que la vanité sans limites d'un auteur sauva la vie de Pauline.

Comme beaucoup de stoïciens, Sénèque craignait la douleur physique. Il demanda donc à son médecin de lui fournir quelque drogue stupéfiante semblable à celle que les Athéniens donnèrent à Socrate. Peut-être désirait-il passer à la postérité comme un égal du philosophe grec. Comme il avait fini de dicter et que le centurion donnait des signes d'impatience, il alla se plonger enfin dans un bain chaud puis passa dans la salle de vapeur où il suffoqua et mourut. Son corps fut brûlé sans cérémonie et en silence, comme il avait ordonné, faisant de nécessité vertu, car Néron n'aurait jamais permis de funérailles publiques, par crainte de mouvements de foule.

Grâce au centurion, Pauline vécut encore de longues années, pâle comme un fantôme, et l'on disait qu'elle s'était secrètement convertie au christianisme.

Fenius Rufus échappa longtemps à la colère de Néron, mais les prisonniers commencèrent à se lasser d'être interrogés par lui. Tant de gens le dénoncèrent que Néron dut se résigner à les croire, bien que dans son rôle de procureur, Fenius Rufus se fût montré particulièrement féroce pour éloigner les soupçons de sa tête. Un jour, sur l'ordre de Néron, on l'assomma au milieu d'un interrogatoire et on le garrotta. Il fut exécuté comme ses complices, à ma grande tristesse, car nous étions bons amis et après lui, ce fut un homme bien plus cupide qui lui succéda à l'intendance générale des greniers de l'Etat. Mais il ne pouvait s'en prendre qu'à sa propre pusillanimité, car il avait laissé échapper une excellente occasion d'intervenir dans le cours des événements.

Mon ami Pétrone eut une mort digne de lui. Il donna à ses amis un excellent banquet au cours duquel il brisa tous les objets d'art qu'il avait collectionnés, pour que Néron ne pût se les approprier. Ce dernier fut particulièrement chagriné de la destruction de deux merveilleuses coupes de cristal qu'il avait toujours enviées à l'écrivain.

Mon ami satisfit sa vanité d'auteur en dressant dans son testament un catalogue exhaustif des vices de Néron et des personnes avec lesquelles il les avait pratiqués, en donnant toutes circonstances de lieu, de date et de nom, afin qu'on ne pût le soupçonner d'avoir puisé dans son imagination. Il exagéra peut-être quelque peu pour accentuer les effets comiques, quand il lut le testament à ses amis tandis qu'il se vidait peu à peu de tout son sang. A une ou deux reprises, il se fit panser pour, dit-il, goûter pleinement sa mort comme il l'avait fait de sa vie.

Il envoya son testament à l'empereur. Il me semble que ce fut grand dommage qu'il n'eût autorisé personne à en faire une copie, mais je pense qu'il devait bien cela à Néron, en souvenir de leur vieille amitié. Pétrone était un homme pur, sans doute, en dépit de la crudité de ses histoires, l'homme le plus pur que j'aie jamais rencontré.

Il n'avait pu m'inviter à son festin d'adieu, mais je n'en fus pas offensé. Il me fit parvenir un message me disant qu'il comprenait mon attitude et qu'il aurait probablement agi de même s'il avait été placé dans la même position. Il m'aurait volontiers invité, mais il croyait savoir que je me sentirais fort embarrassé en présence de certains de ses amis. Je possède encore cette missive pleine de bon sens et me souviendrai toujours de lui comme d'un ami.

Mais à quoi bon dresser la liste de tant d'amis et de connaissances, nobles et respectées, qui moururent ou partirent en exil cette année-là et la suivante? Il est bien plus plaisant de parler des récompenses que Néron distribua à ceux qui s'étaient distingués dans l'anéantissement de la conspiration. L'empereur donna aux prétoriens la même somme qu'ils auraient reçue si les conjurés l'avaient emporté. Outre cette gratification de deux mille sesterces par tête, il décréta qu'on leur fournirait une ration de blé gratuite. Tigellinus et deux autres officiers reçurent le droit au triomphe et des statues triomphales leur furent érigées sur le Palatin.

Pour ma part, je fis remarquer à Néron que les rangs du sénat s'étaient considérablement éclaircis et que le siège de mon père était toujours vacant. On avait pourtant grand besoin, au comité des Affaires orientales, d'un homme qui, comme mon père, saurait se montrer de bon conseil dans les affaires juives et s'entremettre entre l'Etat et les Juifs, pour régler notamment les difficultés que provoquait leur statut spécial. Du point de vue des intérêts mêmes de Néron, il serait sage de nommer des sénateurs dont les actes avaient démontré leur loyauté, car le sénat demeurait peu sûr et nourrissait des sympathies pour la république.

Néron me répondit avec étonnement qu'il ne lui était pas possible de nommer quelqu'un comme moi qui avais si mauvaise réputation. Les censeurs s'y opposeraient certainement. De surcroît, après cette conspiration, il avait perdu sa confiance dans le genre humain et ne se fiait plus à personne, pas même à moi.

Je plaidai énergiquement ma cause et ajoutai qu'à Caere et ailleurs en Italie, je possédais les propriétés terriennes nécessaires. Je devins donc sénateur, suivant le vœu de Claudia. Et rien ne fut opposé à ma candidature, sinon que j'étais trop jeune, ce qui suscita des rires bruyants dans la curie, car il y avait eu depuis longtemps tant d'exceptions que cette question était dépourvue de sens. En fait, nul n'ignorait ce que l'orateur aurait voulu et n'osait pas dire contre moi. La proposition de Néron fut votée, presque à l'unanimité. Je m'empressai d'oublier les noms de ceux qui ne m'avaient pas été favorables, car après la séance, l'un d'entre eux vint à moi le sourire aux lèvres et m'expliqua qu'il n'était pas mauvais pour le bon renom du sénat que les suggestions de détail de l'empereur rencontrassent quelque opposition.

Si je me suis étendu sur les circonstances de la conspiration de Pison, ce n'est pas pour me défendre, car je n'en ai nul besoin, mais pour repousser le plus longtemps possible le moment d'aborder la partie la plus douloureuse de mon récit. Tu auras sans nul doute deviné qu'il s'agit d'Antonia. Après toutes ces années, les larmes me montent encore aux yeux lorsque je songe à son destin.

Peu après le suicide de Pison, Néron fit cerner la demeure d'Antonia sur le Palatin. Trop de conjurés arrêtés avaient avoué qu'elle avait donné son accord pour accompagner l'usurpateur au camp des prétoriens. Certains même affirmaient que Pison avait promis de divorcer pour l'épouser lorsqu'il aurait accédé au principat. Mais je savais à quoi m'en tenir, car Antonia par amour pour moi et souci de l'avenir de mon fils ne pouvait pas même envisager une telle union.

Il ne me fut accordé qu'une nuit encore avec Antonia. Elle me coûta un million de sesterces, le prix de la peur que Néron et Tigellinus inspiraient aux gardes. Mais je ne fus que trop heureux de leur remettre cet argent. Que vaut l'argent face à un amour passionné? J'aurais volontiers donné tous mes biens pour sauver la vie d'Antonia. Ou au moins une bonne partie de mes biens. Mais c'était impossible.

Durant cette nuit mélancolique, nous envisageâmes sérieusement de tout abandonner pour tenter de fuir en Inde, où j'avais des relations d'affaires. Mais c'était un trop long voyage. Nous conclûmes que nous serions bientôt rattrapés, car les innombrables statues d'Antonia avaient fait connaître ses traits jusque dans les provinces les plus reculées et nul déguisement ne dissimulerait longtemps son noble visage.

Pleurant dans les bras l'un de l'autre, nous abandonnâmes toute fausse espérance. La voix tendre d'Antonia me murmura qu'elle mourrait heureuse et sans crainte, puisqu'elle avait une fois dans sa vie goûté à l'amour véritable. Elle reconnut sans plus de détour qu'elle avait projeté de m'épouser dès que Claudia, de quelque manière que ce fût, serait descendue dans l'Hadès. Cette déclaration est le plus grand honneur qui m'ait jamais été fait. Je ne crois pas mal faire en te le rapportant, car ce n'est point par vanité, mais simplement pour te montrer qu'elle m'aimait vraiment.

Fiévreusement, elle me parla tout au long de la nuit, de son enfance et de son oncle Séjan qui, disait-elle, voulait donner l'empire à Claude s'il parvenait à assassiner Tibère et à obtenir le soutien du sénat. Ainsi Rome aurait-elle échappé au terrible règne de Caius Caligula. Mais le destin en avait décidé autrement.

Nous devisâmes ainsi toute la nuit, main dans la main, tandis que la mort attendait sur le seuil. De le savoir donnait à nos baisers un goût de sang et mettait des larmes brûlantes dans nos yeux. Il n'est pas donné aux hommes de connaître plus d'une fois dans leur vie une nuit pareille, une nuit qu'on n'oublie jamais. Car après cela, tous les autres plaisirs ne sont plus qu'un reflet. Jamais plus je n'ai vraiment aimé une femme.

Le temps fuyait irrésistiblement. L'aube vint, ô combien trop vite! et Antonia me fit une suggestion qui me stupéfia d'abord, mais malgré que j'en eusse, il me fallut bientôt reconnaître que mon amie parlait sagement. Nous savions tous deux que nous n'aurions plus d'autre occasion de nous revoir. Sa mort était si inévitable que même la Fortune n'aurait pu la sauver.

Elle ne voulait pas prolonger plus longtemps cette douloureuse attente et proposait donc qu'à toutes les voix qui la dénonçaient, je joignisse la mienne. Cela hâterait sa fin, me libérerait définitivement de tout soupçon et assurerait ton avenir, ô mon fils.

La seule idée d'une telle démarche me dégoûtait mais Antonia insistant, je finis par me rendre à ses raisons.

Sur le seuil de sa demeure, elle me donna de sages conseils, dictés par le souci de ta carrière future, m'incitant à nouer des relations d'amitié avec telle ou telle gens, et à barrer la route des honneurs et du pouvoir à certaines autres, à moins que je ne pusse anéantir leur puissance de quelque autre manière.

Les yeux brillants de larmes, elle dit qu'elle ne regrettait de mourir que parce qu'elle se faisait une joie, lorsque le moment serait venu, de te choisir une épouse propre à nos projets d'avenir. Elles ne sont pas très nombreuses à Rome. Antonia me pressa d'arranger tes fiançailles à temps et d'user de mon jugement quand ta future épouse aurait douze ans. Mais tu ne tiens jamais compte de mes conseils.

Les gardes s'impatientèrent et vinrent m'inviter à me hâter. Nous devions nous quitter. Je me souviendrai toujours du beau et noble visage d'Antonia qui souriait au milieu de ses larmes, de cet air égaré que lui avait donné notre longue nuit. Mais j'avais un projet meilleur encore que le sien, qui me rendait plus facile le fait de la quitter, quoique chacun de mes pas me parût le plus lourd de ma vie.

Je ne voulus pas rentrer chez moi, je ne désirais pas voir Claudia, ni même toi, mon fils. Je tuai le temps en me promenant dans les jardins du Palatin. M'adossant un instant contre un vieux pin déchiqueté, qui, chose incroyable, était encore vivant, je regardai vers l'orient et vers l'occident, vers le septentrion et vers le midi. Même si tout cela m'appartenait un jour, songeai-je, même si la terre entière était à moi, je l'échangerais volontiers contre un seul des baisers d'Antonia et je donnerais toutes les perles de l'Inde pour la blancheur de ses membres. C'est ainsi que l'amour aveugle merveilleusement les hommes.

En réalité, Antonia était plus âgée que moi et les plus belles années de sa vie se trouvaient derrière elle. Les épreuves et les souffrances avaient marqué de rides son mince visage et les courbes de son corps auraient pu être un peu plus rondes. Mais cette minceur ne faisait qu'ajouter à mon enchantement. Sa peau diaphane et les ailes frémissantes de son nez adorable étaient les plus belles choses qui m'aient jamais été données de voir.

Plongé dans une extase, je contemplai les antiques monuments du Forum à mes pieds, la nouvelle Rome qui se relevait de ses ruines noircies et la Maison dorée qui brillait au soleil levant sur l'Esquilin. Je n'avais guère la tête aux considérations immobilières mais je songeai pourtant que ma vieille maison de l'Aventin tombait en décrépitude et que pour toi, je devais acquérir une demeure nouvelle et de plus grande valeur, aussi proche que possible de la Maison dorée.

Descendant du Palatin, je me dirigeai vers le palais de Néron pour demander à le voir à l'audience du matin. Si je devais dénoncer Antonia, il me fallait agir le plus promptement possible. Devant l'absurdité de la vie, j'éclatai de rire et poursuivis ma route, mi-riant, mi-pleurant, comme un homme en extase.

« *Mundus absurdus* », répétais-je à haute voix, comme si je venais de découvrir une nouvelle et étonnante vérité. Dans l'état où je me trouvais, cela me paraissait la vérité suprême. Par la suite, j'ai retrouvé ma sérénité et porté un jugement moins sévère sur le monde.

Mon exaltation se transforma en stupéfaction lorsque je saluai les personnes présentes dans la salle d'audience, car je voyais chacune d'entre elles affublée d'une tête d'animal. Je me frottai les yeux. Dans ce salon étincelant d'or et d'ivoire, au sol décoré d'une immense mosaïque figurant un banquet de dieux, une foule attendait midi, dans l'espoir d'apercevoir Néron. Tout le monde animal était rassemblé là, du chameau au hérisson, du taureau au porc. Tigellinus ressemblait de manière si frappante à un tigre famélique que je dus porter la main à ma bouche pour ne pas éclater de rire lorsque je le saluai.

Cette étrange hallucination, sans doute due au manque de sommeil, à l'exaltation de l'amour et à la tension de l'inquiétude, s'évanouit lorsque Néron m'eut fait entrer dans sa chambre avant tous les autres, après que je lui eusse fait passer un message l'avertissant que j'avais des informations importantes à lui transmettre. Acté avait partagé sa couche. Manifestement lassé de ses vices, il avait eu envie, comme cela lui arrivait de temps à autre, de goûter des plaisirs naturels.

Néron ne m'apparut pas sous une forme animale. En fait, il ressemblait à un homme qui souffre, à un homme au désespoir, ou peut-être à un enfant gâté, trop bien nourri, qui ne comprenait pas que quiconque pût lui vouloir du mal quand lui-même n'aspirait qu'au bonheur de ses semblables, lui qui était aussi un grand chanteur, peut-être le plus grand chanteur de son temps, à ce qu'il croyait. Je n'en suis pas juge, n'ayant jamais eu l'oreille musicale.

Quand j'arrivai, Néron était occupé à ses vocalises, qui, comme chaque matin, retentissaient dans toute la Maison dorée. Entre chaque exercice, il se gargarisait. Il n'osait même plus manger de fruits depuis que des médecins lui avaient dit que c'était là un mets néfaste pour sa voix.

D'une voix tremblante, je balbutiai le nom d'Antonia. Néron s'étrangla, toussa et parut bien près de s'étouffer. Acté lui tapota le dos et d'un geste furieux, il la chassa de sa chambre.

« Qu'as-tu à me dire à propos d'Antonia, maudit sycophante? » demanda Néron lorsqu'il put de nouveau parler.

J'avouai lui avoir dissimulé jusque-là qu'Antonia s'était compromise dans la conjuration de Pison. Si je m'étais tu, c'était par respect pour le père d'Antonia, l'empereur Claude qui avait été assez bon pour me donner le nom de Lausus quand j'avais reçu ma toge virile. Mais comme il s'agissait de la sûreté de Néron, ma conscience ne me laissait pas en paix.

Tombant à genoux, je lui racontai qu'Antonia m'avait maintes fois appelé de nuit auprès d'elle et, en me promettant l'accès aux plus hautes charges de l'Etat, elle avait tenté de m'attirer dans la conjuration. Elle pensait que mon amitié intime avec Néron me fournirait l'occasion de l'assassiner par la dague ou par le poison..

Versant du sel sur ses plaies, j'ajoutai qu'Antonia avait promis d'épouser Pison dès qu'il aurait pris le pouvoir.

L'absurde médisance blessait tout particulièrement sa vanité, car Antonia avait opposé aux avances de Néron les plus fermes refus.

Mais Néron, qui doutait toujours, ne me crut pas. Qu'une femme comme elle pût éprouver de la confiance pour un être aussi insignifiant que moi, outrepassait la compréhension de l'empereur.

Il me mit aux arrêts et me confia au centurion de garde à la Maison dorée, qui me conduisit dans une des salles inachevées dans laquelle un célèbre artisan était en train de réaliser une superbe fresque montrant le duel d'Hector et d'Achille sous les murs de Troie. Néron était un Julien et désirait rappeler à ses hôtes que sa lignée était issue de la liaison illicite de Vénus et du Troyen Enée. Pour la même raison, il ne sacrifiait jamais à Vulcain, le hideux époux de Vénus, dont il parlait toujours avec mépris, au grand dam de la guilde des forgerons.

L'odeur de peinture m'irrita autant que l'attitude prétentieuse de l'artiste. Il m'interdit de parler à mon garde, même à voix basse, pour ne pas être dérangé dans son travail si important. Je fus offensé de ce que Néron ne m'avait pas donné pour gardien un tribun et que je dusse me contenter d'un simple centurion, même s'il était par ailleurs chevalier. Néanmoins, pour tuer le temps nous aurions pu parler chevaux, si ce peintre vaniteux ne nous l'avait pas interdit.

Je n'osai l'invectiver car Néron l'avait en si haute estime qu'il lui avait accordé le droit de cité. L'artiste peignait donc en toge, si absurde que cela parût. Néron lui avait même dit que quelque jour il l'élèverait à la dignité de chevalier, mais il ne l'avait pas encore fait. On pouvait bien ouvrir les rangs de l'ordre équestre à un dresseur de fauves à la peau sombre, mais à un artisan qui peignait des fresques, même Néron comprenait que ce serait folie.

Je dus attendre jusque dans l'après-midi, mais l'empereur m'ayant fait porter des mets de sa propre table, je ne m'inquiétai pas. Le centurion et moi jouions aux dés en silence et buvions du vin, mais en quantités modérées car mon gardien ne tenait pas à s'enivrer. Je parvins à expédier un message à Claudia l'avertissant que, des soupçons pesant sur moi, j'étais aux arrêts.

Bien qu'elle n'ignorât pas que mon premier souci était celui de ton avenir, ta mère, en son cœur de femme, détestait la nécessité où je m'étais trouvé de devenir un sycophante. Il ne me déplaisait pas à présent qu'elle s'inquiétât un peu de mon sort, même si dans mon message je lui donnais à entendre que je n'éprouvais nulle crainte. Mais je connaissais le naturel capricieux de Néron et ne me fiais à aucun de ses conseillers, pas même à Tigellinus qui avait pourtant plusieurs dettes de reconnaissance envers moi.

Ma richesse serait tentante à confisquer, même si j'avais fait de mon mieux pour dissimuler son importance. Je me souvins avec un serrement de cœur de la mort du consul Vestinus, qui n'avait pas même pris part à la conspiration. Heureusement, je savais que Statilia Messalina me soutenait.

Certes, Néron et elle ne s'étaient pas encore mariés, car la loi prescrit une période d'attente de neuf mois avant tout remariage. Mais Statilia préparait un somptueux festin de noce, et Néron, alors que Vestinus était encore vivant, avait eu un avant-goût de bonheur conjugal. Néron s'était sans doute tourné vers Acté parce que Statilia Messalina observait une période d'abstinence en l'honneur de la déesse de la Lune. Je savais qu'Acté n'était pas insensible à la doctrine chrétienne et qu'elle s'efforçait de renforcer en lui les qualités dont il n'était pas dépourvu, mais la tâche était probablement au-dessus des forces d'une femme.

Statilia se conduisait tout à l'opposé d'Acté. Elle avait introduit à Rome la mode germaine de porter un vêtement dénudant le sein gauche. C'était une extravagance qu'elle pouvait bien se permettre, car elle était à juste titre fière de sa superbe poitrine. Les femmes moins bien traitées par la nature s'offusquaient d'une mode qu'elles déclaraient indécente, comme s'il pouvait être mauvais de montrer un sein adorable. Les prêtresses célébrant des sacrifices publics, et les vestales elles-mêmes, ne montrent-elles pas en certaines occasions leur poitrine dénudée ? Le vêtement de Statilia, bien loin d'être indécent, était donc sanctifié par une tradition millénaire.

Lorsque le soir tomba, Tigellinus avait réuni un faisceau de preuves concordantes contre Antonia, en interrogeant les conjurés qui vivaient encore au Tullianum. Deux lâches délateurs s'étaient empressés d'accourir pour obtenir leur part de la récompense. Ils jurèrent imperturbablement qu'Antonia avait effectivement promis d'épouser Pison dès qu'il se serait débarrassé de son épouse, et qu'ils avaient même échangé des présents de fiançailles. Une fouille de la demeure d'Antonia permit de découvrir un collier de rubis indiens que Pison avait secrètement acquis auprès d'un marchand syrien. Pourquoi cet objet se trouvait-il dans la demeure d'Antonia? Je ne saurais le dire, et ne désire pas le savoir.

Cette découverte emporta la conviction de Néron. Il joua une grande scène de désespoir, bien qu'assurément il dût se réjouir d'avoir une raison légale de mettre à mort Antonia. Il me fit venir, signe de faveur, dans le nouveau jardin où Epaphroditus donnait un divertissement en son honneur. En arrivant sur les lieux, j'eus un mouvement de surprise en voyant des jeunes gens et des jeunes filles liés nus à des poteaux plantés près des cages à lions. Epaphroditus tenait une barre à la pointe rougie au feu et un glaive pendait à son côté. Il me fit signe de ne pas m'inquiéter.

Pour dire la vérité, je fus tout à fait inquiet lorsqu'un profond rugissement retentit et qu'un lion se précipita sur les poteaux, ses griffes labourant le sol. Se dressant sur les pattes de derrière, il découvrit ses crocs et renifla de dégoûtante manière les parties intimes des victimes. A mon grand étonnement, les jeunes gens et les jeunes filles qui se tordaient de terreur, ne subirent aucune blessure. Quand la fureur du lion se fut un peu apaisée, Epaphroditus s'avança et lui plongea son glaive dans les flancs. La bête s'écroula et, avec des mouvements spasmodiques des pattes, mourut d'une façon fort convaincante.

Lorsque les jeunes gens et les jeunes filles eurent été déliés et renvoyés, encore tout tremblants d'épouvante, Néron s'extirpa de la dépouille du lion et me demanda s'il avait réussi à me faire illusion, malgré mon expérience des fauves. Et certes, je le lui assurai.

Néron me montra les ressorts d'acier et l'appareil contenus dans le simulacre de lion, ainsi que le sac de sang qu'Epaphroditus avait percé de son glaive. Je me suis souvent interrogé depuis sur la signification de cet étrange jeu qui semblait procurer de grandes satisfactions à Néron, en même temps qu'il en éprouvait une certaine honte puisqu'il ne s'y livrait qu'en présence de quelques intimes.

M'ayant ainsi prouvé la confiance qu'il avait en moi, il me dit avec une expression placide que démentait un regard rusé :

« La culpabilité d'Antonia est avérée. Je dois le reconnaître, si grand que soit mon chagrin à l'idée qu'elle doive mourir. N'est-elle pas ma demi-sœur? C'est toi qui m'as ouvert les yeux. A toi revient l'honneur de lui ouvrir les veines. Si je l'autorise à périr ainsi, je ne puis permettre que son trépas soit un événement public. Il y va de ma réputation. Je lui ferai des funérailles officielles et son urne sera déposée dans le mausolée d'Auguste. J'annoncerai au sénat et au peuple qu'elle s'est donné la mort dans un moment de désarroi, pour échapper aux douleurs d'une maladie fatale. On pourra toujours trouver une raison, à condition qu'elle ne fasse pas de bruit inutile. »

La surprise me laissa sans voix. Néron avait devancé mes intentions. Je m'étais en effet résolu à lui demander la faveur de porter moi-même son ordre, pour me ménager ainsi la possibilité d'être aux côtés d'Antonia jusqu'à la fin, et de lui tenir la main tandis que son corps adorable se viderait de son sang. Cette idée m'avait soutenu tout au long de la journée éprouvante que je venais de passer.

Néron se méprit sur mon silence. Il rit, m'asséna une claque dans le dos et dit d'une voix méprisante :

« Je comprends bien qu'il te soit déplaisant de te montrer à Antonia sous les traits infâmes d'un sycophante. J'imagine que vous n'avez pas dû vous contenter de bavarder, dans vos rencontres secrètes. Je connais Antonia. »

Mais je ne crois pas qu'il put sérieusement imaginer qu'Antonia se serait abaissée à accorder ses faveurs à un homme tel que moi après avoir refusé même les avances de Néron.

En me dépêchant à Antonia, Néron croyait m'humilier, car au fond de son cœur il haïssait les délateurs. Mais il y a différentes sortes de délateurs, comme il me semble l'avoir démontré dans mon récit. Mes propres motivations n'avaient rien de méprisable. Je pensais à toi, mon fils, et à travers toi à l'avenir de la gens julienne. En regard de cela, ma vie n'avait guère d'importance, ce n'était pas elle que j'avais essayé de sauver.

Ainsi donc, en voulant me marquer son mépris, Néron m'accordait la plus grande joie que j'eusse pu espérer en cet instant.

Je revois s'illuminer le visage d'Antonia lorsque je me présentai de nouveau à elle après avoir cru que nous nous étions quittés pour toujours. Je ne crois pas que quiconque ait jamais reçu sa condamnation à mort en ouvrant ainsi les bras, les yeux illuminés de joie, le sourire aux lèvres. Elle dissimula si peu son bonheur que je dus demander au tribun et aux soldats de se retirer sur-le-champ. Il leur suffisait de surveiller la maison de l'extérieur.

Je savais que Néron attendait impatiemment confirmation de la mort d'Antonia. Pour lui aussi, l'instant était difficile. Mais je supposais qu'il comprendrait qu'un délai était nécessaire pour persuader Antonia de se suicider sans scandale. En vérité, nous n'eûmes nul besoin d'échanger une seule parole, mais Néron ne pouvait le savoir.

Bien que la jalousie me brûlât le cœur quand je songeais au collier de Pison, je ne voulus pas perdre un temps précieux à interroger mon aimée là-dessus. Nous sombrâmes dans notre dernière étreinte. Sans doute, harassé par l'inquiétude et le manque de sommeil, ne fus-je point un amant excellent, mais dans ce doux abandon, nous fûmes aussi proches l'un de l'autre que peuvent l'être deux êtres humains.

Dans le temps que dura notre étreinte, sa servante lui avait fait couler un bain tiède dans son bassin de porphyre. Elle entra nue dans ses thermes, et tandis que les larmes coulaient sur ses joues, elle me demanda d'en finir promptement. Dans l'eau tiède, de la pointe aiguë d'un couteau, avec un geste tendre, aussi peu douloureux que possible, je lui ouvris les veines au creux du coude. Ne voulant pas me chagriner, elle fit de son mieux pour cacher sa souffrance mais ne put retenir un faible gémissement.

Tandis que le sang se répandait à la surface de l'eau et colorait le bain aux odeurs balsamiques, Antonia me demanda de lui pardonner sa faiblesse, en m'expliquant qu'ayant toujours connu une vie de luxe, elle n'était pas accoutumée à supporter la moindre incommodité, elle qui piquait d'une aiguille la poitrine de son esclave lorsque celle-ci lui faisait mal en la coiffant.

Penché au-dessus du bassin, un bras glissé derrière la nuque d'Antonia, mes lèvres proches des siennes, mes doigts mêlés aux siens, je pesai la vie et la trouvai sans valeur. Alors je suppliai Antonia de me permettre de mourir avec elle.

« C'est là le plus grand compliment qu'un homme m'ait jamais fait, me murmura-t-elle à l'oreille. Mais tu dois continuer à vivre pour le bien de ton fils. N'oublie pas les conseils d'avenir que je t'ai donnés. Et souviens-toi, aussi, que tu dois mettre une de tes anciennes monnaies d'or étrusques dans ma bouche avant que l'on ne me lie la mâchoire en m'apprêtant pour le bûcher. Ce sera le dernier et le plus précieux des présents que j'aie reçus de toi, même si je dois ensuite le donner à Charon. En le voyant, il saura mon rang et me traitera en conséquence. Je ne voudrais pas être serrée dans sa barque avec la populace. »

Un instant plus tard, ses lèvres se détachaient des miennes et l'étreinte de sa main se desserra. Mais je continuai de tenir ses doigts fuselés et de baiser son noble visage jusqu'à la fin.

Quand plus aucun souffle ne s'échappa de sa bouche, je rapportai son corps ensanglanté sur sa couche et nettoyai le sang dont j'étais couvert. Je vis avec grand plaisir qu'Antonia utilisait le dernier savon égyptien de mon affranchi gaulois. Certes, le produit n'était pas précisément égyptien, puisque mon homme le fabriquait à Rome, comme tous ses autres savons. Mais ses clients payaient plus volontiers des prix fort élevés quand le savon portait un nom exotique.

Lorsque je me fus rhabillé, j'appelai le centurion et les soldats pour leur faire constater qu'Antonia s'était volontairement donné la mort et quand j'eus placé dans sa bouche une de ces pièces anciennes qu'un de mes affranchis avait découvertes dans une tombe de Caere, j'abandonnai mon aimée aux soins de son esclave. Je demandai à cette dernière de veiller aussi à ce que rien ne fût volé, et je courus rendre compte à Néron.

Dans l'anxiété de l'attente, Néron, assoiffé par le jeu du lion, avait bu de grandes quantités de vin et il me remercia, heureusement surpris de ce que j'eusse accompli avec tant de promptitude une tâche si déplaisante. Et quant à moi, je suis heureux d'en avoir fini avec la partie la plus triste de mon histoire.

Ces événements firent paraître presque sans importance ceux qui suivirent, au cours desquels mon amitié avec Antonia faillit me coûter la vie. Heureusement, certains amis m'avaient prévenu qu'après l'ouverture du testament d'Antonia, Néron avait ordonné une enquête sur mon compte. Je pus donc préparer Claudia à faire face à la tempête, bien que le rôle que je lui assignai la dégoûtât.

Je ne sais toujours pas pourquoi Antonia, qui avait pourtant la tête politique, s'avisa de te mentionner dans son testament, alors même que je l'avais mise en garde contre pareille initiative. Durant ses derniers instants, je n'avais pas une fois fait allusion à son testament. Nous avions d'autres sujets de préoccupation et en vérité, j'avais tout à fait oublié la promesse irréfléchie qu'elle m'avait faite le jour où elle t'avait donné le nom d'Antonianus.

Ayant reçu l'avertissement de mes amis, je sus que je devais me débarrasser sans tarder de Rubria, car la doyenne des vestales était le seul témoin légal de tes véritables origines. Je ne désire pas te raconter ce qui se passa quand je la revis. Je dirai seulement qu'avant cela, je m'étais rendu dans l'agréable villa campagnarde que Néron avait donnée à Locuste. Secondée par ses élèves, elle cultivait dans le jardin un grand nombre d'herbes médicinales en se conformant à de grossières superstitions ayant trait aux mouvements de la lune et des étoiles.

Pour mon plus grand plaisir, la mort inopinée de Rubria ne surprit pas les médecins. Le visage de la vieille vestale n'avait pas même noirci, tant Locuste avait perfectionné son art avec les années. Il est vrai que Néron lui permettait d'essayer quelques-unes de ses potions sur certains criminels.

Ma visite à Rubria ne me valut aucune question, car elle recevait souvent des visiteurs dans l'atrium des vestales. Je pus donc enfermer dans ma cachette secrète le document scellé dans lequel elle certifiait les origines de Claudia, répétait la confession de la défunte Pauline et confirmait qu'Antonia avait reconnu ta mère Claudia comme sa demi-sœur, et t'avait donné le nom d'Antonianus pour attester ce lien de parenté.

A divers signes, j'avais deviné que j'étais tombé en disgrâce et ne fus donc pas surpris quand Néron me convoqua. Je pensais être préparé à ce qui allait suivre.

« Parle-moi donc de ton mariage, Manilianus », me dit Néron.

Il se mordillait les lèvres et son menton tremblait quelque peu.

« Je ne sais rien de cette union. Essaie de trouver une explication crédible au fait qu'Antonia a nommé ton fils dans son testament et lui a même donné son nom. J'ignorais même que tu eusses un fils, en dehors du bâtard d'Epaphroditus. »

Le regard fuyant, je mimai de mon mieux la frayeur, et je dois avouer que je n'eus pas un grand effort à fournir. Néron avait deviné que je cachais quelque chose.

« Je comprendrais, poursuivit Néron, qu'Antonia ait légué à l'enfant la bague-sceau de son oncle Séjan. Mais il est tout à fait incroyable qu'elle lui ait laissé quelques-uns des joyaux de la gens julienne qu'elle avait hérités de la mère de Claude, la vieille Antonia. Parmi ces bijoux figure une broche d'épaule qui aurait été portée par le divin Auguste lui-même, sur les champs de batailles et dans les cérémonies officielles. Ce qui est encore plus extraordinaire, c'est que ton mariage n'est consigné sur aucun livre et que ton fils ne figure même pas sur le nouveau recensement, pas plus que sur les rôles de l'ordre équestre, alors que le délai de déclaration est largement dépassé. Tout cela me paraît fort suspect. »

Je me jetai à ses pieds, en criant avec une fausse contrition :

« Ma conscience m'a souvent harcelé, mais j'étais si honteux que je n'aurais jamais été capable de le révéler à aucun de mes amis. Ma femme Claudia est juive. »

Néron s'esclaffa, si bruyamment que sa chair épaisse tressautait et que les larmes lui montèrent aux yeux. Manifestement, il était soulagé. Il n'avait jamais choisi d'envoyer des hommes à la mort sur un simple soupçon. Et il n'aimait pas faire périr ses vrais amis.

« Allons, Minutus, me reprocha-t-il, quand il put de nouveau parler. Etre juif n'est pas en soi une honte. Tu n'ignores pas que depuis des centaines d'années, le sang juif s'est mêlé au sang romain, jusque dans les plus anciennes gens. En souvenir de ma très chère Poppée, je ne puis considérer les Juifs comme des hommes plus mauvais que d'autres. Je tolère même de les voir occuper des fonctions dans l'Etat. Sous mon principat, tous les êtres humains sont égaux, qu'ils soient romains, grecs, blancs ou noirs. Je puis bien tolérer aussi les Juifs. »

Je me relevai, la mine convenablement embarrassée.

« Si ce n'était que cela, je n'aurais pas hésité à te présenter mon épouse, ainsi qu'à mes amis. Mais c'est aussi une descendante d'esclaves. Ses parents étaient de pauvres affranchis de la mère de Claude, Antonia, qui est aussi ta grand-mère. C'est pour cela qu'elle s'appelle Claudia. C'est peut-être aussi pour cela qu'Antonia a voulu donner à mon fils quelques bijoux en souvenir de sa grand-mère. C'est ma femme qui a voulu l'appeler Antonianus.

« Mais, poursuivis-je d'une voix tremblante d'excitation et de colère, ce testament, qui est une surprise complète pour moi, n'est qu'une perfidie due à la malveillance d'Antonia. Elle a voulu attirer le soupçon sur moi. Elle savait que j'ai dénoncé Scevinus, Pison et les autres. Certes, elle ignorait que poussé par le souci de ta sécurité et les remords de ma conscience, je l'ai elle aussi dénoncée. En vérité, je ne le regrette pas le moins du monde. »

Néron fronça le sourcil d'un air méditatif et je sentis que sa défiance était de nouveau en éveil.

« Il vaudrait mieux, m'empressai-je d'ajouter, que j'avoue sans plus attendre que j'éprouve pour la foi juive un certain penchant. Ce n'est pas un crime, même si ce n'est guère convenable pour un homme dans ma position. De telles préoccupations sont plus dignes des femmes. Mais mon épouse est intolérablement entêtée. Elle a réussi à me traîner à la synagogue Julius. Je ne suis pas le seul Romain à la fréquenter. Ses fidèles se rasent, portent des vêtements ordinaires et peuvent aller au théâtre. »

Néron me fixait toujours d'un œil maussade.

« Tes explications pourraient être convaincantes, dit-il, si malheureusement pour toi, Antonia n'avait ajouté ce codicille il y a plus de six mois. C'est-à-dire à un moment où elle aurait été bien en peine de deviner que tu deviendrais le dénonciateur de la conspiration de Pison. »

Je compris qu'il me faudrait pousser plus loin encore mes aveux. Je m'y étais préparé, car je savais qu'en affectant la franchise absolue, je n'aurais fait qu'éveiller les soupçons de Néron qui pensait toujours qu'on lui cachait quelque chose. Il valait mieux lui donner l'impression qu'il avait encore une vérité à m'arracher.

Je baissai les yeux sur la mosaïque à mes pieds qui représentait Mars et Vénus enlacés, prisonniers du filet de Vulcain, et je trouvai l'image fort appropriée à la situation. Je frottai mes mains l'une contre l'autre en cherchant mes mots.

« Dis-moi tout, ordonna sèchement Néron. Sinon je te ferai ôter ces chaussures rouges toutes neuves. Le sénat goûterait fort ce spectacle, comme tu ne l'ignores pas.

– Seigneur, m'écriai-je, je me fie à ta magnanimité et à ton humanité. Garde mon honteux secret pour toi et sois assez bon pour ne pas le mentionner à ma femme, en aucune circonstance. Elle est à l'âge où les femmes sont d'une intolérable jalousie. Je ne comprends pas comment j'ai pu me prendre d'affection pour elle. »

Néron sentait le fumet d'une affaire licencieuse, et il s'en délectait à l'avance.

« On dit que les Juives montrent des talents particuliers

dans l'art de la chambre à coucher, dit-il. Je suppose aussi que tu as trouvé utiles ses relations avec des coreligionnaires? Tu ne peux rien me cacher. Je ne te promets rien. Parle.

– Toute à ses rêves de grandeur, mon épouse a jugé bon d'inviter Antonia le jour où nous avons donné son nom à notre fils, et devant témoins, j'ai pris l'enfant sur mes genoux et je l'ai reconnu.

– Comme tu as déjà reconnu Lausus, plaisanta Néron. Mais continue.

– Je n'avais pas imaginé qu'Antonia viendrait, même pour un neveu d'affranchis de sa grand-mère. Mais à l'époque, elle avait peu d'amis et besoin de divertissements. Par respect de la décence, elle avait emmené avec elle Rubria, la vestale, qui, soit dit en passant, s'est enivrée au cours de la soirée. Je puis seulement supposer qu'Antonia avait entendu des propos favorables à mon sujet et qu'elle avait désiré me rencontrer par curiosité, à moins qu'elle ne cherchât déjà de futurs complices pour la conspiration. Après avoir vidé quelques coupes, elle me donna à entendre que je serais le bienvenu dans sa demeure du Palatin, mais qu'elle préférait que je vienne sans mon épouse. »

Néron rougit et se pencha plus près de moi pour mieux écouter.

« J'ai été assez vaniteux pour me sentir honoré par pareille invite, poursuivis-je. Sans doute était-ce l'effet du vin. Je me rendis donc un soir chez elle et elle me reçut avec une amabilité inattendue. Oh! non, Seigneur, je n'ose poursuivre.

– Pas de timidité, je n'ignore pas que tu lui as rendu quelques visites. Il paraîtrait même que tu t'es attardé chez elle jusqu'à l'aube. En fait, je me suis demandé un instant si ton fils n'était pas né d'elle. Mais j'ai appris qu'il avait déjà sept mois. Et Antonia a toujours été maigre comme une vieille vache. »

Devenant très rouge, j'admis qu'Antonia m'avait souvent accueilli dans son lit et s'était attachée à moi au point qu'elle voulait me voir toujours davantage, tandis que je craignais fort que notre relation pût être découverte. Peut-être avais-je satisfait ses désirs de si heureuse façon qu'elle avait tenu à faire figurer mon fils sur son testament, puisque les convenances lui interdisaient de me léguer quoi que ce fût.

Néron s'esclaffa en s'assénant des claques sur les cuisses.

« Cette vieille grue! s'exclama-t-il. Ainsi donc, elle s'est abaissée à te séduire? Mais tu n'as pas été le seul. Que tu le croies ou non, sache qu'elle s'est offerte à moi, un jour que je la caressais quelque peu. Certes, j'étais ivre mais je me souviens encore de la vision que m'offraient son nez pointu et ses lèvres minces, quand elle se pendait à mon cou et me donnait des baisers. Après cela, elle a fait courir une absurde rumeur sur des propositions que je lui aurais faites. Le collier de Pison en dit assez long sur sa dépravation. Elle couchait aussi sans doute avec les esclaves, quand elle n'avait rien de mieux pour satisfaire ses appétits. Tu étais bien assez bon pour elle. »

Je ne pus m'empêcher de serrer les poings, mais je parvins à me taire.

« Statilia Messalina aime beaucoup le collier de Pison, poursuivit Néron. Elle se fait même peindre le bout des seins de la même couleur que ces rubis rouge sang. »

Néron était si fier de la perspicacité dont il pensait avoir fait montre, que je jugeai que le pire danger était passé. Il redevint aimable, mais son goût bien particulier pour la plaisanterie le poussa à me punir d'une manière qui allait me ridiculiser aux yeux de toute la ville.

« Bien entendu, dit-il après un moment de réflexion, je souhaite vérifier de mes propres yeux que ta femme est juive. Et j'aimerais aussi poser quelques questions aux témoins présents lorsque tu as donné son nom à ton fils. Ce sont aussi des Juifs, je suppose. Je ferai faire une enquête à la synagogue Julius pour m'assurer que tu l'as fréquentée régulièrement. Par ailleurs, aie la bonté de te faire circoncire, pour simplifier les choses. Ta femme en sera fort heureuse. Il me paraît juste et raisonnable que tu sois puni dans la partie de ton corps qui a souillé ma demi-sœur. Réjouis-toi de ce que je sois en de si bienveillantes dispositions aujourd'hui. Je te laisse quitte à bon compte. »

Consterné, je m'abaissai jusqu'à le supplier de m'épargner une si terrible disgrâce. Mais je tombai dans le piège que j'avais moi-même disposé. L'amusement de Néron fut porté à son comble lorsqu'il vit l'horreur qui se peignait sur mes traits. Il posa une main sur mon épaule, en un geste consolateur :

« Il est bon que le sénat compte parmi ses membres un

Romain circoncis qui veillera sur les intérêts des Juifs, cela leur évitera de m'influencer secrètement. Va, à présent, et fais ce que je te demande. Puis tu enverras ici ton épouse et les témoins, et viens toi aussi si tu peux encore marcher. Je veux constater de mes propres yeux que tu as obéi à mes ordres. »

Je n'avais plus qu'à rentrer chez moi annoncer à Claudia et aux deux témoins qui attendaient mon retour dans la crainte et les tremblements que nous étions attendus dans quelques heures à la Maison dorée, dans la salle d'audience. Puis je me rendis au camp des prétoriens pour m'entretenir avec un décurion qui m'expliqua avec force détails qu'il pourrait accomplir cette petite opération sans difficulté. Quand il servait en Afrique, il avait eu maintes fois l'occasion de la pratiquer sur des légionnaires et des centurions las de souffrir des éternelles inflammations provoquées par le sable.

Je m'étais refusé, pour mon bon renom, à être traité par un Juif. En cela, je commis une grave erreur car il aurait su procéder beaucoup plus habilement. Je supportai courageusement l'emploi que fit le décurion d'un tube crasseux et d'un couteau ébréché, mais la blessure s'infecta et pendant longtemps je fus incapable d'éprouver du désir.

Je n'ai plus jamais été le même depuis lors. Certaines femmes ont manifesté un grand intérêt pour mon organe coupé et si je leur ai cédé, car je suis humain, leur plaisir fut toujours plus grand que le mien. Cela m'a aidé à mener une vie vertueuse.

Je ne crains pas de te raconter tout cela, car la cruelle plaisanterie de Néron à mes dépens est universellement connue et cela m'a valu un surnom, que la décence m'interdit d'écrire.

Mais ta mère n'avait aucune idée de ce qui l'attendait bien que je me fusse efforcé de la préparer à sa rencontre avec Néron. Quand, pâle comme la mort, je revins en boitant du camp des prétoriens, Claudia ne me demanda même pas ce qui m'arrivait, car elle croyait simplement que je craignais la colère de Néron. Les deux Juifs chrétiens étaient eux aussi terrifiés, en dépit de mes paroles d'encouragement et de la promesse d'une forte récompense.

Il ne fallut qu'un regard à Néron pour se faire une opinion sur Claudia.

« Une sorcière juive! s'écria-t-il aussitôt. Je le vois à ses sourcils et à ses lèvres épaisses, sans parler de son nez. Elle a des cheveux gris aussi. Les Juifs ont des cheveux gris très tôt à cause d'une malédiction égyptienne, d'après ce qu'on m'a dit. Il est vraiment étonnant qu'elle ait pu avoir un enfant à son âge. Mais les Juifs sont très féconds. »

Claudia tremblait de rage mais elle songeait à toi, et se taisait. Puis les deux Juifs jurèrent par le serment sacré du temple de Jérusalem qu'ils connaissaient les origines de Claudia, qu'elle était juive, née de parents juifs d'une famille particulièrement respectée, dont les ancêtres étaient venus à Rome au temps de Poppée. Antonia avait honoré de sa présence la cérémonie du nom de mon fils et lui avait permis de s'appeler Antonianus en souvenir de sa grand-mère.

Cette déclaration dissipa les soupçons de Néron. Les deux Juifs chrétiens venaient en fait de se parjurer, mais je les avais choisis parce qu'ils appartenaient à une secte qui croyait que Jésus de Nazareth avait prohibé toutes espèces de serments. Ils m'avaient déclaré que lorsqu'ils en prononçaient un, ils commettaient un péché, que le serment fût ou non mensonger. S'ils se sacrifiaient en le commettant, c'était pour le bien de mon fils, dans l'espérance que Jésus de Nazareth leur pardonnerait au nom de l'excellence de leurs intentions.

Mais Néron n'aurait pas été Néron si après m'avoir lancé un coup d'œil malicieux, il n'avait dit :

« Ma chère Claudia, très honorée Claudia, devrais-je dire, car ton époux, en dépit de toutes les abominations qu'il a commises, s'est arrangé pour gagner les chaussures pourpres. Or donc, chère Claudia, je suppose que tu n'es pas sans savoir que ton époux a profité de l'occasion pour nouer une liaison secrète avec ma malheureuse demi-sœur Antonia. J'ai des témoins qui attestent que presque chaque nuit, ils se sont retrouvés dans un pavillon d'été pour forniquer. J'étais bien contraint de la surveiller pour faire en sorte que sa dépravation ne devienne un motif de scandale. »

En entendant ces mots, Claudia avait blêmi. A mon expression, elle devinait que Néron ne mentait pas. Elle-même ne m'avait-elle pas harcelé de questions jusqu'au moment où j'avais réussi à l'abuser en lui parlant de la conspiration de Pison?

Claudia m'assena une gifle retentissante. Je tendis humblement l'autre joue, comme Jésus de Nazareth avait enseigné à le faire et elle me frappa si fort sur l'oreille que j'en ai gardé depuis lors une légère surdité. Puis elle déversa sur moi un flot d'invectives d'une grossièreté dont je ne l'aurais jamais crue capable. Je dois faire observer que je sus mieux qu'elle me conformer à l'enseignement de son Christ, car je demeurai silencieux.

La crudité des insultes dont elle nous abreuvait, Antonia et moi, était telle que Néron dut la faire taire. « Des morts, il ne faut dire que du bien », lui rappela-t-il. Pour son propre bien, Claudia ne devait pas oublier qu'Antonia était la demi-sœur de Néron et qu'il ne saurait donc tolérer des propos malsonnants sur cette dernière.

Pour apaiser Claudia et éveiller sa compassion, j'ouvris mon manteau, relevai ma tunique et lui montrai le tissu ensanglanté qui masquait mon organe en lui disant que j'avais été châtié de ma faute. Sans se laisser fléchir par mes grimaces de douleur, Néron me contraignit à défaire mon pansement pour vérifier de ses propres yeux que je n'avais pas tenté de le tromper en dissimulant un organe intact sous un bandage ensanglanté. Lorsqu'il eut constaté que je lui avais obéi, il s'écria :

« Tu as donc été vraiment assez stupide pour courir te faire circoncire? C'était pure plaisanterie de ma part; j'ai regretté mes paroles aussitôt après ton départ. Mais je dois bien reconnaître que tu te conformes scrupuleusement à mes ordres, ô Minutus. »

Claudia n'éprouvait nulle pitié. En fait, elle battit des mains et loua Néron de m'avoir trouvé un châtiment parfaitement approprié. Quant à moi, je considérais qu'être l'époux de Claudia était une punition bien suffisante. Je crois qu'elle ne m'a jamais pardonné de lui avoir été infidèle. Elle m'a harcelé de reproches pendant des années, alors qu'une femme sensée aurait pardonné l'égarement passager d'un époux.

Pour Néron, l'affaire était close. Après avoir renvoyé Claudia et les deux Juifs, il changea de sujet et me déclara sans plus aucune trace de bonhomie :

« Comme tu sais, le sénat a décidé d'offrir une action de grâces pour la découverte de la conspiration. Quant à moi, j'ai décidé de bâtir un sanctuaire à Cérès. L'ancien temple a été brûlé par ces maudits incendiaires chrétiens et je n'ai pas eu le temps jusqu'à présent d'en faire construire un autre, car j'étais occupé à rebâtir Rome. Depuis des temps immémoriaux, le culte de Cérès a été célébré sur l'Aventin.

Comme je n'ai pas réussi à y trouver un terrain libre suffisamment vaste, pour rétablir la confiance qui régnait entre nous et sceller notre amitié retrouvée, je suis sûr que tu consentiras à offrir à Cérès ta demeure et ton jardin sur l'Aventin. C'est le meilleur emplacement possible. Ne t'étonne pas si en rentrant chez toi, tu découvres les esclaves déjà en train d'abattre ta maison. Il y a urgence, et j'étais sûr de ton accord. »

Ainsi Néron me forçait à lui donner, sans aucune compensation, l'antique demeure de la gens manilienne. Je n'étais certes pas submergé de joie à cette idée, car je savais que je n'en retirerais nul honneur et qu'il ne mentionnerait que son nom lorsque le temple serait inauguré. Je lui demandai d'une voix aigre où, à son avis, je pourrais transporter ma couche et mes biens, dans une période où l'on manquait cruellement de logements.

« Certes, je ne m'en suis guère préoccupé, répondit Néron. Mais la demeure de ton père, ou plutôt de Tullia, est toujours vide. Je n'ai pas réussi à la vendre, elle est hantée de lémures. »

Je rétorquai que je n'avais pas l'intention d'engloutir des sommes énormes pour restaurer une demeure hantée dont je ne voulais pas. Je lui décrivis aussi la décrépitude de cette maison, lui expliquai à quel point elle était mal conçue et malcommode et que le jardin, à l'abandon depuis des années, serait bien trop cher à remettre en état, surtout avec les nouveaux impôts sur l'alimentation en eau.

Néron m'écoutait, réjoui par mes plaintes.

« Comme preuve de mon amitié, dit-il, j'avais pensé te vendre cette maison à un prix raisonnable. Mais le marchandage insolent et injuste que tu m'infliges, avant même que nous ayons parlé argent, me dégoûte. Je ne regrette plus de t'avoir demandé de te faire circoncire. Pour te montrer que Néron reste Néron, je te donne la maison de ton père. Je refuse de m'abaisser à marchander avec toi. »

Comme il se devait, je remerciai Néron du fond du cœur, bien qu'il ne m'offrît pas la demeure pour rien, mais bel et bien en échange de ma vieille maison de l'Aventin. Cependant, je gagnais largement au change.

Je songeai avec satisfaction que le palais de Tullia valait presque une circoncision, et cette idée me consola quand la fièvre me prit. Il est vrai que j'avais fait de mon mieux pour empêcher la vente de cette demeure en répandant des rumeurs inquiétantes et en payant quelques esclaves pour qu'ils fissent résonner des couvercles de marmites et craquer des meubles dans la maison abandonnée. Nous autres Romains sommes très superstitieux sur le chapitre des revenants et des morts.

A présent que j'ai déchargé ma conscience de ce douloureux épisode de la conspiration de Pison, je puis te conter la regrettable mort de Céphas et de Paul et comment je pris part au siège de Jérusalem.

LIVRE VI

NÉRON

DEUX ans après la conspiration de Pison, la nouvelle que des émeutes juives encouragées en sous-main par les Parthes avaient éclaté à Jérusalem et en Galilée, n'inquiéta guère le comité des Affaires orientales du sénat. Que Félix ou Festus fussent procurateurs, cette région du monde ne cessait jamais d'être la proie de troubles. Mais cette fois le roi Hérode Agrippa semblait sincèrement inquiet.

Nous décidâmes donc qu'une légion complète serait envoyée en Syrie pour mettre fin à cette agitation. La troupe trouverait là une occasion de s'entraîner, à défaut de se couvrir de gloire. Armés de gourdins et de frondes, les Juifs ne seraient certainement pas en mesure d'offrir beaucoup de résistance à une légion aguerrie.

Ce fut donc l'esprit en repos que nous accompagnâmes Néron dans ce voyage en Grèce dont il rêvait depuis longtemps et qui devait être le couronnement de sa carrière de citharède et de chanteur. A cette fin, il avait ordonné de grouper les concours en une seule année, de façon qu'aussitôt arrivé dans le pays, il pût y prendre part.

Pour autant que je sache, ce fut la première fois que les Jeux olympiques se tinrent en avance. Il n'échappera à personne quelles perturbations cette décision entraîna, jusque dans la chronologie grecque. Par attachement à leur illustre passé, les Grecs divisaient encore le temps en olympiades, à partir des premiers jeux célébrés à Olympie, au lieu de se contenter comme les Romains d'une datation à partir de la fondation de la cité. Au dernier moment, Néron refusa que Statilia Messalina l'accompagnât, arguant de ce qu'il ne pourrait garantir sa sécurité si une guerre éclatait. La véritable raison apparut au grand jour pendant le voyage. Néron avait fini par découvrir ce qu'il recherchait depuis si longtemps, un être qui ressemblât trait pour trait à Poppée. Il s'appelait Sporus et, par un malheureux hasard, ce n'était pas une femme mais un jeune homme d'une indécente beauté.

Sporus avait avoué que, dans le secret de son cœur, il s'était toujours senti plus fille que garçon. C'est pourquoi, sur la demande expresse qu'il adressa à Néron, l'empereur lui avait fait subir certaine opération et lui avait administré une potion prescrite par un médecin alexandrin, qui devait le rendre tout à fait imberbe, lui gonfler la poitrine et lui donner de l'ampleur aux aspects aphrodisiaques de sa personne.

Je ne m'étendrai guère sur cette affaire qui a soulevé tant de ressentiment. Je mentionnerai seulement qu'à Corinthe, Néron épousa Sporus dans les formes et en grande cérémonie, et le traita ensuite comme son épouse légale. Néron lui-même assura que le mariage, la dot, les voiles et la procession nuptiale, n'étaient qu'une formalité requise par certains mystères mais ne le liaient nullement. A l'instar des dieux masculins, il avait du goût pour les garçons comme pour les femmes. A l'appui de ses dires, il invoquait Alexandre le Grand qui s'était fait diviniser en Egypte. Néron considérait ses penchants comme la preuve de sa divinité.

Il était si sûr d'avoir raison qu'il supportait les plus grossières plaisanteries au sujet de Sporus. Un jour, il avait demandé par jeu à un sénateur connu pour ses opinions stoïciennes ce qu'il pensait de ce mariage.

« Quel bonheur pour l'humanité, répliqua le vieillard, si Domitius ton père avait pris une telle femme! »

Néron, loin de s'emporter, émit un rire manifestant qu'il appréciait le trait.

Il semble que tout ait été dit sur les victoires de Néron dans les concours musicaux grecs. L'empereur ramena à Rome plus d'un millier de couronnes. Seule sa participation aux courses des Jeux olympiques manqua avoir une fin malheureuse. Dans une course de dix chars, il fut éjecté du sien en passant à hauteur de la borne du virage et il eut à peine le temps de couper les rênes qui enserraient son torse. Il fut gravement commotionné, et les juges lui attribuèrent à l'unanimité la couronne pour son intrépidité. Mais Néron lui-même déclara qu'il ne pouvait accepter qu'on lui décernât la première place, puisqu'il n'avait pas terminé la course. Il se contenta des couronnes d'olivier gagnées dans les concours de lutte et de chant. Je te rapporte cela pour illustrer le courage physique de Néron en face de véritables dangers et dans des exercices difficiles.

Néron fit de son mieux pour se montrer digne de la courtoisie que se manifestent les Grecs entre eux dans leurs compétitions. Il s'abstint d'insulter ses rivaux comme il le faisait sans le moindre scrupule à Rome. Pendant toute une semaine, il souffrit de maux de dents jusqu'au moment où l'on dut arracher la dent malade. Elle se cassa pendant l'opération, en dépit de l'habileté du médecin, et il fallut encore extirper les racines de la mâchoire. Mais Néron, qui s'était enivré avant l'opération, supporta virilement la douleur.

Et puis arriva l'incroyable, la honteuse nouvelle : les Juifs avaient dispersé et mis en fuite la légion syrienne qui avait dû évacuer Jérusalem. Les aigles de la légion avaient été capturées et placées en offrande dans le grand temple des Juifs.

Je m'abstiendrai de citer le numéro de la légion, car il a été rayé des rôles militaires, et les censeurs s'opposent toujours à ce que cette défaite soit consignée dans les annales de Rome. Généralement les historiens n'aiment guère parler de la rébellion des Juifs, bien que Vespasien et Titus ne soient nullement honteux de leur victoire, puisqu'ils l'ont célébrée par un triomphe.

Je dois reconnaître que j'eus besoin de toute ma volonté pour soutenir le regard de Néron lorsque ce dernier nous demanda d'expliquer comment le comité des Affaires orientales avait pu laisser s'aggraver ainsi la situation. A l'en croire, il n'était pas compréhensible que les Juifs rebelles eussent été en mesure de renforcer les murailles de Jérusalem, d'acquérir des armes et d'entraîner des troupes en secret. Pourtant, la défaite d'une légion entière ne s'expliquait pas autrement.

On rappela la coutume des conseils de guerre, qui veut que le plus jeune prenne d'abord la parole, pour m'obliger à livrer le premier mon opinion. Mes collègues comptaient, je suppose, sur mes liens d'amitié avec Néron et ne cherchaient sans doute pas délibérément à me nuire.

Je commençai en parlant de la perfidie des Parthes, des énormes sommes d'argent que Vologèse, leur roi, employait à saper la puissance militaire de Rome partout où il en avait la possibilité. C'était assurément lui qui avait vendu ou même offert des armes aux Juifs, et elles avaient probablement été acheminées par les pistes du désert de Judée, échappant à la surveillance de nos postes de garde aux frontières. L'attachement des rebelles juifs à leur cause était si connu que le fait qu'ils eussent si bien gardé le secret n'était pas une surprise.

L'agitation perpétuelle de ce pays sous les proconsulats de Félix et de Festus avait fini par paraître dénuée de danger aux personnes les plus méfiantes. En Judée comme ailleurs, les Romains étaient censés diviser pour régner.

« Ce qui constitue vraiment un miracle, poursuivis-je, c'est que les factions juives qui s'entre-déchiraient jusque-là aient réussi à s'unir dans la rébellion. »

J'ajoutai avec précaution que le dieu d'Israël était manifestement un dieu puissant, comme le montrent maints exemples convaincants de leurs saintes écritures, bien que ce dieu n'ait ni nom, ni image.

« Mais, poursuivis-je, même s'il existe nombre d'explications à ce désastre, il demeure incompréhensible que Corbulon, auquel avait été confié le commandement des armées d'Orient, ait pu laisser les choses aller si loin. C'était à lui, et non au proconsul syrien, qu'il incombait de rétablir l'ordre en Judée et en Galilée pour que cette région pût servir de point d'appui à une guerre ultérieure contre les Parthes. »

J'étais convaincu d'énoncer la vérité.

En outre, aucun lien d'amitié ne m'attachait à ce Corbulon que je ne connaissais même pas. Quoi qu'il en soit, quand l'Etat est en danger, l'amitié n'entre plus en ligne de compte. Nous ne pouvions nous permettre d'épargner Corbulon, en dépit des honneurs qu'il avait moissonnés pour Rome.

Néron m'avait laissé parler jusqu'au bout et mon discours parut l'apaiser. Je m'empressai d'ajouter pour finir, que du moins, les Juifs de la synagogue Julius ne s'étaient pas compromis dans la rébellion. De cela je pouvais me porter garant personnellement, même s'il avait pu arriver que certaines offrandes de ce temple eussent été détournées au profit de la rébellion.

« Mais, fis-je observer, Poppée aussi envoyait en toute innocence des présents au temple de Jérusalem. »

Après moi, nul n'osa reprendre la parole. Néron médita un long moment sur la question, en fronçant le sourcil et en se tiraillant les lèvres, puis nous congédia d'un geste impatient. Il avait d'autres affaires à examiner et il ne nous restait plus qu'à attendre en essayant de deviner quel serait le châtiment de notre erreur.

Il lui fallait nommer un général capable de reprendre Jérusalem et trouver les troupes nécessaires. Corbulon avait déjà été rappelé pour rendre compte.

Nous nous retirâmes plutôt réconfortés, et j'invitai mes collègues à ma table. Si excellents que fussent mes cuisiniers, nous eûmes quelques difficultés à avaler les mets fins qui nous furent servis. Au milieu de nos conversations animées, arrosées de vin non coupé d'eau, j'entendis mes hôtes proférer des opinions si erronées et si malveillantes sur les Juifs que je ne pus m'empêcher de prendre leur défense.

Sous maints aspects, les Juifs étaient un peuple digne d'intérêt. En fait, ils ne faisaient que combattre pour leur liberté. De surcroît, la Judée était province impériale et Néron lui-même était donc responsable du désastre puisque c'était lui qui avait nommé une brute comme Festus au poste de procurateur.

Je montrai peut-être trop de zèle dans mon plaidoyer car, tandis que le vin leur échauffait la tête, mes collègues commençaient à me jeter des regards méfiants et surpris.

« On ne pouvait s'attendre à d'autres discours, dit l'un d'eux d'une voix méprisante, de la part d'un phallus biseauté. »

J'aurais voulu garder secret mon désobligeant surnom, mais grâce à ton ami barbu Juvénal et à ses vers, nul ne l'ignore plus. Non, mon fils, je ne te blâme point d'avoir délibérément laissé ces vers derrière toi après ces quelques jours que tu es venu passer auprès de ton père pour sa plus grande joie. Je sais parfaitement ce que l'on pense de moi et ce que tu penses de ton père. Et qu'ils sont grossiers les termes de ces poètes d'aujourd'hui qui tournent en ridicule leurs aînés! Pour autant que je sois capable de comprendre, il me semble qu'ils croient défendre la langue naturelle et authentique contre l'éloquence artificielle que nous avons héritée de Sénèque. Quant à la barbe, c'est de Titus qu'ils l'ont héritée, puisque c'est lui qui en a introduit la mode à Rome à son retour de Jérusalem.

Rien ne pouvait plus sauver Corbulon. Néron ne désirait même plus le revoir. A peine descendu de son navire de guerre à Cencherae, Corbulon reçut l'ordre de se suicider.

« Si j'avais eu la bonne fortune, dit-il, de vivre sous d'autres empereurs, j'aurais conquis le monde entier pour Rome. »

Et là, sur le quai même, après avoir demandé qu'on brisât son épée après sa mort et que les morceaux fussent jetés à la mer afin que l'arme ne tombât pas entre des mains indignes, il se jeta sur la pointe de son glaive. Je ne crois pas cependant qu'il fut un bon chef militaire.

Ce fut Flavius Vespasien qu'un caprice de Néron plaça à la tête des troupes chargées de reprendre Jérusalem. Vespasien protesta, expliquant qu'il était las de la guerre, qu'il avait gagné suffisamment d'honneurs en Bretagne et qu'il se considérait comme un vieillard. A l'en croire, il se satisfaisait parfaitement d'être membre de deux collèges sacerdotaux.

Mais comme il prenait de l'âge et goûtait encore moins que moi la musique, un jour que Néron chantait dans un concours, il s'était laissé aller à somnoler. Néron le châtia en lui donnant la lourde tâche de mener une expédition punitive ignominieuse et semée d'embûches. Touché par les larmes de Vespasien, Néron le consola en lui assurant qu'il lui offrait là l'occasion de s'enrichir aux dépens des Juifs. Vespasien pourrait enfin abandonner le négoce des mules, indigne d'un sénateur, et n'aurait plus jamais à se plaindre de sa pauvreté.

La nomination de Vespasien fut universellement considérée comme une manifestation de la folie de Néron. Car Vespasien était si méprisé, que même les esclaves favoris de Néron se permettaient de l'offenser quand il se rendait à la Maison dorée. Il n'y était d'ailleurs invité qu'une fois par an, pour l'anniversaire de Néron, et pour bénéficier de cette faveur, il lui avait fallu à chaque fois offrir des ânesses, à Poppée d'abord et plus tard à Statilia.

Vespasien ignorait tout des affaires orientales et nul ne se serait avisé de le convier à participer à une commission du sénat ou à connaître une des entreprises secrètes de l'assemblée. Par ailleurs, Ostarius, que Claude avait un jour envoyé en Bretagne avec une grande désinvolture, aurait été heureux de diriger les légions qui écraseraient la rébellion juive. Mais il avait trop insisté pour obtenir ce commandement et Néron, le soupçonnant de visées personnelles, l'avait fait exécuter. La confiance de Néron en Vespasien avait été considérablement accrue par la résistance que ce dernier lui avait opposée. Le général ne cessait de maudire l'instant de somnolence qui lui avait valu pareille disgrâce.

Assez peu convaincu lui-même de la justesse de son choix, Néron demanda à Vespasien de prendre son fils Titus avec lui. Titus s'était distingué en Bretagne et, tout jeune encore, il avait sauvé la vie de son père. Néron espérait que l'ardeur du bouillant Titus soutiendrait le courage de Vespasien et le pousserait à prendre Jérusalem dans un délai raisonnable.

Cependant, il invita Vespasien à éviter toute perte de soldats qui ne fût pas vraiment nécessaire. Néron n'ignorait pas que les murailles de Jérusalem avaient été renforcées.

Comme je me trouvais toujours en Grèce avec Néron, j'eus la possibilité, à Corinthe, de revoir mon ancien général et de renforcer nos liens d'amitié en mettant à sa disposition la nouvelle demeure, fort élégante, de Hierex. Vespasien m'en fut reconnaissant, car j'étais le seul patricien participant au voyage impérial qui le traitait convenablement.

Je ne suis pas particulièrement sourcilleux quant au choix de mes amis, et je ne m'embarrasse guère de préjugés sur ce chapitre, comme ma vie ne le démontre que trop. Je considérais que le souvenir de ces années de jeunesse pendant lesquelles j'avais servi en Bretagne sous Vespasien, et l'amitié bourrue qu'il m'avait montrée à cette époque, constituaient des raisons bien suffisantes de lui offrir une hospitalité qui ne me coûtait rien.

Je dois avouer qu'après la découverte de la conspiration de Pison, j'ai fait de mon mieux pour préserver des foudres impériales la gens flavienne, si difficile que ce fût au regard des projets de meurtre de Flavius Scevinus. Heureusement, ce dernier appartenait à la branche la plus dépréciée de la gens. Comme j'avais dénoncé le conspirateur parmi eux, j'avais pu dire quelques mots en faveur des autres Flaviens.

Dans la demeure de Hierex, il me fut donné de voir que « certaines personnes sont semblables à des joyaux bruts qui dissimulent sous un extérieur grossier des qualités brillantes », comme l'a écrit récemment ton ami barbu Decimus Juvénal, pour complaire à l'empereur Vespasien. Il a de bonnes raisons de rechercher la faveur impériale, car ses intempérances de langage et ses insolentes satires ont froissé bien des susceptibilités. Quant à moi, je ne me suis pas senti offensé, car il est de tes amis. Comme tous les jeunes gens, tu admires ceux qui ont la langue bien pendue. Mais n'oublie jamais que tu as quatre ans de moins que ce vaurien mal lavé.

S'il est une chose que je tiens pour assurée, c'est bien que les vers indécents de Juvénal ne passeront pas à la postérité. J'en ai tant vu d'étoiles, combien plus brillantes, qui ont flamboyé avant de s'éteindre! Ses beuveries stupides, ses insolents bavardages, sa vie nocturne et cette harpe égyptienne qu'il gratte sempiternellement, tout cela éteindra la dernière étincelle de poésie authentique qu'il pourrait posséder.

Je ne t'écris pas cela parce que tu m'as permis de lire des poèmes qu'un misérable jeune homme a écrits pour me tourner en ridicule mais parce que je ne puis, en conscience, consentir à l'aider à publier ses œuvres. Je ne suis pas si stupide. Je ne puis que m'inquiéter à ton sujet, mon fils.

A Corinthe, Vespasien était devenu mon ami au point qu'avant d'embarquer pour l'Egypte où il devait prendre la tête de deux légions, il m'avait demandé de mettre à son service ma connaissance des affaires orientales et mes bonnes relations avec les Juifs, et de l'accompagner sur le champ de bataille. Je déclinai poliment, car ce n'était pas une guerre qu'il allait mener, mais une expédition punitive contre des sujets rebelles.

Le réseau de relations que Hierex avait tissé chez les Juifs de Corinthe me fut extrêmement utile lorsque, immédiatement après avoir reçu la nouvelle de la défaite de la légion en Judée, j'avais fait prévenir tous les Juifs chrétiens d'avoir la sagesse de ne pas s'agiter et si possible de se cacher. Néron avait envoyé des ordres en Italie et dans les provinces pour qu'au premier signe de trouble, on emprisonnât et poursuivît pour haute trahison tous les meneurs juifs.

C'eût été trop demander aux fonctionnaires de l'empire que d'être capables de faire la différence entre le royaume terrestre et le royaume céleste, entre les christs et les autres messies, dès l'instant que l'ordre public paraissait menacé. Pour un Romain, les activités des Juifs chrétiens n'étaient qu'une forme d'agitation politique dissimulée sous le manteau de la religion. Les choses ne firent qu'empirer lorsque, à la suite d'un grand nombre de procès sommaires, des chrétiens condamnés proclamèrent que Néron était l'antéchrist dont l'apparition avait été prophétisée par Jésus de Nazareth. Néron ne fut guère affecté par ce surnom et déclara que les chrétiens le considéraient manifestement comme un dieu, l'égal de leur Christ, puisqu'ils l'honoraient d'un titre si magnifique.

Pour ma part, j'ai souvent plaidé en faveur des chrétiens, à en perdre haleine. Je m'efforçais de démontrer leur insignifiance politique, qu'ils fussent ou non circoncis. Mais il est impossible de démontrer cela à un Romain qui possède des connaissances juridiques et l'expérience des affaires de l'Etat. Il conclura toujours en secouant la tête que les chrétiens présentent un danger politique.

A mon grand regret, je n'ai pas réussi à sauver Paul qui, poussé par une inquiétude perpétuelle, voyageait sans cesse à travers le monde. Les dernières nouvelles que j'avais reçues de lui m'avaient été transmises par mon négociant en huile installé à Emporiae, port florissant de la côte nord de l'Ibérie, qui aujourd'hui commence de s'envaser. Paul avait été chassé de cette cité par les Juifs fidèles à la foi traditionnelle mais, selon mon correspondant, il avait été à peine molesté.

En Ibérie comme dans d'autres pays, il avait dû limiter son enseignement aux cités côtières fondées par les Grecs et qui utilisaient encore le grec comme langue principale quoique les règlements gravés sur les tablettes de cuivre fussent rédigés en latin. Le marchand d'huile me disait que Paul s'était embarqué pour Mainace car son inquiétude ne le laissant pas en repos, il cherchait à gagner l'Ibérie occidentale.

Il n'eut donc à s'en prendre qu'à lui-même de ce que mon avertissement ne lui fût pas parvenu. Son arrestation en Bithynie, dans la province d'Asie, fut si soudaine que ses papiers, ses ouvrages et son manteau de voyage furent abandonnés dans son logement. Je suppose qu'il avait été contraint de retourner en Asie pour encourager ses disciples à persévérer dans la voie qu'il leur avait tracée et dont des prédicateurs itinérants cherchaient à les faire dévier.

Quand on apprit à Rome les mésaventures de Paul, la retraite de Céphas fut promptement découverte, car les disciples de Paul l'avaient dénoncé pour venger leur maître. Céphas, qui avait reçu à temps mon avertissement, avait quitté Rome pour Puteoli mais, à la hauteur du quatrième milliaire, sur la voie Appienne, il avait fait demi-tour. Il devait expliquer que Jésus de Nazareth lui était apparu dans toute sa gloire, et qu'il l'avait reconnu car il se souvenait parfaitement de ses traits.

« Où vas-tu? » lui avait demandé Jésus.

Céphas avait répondu qu'il fuyait Rome; alors Jésus avait dit :

« S'il en est ainsi, je retournerai moi-même à Rome pour y être crucifié une seconde fois. »

Quoiqu'il fût heureux d'avoir revu son maître, Céphas n'en éprouva pas moins une grande honte et s'en revint humblement à Rome. Je te rapporte ce qu'on m'a raconté, mais il existe d'autres versions de cette affaire. L'essentiel cependant fut que Céphas eut une vision sur la voie Appienne qui l'aida à se réconcilier avec Paul au seuil de la mort. Ce dernier n'avait quant à lui jamais vu de ses yeux le Nazaréen, et d'ailleurs, mû par une certaine jalousie, Céphas avait déclaré un jour, songeant au chemin de Damas, qu'il n'avait jamais eu besoin d'imaginer de semblables histoires puisqu'il avait connu Jésus lors de son existence terrestre. Mais ces paroles furent prononcées au plus fort de leur querelle. Après avoir eu lui aussi une vision, Céphas éprouva de la honte au souvenir de son accusation et demanda à Paul de lui pardonner.

Néron châtia notre comité des Affaires orientales en nous renvoyant à Rome pour y prévenir un soulèvement armé des Juifs. « De cela nous serions peut-être capables, même si par ailleurs nous avions fait montre d'une certaine impéritie », conclut Néron d'une voix acerbe. Il ne pouvait nous démettre de nos fonctions, car cette prérogative appartenait au sénat. Mais pour lui complaire, les pères de la cité remplacèrent certains d'entre nous, quoiqu'il fût difficile de trouver des hommes nouveaux disposés à sacrifier leur temps à cette tâche ingrate.

Je n'appartenais donc plus au comité des Affaires orientales lorsque Néron proclama l'Achaïe royaume libre et rendit son indépendance à la Grèce. La vie politique de ce pays ne risquait pas d'en être changée pour autant, d'après ce que me disait mon expérience de tribun à Corinthe. Par ailleurs, les Grecs devraient choisir leur propre gouverneur, payer leurs campagnes militaires et creuser leurs propres canaux. En dépit de cela, l'édit de Néron souleva une immense joie parmi les Grecs à courte vue.

Il ne m'échappa pas que dans sa proclamation, Néron ne mentionna pas une seule fois le sénat romain et fit clairement sentir que Néron – et lui seul – avait le pouvoir d'accorder cette indépendance. Au début des travaux du canal de Corinthe qui demeura inachevé, nous avions entendu de nos propres oreilles Néron déclarer qu'il espérait que cette grandiose entreprise apporterait la prospérité à l'Achaïe et au peuple romain. L'empereur n'avait pas mentionné le sénat, alors qu'on doit le faire dans tous les discours officiels. L'expression correcte est « le sénat et le peuple de Rome ». C'est elle qui a toujours été employée, et qui le sera toujours. On ne s'étonnera donc pas de ce que j'eusse le sentiment qu'Orcus guidait mes pas et que Charon soufflait son haleine froide dans mon cou, tandis que je conduisais les Juifs à la mort. De nombreux sénateurs avisés éprouvaient les mêmes pressentiments, bien que nul ne l'avouât, car comment se fier à quiconque désormais? Par mesure de sécurité, l'un d'entre nous, lorsqu'il voyageait, se faisait toujours suivre d'une carriole contenant un million de sesterces en pièces d'or.

Néron ne nous autorisa pas même à aller l'accueillir à Naples. Il désirait commencer sa marche triomphale vers Rome à partir de cette ville où il s'était pour la première fois produit en public. Au lieu d'un triomphe dans le sens ordinaire, il désirait faire de son retour à Rome un triomphe artistique qui donnerait au peuple quelques jours de fêtes et de plaisirs. En soi, c'était une idée sage, puisque les campagnes d'Orient n'avaient pas été vraiment entreprises et que Néron ne méritait nullement un triomphe militaire. Mais nous ne trouvâmes guère à notre goût l'obligation d'abattre un pan de la muraille pour permettre à la procession d'entrer dans la ville. Nul vainqueur, pas même Auguste lors de ses triomphes, n'avait jamais demandé un tel honneur. Nous commencions à estimer que Néron manifestait une tendance déplaisante à se conduire en autocrate oriental. Cela ne conviendra jamais à Rome, quoi que puisse écrire certain vaurien crasseux sur la décadence de nos mœurs.

Ce ne fut pas seulement chez nous mais encore dans le peuple – j'entends naturellement par là, parmi les citoyens dotés de jugement – ce fut donc chez tous les gens sensés qu'on se désola en voyant Néron, dans le char triomphal sacré d'Auguste, entrer dans la cité par une brèche de la muraille et traverser ensuite la ville, suivi par des chariots dans lesquels s'entassaient les couronnes qu'il avait gagnées dans les concours. Après quoi, au lieu de soldats, venait une garde d'honneur composée d'acteurs, de musiciens, de chanteurs et de danseurs accourus du monde entier. Au lieu de batailles, il avait fait peindre par ses artistes de grandes fresques représentant des victoires dans différents concours de chant et des sculpteurs avaient taillé dans la pierre des groupes représentant les mêmes scènes. Il était vêtu d'un manteau pourpre piqueté d'étoiles d'or et portait sur la tête une double couronne d'olivier comme on en décerne dans les Jeux olympiques. On doit porter à l'honneur de Néron de s'être conformé à l'antique coutume en gravissant humblement à genoux les marches abruptes du Capitole pour offrir ses plus glorieuses couronnes de victoire à Jupiter Custos et aussi aux autres dieux importants de Rome, à Junon et à Vénus. Après cela, il lui resta encore suffisamment de couronnes pour couvrir tous les murs des salles de réception et de la salle des banquets circulaire de la Maison dorée.

Mais de nouveau j'ai repoussé le moment où il me faudrait bien rapporter certain événement regrettable. Néron ayant été fort occupé de son triomphe et de ses autres devoirs envers l'Etat, j'avais réussi à retarder les exécutions pendant longtemps. Mais finalement le jour vint où nous dûmes présenter à l'approbation de Néron des condamnations à mort décidées depuis longtemps. Si j'avais encore trouvé des excuses pour les remettre à plus tard, même mes collègues auraient commencé à me suspecter de favoriser les Juifs.

Pour regagner la confiance de l'empereur et de nos pairs, notre comité des Affaires orientales avait conduit une enquête approfondie dans la colonie juive de Rome pour mesurer quel danger elle représentait pour la sécurité de l'Etat après le soulèvement de Jérusalem. Bon nombre d'entre nous s'enrichirent dans cette activité profitable. La conscience en paix, nous pûmes présenter un rapport rassurant au sénat.

Nous parvînmes à obtenir de l'assemblée, à une faible majorité, qu'elle renonçât à déclencher une persécution systématique des Juifs et se limitât à mettre fin aux agissements de quelques meneurs bavards. Appuyée sur les plus sérieuses raisons, notre suggestion fut acceptée en dépit de la haine que la rébellion de Jérusalem avait suscitée contre les Juifs. Par respect pour mon passé, j'usai de mes propres accointances pour sauver maints amis juifs de Claudia. Par exemple, sans moi, Aquila au nez crochu et sa brave Prisca auraient certainement été arrêtés. Mais je suis un homme au cœur de pierre, un avare, une brute qui n'a jamais cherché qu'à satisfaire ses intérêts et pour qui ton ami Juvénal n'a pas de mots assez durs. J'espère que mon ami paiera un prix convenable pour publier ses vers. Les êtres humains ne connaissent pas d'autre joie que malicieuse. Réjouissons-nous donc, toi et moi, de ce que ton ami barbu ait fini par payer ses dettes grâce à moi, mais sans qu'il m'en ait rien coûté.

Si j'étais aussi avaricieux qu'il le prétend, alors je lui achèterais assurément ses maudits vers et permettrais à mon éditeur d'en recueillir ensuite tout le profit. Mais je ne suis pas comme Vespasien, qui taxe maintenant jusqu'à l'urine des hommes. Un jour que nous discutions de funérailles, il nous demanda combien les siennes coûteraient à l'Etat. Nous calculâmes que les cérémonies reviendraient à dix millions de sesterces au moins, calcul qui n'était pas une pure flatterie mais pouvait être démontré, chiffres à l'appui. Vespasien poussa un profond soupir et dit :

« Donnez-m'en cent mille aujourd'hui et vous pourrez jeter mes cendres dans le Tibre. »

Comme on peut s'en douter, nous collectâmes aussitôt la somme réclamée dans son vieux chapeau de paille, bien que le festin qu'il nous offrait ne lui coûtât guère et que la chère ne fût pas particulièrement raffinée. Pour tenir mon rang, j'ai souvent versé une contribution pour payer la construction de son amphithéâtre qui sera une des merveilles du monde, à côté de laquelle la Maison dorée de Néron ne paraîtra plus qu'une extravagance d'enfant trop gâté.

Pourquoi repoussé-je sans cesse le moment de te conter cette douloureuse histoire? Je suis comme un homme qui doit se faire arracher une dent. Allons, Minutus, point de tergiversations! Et je n'éprouve nul sentiment de culpabilité. J'ai fait tout ce que j'ai pu pour eux, et nul homme n'aurait pu faire davantage. Nulle puissance terrestre n'aurait été en mesure de sauver les vies de Paul et de Céphas.

Céphas était revenu à Rome de son plein gré, lui qui aurait eu la possibilité d'attendre à l'abri la fin de la tempête.

Je sais que de nos jours Céphas est appelé Pierre, mais je préfère utiliser le nom sous lequel je l'ai connu, car il m'est cher. Pierre est une traduction de Céphas qui est le nom que lui a donné Jésus de Nazareth, je ne sais pourquoi. Le caractère de Céphas n'était nullement d'une solidité minérale. C'était un homme grossier et ombrageux qui en certaines occasions s'était conduit lâchement. Au cours de la nuit qui précéda le supplice de Jésus, Céphas avait nié le connaître et plus tard, à Antioche, il n'avait guère fait preuve de bravoure en face des envoyés de Jacob qui considéraient comme un crime que l'ancien pêcheur prît ses repas avec des non-circoncis. Et pourtant, Céphas était un être inoubliable, en dépit de ses faiblesses, ou peut-être même, qui sait, grâce à elles.

On dit que Paul avait pris ce nom en hommage à Sergius Paulus, le gouverneur de Chypre, l'homme le plus important qu'il eût converti. Cette affirmation est tout à fait dépourvue de fondement. Paul avait adopté son nom bien avant de rencontrer Sergius et pour la seule raison qu'il signifie en grec l'insignifiant, le sans-valeur, exactement comme le mien, Minutus, en latin.

Lorsque mon père me donna ce nom misérable, il ne pouvait se douter qu'il faisait de moi un homonyme de Paul. Peut-être est-ce en partie à cause de mon nom que j'ai commencé à écrire ces mémoires, pour montrer que je ne suis pas un être aussi insignifiant qu'on le croit. Néanmoins, la principale raison de ce récit, c'est que je suis ici, dans cette station thermale où je bois de l'eau minérale pour soigner mes maux d'estomac et que j'ai commencé à écrire parce que je ne trouvais nul exutoire à mon besoin d'activité. Il me semblait aussi que tu trouverais quelque utilité à ces notes qui te permettront de connaître un peu mieux ton père le jour où tu déposeras ses cendres dans la tombe de Caere.

Durant la longue détention de Paul et de Céphas, je veillai à ce qu'on ne les maltraitât pas et je fis en sorte qu'ils pussent se rencontrer et s'entretenir. Ayant été déclarés ennemis publics, ils avaient été enfermés au Tullianum, à l'abri de la colère du peuple. Ce n'est pas un séjour très sain, même si cette prison a un glorieux passé derrière elle. Jugurtha y a été étranglé, c'est là que la tête de Vercingétorix a été écrasée, là que les amis de Catilina sont morts, là encore que la petite-fille de Séjan a été violée avant son exécution, comme le prescrit la loi, car les Romains ne tuent jamais une vierge.

Paul semblait redouter une mort douloureuse mais en de tels cas, Néron savait se montrer généreux, en dépit de la colère qu'il éprouvait contre tous les agitateurs juifs depuis le début de la rébellion. Paul était un citoyen et avait donc le droit d'être passé au fil de l'épée, droit que les juges ne remirent pas en question au cours de son dernier procès. Conformément à la loi, Céphas fut condamné à la crucifixion, quoique j'eusse préféré éviter d'infliger une telle mort à un vieillard qui avait été l'ami de mon père.

Je fis en sorte de pouvoir les accompagner au long de leur dernière marche, en ce frais matin d'été où on vint les chercher pour les mettre à mort. Je m'étais arrangé pour qu'aucun autre Juif ne fût exécuté en même temps qu'eux. A cette époque, il y avait presse sur les lieux d'exécution, en raison de la lutte contre les Juifs. Je désirais permettre à Paul et à Céphas de mourir dans la dignité.

A l'embranchement de la route d'Ostie, il me fallut choisir celui que j'accompagnerais, car j'avais décidé que Paul serait exécuté à la porte où mon père et Tullia avaient eux-mêmes trouvé la mort. Les juges avaient arrêté que Céphas serait conduit à travers les quartiers juifs, pour l'édification de leurs habitants. Il devait ensuite être crucifié sur le champ d'exécution des esclaves, près de l'amphithéâtre de Néron.

Aux côtés de Paul marchait son ami, le médecin Lucas. Je savais que nul n'insulterait un citoyen romain qu'on s'apprêtait à décapiter. Céphas avait bien davantage besoin de ma protection et je craignais aussi pour ses compagnons, Marc et Linus. Je choisis donc Céphas.

Mes craintes se révélèrent sans fondement. Hors quelques poignées de boue, on ne lança aucun projectile contre Céphas. En dépit de la haine brûlante qu'ils lui vouaient, les gens de son peuple se contentaient de le regarder marcher vers une mort infligée à cause de la rébellion de Jérusalem. Céphas portait au cou la plaque habituelle, sur laquelle était inscrit en grec et en latin : *Simon Pierre de Capharnaüm, Galiléen, ennemi du peuple et du genre humain.*

Quand nous sortîmes de la ville et touchâmes aux jardins, la chaleur devint écrasante. Voyant la transpiration ruisseler sur le front ridé de Céphas, j'ordonnai de le décharger du transport de la croix et de la donner à porter à un Juif qui passait par là. J'invitai Céphas à monter dans ma litière, sans me soucier de ce qu'on dirait de ce geste.

Mais Céphas n'aurait pas été Céphas s'il ne m'avait répondu avec brusquerie qu'il pourrait bien porter la croix sur ses larges épaules jusqu'à la fin. Il ne désirait pas s'asseoir à mes côtés, préférant sentir pour la dernière fois la poussière de la route sous ses pieds, et l'ardeur du soleil sur son crâne, comme au temps où il parcourait la Galilée en compagnie de Jésus de Nazareth. Il refusa même qu'on dénouât la corde au bout de laquelle on l'entraînait, en disant que Jésus de Nazareth lui avait prédit qu'il en serait ainsi, et qu'il ne voulait pas faire mentir la prophétie. Néanmoins, il s'appuyait lourdement à sa vieille crosse de berger.

Lorsque nous eûmes atteint le champ d'exécution qui, sous la chaleur du soleil, répandait une terrible puanteur, je demandai à Céphas s'il désirait d'abord recevoir les verges. Maints Barbares ne comprennent pas que c'est là une pratique miséricordieuse, qui hâte la mort. Céphas répondit qu'il ne serait pas nécessaire de le flageller puis, changeant d'avis, il accepta humblement, en déclarant qu'il aimerait mourir comme tant d'autres témoins de la foi étaient morts avant lui. Jésus de Nazareth aussi avait été flagellé.

Mais Céphas n'était pas pressé. J'aperçus dans ses yeux une brève lueur de gaieté lorsqu'il se tourna vers ses compagnons.

« Ecoutez-moi, tous deux. Ecoute-moi, Marc, bien que je t'aie déjà répété tout cela maintes fois. Ecoute-moi aussi, Minutus, si tu le désires. Jésus a dit : « Le royaume de Dieu « est là où un homme a semé une graine dans la terre, et la « graine repose et grossit de jour en jour, de nuit en nuit, « et la graine germe et l'homme ne le sait pas. De la graine « jaillit l'épi qui donnera le froment. Mais quand le grain « est mûr, l'homme appelle le moissonneur car le temps de « la récolte est venu. »

Il secoua la tête d'un air incrédule, des larmes de joie dans les yeux et eut un rire joyeux.

« Et moi, stupide créature, s'écria-t-il, je ne comprenais ces mots que je répétais pourtant sans cesse. A présent enfin, je comprends. Le grain est mûr et le moissonneur est là. »

Il me jeta un coup d'œil, puis bénit Linus et lui remit sa crosse polie par l'usage.

« Veille sur mon troupeau », dit-il.

On eût dit qu'il désirait que je fusse témoin de cette scène.

Après quoi, il se tourna avec humilité vers les soldats qui le lièrent au poteau et commencèrent à le flageller.

En dépit de sa grande robustesse, il ne put s'empêcher de grogner. Au son de sa voix et au claquement des coups de fouet, un Juif crucifié la veille s'arracha aux affres de la mort, ouvrit des yeux fiévreux, faisant s'envoler les mouches, reconnut Céphas, et en cet instant encore, ne put s'empêcher de railler la prétention de Jésus de Nazareth à la divinité. Mais Céphas n'était pas d'humeur à ergoter.

Après avoir été fouetté, il demanda aux soldats de le crucifier la tête en bas, car il ne se sentait pas digne de l'honneur de mourir le visage tourné vers le ciel, comme son seigneur Jésus, le fils de Dieu, était mort. Je dissimulai un sourire.

Jusque dans ses derniers moments, Céphas demeurait égal à lui-même, à l'authentique Céphas dont le bon sens plébéien était bien utile pour bâtir le royaume. Je compris pourquoi Jésus de Nazareth l'aimait. Moi-même, en cet instant, je l'aimai. Un vieillard comme lui connaîtrait une mort infiniment moins douloureuse s'il était crucifié la tête en bas, le sang affluant à la tête, faisant éclater les veines. Une miséricordieuse inconscience lui épargnerait de longues heures de souffrance.

Les soldats s'esclaffèrent et accédèrent volontiers à sa requête, car ils savaient qu'ils échapperaient ainsi à l'obligation de monter la garde au plus fort de la canicule. Lorsqu'il fut en croix, Céphas ouvrit la bouche et sembla vouloir entonner un chant, quoiqu'il me semblât qu'il n'avait guère de raison de chanter.

Je demandai à Marc quelles paroles Céphas avait essayé de prononcer. Marc me répondit que Céphas chantait un psaume dans lequel Dieu conduisait les hommes vers des prairies verdoyantes et des sources rafraîchissantes. Lorsqu'il eut perdu conscience, nous attendîmes encore un moment tandis que son corps se tordait et se convulsait, puis, impatienté par la puanteur et par les mouches, j'intimai au centurion l'ordre de faire son devoir. L'officier ordonna à un soldat de briser les tibias de Céphas tandis que lui-même plongeait son épée dans la gorge du vieillard, en me faisant remarquer par plaisanterie que c'était là une mise à mort suivant les principes juifs, puisque la victime était saignée avant que toute vie fût enfuie. Et, de fait, un grand flot de sang se répandit à terre. Marc et Linus promirent de veiller à ce que le corps fût enterré dans un cimetière aujourd'hui abandonné, près de l'amphithéâtre de Néron. Linus pleurait mais Marc, qui avait déjà essuyé ses larmes, se montrait tel qu'il était : tranquille et sûr. Son visage était serein, mais ses yeux regardaient dans un autre monde que je ne pouvais voir.

Tu dois te demander pourquoi je choisis d'accompagner Céphas plutôt que Paul. Paul était au moins un citoyen romain, alors que Céphas n'était qu'un vieux pêcheur juif. Ma conduite prouve peut-être que je n'agis pas toujours poussé par l'unique souci de mes intérêts. Quant à moi, je préférais Céphas pour sa sincérité et sa simplicité et, de surcroît, Claudia ne m'aurait jamais permis d'abandonner les deux hommes au moment de leur dernier voyage. Je fais de mon mieux, pour préserver la paix du logis.

Par la suite, je me suis querellé avec Lucas qui demandait à voir les récits en araméen que j'avais hérités de mon père. Je refusai de les lui remettre. Lucas avait eu tout le temps de s'entretenir avec des témoins oculaires de la vie du Christ lorsque Paul était en prison à Césarée, sous le proconsulat de Félix. Je ne dois rien à ce Lucas.

Bien qu'il eût étudié à Alexandrie, ce n'était pas un médecin très habile. Je ne lui ai jamais permis de soigner mes maux d'estomac. Il me semble voir dans son zèle à suivre Paul l'intérêt d'un médiocre praticien pour les talents d'un guérisseur. Du moins savait-il écrire, quoique ce fût dans le dialecte des gens du peuple, et non dans le grec des hommes éduqués.

J'ai toujours préféré de très loin Marc à Lucas mais Linus, leur cadet, m'est devenu cher avec les années. En dépit de mon passé, j'ai été contraint de mettre de l'ordre dans les affaires internes des chrétiens, dans leur intérêt autant que pour éviter des tracasseries officielles.

Lorsque j'appris la révolte du propréteur de la Séquanaise, le général gaulois Julius Vindex, j'y vis aussitôt un signe des temps. J'avais compris depuis longtemps déjà que Pison l'aurait emporté si sa vanité ne l'avait empêché de demander le soutien des légions. Après le brusque trépas de Corbulon et d'Ostarius, les généraux des légions s'éveillèrent enfin de leur somnolence et comprirent que ni les honneurs militaires ni la loyauté inconditionnelle ne les préserveraient des caprices de Néron.

Je vendis en toute hâte une bonne partie de mes biens à mes affranchis et à mes banquiers pour me constituer un trésor de pièces d'or. Ces tractations, dont la raison échappait à tant de gens sensés, attirèrent l'attention d'un petit nombre de personnes bien informées. Je ne m'en inquiétais guère, comptant sur l'ignorance de Néron en matière financière.

Mon comportement suscita une certaine inquiétude à Rome et le prix des appartements et des domaines campagnards chuta. Je continuai à vendre mes propriétés sans désemparer, bien que l'argent placé dans la terre y fût en sûreté et rapportât même des profits lorsque cette terre est laissée à ferme à des affranchis dignes de confiance. En dépit de la chute des prix, j'amassais toujours de l'or. Je savais que si mon plan aboutissait un jour, je serais largement remboursé de mes pertes. L'inquiétude suscité par mes manœuvres incita les banquiers à réévaluer la situation politique, poussant ainsi les choses dans le bon sens.

Je vous envoyai, Claudia et toi, dans mon domaine de Caere et obtins pour une fois que Claudia se conformât à ce que je lui demandais. Vous deviez demeurer à l'abri là-bas jusqu'au moment où je la rappellerais. Ta mère était très occupée par toi, dont le troisième anniversaire approchait. Tu n'étais pas un enfant calme pour te dire la vérité; j'étais las de tes incessantes cavalcades à travers la maison et du tintamarre que tu y faisais régner. Aussitôt que j'avais tourné le dos, tu te coupais ou tu tombais dans un bassin. C'est pourquoi je ne fus pas mécontent de partir en voyage pour préparer ton avenir. A cause de Claudia, je ne puis t'endurcir le caractère et il ne me reste plus qu'à compter sur l'influence de tes ancêtres. C'est en lui-même que l'homme trouve la force d'atteindre la véritable maîtrise de soi, et l'on ne peut l'y contraindre de l'extérieur.

Je n'eus aucun mal à obtenir du sénat et de Néron la permission de quitter la ville pour me rendre auprès de Vespasien en qualité de conseiller pour les affaires juives. Au contraire, on me complimenta pour le sens de l'Etat dont je faisais montre. Néron lui-même estimait qu'il n'était pas mauvais qu'un homme de confiance surveillât de près Vespasien qu'il soupçonnait de s'attarder par trop longtemps devant les murs de Jérusalem.

Mon rang de sénateur me permit de disposer d'un vaisseau de guerre. Bon nombre de mes collègues se demandaient sans doute comment il se faisait qu'un homme aimant ses aises se disposait sans frémir à dormir dans un hamac, à vivre de longs mois dans un espace réduit, à supporter la misérable pitance des marins et leur vermine opiniâtre.

Mais j'avais mes propres raisons. Lorsque mes vingt lourds coffres de fer eurent été embarqués, j'étais si soulagé que la première nuit je dormis d'un sommeil sans rêve, jusqu'à ce que le bruit des pieds nus courant sur le pont m'éveillât. Trois des mes affranchis les plus fidèles gardaient mes coffres à tour de rôle avec une application toute militaire.

J'avais aussi armé mes esclaves de Caere, comptant sur leur fidélité. Je ne fus pas déçu. Les soldats d'Othon pillèrent ma villa et détruisirent ma collection de vases grecs dont ils n'avaient pas deviné la valeur, mais ils ne vous firent aucun mal, ni à toi ni à Claudia, et cela grâce à mes esclaves. D'innombrables tombes dans le sol n'ont pas encore été ouvertes. Je pourrai probablement remplacer les vases détruits.

Je me libérai d'un grand poids lorsque je pus enfin placer mes précieux coffres à Césarée sous la garde d'un banquier bien connu, à l'abri des dangers de la mer. Les banquiers doivent se faire confiance les uns aux autres, car sans quoi un négoce raisonnable ne serait plus possible. Aussi me fiai-je à cet homme que je ne connaissais jusque-là que par la correspondance que nous avions échangée. Mais dans sa jeunesse, son père avait été le banquier du mien à Alexandrie.

La paix régnait à Césarée, du fait que les habitants grecs de cette cité avaient profité des événements pour tuer tous les citoyens juifs, femmes et enfants compris. La rébellion de Jérusalem n'était donc perceptible dans la ville qu'à un accroissement de l'activité du port, et à la présence de caravanes de mules qui transportaient sous bonne escorte de l'équipement pour les légions qui assiégeaient la capitale de la Judée. Joppée et Césarée étaient les deux ports les plus importants restés fidèles à Vespasien.

En me rendant au camp de Vespasien, installé face aux murailles de Jérusalem, j'eus l'occasion de constater la détresse des civils juifs. Ce fut le sujet que j'abordai en premier lorsque je revis Vespasien et Titus. Ils me reçurent fort aimablement, car ils étaient curieux de savoir ce qui se passait en Gaule et à Rome. Vespasien me dit que les légionnaires étaient rendus furieux par la résistance féroce que leur opposaient les Juifs et qu'ils avaient subi de graves pertes dans les embuscades que des fanatiques tendaient aux caravanes, avant de se réfugier dans leurs repaires montagnards. Vespasien s'était vu contraint de donner à ses généraux l'ordre de pacifier la campagne et une expédition punitive était en route pour les rives de la mer Morte afin d'y détruire une des places fortes juives.

Comme j'en profitais pour lui parler des Esséniens et le mettre en garde contre la persécution de cette secte inoffensive, Vespasien marmonna qu'en Bretagne je n'avais pas manifesté de talent guerrier exceptionnel et que c'était pour cela qu'il avait préféré m'envoyer en voyage d'agrément à travers le pays. S'il m'avait nommé tribun, c'était parce que mon père avait accédé au rang de sénateur. Je parvins néanmoins à le convaincre qu'il était inutile de tuer des paysans juifs ou de brûler leurs humbles masures simplement parce qu'ils soignaient les rebelles blessés.

Les paroles méprisantes de Vespasien à propos de mes pérégrinations en Bretagne m'avaient blessé profondément. J'annonçai d'un ton détaché que si Vespasien ne s'y opposait pas, j'avais l'intention de faire semblable voyage d'agrément à Jérusalem pour voir de mes propres yeux les défenses de la ville assiégée et trouver les failles qui devaient bien exister dans leur dispositif.

Il fallait découvrir combien de mercenaires parthes participaient aux travaux de renforcement des murailles. Les Parthes avaient acquis en Arménie une grande expérience des sièges et de la guerre défensive. En tous les cas, il ne faisait aucun doute que des archers parthes défendaient Jérusalem, car il était fort dangereux de passer à portée de flèche des murailles. Je n'étais pas ignorant des questions militaires au point de croire que des Juifs novices dans l'art de la guerre aient pu acquérir une si terrible habileté.

Ces propos stupéfièrent Vespasien. Il me dévisagea avec une mimique incrédule, puis éclata de rire et déclara qu'il ne pouvait endosser la responsabilité d'exposer un sénateur romain à pareil danger, si vraiment je parlais sérieusement. Au cas où je tomberais entre leurs mains, les Juifs m'utiliseraient pour demander des concessions. Et si je perdais la vie ignominieusement, la honte de mon trépas rejaillirait sur Rome et sur lui. Néron risquerait de croire que Vespasien s'était débarrassé d'un ami personnel de l'empereur.

Il me jeta un regard rusé, mais je connaissais ses manières cauteleuses. Je lui répliquai que pour le bien de l'Etat, on ne devait tenir nul compte des amitiés. Il n'avait aucune raison de m'insulter en m'appelant l'ami de Néron. Dans les circonstances présentes, nous ne devions rien nous cacher l'un à l'autre. Rome et l'avenir de la patrie étaient les seules lumières qui nous guidaient ici, sur le champ de bataille, à deux pas des cadavres puants que picoraient les corbeaux, face aux murailles de Jérusalem où se balançaient comme des sacs les corps desséchés de légionnaires.

Je déclamai comme j'avais appris à le faire dans l'assemblée sénatoriale. De sa large main de paysan, Vespasien m'administra d'amicales claques dans le dos en m'affirmant qu'il n'avait en aucune façon douté de mes intentions patriotiques. Assurément, il n'avait pas un instant imaginé que je pusse me glisser dans Jérusalem à seule fin de trahir des secrets militaires, je n'étais pas fou à ce point. Mais sur le chevalet de torture, même le plus vigoureux des hommes ne saurait garder bouche close et quand il s'agissait d'obtenir des informations, les Juifs s'étaient montrés de redoutables bourreaux. Il considérait comme de son devoir de protéger ma vie, puisque j'étais venu de mon propre chef me placer sous sa protection.

Il me présenta à Josèphe, son conseiller, un ancien chef de rebelles juifs. Un jour que ses amis et lui avaient décidé de se suicider plutôt que de tomber aux mains des Romains, il avait aidé ses compagnons à mourir puis s'était rendu à l'ennemi. Il avait obtenu la vie sauve en prédisant à Vespasien qu'il serait un jour empereur. Par plaisanterie, Vespasien lui avait fait river aux pieds une chaîne d'or en lui promettant qu'il le relâcherait aussitôt que la prophétie se vérifierait. Plus tard, quand il fut libéré, il eut l'insolence de prendre le nom de Flavius Josèphe.

Au premier coup d'œil, j'éprouvai une antipathie instinctive pour ce traître méprisable, et la réputation littéraire qu'il s'est acquise par la suite n'a en rien changé mon opinion, tout au contraire. Dans son énorme et sot ouvrage sur la rébellion juive, il me paraît surestimer l'importance de maints événements et se perd dans quantité de détails.

Mes critiques ne sont en aucune façon motivées par le fait qu'il n'a pas pris la peine de me citer dans son livre, alors que c'est à moi seul que l'on doit la prolongation du siège. C'eût été pure folie de la part de Vespasien, eu égard aux circonstances politiques, d'épuiser des légions aguerries dans l'attaque de murailles dont la puissance demeura insoupçonnée jusqu'à mon incursion à l'intérieur de Jérusalem. Un siège en règle et la famine obtiendraient le même résultat qu'un assaut. Des pertes inutiles n'auraient fait que rendre Vespasien impopulaire parmi les légionnaires, ce qui n'aurait certes pas servi mes desseins.

Je n'ai jamais rêvé de passer à la postérité, c'est pourquoi le silence de ce Juif méprisable est sans importance. Je ne m'abaisse jamais à nourrir du ressentiment contre mes inférieurs et je ne me venge pas des insultes reçues, pour autant qu'une occasion favorable ne m'induise pas en tentation.

Par l'intermédiaire d'un de mes affranchis, j'ai même offert à Flavius Josèphe de publier son ouvrage, *La Guerre juive*, et ses descriptions de l'histoire et des mœurs juives, en dépit des innombrables inexactitudes que contiennent ces livres. Mais malgré les conditions avantageuses que je lui faisais, Flavius Josèphe répondit qu'il préférait avoir recours à un éditeur juif. Plus tard, j'ai fait paraître une version abrégée, non autorisée, de *La Guerre juive*, car le livre paraissait bien se vendre. Mon affranchi devait faire vivre sa vieille mère et sa famille, je ne m'étais pas opposé à son entreprise de réédition, car s'il ne s'en était occupé, quelqu'un d'autre l'aurait fait à sa place.

En vérité, je ne mentionne Josèphe qu'en raison de son attitude servile envers Vespasien. Il soutint le point de vue du général et me lança avec un rire sardonique que j'ignorais manifestement dans quel nid de vipères je voulais me jeter. Si, par aventure, je parvenais à entrer dans Jérusalem, on ne me reverrait pas vivant. Après m'être heurté à de nombreuses objections et lui avoir versé un important pot-de-vin, j'obtins une carte de la cité. Je l'appris par cœur pendant que ma barbe poussait.

J'annonçai que j'allais me mettre en quête du meilleur moyen d'accéder aux murailles et passai mes journées en de longues excursions aux alentours de Jérusalem, en veillant à demeurer plus ou moins à une portée de flèche, tout en évitant, bien entendu, de risquer inutilement ma vie. J'avais mes raisons d'agir ainsi, et c'était pour ton bien.

J'avais donc revêtu une lourde cuirasse et m'étais coiffé d'un casque. Cet équipement me faisait haleter et transpirer abondamment. Pendant ces quelques jours, je perdis du poids et les lanières de la cuirasse cessèrent de m'entrer dans les chairs. Je ne m'en portais que mieux.

Je me souviendrai toujours de la vision resplendissante qu'offrait le temple de Jérusalem au sommet d'une colline dominant les murailles. Dans le crépuscule de l'aube, sa couleur était celle du rêve, tandis qu'il se teintait d'un rouge sanglant lorsque le soleil déclinant n'éclairait déjà plus la vallée. En vérité, le temple d'Hérode était une des merveilles du monde. Après tant d'années de labeur, il venait à peine d'être achevé et voilà qu'il était promis à la destruction. Aucun œil humain ne devait plus le revoir. Ce fut la faute des Juifs s'il disparut à jamais. Je ne désirais nullement participer à sa destruction.

Le soir, dans ma tente, je buvais souvent dans la coupe de bois de ma mère, car je pressentais que j'aurais besoin des faveurs de la Fortune. Vespasien avait, lui aussi, conservé la vieille coupe d'argent héritée de sa grand-mère et il se souvenait de ce grossier vaisseau de bois qu'il avait vu en Bretagne. Il m'avoua qu'il avait commencé d'éprouver à mon endroit une affection paternelle en constatant que je respectais le souvenir de ma mère et ne m'étais pas embarrassé de cette vaisselle d'argent et d'or que les jeunes chevaliers emportent souvent en campagne avec eux, et qui ne peut que tenter l'ennemi et l'inciter à la guerre et au pillage. En l'honneur de notre vieille amitié, nous bûmes chacun dans la coupe sacrée de l'autre. J'avais quant à moi de bonnes raisons de laisser Vespasien se désaltérer dans la coupe de la Fortune.

Un jour enfin, je me coiffai de mon casque, revêtis ma cuirasse et nouai mes jambières, puis me dirigeai vers la muraille à l'endroit fixé. Je pensais que cet équipement me préserverait des premiers coups si je parvenais à entrer dans la cité. Nos postes avancés avaient reçu l'ordre de m'arroser de flèches et d'attirer l'attention des Juifs en menant grand tapage.

Ils se conformèrent si bien aux ordres qu'une flèche me blessa au talon et que depuis lors, j'ai boité des deux jambes. Je décidai de retrouver l'archer trop zélé, si je revenais sain et sauf, et de veiller à ce qu'il reçût le châtiment le plus sévère possible. Les ordres étaient seulement de lancer les flèches le plus près possible de moi, sans me blesser. Mais quand enfin je suis ressorti de Jérusalem, j'étais bien trop heureux pour prendre la peine de rechercher l'homme. De surcroît, cette blessure contribua à convaincre les Juifs.

Après m'avoir insulté un moment, les Juifs repoussèrent à coups de pierres et de flèches une patrouille romaine qui s'efforçait de me reprendre. Durant cette tentative, à mon grand regret, deux braves légionnaires furent tués. J'ai entretenu leurs familles depuis lors. Ils appartenaient à la XVe légion venue de Pannonie et ils ne revirent jamais les berges boueuses de leur cher Danube. Ils moururent pour moi sur cette terre des Juifs qu'ils avaient déjà eu le temps d'insulter mille fois.

Sur mes prières pressantes, les Juifs finirent par laisser glisser un panier le long de la muraille pour m'élever ensuite jusqu'à eux. J'étais si effrayé dans l'étrange véhicule bringuebalant que je parvins à m'arracher la flèche du pied presque sans douleur. Néanmoins, des échardes restées dans la plaie devaient s'infecter et à mon retour au camp, je dus recourir aux services d'un chirurgien militaire qui me fit hurler de douleur et qui est probablement responsable de l'infirmité que j'ai dite. Mon expérience antérieure des chirurgiens militaires aurait dû me prévenir suffisamment contre eux...

Après avoir donné libre cours à la fureur que suscitait chez eux mon accoutrement romain, les Juifs finirent par me laisser la possibilité d'expliquer que j'étais circoncis et converti au judaïsme. Ils le vérifièrent sur-le-champ et me traitèrent ensuite moins brutalement. Mais je n'aime pas évoquer le souvenir de ce centurion parthe, vêtu en Juif, qui me soumit à un féroce interrogatoire pour connaître mon identité et juger de la véracité de mon histoire avant de consentir à me remettre aux mains des Juifs véritables.

Je dirai seulement que les ongles arrachés repoussent promptement. Je l'ai appris à mes dépens. Pourtant, les séquelles de cet interrogatoire n'ont pas été incrites au nombre de mes mérites militaires. Sur ce chapitre, les règlements militaires sont absurdes, car mes ongles arrachés m'ont fait bien plus souffrir que mes promenades sous les murs de Jérusalem, qui ont pourtant été comptées au nombre de mes mérites.

Je pus produire devant le conseil des fanatiques un document secret de la synagogue Julius attestant que j'avais pouvoir de négocier au nom de ses fidèles. J'avais dissimulé dans mes vêtements ces précieux papiers que je n'avais point montrés à Vespasien, car on me les avait remis en confiance. Les Parthes ne pouvaient les lire, car ils étaient écrits dans la langue sacrée des Juifs et marqués du sceau de l'étoile de David.

Le conseil de la synagogue, qui était le sanctuaire juif le plus influent de Rome, expliquait dans sa missive quels services exceptionnels j'avais rendus au peuple d'Israël pendant la période des persécutions à Rome. Le conseil romain signalait, par exemple, l'exécution de Paul et de Céphas, car nul n'ignorait que les Juifs de Jérusalem plus encore que ceux de Rome haïssaient comme la peste les deux hommes. Le conseil était avide d'informations venant de Rome, car cela faisait plusieurs mois qu'aucune nouvelle précise ne lui était plus parvenue, en dehors des bribes apportées par quelques pigeons voyageurs égyptiens qui avaient échappé aux archers de Titus et à la populace affamée de Jérusalem.

Par mesure de sécurité, je ne révélai pas que j'étais sénateur romain, me présentant seulement comme un chevalier influent. Je leur déclarai que, néophyte de leur foi comme ils pouvaient le voir à ma cicatrice, j'étais disposé à faire tout ce qui était en mon pouvoir pour sauver le temple sacré. C'est pourquoi je m'étais engagé comme tribun dans les troupes de Vespasien, en faisant croire à ce dernier que je pourrais lui rapporter des informations sur Jérusalem. La flèche reçue au talon n'était qu'un malheureux hasard et la tentative de me reprendre n'était qu'une ruse.

Ma franchise emporta la conviction du conseil, du moins pour autant qu'il est possible en temps de guerre. On me laissa libre de mes mouvements dans la cité, sous la protection de gardes barbus aux yeux brillants qui, en fait, m'effrayaient davantage encore que la population affamée. On me laissa entrer dans le temple, puisque j'étais circoncis. C'est pourquoi je suis l'un des derniers hommes vivants à avoir vu de l'intérieur le temple de Jérusalem dans toute sa splendeur.

De mes propres yeux, je pus vérifier que les chandeliers d'or à sept branches et les vaisseaux d'or étaient toujours en place. Ces objets sacrés à eux seuls valaient une immense fortune, mais nul ne paraissait se soucier de les mettre en lieu sûr, tant ces fanatiques croyaient à la sainteté de leur temple et à la toute-puissance de leur dieu.

Si incroyable que cela paraisse aux yeux de toute personne sensée, ils n'avaient osé vendre qu'une modeste fraction des immenses trésors de leur temple pour acquérir des armes et renforcer leurs défenses. Les Juifs préféraient travailler jusqu'à n'avoir plus que la peau sur les os plutôt que de toucher aux richesses du temple enfermées dans les entrailles de la montagne, derrière des portes bardées de fer. La montagne tout entière était creusée comme une ruche dont les milliers d'alvéoles servaient à abriter les pèlerins, et d'innombrables tunnels et passages secrets la parcouraient. Mais aucun homme au monde n'a jamais rien pu dissimuler sans qu'un autre homme, tôt ou tard, ne découvre sa cachette.

En constatant que le trésor du temple n'avait pas été déplacé et qu'il était toujours intact, j'avais accompli la partie la plus importante de la tâche que je m'étais fixée. Le siège que nous maintenions autour de la cité était si hermétique que même un rat n'aurait pu en sortir en emportant une pièce d'or dans sa gueule.

Tu dois comprendre que, soucieux de ton avenir, je devais prendre quelques garanties avant de prêter à Vespasien le contenu de mes vingt coffres de fer déposés à Césarée, pour l'aider à monter sur le trône impérial. Je le savais honnête, mais la guerre civile était imminente et les finances de Rome étaient plongées dans le plus grand désordre. Si j'avais risqué ma vie en m'introduisant dans Jérusalem, c'était uniquement pour vérifier que mes espérances étaient fondées.

Certes, j'ai aussi rassemblé des informations sur les défenses de la cité, l'état des murailles, le nombre de catapultes, l'importance des réserves alimentaires et l'approvisionnement en eau, car tous ces renseignements devaient me mettre en excellente position vis-à-vis de Vespasien lorsque je le reverrais. La cité disposait de plus d'eau qu'il ne lui en fallait, grâce à ses citernes souterraines. Tout au début du siège, Vespasien avait fait couper l'aqueduc construit par le procurateur Ponce Pilate, dans l'espoir d'obtenir une prompte reddition. En réalité, les Juifs s'étaient toujours opposés à la construction de cet aqueduc parce qu'ils ne voulaient pas dépendre de l'extérieur, ce qui prouve encore que la révolte était prévue depuis longtemps, et que les Juifs n'avaient fait qu'attendre une occasion favorable.

Mais la ville n'avait plus de réserves alimentaires. Je vis

des mères plus maigres que des fantômes qui essayaient en vain d'arracher quelques gouttes de lait de leur sein pour nourrir des enfants squelettiques. J'étais désolé aussi pour les vieillards, car on ne leur donnait pas de rations. Les fanatiques sous les armes et ceux qui fortifiaient les murailles accaparaient toute la nourriture.

Dans la halle des bouchers, je vis qu'un pigeon et un rat étaient considérés comme un trésor qu'on payait de son poids en argent. Dans le temple, des troupeaux entiers de brebis attendaient d'être sacrifiés à Jéhovah, le dieu sanguinaire des Juifs, mais le peuple n'aurait jamais osé toucher ces bêtes. On avait à peine besoin de les garder, car c'étaient des animaux sacrés. Les prêtres et les membres du conseil étaient, quant à eux, bien nourris.

Les souffrances du peuple juif me navrèrent le cœur, car aux yeux du dieu inexplicable, les larmes des Juifs sont sans doute aussi pitoyables que celles d'un Romain, et celles d'un enfant plus pitoyables encore, quelle que soit sa langue ou la couleur de sa peau. Mais certaines nécessités politiques exigeaient que le siège se prolongeât, et ces Juifs entêtés avaient mérité leur sort.

La simple allusion à la possibilité d'une capitulation ou d'une négociation valait à son auteur d'être aussitôt exécuté, et je pense que le condamné finissait son existence dans la halle des bouchers, si je puis donner une opinion personnelle. Dans son récit, Josèphe ne parle que de quelques mères qui dévorèrent leurs enfants, et ce renseignement n'est là que pour éveiller la compassion. En fait, ces pratiques étaient si courantes à Jérusalem, qu'il fut bien forcé de les mentionner, pour qu'on ne doutât point de sa valeur historique.

Après que mon affranchi eut publié *La Guerre juive*, j'offris à Josèphe une somme raisonnable, bien que nous eussions parfaitement le droit de l'éditer pour notre seul profit. Mais Josèphe refusa l'argent et, comme font tous les auteurs, il ne sut que se lamenter sur les coupes que j'avais opérées pour que son livre se vendît mieux. Et je ne parvins pas à le convaincre que j'avais bel et bien amélioré son ouvrage intolérablement filandreux. Les auteurs sont toujours bouffis de vanité.

Lorsque nous eûmes convenu des fausses descriptions des défenses que je devais faire à Vespasien, et des moyens par lesquels la synagogue Julius, sans exposer ses fidèles, soutiendrait secrètement la révolte juive, le conseil de

Jérusalem me fit quitter la cité. Les yeux bandés, je fus entraîné à travers un passage souterrain jusqu'à une carrière encombrée de corps en décomposition. On me poussa en avant et je m'écorchai les genoux et les coudes en rampant à travers la carrière, et il n'était guère plaisant d'avancer ainsi et d'étreindre soudain une main ou d'éprouver le contact d'un corps gonflé. Les Juifs m'avaient ordonné de n'ôter mon bandeau qu'après un certain délai, si je ne voulais pas m'exposer à être impitoyablement percé de flèches.

Pendant que j'avançais, ils refermèrent si bien le passage secret que nous eûmes les plus grandes difficultés à le retrouver. Mais nous finîmes par le découvrir, car je tenais absolument à interdire toute possibilité de fuite. La façon dont on m'avait fait sortir nous ouvrit les yeux, et nous incita à rechercher les voies d'accès à la cité dans les lieux les plus inattendus. Je promis des récompenses aux légionnaires qui sondèrent le sol avec ardeur. Néanmoins, en une année entière, nous ne trouvâmes que trois passages secrets. Pendant un certain temps, après mon retour de Jérusalem, je craignis que les richesses garantissant ton avenir n'eussent disparu. Mais j'avais tort de m'inquiéter. Le trésor était toujours là quand Titus s'empara de la ville, et Vespasien put payer ses dettes.

LIVRE VII

VESPASIEN

AU cours de la période qui suivit, je consacrai mon temps aux projets que je nourrissais à propos de Vespasien. Il comprit manifestement mes allusions détournées, mais c'était un homme prudent. Néron mourut au printemps, à ce que l'on dit du moins. Trois empereurs se succédèrent dans une année, Galba, Othon et Vitellius. Et même quatre, si l'on tient compte de l'infâme coup d'Etat que le jeune Domitien, âgé de dix-huit ans, perpétra aux dépens de son père.

Quand Othon succéda à Galba, je songeai non sans amusement que Poppée n'aurait pas eu besoin de divorcer pour devenir épouse impériale et que la prophétie se voyait doublement confirmée. Je ne suis pas superstitieux, mais toute personne douée de raison devrait garder un œil attentif sur les présages, et les augures.

Vitellius prit les rênes à son tour, soutenu par les légions germaniques, dès qu'il apprit l'assassinat de Galba. A mon avis, l'audace dont fit preuve Othon en subtilisant le glaive sacré de ton ancêtre Jules César dans le temple de Mars, alors qu'il n'en avait ni légalement ni moralement le droit, fut la cause principale de sa chute rapide. Ce droit te revient, Julius Antonianus Claudius, car tu appartiens aux gens julienne et claudienne, à l'instar de tous les empereurs descendant du divin César. Heureusement, le glaive fut restitué et reçut une nouvelle consécration dans le temple de Mars.

Que dire de Paulus Vitellius, sinon qu'il passa son adolescence à Capri, où il fut le compagnon de l'empereur Tibère. Je suis fort reconnaissant à son père pour les services notoires qu'il a rendus à l'Etat, mais Paulus était si dépravé que son père lui-même ne voulut pas lui confier la charge de proconsul. Et s'il parvint à s'attirer les faveurs de trois empereurs, ce fut plus pour ses vices que pour ses mérites. Néron comptait parmi ses amis mais, quant à moi, je ne lui manifestai jamais beaucoup d'affection. A vrai dire, j'évitais autant que possible sa compagnie.

Je ne lui connais qu'une seule action honorable : le jour où il défia le sénat en célébrant un sacrifice en l'honneur de Néron sur le Champ de Mars en présence de tous les collèges sacerdotaux. A la suite de quoi, au cours du banquet qu'il donna, il demanda aux plus célèbres citharèdes romains de chanter seulement les hymnes composés par Néron, qu'il applaudit avec le même enthousiasme que du vivant de ce dernier. Il vengeait ainsi Néron de la lettre insultante que le propréteur Julius Vindex lui avait adressée et qui avait déclenché la guerre civile. L'auteur de la missive accusait Néron d'être un piètre citharède, sachant qu'il lui faisait là la pire des insultes.

Au cours du huitième mois du règne de Vitellius, j'appris une nouvelle qui me fit penser que le moment était venu de convaincre Vespasien. Je lui promis de lui prêter la totalité de ma fortune, avec, pour toute garantie, une partie du trésor du temple de Jérusalem et des prises de guerre, afin qu'il disposât des fonds nécessaires à son accès au trône. J'évoquais mes vingt coffres d'or, qui ne représentaient évidemment pas toute ma fortune, mais je tenais à lui prouver que j'avais confiance dans ses chances d'accéder au pouvoir.

Mais le prudent Vespasien résista si longtemps à mes exhortations que Titus, sur mon conseil, dut rédiger une fausse lettre de Galba dans laquelle ce dernier désignait Vespasien pour lui succéder. Titus est le plus habile faussaire qu'il m'ait été donné de rencontrer. Il est capable d'imiter à la perfection n'importe quelle écriture. Mais je me garderai d'en tirer ici des conclusions au sujet de son caractère.

Je ne saurais dire si Vespasien crut à l'authenticité de la lettre de Galba. Il connaît son fils. Toujours est-il qu'il passa la nuit à maugréer dans sa tente jusqu'à ce que, n'y tenant plus, je fisse remettre quelques sesterces à chaque légionnaire afin qu'ils s'assemblassent à l'aube pour acclamer Vespasien comme leur empereur. Ils ne se firent pas prier et l'auraient probablement fait pour rien, mais je souhaitais gagner du temps. Sur mes instances, ils firent savoir aux autres légions que, du point de vue du simple soldat, Vespasien était un chef compréhensif et un habile stratège.

Quelques jours après avoir été proclamé empereur au pied des murailles de Jérusalem, Vespasien eut la surprise d'apprendre que les légions de Mésie et de Pannonie lui avaient juré fidélité à son insu. Il s'empressa donc de faire envoyer aux légions du Danube la somme qu'on leur devait depuis fort longtemps, ainsi que leur missive le suggérait. Mes coffres d'or, laissés en dépôt à Césarée, se révélèrent fort utiles, bien que Vespasien eût commencé par marmonner que la mention de son seul nom serait une garantie suffisante pour les riches négociants syriens et égyptiens. Déjà, nos opinions divergèrent à propos de la part du trésor du temple de Jérusalem qui me revenait.

Je lui rappelai que Jules César s'était vu offrir d'immenses sommes d'argent avec son nom et les espoirs que l'on fondait sur lui pour toute garantie, ce qui avait contraint ses créanciers à le soutenir politiquement puisqu'en dernier ressort, ils comptaient sur les richesses de la Gaule fertile et prospère pour se faire rembourser. Mais César était jeune alors, et sa personnalité était plus marquante tant politiquement que militairement que celle de Vespasien, déjà vieux, dont la simplicité était connue de tous. Après une discussion animée, nous parvînmes cependant à un accord.

Jamais, du vivant de Néron, Vespasien n'aurait trahi son serment militaire ni la confiance de l'empereur. La loyauté est une qualité estimable, mais les changements de situation politique ne tiennent pas compte du sens de l'honneur.

En dépit de tout, Vespasien accepta de prendre en charge le fardeau de l'empire quand il se rendit compte que les affaires de l'Etat se dégradaient de plus en plus et que la guerre civile durerait éternellement s'il n'intervenait pas. Il songeait avant tout aux gens ordinaires, qui ne désirent rien de plus qu'un bonheur domestique simple et tranquille.

Je crois de mon devoir de te raconter tout ce que je sais de la mort de Néron, bien que je n'en aie pas été le témoin oculaire. Mais poussé par la curiosité aussi bien que par le souvenir de notre amitié, j'ai voulu examiner de plus près l'obscure histoire de sa fin, pour autant que les événements ultérieurs, fort embrouillés, me l'ont permis.

Quand Néron vit que la révolte du propréteur gaulois Vindex prenait un tour dangereux, il ne s'attarda pas plus longtemps à Naples et regagna Rome. Même s'il avait été blessé par l'insultante missive de Vindex, il n'avait pas pris d'abord l'affaire au sérieux. A Rome, Néron convoqua à une réunion secrète en son palais le sénat et les membres les plus influents du conseil de l'ordre équestre. Mais sensible comme il l'était, il ne manqua pas de remarquer la froideur et le mauvais vouloir de ses interlocuteurs. La réunion le plongea définitivement dans l'inquiétude. Quand il apprit le ralliement de Galba aux rebelles d'Ibérie, Néron devina que le messager qu'il lui avait envoyé pour l'inviter à se suicider pour le bien de l'Etat n'était pas arrivé à temps. Sur quoi, ayant compris cela, Néron s'évanouit.

Quand la nouvelle de la trahison de Galba se répandit dans Rome, il y eut contre Néron un déferlement de haine démentielle comme on n'en avait jamais vu depuis la chute de Marc Antoine. Je ne désire pas rapporter tout ce qui fut dit à son sujet et quelles infamies furent griffonnées sur ses statues. Un maximum de l'insolence fut atteint lorsque le sénat dissimula les clefs du temple du Capitole après que Néron eut demandé aux deux ordres de renouveler le serment sacré de loyauté. Les clefs furent promptement retrouvées aussitôt que Néron, bouillant de rage après une longue attente, eut menacé de faire exécuter sur-le-champ les principaux sénateurs, sans tenir compte de la sainteté du lieu. Mais la disparition des clefs fut interprétée parmi les spectateurs comme le plus funeste des présages pour Néron.

Néron avait encore devant lui de nombreuses possibilités. Tigellinus avait dressé une longue liste que je devais plus tard retrouver dans une cachette secrète. Mon nom y figurait en bonne place. Mais je lui pardonnai volontiers par égard pour notre amitié. Je fus bien plus surpris de constater qu'il avait clairement compris la nécessité d'exécuter certains personnages éminents de l'Etat, dès le début de la révolte en Gaule et en Ibérie.

Sur la liste se trouvaient aussi les deux consuls et tant de sénateurs que j'en fus horrifié. Je regrettai fort de devoir la détruire. Il aurait été amusant, par la suite, de pouvoir lire cette liste à certains convives que j'invitais pour obéir aux obligations de mon rang sans être particulièrement heureux de les voir à ma table.

Mais repoussant la proposition de Tigellinus, Néron se contenta de démettre les deux consuls et d'assurer lui-même leurs charges. Son amour du genre humain et son naturel sensible lui interdisaient d'appliquer les mesures rigoureuses qui seules l'auraient sauvé. Grâce à Tigellinus, il avait encore le soutien des prétoriens.

Après ses triomphes artistiques en Grèce, Néron était de plus en plus dégoûté des devoirs impériaux. Si le sénat lui avait semblé plus digne de confiance, je crois qu'il lui aurait graduellement remis une bonne part de son pouvoir. Mais tu n'ignores pas combien le sénat est désuni, déchiré par des intrigues et des jalousies. Même le plus éclairé des empereurs, même Vespasien, ne peut tout à fait se fier au sénat. J'espère que tu n'oublieras jamais cela, bien que j'appartienne moi-même à cette assemblée et que je m'emploie de mon mieux à défendre ses traditions et ses prérogatives.

Néron ne voulait pas la guerre, et encore moins la guerre civile, qui pour tous les Juliens évoque d'amers souvenirs. Pour les descendants de Jules César, la guerre civile est le pire désastre qui puisse arriver à un empereur. Il ne fit donc rien pour écraser la révolte, par désir d'éviter un inutile bain de sang. A ses critiques, il répondit ironiquement qu'il pourrait peut-être aller en procession triomphale au-devant des légions qui marchaient sur Rome et tenter de les gagner à sa cause en chantant pour elles. A mes yeux, cela prouve seulement qu'il pouvait bien avoir nourri certains projets particuliers. Lorsque, dans sa jeunesse, il disait qu'il aurait préféré étudier à Rome plutôt que de s'occuper des affaires de l'Etat, il ne plaisantait qu'à moitié. Il avait toujours rêvé de l'Orient et n'avait jamais réussi à aller plus loin que l'Achaïe.

Blessé par les mensonges qui couraient sur son compte et par les insultes publiques qu'il avait dû subir, Néron demeurait apathique. Les troupes de Galba marchaient sur Rome et, grâce à l'inertie de Néron, ne rencontraient pas de résistance. Puis arriva la veille du jour de Minerve. Tigellinus, pour sauver sa tête, mit la garde prétorienne à la disposition du sénat qui tint une réunion extraordinaire au petit jour. Seuls les sénateurs les plus acquis à la révolte avaient été convoqués. Sur l'ordre de Tigellinus, au milieu de la nuit, à la relève de la garde de la Maison dorée, prétoriens et gardes du corps germains se retirèrent sans être remplacés.

Les deux consuls que Néron avait illégalement démis de leurs fonctions présidèrent la séance du sénat qui décida à l'unanimité de nommer empereur Galba, un vieillard chauve amateur d'athlètes. Néron fut, également à l'unanimité, déclaré ennemi public et condamné à mort, à la manière de nos ancêtres, par flagellation. Tous les sénateurs étaient persuadés que Néron se suiciderait pour échapper à un châtiment inhumain. Tigellinus figurait parmi les plus ardents adversaires de Néron.

Le fils d'Agrippine s'éveilla à minuit dans sa chambre. La Maison dorée n'était plus gardée. Son « épouse » Sporus occupait la couche voisine, et seuls quelques esclaves et affranchis demeuraient en service. Néron envoya des messages à ses amis, mais nul ne lui répondit. Pour vérifier l'ampleur de l'ingratitude humaine, il partit à pied à travers la ville, suivi seulement de quelques fidèles. Néron frappa vainement aux portes de quelques-unes de ces maisons qu'il avait offertes avec prodigalité à ses amis. Les portes restèrent closes et les demeures silencieuses. Par mesure de sécurité, leurs habitants avaient même muselé leurs chiens.

Quand Néron regagna sa chambre de la Maison dorée, il vit que l'on avait déjà dérobé les draps de soie qui recouvraient sa couche, et quelques autres objets de valeur. Pieds nus, la tête dissimulée sous une capuche, vêtu d'une tunique et d'un manteau d'esclave, Néron monta à cheval et galopa vers une ferme que possédait un de ses affranchis, lequel, si on l'en croit, avait offert ce refuge à son maître. C'était une villa sise près de la voie Salaria, au bord de la route, à la hauteur du quatrième milliaire. Tu n'oublieras pas que la demeure dans laquelle Sénèque passa le dernier jour de sa vie était située près du quatrième milliaire et que Céphas avait fait demi-tour vers Rome alors qu'il était parvenu au quatrième milliaire.

Néron était accompagné par quatre hommes, Sporus, l'affranchi, Epaphroditus, à mon grand étonnement, et un homme que le sénat devait faire exécuter à cause de ses bavardages inconsidérés en plein Forum. Acté était déjà dans la villa, attendant son empereur. Quand on me l'a décrite, j'ai trouvé que la scène avait été parfaitement arrangée et fort bien jouée. Néron était l'un des plus grands acteurs de son temps et mettait le plus grand soin à préparer ses apparitions, remarquant toujours un pilier mal placé ou un mauvais éclairage qui risquait de mettre l'accent sur un détail inutile pendant qu'il chantait.

Tandis qu'il galopait vers la villa de l'affranchi, il y eut un tremblement de terre, la foudre s'abattit devant Néron et son cheval se cabra, effarouché par l'odeur d'un cadavre abandonné sur la route. La capuche du cavalier glissa, révélant son visage. Un vétéran de la garde prétorienne le reconnut et le salua.

Le loyal vétéran ne s'empressa pas de signaler sa fuite, comme tout homme sensé aurait dû le faire, mais se rua sur ses vieilles jambes tremblantes au camp des prétoriens. Là, tous connaissaient ses cicatrices et sa réputation, et comme il était membre de la secte mithraïque, il avait la confiance du centurion. Le moment était aussi favorable que possible, car Tigellinus était toujours retenu au sénat où de loquaces sénateurs, heureux de pouvoir enfin parler sans être interrompus, continuaient d'exprimer leur courroux et leur zèle patriotique.

Le vieillard adressa un discours à ses camarades, les exhortant à ne point oublier leur serment militaire et la dette de gratitude qu'ils avaient envers Néron. Ils étaient certains de sa générosité, alors que l'avarice de Galba était connue.

Ils décidèrent d'opposer la force à la force, ne doutant pas un instant du résultat de l'affrontement, car ils étaient convaincus que maints légionnaires abandonneraient Galba s'ils voyaient les troupes d'élite de Rome marcher contre eux. Les prétoriens dépêchèrent une troupe de cavaliers sous le commandement d'un centurion pour retrouver Néron et le ramener en sûreté dans le camp Mais les hommes perdirent beaucoup de temps à recher cher le refuge de Néron, car ils ne songèrent pas d'abord à la lointaine villa de l'affranchi.

Mais Néron était las du pouvoir. Dès qu'il sut quel étai l'objet de la démarche des prétoriens, il demanda à son affranchi de renvoyer la troupe de cavaliers. Puis Epaphro ditus, qui était habile à certains jeux qu'il pratiquait ave Néron, lui plongea son épée dans la gorge. Néron choisi manifestement cette forme de suicide pour convaincre tou à fait le sénat de ce qu'il était vraiment mort, puisqu'i n'aurait jamais pu survivre après avoir sacrifié ses corde vocales. Si par la suite un grand chanteur devenait célèbr en Orient, nul ne pourrait imaginer que ce fût Néron.

Tandis que le sang s'écoulait artistiquement de la bles sure, Néron, rassemblant le peu de force qui lui restait, fi entrer le centurion et d'une voix à peine audible, l remercia de sa loyauté, puis, roulant les yeux, il mouru avec un râle et une convulsion si convaincants que le rud centurion lui couvrit le visage de son manteau écarlate afin que Néron mourût comme un empereur, le visag couvert. Jules César s'était dissimulé le visage pour hono rer les dieux quand les dagues des assassins avaien pénétré dans son corps. L'affranchi et Epaphroditus décla rèrent alors au centurion que pour sa propre sécurité e pour celle des prétoriens loyaux, il serait plus sage qu'i ramenât au camp la nouvelle de la mort de Néron, pou empêcher ses camarades de commettre une folie. Puis i pourrait se précipiter au sénat et raconter que dan l'espoir d'une récompense, il avait suivi Néron pour l capturer vivant et le traîner devant le sénat, mais qu Néron avait réussi à se donner la mort.

Le sang qui souillait son manteau constituait une preuv suffisante, mais il aurait pu aussi trancher le cou d l'empereur déchu et apporter sa tête au sénat. Cependant il jugeait pareille pratique incompatible avec son honneu de soldat. En tous les cas, il était certain que la bonn nouvelle lui vaudrait une récompense. Néron avait émis l désir que son corps fût incinéré discrètement, sans avoi été mutilé.

Le centurion laissa derrière lui son manteau, car le séna dépêcherait une commission à la villa pour établir les circonstances de la mort de Néron. Dès que l'officier et ses hommes furent repartis au triple galop, les conspirateurs durent faire diligence. Quand tant de cadavres s'entassaient dans les fossés à la suite des affrontements provoqués par l'approche de Galba, il avait été facile de trouver un corps de la taille et de la corpulence de Néron. Le cadavre fut donc promptement placé sur un bûcher, le feu allumé, et l'huile répandue sur le brasier. Sous quel déguisement Néron poursuivit-il sa fuite? De quel côté ses pas le portèrent-ils d'abord? Je ne puis le dire. Mais je tiens pour certain qu'il partit pour l'Orient. Sans doute alla-t-il se placer sous la protection des Parthes. Depuis trois cents ans, tant de secrets ont été enterrés à la cour des Arsicades qu'ils doivent savoir les garder mieux que les Romains. Même au sénat on est souvent trop bavard. Les Parthes, eux, connaissent l'art de garder le silence.

Je dois reconnaître que la multiplication inattendue des concerts de cithare en Parthie est le seul indice précis que je puisse fournir à l'appui de mes conclusions. Mais je sais que Néron ne reviendra jamais reprendre le pouvoir à Rome. Tous ceux qui s'y sont essayés ou qui le tenteront à l'avenir, même s'ils arborent des cicatrices à la gorge, ne sont que des faux Néron qu'il faut crucifier sans hésitation.

Les compagnons de Néron avaient si bien hâté la crémation qu'à l'arrivée des sénateurs, ils étaient en train de verser de l'eau sur les blocs de marbre fumants qui se désintégraient comme de la chaux. Les restes furent enveloppés dans un linceul qui en dissimulait les formes. Néron n'avait nul défaut physique qui eût permis de l'identifier. Je t'ai relaté la mort de Néron pour que tu sois en mesure de faire face à tout événement inattendu. Néron n'avait que trente-deux ans lorsqu'il choisit de se faire passer pour mort plutôt que d'entraîner sa patrie dans la guerre civile. Au moment où j'écris, il aurait presque quarante-trois ans.

Le soupçon est né en moi quand j'ai remarqué que ces événements avaient eu lieu le jour du meurtre d'Agrippine et que Néron avait chevauché à travers la cité, la tête couverte et les pieds nus, dans la tenue d'un homme qui s'est voué aux dieux. Il me semble aussi que la disparition de Sporus constitue une preuve supplémentaire de la justesse de mon hypothèse. Néron ne pouvait vivre sans lui, car il était l'image vivante de Poppée. Maints membres éminents du sénat partagent mon opinion sur la mort de

Néron, même s'ils s'abstiennent de l'exprimer à haute voix.

Je reviens à Vespasien. Ce fut un plaisir de voir l'étonnement se peindre sur ses traits lorsque les légionnaires le proclamèrent empereur; ce fut fort amusant de le voir agiter les mains en signe de dénégation, et sauter à plusieurs reprises du bouclier sur lequel les guerriers le promenèrent face aux murailles de Jérusalem. Il est vrai qu'un bouclier est un siège malcommode, surtout quand, tout à leur bonheur, les soldats le font dangereusement tanguer. Il faut dire qu'ils étaient fort ivres, grâce aux sesterces que je leur avais distribués. Mais je fus en partie remboursé de mon argent puisque, par l'intermédiaire de mon affranchi syrien, j'avais réussi à m'assurer le monopole de la vente du vin dans le camp.

Après avoir envoyé leur solde aux légions de Mésie et de Pannonie ainsi que des reproches paternels aux cohortes gauloises qui s'étaient livrées sans ordre au pillage et avaient tourmenté les paisibles habitants de ces contrées, Vespasien décida de se rendre en Egypte. Pour ce faire, il n'avait nul besoin de détacher des troupes de celles qu'il laissait sous les ordres de Titus, car il pouvait compter sur la loyauté de la garnison égyptienne. Néanmoins, il lui fallait recevoir en personne la soumission de cette province qui est le grenier à blé de Rome, qui fournit le papier nécessaire à l'administration de l'empire et paie des impôts énormes.

Lorsque nous abordâmes les rivages d'Alexandrie, Vespasien décida que notre vaisseau n'entrerait pas dans le port dont tous les bassins étaient encombrés de cadavres puants de Juifs et de Grecs. Il voulait laisser aux habitants de la cité le temps de régler leurs dissensions internes et de se retirer sur leurs positions respectives, car il préférait éviter toute effusion de sang inutile. Alexandrie est une trop grande ville pour que les différends entre Juifs et Grecs trouvent une conclusion aussi simple que celle qui a prévalu, par exemple, à Césarée. Nous abordâmes aux environs de la cité et pour la première fois de ma vie, je posai le pied sur le sol sacré de l'Egypte, souillant ainsi de vase mes superbes chaussures sénatoriales.

Le lendemain matin, nous fûmes accueillis par une députation de la cité venue à nous avec toute la pompe et la magnificence égyptienne. D'une seule voix, Juifs et Grecs s'excusaient bruyamment du tumulte provoqué par quel ques têtes chaudes et nous assuraient que le calme était rétabli dans la cité. Dans la délégation figuraient des philosophes, des érudits et le doyen des bibliothèques de la ville avec ses subordonnés. Vespasien, qui n'était pas un érudit, leur fit beaucoup de politesses.

Quand il apprit qu'Apollonios de Tyane se trouvait dans la cité pour étudier la sagesse égyptienne et enseigner aux Egyptiens la doctrine des gymnosophistes indiens et la contemplation du nombril, Vespasien dit qu'il regrettait profondément que le plus grand philosophe du monde n'eût pas jugé compatible avec sa dignité de venir avec ses confrères souhaiter la bienvenue à l'empereur.

La conduite d'Apollonios était tout à fait délibérée. Sa vanité était connue et on le savait aussi fier de sa sagesse que de la barbe qui lui couvrait la poitrine. Il désirait plus que tout au monde se ménager la faveur de l'empereur, mais jugeait plus avisé de susciter d'abord quelque inquiétude chez Vespasien, en lui laissant supposer qu'il n'approuvait peut-être pas ses visées impériales. Autrefois, à Rome, Apollonios s'était employé à gagner la faveur de Néron mais ce dernier ne l'avait pas même reçu, car il préférait l'art à la philosophie. Ayant réussi à effrayer Tigellinus avec ses pouvoirs surnaturels, il avait obtenu l'autorisation de rester à Rome, bien que Néron en eût banni tous les philosophes trop portés sur la critique.

Le lendemain avant l'aube, Apollonios de Tyane se présenta à l'entrée du palais impérial à Alexandrie et demanda à entrer. Les gardes lui barrèrent le passage et lui expliquèrent que Vespasien, levé depuis longtemps, dictait d'importantes missives.

« Cet homme régnera », dit sentencieusement Apollonios, dans l'espoir que sa prophétie viendrait aux oreilles de Vespasien, ce qui ne manqua pas de se passer.

Plus tard, il se montra de nouveau à la porte pour demander qu'on lui donnât un quignon de pain et une coupe de vin. Cette fois, on le conduisit directement à Vespasien avec tous les honneurs dus au plus grand érudit du monde. Beaucoup considéraient Apollonios comme un égal des dieux.

Apollonios parut un peu surpris par le pain grisâtre des légionnaires et le vin aigre que lui offrit Vespasien, car le philosophe avait toujours goûté les meilleurs mets et ne méprisait pas l'art culinaire, même si parfois il jeûnait pour purifier son corps. Mais, persévérant dans le rôle qu'il avait choisi, il fit l'éloge de la simplicité de son hôte en ajoutant que cette qualité était bien la preuve que Vespasien méritait de triompher contre Néron.

Puis il se mit en devoir d'expliquer, avec toutes sortes de circonlocutions et d'incidentes, qu'il était désireux de se familiariser avec l'ancienne sagesse des Egyptiens, d'aller fouiller les pyramides et peut-être même boire aux sources du Nil. Mais il ne pouvait se payer ni barque ni rameurs, quoiqu'il fût un vieil homme dont les pieds étaient las d'innombrables voyages. Vespasien me montra du doigt :

« Je n'ai pas d'argent. Je ne dispose que des fonds nécessaires à l'Etat, comme tu dois le savoir, j'en suis sûr, mon cher Apollonios. Mais mon ami Minutus Manilianus, ici présent, est un homme riche qui te donnera probablement un navire et des rameurs, si tu le lui demandes. Et il paiera ta croisière jusqu'aux sources du Nil. Tu n'as nulle crainte à avoir pour ta sécurité, car une expédition de savants a été envoyée là-bas par Néron il y a deux ans. Elle est protégée par les prétoriens. Rejoins-la si tu peux. »

Apollonios se réjouit en entendant cette promesse qui ne coûtait pas un denier à Vespasien.

« O Jupiter Capitolin ! s'écria-t-il, en extase. Toi le guérisseur du chaos de l'Etat, sauve cet homme, pour ton propre bénéfice. Il le relèvera de ses cendres, ton temple que des mains impies détruisent à cette heure dans la lueur de l'incendie. »

Nous fûmes tous ébahis par cette prophétie et cette vision. A la vérité, je crus d'abord que l'attitude d'Apollonios était pure affectation. Ce ne fut que deux semaines plus tard que nous apprîmes la déposition de Vitellius et comment Flavius Sabinus et Domitien avaient été contraints de s'enfermer dans le temple de Jupiter Capitolin.

Domitien échappa à l'encerclement par une ruse de lâche. Comme les soldats de Vitellius, après avoir bouté le feu au temple, attaquaient ses murailles avec leurs béliers, Domitien se coupa les cheveux et se déguisa en prêtre d'Isis pour se joindre à un groupe de prêtres que les assaillants laissèrent sortir avant le massacre final. Tout vieux qu'il était, mon beau-père Flavius Sabinus mourut bravement, l'épée à la main, pour son frère Vespasien.

Domitien se réfugia sur l'autre rive du Tibre et se cacha chez la mère juive d'un de ses anciens condisciples. Tous les fils des familles de princes juifs fréquentaient l'école du

Palatin. L'un d'eux, le fils du roi de Chalcis, connut une fin qui décida mon fils Jucundus à conspirer avec d'autres jeunes gens pour détruire Rome et transporter la capitale à l'Orient. Je dois rapporter aussi cet épisode, bien que j'eusse d'abord décidé de n'en point parler.

Après avoir enivré le jeune prince de Chalcis, Tigellinus avait abusé de lui. Devant tous ses condisciples, le jeune homme s'était ensuite suicidé, car ses préjugés religieux lui interdisant d'entretenir des rapports avec des hommes, il était devenu indigne de succéder à son père. C'était pour venger sa mort que l'incendie de Rome avait été rallumé au moment où il commençait de s'éteindre. Jucundus comptait au nombre de ceux qui avaient mis le feu dans le jardin de Tigellinus. Il ne mourut donc pas en victime innocente.

Dans sa couardise, Domitien avait deviné que nul n'irait le chercher dans le quartier juif de la ville, car les Juifs haïssaient Vespasien, son père, à cause du siège de Jérusalem et des pertes terribles que ce dernier avait occasionnées aux Juifs lorsqu'ils avaient tenté une sortie, en les prenant en tenaille.

Sans aucun doute, Apollonios de Tyane possédait des pouvoirs surnaturels. Par la suite, nous décidâmes qu'il avait bel et bien vu le temple du Capitole en flammes. Quelques jours après cet épisode, Domitien se glissa hors de sa cachette et se proclama insolemment empereur. Bien entendu, le sénat porte une part de responsabilité, car les pères de la cité étaient convaincus qu'ils tireraient un meilleur parti d'un empereur de dix-huit ans que d'un homme comme Vespasien, habitué à donner des ordres.

Domitien se vengea de sa terreur et de son humiliation en livrant Vitellius à la populace qui le pendit par les pieds sur le Forum et le tua lentement à coups de dague. Son corps fut ensuite traîné jusqu'au Tibre au bout d'un crochet de fer. Garde ces exactions à l'esprit, ô mon fils, et ne te fie jamais tout à fait à la volonté populaire. Aime ton peuple autant que tu voudras, mais sache imposer une discipline à l'objet de ton amour.

A Alexandrie, nous ignorions encore tout de ces événements. Vespasien hésitait toujours entre différentes formes de gouvernement. Comme il était le doyen des sénateurs, la république restait chère à son cœur. Nous en parlions souvent mais nous ne nous pressions pas d'agir. Et puis un jour, les prêtres d'Alexandrie confirmèrent la divinité de

Vespasien et déclarèrent que toutes les prophéties qui depuis un siècle annonçaient la venue d'un empereur à l'Orient, s'étaient enfin réalisées.

Par un matin brûlant, Vespasien avait installé son tribunal devant le temple de Sérapis, pour honorer le dieu de l'Egypte. Un aveugle et un boiteux se présentèrent devant lui, le suppliant de les guérir. Vespasien ne désirait nullement éprouver ses talents de thaumaturge, car une foule de badauds l'observait et il ne tenait pas à se ridiculiser.

Brusquement, il me sembla avoir déjà vu cette scène : les colonnes du temple, le tribunal et la foule. Il me sembla même reconnaître les deux hommes. Tout à coup, je me souvins d'avoir rêvé tout cela dans ma jeunesse, lorsque je guerroyais en Bretagne au pays des Brigantes. Je rappelai mon rêve à Vespasien et le pressai d'essayer d'agir ainsi que je l'avais vu faire dans mon sommeil. A contrecœur, Vespasien se leva de son siège et lança un gros crachat dans l'œil de l'aveugle avant d'administrer un violent coup de pied dans la jambre du boiteux. L'aveugle recouvra la vue et le pied tordu du boiteux se redressa si promptement que nous n'en crûmes pas le témoignage de nos yeux. Alors, Vespasien crut enfin qu'il était né pour être empereur, bien qu'après cela il ne se sentît pas plus saint ou plus divin qu'auparavant, à moins qu'il ne dissimulât de tels sentiments.

Quand, après une nuit sans sommeil, Vespasien nous annonça que les dieux avaient bel et bien décidé qu'il serait empereur, je poussai un soupir de soulagement. Quel désastre pour Rome si, obéissant à ses antiques idées républicaines, Vespasien avait changé l'organisation de l'Etat! Lorsque je fus enfin certain de ses intentions, j'osai lui raconter mon secret. Je lui parlai de Claudia et de tes origines, ô Julius, toi le dernier descendant mâle des Juliens. Dans mon cœur, je t'ai toujours donné ce nom de Julius, que tu as reçu officiellement le jour où tu as revêtu la toge virile et où Vespasien t'a accroché lui-même la broche d'Auguste à l'épaule.

Vespasien me crut aussitôt et ne fut nullement surpris, comme on aurait pu s'y attendre. Il connaissait ta mère depuis l'époque où l'empereur Caius Caligula avait pris l'habitude de l'appeler cousine pour ennuyer Claude. Vespasien médita sur les liens de parenté qu'il découvrait :

« Ainsi donc ton fils est le petit-fils de Claude, qui était lui-même un neveu de Tibère. En fait, le trône impérial s'est beaucoup transmis par les femmes. Le père de Néron était avant tout le fils de la sœur aînée de Marc Antoine même si, pour respecter les formes, Claude a adopté Néron. Sans aucun doute, les droits héréditaires de ton fils sont légalement aussi valides que ceux des autres empereurs. Que veux-tu donc?

– Je veux que mon fils devienne le meilleur et le plus noble empereur que Rome ait jamais connu. Je ne doute pas un instant, Vespasien, que dans ta droiture, tu sauras le reconnaître comme ton héritier lorsque le moment sera venu. »

Vespasien réfléchit un long moment en fronçant le sourcil, les yeux mi-clos.

« Quel âge a ton fils? demanda-t-il enfin.

– Il aura cinq ans à l'automne prochain, dis-je fièrement.

– En ce cas, rien ne presse. Espérons que les dieux me permettront de supporter le fardeau de l'empire pendant une dizaine d'années, le temps nécessaire pour remettre de l'ordre dans les affaires de l'Etat. Alors, ton fils recevra la toge virile. Titus a ses faiblesses et sa liaison avec Bérénice m'inquiète, mais les hautes charges grandissent souvent les hommes. Dans dix ans, Titus aura plus de quarante ans et sera un homme de sens rassis. Selon moi, il aura parfaitement le droit d'accéder au trône, s'il n'épouse pas cette Bérénice. La femme de l'empereur ne peut pas être une Juive, même si elle appartient à la famille d'Hérode. Si Titus se conduit de façon sensée, je suppose que tu le laisseras gouverner, ce qui donnera à ton fils le temps de devenir à son tour un homme mûr. Mon autre fils, Domitien, ne sera jamais empereur. La seule idée qu'il puisse régner me consterne. En fait, j'ai toujours regretté de l'avoir conçu au cours d'une de mes visites à Rome, alors que j'étais ivre. Cela s'est passé onze ans après la naissance de Titus. Je ne pensais pas que mon mariage pouvait être encore fécond. La pensée de Domitien me donne la nausée. J'ai du mal à me décider à célébrer un triomphe, car je serai forcé de l'y associer.

– Certes, tu dois célébrer un triomphe pour la prise de Jérusalem, dis-je, mal à l'aise. Tu offenseras gravement les légions si tu t'en abstenais et elles ont subi de grosses pertes dans la guerre contre les Juifs. »

Vespasien poussa un profond soupir.

« Je n'avais jamais beaucoup réfléchi à la question. Je

suis trop vieux pour monter les marches du temple capitolin à genoux. Les rhumatismes que j'ai contractés en Bretagne me font encore trop souffrir.

– Mais je pourrai te soutenir par un bras et Titus par l'autre, proposai-je, encourageant. La chose est moins difficile qu'il n'y paraît. »

Vespasien me considéra avec un sourire.

« Que penserait-on d'un tel spectacle? Mais par Hercule, j'aimerais mieux t'avoir à mon côté, plutôt que Domitien, qui est un être fourbe et immoral. »

Il disait cela avant même d'avoir entendu parler de la victoire de Crémone, du siège du Capitolin et de la lâche conduite de Domitien. Par respect pour le souvenir de sa grand-mère, Vespasien autorisa son fils cadet à figurer dans la procession triomphale derrière Titus, mais Domitien dut se contenter de chevaucher une mule, ce qui éclaira le peuple sur l'estime que lui vouait l'empereur.

Voilà un mois que les médecins m'ont autorisé à retourner à Rome. Je dois remercier la Fortune, car je me sens rajeuni au point que tout à l'heure, j'ai demandé à ce qu'on me prépare mon cheval favori. Je vais pouvoir chevaucher à nouveau, après avoir dû pendant des années me contenter de mener ma monture par la bride dans les processions. Depuis un décret de Claude, nous autres vieillards avons cette possibilité et nous en profitons pour prendre de l'embonpoint.

Puisque je t'ai parlé de Fortune, je dois te dire que ta mère a toujours été étrangement jalouse de cette simple coupe de bois que j'ai héritée de ta grand-mère Myrina. Peut-être la vue de cet objet ne rappelle-t-elle que trop à Claudia que tu as un quart de sang grec dans les veines? Heureusement, elle ignore les basses origines de ta grand-mère paternelle. En butte à la jalousie de ta mère, j'ai envoyé cette coupe de la Fortune à Linus voilà plusieurs années déjà. C'était dans un moment de satiété où j'étais convaincu d'avoir atteint le sommet des succès terrestres. Il me semble que les chrétiens ont besoin des secours de la Fortune et Jésus de Nazareth lui-même, après sa résurrection, a bu dans ce calice. Pour qu'il ne s'use pas, je l'ai fait recouvrir d'or et d'argent. Sur l'un des côtés est gravée une image de Céphas et sur l'autre, un portrait de Paul.

A l'instant où j'écrivais ces lignes de ma propre main, le destin est venu mettre un terme à ces mémoires. Un messager vient de m'annoncer que l'empereur de Rome,

Vespasien, est mort près de Raete, dans la cité de sa famille. Il ne célèbrera pas son soixante-dixième anniversaire, mais on dit que la mort l'a pris à l'instant où il se levait et qu'il s'est éteint debout, dans les bras de ceux qui le soutenaient.

Sa mort sera gardée secrète pendant deux jours, pour laisser à Titus le temps de regagner Raete. Notre premier devoir, au sénat, sera de proclamer la divinité de Vespasien. Il l'a bien méritée, car il s'est montré le plus dévoué, le plus juste, le plus bienveillant et le plus industrieux de tous les empereurs de Rome. Ce n'était point sa faute, s'il était d'origine plébéienne. Oublions cela, puisqu'il est un dieu à présent. Moi, son vieil ami, je me réserverai une place dans le collège de ses prêtres, car jusqu'à présent je n'ai jamais occupé de fonction sacerdotale. C'est un titre nouveau que j'ajouterai à la liste de mes mérites, pour servir à ton avenir, ô mon cher enfant! En hâte, de ma propre main, ton père, MINUTUS LAUSUS MANILIANUS.

Trois mois plus tard, avant de mettre ces notes en lieu sûr : Il semble que la Fortune commence à me fuir. L'effroyable éruption du Vésuve vient de ruiner ma nouvelle demeure d'Herculanum, où je comptais finir mes vieux jours sous un doux climat et en plaisante compagnie. Ma bonne fortune a permis néanmoins que je n'aie pas pu me rendre là-bas pour discuter avec les constructeurs des sommes qu'ils me demandaient, car en cet instant, je serais sans doute moi-même enterré sous des flots de cendre.

Mais ce terrible présage me donne de graves inquiétudes pour le principat de Titus. Heureusement, il a encore ses meilleures années devant lui, et on le nomme « la joie et le délice du genre humain ». Pourquoi cela, je ne saurais le dire. Néron était appelé ainsi dans sa jeunesse.

ÉPILOGUE

Minutus Lausus Manilianus, titulaire d'un insigne de triomphe et de la charge de consul, grand prêtre du collège sacerdotal de Vespasien et membre du sénat romain, connut, sous le principat de l'empereur Domitien, la mort atroce et merveilleuse des témoins de la foi chrétienne dans l'arène de l'amphithéâtre flavien, le Colisée. Son épouse Claudia, juive de naissance, et son fils Clément périrent avec lui, ainsi que le consul Flavius Titus, cousin de Domitien et fils de l'ancien préfet de la cité. En raison de leur origine et de leur rang, on leur accorda le privilège d'être jetés aux lions.

Le sénateur Minutus Manilianus accepta de recevoir le sacrement du baptême, qui lui fut administré dans sa cellule, sous l'arène du Colisée, la veille de son martyre, par un esclave qui avait reçu la grâce et qui devait mourir avec lui dans le cirque. Il manifesta pourtant quelques réticences et tint à dire qu'il préférait mourir pour des raisons politiques que pour la transfiguration du Christ.

Les chrétiens s'opposèrent sur la forme que devait revêtir le baptême et une violente querelle éclata. Les uns exigeaient qu'on procédât à l'immersion du corps entier, et les autres affirmaient qu'il suffisait de lui asperger la tête. L'amphithéâtre flavien possédait, comme nous le savons, d'excellentes canalisations d'eau, principalement à l'usage des fauves et des gladiateurs. Les condamnés avaient seulement le droit de se désaltérer et encore, ce jour-là, la ration de chacun se trouvait-elle limitée par le nombre des prisonniers. Manilianus mit un terme à la discussion en annonçant qu'il suffirait à l'esclave de cracher sur son crâne chauve. Tout le monde se tut en entendant pareil blasphème, mais son épouse Claudia rompit le silence pour lui faire remarquer que, plus que tout autre, il aurait besoin de la miséricorde du Christ lorsqu'il se trouverait face aux lions, lui qui tout au long de sa vie s'était montré malfaisant, avaricieux et dur comme la pierre. Manilianus marmonna qu'il avait aussi accompli quelques bonnes actions mais de ceux qui le connaissaient, nul ne prit ses paroles au sérieux.

A l'instant où, pénétrant dans l'arène, il fit face aux lions, un miracle se produisit. Soit à cause de son embonpoint, soit du fait de son rang élevé, bien qu'il fût vêtu de la simple tunique commune à tous les prisonniers et n'arborât point la large bande pourpre convenant à sa position, le plus âgé des lions le choisit pour victime. Mais, après l'avoir reniflé, le fauve se mit à lui lécher les mains avec respect, tout en empêchant les autres lions de s'en prendre à lui. Un cri d'étonnement parcourut l'assistance qui se leva pour demander la grâce de Manilianus. La foule, en fait, ne l'appelait pas par son nom mais par un surnom que la décence interdit de répéter ici.

Cependant, quand il vit, impuissant, son épouse et son fils déchirés par les fauves, il se dirigea vers la tribune de l'empereur, suivi par le vieux lion, leva la main pour imposer le silence aux spectateurs et hurla de telles accusations à l'encontre de l'empereur Domitien que ce dernier ordonna à ses archers de le tuer sur-le-champ, lui et le lion qui n'avait pas fait son devoir. Parmi ses accusations, Manilianus avait lancé que Domitien avait empoisonné son frère Titus et que l'empereur Vespasien n'aurait jamais permis à Domitien de devenir empereur de Rome.

Le miracle donna aux autres martyrs le courage de mourir dignement et, dans la mort, leurs prières s'élevèrent vers Dieu, car ils venaient d'avoir la preuve de l'immense miséricorde du Christ. Nul n'aurait pu imaginer que le sénateur Manilianus avait voué sa vie à Dieu, et sa pieuse épouse moins que toute autre. Mais il demeure pourtant dans la mémoire des chrétiens.

Le meilleur ami de son fils, le poète Decimus Junius Juvénal, parvint à s'enfuir, sur les conseils de Manilianus, pour aller se réfugier en Bretagne. Manilianus l'avait fait admettre au sein de l'honorable ordre équestre et l'avait aidé dans sa carrière. Ainsi lui avait-il permis d'exercer la fonction de censeur dans sa ville natale, car il estimait qu'un homme aux mœurs relâchées était particulièrement apte à juger, de par sa propre expérience, les vices et les faiblesses de ses semblables. Nul ne comprit pourquoi Manilianus alla jusqu'à lui offrir, au même titre qu'à son propre fils, des études en Egypte, où les deux amis se rendirent ensemble.

TABLE

PREMIÈRE PARTIE

Minutus

DEUXIÈME PARTIE

Julius, mon fils

IMPRIMÉ EN FRANCE PAR BRODARD ET TAUPIN
58, rue Jean Bleuzen - Vanves - Usine de La Flèche.
LIBRAIRIE GÉNÉRALE FRANÇAISE - 14, rue de l'Ancienne-Comédie - Paris.

ISBN : 2 - 253 - 03619 - 6 30/6025/8